中國古典文學基本叢書

唐伯虎集箋注

上册

〔明〕唐寅 著
陳書良
周柳燕 箋注

中華書局

圖書在版編目(CIP)數據

唐伯虎集箋注:典藏本/(明)唐寅著;陳書良,周柳燕箋注. —北京:中華書局,2025.7.—(中國古典文學基本叢書).—ISBN 978-7-101-17131-0

Ⅰ.I214.82

中國國家版本館CIP數據核字第2025JC2502號

責任編輯:張　耕
裝幀設計:毛　淳
責任印製:管　斌

中國古典文學基本叢書
唐伯虎集箋注(典藏本)
(全二册)
〔明〕唐　寅 著
陳書良　周柳燕 箋注

*

中華書局出版發行
(北京市豐臺區太平橋西里38號　100073)
http://www.zhbc.com.cn
E-mail:zhbc@zhbc.com.cn
河北新華第一印刷有限責任公司印刷

*

850×1168毫米 1/32 · 29¼印張 · 4插頁 · 630千字
2025年7月第1版　2025年7月第1次印刷
印數:1-1500册　定價:158.00元

ISBN 978-7-101-17131-0

目録

上册

唐伯虎詩文全集　卷二

五言律詩

唐伯虎詩文全集　卷三

五言絶句

六言絶句

七言絶句

下册

唐伯虎詩文全集　卷四

詞

曲

唐伯虎詩文全集　卷五

書

尺牘

序

記

唐伯虎詩文全集　卷六

文

附録

前言

一

林語堂先生在他的傑作《蘇東坡傳》第一章中曾精闢地説過：「認不認識一個人不在於是否和他同一時代，這是共鳴瞭解的問題。畢竟我們只認識自己真正瞭解的人，而且只對自己真正喜歡的人才能充分瞭解。」這話完全適合於我們對唐伯虎的認識。我們覺得，較之周圍那些用虛僞和謊言層層包裹的人，五百多年前的唐伯虎還容易瞭解得多。當然，這是在我們通讀了他的六卷詩文集，並儘可能多地欣賞了他的繪畫、書法及印章之後達成的認識。其實，類似的認識古人早已説過。稍晚於唐伯虎的晚明文壇領袖袁宏道就説：

吴人有唐子畏者，才子也，以文名，亦不專以文名。余爲吴令，雖不同時，是亦當寫治生帖子者矣。余昔未治其人，而今治其文。大都子畏詩文，不足以盡子畏，而可

以見子畏。（袁宏道《唐伯虎全集序》）

「治生」是流傳於晚明的下屬對上司的自稱，帖子即現今的名片。當時擔任吴縣縣令的袁中郎嚮往著懷揣治生帖子去拜訪唐伯虎，當然覺得伯虎是一個真切的活生生的存在。他承認這種感覺從伯虎的詩文來。明末還有一位文人雷起劍，他在暮春時節與朋友泛舟横塘，在野水雜樹間發現了唐伯虎的葬地，牛羊踐踏，滿目荒涼。雷起劍不禁淒然而歎：

是朋友之罪也！千載下讀伯虎之文者皆其友，何必時與並乎？（見《（同治）蘇州府志》）

於是他與幾個朋友集資修建了唐伯虎墓、祠，並且「勒石以遺千古之有心者」。好一個「千載下讀伯虎之文者皆其友」！事實上，搜尋傑出的古人的詩文去讀的人，當然希冀與古之賢哲英豪爲友。而一旦讀了其詩其文，更覺得其人可親可敬，可歌可泣，栩栩如生，呼之欲出了。

我們覺得唐伯虎獨特的人格比任何一位明代文人都突出，即使在整個中國封建文人長長的行列中，也是給人印象極深刻的。究其原因，主要有二。其一，他才氣過人，風流倜儻，放浪形骸，詩酒自娱，自稱「江南第一風流才子」。他的詩名風采，丹青墨色，照耀江南，人人仰慕。在此基礎上形成的大量傳説，更無異於給這位才子籠罩了瑰麗的光環。

諸如評話有《唐解元一笑姻緣》，彈詞有《笑中緣》、吴信天《三笑》、曹春江《九美圖》，小説有馮夢龍《警世通言》卷二十六《唐解元一笑姻緣》，雜劇有孟稱舜《花前一笑》、卓人月《花舫緣》、史槃《蘇臺奇遘》等等，現今更有電影《三笑》《唐伯虎點秋香》，曾一度風靡海峽兩岸，我們就是首先在這些通俗作品中接觸到這位江南才子的。在這些作品中，同樣是追求幸福的愛情，唐伯虎不像王實甫《西厢記》中的張生那樣，借住西厢，贈詩酬簡，望梅止渴，遮遮掩掩，而是主動出擊，積極追求，即使採取反常背俗的手段也在所不辭，甚至以爲越反常背俗，越能顯示才子特殊的本色。儘管這些通俗作品失之無據，甚至荒誕不經，但是是符合唐伯虎的精神風貌的。有一次他在一幅陶穀畫像上題詩云：

信宿因緣逆旅中，短詞聊爾識泥鴻。當時我做陶承旨，何必樽前面發紅。（卷三《題畫陶穀》）

陶承旨即陶穀，字秀實，五代後周、北宋時曾任翰林學士、尚書等職。他仕後周時，曾使南唐，態度威嚴。南唐中書侍郎韓熙載使歌妓秦弱蘭誘之，共枕席時陶作《好春光》詞贈秦：「好姻緣，惡姻緣，奈何天。才得郵亭一夜眠，别神仙。琵琶撥盡相思調，知音少。待得鸞膠續斷弦，是何年？」這就是伯虎詩所謂的「短詞」。次日，南唐設宴，筵上歌唱此詞，陶穀大爲慚愧（事見《玉壺清話》）。伯虎詩即寫其事。末兩句是説：當時换成我是陶穀，在筵席上聽到密贈秦弱蘭的詞被唱出來，大可不必因爲羞慚而臉紅。十足的明代才子的情趣！十足的明代才子的膽量！任情任性，敢做敢當，具有以往的封建文人所沒有的一種特殊的個性魅力和藝術風情。

其二，是在唐伯虎身上，傳説與實際存在著巨大的反差。伯虎雖然詩畫全才，風流跌宕，但一生坎坷，令人同情。他有過三娶。先是元配夫人徐氏亡故後繼娶，後會試時牽涉科場舞弊案被革，續弦棄他而去，再娶沈氏。他對早亡的徐氏感情很深，作《傷内》詩：「撫景念疇昔，肝裂魂魄揚。」（見卷一）而對沈氏也感情甚篤，《感懷》詩云：「鏡裏形骸春共老，燈前夫婦月同圓。」（見卷二）這説明伯虎並不是只會在女人身上用功夫的風流才子，更沒有在擁有「八美」之後再娶秋香。最無根據的是「三笑」故事中的賣身爲奴。伯虎卒於嘉靖二年，而華鴻山「華太師」係嘉靖五年進士，伯虎怎麽可能死後幾十年再進華府作書僮呢？至於秋香，前人已指出其原型是成化間南京名妓林奴兒，年齡比伯虎還大十幾歲，很難想像兩人之間可能會産生風流韻事了。事實上，伯虎後半生的生活很困難，他曾作《風雨浹旬厨煙不繼滌硯吮筆蕭條若僧因題絶句八首奉寄孫思和》詩紀實云：「十朝風雨苦昏迷，八口妻孥並告饑。信是老天真戲我，無人來買扇頭詩。」（見《補遺》）他築室蘇州金閶門外的桃花塢中，以賣畫爲生，艱難生計，這種狀況一直持續到去世。伯虎晚年頹然自放之際，曾經説過一句很淒傷而深刻的話：

後人知我不在此！（《明史》本傳）

他似乎已經預見到這種後世傳説與實際情況的巨大反差了。這當然是一場悲劇。我們今天看待那些繽紛林總的傳説，就如同當年雷起劍他們泛舟橫塘見到伯虎墓地爲雜樹所蔽、牛羊踐踏一樣，感到「是朋友之罪也」！

中國有句俗話：蓋棺論定。意思是説，人的一生就像一齣戲，只有落幕後才能判斷這齣戲的好壞。然而，細細想來也不盡然。唐伯虎已經蓋棺了五百餘年，涉及他的各種文字熱熱哄哄喧鬧了五百餘年。「論定」了没有呢？況且，長期以來，人品、藝品的平衡木讓藝術家走得太累，裁判員的心理負擔也實在太重。我們以爲，唐伯虎的可貴之處在於遭受許多困苦坎坷而瀟灑依舊，他留給後世的不是辛酸的眼淚，而是俊逸的微笑，一個索性從人品、藝品的平衡木上跳下來，醉卧在桃花塢中的真正藝術家的微笑。人民愛他，是因爲他吃苦吃得太多，却帶給大家巨大的歡樂。他好像參透了佛門「四聖諦」之一的「八苦」，諸如生苦、老苦、病苦、死苦、怨憎會苦、愛别離苦、求不得苦、五盛陰苦，離苦得樂，折射出一種睿智之光。這種唐伯虎風情充滿了禪學的魅力。我們以爲，這種風情具有類似「樂聖」貝多芬那份動人的本質。貝多芬一生歷盡磨難，辛勤創作，奉獻給人們大量優美絶倫的樂曲，然而他早已雙耳失聰，聽不到令人陶醉的音符和雷鳴般的掌聲了。他説：「在天堂，我能聽到一切聲音。」多少有點認命的意味，心靈倒分外平静。唐解元的微笑就具有這樣一種醇美的内涵。

二

唐寅，字伯虎，又字子畏，生於明憲宗成化六年（一四七〇）二月初四，死於明世宗嘉靖二年（一五二三）十二月初二①。他生活的這半個世紀是明王朝由興盛走向衰敗的轉變時期。明代到了中葉弘治（孝宗）、正德（武宗）時期，社會情况發生了顯著變化。土地高度集中，大貴族、大官僚、大宦官等統治集團窮奢極欲，搜括無度，廣大人民倍受盤剥，甚至破家失業、流浪四方，全國各地不斷地爆發了大規模的農民起義。同時地方貴族藩王時起叛亂，外族侵犯頻繁，明王朝的統治發生了嚴重的危機。另一方面，流民大量流入城市，也爲城市工商業的發展提供了大量勞動力，在農業衰退的同時，手工業、商業的發展却非常迅速，爲「異端」思想的蜂起，爲文學藝術的繁榮提供了充分的物質條件。唐伯虎

---

① 是年十二月已入公元一五二四年元月。

出生於蘇州城的商人家庭，早年隨周臣學畫，才氣過人，與祝允明、文徵明、徐禎卿結交，有「吴中四才子」之稱。二十九歲時考中應天府（今江蘇南京）鄉試第一（解元），少年科第，春風得意。不料後一年的北京會試中，受江陰富家子弟徐經科場舞弊案的牽連而下獄，被革黜功名，發往浙江爲吏。伯虎遭此打擊後，遂絶意仕進，致力繪事，放浪山水，終於貧病而死。因此，閲讀唐伯虎的詩文就等於掃描明代文人的心路歷程，對於瞭解當時的江南才子羣乃至後來被腰斬的同樣是蘇州才子的文壇怪傑金聖歎是頗有裨益的。

輕柔悠揚，瀟灑倜儻，放浪不馴，艷情浪漫，當然是讓統治階級的衛道士們皺眉頭的。相反，老百姓似乎很喜歡唐伯虎，親親熱熱叫他「唐解元」。在他死後修葺了桃花庵，在他曾經讀書的魁星閣上塑像紀念，還將一些風物名勝附會上他的傳説，如鄧尉山香雪海是唐伯虎《紅梅圖》碎片所化，蘇州茶水爐的産生也與唐伯虎有關（見《姑蘇風物傳説》，浙江人民出版社一九九〇年）。更有意思的是，歷代的「唐迷」們編造出許許多多的風流艷事，演唱著，傳播著，安慰藝術家寂寞而清貧的靈魂。

唐伯虎具有非凡的天分，他似乎毫無畏懼。在進京會試，觸犯了規矩，被免去功名後，他歎道：「寒山一片，空老鶯花，寧特功名足千古哉？」（曹元亮《唐伯虎全集序》）從此以後，他乾脆隱居草廬，和妓女爲伍，與和尚説禪，過著自由自在的生活。他的詩詞坦率地袒露個性，没有任何羞答答的遮掩。他再明白不過地打起及時行樂的旗幟：

人生七十古來少，前除幼年後除老。中間光景不多時，又有炎霜與煩惱。花前月下得高歌，急須滿把金尊倒。世人錢多賺不盡，朝裏官多做不了。官大錢多心轉憂，落得自家頭白早。春夏秋冬撚指間，鐘送黄昏雞報曉。請君細點眼前人，一年一度埋芳草。草裏高低多少墳，一年一半無人掃。（卷一《一世歌》）

詩中説，請你細細將熟識的人點檢一遍，就會發現每年都有些人死去了。進而請你留意墳山的墳墓，每年都有一些無人打掃，推而可想這些墳主的後人也死去了。冷峻的眼光、誠實的情感加上幽默的語言，對熱衷於科舉功名的人無異於一帖清醒劑。作爲才子，伯虎對達官貴人，則保持著一身傲骨。誠如他在《把酒對月歌》的結尾所抒發的：「我也不登天子船，我也不上長安眠。姑蘇城外一茅屋，萬樹梅花月滿天。」（見卷一）又如他在《桃花庵歌》中所坦言的：「但願老死花酒間，不願鞠躬車馬前。」（見卷一）再如他在《伯虎絶筆》中所宣告的：

生在陽間有散場，死歸地府也何妨。陽間地府俱相似，只當飄流在異鄉。（卷三）

或有評其詩「肆慢不恭」（見《唐伯虎全集》之「唐伯虎軼事」卷三），但歷來老百姓喜歡他推重他，原因恐怕也正在此。在伯虎輩生活的十六世紀裏，才子渴望自由的個性，往往表現爲放誕不羈、率性而爲的人生態度和厭棄功名、追求自適的人生理想。這種個性，不能不和傳統的儒家道德、正常的社會秩序、社會規範發生劇烈的衝突。尤其是當文人才子那種桀驁不馴的個性受到科舉制度或官僚制度的壓抑或摧殘時，他們胸中洶湧澎湃、抑鬱不平的情感，常常借助一些背俗反常的行爲加以發洩。他們認定社會是荒唐的——或許只有用荒唐去對抗荒唐，才能擺脱荒唐，超越荒唐。

此外，唐伯虎還是明代第一流的大畫家，與沈周、文徵明、仇英合稱「明四家」。他的畫猶如書法中的「王字」（王羲之）一般被稱爲「唐畫」，爲後代畫家所推重。他和仇英都師從周臣。周臣字舜卿，號東村，是明中葉蘇州地區有名的畫家，擅畫人物山水，從南宋「劉李馬夏」的傳統中承繼了筆墨和造型的方法，同時也承繼了重視主題表現的思想，功力很深，稱雄于時。伯虎文化修養較豐富，經歷坎坷，見聞廣博，具有很高的描繪客觀事物的能力，因而意境的創造較乃師更豐富。他的取材範圍比較寬，形式技法也更多樣。他不僅擅長山水人物，在寫意花鳥方面也有獨到之處。風格嚴謹，意境深遠，而又行墨自然，雅俗共賞……所有這些方面，不僅超越了周臣，也爲其他吴門畫家所不及。因而伯虎的畫名與文名相得益彰，求他畫的人很多，據説他實在應接不暇時就請老師代筆，故很多相傳爲唐寅的畫實際上是周臣畫的，這也是滑天下之大稽的事。伯虎的書法主要學趙孟頫，並能自出機杼，結體俊逸挺秀，嫵媚多姿，行筆嫺熟穩健，是典型的文人字的家數，與他的畫又互相輝映，在有明一代亦是第一流的，極爲後世所重。值得一提的是，唐伯虎還是著名的清談客，也是大旅行家。一則受科場之獄的打擊，二則也是繪事的需要，他「放浪遠遊祝融、匡廬、天台、武夷，觀海於東南，浮洞庭、彭蠡」（尤侗《明史擬稿》）。他善於理解佛家哲理，經常與和尚交往，喜歡把佛典注入自己的詩文中。他根據《金剛經》四句偈「一切有爲法，如夢幻泡影，如露亦如電，應作如是觀」，自號六如居士。他總結自己是「前程兩袖黄金淚，公案三生白骨禪」（見卷一《悵悵詞》），運用《楞嚴經》中的觀點看待坎坷的人生，到頭來還是白骨狼藉，功名利禄又算得了什麽呢？他還仗著一枝生花妙筆，爲姑蘇寒山寺募求鑄鐘經費撰寫文告。

然而就是這樣一位多才多藝、博雅淵深的唐伯虎，滿懷對封建統治的反抗情緒和以賣藝爲生自食其力的自豪感宣告：

不煉金丹不坐禪，不爲商賈不耕田。閑來寫就青山賣，不使人間造孽錢。（《言志》）①

---

① 此詩不見於文集，首見於蔣一葵《堯山堂外紀》。

並且，還在自己的圖章上鐫刻上「江南第一風流才子」！真可謂「前無古人」！

在摩挲民族古籍的生涯中，我們發現，唐伯虎像蘇東坡、徐青藤、鄭板橋等人一樣，是中國歷史上爲數不多的具有多面性天才的人物，他們所走過的生活道路雖然不盡相同，但基本上都是一些未能見容於當世的狷介疏檢之士。他們的感情和理智經常失去平衡，大都招致物議甚至牽陷災獄，然而他們特立獨行，才華蓋世，都是歷史上少見的詩、書、畫通才。文學藝術發展史上已有不少事例證明，某些作家的藝術創造力往往得力於他們的反常性格，長時期的精神壓抑有可能促使他們更專篤地致力於藝術上的追求，而真正的藝術成就却時常屬於那些跡近異端的浪子。無疑，這樣的靈魂永遠魅力四射，是我們民族文化史上值得自豪的至寶。老百姓愛才子英雄，勝過愛帝王將相，這就是爲什麼今天人們還津津樂道唐伯虎的故事，粉墨皮簧敷演著唐伯虎的傳奇，乃至一代一代讀者還誦讀唐伯虎詩文的原因。

三

唐伯虎去世之後，先後有人將其遺作彙輯刊印。傳世者有明嘉靖十三年袁袠刻本、明萬曆二十年何大成刻本、明萬曆四十年曹元亮刻本、清嘉慶六年唐仲冕刻本諸本。二

○一三年上海古籍出版社更推出周道振、張月尊輯校《唐寅集》（簡稱「上古本」）。上古本没有箋注，然搜羅宏富，計四十八萬餘字。但是，平心而論，其編排我們是不敢苟同的。按其《前言》所説：「本集乃彙輯所見七種刻本爲唐伯虎全集之原集六卷。其詩文卷數次序，悉依唐仲冕所刻前六卷排列。」然而，我們拿唐仲冕刻本與之對照，就發現二者恰恰是「詩文卷數次序」有很大的不同。上古本的「詩文卷數次序」不知依據何本，且排列亦缺乏説明。底本模糊，這當然是整理古籍的大忌。又可能爲追求入輯篇幅，上古本往往將同一首詩詞的不同版本一併收入，而對於畫家唐伯虎來説，在不同的畫幅上題寫同一首詩詞，在字句上小有異同則是頗爲常見的。如上古本第七十八頁將原《言懷》二首之第一首「田衣稻衲擬終身」單獨列出，標題《四十自壽》。接下來又一首《四十自壽》「魚羹道衲水雲身」。二首大同小異，顯然爲同一首詩之不同版本，只須寫出校記即可，不必重複收入。像這樣的重複收入，上古本爲數還不少。

我們認爲，諸唐集中，以清光緒十一年（一八八五）鎮江文成堂刊唐仲冕輯《六如居士全集》最爲完備精覈。該書收入伯虎的詩詞曲賦等六百四十七首，文四十五篇，計分七卷，其中卷七爲關於伯虎的志傳資料。我們此次整理就擇善而從，以唐仲冕輯刊的《六如居士全集》爲底本，篇次卷次，一如其舊，文字上則校以明萬曆二十年何大成刻本（簡稱

「何本」），酌參上古本，進行整理。箋注部分「同乎舊談」者，不敢掠美，一一標出。此外還附録了陳書良撰《唐伯虎年表》，以俾知人論世。限於整理者的學力，在校點、箋注諸方面一定存在不妥乃至錯誤之處，懇切希望讀者和專家們指正。

陳書良　周柳燕

二〇一六年五月於長沙

例言

一、唐伯虎詩文集以光緒十一年鎮江文成堂刊唐仲冕《六如居士全集》最爲完備精覈，本書正文悉依該本爲底本。唐仲冕刻《六如居士全集》有袁宏道短文和批語，悉數録入。

二、校本以明何大成刻本爲主，亦即萬曆二十年壬辰（一五九二）何刻《唐伯虎先生集》二卷，萬曆三十五年丁未（一六〇七）何刻《唐伯虎先生外編》五卷，萬曆四十二年甲寅（一六一四）何刻《唐伯虎先生外編續刻》十二卷。此外，參校周道振、張月尊輯校之《唐寅集》（上海古籍出版社，二〇一三年九月）。

三、正文有錯漏，則以〔　〕改正，原錯字以（　）列出，並寫出校記。避諱字予以回改，異體字徑改成通行字，不另作説明。

四、題解内容爲該作品之寫作時間、寫作背景及形式之簡介。若無相關資料，則付之闕如。

五、箋注側重典實及語詞出處，一般詞語不作解釋。

六、解析係參照前修研究，融會個人心得而撰。見仁見智，存乎一心。

原序

其一

《唐伯虎集》二卷，樂府、詩總三十二首，賦二首，雜文一十五首，内《金粉福地賦》闕不傳。伯虎他詩文甚多，體不類此。此多初年所作，頗宗六朝。惟遊金、焦、匡廬、嚴陵，觀鰲山諸詩，及《嘯旨後序》，乃中季所作①，亦可入選，故附入選。

唐伯虎者，名寅，初字伯虎，後乃更字子畏，吴縣人也。少有儁才，性豪宕不羈，家貧不問産業，好古文辭，與故京兆祝公允明、博士徐公禎卿、今内翰文公徵明相友善。而尤工四六，藻思麗逸，翩翩有奇氣。然行實放曠，人未之奇也。獨故太守文公林奇之。嘗上書吴文定公寬，覽書曰：「吴安得有此人耶？」頗爲延譽公卿間。而提學御史方誌惡其跅弛，將黜之。比試，故大學士梁公儲讀其文驚嘆，以爲異材，遂薦第一，由是聲稱籍甚。會試禮部，衆擬伯虎復當首選，伯虎亦自負。江陰徐經者，通賄考官故尚書程公敏政家人，得其節目，以示伯虎，且倩代草文字。事露，逮錦衣衛獄，掠問無狀。先是，梁公奉使外夷，伯虎乞程公文送之，竟以此論發爲吏，恥不就，免歸。友人文徵明以書切責之，伯虎答書自明，文多載集中。乃益自放廢，縱酒落魄，所著述多不經思，語殊俚淺。人或規之，伯虎曰：「夫太上立德，其次立功，其次立言。寅遭青蠅之口，而蒙白璧之玷，爲世所棄。雖有顔、冉之行，終無以取信于人。而夔、龍之業，亦何以自致？徒欲垂空言，傳不朽，吾恐子雲《劇秦》，蔡邕附卓，李白永王之累，子厚叔文之譏，徒增垢辱而已。且人生貴適志，何用劌心鏤骨，以空言自苦乎？」宸濠之謀逆，欲招致四方材名之士，乃遣人以厚幣招，伯虎堅辭不可。至則陰知將有淮南之謀，遂佯狂以酒自污。宸濠曰：「唐生妄庸人耳。」乃放歸，得免于難。過富春渚，想子陵之風，慷慨悲歌，徘徊者久之。築室桃花塢中，讀書灌園，家無擔石，而客嘗滿座。風流文采，照映江左。外若奢汰，而中慕沉玄。勤究内典，旁精繪事。

袠童時，嘗獲侍高論，接杯酒之歡。哲人已遠，九京不作。撫頌遺文，慨仰遐烈。爰加蒐摭，庶存梗概云爾！嘉靖甲午，蜡月望日，胥臺山人袁袠謹序。

【校　記】

①「季」，何本作「年」。

其二

吾吳伯虎唐先生，以風流跌宕，擅名一時，厥後轗軻淪落以死。議者謂良玉善剖，寶劍善割。嗟嗟唐生，終已焉哉！愚曰：「不然，伯虎當宸濠物色時，名已敗矣，身已廢矣，英雄末路，能不自點者幾人哉？伯虎佯狂自污，卒以獲免，此豈風流跌宕之士所能窺其際乎？其殆幾于智者歟？」議者終咎其失足于徐經，以爲口實。於戲！伯虎尚不失足于宸濠，乃甘以其身殉徐經耶？雖然，文人無行，自古有之。司馬長卿才絕古今，倘略其才而第指其竊貲一事，則長卿窮矣。其是其非，曷足爲唐生咎乎？故夫伯虎者，風流跌宕人也，蓋有才而不善用之者也。彼自負有才而善用之者，强半皆工于鞶帨者也。工于鞶帨者不取也，則不如伯虎之不事鞶帨，而卒以成其爲伯虎者也。愚故曰：「伯虎殆幾于智者也。」所著詩文，翩翩有奇藻，乃其邁往不屑之韻，卓然如野鶴之在雞羣，是烏可以無傳哉？噫！其傳者亦寡矣！萬曆壬辰春三月既望，吳趨後學何大成君立題。

其三①

伯虎集既成，有客過而問曰：「子之集唐生文備矣。乃其殘膏賸馥，風流輝映，至今騷人墨士以爲美談，忍令湮没弗傳，可乎？」予對曰：「伯虎小詞，率多浮薄傷雅，且不足供覆瓿，奈何災木邪？」客曰：「否，不然也。今世所行稗官野史，俚歌雜劇，寧盡符于道者？然皆相傳不廢。况伯虎亦嘗領袖東南，才名藉甚，不幸轗軻落魄，其胸中磈礧鬱勃之氣，無繇自洩，假諸風雲月露以洩之。雖語涉不經，亦以自攄其才情之所至而已。若以其爲大雅罪人，則無論今世稗官野史、俚歌雜劇，一切可廢，即如《齊諧》志怪，《博矆》②炫奇，《桑中》誨淫，《秘辛》啓蕩，以迨《高唐》神女，引柔曼之端，《子虚》《上林》，決奢靡之竇，莫不妙騁才情，發皇藻繪，將盡付諸祖龍烈焰，而後足以飽侏儒之一快乎？天下安得有才子有文章哉？又况乎勸百風一，有進于此者乎？」予因是旁蒐逸艷，並輯其志銘，暨諸名公贈答，釐爲若干卷，題曰外編，附刻卷末，以貽同好。於戲！千載而下，知吾吴有風流跌宕如唐先生伯虎其人者，其以是編也夫。萬曆丁未佛誕日，吴趨何大成題于妙香閣。

【校記】

① 何本題作「伯虎外編小序」。②「博矆」，上古本作「博物」。

其四①

客謂何子曰：「唐伯虎畸人也，而子務廣其傳，宜乎子之益窮也。」何子哭曰：「伯虎洵能窮人哉？使予鐫《金谷園集》，亦能金谷我乎？」客無以應。一日，予友王平叔過我云：「鳳林孫師齋頭，有《伯虎集》二卷，雲間曹寅伯氏梓而行之者也。卷中蒐録遺亡，十得八九。」不佞索觀之，大都按予舊本，稍增損顛倒其間。而《金粉》一賦，補亡之功，于斯爲大矣。竊念伯虎②而禮法之士嫉之者猶故也。嗟乎！古道雖亡，人心不死，文章一脈，久而彌著。盧柟縲絏于庸奴，徐渭挫衂于悍室，一元委蜕于貧交，陳昂溝壑于織屨，皆近代才子落魄顛放者之左券也。然而，《蠛蠓》以元美炫奇，《三集》以石公抉秘。獻吉締好，太白顯名；伯敬嘘枯，《白雲》價重。儻所謂附青雲而聲施後禩者非與？伯虎迄今百有餘年，其文采風流，卒無有彙而傳之者，至使區區窮愁之何子，與夫未達之曹生，竊附其名，以傳于世。方之四子所遭，其窮不綦甚乎？客之言夫豈欺我？時萬曆甲寅，宿月彀雨，吴趨何大成君立父題于金臺之摩訶庵。

【校記】

① 此文原爲何大成《伯虎外編續刻·序》。② 何本「竊念伯虎」以下缺十二行計一百四十四字。

其五

自古荊玉夜珠，爲世所寶者，非其傳愈久而神愈光耶？文亦有之。三吴自公游闞藻，代有逸才，而清豪之致，無遜隴右者，獨伯虎唐先生。先生幼奇穎，豪宕不羈，有專、季風，落筆雲煙，不加點綴。弱冠負氣跅弛，半爲江南路鬼揶揄。賴梁文康、吴文定兩相國，延譽公卿間，才名日噪。而鹿鳴首薦之後，益爲入宫所妒。青蠅搆讒，便掛吏議。先生嘆曰：「寒山一片，空老鶯花，寧特功名足千古哉？」遂築室金閶門外，日與祝希哲、文徵仲詩酒相狎。踏雪野寺，聯句高山，縱游平康妓家。或坐臨街小樓，寫畫易酒。醉則岸幘浩歌，三江煙樹，百二山河，盡拾桃花塢中矣。嘗夢得龍劑墨一囊，文愈奇，詩日益藻。然吐語珠璣，多不屬草，是以散逸少傳。胥臺袁先生袠，重先生文，已刻樂府、雜文、賦四十七首，爲世片玉。而海虞何君立氏復稍加補葺，然終非完豹也。今所集二十二種，百五十餘篇，大都皆先生中年作。悲歌慷慨，而寄韻委婉；謔浪笑傲，而談言微中。先生善畫，恨不得於畫見先生，今于兹集見之矣。謹校閲付梓。遺珠在世，博雅鑒補，則先生益不朽。

萬曆壬子相月，雲間曹元亮寅伯甫題並書。

其六

余讀唐伯虎先生與文衡山先生書，慷慨激烈，悲歌風雅，眼底世情，腔中心事，一生沖宇宙淩海岳之氣，奮在几席。掩卷究其本末，嗟乎！丈夫遭時不遇，遂至此哉？余生也晚，濫竽木天，畏友曹寅伯爲先生校刻其藏。夫南渡諸人，大家不二數，趣好不同，靈竅不一。先生以磊落不羈之才，放浪形骸之外，爲吴中傑士，與名人儔伍。戊午發弘治第一，以不檢落籍，知者惜之！佯狂宸濠，俠咏山林，不啻數萬言，已入堂奥。而今傳者，未免有靳容德色之病，遺散七八，寅伯僅收一二，有神契焉，傾囊梓之。先生之文，一新行流，日焕吴茸，密邇景星慶雲。幸切瞻慕，得捧遺編，如睹璉璧，秘中當有收之者。李杜而下，更有定論，不敢加喙其間。獨喜先生之吟，得寅伯而後著，何知賞之難哉？好古者其在兹歟？嗟乎！劉定之《退災記》爲先生公案，識者烏乎删定？賜進士第翰林院檢討文林郎華亭張鼒書。

其七

嘉慶六年嘉平月，重刊家子畏先生集成，因爲之叙曰：

吾宗以國爲氏，自前涼陵江將軍輝徙居晋昌，其曾孫瑶、諮皆爲晋昌守。諮子揣，瑶孫褒，皆封晋昌公。褒來孫儉，從唐太宗起晋陽，封莒國公，圖像淩煙。後世或郡晋昌，或郡晋陽，皆莒公後。迄宋皇祐爲侍御史介以直諫謫渡淮。至明爲兵部車駕司主事泰，死土木之難。子孫分居白下、檇李間。珏籍富順，珪籍益都，其季子瑾乃籍豐城。子畏先生蓋白下、檇李間近派，仲冕則自豐城分支者。雖譜系難考，亦同出於兵部公矣。

先生才名冠世，人艷稱之，而落拓不羈，或爲方領矩步者所不樂道。余讀其傳，考其行事，裒輯其所著文，知其寓氣節於風流，與俗所稱有文無行迥異。其被黜禮部也，人謂徐經本富人，而程篁墩愛先生才，或不免有鬻題事。近見沈宗伯德潛題畫像記，據《孝宗實録》辨之甚晰，數百年疑獄始雪。第當時對簿，不屑置辯，故甘以廢黜終耳。

先生爲文，自言後人知我不在此，其集致多散佚。余於袁徵君棠、王孝廉曇睿、何文學元錫，得袁中郎批本四卷，及萬曆間何君立本二十二卷，輯而刻之。補之以家藏山水畫端詩，阮中丞元、黄司馬易所藏墨蹟，王太守文治、邵茂才騄、趙上舍輅、魏茂才標所見詩篇，且刻其制藝、畫譜。而孫觀察星衍寄示康熙甲戌宋中丞刊本表墓詩一卷，韓封君是升有明天啓間周廷簡所臨畫像題跋，並采録外集，都爲十六卷。遺文軼事，亦稍蒐羅矣。然傳志稱先生窮研象數、律曆、揚馬、玄虚、五遁、太乙諸書。以余所見，《周髀算經》中有先生辨證趙君卿、甄鸞諸人勾股法數十條，最爲精核。則其著述之弗傳者，又豈少哉？

其墳墓一在桃花塢，一在横塘。桃花塢有明胡太守纘宗碑，横塘載在方志，今並修之。余以同族來宰是邑，既修其墓，刻其遺集，欲求其後裔不可得。董生國華出鈔本《唐氏渡淮譜》，列先生兄弟於松陵支系之後，其先世亦未能詳。而自長民殤後，子重復生二子，曰兆民、阜民，以兆民後先生。兆民生昌祚，昌祚生應祥，應祥生宜瑞，宜瑞生允錫、允欽、允銓，允錫生道濟，早卒，餘無可考。又云子重三子，官字長民，宗字兆民，寧字阜民。又有兆民遺命記，自稱紹宗。名字互異，是可疑也。然過而廢之，寧過而存之。因附録於集中，以俟博考云。長沙族裔仲冕撰。

吴人有唐子畏者，才子也，以文名，亦不專以文名。余爲吴令，雖不同時，是亦當寫治生帖子者矣。余昔未治其人，而今治其文。大都子畏詩文，不足以盡子畏，而可以見子畏。故余之評騭，亦不爲子畏掩其短，政以子畏不專以詩文重也。子畏有知，其不以我爲俗吏乎？公安袁宏道中郎父書。①

【校　記】

① 此段文字爲唐仲冕刻本所引。

唐伯虎詩文全集　卷一

賦

嬌女賦

臣居左里〔一〕，有女未歸①。長壯妖潔，聊賴善顧〔二〕。態體多媚，窈窕不妒。既閑巧笑〔三〕，流連雅步。二十尚小，十四尚大。兄出行賈，長嫂持户。日織五丈，罷不及暮。三丈縫衣②，餘剪作袴。抱布貿絲，厭浥行露〔四〕。負者下擔，行者佇路〔五〕。來歸室中，嘖嘖怨怒。策券折閱〔六〕，較索羨貨。著履入被③，不食而嘔。雙耳嘈雜，精宕神怖④。形之夢寐，仿佛會晤。咀桂嚼杜，比象陳賦。螗蜩夏蜕，額廣平而〔七〕。春蛾出蛹⑤，修眉揚而〔八〕。白雲懷山，黛浮明而〔九〕。朝星流離，目端詳而〔一〇〕。華瓠列犀，齒微呈而〔一一〕。含桃軀膚，口欲言而〔一二〕。菡萏承露，舌含藏而〔一三〕。蝦蟆蝕月，顛髮圓而〔一四〕。毒蠆摇尾，髻含風而〔一五〕。鴉羽齊奮，飾梳壯而⑥〔一六〕。游魚吹日，口輔良而〔一七〕。蝶翅輕暈，鼻端中而〔一八〕。恒月沐波，大宅黄而〔一九〕。琵琶曲項，肩削成而。蝤蠐齧李，領文章而〔二〇〕。霧素一束，腰無憑而〔二一〕。鼠姑舒合〔二二〕，體修長而。酥凝脂結，衽微傾而〔二三〕。鵝翎半擘，爪有光而〔二四〕。玉鈎聯屈，指節纖而。蓮本雪素，臂仍攘而〔二五〕。角弭脱韡⑦，履高牆而。輕飆卷霧，行褰裳而。梨花轉夜，睡未明而。温泉浸玉，澡蘭湯而。陽和黠宕⑧，醉敖翔而。咏曰：纚火齊兮瑱木難，簪鳴凰兮釵琅玕〔二六〕，絡琴瑟兮銀指環⑨。被珠綬兮龍係臂，珮璜而瀚兮褶翡翠⑩，金裾鈎兮繡曳地。襜黄潤兮袖方空〔二七〕，綈倒頓兮玉膏筒〔二八〕，綦丹縠兮素五綜〔二九〕，麗炎炎兮倫無雙。

袁宏道評：中有畫筆。

【校記】

①「歸」，何本作「婦」。②「衣」，何本作「衫」。③「履」，何本作「屐」。④「宕」，何本作「蕩」。⑤「蛹」，何本作「甬」。⑥「飾」，何本作「餙」。「壯」，何本作「粧」。⑦「韡」，何本作「韣」。⑧「宕」，何本作「蕩」。⑨「琴瑟」，何本作「瑟瑟」。⑩「瀚」，何本作「澣」。

【題解】

這是一篇描寫女子形態的小賦，應該是伯虎的早期創作。前此歷代有不少人寫過《神女賦》，雖所寫非現實生活中的女子，但無疑伯虎借鑒了其中的技法。此外，宋玉《登徒子好色賦》、漢樂府也對此賦的謀篇、措辭産生了影響。伯虎在繪畫史上以仕女圖爲人推重，此賦也是描摹女性的佳構，怪不得袁宏道評曰：「中有畫筆。」

【箋　注】

〔一〕左里：即東里。古代以左爲東，如江左，即江東。戰國楚宋玉《登徒子好色賦》：「天下之佳人，莫若楚國。楚國之麗者，莫若臣里。臣里之美者，莫若臣東家之子。」

〔二〕聊賴：依賴。漢蔡琰《悲憤詩》：「爲復彊視息，雖生何聊賴。」

〔三〕閑：文靜。巧笑：笑得很美的樣子。《詩·衛風·碩人》：「巧笑倩兮，美目盼兮。」

〔四〕「抱布」二句：言此女將所織布去市場换得其他生活物資。《詩·衛風·氓》：「氓之蚩蚩，抱布貿絲。」厭浥行露，全身都被露水沾濕了。厭，飽，足。《詩·召南·行露》：「厭浥行露，豈不夙夜，謂行多露。」

〔五〕「負者」二句：是説路上挑擔者見了嬌女皆放下擔子，路人亦駐步來欣賞其美。按漢樂府《陌上桑》云：「行者見羅敷，下擔捋髭鬚。少年見羅敷，脱帽著帩頭。耕者忘其犁，鋤者忘其鋤。來歸相怒怨，但坐觀羅敷。」伯虎此處化用。

〔六〕策券：即債券。折閲：指商品減價銷售。

〔七〕「螗蜩」二句：是説嬌女面如夏日蜕皮之幼蟬，美麗嬌嫩。螗蜩，蟬之一種，其額方正。《詩·衛風·碩人》云：「手如柔荑，膚如凝脂。領如蝤蠐，齒如瓠犀，螓首蛾眉。」此處及以下多化用《詩經》。

〔八〕「春蛾」二句：是説嬌女眉形如春天破繭而出的蠶蛾的觸鬚，細長彎曲。修，長。

〔九〕「白雲」二句：形容嬌女髮式、髮型之美。

〔一〇〕「朝星」二句：是説嬌女眼睛如晨星般明亮。

〔一一〕「華瓠」二句：是説嬌女牙齒如瓠瓜籽一樣排列整齊，潔白美麗。

〔一二〕「含桃」二句：是説嬌女嘴如櫻桃一樣好看。含桃，即櫻桃。龜紋，形容嘴唇的紋路。

〔一三〕「菡萏」二句：是説嬌女的舌頭像含苞未放的荷花一樣美麗。菡萏，荷花。

〔一四〕「蝦蟆」二句：形容嬌女前額的髮式之美。蝦蟆蝕月，指一種古代美人的髮式。

〔一五〕「毒蠆」二句：形容嬌女的髮髻之美。蠆，蠍類毒蟲。《詩·小雅·都人士》：「彼君子女，卷髮如蠆。」鄭玄箋：「蠆，螫蟲也，尾末揵然，似婦人髮末曲上卷然。」

〔一六〕「鴉羽」二句：形容嬌女的頭髮如烏鴉的毛羽一樣黑亮。南朝樂府《西洲曲》：「單衫杏子紅，雙鬢鴉雛色。」

〔一七〕「游魚」二句：形容嬌女口頰部分如游魚吹日般飽滿。口輔，頰下。《詩·衛風·碩人》：「巧笑倩兮。」《傳》：「倩，好口輔。」

〔一八〕「蝶翅」二句：形容嬌女鼻梁端正，鼻翼如蝶翅般勻稱，兩側對稱。

〔一九〕「恒月」二句：是説嬌女面龐如圓月浴波般清新美麗。大宅，指人的面部。黄，幼，引申爲嬌嫩。

〔二〇〕「蝤蠐」二句：形容嬌女的脖子像蝤蠐一樣既長且白。蝤蠐，天牛的幼蟲，其色潔白如脂。領，脖子。文章，花紋，色彩。語本《詩・衛風・碩人》：「領如蝤蠐。」

〔二一〕「霧素」二句：是説嬌女腰支如束素一般輕盈。宋玉《登徒子好色賦》：「腰如束素，齒如含貝。」

〔二二〕鼠姑：牡丹的别名。舒合：展開，合攏。

〔二三〕「酥凝」二句：是説嬌女的皮膚像凝凍的脂膏一樣潔白細嫩。衽，衣襟。

〔二四〕「鵝翎」二句：形容嬌女的手腕如微張的鵝毛一樣潔白。擘，分開。爪，指手指。

〔二五〕「蓮本」二句：是説嬌女的手臂如蓮藕般潔白。

〔二六〕「纚火」二句：是説束髮的帛上和頭飾流蘇上都是寶珠。纚，束髮的帛。瑱，冠冕兩邊下垂的玉飾。火齊、木難，皆寶珠名。

〔二七〕襜：（衣裳）擺動或飄動的樣子，此處指衣裳。黄潤：細布。司馬相如《凡將》：「黄潤纖美宜製襌。」袣：衣袖。方空：一種紗名。《駢雅・釋服食》：「方空，細紗也。」

〔二八〕「綈倒頓」句：是説用綈制大袴，用玉液裝飾褲管。綈，一種粗厚而有光澤的絲織品。倒頓，大袴。《方言四》：「大袴謂之倒頓。」玉膏，玉之脂膏。《文選・張衡・南都賦》：「玉膏滵溢流其隅。」筒，褲、襪上的圓筒部分。

〔二九〕綦丹：暗紅色。綦，蒼色。縠：縐紗一類絲織品。五綜：此指代織物。綜，織布機上調節經線、緯綫的裝置。

【解　析】

此篇小賦分爲三段。第一段從「臣居左里」到「比象陳賦」，首先概括性地描寫嬌女的體態、身世、勞作情況，突出説明了這不是神女，而是現實中的普通女子。接著寫嬌女露面給社會帶來的轟動效應。其中寫法上較多地借鑒了漢樂府《陌上桑》的誇張手法。最後寫作者一睹芳容後歸來「精宕神怖」「形之夢寐」。第二段從「螗蜩夏蜕」到「醉敖翔而」，是中心部分，集中地用賦、比、興各種手法描繪了嬌女從上到下的相貌、穿戴、舉止，這也是袁中郎「中有畫筆」之所指。第三段是「咏曰」，是賦的結論，也是對嬌女的禮贊。需要指出的是，伯虎出身屠沽，生長商會，此賦的主人公嬌女一脱前人窠臼，竟是一「抱布貿絲」的小販，這是生活給作家的烙印，也是伯虎此賦的出新之處。

金粉福地賦

閩山右姓〔一〕，策府元勳〔二〕。玉節淩霄而建〔三〕，金符弈世而分〔四〕。位定高明，補媧天以五石〔五〕；職俾貞觀，捧堯日以三雲〔六〕。四庫唐書，秘殿分球琳之賜①〔七〕；九州禹跡，丹書鐫帶礪之文〔八〕。館備鳳鸞之佳客，衛總虎貔之禁軍。載賦卜居〔九〕，當清谿之曲；列陳支戟，倚赤山之氛〔一〇〕。揆定星于北陸〔一一〕，察景日于南薰〔一二〕。篋粉釵金，借靈光於織女；移山變海，假福地于茅君〔一三〕。竹苞矣而秩秩〔一四〕，木向榮而欣欣。由余論制〔一五〕，般輸運斤〔一六〕。屈戍垂環〔一七〕，朱提塗其獸鈕〔一八〕；觚稜戴刃〔一九〕，白荅染其鼊紋〔二〇〕。碧瑣離離，素女窺月中之影〔二一〕；白榆歷歷〔二二〕，青龍伏天上之羣〔二三〕。麗抗萬金，名齊百子。貯四姓之良家〔二四〕，延諸姑與伯姊。鳴屧回廊〔二五〕，探瓢曲水〔二六〕。行行細襇②，石榴蹙抱柱之裙〔二七〕；矗矗高牆，海馬繡淩波之履。婉孌無名，穠纖合軌。賦成洛水〔二八〕，陳王盡八斗之才；夢出巫山〔二九〕，楚帝薦三杯之醴。蝴蝶以胭脂作隊，玉樹以芙蓉爲蕊。瑶池疏潤，演麗於九春；析木分輝③，流光於千里。香合麝臍，痕勻獺髓。九華妝篋，長緘楚國之蘅蘭；八寶鏡臺，爛鬥武家之桃李〔三〇〕。映陽光而獨照，攬輕塵而四起。習成雅步，風細細而無聲；學得宮妝，月亭亭而不倚。麗軼西施④〔三一〕，賢過鄧曼〔三二〕。冠南都之顔色〔三三〕，充中庭之舞萬。連環不解，明珠度寸。扶桑宮裏〔三四〕，有夫婿之侯；芳草天涯，有王孫之怨⑤。傳霓裳於廣寒，織雲錦於靈漢。常山罷玉釵之咏〔三五〕，阿谷置銀璜之翰⑥〔三六〕。繡幕圍兮，春杯長夜；錦衾燦兮，宵燈獨旦。別有沙堤，曲通珣岸。黄金建百尺之臺，白玉作九成之觀〔三七〕。屏裁雲母，隔閬風而不疏〔三八〕；梁鏤鬱金，承朝陽而長爛。珠璣錯三千之履〔三九〕，紫絲垂七十之幔。粤若富春，樂彼韶年。河陽之花似霰〔四〇〕，宜城之酒如泉〔四一〕。分曹打馬〔四二〕，對局意錢〔四三〕。織錦竇姬〔四四〕，薦朝陽之賦；卷衣秦女〔四五〕，和夜月之篇。寶葉映綦履而雅步〔四六〕，銀花逐笑靨而同圓。麗色難評，萬樹過牆之杏；韶光獨占，一枝出水之蓮。

四坐吐茵，無非狎客；兩行垂佩，共號神仙。風裏擘衣，接金星而燦爛；月中試管，倚玉樹而嬋娟。青鳥黄鳥〔四七〕，盡是瑶池之佳使⑦；大喬小喬，無非銅臺之可憐〔四八〕。單衫裁生仁之杏子〔四九〕，鬆鬢擁脱殼之蜩蟬。錦袖琵琶，眼留青於低首⑧；金釵宛轉，面發紅於近前。一笑傾城兮再傾國〔五〇〕，胡然而帝也胡然天〔五一〕！樂句雕香，舞衣裁縞。步摇擁翠，葳蕤却火之珠〔五二〕；充耳以黄，聯絡澄泥之寶。鴛鴦在梁，永錫難老；金玉滿堂，惟躬是保。北門文學〔五三〕，銜題鸞鳳；上苑英華，使稱花鳥〔五四〕。秋千院落，日五丈而花陰陰；燈火樓臺，月三更而人攬攬⑨。嵰影内堂，鎖聲别沼。浮閑館於波心，飛重闌於木杪。沐池分北湖之新漲，妝鏡開西山之清曉。屈曲圍屏⑩，高低覆橑。蜘蛛織三更之雨，蘼蕪咏一庭之草。珠簾以珊瑚作鈎，翠帳以芙蓉爲葆。左思解賦〔五五〕，煉詞以十年；豎亥健步，尋源於三島〔五六〕。神仙多戲，造化無私。海中之地可縮〔五七〕，壺裏之天鮮窺〔五八〕。萬里石塘，貫八垓之機軸〔五九〕；三重銀户，入九曲之摩尼〔六〇〕。淩歊借地⑪〔六一〕，嘉福分基。東園頌蛺蝶之嚏矣，南浦賦芍藥之伊其。抱明月而長游，乘清風而忘歸。畢媒珍異，總攝袞奇⑫〔六二〕。泛神柤於八月〔六三〕，飛車較于三危〔六四〕。漢帝望仙，空駐八公之蹕〔六五〕；淮王好士〔六六〕，漫著三山之詞。仰看銀榜，俯即瑶池。高唐狀如日也〔六七〕，弱水可以航之〔六八〕。合天淵于跬步，渾聖凡之二岐。况復主人，實爲國華。食客三千之田氏〔六九〕，去天尺五之韋家〔七〇〕。丱角領留都之鎮，十年開扆從之衜。忘形下士，莊生之鵬鷃〔七一〕；投身事主，介子之龍蛇〔七二〕。皋陶明允〔七三〕，吉甫柔嘉〔七四〕。珠出胎而特瑩，玉截肪而無瑕⑬。明哲猶冰之生水，正直豈蓬之在麻。不忮不求，何所用而不臧？盡善盡美，將無譽之可加？游秇餘情，誦折枝之句〔七五〕；撫綏乘閒，燕辭樹之花。羅敷罷蠶〔七六〕，碧玉破瓜〔七七〕。神鸞作駕，姮娥離二八之月⑭；靈鵲成橋，天孫下七夕之車〔七八〕。釵珮相磨，笙歌遞出。展黛蕊於雙眉，鬥黄花於半額。桃葉渡頭〔七九〕，問團扇之新聲〔八〇〕；梅根渚上〔八一〕，邀長檣之行客。悠悠萬事，付半紙之埃塵；默默微情，托一箱之朱碧。盡將治麗之叢，轉托高明之宅。後檻前屏，終南少室〔八二〕。樹號長春，酒名千日。猶二士之入桃〔八三〕，比四仙之居橘。論道不殊，謀揆則一。借王勃之風〔八四〕，奮江淹之筆〔八五〕。咀蘭成咏，漢殿分香〔八六〕；刻葉爲題，鄭公借術。竭雕蟲之薄技，傾鉛華而盡述。

【校記】

①「秘殿」，何本作「祕殿」。②「細裯」，何本作「細簡」。③「析木」，何本作「折木」。④「西施」，何本作「先施」。⑤「有」，何本作「無」。⑥「翰」，何本作「瀚」。⑦「佳使」，何本作「佳俠」。⑧「低首」，何本作「低頭」。⑨「攬攬」，何本作「擾擾」。⑩「圍屏」，何本作「回屏」。⑪「淩歊」，何本作「淩熇」。⑫「衺奇」，何本作「褒奇」。⑬「截肪」，何本作「絶肪」。⑭「姮娥」，何本作「嫦娥」。

【題　解】

弘治十一年（一四九八），對於二十九歲的伯虎來説，是春風得意的一年。他參加南京鄉試，力壓羣雄，獲得第一名（解元）。在南京時，於某通侯家，即席撰寫此賦。南京原本是六朝金粉故都，在科場得意的伯虎心目中也是一塊福地，故以「金粉福地」名賦。

【箋　注】

〔一〕閩山：指閩越古國。右姓：豪族大姓。《後漢書・郭伋傳》：「强宗右姓各擁衆保營，莫肯先附。」李賢注：「右姓猶高姓也。」

〔二〕策府：古帝王藏書册之所，唐代稱秘書省。《穆天子傳》卷二：「天子北征東還，乃循黑水。癸巳，至於羣玉之山，……阿平無險，四徹中繩，先王之所謂策府。」

〔三〕玉節：玉節郎，天子之使臣。此恐指南京行轅之建築。永樂十八年，成祖遷都北京，南京還設有六部衙門。

〔四〕金符：瑞書。南朝齊謝朓《思歸賦》：「拖銀黄之沃若，剖金符之陸離。」

〔五〕五石：五色石。漢劉安《淮南子・覽冥訓》載女媧曾煉五色石以補天，此指輔佐朝廷。唐李白《竄夜郎於烏江留别宗十六璟》：「斬鼇翼媧皇，鍊石補天維。」

〔六〕三雲：漢宫殿名。《西京雜記・一》：「成帝設雲帳、雲幄、雲幕於甘泉紫殿，世謂三雲殿。」梁武帝《上雲樂・方丈曲》：「挹八玉，御三雲。」

〔七〕四庫：《唐書·藝文志序》：「兩都各聚書四部，以甲乙丙丁爲次，列經史子集四庫。」唐書：指《書·堯典》，借指高文典册。球琳：球與琳，皆美玉名。《書·禹貢》：「厥貢惟球琳琅玕。」

〔八〕帶礪：河如帶，山如礪，謂國永存，祚無窮。《太平御覽·文部·鐵券》：「《楚漢春秋》曰：高帝初封侯者，皆賜丹書鐵券，曰：使黄河如帶，太山如礪，漢有宗廟，爾無絶世。」

〔九〕卜居：楚辭有《卜居》。

〔一〇〕赤山：赤山湖，在江蘇省句容縣西南，上接九源，下通秦淮。

〔一一〕定星：即營室星。《詩·鄘風·定之方中》疏：「《釋天》云：營室謂之定。」北陸：即虚宿，二十八宿之一。

〔一二〕南薰：唐宫殿名。唐李白《宫中行樂詞八首》其八：「水緑南薰殿，花紅北闕樓。」

〔一三〕茅君：西漢茅盈兄弟三人。茅氏兄弟修道於江蘇西南之句曲山（南京附近），遂稱茅山，道教稱爲第八洞天。

〔一四〕秩秩：順序之貌。《詩·小雅·賓之初筵》：「賓之初筵，左右秩秩。」此言竹之自然生長。

〔一五〕由余：字懷忠，周武王少子唐叔虞十五世孫，嘗與秦穆公論治國之道。見《韓非子·十過》。

〔一六〕般輸：古之工巧者。《文選·班固·答賓戲》：「逢蒙絶技於弧矢，般輸摧巧於斧斤。」注曰：「翰曰：般輸，工巧者也。」

〔一七〕屈戌：亦寫作「屈戍」，窗户之環鈕。以鐵葉相勾貫，可使窗户開閉。唐李商隱《驕兒詩》：「凝走弄香奩，拔脱金屈戌。」

〔一八〕朱提：銀飾。雲南昭通朱提山産銀多而美，後遂用作銀之代稱。

〔一九〕觚稜：殿堂上最高轉角處之瓦脊。《文選・班固・西都賦》：「設璧門之鳳闕，上觚稜而棲金爵。」

〔二〇〕白䓘：一種植物。《山海經》卷一：「侖者之山……有木焉，……名曰白䓘。」

〔二一〕離離：曠遠貌。宋蘇軾《郭熙畫秋山平遠》：「離離短幅開平遠，漠漠疏林寄秋晚」。素女：即嫦娥。南朝梁江淹《水上神女賦》：「青娥羞艷，素女慚光。」

〔二二〕白榆：星名。《古樂府》：「天上何所有，歷歷種白榆。」

〔二三〕青龍：東方星宿四神之一。《禮記・曲禮上》：「行前朱鳥而後玄武，左青龍而右白虎。」疏：「朱鳥、玄武、青龍、白虎，四方宿名也。」

〔二四〕四姓：通常指中國歷史上某一時期非常有名望的四大望族，由於姓氏不同，而稱爲四姓。南朝陳徐陵《玉臺新咏・序》：「五陵豪族，充選掖庭；四姓良家，馳名永巷。」

〔二五〕鳴屧：指響屧廊。春秋時吴國館娃宫之廊名，遺址在今蘇州市靈岩山。相傳吴王於館娃宫内用楩木、梓木鋪作地板，下設空甕，讓西施穿著木底鞋行走其上以作響。屧，古代鞋的木底，此指木屐。宋范成大《吴郡志》：「響屧廊在靈岩山寺。相傳吴王令西施輩步屧，廊虚而響，故名。」

〔二六〕曲水：在江蘇省江寧北。《建康志》：「晋海西公于鍾山立流杯曲水延百僚。」

〔二七〕抱柱：《莊子・盜蹠》：「尾生與女子期於梁下，女子不來，水至不去，抱梁柱而死。」唐李白《長干行》二首其一：「常存抱柱信，豈上望夫臺。」

〔二八〕「賦成」句：《文選・曹子建・洛神賦序》：「黄初三年，余朝京師，還濟洛川。古人有言：斯水之神，名曰宓妃。感宋玉對楚王神女之事，遂作斯賦。」曹植被封爲陳王，謚號曰「思」。宋無名氏《釋常談・八斗之才》：「謝靈運嘗曰：天下才有一石，曹子建獨佔八斗，我得一斗，天下共分一斗。」

〔二九〕「夢出」句：戰國楚宋玉《高唐賦》描寫了楚王與巫山神女的歡會。神女「去而辭曰：妾在巫山之陽，高丘之阻，旦爲朝雲，暮爲行雨。朝朝暮暮，陽臺之下」。

〔三〇〕武家桃李：泛指貴族青年女子。《詩・召南・何彼襛矣》：「何彼襛矣，華如桃李。」以「華如桃李」形容王姬的艷麗，後遂比擬女子青春年華。

〔三一〕西施：春秋越苧蘿女，以貌美著稱，傳説被越王選中，經范蠡獻於吴王夫差，促成吴國敗亡。見於東漢趙曄《吴越春秋》卷九《勾踐陰謀外傳》。

〔三二〕鄧曼：春秋楚武王夫人。《左傳・莊公四年》載武王將伐隨，心跳。夫人鄧曼説，這表明武王壽禄將盡。武王果然死於出征的路上。

〔三三〕南都：明人稱南京爲南都。

〔三四〕扶桑：《南史・東夷傳》：「扶桑在大漢國東二萬餘里。」此作域外解。

〔三五〕常山：在浙江常山縣東三十里。

〔三六〕阿谷：地名。《韓詩外傳・一》：「孔子南游適楚，至於阿谷之隧，有處子佩瑱而浣者。孔子曰：

『彼婦人其可與言矣乎?』」

〔三七〕九成:極言其高。《吕氏春秋·音初》:「有娀氏有二佚女,爲之九成之臺。」《文選·馬融·長笛賦》:「託九成之孤岑兮,臨萬仞之石磎。」李善注:「郭璞曰:成,亦重也。言九者,數之多也。」

〔三八〕閬風:山名,神仙所居,在昆侖之顛。《楚辭·離騷》:「登閬風而緤馬。」

〔三九〕「珠璣」句:用春申君門客典。按《史記·春申君列傳》:「春申君客三千人,其上客皆躡珠履以見趙使,趙使大慚。」唐李白《寄韋南陵冰余江上乘興訪之遇尋顔尚書笑有此贈》:「堂上三千珠履客,甕中百斛金陵春。」

〔四〇〕河陽之花:晉河陽令潘岳於縣内遍種桃李,時有「河陽一縣花」之稱。北周庾信《枯樹賦》:「若非金谷滿園樹,即是河陽一縣花。」

〔四一〕宜城之酒:宜城舊在襄陽府南。晉傅玄《叙酒賦》:「課長安與中山,比蒼梧與宜城。」

〔四二〕分曹:分隊。晉周處《風土記》:「叟嫗兒童爲藏鈎之戲,分爲二曹,以校勝負。」打馬:古代遊戲之一,彈棋之類。宋李清照《打馬賦》:「打馬爰興,樗蒱遂廢。」

〔四三〕意錢:古代博戲之一。《後漢書·梁冀傳》:「蹴鞠、意錢之戲。」

〔四四〕織錦竇姬:前秦竇滔妻蘇蕙曾織錦爲迴文詩,寄贈遠方的夫婿。唐李紳《新樓詩·城上薔薇》:「竇閨織婦慚詩句,南國佳人怨錦衾。」

〔四五〕卷衣秦女：指貴婦人。北周庾信《燈賦》：「卷衣秦后之床，送枕荆臺之上。」卷衣，同衮衣，貴人之禮服。

〔四六〕綦履：有文飾的鞋。《漢書・外戚傳下》：「思君兮履綦。」注：「師古曰：綦，履下飾也。」

〔四七〕青鳥：據《山海經・西山經》記載，西王母有三青鳥代爲取食，又曾派青鳥向漢武帝報信。唐陳子昂《感遇》其二十五：「瑶臺有青鳥，遠食玉山禾。」黄鳥：即黄鶯。《詩・周南・葛覃》：「黄鳥于飛，集于灌木。」

〔四八〕大喬小喬：三國東吴喬公（或作「橋公」）二女，分嫁孫策和周瑜。銅臺，即銅雀臺。建安十五年，曹操建於鄴城（今河北臨漳縣西），以樓頂鑄有大銅雀而得名。唐杜牧《赤壁》：「東風不與周郎便，銅雀春深鎖二喬。」

〔四九〕「單衫」句：出於南朝樂府《西洲曲》：「單衫杏子紅。」

〔五〇〕一笑傾城：《漢書・外戚傳上・孝武李夫人傳》：「延年侍上起舞，歌曰：『北方有佳人，絶世而獨立。一顧傾人城，再顧傾人國。寧不知傾城與傾國，佳人難再得！』」

〔五一〕「胡然」句：形容行爲極端放縱。按「胡然而天也，胡然而帝也」原爲《詩經・鄘風》中句，諷刺宣姜之品德不配作如天帝尊貴的夫人。後因與「忽天忽地」音近，故演繹爲今意。

〔五二〕火珠：即火齊珠。《唐書・南蠻傳》：「婆利者，直環王東南，……多火珠，大者如雞卵，圓白，照數尺，日中以艾藉珠，輒火出。」

〔五三〕北門文學：唐高宗時，召文士元萬頃、范履冰等草諸文辭，常於北門候進止，時人謂之北門學士。

〔五四〕使稱花鳥：即花鳥使。唐開元年間，自民間採擇美女之使者。唐元稹《上陽白髮人》：「天寶年中花鳥使，撩花狎鳥含春思。」

〔五五〕「左思」句：晉文學家左思十年寫成《三都賦》，見重於時，人競傳寫，洛陽爲之紙貴。

〔五六〕豎亥：神話傳説人物。漢劉安《淮南子·墬形訓》：「使豎亥步自北極，至於南極，二億三萬三千五百里七十五步。」高誘注：「太章、豎亥，善行人，皆禹臣也。」三島：古代傳説中的蓬萊、方丈、瀛洲三神山。唐王維《贈焦道士》：「海上遊三島，淮南預八公。」

〔五七〕地可縮：晉葛洪《神仙傳》卷五《壺公》載東漢人費長房有神術，能使千里地脈縮於眼前。唐沈佺期《哭道士劉無得》：「縮地黄泉出，昇天白日飛。」

〔五八〕壺裏之天：指仙境。《神仙傳》卷五《壺公》載有謫仙人壺公賣藥於市，能跳入懸壺中，内有神仙世界。唐李白《贈饒陽張司户燧》：「蹉跎人間世，寥落壺中天。」

〔五九〕八垓：八方之界。《説文》：「垓，兼垓八極地也。」

〔六〇〕摩尼：梵語寶珠之音譯。

〔六一〕淩歊：淩歊臺。遺址在今安徽當塗縣，南朝宋武帝劉裕於此築離宫。唐許渾《淩歊臺》：「宋祖淩歊樂未回，三千歌舞宿層臺。」

〔六二〕衺奇：邪奇，怪異的意思。衺，邪。

〔六三〕柤：通查、槎，木筏。晉張華《博物志》卷十：「舊説云天河與海通。近世有人居海濱者，年年八月有桴槎去來，不失期。人有奇志，立飛閣于槎上，多齎糧，乘槎而去。」唐唐彦謙《秋霽豐德寺與玄貞師咏月》：「四溟水合疑無地，八月槎通好上天。」

〔六四〕車較：車輞。較，車廂兩旁的横木。三危：極西之山，舜曾驅逐三苗于三危。《尚書·虞書·舜典》：「竄三苗于三危。」

〔六五〕漢帝：漢武帝。望仙：望仙臺，爲漢武帝所建宫觀，舊址在今陝西華陰市。八公：西漢淮南王劉安的八位門客。在道家的傳説中，八公被附會爲神仙，引導劉安白日昇天，成仙而去。唐王維《贈焦道士》：「海上遊三島，淮南預八公。」

〔六六〕淮王：淮南王劉安。漢高祖之孫，襲父封爲淮南王，好讀書鼓琴，善爲文辭，才思敏捷，曾「招致賓客方術之士數千人」，集體編寫《鴻烈》（即《淮南子》），其内容以道家思想爲主。三山之詞：道家神仙之説。

〔六七〕高唐：楚之臺觀，在雲夢澤中。《文選·宋玉·高唐賦序》：「昔者楚襄王與宋玉遊於雲夢之臺，望高唐之觀。」

〔六八〕弱水：古水名。凡水道由於水淺或當地人民不習慣造船而不通舟楫，古人往往認爲是水弱不能勝舟，因稱弱水。

〔六九〕田氏：指田文，齊國公族，號孟嘗君，爲戰國四公子之一，曾任齊國宰相，禮賢愛才，有食客三千人。

〔七〇〕去天尺五：言氣焰薰天。韋家：指唐中宗韋后。韋后干預朝政，結黨營私，以至弑殺中宗。

〔七一〕莊生之鵬鷃：《莊子·逍遥遊》曾以大鵬和斥鷃設喻，説明「小大之辨」。唐錢起《送李大夫赴廣州》：「昔許霄漢期，今嗟鵬鷃别。」

〔七二〕介子之龍蛇：介子推從晋文公流亡，有功不願受禄。介子推從者憐之，乃懸書宫門曰：「龍欲上天，五蛇爲輔。龍已升雲，四蛇各入其宇，一蛇獨怨，終不見處所。」見《史記·晋世家》。

〔七三〕臯陶：虞舜時的賢臣，掌刑獄之事。

〔七四〕吉甫：周宣王的大臣尹吉甫，曾作《嵩高》讚美宣王。

〔七五〕游藝：游憩於六藝之中。《論語·述而》：「志於道，據於德，依於仁，游於藝。」何晏集解：「藝，六藝也。」折枝：折桂枝，喻應舉登第。唐胡曾《下第》：「上林新桂年年發，不許平人折一枝。」

〔七六〕羅敷罷蠶：晋崔豹《古今注·音樂》云秦氏女羅敷「出採桑於陌上」，美麗動人。唐胡宿《城南》：「羅敷正苦桑蠶事，惆悵南來五馬蹄。」

〔七七〕碧玉破瓜：《樂府詩集》卷四十五引《樂苑》，云碧玉爲汝南王妾名，汝南王爲她作有《碧玉歌》，有「碧玉破瓜時，郎爲情顛倒」之句。

〔七八〕「靈鵲」二句：天孫，指織女。唐司馬貞《史記索隱》：「織女，天孫也。」唐韓鄂《歲華紀麗》卷三引漢應劭《風俗通義》：「織女七夕當渡河，使鵲爲橋。」唐劉威《七夕》：「烏鵲橋成上界通，千秋靈會此宵同。」

〔七九〕桃葉：晋人王獻之妾。王獻之曾作《桃葉歌》，催桃葉渡江。《玉臺新咏》卷十王獻之《情人桃葉歌》其一云：「桃葉復桃葉，渡江不用楫。但渡無所苦，我自迎接汝。」

〔八〇〕團扇：相傳班婕妤失寵後，作《怨詩》云：「新裂齊紈素，鮮潔如霜雪。裁爲合歡扇，團團似明月。出入君懷袖，動摇微風發。常恐秋節至，涼風奪炎熱。棄捐篋笥中，恩情中道絶。」（見《玉臺新咏》卷一）以被捐棄的團扇寄託哀怨之情。

〔八一〕梅根渚：即梅根港，在安徽省池州市貴池區東。梅根河北達長江處。

〔八二〕終南：終南山，在陝西省西安市南，秦嶺主峰之一。少室：少室山，在河南省登封市北，嵩山主峰之一。

〔八三〕二士：疑爲三士。《晏子春秋》卷二《内篇·諫下》載齊景公之相晏嬰，用兩個桃子除掉了三個勇士事。唐李白《梁甫吟》：「力排南山三壯士，齊相殺之費二桃。」

〔八四〕王勃：字子安（六四九—六七六），絳州龍門（今山西稷山縣）人，唐詩人，「初唐四傑」之一。唐高宗上元二年（六七五），前往交趾省父，路過洪州，參預了當地官僚在滕王閣上所舉行的盛大宴會，即席寫成千古名篇《滕王閣序》。

〔八五〕江淹：字文通（四四四—五〇五），濟陽考城（今河南蘭考縣）人，善詩。《南史·江淹傳》載淹夜夢一男子，自稱郭璞，説：「吾有筆在卿處多年，可以見還。」淹即從懷中取五色筆授之。此後作詩，遂無佳句，時人謂之才盡。

〔八六〕分香：《文選·陸士衡·弔魏武帝文序》云，魏武帝曹操臨終前留下《遺令》，將餘香分與諸夫人。唐杜牧《杜秋娘詩》：「咸池昇日慶，銅雀分香悲。」

惜梅賦

縣庭有梅株焉〔一〕，吾不知植於何時。陰一畝其疏疏，香數里其披披〔二〕。侵小雪而更繁，得隴月而益奇〔三〕。然生不得其地，俗物混其幽姿。前胥吏之紛拏，後囚繫之嚶咿〔四〕。雖物性之自適，揆人意而非宜。既不得薦嘉賓于商鼎〔五〕，效微勞于魏師〔六〕；又不得托孤根於竹間，遂野性于水涯。悵驛使之未逢〔七〕，驚羌笛之頻吹〔八〕；恐飄零之易及，雖清絶而安施？客猶以爲妨賢也，而諷余以伐之。嗟夫！吾聞幽蘭之美瑞，乃以當户而見夷〔九〕。茲昔人所短〔一〇〕，顧仁者之不爲。吾迂數步之行，而假以一席之地。對寒艷而把酒，嗅清香而賦詩。可也！

袁宏道評：清老。

【題解】

此文慨氛圍之庸俗，哀壯懷之未展，引奇花爲同調，澆一己之塊壘，與蘇軾《寓居定惠院之東雜花滿山有海棠一株土人不知貴也》詩同一機杼，當是伯虎少年時所作。

【箋注】

〔一〕縣庭：縣衙之庭院。

〔二〕「陰一」二句：寫梅樹之功用。一畝，一塊地方。疏疏，稀疏的樣子。宋姜夔自製《疏影》寫梅。披披，飄動的樣子。晉潘岳《寡婦賦》：「仰神宇之寥寥兮，瞻靈衣之披披。」

〔三〕「侵小」二句：寫在雪中、月下梅花的標格。脱意於明高啓《梅花》「雪滿山中高士卧，月明林下美人來」。侵，進入。

〔四〕「前胥」二句：是説梅樹所處環境之惡劣。胥吏，官府中之小吏。紛挐，紛亂、錯雜的樣子。囚繫，獄中之囚犯。嚶咿，哀啼、哭泣之聲。

〔五〕「既不得」句：言梅子可用作調味品，隱喻國之棟梁。按《書·説命下》：「若作和羹，爾惟鹽梅。」殷高宗命傅説作相之辭。鹽味咸，梅味酸，爲調味所需，後因用來讚美國之棟梁。唐沈佺期《和户部岑尚書參迹樞揆》：「鹽梅和鼎食。」

〔六〕「效微」句：亦言梅子之作用。魏師，魏國軍隊。《世説新語·假譎》：「魏武行役，失汲道，軍皆渴，乃令曰：『前有大梅林，饒子，甘酸，可以解渴。』士卒聞之，口皆出水，乘此得及前源。」

〔七〕「悵驛使」句：言不能寄信給遠方朋友傳達情誼。驛使，傳遞書信之人。南朝宋陸凱《贈范曄》：「折梅逢驛使，寄與隴頭人。江南無所有，聊贈一枝春。」

〔八〕「驚羌笛」句：用唐王之渙《涼州詞》詩意：「羌笛何須怨楊柳，春風不度玉門關。」羌笛，古代羌族的樂器。笛曲有《落梅花》《梅花三弄》等。

〔九〕「吾聞」二句：比喻賢能之士受讒言而遭貶斥。當户，正當門户，言妨礙人出入。夷，刈除。

〔一〇〕疑「人」之下漏一「之」字。上古本加一「之」字，然未出校。

【解　析】

前四句領起，交代地點，略叙梅株疏疏之陰、披披之香。中間十六句鋪陳關於梅株的典故，如「小雪」「隴月」之類，不必坐實。「客猶」以下一折，回到現實，以議論帶動抒情，爲什麽不「伐之」呢？主要是作者懷才不遇，迭遭打擊，對「幽獨」的梅株産生了深深的同情，於是以「對寒艷而把酒，嗅清香而賦詩」的兩相愉悦而結之。全賦雖短小而層次清晰，用典圓熟，表明作者吸取了六朝小賦的營養。

樂府

短歌行

尊酒前陳，欲舉不能〔一〕。感念疇昔，氣結心冤。日月悠悠，我生告遒〔二〕。民言無欺，秉燭夜遊〔三〕。昏期在房，蟋蟀登堂〔四〕。伐絲比簧〔五〕，庶永憂傷。憂來如絲，紛不可治。綸山布谷，欲出無岐〔六〕。頍頍若穴，熒熒莫絶〔七〕。無言不疾，鼠思泣血〔八〕。霜落飄飄，雅棲無巢。毛羽單薄，雌伏雄號〔九〕。緣子素纓，灑掃中庭〔一〇〕。躑躑躅躅，仰見華星〔一一〕。來日苦少，去日苦多〔一二〕。民生安樂，焉知其他。

【題　解】

《短歌行》是樂府平調曲名。《樂府解題》曰：「短歌行，魏武帝『對酒當歌，人生幾何』，晉陸機『置酒高堂，悲歌臨觴』，皆言當及時爲樂也。」伯虎主旨傷時，更多地吸取了阮籍《咏懷》「一日復一夕」的風旨和辭氣，當爲其少年時所作。

【箋　注】

〔一〕「尊前」二句：化用南朝宋鮑照《擬行路難》其五「對案不能食，拔劍擊柱長嘆息」與唐李白《行路難》其一「金樽清酒斗十千，玉盤珍羞直萬錢。停杯投筯不能食，拔劍四顧心茫然」。

〔二〕「我生」句：言我之生命即將完結。遒，終竟、完結。

〔三〕「民言」二句：是説人言無訛，珍惜時光就應及時行樂。民，即人。《古詩十九首》其十五：「晝短苦夜長，何不秉燭遊。」

〔四〕「昏期」二句：是説黄昏時分我呆在房中，蟋蟀也爬上廳堂。按《詩·唐風·蟋蟀》云：「蟋蟀在堂，歲聿其莫。今我不樂，日月其除。」言物色變化，歲月將闌。

〔五〕伐絲比簧：彈奏絲簧。伐，彈奏。絲簧，樂器。

〔六〕「憂來」四句：形容憂傷籠罩之狀。如絲，如絲線般淩亂而無頭緒。綸山布谷，布滿高山深谷。

〔七〕「熲熲」二句：是説煩惱如火燒心頭，或亮或暗，却無法熄滅。熲熲，火光明亮的樣子。熒熒，火光微弱的樣子。

〔八〕「無言」二句：是説没有哪句話不讓人嫉恨，憂鬱地哭出血淚。鼠思，憂思。《詩·小雅·雨無正》：「鼠思泣血，無言不疾。」

〔九〕「霜落」四句：是説霜花飄搖，烏鴉没有棲息之巢，羽毛單薄，雌鳥伏在樹枝上，雄鳥盤旋鳴叫。暗喻環境惡劣，一家無助。

〔一〇〕「緣子」二句：是説爲了你穿上整潔的衣服，打掃院落。化用唐杜甫《客至》「花徑不曾緣客掃，蓬門今始爲君開」。

〔一一〕「躑躅」二句：是説我徘徊不前，仰頭看見滿天明亮的星斗。躑躅，徘徊不前的樣子。華星，明星。《文選·魏文帝·芙蓉池作》詩：「丹霞夾明月，華星出雲間。」

〔一二〕「來日」二句：曹操《短歌行》：「對酒當歌，人生幾何？譬如朝露，去日苦多。」

【解析】

伯虎此作主旨是傷時，有點阮籍《咏懷》的風味。開頭四句梗概多氣，揭出慨嘆年華老去的主題。接下來，詩人以深細委婉的筆法，描寫蟋蟀的聲音、烏鵲的飛動，渲染内心的煩憂，並以亂絲、不定之火焰來使自己的愁煩具體化，凸現了自己從黄昏到深夜的痛苦的思想活動。但詩歌的最後兩句，詩人筆鋒一轉，似乎情緒有所回升，試圖放眼「民生安樂」，讓自己從痛苦的感情中解脱，表達了一點時不我待的緊迫感。

相逢行

相逢狹邪間，車窒馬不旋。雖言異鄉縣，豈非往世緣。脱轂且卷鞭，高揖問君廛〔一〕。女弟新承寵，阿大李延年〔二〕。何以結歡愛，渠碗出于闐〔三〕。女蘿與青松，本是當纏綿①〔四〕。

【校　記】

①「本是」，何本作「本自」。

【題　解】

《相逢行》原爲樂府清調曲名，按古辭首句爲「相逢狹路間」，故昭明太子等即以名篇。古樂府《相逢行》「相逢狹路間，道隘不容車。不知何年少，夾轂問君家」云云。伯虎此詩當作于少年時期，從内容到語氣對上詩多有模仿痕跡，雖多用故典，但揚棄原樂府中對富貴之家的種種鋪陳，著重寫男女鍾情，還是透露了一點力圖擺脱依傍的青春氣息。

【箋　注】

〔一〕「脱轂」二句：是説停下車子，放下馬鞭，高高地拱手施禮，詢問你是何處人。轂，車輪中心有窟窿可以插軸的部分。揖，拱手禮。廛，本指人之住房、田産，此指住處、鄉里。唐崔顥《長干行》：「君家何處住？妾住在錢塘。停船暫借問，或恐是同鄉。」

〔二〕「女弟」二句：是説妹妹剛剛得到皇上的寵幸，哥哥就是李延年。漢代李延年兄妹均極獲寵幸。李夫人死後，李延年即被殺。阿大，指兄弟姐妹中排行最大的。李延年，此借指得寵之外戚。

〔三〕「何以」二句：是説以何爲定情信物呢？用于闐出産的大玉碗。渠，大。于闐，漢代西域國名。在今新疆和田縣一帶，以産美玉聞名。

〔四〕「女蘿」二句：是説你我應同女蘿與青松一般，長相厮守。女蘿，地衣類植物，多細枝，常附生於松柏之上。古人常以女蘿喻女子，青松則喻丈夫。

【解　析】

此詩借樂府古題描寫了現實生活中在小街曲巷相遇男女的一見鍾情。前六句叙事，有心理活動，也有動作細節。「女弟」二句是女主人公的自我介紹。最後四句是男主人公的剖白心跡。作品造境清新，頗有生活氣息。

出塞　二首

烽火照玄菟〔一〕，嫖姚召僕夫〔二〕。朱家薦逋虜，刁間出黠奴①〔三〕。六郡良家子，三輔弛刑徒〔四〕。笳度《烏啼曲》，旗參虎落圖〔五〕。寶刀裝鞞琫，名駒被鏤渠〔六〕。摐金出孤竹，飛旌掩二榆〔七〕。妖雲厭亡塞，珥月照窮胡〔八〕。勒兵收日逐，潛軍執骨都〔九〕。姑衍山重禪，燕然石再刻〔一〇〕。功成肆郊廟，雄郡却分符〔一一〕。

袁宏道評：收拾殆盡。

【校　記】

①「刁間」，何本作「刀間」。

【題　解】

《出塞》原爲樂府漢《横吹曲》名。漢武帝時李延年所製，聲調雄壯。伯虎此詩，模仿痕跡明顯，當是少年時期所作。

【箋　注】

〔一〕玄菟：古郡名，漢武帝置，轄境相當於今遼寧東部及朝鮮咸鏡道一帶。後也泛指邊塞要地。

〔二〕嫖姚：漢代武官名號，即嫖姚校尉，大將軍霍去病曾任此職。這裏借指將軍。僕夫，指士卒。

〔三〕「朱家」二句：是説朝廷善於用人，從各處拔取人才。朱家，漢初魯地俠士。《史記·游俠列傳》：「魯朱家者，與高祖同時。魯人皆以儒教，而朱家用俠聞。所藏活豪士以百數，其餘庸人不可勝言……專趨人之急，甚己之私。」薦，推薦。刁間，通行本作刀間，列朝詩集本作刁間，義長。按刁間，漢初人。《史記·貨殖列傳》：「齊俗賤奴虜，而刁間獨愛貴之。桀黠奴，人之所患也，唯刁間收取，使之逐漁鹽商賈之利。」出，使……顯露。逋虜、黠奴，逃寇、流寇，指逃亡之人。

〔四〕「六郡」二句：是說無論是好人家的子弟還是有過不良記録的青年都可以參軍打仗。六郡，指漢的隴西、天水、安定、北地、上郡、西河六郡。良家子，謂清白人家子弟。漢時指從軍不在七科謫内者或非醫、巫、商賈、百工之子女。後世以奴僕及娼優隸卒爲賤民，以平民爲良民，遂用以稱良民子女。三輔，舊指京城附近的地方。弛刑徒，解除枷鎖的刑徒。據《漢書·宣帝紀》載，神爵元年（前六一）平定羌亂時，曾調發三輔的弛刑徒從軍。

〔五〕「笳度」二句：是說吹奏著哀怨的曲子，舉著出征的大旗。度，譜寫樂曲，此指吹奏。《烏啼曲》，指《烏夜啼引》或《烏啼引》，泛指悲傷哀怨的曲子。

〔六〕「寶刀」二句：是說寶刀裝進帶有裝飾品的刀鞘，寶馬配上華美的馬鞍。韠，蔽膝，古代一種遮蔽在身前的皮制服飾，這裏指刀鞘。琫，古代刀鞘上端的裝飾。被，同披。鏤渠，馬鞍名。二句寫出征將士裝束。

〔七〕「摐金」二句：是說擊打著銅鉦出了邊地，旗子在邊塞上飛揚。摐，敲擊。金，形如長形鐘，有柄可持的類似鉦的行軍時所用樂器。孤竹，商周時國名，在今河北省盧龍縣，這裏泛指邊地。二榆，古地區名。大榆谷、小榆谷的合稱，在今青海一帶，此指邊塞。

〔八〕「妖雲」二句：是說黑雲在邊塞上空翻滾，一輪圓月照射著遠處的胡人營地。妖雲，怪雲、黑雲。珥月，圓月。珥，婦人之耳飾，以圓玉爲之。唐王良會《和武相公中秋夜西蜀錦樓望月得清字》：「德星搖此夜，珥月滿重城。」窮，邊遠、偏僻。

〔九〕「勒兵」二句：是說採取正面攻打及偷襲的方法，擒獲敵軍將領。勒兵，治軍，指揮軍隊。收，逮捕、拘押。日逐，匈奴王號，泛指古代北方少數民族首領。潛軍，偷襲部隊。執，捕捉。骨都，即骨都侯，漢時匈奴官名，是單于的輔政近臣。

〔一〇〕「姑衍」二句：是說取勝後再一次在姑衍山舉行祭地之禮，在燕然山上刻石紀功。姑衍山，山名，在蒙古大漠以北，匈奴奉爲神山，每年於此祭祀地神。漢驃騎將軍霍去病破匈奴，封於狼居胥山，禪姑衍，臨瀚海而還。燕然，指燕然山，即今蒙古國杭愛山。東漢竇憲曾擊敗北匈奴，登燕然山，勒石紀功而還，後因以「勒石燕然」爲立功之典。刓，刻。唐竇威《出塞曲》：「會勒燕然石，方傳車騎名。」

〔一一〕「功成」二句：是說勝利後祭祀宗廟，帝王封官授爵。肆，祭祀宗廟。郊廟，古代帝王祭天地的郊宮和祭祖先的宗廟。雄郡，人阜物豐的大郡。分符，剖符，意謂帝王封爵時分與持節的一半作爲信物。

【解　析】

前六句寫戰事的初期準備。接下十句寫戰事，包括出征、行軍、戰況、戰果。最後四句以勝利結。整篇敘事有條不紊，袁宏道評「收拾殆盡」，正是就此而言。但無論內容還是語言實在都嫌陳舊，是一首平庸的模仿之作。

烽火通麟殿〔一〕，嫖姚拜虎符。馬聲分内廄，旗影發前驅〔二〕。六郡良家子，三輔弛刑徒。夜帳傳刁斗〔三〕，秋風感蟪蛄〔四〕。功成築京觀，萬里血糊塗〔五〕。

【題　解】

此作諸本列於《出塞二首》其二，而「六郡良家子，三輔弛刑徒」二句與其一同，疑係由前羼入，盛明百家詩本正無此二句。去除此二句後，即成一五言律詩。

【箋　注】

〔一〕麟殿：古代有麟趾殿，此泛指宫殿。

〔二〕「馬聲」二句：是説從馬的嘶鳴聲可聽出有（宫内權貴所乘的）内廄的馬，遠遠地旌旗飄著，顯示前鋒部隊已經開拔。

〔三〕刁斗：古代軍用銅炊具，夜間用以打更報夜。唐高適《燕歌行》：「殺氣三時作陣雲，寒聲一夜傳刁斗。」

〔四〕蟪蛄：一種昆蟲，亦名寒蠽。《莊子·逍遥遊》：「朝菌不知晦朔，蟪蛄不知春秋。」郭慶藩注：「（蟪蛄）春生夏死，夏生秋死，故不知歲有春秋也。」

〔五〕「功成」二句：是説主將有萬里血戰之功，收集敵屍，封土而成高冢。《左傳·宣公十二年》：「收晉屍以爲京觀。」杜預注：「積屍封土其上，謂之京觀。」。

【解　析】

此詩重點寫將領，除去有明顯羼入痕跡的「六郡」兩句，全詩作爲五律結構完整，用語精警。「馬聲」一聯對仗精工。尾聯寫功成，又語含譏諷，有老杜《戲作花卿歌》風旨。

紫騮馬

紫騮垂素韁〔一〕，光輝照洛陽。連錢裁璧玉，障泥圖鳳皇〔二〕。夜赴期門會〔三〕，朝逐羽林郎〔四〕。陰山烽火急，展策願超驤〔五〕。

【題　解】

《紫騮馬》是樂府古題，爲樂府橫吹曲辭，以鼓角爲伴奏，在馬上橫吹，於行軍時使用。早先內容多寫駿馬，後多用於描寫邊塞軍旅。此詩雖多襲陳詞，但朝氣勃勃，體現了年輕人的風發意氣及對功業的渴望，應是伯虎青年時期之作。

【箋　注】

〔一〕紫騮：古駿馬名，黑鬣，黑尾，身上毛呈紫紅色。

〔二〕「連錢」二句：是説駿馬的毛紋呈現如同用上等美玉刻成的連在一起的銅錢狀，馬韉上有華貴鳳凰圖案。連錢，指馬身上的斑紋。《爾雅·釋畜》第十九：「青驪驎驒。」郭璞注云：「色有深淺，斑駁隱粼，今之連錢驄。」唐岑參《走馬川行奉送出師西征》：「馬毛帶雪汗氣蒸，五花連錢旋作冰。」障泥，馬韉，墊在馬鞍下，垂于馬腹兩側，用於遮擋塵土。

〔三〕期門：官名。漢武帝時設置，執掌扈從護衛。武帝喜微行，多與西北六郡良家子能騎射者期約在殿門會合，故稱。

〔四〕羽林郎：漢代所置官名，是皇家禁衛軍軍官。

〔五〕「陰山」二句：是説邊關戰火緊急，希望能够揚起馬鞭，奮蹄奔跑，殺敵立功。陰山，山脈名，即今横亘於内蒙古自治區南境，東北接連内興安嶺的陰山山脈。陰山自古以來就是内地漢族與北方遊牧民族的天然分界線。展策，揚起馬鞭。

【解　析】

首二句賦體，正面描寫駿馬的外部形象。三四句比喻，以駿馬身上斑紋之美和馬韉之美襯托此馬之高貴不俗。五六句描寫馬的奔馳雄姿，間接可知馬主人之身份地位。最後兩句描寫駿馬聞聽戰事後的昂揚情緒。此詩寫馬見人，同時又寄托作者渴望建功立業的情感。氣格高古，剛勁雄渾，不落俗套，當是伯虎青年時期的作品。

驄馬驅

悠悠驄馬驅〔一〕，道阻歲云晚〔二〕。豈無同袁士，念子不能飯〔三〕。木脱辭故枝，去家日已遠〔四〕。鳴雞戒前道，夕暝猶驅蹇〔五〕。筋力已非舊，淚下不可卷！

袁宏道評：入格。

【題　解】

《驄馬驅》，樂府古題，爲樂府横吹曲辭，多描寫關塞征役之事及邊塞之荒僻與離人之憂愁。

【箋　注】

〔一〕驄馬：青白色相雜的馬。

〔二〕歲云晚：歲月已經告暮。云，語助詞。《古詩十九首》其十六：「凜凜歲云暮，螻蛄夕鳴悲。」

〔三〕「豈無」二句：是説難道我就没有朋友嗎？想起你，我還是難過得食不下嚥。同裘士，朋友。《論語·公冶長》記子路言志，有「願車馬衣輕裘，與朋友共，敝之而無憾」之言。

〔四〕「木脱」二句：是説我如同脱離了樹木的小枝，離開家鄉一天比一天遠。唐李白《白頭吟》：「東流不作西歸水，落花辭條羞故林。」《古詩十九首》其一：「相去日已遠，衣帶日已緩。」

〔五〕「鳴雞」二句：是説報曉雞鳴提醒我趕快上道趕路，黄昏時我還驅促著行動遲緩的馬兒前行。戒，警惕、提醒。蹇，跛足，這裏指行動遲緩的馬。

【解　析】

此詩造語雅正，頗具陸機《赴洛道中作》的風致。起首兩句寫景，艱險小道，日已西斜，「古道西風瘦馬」，極具蒼涼的抒情意味。三四句直接抒情，懷念故友。五六句寫離家之痛。最後四句寫旅途艱辛和内心苦痛。袁中郎評曰「入格」，是説此詩頗得古風三昧而言。

俠客

俠客重功名，西北請專征〔一〕。慣戰弓刀捷，酬知性命輕。孟公好驚坐①，郭解始横行〔二〕。相將李都尉，一夜出平城〔三〕。

袁宏道評：「酬知性命輕」，畫出俠來。

【校記】

①「驚坐」，何本作「驚座」。

【題解】

此詩主要寫俠客們的豪俠之舉和任俠精神，類似的作品李白、王維在青年時期也寫過。此詩模仿痕跡明顯，亦應是伯虎年輕時期之作。

【箋注】

〔一〕西北：這裏指邊塞。專征：受命自主征伐。

〔二〕「孟公」二句：是説像陳遵那樣的俠客可憑名聲讓人震驚，像郭解那樣的俠客則可横行天下。孟公，漢朝陳遵，字孟公。驚坐，即驚座。《漢書》卷九十二《游俠傳·陳遵傳》：「（遵）長八尺餘，長頭大鼻，容貌甚偉。略涉傳記，贍於文辭。性善書，與人尺牘，主皆藏去以爲榮。請求不敢逆，所到，衣冠懷之，唯恐在後。時列侯有與遵同姓字者，每至人門，曰陳孟公，坐中莫不震動，既至而非，因號其人曰陳驚坐云。」郭解，漢代著名俠客，常藏匿亡命之徒，任意殺人，並私鑄錢幣。後被武帝誅戮。

〔三〕「相將」二句：是説俠客們願意跟隨李廣將軍，一夜之間解救平城之圍。李都尉，指漢代名將李廣。廣曾任隴西都尉、驍騎都尉，勇猛善戰，尤善騎射，武帝時爲右北平太守，匈奴不敢犯境。號曰「漢之飛將軍」。事見《史記·李將軍列傳》。平城，漢代縣名，屬雁門郡，治所在今大同市東北。漢高祖七年出擊韓王信至平城，爲匈奴包圍，形勢甚危。後用陳平之計，才得突圍。這裏借指被圍之城。

【解　析】

俠客是古樂府中常見題材。此詩首兩句寫俠客的豪情壯志。三四句寫俠客的武藝及仗義英風。「孟公」兩句拈出兩位歷史上有名的俠客，以點爲面，頌揚任俠傳統。最後兩句寫俠客們願意爲國而戰的豪情。此詩亦應是伯虎早期作品，體現了年輕人對未來毫不畏懼的精神和實現自我價值的渴望。

隴頭

隴頭寒多風，卒伍夜相驚。轉戰陰山道〔一〕，暗度受降城〔二〕。百萬安刀靶，千金絡馬纓〔三〕。日晚塵沙合，虜騎亂縱横〔四〕。

【題　解】

此詩風格剛健雄渾，是伯虎集中少見的豪放作品，應創作於詩人青年時期。《隴頭歌》本是漢横吹曲題，古辭已亡。隴頭，亦名隴阪、隴首，在今陝西隴縣西北。

【箋　注】

〔一〕陰山：起於河套西北，綿亘於内蒙古自治區，和内興安嶺相接。古代匈奴常越過陰山侵擾漢境。

〔二〕受降城：唐代受降城有東、西、中三城，都是武后景雲中朔方軍總管張仁愿爲抵禦突厥所築。東城在勝州，西城在靈州，中城在朔州。

〔三〕馬纓：掛於馬頸的帶飾。

〔四〕「日晚」二句：是説傍晚時分，塵沙四起，匈奴騎兵又肆意横行。唐杜甫《哀江頭》：「黄昏胡騎塵滿城。」

【解　析】

此爲典型的邊塞詩，前四句寫夜晚行軍，環境雖艱苦，鬥志却旺盛。五六句寫武器裝備，暗喻戰場優勢。結尾兩句寫邊地的戰氛。雖爲短章，叙事却有條不紊，充分表現了戰士們軍旅生活的險惡。

隴頭水

隴水分四注〔一〕，隴樹雜雲煙〔二〕。磨刀共斂甲，飲馬並投錢〔三〕。朔地風初合，交河冰復堅〔四〕。寒噤不能語①，烏孫掠酒泉〔五〕。

【校　記】

①「寒噤」，何本作「寒禁」。

【題　解】

《秦川記》：「隴西郡隴山，其上懸岩吐溜，於中嶺泉渟，因名萬石泉。泉溢，漫散而下，溝澮皆注。」《隴頭水》原本亦應屬漢橫吹曲，題材多寫旅途艱辛及軍旅生活之困苦。

【箋　注】

〔一〕四注：山水淋漓四下。《三秦記》：「其阪九回，上者七日乃越。上有清水四注下，所謂隴頭水也。」《隴頭歌辭》：「隴頭流水，流離山下。」

〔二〕隴樹：高岡上的樹木。齊孔稚珪《白馬篇》：「隴樹枯無色，沙草不常青。」

〔三〕「磨刀」二句：是説下馬住宿，磨礪兵刃，收拾鎧甲，讓馬飲水並付給店家費用。

〔四〕交河：位於新疆吐魯番附近。

〔五〕「寒噤」二句：是説寒冷使人不能説話，就在此時，烏孫國軍隊前來侵犯酒泉。北朝樂府《隴頭歌辭》：「寒不能語，舌卷入喉。」烏孫，中國西北古代國名，在今甘肅境内敦煌祁連間遊牧。酒泉，位於河西走廊西端，西漢設郡，爲河西四郡之一。因傳説霍去病倒御酒於金泉，與將士共飲而得名。

【解　析】

此詩獨具匠心，不正面描寫戰事。前兩句寫景，悠遠闊大，古意沁人。三四句工筆細描，寫軍旅生活。五六句寫戰爭即將開始時的天氣狀況。最後兩句對戰爭一筆帶過，重在寫邊地戰士生活中自然條件的艱苦。

咏春江花月夜

爵月重輪三五夜〔一〕，玉人聯槳出靈娥〔二〕。内家近製横汾曲〔三〕，樂府新諧役鄧歌〔四〕。十里花香通彩殿，萬枝燈焰照春波。不關仙客饒芳思，晝短歡長奈樂何。

【題　解】

「春江花月夜」，樂府舊題，屬《清商曲・吴聲歌》，相傳創自陳後主（見《舊唐書・音樂志》）。本篇極寫宫廷娛樂，了無新意。

【箋　注】

〔一〕麝月：月亮。南朝徐陵《玉臺新咏·序》：「金星將婺女爭華，麝月共嫦娥競爽。」重輪：指日月旁的光暈。按《隋書·音樂志中》：「煙雲同五色，日月並重輪。」《六部成語·禮部·日月重輪珥食注》：「日月之外，又現光圈一二重，謂之重輪。」三五夜：十五之夜。

〔二〕玉人：容貌美麗之人，此指宫人。《晉書·衛玠傳》：「總角，羊車入市，見者皆以爲玉人。」聯槳：船與船相連。靈娥：此指月宫。

〔三〕内家：皇宫，宫中。唐王建《宫詞》：「盡送春毬出内家，記巡傳把一枝花。」亦可指宫人。唐薛能《吴姬》：「身是三千第一名，内家叢裏獨分明。」横汾曲：漢武帝《秋風辭》：「泛樓船兮濟汾河，横中流兮揚素波。」後世因借「横汾曲」以指皇帝之詩歌。

〔四〕役鄧歌：齊武帝蕭賾自製《估客樂》：「昔經樊鄧役，阻潮梅根渚。」

【解　析】

首二句寫舞女出場，宛若天仙下凡。三四寫歌舞新聲。五六點春江、花、月，熱鬧至極。末兩句歸結爲「晝短歡長」之嘆。無論内容抑或形式，都没有突破六朝藩籬，較之唐張若虚《春江花月夜》更不可以道里計了。

春江花月夜　二首

嘉樹鬱婆娑〔一〕，燈花月色和①。春江流粉氣，夜水濕裙羅〔二〕。

夜霧沉花樹，春江溢月輪。歡來意不持〔三〕，樂極詞難陳。

【校　記】

①「燈花」，何本作「燈光」。

【題　解】

《春江花月夜》是樂府舊題，原本亦有南朝民歌一類寫法，伯虎此作正是學樂府民歌，表現了他早年對六朝文學的追慕。

【箋　注】

〔一〕嘉樹：上等的樹木。戰國楚屈原《九章·橘頌》：「后皇嘉樹，橘徠服兮。」

〔二〕「春江」二句：是説春天的江水流淌著脂粉的香氣，夜晚的霧露浸濕了女人的羅裙。宋吴文英《八聲甘州》（陪庾幕諸公遊靈巖）：「箭徑酸風射眼，膩水染花腥。」唐李白《玉階怨》：「玉階生白露，夜久侵羅襪。却下水晶簾，玲瓏望秋月。」

〔三〕歡：男女用來稱呼其所愛者。南朝民歌中常用。不持：不能把持。南朝樂府民歌《華山畿》：「夜聞儂家論，不持儂與汝。」

【解　析】

此二首詩模仿南朝樂府民歌，圍繞春江、花、月、夜抒寫。「歡來」兩句，質實清新可喜。

五言古詩

白髮

清朝攬明鏡，元首有華絲①〔一〕。愴然百感興，雨泣忽成悲。憂思固逾度，榮衛豈及衰〔二〕。夭壽不疑天〔三〕，功名須壯時。涼風中夜發，皓月經天馳②〔四〕。君子重言行，努力以自私〔五〕。

【校　記】

①「元首」，何本作「玄首」。　②「皓月」，何本作「皓日」。

【題　解】

按此詩作於弘治七年（一四九四），時伯虎二十五歲，與文徵明、祝允明、徐禎卿號「吴中四才子」。伯虎傷時感遇，作《白髮》詩。文林《文温州集》卷一有《和唐寅白髮》：「氣羸髮先改，五十頭盡雪。豈無年差長，美鬢鬒如涅。顔頽詎足嘆？樹立恐中折。服善死所甘，僥枉生亦竊。葉脱根株固，貞元難遽絶。天地閟殺機，與奪誰窮詰？鏗壽今亦亡，回死有餘烈。數命人人殊，疾徐付甘節。大冶範我形，堅脆任生滅。」弘治七年，文林正五十歲，合「五十頭盡雪」之句。

【箋注】

〔一〕「清朝」二句：是説清晨取鏡自照，頭上竟生出了花白的頭髮。元首，頭。華絲，花白頭髮。唐李白《將進酒》：「高堂明鏡悲白髮，朝如青絲暮成雪。」

〔二〕「憂思」二句：是説憂慮本是有些過度，但是身體也不至於達到衰弱的地步。榮衛，中醫學名詞。榮指血的循環，衛指氣的周流。榮衛二氣散佈全身，内外相貫，運行不已，對人體起著滋養和保衛作用。此泛指氣血、身體。

〔三〕不疑天：無疑由上天主宰。

〔四〕「涼風」二句：是説半夜吹來涼風，明月在天空中徐徐運轉。中夜，半夜。

〔五〕自私：自己内心的想法，追求。

【解析】

全詩分三層。前四句寫看到白髮已生而傷感不已，接下來四句寫因白髮而産生的緊迫感，想到當及時求取功名，最後四句寫夜深對月自誓，要努力實現心中的宏偉抱負。伯虎改變「晝短歡長奈樂何」的生活態度，變而爲「君子重言行，努力以自私」，文林的作用很大。弘治五年，文林自南京太僕寺丞移病歸，每因伯虎之請謁，規其過失，勉勵其求取功名，文林之子文徵明也以好友的身份與伯虎互相砥礪。此詩就是在這樣的背景下寫作的。

伏承履吉王君以長句見贈作此以答①

歲月信言邁〔一〕，吾生已焉休！春滋未淹晷，暑退大火流〔二〕。灑掃庭户間，整飾衣與裘。猿鳥樂高蔭②，攀援聊淹留。仲尼悲執鞭，富貴不可求〔三〕。楊朱泣路岐，彷徨何所投〔四〕？

【校記】

①「以答」，何本作「爲答」。②「猿鳥」，原作「元鳥」，據何本改。

【題解】

按履吉王君即王寵（一四九四—一五三三），字履吉，號雅宜山人，蘇州人。精小楷，師法王獻之、虞世南，尤善行草，與文徵明、祝允明齊名。詩文亦爲世所推重。與文徵明、唐伯虎相交最善。伯虎以女妻其子，爲兒女親家。長句，指七言古詩或七言律詩。王寵有七古《九日過唐伯虎飲贈歌》，然伯虎有七古《席上答王履吉》，玩其辭意，正爲答王「九日」之作。然則此所謂「長句」則王别有贈作也。

【箋注】

〔一〕信：的確。邁：時光消逝。《詩·唐風·蟋蟀》：「今我不樂，日月其邁。」引申爲年老。《後漢書·皇甫規傳》：「年齒之不邁。」

〔二〕「春滋」二句：是説春天來臨還没有多久，夏天又快要過去了。淹晷，久時。大火，星宿名，即心宿。夏天結束時，此星宿逐漸向下運行。

〔三〕「仲尼」二句：是説當年孔子悲嘆自己想做個趕車者也没能做成，無法求取富貴。執鞭，指趕車，泛指低賤的差事。仲尼，孔子。《論語·述而》：「（子曰）富而可求也，雖執鞭之士，吾亦爲之。如不可求，從吾所好。」

〔四〕「楊朱」二句：是説楊朱曾因爲面臨岐路而悲傷不已，彷徨往復，難以抉擇。楊朱，戰國初哲學家，魏國人。泣路岐，因世道崎嶇，擔心誤入岐途而感傷。漢劉安《淮南子·説林訓》：「楊子見逵路而哭之，爲其可以南，可以北。」

【解　析】

這是一首贈答詩，王寵的原詩已不可得見，大概是規勸伯虎及時求取功名之類。此詩前八句抒寫時不我待的感傷情緒。後四句運用孔子和楊朱的典故，十分得體，説明大丈夫生於世間當有所作爲。全詩表現了詩人面對生活的失意與無奈。因伯虎四十三歲時與王寵有唱和，時王寵十六歲，故此詩當是其四十歲左右之作。

聞蛩

孟夏蟋蟀鳴，白露零蔓草〔一〕。四時序相代，候物興何早〔二〕？遊子尚寒褐，佇聽傷懷抱。

隙景無淹晷，壯志坐衰老〔三〕。

【題　解】

蛩，即蟋蟀。《詩・豳風・七月》：「七月在野，八月在宇，九月在户，十月蟋蟀入我牀下。」晉阮籍《咏懷》之十八：「開秋肇涼氣，蟋蟀鳴牀帷。感物懷殷憂，悄悄令心悲。」宋姜夔更有咏蛩名詞《齊天樂》，聽蟋蟀而興感，是歷來詩詞的常見題材。

【箋　注】

〔一〕零：零落地沾附。《古詩十九首》之六：「白露沾野草，時節忽復易。」

〔二〕「四時」二句：是説一年四季時序更替，怎麽秋季特有的東西這麽早就出現了！序，時序。候物，應候之物，某一時令特有之物，這裏指蟋蟀。唐柳宗元《酬婁秀才寓居開元寺早秋月夜病中見寄》：「壁空殘月曙，門掩候蟲秋。」

〔三〕「隙景」二句：是説想要留住匆匆歲月却毫無辦法，只能滿懷壯志一天天老去。景，同「影」。隙景，過隙的陽光，形容時間短暫。淹晷，久時，此指能留住時間的器具。

【解　析】

此詩的主旨是悲秋興感，這也是中國文學常有的主題，從宋玉《九辯》、歐陽脩《秋聲賦》、姜夔《齊天樂》莫不如此。此詩從蟋蟀、白露兩個最具代表性的秋天意象入手，興起悲秋之慨。前四句點題，後四句結合自身遠行者的身份，抒寫壯志未酬、時光已晚的嘆息。玩其語意，當是伯虎在科場案發前一次遠足所作。

夜中思親

元序潛代運①，穠華不久鮮〔一〕。仰視鴻雁征，俯悼丘中賢〔二〕。迅駕杳難追，庭止念周旋〔三〕。殺身良不惜，顧乃二人憐〔四〕。嘉時羞芰棗，涕泗徒留連〔五〕！

【校　記】

①「元序」，何本作「玄序」。

【題　解】

按此詩當作於弘治七年（一四九四），是年伯虎二十五歲，其父廣德已先卒，是年母、妹、妻及子相繼歿。伯虎十六歲時與徐廷瑞次女完婚，幾年後，徐氏亡故。後伯虎又取繼室，二人感情不合，於三十一歲時休掉繼室。三十六歲時續娶沈氏于桃花庵別業居住，二人感情甚篤，然不久沈氏亦亡故。然此詩玩其辭意，應是悼念雙親之作。

【箋　注】

〔一〕「元序」二句：是説自然時序更替，那些繁盛的花朵即將凋零。元序，指自然運行秩序。穠華，繁盛艷麗的花朵。唐羅隱《牡丹花》：「可憐韓令功成後，辜負穠華過此身。」

〔二〕丘中賢：埋於地下的親人。

〔三〕「迅駕」二句：是說你們很快就離開了這個世界，我追趕不及，只能在庭堂上徘徊念悼。迅駕，迅速之車駕。郭璞《遊仙詩》：「登仙撫龍駟，迅駕乘奔雷。」

〔四〕「殺身」二句：是說死不足惜，但恐（在陰間的）雙親的疼愛。《論語・衛靈公》：「子曰：志士仁人，無求生以害仁，有殺身以成仁。」殺身，捨身。此指自殺。

〔五〕「嘉時」二句：是說嘉時向親人祭奠進獻芰棗嘉果，現在物是人非，孤身徘徊，淚流滿面。嘉時，指良辰。芰，菱實。

【解　析】

這是一首悼念以雙親爲主的亡故親人的詩作。首兩句起興，「穠華」句暗示親人的亡故。接下來四句寫對亡故的親人的追念。「庭止」句是細節描寫，樸實真誠。「殺身」兩句翻入沉痛。末尾兩句謂嘉時祭獻芰棗，徒自流淚徘徊。讀之令人潸然淚下！

傷内

淒淒白露零，百卉謝芬芳。槿花易衰歇，桂枝就銷亡〔一〕。迷途無往駕①，款款何從將〔二〕？曉月麗塵梁〔三〕，白日照春陽。撫景念疇昔，肝裂魂飄揚。

【校　記】

①「迷途無往駕」，何本作「幽途無生駕」。

【題　解】

此詩亦作於弘治七年，是悼念徐氏夫人之作。

【箋　注】

〔一〕「槿花」二句：是説木槿花這麽快就凋謝了，桂花也即將開完。槿花，木槿花，朝開夕凋，常喻生命短促。唐李賀《莫愁曲》：「今日槿花落，明朝桐樹秋。」就，即將。

〔二〕「迷途」二句：暗用阮籍典。按《晋書·阮籍傳》：「時率意獨駕，不由徑路，車跡所窮，輒慟哭而反。」阮籍《咏懷》其五：「北臨太行道，失路將如何？」款款，誠懇之心意。謂懇切思念之情無從送達亡妻。

〔三〕「曉月」句：化用唐杜甫《夢李白》「落月滿屋梁，猶疑照顔色」句意。麗，附麗，這裏是照的意思。

【解　析】

前四句寫得平平，而且三四句是互文見義，不過是《夜中思親》「元序潛代運，穠華不久鮮」的贅釋而已。然而從「迷途無往駕」一轉，以下六句，一波三折。情癡不知如何排解，憶昔更增肝裂魂揚，詩歌不僅增添了抒情張力，而且擺落俗套，顯示了作者的才華。

贈文學朱君别號簡庵詩

居敬以行簡，仲尼之所珍。易簡合至道，乃可臨夫民〔一〕。邇來太樸散，瑣尾而頑嚚〔二〕。

朱君何所見？爰以簡自云。吉人之詞寡〔三〕，長者之情真。言寡則可信，情真則可親。皆是簡之要，料能體諸身。吾欲君念兹，作詩爲重陳。

【題　解】

楊静庵《唐寅年譜》定爲正德四年（一五〇九）作，伯虎是年四十歲。此爲贈答詩，朱君爲朱泰，字世泰，號簡庵，莆田人，篤學，正德四年任蘇州儒學，旋升崇府長史。

【箋　注】

〔一〕「居敬」四句：用《論語·雍也》《易·繫辭》典。按《論語·雍也》：「仲弓曰：『居敬而行簡，以臨其民，不亦可乎？居簡而行簡，無乃大簡乎？』子曰：『雍之言然。』」居敬而行簡，平日敬業樂羣却待人簡要。以臨其民，用來對待百姓。《易·繫辭上》：「易簡而天下之理得矣。」

〔二〕「邇來」二句：是説近來淳樸的古風消散，世風變得又猥瑣又愚頑奸詐。唐李白《酬王補闕惠翼莊廟宋丞泚贈别》：「樸散不尚古，時訛皆失真。」瑣尾，猶猥瑣。頑嚚，愚頑奸詐。

〔三〕「吉人」句：《易·繫辭下》：「吉人之辭寡，躁人之辭多，誣善之人其辭游，失其守者其辭屈。」

【解　析】

全詩緊扣朱君别號簡庵立論。首四句抬出《論語》和《易》來爲「簡」定位，巍然高義。「邇來」四句由現實而轉到朱君，見出其特立獨行。後八句進一步鋪叙，歸結到「作詩爲重陳」。推進秩序井然，辭氣高古無華，是古風的規範寫法。

詠懷詩　二首

鬱鬱梁棟姿，落落璠璵器〔一〕。空山歲歷晚①，冰霰交如至〔二〕。朽腐何足論，壯哉風雲氣。書生空白頭，三嘆橫流涕。

【校　記】

①「歷晚」，何本作「曆晚」。

【題　解】

五言以「詠懷」名詩，始著於晉阮籍。《文選》李善曰：「詠懷者謂人情懷。籍於魏末晉文之代，常慮禍患及己，故有此詩。」這些詩不是同時寫作，内容主要是表現詩人在生活中的各種感慨。由於處於政治黑暗的魏末晉初，詩寫得比較隱晦曲折。伯虎這兩首詠懷，有意模仿阮籍，抒寫自己與世扞格的失意懷抱。

【箋　注】

〔一〕落落：孤高寡合的樣子。璠璵器：指賢才。璠、璵都是美玉。《太平御覽》卷八〇四引《逸論語》：「璠璵，魯之寶玉也。孔子曰：美哉璠璵！」

〔二〕交如：交接貌。

【解　析】

此詩以深山中之樹木與不受待見的美玉喻飽經世事坎坷而不得展志的賢良人才，前面六句寫樹木與美玉，後兩句歸結到自己的命運，一生至老，無所作爲，深深慨嘆，爲之涕下。

灌木寒聲集，叢篠靜色深〔一〕。冰霜歲聿暮，方昭君子心〔二〕。射干蔽豫章〔三〕，慨惜自古今。嶰谷失黄鐘①〔四〕，大雅變正音〔五〕。爲子酌大斗，爲我調鳴琴。仰偃草木間②，世道隨浮沉。

【校　記】

①「嶰谷」，何本誤作「⿰口解谷」。　②「仰偃」，何本作「偃仰」。

【箋　注】

〔一〕叢篠：細小的竹叢。篠，細竹。靜色：安靜之態。唐元微之《賦得雨後花》：「紅芳憐靜色，深與雨相宜。」

〔二〕「冰霜」二句：是説處於雜樹叢中的大木，在嚴冬歲晚，又遭受冰霜，這樣才顯示出君子之心。聿，語氣詞。《詩・唐風・蟋蟀》：「歲聿其莫。」《論語・子罕》：「子曰：歲寒，然後知松柏之後凋也。」君子心，此指以下豫章一類大木所秉持的性格。

〔三〕射干：多年生草本，低矮。此指上文所謂灌木、叢篠。豫章：大樹。《史記・司馬相如列傳》：「其北側有陰林巨樹，楩柟豫章。」

〔四〕嶰谷：山谷。嶰，兩山間的澗谷。黃鐘：同黃鍾，古代十二律中的第一律。《周禮・春官・大司樂》：「乃奏黃鍾，歌大呂。」

〔五〕大雅：《詩經》六義之一。據《序》云：「雅者，正也。言王政之所由廢興也。政有小大，故有小雅焉，有大雅焉。」正音：純正之樂聲。漢劉安《淮南子・天文訓》：「姑洗生應鍾，比于正音，故爲和。」

【解析】

此詩以處於灌木雜樹包圍中的豫章起興，一抒懷才不遇之慨。詩分三層，前四句描寫豫章所處之惡劣環境，顯出其「君子心」。「射干」四句從豫章被蔽，推及古今之理。後四句子爲豫章，我則知音，仰偃句寫子，世道句寫我。以物我交融結束。與晉左思《咏史詩》其二「鬱鬱澗底松，離離山上苗」有異曲同工之妙。

失題

樂在村中住，爲識村中樂。矮屋竹篠蓋，低牆藤蘿絡。明窗鋪筆硯，爛飯飽藜藿〔一〕。鄰里別雞豚，昏曉喧鳥雀〔二〕。竈煙裊屋顏，瓶湯鳴牀脚〔三〕。老酒煮黃精〔四〕，小菜簇烏藥〔五〕。土空窖蕷栗，牆居寄杯橐〔六〕。秋葉紅駛驕，春花香作惡〔七〕。無火借石敲，有井當庭鑿。有鹽虀富貴，無燈書寂寞〔八〕。夫妻八尺牀，風雨一雙屩〔九〕。于人無忮求〔一〇〕，于世無乞索。天下方太平，鄉里免漂泊。君能知此趣，吾詩所以作。

【題解】

弘治十六年，伯虎與弟子重異炊分食。弘治十八年築桃花庵別業，續娶沈氏。此詩描寫別業生活，其「夫妻八尺牀」語可與《感懷》「鏡裏形骸春共老，燈前夫婦月同圓」參讀，見出與沈氏情深。正德六年左右生一女，而此詩描寫家庭生活未提及，故此詩應是弘治十八年（一五〇五）至正德六年（一五一一）間所作。這段時期伯虎生活恬淡而穩定，這在詩中亦有反映。「失題」是古代詩歌的常有命題，內容龐雜不一。

【箋注】

〔一〕爛飯：加水較多而煮成之又軟又爛之飯。藜藿：藜與藿，本爲兩種野菜，此指粗劣的飯菜。

〔二〕「鄰里」二句：是說鄰居把雞和豬趕到院子裏讓它們覓食，早晚都可以聽到鳥雀的鳴叫。唐杜甫《羌村》：「柴門鳥雀噪，歸客千里至。」

〔三〕「竈煙」二句：是說炊煙嫋嫋飄蕩在房前屋後，床脚下燒滚的開水衝擊壺蓋，嗚嗚鳴叫。屋顔，同屋簷。瓶，炊具。

〔四〕黄精：多年生草本植物，能補氣强身，可用來浸酒。

〔五〕烏藥：植物名，根有理氣、散寒、止痛的功效。

〔六〕「土空」二句：是說用土窖來儲存糧食，家居時寄情於飲酒讀書。土空，土窖。窖，用作動詞，把物品貯存在地洞裏。蕷，薯蕷，即山藥，多年生草本植物，塊根可吃。栗，果仁味甜，生吃熟吃均可。蕷栗泛指糧食。牆居，室内用具，亦即熏籠。可焚香熏衣被及燃木炭取暖。橐，袋子，可用來盛書。

〔七〕「秋葉」二句：是説秋日紅葉似火驕縱放逸，春天花香撲鼻熏人欲醉。駃，高大的馬。紅駃驕，香作惡，當是反襯法。如唐杜甫《江畔獨步尋花七絶句》其一：「江上被花惱不徹，無處告訴只顛狂。」

〔八〕「有鹽」二句：是説有了鹽，即使吃酸菜也是富貴的生活。没有燈火，書本也寂寞無趣。虀，切碎的醃菜或醬菜。人們常用「虀鹽自守」來比喻堅持過清貧淡泊的生活。

〔九〕「夫妻」二句：是説夫妻八尺床板，一雙草鞋，一路走來，貧賤相守。屩，草鞋。

〔一〇〕忮求：嫉害貪求。

【解　析】

此詩有意效仿陶淵明《歸園田居》《讀山海經》諸詩，採用賦體手法，鋪陳渲染村中生活的恬淡情趣。首兩句領起，重點提出一「樂」字。從「矮屋竹篠蓋」到「鄉里免漂泊」一大段，寫村居常態、鄉村景色、家庭生活，語言真淳樸實，趣味盎然，似癯而腴，寄託著詩人於簡樸中求真味的生活態度。

七言古詩

咏梅次楊廉夫韻

北風著面刮起霜，臘月何處尋紅芳①？瘦筇曳盡湘竹節〔一〕，雙鞋踏倒江莎芒〔二〕。溪橋突兀田塍裂，雪裏梅開梅勝雪。不妨地上有微冰，且是江南好明月。羅浮仙子麗風韻，廣平才人領花信〔三〕。胸中漫有鐵石腸，眼前且看鴉雛鬢〔四〕。三更炙燈雁足缸，十千沽酒螭頭觴〔五〕。折得隴頭逢驛使，先與天下頒春王〔六〕。衲衣結鶉何愁冷〔七〕？醉眼模糊長不醒。遊遍西湖夜繼明，休把東風負俄頃。

【校　記】

①「臘月」，何本作「蜡月」。

【題　解】

楊廉夫：即楊維楨（一二九六—一三七〇），字廉夫，號鐵崖，浙江諸暨人。元泰定四年進士，因避兵未就職，寓富春山與錢塘，潛心詩文，其詩世稱「鐵崖體」。善吹笛，故又自稱鐵笛道人。次韻：亦稱步韻，即用原韻，韻字按原次序相和。此爲一首和楊廉夫的咏梅詩。

【箋　注】

〔一〕瘦筇：手杖。筇竹節高幹細，可作手杖，故稱瘦筇。曳：拖牽。湘竹：即湘妃竹。李衎《竹譜詳録》卷六引《述異記》云：「舜南巡，葬於蒼梧，堯二女娥皇、女英淚下沾竹，久悉爲之斑。」是爲湘妃竹。

〔二〕莎：草名，其芒可編履。

〔三〕「羅浮」二句：是説梅花姿態美好，饒有韻致，它的盛開預示春天將百花開放。羅浮仙子，指梅花。據《龍城録》載，隋開皇中，趙師雄於羅浮山遇一女郎，與之語，則芳香襲人，語言清麗，遂相飲而醉。及酒醒後，乃在大梅樹下。後遂以「羅浮夢」「羅浮魂」「羅浮仙子」爲咏梅事典。廣東才人，用宋璟咏梅事。謝維新《古今合璧事類備要》云：「宋廣平（宋璟）爲相，其貞姿勁質，剛態毅狀，疑其鐵石心腸，不解媚詞。然觀其作《梅花賦》，清新富艷，得南朝徐庾體，殊不類其爲人。」花信，花期。

〔四〕鴉雛鬢：像小鴉羽毛一樣漆黑而富有光澤的髮鬢。按南朝樂府《西洲曲》：「單衫杏子紅，雙鬢鴉雛色。」原形容少女，此借喻梅花。

〔五〕「三更」二句：是説三更時分高燒紅燭，喝著名貴的美酒賞花。炙燈，燃燈。雁足缸，即雁足燈，漢代宫燈之燈座多爲雁足形狀。十千，很多錢。螭頭觴，刻有螭首的精美的酒器。螭，傳説中的一種没有角的龍。

〔六〕「折得」二句：是説折得一枝梅花遇到了信使，希望他爲天下分發這號稱春王的梅花。隴頭，即隴頭梅。《太平御覽》卷九七〇引盛弘之《荆州記》云陸凱與范曄相善，自江南寄梅花一枝，詣長安與范，並贈詩曰：「折梅逢驛使，寄與隴頭人。江南無所有，聊贈一枝春。」驛使，古代傳遞公文的人。頒，頒發。

〔七〕衲衣結鶉：衣服像鵪鶉的羽毛一樣破敗不堪。衲衣，僧衣。因僧徒的衣服常用許多碎布補綴而成，故稱衲衣。《南齊書·張欣泰傳》：「欣泰通涉雅俗，交結多是名素。下直輒游園池，著鹿皮冠，衲衣錫杖。」

【解　析】

此實爲一篇咏梅詩。次韻詩重在不受依傍。起首四句寫氣候之寒冷惡劣，見出尋梅之艱難。中間十二句寫梅花的傲雪開放，結尾四句寫自己對梅花如癡如狂的喜愛之情。全詩運用典故恰到好處，不粘不滯。音律上四句一轉韻，抒情狂放熱烈，極富浪漫特質。

題五王夜燕圖

積善坊中五王宅〔一〕，重樓複閣輝金碧。大衾長枕共春秋，鬥雞走狗連朝夕〔二〕。花萼樓前夜開燕〔三〕，沉水凝煙燈吐焰〔四〕。列坐申王與岐薛，讓皇降席同南面〔五〕。昆侖琵琶涼州歌①，當時進御雜雲和〔六〕。宮聲不屬商聲暴〔七〕，琵聲起少琶聲多〔八〕。獨有汝陽知律吕，曾把流離陳明主〔九〕。他日回鑾蜀道中，不教審聽鈴淋雨〔一〇〕。

袁宏道評：的是筆頭有舌。

【校　記】

①「昆侖」，何本作「崑崙」。

【題　解】

這是一首題畫詩，五王指唐睿宗子李憲、李撝、李隆基、李範、李業，他們都曾封王，合稱五王。

【箋注】

〔一〕積善坊：唐代洛陽城内街坊名。五王宅：李憲等五位王子的宅第都在積善坊，號稱「五王子宅」。見《新唐書・讓皇帝憲傳》。

〔二〕「大衾」二句：是説五位王子共用一床大被，共枕一個長枕，日日鬥雞走狗，玩耍遊戲。衾，被子。唐玄宗做太子時，曾製「大衾長枕」，與各王子共用。見《新唐書・讓皇帝憲傳》。鬥雞走狗，使公雞相鬥，使狗賽跑。《史記・袁盎鼂錯列傳》：「袁盎病免居家，與閭里浮沉，相隨行鬥雞走狗。」按《舊唐書》卷九十五《睿宗諸子傳》：「諸王每日於側門朝見，歸宅之後，即奏樂縱飲，擊毬鬥雞，或近郊從禽，或别墅追賞，不絶於歲月矣。」

〔三〕花萼樓：即「花萼相輝之樓」。在長安，唐玄宗於開元二年建。

〔四〕沉水：沉水香，一種名貴的香料。

〔五〕「列坐」二句：是説申王、岐王、薛王三人同坐於酒席之間，有「讓皇帝」美稱的李憲也與玄宗一起在南面而坐。申王，李湛。岐王，李範。薛王，李業。讓皇，李憲。李憲把太子之位讓給了李隆基，死後被封爲「讓皇帝」。降席，座席的西頭。《儀禮・鄉飲酒禮》：「降席坐奠爵。」鄭玄注：「降席，席西也。」南面，古代以坐朝南爲尊位。

〔六〕「昆侖」二句：是説他們一起欣賞康昆侖彈奏的琵琶樂曲《涼州曲》，進呈上來的還有雲和之瑟。昆侖，即康昆侖，樂工名。《新唐書》記載，讓皇帝李憲子李璡知音。「又聞康昆侖奏琵琶，曰：『琵聲多，琵聲少，是未可彈五十四絲大弦也。』」涼州歌，原是涼州（治今甘肅武威）一帶的歌曲，唐代詩人多用此調作歌詞，描寫西北塞上風光。進御，進獻給皇上。此指爲玄宗及諸王表演邊塞舞樂。雲和，山名，古取所産之材以製作琴瑟，後遂用作琴瑟等弦樂器的統稱。《周禮·春官·大司樂》：「雲和之琴瑟。」北朝庾信《周祀圜丘歌·昭夏》：「孤竹之管雲和絃，神光未下風肅然。」

〔七〕「宮聲」句：寫奏樂者失律情況，爲下文「獨有汝陽知律吕」張本。宮、商，各爲古樂五聲音階之一。不屬，不及，達不到。暴，過分。

〔八〕「琵聲」句：見注〔六〕引《新唐書》關於李璡知樂。

〔九〕「獨有」二句：是説只有汝陽郡王李璡通曉音律，他曾經把百姓的苦難傳達給皇上。李璡曾封爲汝陽郡王，其知律見注〔六〕。律吕，古代校正樂律的器具，共有十二個，從低音到高音依次奇數爲「律」，偶數爲「吕」，總稱「六律六吕」，簡稱律吕。此泛指音樂。明主，指唐玄宗。

〔一〇〕「他日」二句：是説以後從蜀地回長安的路途中，再也不要讓他聆聽那令人腸斷的樂曲了。回鑾蜀道，指唐玄宗避安史之亂後自四川返回長安。皇帝之車有鑾鈴，因稱鑾駕。鈴淋雨，指《雨淋鈴》，唐代教坊曲名。相傳唐玄宗在楊貴妃被絞死之後，於棧道間細雨綿綿中聞車鈴聲與風雨相應，心中思念不斷，遂采其聲製《雨淋鈴》曲以寄恨。此處爲押韻，故作鈴淋雨。審聽，細聽。此處暗用唐白居易《長恨歌》詩意。

【解析】

這是一首題畫詩。首二句領起，將鏡頭對準五王宅中的貴族飲宴。「大衾」二句寫當日唐玄宗兄弟手足情深的場面，「花萼」六句寫諸王兄弟酣暢痛飲，欣賞歌舞及互相禮讓的場面，這些應該是畫面所描繪的，這也是袁中郎所謂的「筆頭有舌」。「宮聲」二句陡折，脱離了畫面，别有用心地提出音律失調。最後四句則是畫面所没有表現出來的事件和情感，詩人把讀者同時也把觀畫者帶入一種深沉的歷史悲嘆中去。刊落繁華，揭示興衰，爲畫面平添幾分深沉的哲理意味，擺落畫面，進入抒情，這是伯虎的神來之筆。

題潯陽送别圖

寂落潯陽白司馬，青衫掩骭官僚下〔一〕。獻納親曾批逆鱗，忽以讒言棄於野〔二〕。當時藩鎮在謀逆，謀以如公不易得。欲濟時難須異才①，瑣尾小人有何益〔三〕。讜言不用時事危〔四〕，忠臣志士最堪悲。一曲琵琶淚如把，況是秋風送别時〔五〕。是非公論日紛紛，不在朝廷在野人〔六〕。他日江州茅屋底，年年伏臘賽雞豚〔七〕。

袁宏道評：淒絶。

【校　記】

①「時難」，何本作「時艱」。

【題　解】

此爲題畫詩，圖畫作者亦不知是否伯虎本人，是根據唐白居易長詩《琵琶行》創作。唐白居易《琵琶行》

開首云：「潯陽江頭夜送客，楓葉荻花秋瑟瑟。」潯陽，江名，長江流經江西九江潯陽縣的一段。

【箋注】

〔一〕「寂落」二句：是説白居易在潯陽寂寞不得志，身著青衫，職位低下。潯陽，古郡名。唐天寶元年改江州置，乾元六年又改江州，治今江西九江市。白司馬，指唐代詩人白居易。司馬，唐制，於每州置司馬，以安排貶謫或閒散的人。白居易曾於元和十年（八一五）初被貶爲江州司馬，故稱。青衫，唐朝八、九品文官所穿的青色官服。白居易《琵琶行》：「座中泣下誰最多，江州司馬青衫濕。」骭，脛骨，此指代身軀。僚下，即下僚，指低級官吏。

〔二〕「獻納」二句：是説白居易曾無所畏懼地向皇上進獻忠言，没想到却因讒毁而被貶官至此。此指白居易因上表請求嚴緝刺死宰相武元衡的兇手，得罪權貴，被貶爲江州司馬。批逆鱗，此喻觸怒皇帝。《韓非子·説難》以龍喻君主，謂龍喉下有逆鱗，「若有人嬰之者，則必殺人」。

〔三〕瑣尾：即瑣猥。

〔四〕讜言：正直的言論。

〔五〕淚如把：形容淚多。把，盈握。二句演繹《琵琶行》。按《琵琶行》有「楓葉荻花秋瑟瑟」「座中泣下誰最多，江州司馬青衫濕」之句。

〔六〕野人：泛指村野之人，百姓。

〔七〕「他日」二句：是説以後在江州的普通的茅草屋下，百姓們年年慶祝伏臘時都會祭祀白居易。伏臘，古時夏天的伏日、冬天的臘日都是節日，合稱伏臘。《漢書·楊惲傳》：「田家作苦，歲月伏臘，亨（烹）羊炰羔，斗酒自勞。」賽，舊時祭祀酬報神恩的活動。

【解　析】

這是一首題畫詩。演繹唐代白居易被貶爲江州司馬時夜晚於潯陽江頭送客，偶遇琵琶女聽其講述身世並彈奏琵琶曲，因此有感而作《琵琶行》的故事。詩寫得很別致，只有「一曲琵琶淚如把，况是秋風送別時」兩句，接觸到畫面，其他都是脱離畫面的議論。四句一轉韻，情緒激昂，滔滔而下。其中「是非公論日紛紛，不在朝廷在野人」新警震撼，道出了歷史的真諦，當是作者飽受打擊後的直抒胸臆。

席上答王履吉①

我觀古昔之英雄，慷慨然諾杯酒中。義重生輕死知己，所以與人成大功。我觀今日之才彦，交不以心惟以面〔一〕。面前斟酒酒未寒，面未變時心已變。區區已作老村莊〔二〕，英雄才彦不敢當。但恨今人不如古，高歌伐木矢滄浪②〔三〕。感君稱我爲奇士，又言天下無相似。庸庸碌碌我何奇③，有酒與君斟酌之。

袁宏道評：説盡。

【校　記】

①「答」，何本作「贈」。　②「矢滄浪」，何本作「天滄浪」。　③「我何奇」，何本作「我何爲」。

【題解】

按王履吉即王寵，明代著名書法家，伯虎好友，後亦成兒女親家，見前《伏承履吉王君以長句見贈作此以答》。王寵有《九日過唐伯虎飲贈歌》：「唐君磊落天下無，高才自與常人殊。騰驤萬里真龍駒，黃金如山不敢沽。秋風日落嘶長途，我亦低眉下帝都。終軍錯棄咸陽繻，鯨鯢失水鱗甲枯，仰天擊劍歌嗚嗚。男兒落魄日月徂，相與把臂揮金壺。滿堂賓客照珊瑚，江東落落偉丈夫。千年嵇阮不可呼，後來豪飲非吾徒。氣酣爭博叫梟盧，四座飛觴傾五湖。人生長若今日娛，何用錢刀衣紫朱？坐茵未暖行已晡，得不取樂窮須臾。君不見，少陵不保千金軀，醉後仔細看茱萸。」伯虎此篇當爲答詞。按王作有「我亦低眉下帝都」句，知係正德八年（一五一三）作，是年王寵與文徵明鄉試皆落第。重陽日，過伯虎處飲而有此贈答。

【箋注】

〔一〕面：臉面，引申爲表面、形式。

〔二〕區區：指自己。村莊：這裏作村夫、野老講。

〔三〕伐木：《詩·小雅·伐木》是貴族宴請朋友、歌頌友誼的詩歌。矢：矢志。滄浪：滄浪歌。《楚辭·漁父》：「漁父莞爾而笑，鼓枻而去。歌曰：滄浪之水清兮，可以濯吾纓；滄浪之水濁兮，可以濯吾足。遂去不復言。」

【解析】

這是一首贈答詩。王寵雖然比伯虎小二十五歲，但兩人志同道合，聲氣相求。詩分兩段，前八句爲第一段，伯虎將古昔英雄與今日才彦作對比，辛辣地譏刺了今日才彦之虚僞和不可交。後八句爲第二段，因爲王寵在詩中説伯虎是「江東落落偉丈夫」，所以身處坎坷的伯虎大發牢騷，最後歸結爲「有酒與君斟酌之」，回到重九飲宴的主旨上來。王詩雄渾流暢，唐答毫不遜色，全詩一氣呵成，痛快淋漓，見出伯虎詩風雄豪的一面。

漁樵問答歌

漁翁舟泊東海邊，樵夫家住西山裏。兩人活計山水中〔一〕，東西路隔萬千里。忽然一日來相逢，滿頭短髮皆蓬鬆，盤桓坐到日卓午〔二〕，互相話説情何濃。一云深山有大木，中有猛獸吃人肉。不如平園采短薪，無慮無憂更無辱。一云江水有巨鱗，滔天波浪驚殺人。不如蘆花水清淺，波濤不作無怨心。吾今與汝要知止，凡事中間要謹始。生意宜從穩處求，莫入高山與深水。

【題　解】

假設漁樵互答，藉以闡明哲理，起源於楚辭《漁父》，不過《漁父》中與漁父問答者不是樵夫而是屈子。後兩句明哲保身，是此詩主旨。

【箋　注】

〔一〕活計：生計，謀生的手段。宋蘇軾《與蒲傳正》：「千乘侄屢言大舅全不作活計，多買書畫奇物，常典錢使。」

〔三〕卓午：正午。

【解　析】

這是一首寓言詩，作者假想的一位漁翁與一位樵夫相遇，各言活計之難。最後歸結爲帶哲理性的結論「生意宜從穩處求，莫入高山與深水。」深入淺出，喻人以理。伯虎之父廣德業賈，伯虎《與文徵明書》云：「計僕少年，居身屠酤，鼓刀滌血。」可知唐父所操係屠宰業一類的生意，則寫出這樣的寓言詩，也就不難理解了。

姑蘇八咏①

【校　記】

① 何本作「姑蘇八景詩」。

【題　解】

姑蘇，蘇州的别稱。這是一組描寫蘇州山水風物的詩歌，共八首，分咏蘇州的風景、古跡。唐伯虎世居蘇州閶門吴趨里，長成後主要活動也在蘇州，故他對蘇州頗爲熟悉，很有感情。

天平山〔一〕

天平之山何其高？岧岧突兀淩青霄。風回松壑煙濤緑，飛泉漱石穿平橋。千峰萬峰如秉笏〔二〕，崚崚嶒嶒相壁立〔三〕。范公祠前映夕暉〔四〕，盤空翠黛寒雲濕①〔五〕。

袁宏道評：此中有畫。

【校記】

①「盤空」，何本作「盤盤」。

【箋注】

〔一〕天平山：在今蘇州市西，有一線天、白雲泉、高義園、望湖臺等名勝，爲遊覽勝地。

〔二〕秉：持、握。笏：又叫手版，古代大臣在朝廷上朝見帝王時手中所持的狹長板片，用玉、象牙或竹製成。天平山多裂隙怪石，有「萬笏朝天」之稱。

〔三〕崚崚嶒嶒：山高峻的樣子。壁立：聳立如壁，形容山崖石壁的陡峭。《三國志·吳書·賀齊傳》：「林歷山四面壁立，高數十丈。」

〔四〕范公祠：北宋名臣范仲淹的祠堂。范爲蘇州人。

〔五〕盤空：盤屈於空中。形容山嵐雲霧。

【解析】

首二句標揭天平山之高險，是概括之筆。中間四句鏡頭環轉，描寫山風、松壑、煙濤、飛泉、漱石、平橋、峰巒、崖壁，使人對山之高險驚心駭目。後兩句忽轉平緩，拓開寫夕照下的范公祠，寒雲凝翠，有色有浸，是畫家眼中的風景。無怪乎袁中郎要評爲「此中有畫」了。

姑蘇臺〔一〕

高臺築近姑蘇城，千年不改姑蘇名。畫棟雕楹結羅綺，面面青山如翠屏。吴姬窈窕稱絶色，誰知一笑傾人國〔二〕。可憐遺址俱荒涼，空林落日寒煙織〔三〕。

袁宏道評：畫。

【箋　注】

〔一〕姑蘇臺：又名胥臺，在今蘇州市西南姑功山上。相傳春秋時吴王闔廬所建。後吴王夫差曾與西施游宴於此。

〔二〕「吴姬」二句：用西施事。吴姬指西施。據東漢趙曄《吴越春秋》卷九《勾踐陰謀外傳》，西施爲春秋時越國苧蘿之鬻薪女，以貌美著稱，後被越王選中，經范蠡獻於吴王夫差，促成吴國的敗亡。一笑，唐白居易《長恨歌》：「回眸一笑百媚生，六宫粉黛無顔色。」傾人國，形容美女。《漢書·外戚傳》載李延年歌：「北方有佳人，絶世而獨立。一顧傾人城，再顧傾人國。」

〔三〕寒煙織：寒煙濃密。

【解　析】

首二句平平而起，三四句寫臺之環境，「羅綺」「翠屏」暗暗過渡。五六句一轉懷古，結尾兩句是憑弔傷感。

百花洲〔一〕

昔傳洲上百花開，吴王遊樂乘春來。落紅亂點溪流碧，歌喉舞袖相徘徊。王孫一去春無主，望帝春心歸杜宇〔二〕。啼向空山不忍聞，淒淒芳草迷煙雨。

袁宏道評：淒絶。

【箋　注】

〔一〕百花洲：在今蘇州市。當年亦是吴王夫差與西施遊宴之所。

〔二〕杜宇：傳説中的古代蜀國國王，周代末年稱帝，號曰望帝。後因失國悔死，其魂化爲鳥，即杜鵑，日夜悲啼，淚盡繼之以血。

【解　析】

前四句雖有「落紅」句點綴景物，但重點懷古，所謂「吴王遊樂」「歌喉舞袖」都由「昔傳」一以貫之，爲虚而不爲實。後四句雖有「王孫」「望帝」點綴，但重在寫景，杜宇爲實而不爲虚。後兩句情景交融，極有意境。

桃花塢〔一〕

花開爛漫滿村塢，風煙酷似桃源古〔二〕。千林映日鶯亂啼，萬樹圍春燕雙舞。青山寥絶無煙埃，劉郎一去不復來〔三〕。此中應有避秦者，何須遠去尋天台〔四〕？

袁宏道評：「圍春」二字妙。

【箋注】

〔一〕桃花塢：在蘇州閶門内北城下，宋時爲樞密章楶别業，後爲蔬圃。伯虎於正德二年（一五〇七）在此築桃花庵居住。

〔二〕桃源：即傳説中的桃花源。晋陶潛《桃花源記》寫秦人因避戰亂，逃入與世隔絶的桃花源，「不知有漢，無論魏晋」。

〔三〕劉郎：指劉晨。南朝宋劉義慶《幽明録》載東漢時劉晨、阮肇入天台山採藥，遇仙女，留居半年，歸來世上已過七世。仙女對二人以「劉郎」「阮郎」相呼。

〔四〕「此中」二句：是説（桃花塢美如仙境）應該藏有避秦之人，何須尋找遥遠的天台山呢？這裏揉合了《幽明録》所載劉、阮遇仙和陶淵明《陶花源記》所載世外桃源兩個典故。

【解析】

前四句是景物描寫，其中「圍春」因造語新警受到袁中郎的讚賞。後四句因美景而疑仙境，産生懷古之思。

響屧廊〔一〕

繁花漫道當年甚，舉目荒涼秋色凛。寶琴已斷鳳皇吟，碧井空留麋鹿飲〔二〕。響屧長廊故幾間，於今惟見草班班。山頭只有舊時月，曾照吴王西子顔〔三〕。

袁宏道評：淒絶。

【箋　注】

〔一〕響屧廊：春秋時吴國館娃宫之廊名。見本書卷一《金粉福地賦》注〔二五〕。

〔二〕空留麋鹿：比喻亡國。《史記·淮南衡山列傳》：「子胥諫吴王，吴王不用，乃曰：『臣今見麋鹿游姑蘇之臺也。』」

〔三〕「山頭」二句：用唐李白《蘇臺覽古》詩意：「只今惟有西江月，曾照吴王宫裏人。」

【解　析】

寫景與懷古相結合，尤其是結尾兩句，雖然是學習李白，但有融鹽於水、不露痕跡之妙。

寒山寺〔一〕

金閶門外楓橋路〔二〕，萬家月色迷煙霧。譙閣更殘角韻悲，客船夜半鐘聲度〔三〕。樹色高低混有無，山光遠近成糢糊。霜華滿天人怯冷，江城欲曙聞啼烏〔四〕。

【箋　注】

〔一〕寒山寺：在今蘇州市楓橋鎮。建於梁天監年間，唐改名寒山寺。唐詩人張繼曾作《楓橋夜泊》：

「月落烏啼霜滿天，江楓漁火對愁眠。姑蘇城外寒山寺，夜半鐘聲到客船。」

〔二〕金閶門：即閶門。明時閶門商業極繁盛，萬商雲集，舟車擁喧，人稱金閶門。

〔三〕「譙閣」二句：是説深夜時譙樓上傳來悲涼的畫角聲，客船上又聽到遠處隱隱的鐘聲。譙閣，即譙樓，古代城門上建造的用以瞭望的樓。角韻，指用角吹出的聲音。角，古代軍中的一種樂器。「客船」句用張繼《楓橋夜泊》詩意。

〔四〕「霜華」二句：是説霜降時節讓人怯寒，天快亮的時候又聽到烏鴉的叫聲。霜華，霜花。江城，臨江之城，此指蘇州。

【解析】

此詩演繹張繼《楓橋夜泊》意境，設色朦朧迷離，詩意清冷孤寂，雖然所呈意象與感情基調和張繼之作相似，但更注意時間與空間的轉換，由「月色迷煙霧」至「江城欲曙」，由「楓橋路」至「客船」，表現了作者較高的駕馭語言的能力。

長洲苑〔一〕

長洲苑内饒春色，潑黛巒光翠如濕。銀鞍玉勒鬥香塵〔二〕，多少遊人此中集。薄暮山池風日和，燕兒學舞鶯調歌。當年勝事空陳跡，至今遺恨流滄波。

【箋　注】

〔一〕長洲苑：在今蘇州太湖北。《漢書·枚乘傳》云：「（吴王）修治上林，雜以離宫，積聚玩好，圈守禽獸，不如長洲之苑。」即指此。

〔二〕「銀鞍」句：意爲游苑的女子駕著華貴的車馬，競奇鬥勝。銀鞍玉勒，嵌銀的馬鞍，鑲玉的馬銜。香塵，指女子步履引起的浮塵。

【解　析】

此詩寫春遊長洲苑所見，除「潑黛巒光翠如濕」一句清新可喜外，其餘無論意境抑或造句遣詞，都平平乏味。

洞庭湖〔一〕

具區浩蕩波無極〔二〕，萬頃湖光淨凝碧。青山點點望中微，寒空倒浸連天白。鴟夷一去經千年〔三〕，至今高韻人猶傳。吴越興亡付流水，空留月照洞庭船。

袁宏道評：此中有畫。

【箋　注】

〔一〕洞庭湖：太湖中有洞庭山，故亦稱洞庭湖。

〔二〕具區：太湖古稱具區。無極：無邊。

〔三〕鴟夷：指春秋末越國大臣范蠡。《史記·越王句踐世家》：「范蠡浮海出齊，變姓名，自謂鴟夷子皮。」

【解　析】

此詩前四句寫景，三四句是警句，寫太湖之廣闊，有「秋水共長天一色」的意味。五六句一轉，由景寫到人，憑弔范蠡功成身退泛舟五湖的「高韻」，末尾兩句慨嘆，又與景色融成一片，以景語結情語，顯得意永味長。

花下酌酒歌

九十春光一擲梭，花前酌酒唱高歌。枝上花開能幾日？世上人生能幾何〔一〕？昨朝花勝今朝好，今朝花落成秋草。花前人是去年身，去年人比今年老。今日花開又一枝，明日來看知是誰？明年今日花開否？今日明年誰得知？天時不測多風雨，人事難量多齟齬〔二〕。天時人事兩不齊，莫把春光付流水〔三〕。好花難種不長開，少年易老不重來。人生不向花前醉，花笑人生也是呆。

【題　解】

此詩應作於伯虎後期。詩歌摒除進取，主要抒寫人生易老、應及時行樂的主題。按《唐伯虎軼事》載伯虎往往看到春去花落，則「大叫慟哭」，「遣小伻一一細檢，盛以錦囊，葬於藥欄東畔，作落花詩送之」。此軼事恐即《紅樓夢》「黛玉葬花」之原型與素材，而黛玉葬花詞與此詩亦有神似之處。

【箋注】

〔一〕「九十」四句：意本唐杜秋娘《金縷衣》：「花開堪折直須折，莫待無花空折枝。」

〔二〕人事：指人的禍福、榮枯等事。齟齬：本指上下齒不能對合，比喻不相合，相抵觸。

〔三〕「天時」二句：是説既然天時、人事都難以如意，那就珍惜時光，莫讓春光付於流水！齊，兩全其美，如意。

【解析】

此詩特點有二。一是誇張和比喻及擬人的手法。首句即運用誇張手法，極言生命之短。接下來十句運用比喻手法，將人生喻爲花枝，説明人生青年時期美好生活的重要。其中不乏蘊含哲理的警句。後面八句以擬人手法告誡人們，若不及時行樂，連花都會嘲笑。二是語言通俗易懂，同時又遣詞圓潤，行文騰挪有致，是典型的唐伯虎筆法。

桃花庵歌

桃花塢裏桃花庵，桃花庵裏桃花仙。桃花仙人種桃樹，又摘桃花換酒錢。酒醒只在花前坐①，酒醉還來花下眠。半醒半醉日復日，花落花開年復年。但願老死花酒間，不願鞠躬車馬前〔一〕。車塵馬足貴者趣②，酒盞花枝貧者緣〔二〕。若將富貴比貧者③，一在平地一在天。若將貧賤比車馬④，他得驅馳我得閒。別人笑我忒風顛⑤，我笑他人看不穿。不見五陵豪傑墓〔三〕，無花無酒鋤作田⑥〔四〕。

【校記】

①「只在」，何本作「只來」。「花前」，何本作「花下」。②「貴者」，何本作「富者」。③「貧者」，何本作「貧賤」。④「貧賤」，何本作「花酒」。⑤「風顛」，何本作「風騷」。⑥「無花無酒鋤作田」，何本作「無酒無花鋤做田」。

【題解】

弘治十八年（一五〇五），伯虎謀築桃花庵別業。據楊靜庵《唐寅年譜》（商務印書館民國三十六年版）載：蘇州桃花庵有《桃花庵歌》石碑，末書「弘治乙丑三月六如居士題」。知此詩係弘治十八年三月，伯虎與祝枝山諸友文酒之會所作。

【箋注】

〔一〕車馬：指達官貴人。晉陶潛《飲酒・其五》：「結廬在人境，而無車馬喧。」

〔二〕「車塵」二句：是説富貴的人爭先恐後地去應酬拍馬，我這樣的貧者却只喜歡飲酒賞花。趣，同趨，追隨。

〔三〕五陵豪傑：指富貴之人。五陵，漢代五個皇帝的陵墓，即長陵、安陵、陽陵、茂陵、平陵，均在長安北部一帶。這些皇帝每立陵墓，就把四方富豪和外戚遷至陵墓附近居住。故後人詩詞中常以五陵指豪門貴族及豪俠少年的聚居之地。

〔四〕「無花」句：無花無酒，指無人祭奠，喻昔日榮華已成空。鋤作田，指豪傑的墓地已淪爲普通耕地，喻昔日富貴如浮雲。

【解　析】

此詩勾畫出一位超凡脱俗的桃花仙人形象，向世人宣告：一、建庵動機是爲了及時行樂，日日流連花酒，情趣高雅通達，其原因是不願爲世俗功名富貴而折腰。二、所謂「摘桃花」，亦即寫生作畫，作者醉卧桃花叢中，做一純粹藝術家。三、「酒盞花枝」傲視「車塵馬足」，反映了作者背時傲俗的生活態度。末尾八句詩人終於以「我」的身份告誡世人：人世間一切費盡心機的追求、一切炙手可熱的富貴，都會隨著時光的流逝而灰飛煙滅！伯虎在寫作此詩時已先後遭遇了父、母、妻、妹相繼亡故及因科考舞弊案下獄等人生諸多痛苦，因此此詩也可視爲他面對苦難生活的態度自白。

一年歌

一年三百六十日，春夏秋冬各九十。冬寒夏熱最難當，寒則如刀熱如炙〔一〕。春三秋九號温和，天氣温和風雨多。一年細算良辰少，況又難逢美景何①？美景良辰倘遭遇，又有賞心并樂事②〔二〕。不燒高燭對芳樽③，也是虛生在人世。古人有言亦達哉④，勸人秉燭夜遊來⑤〔三〕。春宵一刻千金價〔四〕，我道千金買不回。

【校記】

①「美景何」，何本作「美景和」。②「賞心并樂事」，何本作「賞心兼樂事」。③「對芳樽」，何本作「照芳樽」。④「亦達哉」，何本作「達矣哉」。⑤「勸人」，何本作「直教」。

【題解】

此詩語言清通易曉，指出一年之中良辰美景賞心樂事四美難并的情況，奉勸世人珍惜人生、及時行樂。

【箋注】

〔一〕「寒則」句：言冷的時候像刀子在身上割，熱的時候如同在火上烤。

〔二〕「美景」二句：古人謂良辰、美景、賞心、樂事爲四美。語本南朝宋謝靈運《擬魏太子鄴中集詩八首序》，唐王勃《滕王閣序》亦有「四美具，二難并」語。

〔三〕「古人」二句：《古詩十九首》：「生年不滿百，常懷千歲憂。晝短苦夜長，何不秉燭遊！」

〔四〕一刻：表示時間。古代以漏壺計時，一晝夜分爲一百刻。這裏指短暫的時間，猶片刻。宋蘇軾《春夜》：「春宵一刻值千金，花有清香月有陰。」

【解析】

此詩前面十六句娓娓細數一年之中，美景良辰賞心樂事之難并，出語平實，深入人心。後面四句陡然升高，出塵狂放，坦白地宣告了自己及時行樂的生活態度。伯虎放棄對生命長度的追求，轉而追求生命的密度，認爲只有及時行樂，才算不虛度此生。

一世歌

人生七十古來少，前除幼年後除老。中間光景不多時，又有炎霜與煩惱。花前月下得高歌，急須滿把金尊倒。世人錢多賺不盡，朝裏官多做不了。官大錢多心轉憂，落得自家頭白早。春夏秋冬撚指間，鐘送黄昏雞報曉。請君細點眼前人，一年一度埋芳草〔一〕。草裏高低多少墳，一年一半無人掃〔二〕。

【題　解】

此詩應作于詩人生活後期。表現出人生虚幻、萬事皆空的苦惱和及時行樂的生活態度。

【箋　注】

〔一〕「請君」二句：是説請你仔細看看眼前的人，一年之中都有不少人死去。

〔二〕「草裏」二句：是説荒草之中不知道已經埋了多少墳墓，這些墳墓一年之中却有一半無人清掃。（因爲掃墓的人也逐漸死去。）

【解　析】

此詩屬勸世一類。詩人用直白淺顯的語言，娓娓鋪陳，極言人生之短暫、生命之痛苦，讓讀者在殘酷的現實世界中猛然驚醒，恍然領悟生活的真諦。

把酒對月歌

李白前時原有月，惟有李白詩能說〔一〕。李白如今已仙去，月在青天幾圓缺。今人猶歌李白詩，明月還如李白時。我學李白對明月，月與李白安能知？李白能詩復能酒，我今百杯復千首〔二〕。我愧雖無李白才①，料應月不嫌我醜？我也不登天子船，我也不上長安眠〔三〕。姑蘇城外一茅屋，萬樹桃花月滿天。

【校　記】

①「我愧」，何本作「我醜」。

【題　解】

此詩亦當是伯虎築居桃花庵以後的作品。唐李白《月下獨酌四首》其一云：「花間一壺酒，獨酌無相親。舉杯邀明月，對影成三人。」遂開花、月、酒衝突絪藴助長詩情之先河。伯虎此詩通過對太白之追慕，寫出了自己狂放不羈、灑脱出塵、光風霽月的自由人格。

【箋　注】

〔一〕「惟有」句：謂李白善於描寫月亮，如《峨眉山月歌》《古朗月行》《把酒問月》《月下獨酌》《靜夜思》等。

〔二〕百杯復千首：化用唐杜甫《飲中八仙歌》：「李白一斗詩百篇。」

〔三〕「我也」二句：是説我不去登帝王的龍船，也不去長安街頭酒家醉眠。唐杜甫《飲中八仙歌》：「李白一斗詩百篇，長安市上酒家眠。天子呼來不上船，自稱臣是醉中仙。」

【解　析】

此詩是唐伯虎的代表作之一。歌行體，四句一轉韻，酣暢淋漓地抒寫了對李白的渴慕，甚至以「姑蘇城外一茅屋，萬樹桃花月滿天」自傲，表達了自己希望在詩、酒、花、月中自在度日的超凡脱俗、瀟灑出塵的浪漫情懷。

醉時歌

地水火風成假合〔一〕，合色聲香味觸法〔二〕。世人癡呆認做我，惹起塵勞如海闊〔三〕。貪嗔癡作殺盜淫，因緣妄想入無明①〔四〕。無明即是輪回始，信步將身入火炕。朝去求名暮求利，面作心欺全不計②。上牀夜半別鞋子③〔五〕，方悔昨朝搬鬼戲④〔六〕。它人謀我我謀他⑤，冤冤相報不曾差⑥。一身欠債還他債，請君嗛鐵去拖車⑦〔七〕。種堪愛惜色堪貪，它家妻子自家男〔八〕。不是冤家頭不聚，鐵枷自有愛人擔。幾番死兮幾番活，大夢無憑閑聒聒。都是自家心念生，無念無生即解脱。死生無常繫雙足⑧，莫待這番重瞑目。人身難得法難聞，如針投芥龜鑽木⑨〔九〕。自補衲衣求飯吃，此道莫推行不得。拚却這條窮性命，不成些事何須惜⑩？數息隨止界還靜⑪〔一〇〕，修願修行入真定⑫。空山落木狼虎中，十卷楞嚴親考訂〔一一〕。不二門中開鎖鑰⑬〔一二〕，烏龜生毛兔生角〔一三〕。諸行無常一切空，阿耨多羅大圓覺〔一四〕。一念歸空拔因果⑭，墮落空見仍遭禍。禪人舉有著空魔⑮，猶如避溺而遭火⑯。說有說無皆是錯⑰，夢境眼花尋下落。翻身跳出斷腸坑⑱，生滅滅兮寂滅樂。

袁宏道評：該哭。

【校記】

①「因緣」，何本作「夤緣」。②「面作」，何本作「面詐」。③「夜半」，何本作「半夜」。④「昨朝」，何本作「昨來」。⑤「它人」，何本作「它來」。⑥「相報」，何本作「報報」。⑦「請君嗛鐵」，何本作「請君啣鐵」。⑧「死生」，何本作「生死」。⑨「投芥」，何本作「拈芥」。⑩「不成些事何須惜」，何本作「刀山劍嶺須經歷」。⑪「界還靜」，何本作「戒還靜」。⑫「修願修行」，何本作「體取無生」。⑬「門中」，何本作「法門」。⑭「一念歸空拔因果」，何本作「盡入虛空撥因果」。⑮「禪人舉有」，何本作「破除有相」。⑯「遭火」，何本作「投火」。⑰「說有說無」，何本作「不有不無」。⑱「跳出斷腸坑」，何本作「蹴破斷常坑」。

【題解】

何刻外編有識云：「醉時所歌，醒忘之矣。生有所得，死失之矣。大觀之士，能同醉醒、合死生而一之，此作歌之本旨也。弘治乙丑，唐寅呈浮觀先生請教。」知此詩作於弘治十八年。然唐刻本未收入此識，又不知何故？

【箋　注】

〔一〕地水火風：佛教認爲地大、水大、火大、風大，合稱四大，是構成物質的四大元素，人身亦由此四大而成，故亦作爲人身的代稱。假合：非真正之聚合。唐李白《與元丹丘方城寺談玄作詩》：「騰轉風火來，假合作容貌。」

〔二〕色聲香味觸法：佛教認爲色塵、聲塵、香塵、味塵、觸塵、法塵合稱外六塵，能染汙，使真性不能顯發。此句謂四大加上六塵，就形成了人。

〔三〕塵勞：佛家語，煩惱之異名。如貪瞋等煩惱坌穢真性，勞亂身心，謂爲塵勞。《金剛經注》：「有大智慧光明，出離塵勞。」

〔四〕因緣：佛家語。佛教常以事物相互間的關係來説明它們生起和變化的現象。其中爲事物生起或壞滅的主要條件的叫做因，爲其輔助條件的叫做緣。妄想：佛家語。不當於實曰妄，妄爲分別而取種種之相曰妄想。《楞嚴經》：「一切衆生，從無始來，生死相續，皆由不知常住真心性淨明體，用諸妄想。此想不真，故有輪轉。」無明：佛家語。意爲過去煩惱之總稱。是無知，或愚癡、或迷暗的意思。由此無明妄動，衆生輪轉世間，是生死的根本。

〔五〕「上牀」句：謂人生無常，死期難卜。元馬致遠《雙調·夜行船》：「曉來清鏡添白髮，上牀與鞋履相別。」

〔六〕搬鬼戲：意爲毫無意義的勾心鬥角，俗語「鬼把戲」。

〔七〕嗛鐵拖車：帶著負擔還要拉車。嗛，通銜，帶著意。

〔八〕「種堪」二句：是説（世人）對於自家的兒子就愛惜，對於别人的妻子就想佔有。

〔九〕「人身」二句：是説世人難得真法，就如同以芥子投針孔、盲龜浮於木孔中一樣難求。如針投芥，佛家語，謂針鋒甚細，以芥子投入，欲其巧中，此必無之事，以言佛出世之難遇也。《南本涅槃經純陀品》：「芥子投針鋒，佛出難於是。」龜鑽木，佛家語。喻人生於世，如同盲龜浮于木孔。《涅槃經二》：「生世爲人難，值佛世亦難。猶如大海中盲龜值浮孔。」

〔一〇〕數息：佛教的一種修行方法，静心默數呼吸的出入，從一至十，循環計數，其用意在改正心思的散亂。

〔一一〕楞嚴：即《楞嚴經》。

〔一二〕不二門：即佛教所謂不二法門。佛教認爲離開語言文字的「真如」「實相」之理，平等不二，非一非異。菩薩悟入此不二之理，名爲入不二法門。

〔一三〕「烏龜」句：演繹佛家龜毛兔角典，喻事物之不實。《楞嚴經一》：「無則同於龜毛兔角，云何不著。」傅大士《金剛經頌》：「如龜毛不實，似兔角無形。」

〔一四〕阿耨多羅：佛家語，即阿耨多羅三藐三菩提，意爲無上正等正覺。《維摩經·佛國品》肇注：「阿耨多羅，秦言無上。三藐三菩提，秦言正徧知。道莫之大，無上也。其法真正，無法不知，正徧知也。」

大圓覺：即圓覺，佛家語，謂圓滿靈之覺。

【解　析】

此詩本質上亦是一首勸世歌，不過是宣揚佛教以勸世。詩中反復演繹佛典，只是爲了説明「翻身跳出斷腸坑，生滅滅兮寂滅樂」，彌漫著一股厭世氣息，詩情枯竭，這是不足取的。伯虎中年後與和尚交往甚密，如西洲和尚、詩僧柏子亭等。他四十以後，開始勤研佛學，撰寫了《姑蘇寒山寺化鐘疏》《治平禪寺化造竹亭疏》《達摩贊》《釋迦如來贊》等詩文，並且根據《金剛經》四句偈「一切有爲法，如夢幻泡影，如露亦如電，應作如是觀」，自號六如居士。

怡古歌

人心不古今非昨，大雅所以久不作〔一〕。宣尼嘆生觚不觚〔二〕，良爲真純日雕琢。大禹寶鼎沉泥沙，宣王石鼓已剥落〔三〕。世間耳目狃時俗，聞見安能免齷齪〔四〕？沛國劉君天下賢〔五〕，形體則人心則天。好尚獨與時俗異，神遊直出羲皇前①。三皇製作列鼎鼐②，四壁圖畫飛雲煙。汗牛充棟不可計，怡然蹲偃於其間〔六〕。君之此志無人識，我將管蠡聊窺測。心期欲見古之人，不見古人愛古物。漢唐蕭曹與房杜，夏商伊周並契稷〔七〕。上下三千六百年，與君同心復同德。

【校　記】

①「羲皇」，何本作「羲農」。　②「三皇」，何本作「三王」。

【題　解】

怡古，亦即樂於古，正因爲「人心不古」「大雅不作」，所以作者追慕古代，心期古人。

【箋　注】

〔一〕大雅：《詩經》的一部分，是反映西周政治的詩篇。唐李白《古風》其一：「大雅久不作，吾衰竟誰陳。」

〔二〕宣尼：即孔子。《論語·雍也》記載，孔子曾感嘆説：「觚不觚，觚哉？觚哉？」觚是一種有棱角的器物（或説是酒器），孔子嘆息，對當時社會人心不古世道衰微不滿。

〔三〕「大禹」二句：讚美「大禹寶鼎」和「宣王石鼓」兩件古代器物。周之九鼎於周亡後沉没水中，秦始皇時曾一度現於泗水，秦始皇派人没水求之不得。事見於《史記》卷二十八《封禪書》、北魏酈道元《水經注》卷二十五《泗水》。石鼓，唐初發現於天應（今陝西寶雞），所刻書體爲籀文，韓愈認爲是周宣王時所刻。

〔四〕「世間」二句：是説現時大家都習慣於爲時俗左右，這樣一來所見所聞怎麽能免除骯髒瑣屑呢？狃，習以爲常。

〔五〕沛國劉君：指漢高祖劉邦，他是沛縣(今屬江蘇徐州)人。

〔六〕「三皇」四句：形容漢鼎。按《史記》卷六十四上《吾丘壽王傳》載漢代於汾陰得寶鼎。傳説夏商周三代以九鼎爲傳國之寶，視爲王朝的象徵，漢代得鼎，吾丘壽王認爲「漢自高祖繼周，亦昭德顯行，布恩施惠，六合和同」，稱之爲「漢鼎」。怡然蹲偃，形容寶鼎安放在皇家衆多器物之中的狀態。

〔七〕「漢唐」二句：由古物推及古人。蕭曹，指漢初大臣蕭何與曹參。他們在幫助劉邦建立漢朝並制定法令、治理國家方面起了非常重要的作用，故常將二人並稱以代指賢能的宰相。房杜，指唐太宗時的名臣房玄齡、杜如晦。房玄齡善謀略，而杜如晦長決斷，兩人同心相濟，珠聯璧合，是唐太宗的左右手。伊周，指伊尹和周公。伊尹是商初大臣，幫助商湯攻滅夏桀。周公是周武王之弟，武王死後，成王年幼，他代爲管理朝政，功績卓著，爲世人所稱。契稷，都是古代的賢臣。契是商代祖先，舜時爲司徒。稷爲周代祖先，舜時爲農官，教民稼穡。

【解　析】

首二句目睹人心不古而滿腹牢騷。「宣尼」以下十四句歷數「大禹寶鼎」「宣王石鼓」及漢鼎，寫出對「古物」的喜愛。「君之此志」一轉，揭示出「心期欲見古之人」的心曲，原來作者「愛古物」，是悵然於「不見古人」，其深層原因是嫉恨於「人心不古」。

焚香默坐歌①

焚香默坐自省己〔一〕，口裹喃喃想心裹②。心中有甚害人謀③？口中有甚欺心語？爲人能把口應心，孝悌忠信從此始。其餘小德或出入，焉能磨涅吾行止〔二〕？頭插花枝手把杯，聽罷歌童看舞女。食色性也古人言〔三〕，今人乃以之爲恥。及至心中與口中，多少欺人没天理④。陰爲不善陽掩之，則何益矣徒勞耳〔四〕！請坐且聽吾語汝⑤：「凡人有生必有死。死見先生面不慚⑥，才是堂堂好男子。」

袁宏道評：説盡假道學。

【校記】

①何本題作「默坐自省歌」。②「喃喃想心裹」，何本作「喃喃道心裹」。③「害人謀」，何本作「陷人謀」。④「没天理」，何本作「滅天理」。⑤「且聽」，何本作「試聽」。⑥「死見先生面不慚」，何本作「死見閻公面不紅」。

【題解】

伯虎思想複雜，儒佛雜半，此詩與前《醉時歌》宣揚佛理不同，主要是儒家倫理道德的説教。可貴的是，伯虎認爲人的本性不可扭曲，應在提倡仁義道德的同時彰顯人性本色。正由於此，袁宏道讚揚此詩「説盡假道學」。

【箋注】

〔一〕自省己：自我反省是儒家修身的主要方法，它凸顯了人生修養的自律性和自覺性。《論語·學而》：「曾子曰：吾日三省吾身，爲人謀而不忠乎？與朋友交而不信乎？傳不習乎？」

〔二〕磨涅：比喻所經受的考驗或外界的影響。按《論語·陽貨》：「不曰堅乎，磨而不磷；不曰白乎，涅而不緇。」行止：一舉一動，行爲。

〔三〕食色性也：食欲和性欲都是人的本性。語出《孟子·告子上》：「告子曰：『食色，性也。』」

〔四〕「陰爲」二句：是説私下裏做壞事，表面上却要遮掩，這樣只是白白忙碌罷了。

【解析】

此詩堪稱生動的説教。伯虎認爲，爲人應該「把口應心」，這是儒家重要的衡量道德的標準。而一個人只要不違背這一條，其它對美食美色的要求都是合理的，没有什麽錯誤。反觀現今衆人，捨本逐末，以對美食美色的追求爲恥，虚僞地掩蓋自己的追求，這樣恰恰是悖離了人的本性。十足的才子氣魄！十足的天性文字！「存天理滅人欲」的道學思想在伯虎眼中直如破屣！

解惑歌

紛紛眼底人千百，或學神仙或學佛。學仙在煉大還丹，學佛來尋善知識〔一〕。彼要長生享富豪①，此要它生饒利益。忠孝於其道不同，且把將來掛東壁〔二〕。我見此輩貪且癡，漫作長歌解其惑。學仙學佛要心術，心術多從忠孝立。惟孝可以感天地〔三〕，惟忠可以貫金石〔四〕。天地感動金石開，證佛登仙如芥拾〔五〕。佛知過去未來事，仙有通天徹地力。任你嘍囉閃賺高，這兩個人瞞不得〔六〕。神仙福地是蓬萊〔七〕，釋迦天宮號兜率〔八〕。不在西天與東海，只在人心方咫尺。

【校　記】

①「富豪」，何本作「富貴」。

【題　解】

此詩亦説教詩一類，但與前放誕灑脱、生動明白的《焚香默坐歌》不同，板著面孔説教，以致讀來了無生趣。作者甚至認爲，學佛與學道只有在儒家的「忠孝」上統一起來，才能得其真諦。玩其語意，似應作於科舉寃案之前。

【箋　注】

〔一〕善知識：佛教語，梵語意譯。即善友、好伴侣之意，泛指能教導衆生遠離惡法和修行善法的高僧。

〔二〕「忠孝」二句：是説忠孝與道教、佛教都不同，且把忠孝放置在東壁二星的地位。按《晉書》卷十一《天文志上》：「東壁二星，主文章，天下圖書之祕府也。」唐陸龜蒙《雜諷九首》其五：「安得東壁明，洪洪用墳史。」

〔三〕「惟孝」句：《搜神記·東海孝婦》與元關漢卿《感天動地竇娥寃》都記載了媳婦因孝順婆婆，含寃受死，感動天地，臨刑前發下誓願，結果一一應驗事。當爲伯虎此句所本。

〔四〕貫金石：穿透金石，形容精誠之力巨大。漢劉向《新序·雜事四》：「昔者楚熊渠子夜行，見寢石以爲伏虎，彎弓射之，滅矢飲羽，下視知石也。却復射之，矢摧無跡。熊渠子見其誠心，金石爲之開，况人心乎？」

〔五〕如芥拾：如拾取芥草般輕而易舉。芥，小草。

〔六〕「任你」二句：是説任憑人們欺瞞哄騙，佛和神仙是瞞不住的。嘍囉，小人物，這裏泛指世人。閃賺，欺誑、哄騙。兩個人，指佛和神仙。

〔七〕福地：道教指神仙居住的地方。蓬萊：古代傳説中海上的仙山之一，也泛指仙境。

〔八〕釋迦：佛祖釋迦牟尼的簡稱。兜率：即兜率天。梵語音譯。佛教謂天分許多層，第四層叫兜率天。它的内院是彌勒菩薩的淨土，外院是天上衆生所居之處。

【解　析】

此爲説教類詩歌，目的是宣揚儒家忠孝觀點。伯虎通過對學佛者與學道者追求此生寶貴或來生受益態度的否定，指出要想成仙成佛，首先要盡忠盡孝，忠孝立，則仙佛自然成，不用遠涉千里萬里尋求佛法仙道，仙佛只在各人一念之間。此詩觀點雖然陳舊，語言雖然通俗，但説明作者頭腦裏儒家思想仍然占統治地位，仍然以儒家思想支配著佛、道思想的衝突，所以此詩應該創作於作者追求仕進時期。

世情歌

淺淺水，長長流，來無盡①，去無休。翻海狂風吹白浪，接天尾閭吸不收〔一〕。即如我輩住人世，何榮何辱？何樂何憂？有時邯鄲夢一枕，有時華胥酒一甌〔二〕。古今興亡付詩卷，勝負得失歸松楸〔三〕。清風明月用不竭〔四〕，高山流水情相投。蓂莢自晦朔，蘭菊自春秋〔五〕。我今視昔亦復爾，後來還與今時侔〔六〕。君不見，東家暴富十頭牛。又不見，西家暴貴萬户侯。雄聲赫勢撼九州，有如洪濤洶洶湧②，世界欲動天將浮〔七〕。忽然一日風打舟，斷篷絶梗無少留③。桑田變海海爲洲〔八〕，昔時聲勢空喧啾。嗚呼！何如淺淺水，長長流？

袁宏道評：以十頭牛對萬户侯，甚惡。

【校　記】

①「來無盡」，何本作「水無盡」。②「洶洶湧」，何本作「洶湧」。③「絶梗」，何本作「絶緶」。

【題　解】

此篇勸世詩體現了一種澹定自若、不求聞達，於平淡中探求生活真諦的人生態度。情感樸實自然，無拘無束，與雜言詩的形式相得益彰，是典型的唐伯虎筆法。

【箋注】

〔一〕尾閭：古代傳説中海水所歸之處。《莊子·秋水》：「天下之水莫大於海，萬川歸之，不知何時止而不盈；尾閭泄之，不知何時已而不虚。」

〔二〕「有時」二句：是説人生在世，猶如一個虚幻的夢。邯鄲夢，典出唐沈既濟《枕中記》。載盧生於邯鄲客店遇道士吕洞賓，用其所授瓷枕睡卧，夢中歷盡榮華富貴。及醒，店主炊黄粱未熟。華胥酒，《列子·黄帝》載，黄帝曾夢游華胥氏之國。華胥氏之國在弇州之西，台州之北，蓋非舟車足力之所及，神遊而已。後因稱爲「華胥一夢」。

〔三〕松楸：松樹與楸樹。墓地多植，因以代稱墳墓。

〔四〕「清風」句：宋賀鑄《避少年》：「清風明月休論價，賣與愁人直幾錢。」

〔五〕「蓂莢」二句：是説世界上萬物自有其變化更替之規律。蓂莢，古代傳説中的一種瑞草。每月從初一至十五，每日結一英，從十六至月終，每日落一英。所以從英數多少，可以知道是何日。晦，農曆每月的最後一天。朔，農曆每月的第一天。

〔六〕侔：等同。

〔七〕「君不見」七句：當連讀，意爲暴富者和暴貴者聲勢顯赫，欲掀動九州，那狀況似乎是洪濤洶湧，要把世界吹動。按萬户侯典出《史記·李將軍列傳》：「文帝曰：如令子當高帝時，萬户侯豈足道哉！」「十頭牛」是俗語，所以袁中郎評曰：「以十頭牛對萬户侯，甚惡。」其實，以俗典對雅典，伯虎是有意爲之。這也是其詩風的個性特徵之一。

〔八〕桑田變海：喻世事變幻莫測。晉葛洪《神仙傳》卷三《王遠》：「接侍以來，已見東海三爲桑田。向到蓬萊，水又淺於往者會時略半也。豈將復還爲陵陸乎？」唐儲光羲《獻八舅東歸》：「獨往不可羣，滄海成桑田。」

【解析】

這首勸世詩整散結合，明白如話，有元白之風。

作者用大起大落的富貴人家的生活與「我輩」平淡閒適的安定生活做對比，還用了諸如篷梗吹折、舟船覆滅等象徵手法喻人生災難，給讀者的印象是深刻而震撼的。此外，詩歌還運用了多種修辭手段，如以長流之細水喻平淡之生活，以「邯鄲夢」與「華胥酒」喻人生之虛幻，這樣就使得此詩的藝術性大增，較之《醉時歌》《解惑歌》等枯燥的説教，更易於深入人心了。

妒花歌

昨夜海棠初著雨，數朵輕盈嬌欲語。佳人曉起出蘭房〔一〕，折來對鏡比紅妝。問郎「花好奴顔好」，郎道「不如花窈窕」。佳人見語發嬌嗔，不信死花勝活人。將花揉碎擲郎前，請郎今夜伴花眠。

袁宏道評：竟能盡態，説得有理。

【題　解】

伯虎不僅善畫美人，而且善寫美人。此詩即是一首形神俱佳之作。

【箋　注】

〔一〕蘭房：蘭香氤氳的房間，特指閨房。

【解　析】

著雨的海棠，當然艷麗嫵媚。佳人折來，欲與海棠比美，此爲第一轉。也許是有意逗趣，郎君竟説人不如花，此爲第二轉。佳人妒意頓起，將花揉碎，氣惱地請郎「今夜伴花眠」，此爲第三轉。寥寥十句，一波三折，其中有叙述，有對話，將一個活潑美貌的少婦寫得栩栩如生，靈氣生動，實在是古代詩歌中不可多得的描寫美人佳作！　袁中郎云「竟能盡態」，實在是中肯之論。

按唐代無名《菩薩蠻》：「牡丹含露真珠顆，美人折向庭前過。含笑問檀郎：花强妾貌强？　檀郎故相惱，須道花枝好。一面發嬌嗔，碎挼花打人。」似爲伯虎所本。

咏漁家樂

世泰時豐芻米賤〔一〕，買酒頗有青銅錢。夕陽半落風浪舞，舟船入港無危顛。烹鮮熱酒招知己，滄浪迭唱仍扣舷〔二〕。醉來舉盞酧明月，自謂此樂能通仙。遥望黄塵道中客，富貴於我如雲煙〔三〕。

【題　解】

此詩通過漁家生活的描寫，寄託了詩人淡泊名利，只求自然的生活態度。玩其語意，似應爲科場舞弊案以後的創作。

【箋　注】

〔一〕芻米：草料與糧食。芻，餵牲畜的草。

〔二〕「滄浪」句：是説反復地敲打船舷，一遍一遍地高唱《滄浪歌》。滄浪，指《滄浪歌》。迭唱，反復地唱。扣舷，敲打船邊，以爲節奏。宋蘇軾《赤壁賦》：「於是飲酒樂甚，扣舷而歌之。」

〔三〕「富貴」句：《論語·述而》：「不義而富且貴，於我如浮雲。」

【解　析】

此詩平平而起，前四句寫國泰年豐，安居樂業，營造出一派恬淡安寧的氣氛。「烹鮮」四句具體寫出漁人之樂。最後兩句揭出題旨「富貴於我如雲煙」不僅是漁人的生活態度，同時也是詩人但願貧賤簡樸、不求富貴顯達的生活理想的顯現。

倀倀詞①

倀倀莫怪少時年②，百丈遊絲易惹牽③〔一〕。何歲逢春不惆悵？何處逢情不可憐④？杜曲梨花杯上雪，灞陵芳草夢中煙〔二〕。前程兩袖黄金淚，公案三生白骨禪〔三〕。老後思量應不悔，衲衣持盞院門前⑤〔四〕。

【校記】

①此詩見何本《漫興》十首其四。何本此組詩兩見，附注云：「《戒庵老人漫筆》云：唐伯虎《漫興》十首，余見其親筆行書者兩處，互有不同，想隨意點竄，因并録之。」②「悵悵莫怪少時年」，何本一作「悵悵暗數少時年」。③「百丈遊絲易惹牽」，何本一作「陳跡關心自可憐」。④「何歲」兩句，本書卷二《漫興》其四及何本均無。⑤「持盞」，何本作「乞食」。

【題解】

悵悵：迷茫不知所措的樣子。玩其語意，此當是伯虎迭遭親人亡故、科場案獄等打擊後，有感於命運多舛，痛定思痛之作。這也是伯虎的代表作之一。

【箋注】

〔一〕「悵悵」二句：是説失意迷惘，不要追怨少年時事，飄在空中長長的蛛絲容易牽惹起無限的春愁。悵悵，迷茫無所適從的樣子。百丈，極言其長。

〔二〕「杜曲」二句：是説杜曲的梨花飄落於酒杯之上如雪花覆落，灞陵的芳草在夢中仍然淒淒如煙。此二句美而淒，寫長安景象，引起下文對功名夭折的感傷。杜曲，在今陝西西安市東南，因唐代貴族杜氏世居於此，故名。灞陵，在今陝西西安市東。唐岑參《白雪歌送武判官歸京》：「忽如一夜春風來，千樹萬樹梨花開。」

〔三〕「前程」二句：是説所謂前程功名，只餘得兩袖傷心的淚水。佛家公案則告訴我，所謂前世、今生、來生都是幻像。黄金淚，伯虎杜撰，意爲珍貴之淚，引申爲極度辛酸之淚。公案，佛家語，指禪師在言語或動作的垂示，可以用來勘驗學人悟境的深淺。三生，佛家語，指前生、今生、來生。白骨禪，佛教認爲人身是幻象，實質是一堆白骨而已。

〔四〕「老後」二句：是説老了以後對於現在的學佛歸皈應該不會後悔，從此以後就要出家爲僧了。衲衣，僧衣。盞，指僧侶所用鉢盞，食具。

【解析】

前四句寫悵悵之狀，因春景而生出無限傷感。「杜曲」句一轉，以淒美的長安景物暗點因科案繫獄的切齒之痛。接下來兩句寫對功名的無奈及對人生的看法，已有看破紅塵之意。最後寫日後打算，遠離俗世，佛影青燈。此詩意境淒美，令人有哀痛在骨之感。

七夕歌

人間一葉梧桐飄，蓐收行秋回斗杓〔一〕。神官召集役靈鵲，直渡銀河横作橋〔二〕。河東美人天帝子〔三〕，機杼年年勞玉指。織成雲霧紫綃衣，辛苦無歡容不理。帝憐獨居無與娱，河西嫁與牽牛夫。自從嫁後廢織紝，緑鬢雲鬟朝暮梳。貪歡不歸天帝怒，責歸却踏來時路。但令一歲一相見，七月七日橋邊渡。別多會少知奈何①？却憶從前歡愛多。匆匆萬事説不盡，玉龍已駕隨羲和〔四〕。河橋靈官催曉發，令嚴不肯輕離別。便將涙作雨滂沱，涙痕有盡愁無歇。吾言織女君莫嘆，天地無窮會相見。猶勝姮娥不嫁人，夜夜孤眠廣寒殿。

【校　記】

①「知奈何」，何本作「如奈何」。

【題　解】

七夕即農曆七月初七夜，相傳牛郎與織女七夕在天河相會。此詩即敷衍牛女故事而成。這也是中國詩詞的傳統題材。或謂此是宋張耒所作。袁、何諸人誤收。

【箋　注】

〔一〕蓐收：西方司秋之神。《禮記·月令》：「（孟秋之月）其帝少皞，其神蓐收。」斗杓：斗柄，即北斗七星中玉衡、開陽、搖光三星。北斗七星中四星象斗，三星象柄。

〔二〕「神官」二句：寫牛女鵲橋故事。唐韓鄂《歲華紀麗》卷三引《風俗通》：「織女七日當渡河，使鵲爲橋。相傳七日鵲首無故皆髡，因爲梁以渡織女故也。」

〔三〕天帝子：相傳織女是天帝的孫女。

〔四〕「玉龍」句：是説給太陽拉車的玉龍已經駕好了車，跟著車夫羲和出發了。意爲天已大亮，太陽已經升起。羲和，傳説中給太陽趕車的人。

百忍歌

百忍歌，百忍歌，人生不忍將奈何？我今與汝歌百忍，汝當拍手笑呵呵！朝也忍，暮也忍。恥也忍，辱也忍。苦也忍，痛也忍。饑也忍，寒也忍。欺也忍，怒也忍。是也忍，非也忍。方寸之間當自省。道人何處未歸來，癡雲隔斷須彌頂〔一〕。脚尖踢出一字關〔二〕，萬里西風吹月影。天風泠泠山月白，分明照破無爲鏡〔三〕。心花散〔四〕，性地穩，得到此時夢初醒。君不見如來割身痛也忍〔五〕，孔子絶糧饑也忍〔六〕。韓信跨下辱也忍〔七〕，閔子單衣寒也忍〔八〕。師德唾面羞也忍〔九〕，劉寬污衣怒也忍〔一〇〕。不疑誣金欺也忍〔一一〕，張公九世百般忍〔一二〕。好也忍，歹也忍，都向心頭自思忖。囫圇吞却栗棘蓬〔一三〕，恁時方識真根本〔一四〕！

【題　解】

《舊唐書·孝友傳·張公藝》載，唐代鄆州壽張人張公藝九代同居。唐高宗曾親至其宅，問其緣由。公藝請人拿來紙筆，寫了百個「忍」字進獻高宗。此詩認爲，人生之中的大智慧，是以一種寬宏和大度的心態去包容一切苦難和不平。這當然是詩人遭遇人生種種磨難後徹悟的道理，也是詩人學習禪法的心得記録。

【箋注】

〔一〕「癡雲」句：謂人的心性被事理所迷惑，因而不能成爲有大智慧之人。癡，三毒之一，又曰無明。須彌頂，即須彌山，或稱妙高山。這裏指道德的最高境界。

〔二〕一字關：佛家語，指雲門一字關。據傳雲門宗之祖雲門文偃化導學人時，慣常以簡潔之一字説破禪之要旨。

〔三〕無爲：無因緣的造作，即真如的别名。

〔四〕心花：佛教以清静的本心譬爲蓮花，故名心花。

〔五〕如來割身：據《菩薩本論》記載，有蒼鷹追捕一隻鴿子，鴿子藏在如來懷中。如來爲救鴿子，從身上割下肉來給蒼鷹，以此换取鴿子的性命。

〔六〕孔子絶糧：《論語・衛靈公》載，孔子「在陳絶糧，從者病，莫能興。子路愠見曰：『君子亦有窮乎？』子曰：『君子固窮，小人窮斯濫矣！』」

〔七〕韓信跨下辱：跨，同胯。《史記・淮陰侯列傳》載，韓信微時，「淮陰屠中少年有侮信者，曰：『若雖長大，好帶刀劍，中情怯耳。』衆辱之曰：『信能死，刺我；不能死，出我胯下。』於是信孰視之。俯出胯下，蒲伏。一市人皆笑信，以爲怯。」

〔八〕閔子單衣：閔子，名損，字子騫，春秋魯人，孔子弟子，名列七十二賢之首。據《孝子傳》載，閔子曾受到後母虐待，衣不保暖，父親知道之後要休掉繼室。此時子騫有兄弟二人，繼母又生二子，於是子騫勸阻說：「母在一子寒，母去四子寒。」其父遂寬恕了繼母。

〔九〕師德唾面：《新唐書·婁師德傳》：「其弟守代州，辭之官，教之耐事。弟曰：『人有唾面，絜之而已。』師德曰：『未也。絜之，是違其怒，正使自乾耳。』」

〔一〇〕劉寬污衣：《後漢書·劉寬傳》載，太尉劉寬爲人寬和，有一次夫人想試探他是否真的不易生氣，於是在宴會中故意讓奴婢把肉湯灑在劉寬的官服上。劉寬不但不生氣，反而問奴婢燙著手沒有。

〔一一〕不疑誣金：《漢書·直不疑傳》載：「（直不疑）其同舍有告歸，誤持其同舍郎金去。已而同舍郎覺，亡意不疑，不疑謝有之，買金償。後告歸者至而歸金，亡金郎大慚，以此稱爲長者。」

〔一二〕張公九世：見前【題解】。

〔一三〕囫圇：整個。栗棘蓬：有刺而難吞，禪宗用來比喻禪機、公案難以透過。

〔一四〕根本：指根本心，即無分別之心。

【解析】

「忍」是貫穿全詩之主線，作者選用大量古代關於忍的事典，使論點有理有據，令人折服，發人深省，講出了樸素的生活道理，同時也包含著自己太多面對生活的無奈和隱忍。作品整散結合，語言生動，明白如話，是伯虎古體詩的典型風格。

七十詞

人年七十古稀，我年七十爲奇。前十年幼小，後十年衰老。中間止有五十年，一半又在夜裏過了。算來止有二十五年在世，受盡多少奔波煩惱。

【題解】

伯虎嘉靖二年卒，享年五十四歲。本詩所謂「七十」，乃勸世之詞也。

嘅歌行

嘅東南之原，嗟西北之阡。廢田爲丘，廢丘爲田。翻兮覆兮，倏焉忽焉。一犁春雨今朝隴，一抔黄土明朝塚。塚前松柏身依依，隴頭禾黍還離離〔一〕。阡之南兮阡之北，原之東兮原之西，誰得之，誰失之？今來古往，物换人非。智者狡兮愚者癡，强者畏兮弱可欺。富連阡兮累陌，貧無地兮卓錐。千年之田，八百其主。百歲之人，七十者稀。總然席捲吾與汝，借與眼看能幾時？豈不見挽長弓，揮短鏑。挽長戈，操短戟。投鞭絶流〔二〕，麾兵赤壁〔三〕。志小鴻溝，眼高絶域？又不見樓上樓，屋上屋。置黄金，藏白玉。紫標身〔四〕，紅腐粟〔五〕。錦帳五十里，胡椒八百斛〔六〕。貴爲萬户侯，富食千鍾禄？英雄富貴安在哉？北邙山下俱塵埃〔七〕。

【題　解】

三國曹操《短歌行》：「慨當以慷，憂思難忘。何以解憂，惟有杜康。」作者深以爲慨者，一則弱者强欺，貧富不均。二則死生無常，終歸湮滅。

【箋　注】

〔一〕黍：穈子，結實即小米。離離：茂盛的樣子。《詩·王風·黍離》序曰：「周大夫行役至於宗周，過故宗廟宮室，盡爲禾黍。閔周室之顛覆，彷徨不忍去而作是詩。」

〔二〕投鞭絶流：《晋書·苻堅載記》載，前秦苻堅進攻東晋，驕傲地説：「以吾之衆旅，投鞭於江，足斷其流。」

〔三〕麾兵赤壁：此句謂三國時曹操與孫權、周瑜在赤壁大戰。

〔四〕紫標身：紫衣著身，是高官顯宦的標誌。自南北朝以來，紫衣成爲朝廷達官的公服，故有「朱紫」「金紫」之稱。

〔五〕紅腐粟：指富豪糧食儲積過久，腐敗變紅。《漢書·賈捐之傳》：「至孝武皇帝元狩六年，太倉之粟紅腐而不可食。」唐顔師古注：「粟久腐壞，則色紅赤也。」

〔六〕「錦帳」二句：用《世説新語》典描寫富豪。《世説·汰侈》：「（王）君夫作紫絲布步障碧綾裏四十里，石崇作錦步障五十里以敵之。石以椒爲泥，王以赤石脂泥壁。」錦帳，即錦步障，一種帷幕，貴人外出時張設于道路兩側，用以隔離内外。

〔七〕北邙山：在河南洛陽北，自東漢以來，王侯公卿多葬於此，後來泛指墓地。

【解　析】

此詩頗有點「慨當以慷，憂思難忘」的意味。「嘅東南之原」以下十六句爲一段，詩人身處原野阡陌之中，生出「今來古往，物换人非」之嘆。接下來「智者狡兮」以下十句，寫一般智者與愚者、强者與弱者、富者與貧者的不同遭遇。「豈不見」至結尾是第三段，寫歷史上的英雄豪傑富貴王侯不論當時何等風光，「北邙山下俱塵埃」。全詩雖缺乏新意，但句式參差，音節和婉，讀來朗朗上口。

煙波釣叟歌

太湖三萬六千頃〔一〕，渺渺茫茫浸天影。東西洞庭分兩山，幻出芙蓉翠翹嶺〔二〕。鷓鴣啼雨煙竹昏，鯉魚吹風浪花滚。阿翁何處釣魚來？雪白長鬚清凛凛。自言生長江湖中，八十餘年泛萍梗〔三〕。不知朝市有公侯，只識煙波好風景。蘆花蕩裏醉眠時，就解簑衣作衾枕。撑開老眼恣猖狂，仰視青天大如餅。問渠姓名何與誰？笑而不答心已知。玄真之孫好高士，不尚功名惟尚志〔四〕。緑蓑青笠勝朱衣，斜風細雨何思歸〔五〕？筆牀茶竈兼食具，墨筒詩稿行相隨〔六〕。我曹亦是豪吟客，萍水相逢話荆識〔七〕。飄飄敞袖青幅巾，清談捲霧天香生〔八〕。兩舟並泊太湖口，我吟詩兮君酌酒。酒杯到我君亦吟，詩酒賡酬不停手〔九〕。大瓢小杓何曾乾？長篇短句隨時有。飲如長鯨吸巨川，吞天吐月鼉鼉吼〔一〇〕。吟似行雲流水來，星辰摇落珠璣走〔一一〕。天長大紙寫不盡，墨汁蘸乾三百斗。

【題解】

漁翁鬚髮皆白，傲視朝市公侯，八十餘年生活於茫茫湖上，更妙者筆墨詩稿隨身攜帶，時有短句長章。這樣的漁翁在現實中是不存在的，顯然是作者理想化身。

【箋注】

〔一〕太湖：古稱震澤，在江蘇省南部，爲我國第三大淡水湖。太湖浩渺，湖中有七十二座島峰，其中最大的就是東西兩洞庭。

〔二〕芙蓉翠翹嶺：形似荷花和翠翹的山嶺。翠翹，古代婦女頭上的一種首飾，狀似翠鳥尾上的長羽，故名。

〔三〕泛萍梗：漂泊流徙，行止無定。萍梗，浮萍斷梗。

〔四〕「玄真」二句：是説原來這漁夫是張志和的後代，不愧爲高士！他一生不熱衷功名，只喜歡養其淡泊之志。玄真，即玄真子，唐代詩人張志和，字子同，號煙波釣徒，又號玄真子。婺州金華人。唐肅宗時待詔翰林。不久遭貶謫，遂隱居江湖。

〔五〕「緑蓑」二句：化用唐張志和《漁歌子》：「西塞山前白鷺飛，桃花流水鱖魚肥。青箬笠，緑蓑衣，斜風細雨不須歸。」朱衣，紅顏色的官服，代指在朝廷爲官。

〔六〕筆牀：筆架。茶竈：烹茶用的爐竈。墨筒：放置墨水的竹筒。

〔七〕荆識：即識荆。是對久聞其名而初次相逢的朋友的敬詞。荆，指韓荆州，即唐代韓朝宗，曾任荆州長史，因善於識拔後進而爲時人所推重。唐李白《與韓荆州書》：「生不用封萬户侯，但願一識韓荆州。」

〔八〕清談：又稱清言、談玄、共談，起源於東漢的太學清議，内容主要是玄學。這裏指清議而不談政事。天香：天降的異香。

〔九〕賡酬：以詩歌與人相贈答。

〔一〇〕「飲如」二句：誇張描寫作者與阿翁酒量之豪。上句用杜甫《飲中八仙歌》：「左相日興費萬錢，飲如長鯨吸百川。」黿，大鱉。鼉，揚子鰐。

〔一一〕「吟似」二句：唐李白《江上吟》：「興酣落筆摇五嶽，詩成笑傲淩滄州。」

【解　析】

此詩爲伯虎代表詩作之一。前六句以水、山、鷗鴣、煙竹、鯉魚等跳動的意象，描畫了渺茫、迷離的太湖仙境。接下來，主人公登場，「阿翁」以下十八句叙寫漁翁，塑造了一位出塵不俗、既普通又高雅的理想人物。最後從「我曹亦是豪吟客」至結束，鋪陳渲染二人相見之歡。

此詩兼具婉約與豪放之美，既描寫了浩瀚之太湖，又工筆細勒了鷗鴣與鯉魚，大小對比，動静結合，才情畢現，充分體現了作者狂放灑落的情懷。同時，也反映其作爲畫家，對於「以工代寫」的美學認知，以及對大景、小景的藝術處理。

江南四季歌

江南人住神仙地，雪月風花分四季。滿城旗隊看迎春，又見鼇山燒火樹〔一〕。千門掛彩六街紅，鳳笙鼉鼓喧春風〔二〕。歌童遊女路南北〔三〕，王孫公子河西東。看燈未了人未絶，等閒又話清明節。呼船載酒競遊春，蛤蜊上巳爭嘗新〔四〕。吴山穿繞横塘過，虎丘靈巖復玄墓〔五〕。提壺挈榼歸去來，南湖又報荷花開〔六〕。錦雲鄉中漾舟去，美人鬟壓琵琶釵〔七〕。銀箏皓齒聲繼續①，翠紗汗衫紅映肉〔八〕。金刀剖破水晶瓜，冰山影裏人如玉〔九〕。一天火雲憂未已②，梧桐忽報秋風起。鵲橋牛女渡銀河，乞巧人排明月裏〔一〇〕。南樓雁過又中秋，悚然毛骨寒颼颼。登高須向天池嶺〔一一〕，桂花千樹天香浮。左持蟹螯右持酒，不覺今朝又重九〔一二〕。一年好景最斯時，橘緑橙黄洞庭有〔一三〕。滿園還剩菊花枝，雪片高飛大如手。安排暖閣開紅爐，敲冰洗盞烘牛酥〔一四〕。銷金帳掩梅梢月，流酥潤滑鉤珊瑚〔一五〕。湯作蟬鳴生蟹眼〔一六〕，罐中茶熟春泉鋪。寸韭餅，千金果，鼇裙鵝掌山羊脯。侍兒烘酒暖銀壺，小婢歌闌欲罷舞。黑貂裘，紅氆氌〔一七〕，不知蓑笠漁翁苦。

【校　記】

①「繼續」，何本作「斷續」。　②「憂未已」，何本作「猶未已」。

【題　解】

此詩創作年代應與《金粉福地賦》同期。楊靜庵《唐寅年譜》云：「（伯虎）在領解前有《金粉福地賦》，文詞旖旎，入初唐四傑之室。」此詩以賦體筆法，極盡鋪陳渲染之能事，再現了江南四季景色，的確有初唐四傑之風。

【箋　注】

〔一〕「滿城」二句：是説滿城旗幟飄飄，人群爭看迎春儀式。元宵到來，彩燈成山，焰火燦爛。鼇山，堆成巨鼇形狀的燈山。宋辛棄疾《青玉案·元夕》「鳳簫聲動，玉壺光轉，一夜魚龍舞」，其中魚、龍亦是魚、龍形狀的彩燈。火樹，元宵夜燈景。形容燈光和焰火燦爛輝煌。

〔二〕鳳笙：形狀像鳳凰的笙管樂器。鼉鼓：用揚子鰐皮製成的鼓。

〔三〕遊女：出來遊玩的女子。

〔四〕上巳：古代節日名。漢以前以陰曆三月上旬巳日爲「上巳」，魏晉以後多改爲三月三日。這一天人們都到水邊潔身嬉遊，以去除不祥。

〔五〕「吴山」二句：是説人們前去遊玩的場所，有吴山、横塘堤、虎丘山、靈巖山以及玄墓。吴山，在杭州西湖東南，春秋時爲吴國南界，故名。横塘，在蘇州吴縣西南。虎丘，山名，在蘇州市西北閶門外，相傳春秋時吳王闔閭葬於此，三日有虎踞其上，故名。靈岩，山名，位於江蘇省吳縣西北。玄墓，即鄧尉山，因東晉青州刺史郁泰玄葬此山而得名。

〔六〕「提壺」二句：是説提著已空的酒壺和籃子剛剛回家，却又聽説南湖的荷花盛開了。此二句由春景過渡到夏景。榼，古代盛酒的器具，泛指盒一類的器物。南湖，位於浙江嘉興縣城東南。

〔七〕「錦雲」二句：謂泛舟所見。錦雲鄉，指盛開如彩雲一般的荷花叢。琵琶釵，古代女子頭上戴的形似琵琶的首飾。

〔八〕「翠紗」句：謂女子們身上穿著翠緑的薄衫，隱約可見衣服下面粉紅色的皮膚。宋蘇軾《寓居定惠院之東雜花滿山有海棠一株土人不知貴也》：「朱唇得酒暈生臉，翠袖卷紗紅映肉。」

〔九〕「金刀」二句：是説用貴重的刀切開名貴的瓜果，在水的倒影中看到美人温婉如玉。水晶瓜，指名貴的瓜果。

〔一〇〕「鵲橋」二句：是説每當七夕牛郎織女相會時，月光下乞巧的女人就成排跪拜。鵲橋，傳説農曆七月七日夜，會有鵲鳥在銀河上架起橋梁，讓牛郎和織女得以相見。乞巧，舊時風俗，七夕時婦女在庭院擺上瓜果，焚香跪拜，向織女星乞求智巧。

〔一一〕天池：泛指山嶺上的湖泊。

〔一二〕「左持」二句：是説左手拿著蟹鉗，右手端著酒杯，不覺又到了重陽佳節。蟹螯的第一對脚，形狀似鉗子。按《晉書·畢卓傳》載，畢卓嗜酒如命，放蕩不羈，他常對人説：「得酒滿數百斛船，四時甘味置兩頭，右手持酒杯，左手持蟹螯，拍浮酒船中，便足了一生矣。」重九，九月九日稱重陽，又稱重九。

〔一三〕「一年」二句：化用蘇軾《贈劉景文》「一年好景君須記，最是橙黄橘緑時」。洞庭，指太湖中東、西洞庭山。

〔一四〕牛酥：從牛奶中提煉出來的酥油。

〔一五〕「銷金」二句：是説夜晚精美的羅帳遮掩了梅梢的月光，光滑的流蘇從珊瑚做的簾鈎滑落地上。銷金帳，鑲嵌金色絲線的精美的帷幔。流酥，即流蘇，下垂的用絲線做成的穗子。鈎珊瑚，即珊瑚鈎。

〔一六〕「湯作」句：是説煮沸的茶湯泛起氣泡，形如蟹眼，響聲如同秋蟬的鳴叫。蟹眼，螃蟹的眼睛。宋蘇軾《煎茶歌》：「蟹眼已過魚眼生，颼颼欲作松風鳴。」

〔一七〕氆氌：藏語音譯，指藏族手工生産的一種羊毛織品。

【解　析】

此詩詞采華茂，用賦體寫歌行。首二句領起，點出「神仙地」。「滿城」以下十二句寫春景，色彩濃艷，角度頻换，令人眼花繚亂。「提壺」以下八句寫夏景，通過泛舟荷池這一特定場面寫夏日熏人欲醉的景色。「一天」以下十二句寫秋景，重點寫七夕和重陽兩個節日的江南風俗。「滿園」以下寫冬景，氣氛一派舒適温暖。最後三句「黑貂裘，紅氆氌，不知箬笠漁翁苦」，曲終奏雅，風骨立峻。

伯虎是畫師，此詩頗有點四條屏的意味。

進酒歌

吾生莫放金叵羅〔一〕，請君聽我進酒歌。爲樂須當少壯日，老去蕭蕭空奈何？朱顏零落不復再〔二〕，白頭愛酒心徒在。昨日今朝一夢間，春花秋月寧相待？洞庭秋色盡可沽，吴姬十五笑當壚〔三〕。翠鈿珠絡爲誰好〔四〕，喚客那問錢有無？畫樓綺閣臨朱陌，上有風光消未得。扇底歌喉窈窕聞〔五〕，尊前舞態輕盈出。舞態歌喉各盡情，嬌癡索贈相逢行〔六〕。典衣不惜重酩酊〔七〕，日落月出天未明。君不見劉生荷鍤真落魄〔八〕，千日之醉亦不惡。又不見畢君拍浮在酒池〔九〕，蟹螯酒杯兩手持。勸君一飲盡百斗，富貴文章我何有？空使今人羨古人，總得浮名不如酒。

【題　解】

進酒者，勸酒也。玩其語意，少年意志，書生情懷，似應爲少年時作。

【箋　注】

〔一〕叵羅：一種敞口的淺酒杯。

〔二〕朱顏：青年時期的容顏。南唐李煜《虞美人》：「雕欄玉砌應猶在，只是朱顏改。」

〔三〕「洞庭」二句：是説太湖中的秋色似可買來，年少的吴姬笑吟吟地當壚賣酒。洞庭，指太湖中的東、西洞庭山。壚，舊時酒店安放酒甕的土檯子，代指酒店。按此句意境從唐李白《金陵酒肆留别》「風吹柳花滿店香，吴姬壓酒唤客嘗」化出。

〔四〕翠鈿：用翠玉製成的首飾。珠絡：綴珠而成的網絡，一種頭飾。

〔五〕「扇底」句：從宋晏幾道《鷓鴣天》「舞低楊柳樓心月，歌盡桃花扇底風」化出。

〔六〕「舞態」二句：是説盡情展示了她們的歌喉和舞技以後，又嬌癡地索要客人贈予詩文。相逢行，指詞牌或樂府題，《相逢行》詞一詞雙闋，古樂府有《相逢行》，内容寫初次相見。

〔七〕典衣：爲償還酒資而抵押衣裳。唐杜甫《曲江二首》其二：「朝回日日典春衣，每日江頭盡醉歸。」

〔八〕劉生：指西晉時「竹林七賢」中的劉伶。《晉書・劉伶傳》載，劉伶縱酒放誕，常乘鹿車，携酒一壺，使人荷鍤隨之，説：「死便埋我。」

〔九〕畢君：指畢卓。

【解　析】

此詩在風格、氣勢上有意追蹤李白《將進酒》，而格律上四句一轉韻，是很圓熟的歌行體。前二句領起，「爲樂」以下十八句暢言飲酒之樂，有美景環繞，有吴姬相伴，有歌舞勸酒，怎不令人典衣買醉，夜以繼日？「君不見」以下四句，以劉伶、畢卓的嗜酒如命、流芳千古的故事勸飲。結尾四句點出主旨：「總得浮名不如酒」。

閑中歌①

人生七十古來有，處世誰能得長久？光陰真是過隙駒〔一〕，緑鬢看看成皓首。積金到斗都是閑，幾人買斷鬼門關。不將尊酒送歌舞，徒把鉛汞燒金丹。白日昇天無此理，畢竟有生還有死。眼前富貴一枰棋，身後功名半張紙。古稀彭祖壽最多〔二〕，八百歲後還如何？請君與我舞且歌，生死壽夭皆由他。

【校　記】

① 何本題下注云：「本題『閑中』二字，得之秦酉巖《醒夢記》。」

【題　解】

此詩爲勸世説教一類，主旨不外人生苦短、及時行樂，宣揚頹廢的生活態度。

【箋　注】

〔一〕過隙駒：比喻時光急逝。《莊子·知北遊》：「人生天地之間，若白駒之過郤，忽然而已。」

〔二〕彭祖：傳説彭祖姓錢名鏗，爲帝顓頊之玄孫，堯封之於彭城，歷夏經殷至周，年八百歲。後因用作咏長壽的典故。

【解　析】

此詩表現了作者對道教修煉的大不敬，從煉丹而昇天而彭祖壽，一一駁斥，最後得出「生死壽夭皆由他」的結論。

三高祠歌①

君不見洛陽記室雙鬢皤，不忍荆棘埋銅駝。西風忽憶鱸魚多，歸來江上眠秋波〔一〕。又不見甫里先生心更苦，河朔生靈半黄土〔二〕。夕陽蓑笠二頃田，口誦羲皇思太古〔三〕。二生隱淪豈得已，一生不及鴟夷子〔四〕。吴宫鹿走越山高，脱纓竟濯滄浪水〔五〕。丈夫此身繫乾坤，豈甘便老孤蒲根〔六〕？古今得失一巵酒，我亦起酹沙鷗魂②〔七〕。

【校　記】

①何本題下注云：「祀范蠡、張翰、陸龜蒙。」　②「起酹」，何本作「起酬」。

【題　解】

三高指春秋越國范蠡、晋代張翰、唐代陸龜蒙。宋龔明之《中吴紀聞》：「越上將軍范蠡，江東步兵張翰，贈右補闕陸龜蒙，各有畫像在吴江鱸鄉亭。蘇軾嘗有吴江三賢畫像詩。後易其名曰三高。」祠在今江蘇吴江縣。南宋姜白石《三高祠》云：「越國霸來頭已白，洛京歸後夢猶驚。沉思只羨天隨子，蓑笠寒江過一生。」

【箋　注】

〔一〕「君不見」四句：寫張翰。張翰，字季鷹，吴郡人。《晋書·張翰傳》載，晋惠帝太安元年，齊王司馬冏獨攬朝政，時翰在齊王府任職，爲避禍患，急欲南歸，「因見秋風起，乃思吴中菰菜、蓴羹、鱸魚膾，曰：『人生貴得適志，何能羈宦數千里以要名爵乎！』遂命駕而歸。」後不久，司馬冏果然遭禍，人皆謂張翰有先見之明。唐鄭谷《舟行》：「季鷹可是思鱸鱠，引退知時自古難。」按荆棘埋銅駝典出《晋書·索靖傳》：「（靖）知天下將亂，指洛陽宫門銅駝，嘆曰：『會見汝在荆棘中耳。』」伯虎應不是將索典歸張，而只是引荆棘埋銅駝説明世事巨變。

〔二〕「又不見」二句：是説陸龜蒙更是用心良苦，河朔一帶的老百姓大都因苦難而死。陸龜蒙，姑蘇人，字魯望，自號江湖散人，又號天隨子。唐末曾任湖、蘇二州從事，後隱居松江甫里（今江蘇吴縣），故又號甫里先生。

〔三〕「夕陽」二句：是説陸龜蒙在夕陽下或風雨中耕作，心中追思著民風淳樸的上古時代。羲皇，即伏羲氏。晋隱士陶淵明曾自稱羲皇上人。按陸龜蒙曾自撰《甫里先生傳》云：「先生之居，有池數畝，有屋三十楹，有田畸十萬步……先生由是苦饑，囷倉無升斗蓄積。乃躬負畚鍤，率耕夫以爲具。……或諷刺之，先生曰：『堯舜黴瘠，大禹胝胼，彼非聖人耶？吾一布衣耳，不勤劬，何以爲妻子之天乎？』」

〔四〕鴟夷子：指春秋時越國名臣范蠡。范蠡助勾踐滅吴後，辭官放舟五湖，不知所終。時人稱：「在越爲范蠡，在齊爲鴟夷子皮，在陶爲朱公。」

〔五〕「吴宫」二句：是説張翰和陸龜蒙的國家當時已呈現出破敗之象，二人却只能無奈地選擇了隱居。

前句暗指政權旁落，國將不國。後句指代隱居。

〔六〕菰蒲：指微小的地位，引申爲平庸到老。菰和蒲，兩種野草。

〔七〕「古今」二句：是説在杯酒之間討論古今得失，我要站立起來爲這些隱居者祭奠一番。酹，將酒倒在地上，表示祭奠。沙鷗，棲息於沙灘、沙洲上的鷗鳥。此指三高那様的隱士。唐杜甫《旅夜書懷》：「飄飄何所似，天地一沙鷗。」

【解　析】

吴中地區歷史上的三位隱者范蠡、張翰和陸龜蒙都是貌似隱居、實則心繫天下的大丈夫，正因爲此，受到了伯虎的渴慕和追懷。從開頭到「脱纓竟濯滄浪水」，寫三人事典，極其生動，毫無堆砌板滯之感，見出伯虎的語言功力。結尾四句議論，寫對三高的總體評價，同時也提出了自己的人生見解，「我亦起酹沙鷗魂」，有動作，有形象，又一語雙關，耐人尋味。

登法華寺山頂

昔登銅井望法華〔一〕，葱籠螺黛浮兼葭。今登法華望銅井，湖水迷茫煙色暝。法華銅井咫尺間，今昔登臨隔五年〔二〕。湖山依舊齒髮落，五年一睫渾如昨〔三〕。城中離山半日程，予輩好事多友生〔四〕。耳聞二山眼未識，欲謀一行不可得。我於二山有宿緣，彼此登臨盡偶然〔五〕。法華看梅借僧屐，洞庭遊山隨相國〔六〕。兩山俯仰跡成陳，得來反羨未來人〔七〕。來遊固難去不易，未擬重來酒深酹〔八〕。

【題　解】

楊靜庵《唐寅年譜》繫此詩爲弘治十五年（一五〇二）作，先是弘治十四年伯虎遠遊閩浙湘等省，十五年倦遊歸里。時伯虎三十三歲。法華寺位於浙江湖州石斗山，又名白雀寺，是湖州四大名刹之一。寺始建於南朝梁大同元年（五三五），總持齊尼道跡乃禪宗東土初祖達摩的弟子。道跡曾晝夜誦讀《法華經》，二十年不下山。「誦經時，有白雀旋繞，若聽法狀」。梁初，道跡圓寂。大同元年藏道跡靈骨的寶龕忽生出青蓮花，梁武帝於是下詔，敕建法華寺。

【箋　注】

〔一〕銅井：銅井山，在江寧縣西南。明徐枋《銅井山記》云：「石磴盤行，拾級而上，陟其頂，有巨峰横偃，大如十間屋，其高幾丈，嵌空嶙峋，作勢其妙。下有泉二，俱在石縫中，石皆碧色，其質細潤如古銅器，而泉深如井。一云泉底有銅，故水味常澀。」

〔二〕「法華」二句：謂昔登銅井，今登法華，中隔五年。

〔三〕一睫：一眨眼，形容時間極短。睫，睫毛。

〔四〕「予輩」句：是説我們這些喜歡遊玩的人有很多朋友。好事，好事者，此指登山遊玩。

〔五〕「我於」二句：是説我和這兩座山似乎是有前生注定的緣份，能够登上此二山都是偶然的機緣巧合。宿緣，佛教謂前生的因緣。

〔六〕「法華」二句：是説此次來法華看梅花還借了僧人的木鞋，到太湖邊的銅井是跟隨著丞相來的。屐，木頭鞋。相國，宰相的美稱。

〔七〕「兩山」二句：是説登臨兩山很快就會成爲往事了，因爲不舍，現在反而羨慕那些没有來過的人。俯仰，抬頭與低頭，極言時間之短。

〔八〕「來遊」二句：是説來此遊玩不易，將離去却依依不捨。我没有打算要再來，因此還是酹酒爲祭吧。酹，把酒灑在地上表示祭奠或起誓。

【解　析】

此詩兩句一韻，開合自如，寫得很精彩。李白《夢遊天姥吟留别》「天姥連天向天横，勢拔五嶽掩赤城。天台四萬八千丈，對此欲倒東南傾」，兩山並寫，以天台托天姥。伯虎此詩前六句雙峰並起，寫來紋絲不亂。「湖山」二句一轉，「五年一睫」是關鍵，引發下文議論。「城中」以下十句以山水之永恒與人生之多變做對比，發出了「兩山俯仰跡成陳」的嘆喟，這也是伯虎游山所感悟的哲理。末尾兩句是誓詞，有意學習蘇軾《遊金山寺》「我謝江神豈得已，有田不歸如江水」，但較之東坡，氣力却明顯弱了。

世壽堂詩

長山大谷出壽木，雨露沾濡元氣足。大枝爲天立四極〔一〕，小枝爲君作重屋。太平熙皞出壽人，皇風蒸煦壽域春〔二〕。雞窠小兒是鼻祖，鳩枝老子爲耳孫〔三〕。我朝列聖傳仁義，仁覆義載同天地。六合拈歸壽域中〔四〕，壽木壽人同出世。木爲明堂坐軒虞，人爲老聃歌康衢〔五〕。固然聖德陶甄就〔六〕，亦是君家積慶餘〔七〕。周君四世爲人瑞，曾元耆耋祖百歲〔八〕。從此堂將世壽名，龐眉皓髮宜圖繪〔九〕。願人同德復同心，同心同德助當今。天下同歸仁壽域，方顯君王德澤深。

【題　解】

伯虎最早一幅有記載的畫作是《貞壽堂圖卷》，時成化二十二年，伯虎十七歲。吴一鵬題《貞壽堂圖卷》爲周母致祝題云：「歲丙午，子畏年十七，而山石樹枝如篆籀，人物衣褶如鐵絲，少詣若是，豈非天授？」（見温肇桐《明代四大畫家》）此詩亦曰「周君四世爲人瑞」，疑「世壽堂」即貞壽堂。壽堂：祝壽的禮堂。

【箋　注】

〔一〕四極：古代神話傳説中四方支撑天宇的擎天柱。

〔二〕「太平」二句：是説太平盛世民生和樂，容易出長壽之人。皇風浩蕩澤被萬物，人人都得享天年。熙皞，和樂，怡然自得。壽域，人人都得享天年的境界。唐杜甫《上韋左相》：「八荒開壽域，一氣轉洪鈞。」

〔三〕「雞窠」二句：是説雞窠小兒可算是長壽史的祖先，後來的老年人也可謂長壽的典範。雞窠小兒，

《洞微志》載，瓊州楊遐舉父叔連，百二十歲，祖宗卿，百九十五歲，九世祖居雞窠中，形如小兒，不知其年。鳩枝，鳩杖，杖頭刻有鳩形的拐杖。《後漢書·禮儀志中》王先謙集解引惠棟曰：「《風俗通》云：『漢高祖與項籍戰京索間，遁叢薄中。時有鳩鳴其上，追者不疑，遂得脱。及即位，異此鳥，故作鳩杖，賜老人也。』」老子，泛指老年人。耳孫，指遠代子孫。

〔四〕「六合」句：是説天下同處盡享天年之域。六合，東、南、西、北、天和地，意指天下。唐李白《古風》其二：「秦王掃六合，虎視何雄哉。」拈歸，（偉力）使之同歸。

〔五〕「木爲」二句：是説壽木如用來搭建明堂，則可出現如軒轅、虞舜那樣的明君。如果出了一位如老聃那樣的長壽人，則一定天下太平了。軒虞，傳説中的軒轅和虞舜。明堂，古代天子宣明政教的地方，凡朝會及祭祀、慶賞、選士等大典，均於其中舉行。北朝樂府《木蘭詩》：「歸來見天子，天子坐明堂。」老聃，即老子，名耳，春秋楚人，有《道德經》傳世。

〔六〕陶甄：陶冶、教化。

〔七〕慶餘：先世積善的遺澤。《易·坤·文言》：「積善之家，必有餘慶。」

〔八〕「周君」二句：周君家中四代均爲高壽之人。如同曾元在年老的時候他的祖父已經一百多歲了，仍然健在。人瑞，老人的吉祥徵兆。曾元，春秋魯人，曾參的兒子。《孟子·離婁上》記載了曾皙、曾參、曾元三代親敬相處。耆耋，指老人。

〔九〕龐眉：闊眉。皓髮：白髮。

【解　析】

首二句入題，以下就圍繞壽、木展開，把咏頌長壽與歌頌仁德的主題合而爲一。詩中列舉了古來有名的壽典，如雞窠小兒、鳩枝老子、曾元、老聃等，引證周家的世積善德。最後却莫名其妙地歸結爲皇恩浩蕩，氣格便一下孱弱了。

唐伯虎詩文全集　卷二

五言律詩

送王履約會試

雨雪關河晚，風沙鴻雁來。送君將寶劍，攜手上金臺〔一〕。錦繡三千牘〔二〕，天人第一才。揚雄新賦就，聲價重蓬萊〔三〕。

袁宏道評：自在。

【題　解】

王履約應是王寵（履吉）兄弟。二人俱與伯虎爲友。此詩當爲送履約上京趕考之詩。明制每省舉子參加的科舉考試，每三年在京城舉行一次。詩中有「攜手上金臺」之句，伯虎上京會試是弘治十二年（一四九九），故知此詩當作於是年。

【箋　注】

〔一〕金臺：仙境，此指帝京。舊題漢東方朔《海内十洲記》載，在昆侖山及鍾山極高處，有仙人居住之金臺。後因指仙境。唐陳子昂《夏日暉上人房别李參軍崇嗣》：「金臺可攀陟，寶界絶將迎。」現行各注本將金臺釋爲燕昭王之黄金臺，欠當。

〔二〕牘：古代寫字用的木片，此指文章。

〔三〕「揚雄」二句：是説履約的文章就如同漢代揚雄寫的辭賦一樣，剛寫好就有極好的聲譽。揚雄，字子雲，成都人，漢代著名賦家。蓬萊，古代傳説中海上的仙山之一，此指帝京，與前文金臺呼應。

【解　析】

首聯融情於景，氣象深遠。頷聯既寫以物贈送友，又吐露「携手上金臺」之希望。頸聯及尾聯都是讚頌王履約文才之高，並以充分肯定的口吻預言將「聲價重蓬萊」。

馬

天上飛龍厩，關西犢鼻騧〔一〕。承恩披玉鐙①，弄影浴金沙〔二〕。舞獻甘泉酒，驕嗛内苑花〔三〕。丹青流落處，駑馬尚堪誇〔四〕。

【校　記】

①「鐙」，何本作「凳」。

【題　解】

此爲咏馬詩。凡咏物詩，上品當講究寄託。此詩顯然是缺乏興寄的。

【箋注】

〔一〕「天上」二句倒裝，是說這匹關西犢鼻騧十分雄健，是宫内飛龍厩的御馬。飛龍厩，宫内馬厩名。《新唐書·百官志二》：「飛龍厩日以八馬立宫門之外，號南衙立仗馬，仗下，乃退。」關西，古地區名，泛指函谷關或潼關以西的地區。犢鼻騧，良馬之一種。騧，淺黄色的馬。

〔二〕金沙：水的美稱。

〔三〕「舞獻」二句：是説此馬參加宫内進獻甘泉酒的馬舞，爭得了御賜的内苑鮮花。《魏志》載陳思王得大宛紫騮馬，教令習拜，與鼓節相應。《宋書》載吐谷渾遣使獻舞馬，謝莊爲作《舞馬賦》。唐杜甫《鬬雞》：「鬬雞初賜錦，舞馬即登牀。」

〔四〕「丹青」二句：是説可嘆俗世間那些畫家潑灑丹青，描摹出的駑馬還受到誇讚。駑，能力低下的馬。《楚辭·七諫·謬諫》：「駑駿雜而不分兮。」

【解析】

首聯標揭出歌頌的是一匹御馬。中間兩聯從馬的裝飾、洗浴、隊舞、嗛花多方面描寫此馬的不凡。尾聯諷刺畫家的畫馬，以此烘托出此馬的難以得見。

游焦山

亂流尋梵刹〔一〕，灑酒瀉襟期〔二〕。西北分天塹，東南缺地維〔三〕。高臺平落鷲，清磬起潛螭〔四〕。千古基王業，來游有所思。

袁宏道評：起句肖景。

【題　解】

此詩應作於弘治十四、十五年間，伯虎曾遠游閩浙贛湘。焦山在江蘇鎮江東北長江中，因漢末著名學者焦光隱居山中而得名。此山樹木葱蘢，宛如江中浮玉，故又名浮玉山。上有定慧寺。

【箋　注】

〔一〕亂流：横沖水流，指横渡。梵刹：寺院，指定慧寺。

〔二〕灑酒：把酒澆灑在地上，表示祭奠。瀉襟期：抒發胸中的抱負。襟期，懷抱。唐杜甫《醉時歌》：「日糴太倉五斗米，時赴鄭老同襟期。」

〔三〕「西北」二句：是説焦山東西走向，阻隔了長江，隔斷了東南方向維繫大地的繩子。天塹，天然形成的隔斷交通的大溝，這裏指長江。地維，古人認爲地是方的，有四角，用大繩維繫，故稱。漢劉安《淮南子・天文訓》描寫共工怒觸不周之山，天柱折，地維絶，「地不滿東南，故水潦塵埃歸焉」。

〔四〕「高臺」二句：是説聳立的高臺與落霞中飛舞的水鳥相齊平，清脆的鐘磬聲喚起了水下的潛龍。鶩，野鴨。磬，佛寺中使用的一種鉢狀物，用銅鐵鑄成，既可作念經時的打擊樂器，亦可敲響集合寺衆。螭，傳説中一種没有角的龍。

【解　析】

這是一首紀游詩。首聯寫横渡長江，游程開始。「西北」一聯工整，寫焦山的地理位置似不可移作它處。頸聯正面寫焦山景色，一爲目見，一爲耳聞，對仗亦工穩。尾聯以己推人，游歷形勝使來游之人生起無限的懷想與惆悵。

送行

牢落三杯酒〔一〕，飄颻一葉舟。行人還遠路，寒色上貂裘。此日傷離别，還家足唱酬①。蕭齋煩掃榻，爲我醉眠謀〔二〕。

【校　記】

①「酬」，唐本作「詶」，從何本。

【題　解】

時當秋深或冬季，送别朋友，平添蕭瑟。此詩正是抒寫了這樣的情緒。

【箋　注】

〔一〕牢落：零落稀疏。

〔二〕「蕭齋」二句：是説你離開了，我就回家去清掃乾淨書齋裏的灰塵，打算天天喝酒睡覺。蕭齋，書齋的别稱。李肇《唐國史補》卷中：「梁武帝造寺，令蕭子雲飛白大書蕭字，至今一蕭字存焉。李約竭産自江南買歸東洛，匾於小亭以玩之，號爲蕭齋。」掃榻，掃去床上的灰塵。

【解　析】

首聯對仗精工，隱約托出了人生居無定所和知己難求這兩個意思。頷聯寫送别環境，用二「寒」字進一步渲染人生居無定所。頸聯是分别之際朋友間的殷殷互語，足見共聚之日唱和之頻，進一步表達了知己難求。尾聯是詩人對自己日後生活的打算。整首作品被一股寥落傷感的氣息籠罩，很好地體現了送行題旨。

題畫

鞋襪東城路〔一〕，清和四月時。游姬香滿袖，明月水平池。畫燭留餳市，酸風颭酒旗〔二〕。少年行樂地，不許衆人知。

袁宏道評：好。

【題　解】

伯虎詩書畫兼擅，此詩不知是爲自己還是爲他人的畫作題詩，但從内容分析，此圖應是仕女游春圖一類。這也是明人人物畫的常用題材。

【箋　注】

〔一〕東城：古代遊春詩詞泛指的地名。

〔二〕「畫燭」二句：是説遊玩至暮，錫市點上了畫燭，刺骨的夜風吹動著酒旗。錫，甜粥。錫市指一般市集。酸風，侵人膚體之風。唐李賀《金銅仙人辭漢歌》：「魏官牽車指千里，東關酸風射眸子。」

【解　析】

此詩本身就是一幅很精美的仕女游春圖。首聯點明時間地點。首句讓人聯想「淩波細步」「羅襪生塵」的女子，次句讓人聯想到熙熙的春景。頷聯寫游姬，「香滿袖」寓意拾翠而歸，意境很美，而用明月映池來襯托，則更令人銷魂。頸聯寫風俗。尾聯得意洋洋，夫子自道，韻味十足。

桃花庵與祝允明黄雲沈周同賦①　五首

【校　記】

① 何本題作「桃花庵與祝允明黄雲沈周同賦」。且只四首，無「茅茨新卜築」一首，此首另列，題爲「桃花庵與祝希哲諸君同賦」。

【題　解】

正德二年（一五〇七），伯虎在桃花塢小圃中次第築成桃花庵、夢墨亭、學圃堂等。桃花庵成，與沈周、黄雲、祝允明小集同賦。時文徵明因兄以事遘難，未遑參與。沈周（一四二七—一五〇九）：字啓南，號石田，長洲（今江蘇蘇州）人，善詩文書畫，是吴門畫派始祖。黄雲：字應龍，蘇州昆山縣人，能文善書，爲時所重。

祝允明(一四六〇—一五二六):明代文學家、書法家,長洲人,與唐寅、文徵明、徐禎卿齊名,史稱「吳中四才子」。這組詩就是伯虎和朋友們一起在桃花庵中暢飲觀景時所作。

茅茨新卜築〔一〕,山木野花中。燕婢泥銜紫〔二〕,狙公果獻紅〔三〕。梅梢三鼓月,柳絮一簾風。匡廬與衡嶽,仿佛夢相通〔四〕。

袁宏道評:好。

【箋注】

〔一〕茅茨:茅屋。卜築:擇地建屋。

〔二〕燕婢:謂燕隨人如婢。唐皮日休《送李明府之任海南》:「蟹奴晴上臨潮檻,燕婢秋隨過海船。」泥銜紫:指銜紫泥作窩。

〔三〕狙公:猴子。按狙公原指養猴(狙)人,見於《莊子·齊物論》,此指猴子。

〔四〕「匡廬」二句:是説桃花庵中生活是如此美妙,似乎在夢裏生活在廬山和衡山一般。匡廬,廬山,在江西省九江市南。衡嶽,南嶽衡山,在湖南中部。

列伍分高下,杯盤集俊賢。五陵通俠逸,四姓號神仙〔一〕。春月襟期好〔二〕,秋風卞射聯〔三〕。遥知文集處，伐木有詩篇①〔四〕。

袁宏道評：好。

【校記】

①「詩」，何本作「新」。

【箋注】

〔一〕「五陵」二句：是説來這裏的客人都是豪俠少年和巨族高士。五陵，長安北有漢代五個皇帝的陵墓，即長陵、安陵、陽陵、茂陵、平陵，五陵附近爲漢代豪俠少年聚集之地。四姓，六朝時，分郡中名望之家爲甲乙丙丁，分爲四等。這裏泛指豪門巨族。

〔二〕襟期：懷抱。

〔三〕卞射：手搏爲戲。《漢書·哀帝紀》：「時覽卞射武戲。」注：「蘇林曰：手搏爲卞，角力爲武戲也。」

〔四〕「遥知」二句：是説可知在舉行詩社文會時，一定會有如《伐木》那樣的詩篇問世。伐木，指《詩·小雅·伐木》，貴族宴請朋友、故舊的樂歌，詩中以「鳥鳴嚶嚶」來比擬求友。

泉源深逶迤，嘉樹亂芳妍。地縮武陵脈，軒開蔚藍天①〔一〕。寄情聊蚱蜢②，隨手奏觥船〔二〕。别撰遊仙調，臨池促管弦③。

袁宏道評：好。

【校　記】

①「蔚藍天」，何本作「鬱藍天」。　②「蚱蜢」，何本作「舴艋」。　③「臨池」，何本作「臨流」。

【箋　注】

〔一〕「地縮」二句：是説桃花庵的景色堪比縮小的武陵，打開門窗就可以看到碧藍如洗的天空。武陵，即晋陶潛《桃花源記》中的桃花源。唐李白《和盧侍御通塘曲》：「行盡緑潭潭轉幽，疑是武陵春碧流。」

〔二〕「寄情」二句：是説在此一邊喝酒，一邊聊聊農事，以寄閒散之幽情。蚱蜢，一種草間小昆蟲，此代指農間雜事。觥船，容量大的飲酒器。

昔聞竹溪逸〔一〕，今見竹溪亭〔二〕。陳跡難題品，清風尚典刑。密叢圍曲砌，高節映疏櫺。借看應容我，西風兩眼青〔三〕。

袁宏道評：好。

【箋　注】

〔一〕竹溪逸：指明初隱士陳洄，他自號竹溪逸民。

〔二〕竹溪亭：當是桃花塢内之小亭。

〔三〕「西風」句：既寫秋風中竹林依然一片青光照眼，又暗用「青眼」典，指自己對竹溪亭的喜悦。按《世説新語·簡傲》劉孝標注：「（阮）籍能爲青白眼。」三國魏名士阮籍能分别以青、白眼看不同的人，對凡俗之士施以白眼，見到意氣相投者，則用青眼（以黑眼珠對人）。

六尺清苔骨〔一〕，酣齁稱醉眠。不勞人荷鍤〔二〕，喜有葉如氈。白眼西風裏，黄花小徑邊。嘯聲多伴侣，何惜一陶然〔三〕！

袁宏道評：好。

【箋　注】

〔一〕「六尺」句：謂我六尺之軀，躺卧在青苔之上。

〔二〕荷鍤：背著鐵鍬。《晋書·劉伶傳》：「常乘鹿車，携一壺酒，使人荷鍤而隨之，謂曰：『死便埋我！』其遺形骸如此。」

〔三〕陶然：喜悦，快樂。

【解　析】

這組作品共五首，主要寫桃花庵周圍清雅的環境和詩人愉悦的心情。第一首表達了詩人對新築居所遠離俗世、與自然生物和平共處的景象和怡然自得的心境。第二首寫來此的友朋均爲不俗之士，意氣相投，詩酒唱酬，其樂融融。第三首繼續申述第二首題旨，著重描述幽美景色環境下的詩酒之樂。第四首寫竹溪亭的高雅的品位。綠竹篁給人獨特的感受。第五首引徵「竹林七賢」中劉伶的軼事，表示自己願意終老此間。五首詩都風格清秀，語言清新，「吾愛吾廬」的歡快溢於言表，有出塵之致。

題溪山疊翠卷

春林通一徑，野色此中分。鶴跡松陰見，泉聲竹裏聞。草青經宿雨，山紫帶斜曛〔一〕。采藥知何處？柴門掩白雲〔二〕。

袁宏道評：好。

【題　解】

溪山疊翠卷爲何人所作，抑或爲己畫所題，已不可考。此詩除再現了畫面風景外，也呈現出畫面難以表達的悠遠的韻致。

【箋　注】

〔一〕「草青」二句：是說草色碧綠，是因爲經過了連日的雨水衝刷。遠山在落日的餘輝中，呈現出微微的紫色。斜曛，落日的餘輝。

〔二〕「采藥」二句：化用唐賈島《尋隱者不遇》：「松下問童子，言師采藥去。只在此山中，雲深不知處。」

【解析】

首聯標揭一「春」字，頓使全詩春意盎然。頷聯工筆細寫，一見一聞，高古之氣便出。頸聯著重寫畫面顏色的佈局，美艷奪目，令人陶醉。末聯化用賈島名句，用在此處，覺十分妥貼。此詩爲寫畫詩，正因爲伯虎精通繪事，所以他能用文學語言將畫面上的無盡意味闡釋給讀者。

聽彈琴瑟

高厦列明燈，展瑟復張琴。柔絲亂弱指，遞節赴繁音〔一〕。賓雁難齊布①，金星合漫尋〔二〕。相逢且相樂，不惜解羅襟。

【校記】

①「賓雁」，何本作「寶雁」。

【題解】

琴與瑟是兩種絃樂器，經常用來合奏，文學上也用以比喻夫妻感情和諧或兄弟、朋友情誼融洽。此詩是一首用語言表現聲音藝術的作品。

【箋注】

〔一〕「柔絲」二句：是説纖纖細指在琴瑟的絃上滑動，音樂節奏逐漸升高，直到演奏出繁密的音調。遞節，急促地逐漸攀升的節奏。繁音，繁密的音調。南朝宋謝靈運《會吟行》：「六引緩清唱，三調佇繁音。」

〔二〕「賓雁」二句：是説琴瑟合奏恰似天空中同飛的鴻雁，音節契合，優美動聽。賓雁，鴻雁。《禮記·月令》：「（季秋之月）鴻雁來賓。」金星，琴上的金色軫。

【解析】

此詩與唐白居易《琵琶行》及韓愈《聽穎師彈琴》等描摹音樂的佳作迥然異趣，不著重用語言寫音樂的美感，而傾力描寫琴瑟和鳴的和美氛圍，終篇推出「相逢且相樂，不惜解羅襟」，渲染賓客相得，開懷暢飲的情感體驗。

贈壽

滄海黃金闕，蓬萊白玉樓。仙遊騎鶴背，天遣戴鼇頭〔一〕。潮汐無時定，簾櫳總駕浮〔二〕。乘桴羡高蹈，試問幾添籌〔三〕？

【題解】

這是一首爲老者祝壽之詩。祝者何人已不可考，只知此人曾得中狀元或入翰林。考之伯虎交遊，應是王鏊。

【箋注】

〔一〕「仙遊」二句：是説他如同神仙一樣騎在仙鶴的背上，也曾受到上天的眷顧而獨佔鰲頭。仙遊，像神仙般遨遊。唐李白《感興八首》其五：「十五遊神仙，仙遊未曾歇。」鼇頭，唐宋時翰林學士、承旨等官朝見皇帝時立於鐫有巨鼇的殿陛石正中，人謂爲上鼇頭。又，狀元亦謂鼇頭。唐殷堯藩《早朝詩》：「天近鼇頭花簇仗，風低豹尾樂鳴韶。」

〔二〕「潮汐」二句：是説世事變幻，他却總能泰然處之。潮汐，由於月球對地球引力不同所引起的水位的週期升降現象，此暗指世事變換。簾櫳，謂竹簾與窗牖。南朝宋謝惠連《七月七日夜咏牛女詩》：「落日隱櫩楹，升月照簾櫳。」

〔三〕「乘桴」二句：是説羡慕你這樣自在生活的高士，這樣的生活一定會增添壽命。《論語·公冶長》：「子曰：道不行，乘桴浮於海。」桴，竹木小筏。唐岑參《酬成少尹駱谷行見呈》：「浮名何足道，海上堪乘桴。」籌，籌碼，古代計量工具。

【解析】

此詩爲祝壽詩。首聯描寫海上仙境，「黃金」「白玉」當然是富貴應景字面。頷聯、頸聯讚美壽者的人生，充滿濃濃的神仙意味，落入俗套。尾聯暗用《論語》，一筆拓開，但是還是顯得空泛無力。

題張夢晉畫

緑崖入翠微，嵐氣濕羅衣〔一〕。澗水浮花出，松雲伴鶴飛。行歌樵互答〔二〕，醉卧客忘歸。安得依書屋，開窗碧四圍。

【題　解】

這是一首題畫詩。畫作者張夢晉，即張靈。靈字夢晉，吴郡（今江蘇蘇州）人，明代詩人、畫家。伯虎好友，家貧嗜酒，人稱「酒狂」。擅畫人物，冠服玄古，無卑庸之氣。間作山水，亦筆秀絶塵。此詩所題即爲山水畫。

【箋　注】

〔一〕「緑崖」二句：是説隱隱一片青野中突現一塊緑色山崖，崖際濃濃霧靄好像能够濕人衣襟。這兩句總寫畫面景象，亦可領悟其勾勒用筆和潑墨浸潤。

〔二〕行歌：且行且歌。

【解　析】

此詩寫得十分生動傳神。首聯入手不凡，寫整體畫面，有視覺，也有觸覺。頷聯、頸聯深入描寫畫面，類似中國畫的以工代寫，動静相生，聲色相依。尾聯歸結至觀畫者的願望，是神來之筆，同時也讚美了圖畫的秀美高妙。與顧愷之爲謝鯤畫像重視環境的烘托，云「此子宜置巖壑中」，有異曲同工之妙。

偶成

還丹難煉藥，粘日苦無膠。沽酒衣頻典〔一〕，催花鼓自敲〔二〕。功名蝴蝶夢〔三〕，家計鷦鴣巢〔四〕。世事燈前戲，人生水上泡。

【題 解】

此詩云「功名蝴蝶夢」，又云「家計」「世事」，均變幻無憑，應是弘治十二年以後，科場案受辱、繼室反目、生計日薄而有感而作。

【箋 注】

〔一〕「沽酒」句：唐杜甫《曲江二首》其二：「朝回日日典春衣，每日江頭盡醉歸。」

〔二〕催花鼓：唐玄宗游上苑之故事。《開元天寶遺事》：「明皇二月旦游上苑，呼高力士，取羯鼓臨軒縱擊，奏一曲名《春光好》，回顧柳杏，皆已發坼。笑謂妃子曰：得不喚我作天公乎？」

〔三〕蝴蝶夢：《莊子·齊物論》中記載莊周夢中變成了蝴蝶，醒來後竟不知是自己做夢變成了蝴蝶，還是蝴蝶做夢變成了莊周。後來遂稱虚幻之夢境爲蝴蝶夢。

〔四〕鷦鴣巢：當作鷦鷯巢。鷦鷯，一種小鳥。

【解 析】

此詩當作於弘治十二年科場案後，伯虎遭此打擊，雄心成灰，兼之夫妻反目，家計困頓，深切體會《金剛經》四句偈「一切有爲法，如夢幻泡影，如露亦如電，應作如是觀」，因自號六如居士。此詩就充滿了這種無奈、傷感、沮喪，充滿了虚無的情緒。此詩寫法上很特别，没有一般律詩章法上的起、承、轉、合，八句皆爲對偶，八句都是平列説明人生虚幻之理。

五言排律

賀松郡伯壽誕

傅相騎箕宿〔一〕，中侯降岳神〔二〕。百年生國士，一德格天人〔三〕。君子宏斯道，皇王福下民①。登庸第高等〔四〕，簡在命來旬。冀北空豪傑，江南失屢貧。席香留粉署〔五〕，露冕駕朱輪。禱袴今歌惠②〔六〕，絲綸待秉鈞〔七〕。初筵稱誕節，獻歲發陽春。進酒杯擎玉，行厨脯擘麟。蕪詞何以祝？海底看揚塵〔八〕。

袁宏道評：妙。

【校　記】

①「皇王」，何本作「皇皇」。　②「歌惠」，原作「歇惠」，據何本改。

【題　解】

此爲祝壽詩，玩其語意，壽者松郡伯應爲王鏊。王鏊（一四五〇—一五二四），字濟之，吴縣人。明正德年間任户部尚書兼文淵閣大學士，後因不滿劉瑾專横，棄官家居十四年，博學有識鑒，尚經術，詩文有名於時，稱震澤先生。有《姑蘇志》《震澤集》《震澤長語》等。死後葬吴縣東山。伯虎爲其墓撰聯：「海内文章第一；朝中宰相無雙。」

【箋　注】

〔一〕傳相：指傳説，商王武丁的大臣。相傳原是傅巖地區從事版築的奴隸，後被武丁任爲大臣，治理國政。《莊子·大宗師》：「傅説得之以相武丁，奄有天下，乘東維，騎箕尾，而比於列星。」傅説一星，在箕星尾星之間，相傳爲傅説死後升天所化。此言松郡伯能對應天上星宿。

〔二〕申侯：指申伯和甫侯，他們都是周室的大臣。《詩·大雅·崧高》云：「維嶽降神，生甫及申。」説四嶽有神下降，才生下申伯和甫侯這樣的重臣。

〔三〕一德：大家一條心。《書·泰誓中》：「及一德一心，立定厥功。」格：窮究。天人：天道和人道，天意和人事。

〔四〕登庸：選拔重用。《書·堯典》：「疇諮若時登庸。」孔傳：「疇，誰。庸，用也。誰能咸熙庶績順是事者，將登用之。」按王鏊於成化十年鄉試第一，成化十一年會試第一，廷試第三，授翰林院編修，亦可謂「第高等」矣。

〔五〕粉署：尚書省。漢尚書省用胡椒粉塗壁，故名。唐劉長卿《送郡州官往南》：「始罷滄江令，還隨粉署郎。」

〔六〕「襦袴」句：東漢廉范爲官清明，時人歌頌云：「廉叔度，來何暮？不禁火，民安作。平生無襦，今五袴。」詩以松郡伯喻廉范，頌美其施惠於民。

〔七〕綵綸：《禮記·緇衣》云：「子曰：『王言如絲，其出如綸。』」後因以綵綸代替帝王的詔書。秉鈞：拿著秤錘，喻執掌國政。此處是説松郡伯雖因年事已高不能治理一方了，但還要爲皇帝起草詔書。

〔八〕「海底」句：祝壽語，謂王氏歷經歲月，年壽高大。《神仙傳》：「麻姑謂王方平曰：自接侍以來，見東海三變爲桑田矣，向到蓬萊，水又淺於往者，會時略半也，豈將復還爲陵陸乎？方平笑曰：聖人皆言，海中復揚塵也。」

【解　析】

伯虎極少寫排律，此作中規中矩。因松郡伯是朝廷大臣，故此詩比喻讚頌都要在得體，既無不及，又要不諛，這就要在典故、遣詞上斟酌選擇。這一點伯虎做到了，故袁宏道評曰「妙」。

七言律詩

焦山

鹿裘高士帝王師〔一〕，井竈猶存舊隱基。日轉露臺明野溆，潮隨齋磬韻江湄〔二〕。天從西北開天塹，地到東南缺地維。翹首三山何處所〔三〕？却看身世使人悲！

袁宏道評：大。

【題　解】

此詩與前《游焦山》應作於弘治十四、十五年間，壯遊所得。焦山：見本卷《游焦山》題解。

【箋　注】

〔一〕鹿裘：晋皇甫謐《高士傳》卷上、《晋書·隱逸傳》記載春秋時的榮啓期、晋朝郭文等隱士都以鹿裘爲衣。唐杜牧《送沈處士赴蘇州李中丞招以詩贈行》：「空山三十年，鹿裘掛窗睡。」帝王師：據説焦光隱居焦山，漢獻帝徵召他作官，他三召不起。此句指東漢末年隱士焦光。

〔二〕「日轉」二句：是説陽光移過露臺照亮了野浦，江潮隨著鐘磬聲使水岸情韻摇曳。溆，浦口。湄，岸邊水草交互處。

〔三〕三山：指鎮江北固山、金山、焦山，三山中以焦山最高，故曰「翹首三山」。

【解　析】

此詩紀游兼懷古，故首二句揭出焦光，就是古事與今景相結合。頷聯承「井竈」，進一步寫今景。因爲寫動態，讀來覺有聲有色，毫不板滯。頸聯寫焦山地勢，參見前《游焦山》「西北」一聯。「翹首」一句承寫江山形勝，末句歸結焦光身世，以懷古結。所謂「使人悲」者，謂焦光滿腹才學，不用於世，遂使後之人悲惜也。其中當然有伯虎的感慨和共鳴。

廬山

匡廬山高高幾重？山雨山煙濃復濃。移家未住屏風疊①，騎驢來看香爐峰〔一〕。江上烏帽誰渡水？巖際白衣人采松〔二〕。古句磨崖留歲月〔三〕，讀之漫滅爲修容〔四〕。

【校　記】

①「未住」，何本作「來住」。

【題　解】

此詩亦當作於弘治十四、五年壯遊時期。廬山一稱匡廬，相傳殷周間有匡姓兄弟結廬隱此得名。山在江西省北部，聳立鄱陽湖、長江之濱。有峭壁、清泉、飛瀑、雲海之勝，亦多歷史人文勝跡。

【箋　注】

〔一〕「移家」二句：是説只可惜我未搬到屏風疊居住，只好遠道騎驢來看香爐峰。屏風疊，廬山形勝。唐李白《贈王判官時余歸隱居廬山屏風疊》：「吾非濟代人，且隱屏風疊。」香爐峰亦廬山形勝，因形似香爐且山上經常籠罩著雲煙而得名。唐李白《望廬山瀑布》：「日照香爐生紫煙，遥看瀑布掛前川。」

〔二〕「江上」二句：戴著烏帽正在渡江者不知是哪位隱士，山巖間穿白衣在採摘松籽者又是哪位高人。二句寫遥望。烏帽，黑帽，古代貴者常戴，唐後多爲庶民、隱者之帽。宋蘇軾《辛丑十一月十九日與子由別於鄭州西門之外馬上賦詩一篇寄之》：「登高回首坡壟隔，惟見烏帽出復没。」

〔三〕磨崖：磨平山崖鐫刻文字。

〔四〕漫滅：被磨滅，模糊難辨。北宋王安石《遊褒禪山記》：「有碑仆道，其文漫滅，獨其爲文猶可識，曰

『花山』。」

【解　析】

這是一首紀遊詩，寫得很自然，不衫不履，没有按照起承轉合來分配詩句。首四句是廬山概貌：山峰連綿，重疊入雲，煙雨迷離，雲霧繚繞，而此次遊玩的目的則是香爐峰。頸聯寫遠觀，衣帽一白一黑，色彩鮮明，故遠觀能見。不僅相映成趣，更可揣想此峰乃高士出没之地。尾聯寫廬山的文化内涵，題刻漫滅見出歷史悠久，讓人平添興亡之嘆。

觀鰲山　四首

禁御森嚴夜泬寥①，燈山忽見翠岧嶢〔一〕。六鰲並駕神仙府，雙鵲聯成帝子橋〔二〕。星振珠光鋪錦繡，月分金影亂瓊瑶。願身已自登緱嶺②〔三〕，何必秦姬奏洞簫〔四〕？

袁宏道評：大。

【校　記】

①「泬寥」，何本作「沉寥」。　②「願身」，何本作「顧身」。

【題　解】

此詩當是弘治十二年正月伯虎赴京城會試時所作。從其四「内殿歡遊」云云看來，是年朝廷可能讓會試舉子入皇城觀燈。古時從正月初一起，即陳設燈市，至元宵節大盛。前此宋歐陽脩、辛棄疾等都有詩詞歌詠燈市。鰲山：舊時元宵燈景的一種，把燈彩堆迭成一座山，象傳説中的巨鰲形狀。《水滸傳》第三十三回就描寫過清風寨的鰲山彩燈。

【箋　注】

〔一〕岧嶢：高峻的樣子。

〔二〕「雙鵲」句：形容橋形的彩燈。帝子，指織女。

〔三〕緱嶺：山名，又名緱氏山，在河南省偃師縣。傳説仙人王子喬曾告訴桓良七月七日在緱氏山相見，即此山。這是指仙境。

〔四〕秦姬：指春秋時秦穆公的女兒弄玉。相傳蕭史善吹簫，能以簫作鸞鳳之音。弄玉也好吹簫，秦穆公便把女兒嫁給蕭史，並建一座鳳臺給他們居住。數年後，蕭史乘龍，弄玉乘鳳，雙雙升天而去。事見《列仙傳》。

【解　析】

寫帝京的上元燈會，伯虎因科場得意，故所見皆大暢其懷。前六句鋪寫燈市熱鬧，末尾兩句寫自己也飄飄欲仙了。

金吾不禁夜三更〔一〕，寶斧修成月倍明〔二〕。鳳蹴燈枝開夜殿，龍銜火樹照春城〔三〕。蓮花捧上霓裳舞〔四〕，松葉纏成熱戲棚〔五〕。杯進紫霞君正樂〔六〕，萬民齊口唱昇平。

袁宏道評：好。

【箋　注】

〔一〕金吾：即執金吾，古代的禁衛軍，這裏指掌管治安的官吏。

〔二〕寶斧：神話中修理月中樹枝的神斧。明楊維楨《修月匠歌》：「千斤寶斧運化均，混沌皮開精魄見。」

〔三〕「鳳蹴」二句：寫彩燈之狀。鳳、龍都是用彩燈紮成。

〔四〕「蓮花」句：謂蓮花燈。

〔五〕熱戲：遊戲名。《教坊記》：「玄宗在藩邸，有散樂一部。及即位，且羈縻之。嘗閲樂，太常卿姜晦押樂以進，凡戲輒分兩朋，以判優劣。人心競勇，謂之熱戲。」唐張祜《熱戲樂》：「熱戲爭心劇火燒，銅錘暗熱不相饒。」

〔六〕紫霞：紫色雲霞，道家説神仙常乘紫霞而行。亦爲酒杯的美稱。宋王珪《上元應制》：「一曲昇平人共樂，君王又進紫霞杯。」

【解　析】

此詩手法與上首相同，前六句仍鋪寫燈會，尾聯歸結爲君民同樂，愈益無聊了。

仙殿深嚴號太霞，寶燈高下綴靈槎〔一〕。沉香連理三珠樹〔二〕，結彩分行四照花〔三〕。水激葛陂龍化杖〔四〕，月明緱嶺鳳隨車〔五〕。簫韶沸處開宫扇，法仗當墀雁隊斜〔六〕。

袁宏道評：好。

【箋　注】

〔一〕靈槎：見本書卷一《金粉福地賦》注〔六三〕。此指船形的彩燈。

〔二〕三珠樹：古代傳説中的樹名，本作三株樹。《山海經·海外南經》：「三株樹在厭火北，生赤水上，其爲樹如柏，葉皆爲珠。」

〔三〕四照花：落葉喬木，初夏開花，果實暗紅色，可食，産於長江流域和河南、陝西諸省。

〔四〕「水激」句：用仙人費長房竹杖化龍典，形容龍形彩燈。按《後漢書·方術傳下·費長房傳》，汝南費長房從仙人壺公入深山學道，後「長房辭歸，翁與一竹杖，曰：『騎此任所之，則自至矣。既至，可以杖投葛陂中也。』……長房乘杖，須臾來歸，自謂去家適經旬日，而已十餘年矣。即以杖投陂，顧視則龍也。」

〔五〕緱嶺：見本卷《觀鼇山》其一注〔三〕。此兩句兩典合用。

〔六〕法仗：帝王駕出時扈從的儀仗隊伍。

【解　析】

此詩極言燈會之盛，末聯點出帝王之出行，與前首結構無二致，遣詞立意均無足道。唯一可注意者，「水潋葛陂龍化杖，月明緱嶺鳳隨車」一聯，化龍登仙，隱指舉子登第。兩典合用，如前蜀韋莊《放榜日作》「葛水霧中龍乍變，緱山煙外鶴初飛」，隱含舉子登第意。先此弘治十年，伯虎參加應天鄉試，得中第一，名滿天下，入京會試當然躊躇滿志，以折桂自期。

上元佳節麗仙都〔一〕，内殿歡遊愜睿圖〔二〕。壁際金錢銜鸑鷟①，水中鐵網出珊瑚〔三〕。鼓將百戲分爲埒，燈把三山挈入壺〔四〕。不是承恩參勝賞，歌謡安得繼康衢〔五〕。

袁宏道評：甚似太平世界。

【校記】

①「璧際」，何本作「壁際」。

【箋注】

〔一〕上元佳節：指正月十五元宵節。

〔二〕睿圖：聖哲的意願。指皇上准許舉子入皇城觀燈。

〔三〕「壁際」二句：寫紫禁城燈會盛况。鸑鷟，鳳的别稱。《國語·周語上》：「周之興也，鸑鷟鳴於岐山。」「金錢銜鸑鷟」是倒裝，亦即説彩燈裝飾一隻鳳凰嘴啣金錢。

〔四〕「鼓將」二句：是説鼓聲導引，陳設矮牆，用彩燈紮出魚龍百戲，碩大的壺形彩燈，上面繪有神仙境界的圖畫。百戲，古時歌舞雜戲的總稱。埒，矮牆。三山，傳説東海中有蓬萊、方丈、瀛洲三神山。

〔五〕「不是」二句：是説要不是此次承恩躬與其盛，怎能寫出小詩，繼承歌頌帝德的傳統呢？康衢，四通八達的大路。《列子·仲尼》載堯於康衢聽到頌德的童謡，後世遂將康衢謡作爲頌揚帝德、讚美治世的典故。

【解　析】

以鄉試解元的身份參加會試，上元之夜又蒙恩准入紫禁城觀燈，感激涕零兼之對會試勝利的祈望，是這組七律的主旋律。因此袁宏道冷冷地下了一個批語：「甚似太平世界。」

霜中望月悵然興懷

高天綠色靜沉沉，銀月飛光彩霧深。來鴻去雁無留影，鳴機急杵動愁心〔一〕。色連太液珠迷海，影照扶桑雪作林〔二〕。不是王生悲異國①〔三〕，自緣風物重沾襟。

【校　記】

①「是」，何本作「似」。

【題　解】

此爲秋日望月之作，玩其「悲異國」「太掖池」云云，當作於旅居京師時。悵然：失意不快樂。

【箋注】

〔一〕「來鴻」二句：是説鴻雁掠空，去留無跡。軋軋的織機聲和急促的擣衣聲牽動了遊子的鄉愁。杵，擣衣用的短木棒。唐杜甫《秋興八首》其一：「寒衣處處催刀尺，白帝城高急暮砧。」按伯虎此二句失律。

〔二〕「色連」二句：是説月色灑在太液池中，如萬顆明珠閃爍，月影映照扶桑樹上，幻化出一片雪林。太液，太液池。今北京故宫西華門外的中海、南海、北海三海，明代統稱爲太液池。扶桑，古代神話中海外的大樹，據説太陽從這裏出來。此當指紫禁城裏的樹木。

〔三〕王生：王粲。漢末動亂，王粲赴荆州依附劉表，曾作《登樓賦》，抒發思念故土之情。

【解析】

這首七律用典貼切，情景交融。首聯寫景，描繪出一個光色迷朦的藝術境界。頷聯抒情，通過眼前之景與耳中之聲興起作者的愁緒。頸聯寫景，將光色世界寫得很美，「珠迷海」「雪作林」，既是眼前之象，又是心中之幻。尾聯寫出自己傷感的原因：異鄉的景物觸動了離愁。

此詩亦應作於弘治十二年因會試而滯留京師期間。這首寫於秋月的七律與寫於正月的《觀鼇山》心緒截然不同，見不到蒙恩觀燈的沾沾自喜，見不到對前程的憧憬，有的只是一片「悵然」，是否徐經案將發而覺察端倪呢？姑發端於此，以俟高明。

睡起

紙帳空明暖氣生〔一〕，布衾柔軟曉寒輕。半窗紅日摇松影，一甑黄粱煮浪馨〔二〕。殘睡無多有滋味，中年到底没心情。世人多被雞催起〔三〕，自不由身爲利名。

袁宏道評：妙。

【題解】

這是伯虎中年時期的作品。經過了科場舞弊案後，又遭家庭變故，詩人已是壯志成灰，此詩以淺近直白的語言描述了人到中年百無聊賴的心情，表達出一種淡泊閒適的心境。

【箋注】

〔一〕紙帳：明代的紙帳是用藤皮繭絲縫製的帳子。明高濂《遵生八箋》卷八云：「用藤皮繭紙纏於木上，以索纏緊，勒作皺紋，不用糊，以線折縫縫之。頂不用紙，以稀布爲頂，取其適氣。」

〔二〕甑：古代炊具，底部有許多透蒸汽的小孔，放在鬲上蒸煮。馨：香味。按唐沈既濟《枕中記》載，盧生在邯鄲客舍晝寢入夢，歷盡榮華富貴，夢醒，主人炊黄粱尚未熟。伯虎此句暗用此典。

〔三〕「世人」句：按《晉書·祖逖傳》：「與司空劉琨俱爲司州主簿，情好綢繆，共被同寢。中夜聞荒雞鳴，蹴琨覺曰：『此非惡聲也。』因起舞。」此句暗用此典。又唐温庭筠《商山早行》：「雞聲茅店月，人跡板橋霜。」

【解析】

《山樵暇語》云：「唐子畏寅詩，早年甚精嚴，晚歲平易疏暢，蓋學元白，具體而微者。」此詩淺顯平易，不事雕飾，頗有元白詩風的味道。其中暗用「黄粱一夢」典故是全詩關捩，一則體現自己的慵懶閒適，二則也體現自己步入中年洞明世事。尾聯更暗用「聞雞」典故，以自己殘睡之舒適與世人之奔波忙碌進行對比，進一步深化了主旨。

贈南野

野人茅屋向陽開，荆織雙扉土築臺。盡有雞豚供伏臘，喜無玉步到蒿萊〔一〕。曉依寒日暴毛褐①，夜對中星舉酒杯〔二〕。我亦陸沉斯世者，買鄰何日許相陪〔三〕？

【校記】

①「暴」，何本作「曝」。

【題解】

此詩通過描寫隱者淳樸自在的生活，抒發了詩人失意之餘意欲遁世的思想。寫作風格、寫作時間都與前者《睡起》相同。南野：南面的野夫。

【箋　注】

〔一〕「盡有」二句：是説每年在祭祀的時候有很多的雞和豬可供享用，更讓人高興的是没有那些貴客來相擾。伏臘，兩種祭祀的名稱。伏在夏天的伏日，臘在冬天的臘日。此泛指節日。玉步，合乎禮法的行步，代指有身份、有地位的人。蒿萊，野草、雜草。唐聶夷中《聞人説海北事有感》：「村落日中眠虎豹，田園雨後長蒿萊。」

〔二〕「曉依」二句：是説早晨坐在略帶寒意的陽光下曬太陽，晚上就在星光下飲酒作樂。暴，同曝，曬。毛褐，獸毛或精麻製成的短衣。中星，二十八宿分佈四方，按一定軌道運轉，依次每月行至中天南方的星叫中星。觀察中星可確定四時。

〔三〕買鄰：求得好鄰居而買宅。《南史·吕僧珍傳》：「宋季雅罷南康郡，市宅居僧珍宅側，僧珍問宅價，曰一千一百萬。怪其貴，季雅曰：『一百萬買宅，千萬買鄰。』」

【解　析】

此詩結構較特殊。首聯寫造訪隱居者，推出野人茅屋。頷聯、頸聯正面描寫了隱居者的生活，其中亦包含作者的嚮往之情。尾聯上句一轉，轉到作者的内心剖白，表明了自己也是厭棄紅塵，嚮往著簡單淳樸的生活，下句則又闗合到野人之家。「買鄰」典亦運用自然，如鹽入水。

江南送春

細雨簾櫳復送春，倦遊肌骨對宗人。一番櫻筍江南節，九十光陰鏡裏塵〔一〕。夜與琴心爭蜜燭①，酒和香篆送花神〔二〕。東君類我皆行客〔三〕，萍水相逢又一巡。

袁宏道評：好。

【校　記】

①「蜜燭」，原作「密燭」，據何本改。

【題　解】

此詩當是伯虎倦游歸家所作，面對江南春天逝去而感傷無奈。北宋王觀《卜算子·送鮑浩然之浙東》云：「若到江南趕上春，千萬和春住。」伯虎回到江南却春已闌珊，故多感傷。

【箋　注】

〔一〕「一番」二句：是説一番盛宴後，春天就如同鏡中的塵土一樣，匆匆地不見蹤跡。櫻筍江南節，以櫻桃、春筍作佳饌的宴會，泛指春宴。九十光陰，指春季三個月約九十天。

〔二〕「夜與」二句：是説夜晚與琴聲中的情思似乎在爭奪著蠟燭的眷顧，酒和香篆則祭送掌管百花的女神。琴心，琴聲中蘊含的情思。《史記·司馬相如列傳》：「是時卓王孫有女文君新寡，好音，故相如繆與令相重，而以琴心挑之。」唐李羣玉《戲贈魏十四》：「蘭浦秋來煙雨深，幾多情思在琴心。」香篆，即篆香，盤香的喻稱。宋蕭貢《擬回文》：「風幌半縈香篆細。」花神，據漢劉安《淮南子》是掌管花的神仙。宋朱熹《次秀野韻》：「便賦新詩留野客，更傾芳酒酹花神。」

〔三〕東君：《九歌》有《東君》，司馬貞索隱引《廣雅》：「東君，日也。」一説指司春之神。

【解　析】

倦遊歸來，却又春色凋零，傷春愁緒，油然而生。首聯交代情節和緣起。頷聯、頸聯寫詩人送春之情事：在黯淡夜色中點燃蠟燭，彈奏傷感的琴曲，飲酒焚香，送別這令人銷魄的殘春。尾聯用擬人手法，做對比文章，説春天與自己都不過是匆匆過客而已，現在兩個過客相逢了，怎不令人心碎！

登吴王郊臺①

昔人築此不論程〔一〕，今日牛羊向上行。吴兒越女齊聲唱，菱葉荷花無數生〔二〕。南山含雨眉俱潤，西湖映日掌同平〔三〕。本由萬感銷非易，詎言哀樂過羣情。

【校　記】

①何本題作「登吴王郊臺作詩一首」。

【題　解】

此當爲伯虎平居蘇州之日郊遊之作。吴王郊臺位於蘇州石湖岸邊上方山與茶磨嶼之間，春秋時吴王闔閭所建，是吴王祭祀天地、祈禱神祐之所。

【箋　注】

〔一〕不論程：不計日程。謂修築郊臺之耗費時力。

〔二〕「吴兒」二句：是説當年兵戎相見的吴越兩國已和平共處，兒女歌聲應答。此處盛開荷花，水面飄浮著成片的菱葉。

〔三〕「南山」二句：是説遠遠望去荆南山在雨中如眉毛般潤澤靈秀，西湖在夕陽下似手掌般平整。南山，荆南山，亦名君山、銅官山，在今宜興南部。西湖，在浙江省杭州市西部。此兩句寫遠望，故以眉、掌爲喻。

【解　析】

這是一首咏史詩，亦是即景式的咏史。詩人通過吴王郊臺在時間變遷中的巨大變化，感喟滄海桑田的巨大力量。首聯對比今昔，頷聯寫今日之和諧安樂，暗點吴越宿敵，見出歷史變遷。頸聯寫景，是登吴王郊臺所望，將大景寫小，益體味出時空之浩瀚。尾聯「本由萬感銷非易，詎言哀樂過羣情」語似平淡，掩蓋了詩人因憑弔興亡所致心潮起伏，極盡藴藉之致。

仲夏三十日陪弘農楊禮部丹陽都隱君虎丘泛舟

朱明麗景屬炎州〔一〕，蘭橈桂檝遂娱遊〔二〕。逐蔭追飆暫容與，回波轉藻若夷猶〔三〕。日承綺扇釵光發，山入仙杯酒氣柔〔四〕。幸奉瑶麈論所願，皓首期言伏此丘〔五〕。

【題　解】

這是一首紀游詩。仲夏：夏季的第二個月，即農曆五月。弘農楊禮部：指楊循吉。楊字君謙，號南峰，吴縣人。成化二十年舉進士，授禮部主事。長伯虎十二歲。禮部，古代官署，考吉、嘉、軍、賓、凶五禮之用，管理全國學校事務及科舉考試及藩屬和外國之往來事。丹陽都隱君：隱居於丹陽的都君。應指都穆。都穆字元敬，吴縣人，好學不倦，善爲文，長伯虎十一歲。按楊循吉有《虎丘閑泛與伯虎同賦》：「名巖佳麗冠吴州，永日逍遥傍綵舟。菡萏含嬌呈水面，蔦蘿垂陰覆人頭。寂谷玄蟬藏影囀，長阿蒼狖領羣遊。翠幌金樽何限樂，欣逢絶咏愧難酬。」與伯虎此作同韻，所記當爲同一次遊玩。此詩伯虎年齡應在二十左右。

【箋　注】

〔一〕朱明：太陽。炎州：泛指南方廣大地區。

〔二〕蘭橈：小舟的美稱。桂楫：用桂木作的船槳，泛指槳。梁簡文帝《採蓮曲》：「桂楫蘭橈浮碧水，江花玉面兩相似。」

〔三〕「逐蔭」二句：是説畫船一會追逐著蔭涼、追逐著風浪，緩慢前行，一會又調轉船頭，繞過水藻，從容而舒緩。容與，緩慢不前貌。《楚辭・九章・涉江》：「船容與而不進兮，淹回水而疑滯。」夷猶，從容貌。

〔四〕「日承」二句：是説陽光映照在絹綺彩扇上，色彩斑斕，女子的頭飾也熠熠生輝。手中的酒杯倒映出山影，散發著清香綿柔的氣味。綺扇，用有花紋或圖案的絲織品做成的扇子。

〔五〕「幸奉」二句：是説我有幸忝列麾下，説出心中的希望，但願老了以後也能兑現諾言生活在這裏。期言，預先説好的話，諾言。論所願，談論志願。此處暗用《論語・公冶長》孔子與顔淵季路「各言爾志」的典故。

【解　析】

這是一首紀游詩，同游者或前輩或好友，詩的基調當然很輕快平和。前三聯寫景，次第叙寫了當日流覽虎丘時的天氣、泛舟過程及水濱風物。既依時間先後著筆，又有略叙有特寫，紋絲不亂。尾聯抒懷，暗用《論語》中孔子與弟子各言其志的典故，很貼切自然。「皓首期言」也是師友相聚時常見的話題。

遊金山

孤嶼崚嶒插水心〔一〕，亂流攜酒試登臨〔二〕。人間道路江南北，地上風波世古今。春日客途悲白髮，給園兵燹廢黄金〔三〕。闍黎肯借翻經榻，煙雨來聽龍夜吟〔四〕。

袁宏道評：可作金山譜。

【題　解】

此詩當作於弘治十四、五年壯遊期間。金山：位於江蘇省鎮江市西北。以前山在江中，後水退去，沙漲成陸。古稱伏牛、浮玉，後因唐代裴頭陀于江邊獲金，改名爲金山。

【箋　注】

〔一〕崚嶒：形容山高的樣子。

〔二〕亂流：横渡江河。

〔三〕「春日」二句：是説時值春天，在去金山寺的路途中令人傷感年華老大。金山寺也因戰亂的破壞而殘敗不堪。給園，「祇樹給孤獨園」之省稱。佛經記載，當日給孤獨長者欲購買祇陀太子一座花園爲佛陀建精舍，太子不願，提出以黄金鋪滿花園爲條件，給孤獨長者果然以金布地。祇陀太子感其誠心，遂將園中樹林供奉佛陀。故以二人名字將此園命名爲祇樹給孤獨園。亦泛指佛寺。兵燹，戰火焚毁破壞。

〔四〕「闍黎」二句：是説僧人借給經榻以供夜間住宿，晚上在滿山煙雨之中静聽濤聲。闍黎，阿闍黎，梵語的音譯，佛家語，指教育僧徒的高僧，此泛指僧人。翻經榻，寺院裏放置佛經的禪榻。龍夜吟，指夜晚的波濤之聲。

【解　析】

這是一首紀遊詩，因科場之獄初脱，又被黜爲浙藩吏，恥不就，兼之繼室反目，故此詩表現出對紅塵俗世的無限倦怠。首聯叙述亂流登臨，交代地理環境及行程。頷聯因亂流登臨而感喟人間的道路通往大江南北，世上的風波古往今來都未能停息。這是唐伯虎式的名聯。頸聯結合自己的白髮和眼前的荒圮，進一步感嘆人生。尾聯上句景語叙事，下句空靈變幻，亦景亦情，意味無窮，給讀者無限回味。

嚴灘

漢皇故人釣魚磯〔一〕，漁磯猶昔世人非。青松滿山響樵斧，白舸落日曬客衣。眠牛立馬誰家牧？鸂鶒鸕鷀無數飛〔二〕。嗟余漂泊隨饘粥，渺渺江湖何所歸〔三〕？

【題　解】

此詩亦應作於弘治十四、五年遠遊閩浙贛湘時期。嚴灘，即嚴陵瀨，在浙江桐廬縣南，相傳爲東漢嚴光隱居垂釣處。《後漢書》卷八十三《逸民傳·嚴光傳》：「嚴光字子陵，一名遵，會稽餘姚人也。少有高名，與光武同遊學。及光武即位，乃變名姓，隱身不見。帝思其賢，乃令以物色訪之。後齊國上言：『有一男子披羊裘釣澤中。』帝疑其光，乃備安車玄纁，遣使聘之，三反而後至。……除爲諫議大夫，不屈，乃耕於富春山，後人名其釣處爲嚴陵瀨焉。」

【箋　注】

〔一〕漢皇故人：指嚴光。嚴光少時曾與漢光武帝一同遊學，故云。唐李白《送岑徵君歸鳴皋山》：「光武有天下，嚴陵爲故人。雖登洛陽殿，不屈巢由身。」

〔二〕「眠牛」二句：是説岸邊那些或躺或站的牛馬是誰家放牧的呢？無數水鳥在灘邊自在飛翔。鸂鶒，水鳥名，形似鴛鴦而稍大，多紫色，雌雄偶遊。鸕鷀，水鳥名。俗稱魚鷹、水老鴉。羽毛黑色，有綠色光澤，頷下有小喉囊，嘴長，上嘴尖端有鈎，善潛水捕食魚類。

〔三〕「嗟余」二句：是説可嘆我到處漂泊，隨處乞食，大千世界中何處是歸宿呢？饘粥，稠粥。隨饘粥，意謂就食於人。此句暗用韓信乞食漂母典，見《史記·淮陰侯列傳》。

【解　析】

此詩亦應作於弘治十四、五年遠遊時期，是紀遊詩，亦有懷古成份。首聯平平而起，推出嚴灘，重點落在「世人非」三字。中間兩聯摹寫景物，見出「世人非」。而今嚴光那樣的高士不可得見，而嚴灘只呈現一派鄉村俗景。這兩聯寫得有聲有色，有動有静，寫得極俗，與首句「漢皇故人釣魚磯」適成鮮明對比。這樣一幅優美的漁樵生活圖卷，勾起了詩人對於自己歸宿的嘆喟，於是「嗟余」一聯水到渠成，關合全篇。

和沈石田落花詩三十首

今朝春比昨朝春，北阮翻成南阮貧①〔一〕。借問牧童應没酒，試嘗梅子又生仁〔二〕。六如偈送錢塘妾，八斗才逢洛水神〔三〕。多少好花空落盡，不曾遇著賞花人。

袁宏道評：不作落花，而言落花之人，亦超。

【校　記】

①「翻成」，何本作「番成」。

【題　解】

這組詩作於弘治十七年，時伯虎三十五歲，鬻文賣畫，以度歲月。春，沈周作落花詩十首，文徵明、徐禎卿皆有和詩，伯虎遂作和詩三十首。沈周，字啓南，號石田，晚號白石翁，江蘇吴縣人。明代畫家，與文徵明、唐伯虎、仇英合稱「明四大家」。

【箋　注】

〔一〕「北阮」句：以人生貧富無常喻春天之變化。《世説新語·任誕》：「阮仲容、步兵居道南，諸阮居道北。北阮皆富，南阮貧。」

〔二〕「借問」二句：是説詢問牧童酒家在何處，得到的回答一定是此地是没有酒店的。試嘗樹上的梅子，可惜已經生出了果仁。前句化用唐杜牧《清明》：「借問酒家何處有，牧童遥指杏花村。」這裏反用其意。

〔三〕「六如」二句：是説面對錢塘歌女，我送《金剛經》中的六如偈讓她翻唱，感覺好像是當年的曹植遇到洛水女神一樣激起了才情。六如偈，《金剛經》中有謁語云：「一切有爲法，如夢幻泡影，如露亦如電，應作如是觀。」夢、幻、泡、影、露、電，便是「六如」，比喻世間諸法皆空。八斗才，指三國曹植。五代李瀚《蒙求》：「謝靈運嘗云：『天下才共有一石，子建獨得八斗，我得一斗，自古及今同用一斗。』」曹植於黄初三年（二二二）從京城洛陽回封地時渡過洛水，作有《洛神賦》，以弔洛神宓妃。

【解　析】

首聯言年年春天相似，而人生變化無常。頷聯承人生變化而申述之。頸聯一轉，寫豔遇。俗云美人如花，則此聯涉筆，亦人亦花。尾聯以無限感嘆作結，其中，「好花」和「賞花人」都是隱喻，喻指所有美好的東西及懂得珍惜欣賞美好東西的人。

夕陽芳草笛悠悠，春事驚看又轉頭。淅瀝風光摇草樹〔一〕，駸驔時節逐川流〔二〕。臨階忍數脂千片，繞樹空煩繡半鈎〔三〕。九十繁華梭脱手〔四〕，多情又作一番愁。

【箋　注】

〔一〕淅瀝風光：指多雨的江南春色。淅瀝，形容雨聲或落葉聲。

〔二〕駸驔時節：駕著車馬出遊的時節，即指春天。逐川流：落花隨水流走。

〔三〕「臨階」二句：是説女子臨階佇立，傷心地細數落花，或是繞樹而行徒然悵惜。忍數，傷心地數計。脂千片，胭脂千片，形容落花紛紛。繡半鈎，指女子的繡花鞋。

〔四〕「九十」句：謂春光如梭飛逝。九十繁華，春天三個月約莫九十天。

【解　析】

首聯寫出殘春回首。頷聯概寫春光流逝。頸聯細寫少女惜春之態。尾聯點出正因爲春去如梭，所以平添春愁。

忍把殘紅掃作堆〔一〕，紛紛雨裏毁垣頹。蛤蜊上市驚新味〔二〕，鶗鴂催人再洗杯〔三〕。豈唱驪歌送春去①〔四〕，悔教羯鼓徹明催〔五〕。爛開賺我平添老，知到來年可爛開②〔六〕？

【校記】

①「豈唱」，何本作「肯唱」。　②「來年」，何本作「年來」。

【箋注】

〔一〕「忍把」句：按《六如居士外集》卷二《詩話》云：「唐子畏居桃花庵，軒前庭半畝，多種牡丹。花開時，邀文徵仲、祝枝山賦詩，浮白其下，彌朝浹夕。有時大叫痛哭。至花落，遣小伻一一細拾，盛以錦囊，葬於藥欄東畔，作落花詩送之。寅和沈石田韻三十首。」可爲「忍把殘紅掃作堆」之本。

〔二〕蛤蜊：近海產品，肉味鮮美。按《南史·王融傳》：「融躁於名利，自恃人地，三十內望爲公輔。初爲司徒法曹，詣王僧祐，因遇沈昭略，未相識。昭略屢顧盼，謂主人曰：『是何年少？』融殊爲不平，謂曰：『僕出於扶桑，入於湯谷，照耀天下，誰云不知，而卿此問？』昭略云：『不知許事，且食蛤蜊。』」故「食蛤蜊」有漫不經心之義。又宋汪元量《鷓鴣天》云：「水邊莫話長安事，且請卿卿吃蛤蜊。」亦有心灰意冷、無可奈何之意。伯虎此處寫蛤蜊，不僅切合春月食事，而且多少帶有傷春情緒。

〔三〕鶗鴂：杜鵑鳥。秋分前鳴，則草木凋落。

〔四〕驪歌：送別之歌。《驪駒》之歌的省稱，《驪駒》乃逸《詩》篇句。東漢服虔注曰：「篇名也，見《大戴禮》。客欲去歌之。」三國魏文穎注：「其辭云『驪駒在門，僕夫具存，驪駒在路，僕夫整駕』也。」唐楊炯《送鄭州周司空》：「居人下珠淚，賓御促驪歌。」

〔五〕羯鼓：即兩杖鼓，古代羯族樂器。唐南卓《羯鼓録》載，唐玄宗愛好羯鼓，一日，臨軒縱擊，正逢柳杏花開，玄宗笑以天公自謂。後來即流傳羯鼓催花的故事。

〔六〕「爛開」二句：是説鮮花爛漫使得傷春的我似乎一下子衰老了，誰知道來年還會鮮花爛漫嗎？爛開，鮮花爛漫。

【解　析】

此詩主旨是傷春。首聯寫春殘，落紅成陣映襯著斷井頹垣，益發使人不堪。湯顯祖《牡丹亭·驚夢》「原來姹紫嫣紅開遍，似這般都付與斷井頹垣」，與此同一機杼。頷聯寫春深物事，蛤蜊上市、鶗鴂催人等等，一「驚」字耐人尋味。頸聯一轉，揭出送春之旨。驪歌送别是惜春，羯鼓催花則是留春。尾聯翻出「來年」，是深一層寫法，咏嘆終篇。

能賦相如已倦遊〔一〕，傷春杜甫不禁愁〔二〕。頭扶殘醉方中酒〔三〕，面對飛花怕倚樓〔四〕。萬片風飄難割捨，五更人起可能留〔五〕？妍媸雙脚撩天去〔六〕，千古茫茫土一丘。

【箋　注】

〔一〕相如：司馬相如，字長卿，西漢著名辭賦家，作有《子虛賦》《大人賦》《美人賦》等賦。倦遊：謂相如晚年患消渴疾，歸卧茂陵。

〔二〕「傷春」句：按唐杜甫《曲江二首》其一云：「一片花飛減却春，風飄萬點正愁人。」

〔三〕中酒：飲酒半酣。《漢書·樊噲傳》：「項羽既饗軍士，中酒。」前蜀韋莊《宴起》：「爾來中酒起常遲。」

〔四〕「面對」句：化用唐杜甫《登樓》「花近高樓傷客心，萬方多難此登臨」詩意。

〔五〕「萬片」二句：是説落花萬片，隨風飄灑，真令人難舍。試想如果五更就起來，是否能與花兒多厮守一會。

〔六〕妍媸：美與醜。雙脚撩天：俗語，大步流星的意思。

【解　析】

此首寫飛花。整首詩詮釋老杜「風飄萬點正愁人」詩意。末兩句是説無論美與醜（美如花朵，醜如詩人），都大步流星地逝去，只留下一抔黄土。

芒鞋布襪罷春遊〔一〕，粉蝶黄蜂各自愁。池面風回公族聚〔二〕，陌頭人散蹴場休〔三〕。膠粘日月無長策，酒對荼蘼有近憂〔四〕。蘇小堤頭試翹首〔五〕，碧雲暮合隔紅樓。

【箋　注】

〔一〕芒鞋：草鞋。

〔二〕公族：指豪門貴族公子。

〔三〕蹴場：蹴鞠的場所。蹴，古代的一種皮球，宋代盛行蹴鞠爲戲。

〔四〕「膠粘」二句：是説希望將春天留住，恨不得將日月膠住却没有好辦法，面對日漸老去的荼蘼令人憂愁。長策，好辦法。荼蘼，花名，初夏開花。一説是酒名。

〔五〕蘇小：南朝齊錢塘名妓蘇小小。唐羅虬《比紅兒詩》其三十五：「蘇小空勻一面妝，便留名字在錢塘。」堤頭：蘇小小墓故址在杭州西泠橋頭。

【解　析】

此詩題旨是惜春。首聯表面平易，但都有潛臺詞。爲何遊人罷遊呢？爲何蜂蝶生愁呢？原因只有一個：春天要離去了。頷聯繼續描述人事活動，其中亦有潛臺詞。公族聚會，民衆蹴鞠，都是因爲不去春遊了。頸聯寫無留春之策，有惜春之憂。尾聯拓開一筆，寫蘇小堤頭的景色，也隱含美人如花，同歸黄土之意。

溪水東流日轉西，杏花零落草萋迷。山翁既醒依然醉〔一〕，野鳥如歌復似啼。六代寢陵埋國媛〔二〕，五侯車馬鬥家媛〔三〕。鄰東謝却看花伴，陌上無心手共携。

袁宏道評：淡甚。

【箋　注】

〔一〕山翁：似指晉征南將軍山簡。山簡鎮襄陽，常飲宴爛醉，後用作咏醉飲的典故。唐王維《漢江臨泛》：「襄陽好風日，留醉與山翁。」

〔二〕六代寢陵：即三國吴、東晉及南朝宋、齊、梁、陳六代帝王的墓地。國媛：謂帝王的後妃。

〔三〕五侯：漢成帝時王氏兄弟五人同時封侯。此泛指權貴。家媛：家中的婢女。

【解　析】

首聯寫景，「杏花零落草萋迷」透露出此詩淡淡的憂傷的基調。頷聯寫客醉、寫鳥啼，其實與作者了不相關。頸聯寫此地逝去的顯赫，其實亦與作者了不相關。尾聯轉而寫自己，婉辭了東鄰的看花夥伴，在路上有意無意地與人携手同行。袁宏道評曰「淡甚」，可謂一語中的。

春歸不得駐須臾，花落仍知剩有無①。新草漫侵天際緑，衰顔又改鏡中朱〔一〕。應門未遇偷香掾②〔二〕，墜溷翻成逐臭夫〔三〕。無限傷心多少淚，朝來枕上眼應枯。

【校　記】

①「仍知」，何本作「寧知」。　②「應門」，何本作「映門」。

【箋　注】

〔一〕鏡中朱：鏡裏朱顔，亦即鏡裏紅潤的臉色。

〔二〕偷香掾：指晋韓壽。《世説新語・惑溺》載，「韓壽美姿容，賈充辟以爲掾」。賈充有御賜異香，其女賈午與韓壽私通，韓壽身染奇香，遂被發覺，後與賈午成婚。「應門」句是説花兒未逢知己。

〔三〕溷：指豬圈、厠所等污穢之地。逐臭夫：《吕氏春秋》卷十四《孝行覽・遇合》云，海上有一人專愛追逐孤居於海上的「臭者」。三國魏曹植《與楊德祖書》云：「人各有好尚，蘭茝蓀蕙之芳，衆人所好，而海畔有逐臭之夫。」「墜溷」句是説，花兒飄落污穢之地，反倒成了逐臭之夫。

【解　析】

此首主旨是傷春。首聯平實，寫殘花將盡。頷聯用緑草襯殘花，與李清照《如夢令》「應是緑肥紅瘦」同一機杼。「衰顔」句寫花兒越來越少。頸聯寫落花的命運。尾聯寫作者一掬傷春之淚。

蟄燕還巢未定時〔一〕，山翁散社醉扶兒〔二〕。紛紛花事成無賴〔三〕，默默春心怨所私〔四〕。雙臉胭脂開北地，五更風雨葬西施①〔五〕。匡牀自拂眠清晝〔六〕，一縷茶煙颺鬢絲。

袁宏道評：好。

【校　記】

①「五更」，何本作「三更」。

【箋　注】

〔一〕蟄燕：冬季伏匿巖穴中之燕。

〔二〕社：社日。古時春、秋兩次祭祀土神的日子，一般在立春、立秋後第五個戊日。《荆楚歲時記》：「社日，四鄰並結綜會社，牲醪，爲屋於樹下，先祭神，然後饗其胙。」唐杜甫《遭田父泥飲美嚴中丞》：「田翁逼社日，邀我嘗春酒。」

〔三〕無賴：無意、無心。唐楊巨源《與李文仲秀才同賦泛酒花》：「若道春無賴，飛花合逐風。巧知人意裏，解入酒杯中。」

〔四〕「默默」句：謂作者默默春心，傷怨逝去的春色。所私，私愛之物。宋林逋《梅花》：「人憐紅艷多應俗，天與清香似有私。」

〔五〕「雙臉」二句：是説鮮艷的花兒生長在北地，五更風雨摧殘而墜落了。雙臉，雙頰。雙臉胭脂比喻嬌艷的花朵。唐杜牧《爲人題贈詩》：「半月緪雙臉，疑腰素一圍。」西施，春秋時越國美女，此喻鮮花。

〔六〕匡牀：方正而安適之牀。

【解　析】

此詩主旨惜春。首聯寫立春以後的情事，盎有生趣。頷聯言花開屬於無心，而自己却懷著愛花惜春的私心。頸聯寫落花，「五更風雨葬西施」是膾炙人口的名句。尾聯以自己春日平淡的生活作結。白晝清眠，煮茶銷日，亦透露出作者愛惜春日的情趣。

春盡愁中與病中，花枝遭雨又遭風。鬢邊舊白添新白，樹底深紅换淺紅〔一〕。漏刻已隨香篆了〔二〕，錢囊甘爲酒杯空。向來行樂東城畔，青草池塘亂活東〔三〕。

【箋　注】

〔一〕「鬢邊」二句：是説自己雙鬢已是斑白，近來又因傷春增添了更多白髮。樹底的花朵因飄零墜滅，濃艷的顔色也變得淺淡了許多。

〔二〕漏刻：我國古代一種計量時間的儀器，此指代時間。香篆：指香爐煙香嫋嫋如篆字。

〔三〕「向來」二句：是説城東從來都是我們喝酒行樂的好去處，在這裏可聽到青草池塘中的一片蛙鳴。活東，蛙鳴聲。原注云：「活字疑誤。但活東是蝦蟆聲不誤。」

【解　析】

此詩前四句妙在將人與花合而爲一，是寫人，亦是寫花。「鬢邊」一聯句法流轉，用詞新活，寫盡了才子與春花的風情與感傷，可謂描摹入骨，善畫精神。後半脱離花朵而專寫人物，尾聯以俗語入詩，極富生活情趣。

崔徽自寫鏡中真〔一〕，洛水誰傳賦裏神〔二〕。節序推移比彈指〔三〕，鉛華狼藉又辭春。紅顔仙蜕三生骨，紫陌香消一丈塵〔四〕。繞樹百回心語口，明年勾管是何人〔五〕？

【箋　注】

〔一〕崔徽：唐倡女。唐元稹《崔徽歌》注：「崔徽，河中府倡也。裴敬中以興元幕使蒲州，與徽相從累月。敬中使還，崔以不得從爲恨，因而成疾。有丘夏善寫人形，徽托寫真寄敬中，曰：崔徽一旦不及畫中人，且爲郎死。發狂卒。」

〔二〕「洛水」句：用洛神典。按《文選》卷十九三國魏曹植《洛神賦·序》：「黄初三年，余朝京師，還濟洛川。古人有言：斯水之神，名曰宓妃。感宋玉對楚王神女之事，遂作斯賦。」曹植在《洛神賦》中，虚構了他遇到美麗的洛水女神的故事，後因以洛神作爲咏美女或女神的典故，此句喻指春花。

〔三〕節序推移：指節氣、時間的過去。彈指：比喻時間短暫。佛經説二十念爲一瞬，二十瞬爲一彈指，見《翻譯名義集·時分》。

〔四〕「紅顔」二句：以美人的香銷玉殞比喻落花。是説花瓣雖蜕落，花神仍在。花兒香消於看花大道上高揚的車塵之中。仙蜕，蜕化成仙。蜕原意指脱去皮殼。《史記·屈原賈生列傳》：「蟬蜕於濁穢，以浮游塵埃之外。」三生，佛家語，指前生、今生、來生。三生骨，亦即卷一《倀倀詞》所謂「公案三生白骨禪」。佛教認爲人身是幻象，實質是一堆白骨而已。紫陌，舊謂帝都的道路，此泛指大道。唐劉禹錫《元和十年戲贈看花諸君子》：「紫陌紅塵拂面來，無人不道看花回。」

〔五〕「繞樹」二句：是説我多次圍繞花樹而行，默默自問，明年知道有誰來料理這些花兒呢？心語口，自省。亦即卷一《焚香默坐歌》「焚香默坐自省己，口裏喃喃想心裏」。勾管，勾留管理，料理。

【解　析】

此詩風格與伯虎他作之明白曉暢迥異，竟傾向於學習李義山之詩風。首聯用二典，一爲崔徽，一爲洛神，都是以美人喻花。三句寫時節推移，四句寫衆卉零落。頸聯對仗極工，佛典亦運用得當，寫衆卉零落而觸及其深層原因（仙蜕三生骨）。於是推出了尾聯「繞樹百回心語口」。又曹雪芹《紅樓夢》林黛玉《葬花詞》云：「儂今葬花人笑癡，他年葬儂知是誰？一朝春盡紅顏老，花落人亡兩不知」，與「明年勾管是何人」同一機杼，似受伯虎影響。

簇簇雙攢出綟眉〔一〕，淹淹獨立曲欄時。千年青冢空埋怨〔二〕，重到玄都好賦詩〔三〕。瓦竈酒香燒柿葉，畫梁燈暗落塵絲。尋芳了却今年債，又見成陰子滿枝。

【箋　注】

〔一〕綟眉：與蛾眉同，指美人。此喻花。唐陸龜蒙《和襲美館娃宮懷古五絶》：「一宮花渚漾漣漪，倭墮鴉鬟出綟眉。」

〔二〕青冢：漢王昭君的陵墓，在今内蒙古呼和浩特市南。據説因墓上多長青草，故名。

〔三〕「重到」句：唐代詩人劉禹錫在永貞革新失敗後被貶朗州作司馬，十年後重被起用，游長安玄都觀，作《元和十一年自朗州至京戲贈看花諸君子》《再游玄都觀》二詩，中云：「玄都觀裏桃千樹，盡是劉郎去後栽。」「種桃道士歸何處，前度劉郎今又來。」

【解　析】

首聯寫花，「簇簇雙攢」和「淹淹獨立」寫盡花木之態。接下來兩句用兩個典故，第三句寫王昭君，以美人之逝去喻花之萎落。第四句用劉禹錫典，隱然自許爲花木之知音。頸聯對仗精工，寫作者的現實生活。尾聯仍然寫實，但帶有輕微的抒情和嘆息。

花開共賞物華新，花謝同悲行跡塵。可惜錯抛傾國色，無緣逢著買金人〔一〕。瀅瀅愛水衫前淚，渺渺遊魂樹底春〔二〕。一霎悲歡因色相，欲從羽調懺癡嗔①〔三〕。

【校記】

①「羽調」，何本作「調御」。

【箋注】

〔一〕「可惜」二句：是説可惜花木有這樣傾國傾城的美色，却無緣得遇肯花錢買下的賞識者。按此二句暗寓懷才不遇意，與宋蘇軾《寓居定惠院之東雜花滿山有海棠一株土人不知貴也》感嘆「只有名花苦幽獨」，同一機杼。

〔二〕「瀅瀅」二句：是説因憐惜名花幽獨，自己泣下沾襟，而花神似乎受到感動，遊魂於樹下，幻現春色。愛水，佛家語，指身體中因愛欲流出之水液。《楞嚴經》：「因諸愛染，發起妄情，情積不休，能生愛水，是故衆生心憶珍羞，口中水出；心憶前人，或憐或恨，目中淚盈；貪求財寶，心發愛涎，舉體光潤；心著行淫，男女二根，自然流液。」此指憐惜的眼淚。唐白居易《琵琶行》有「座中泣下誰最多，江州司馬青衫濕」句，似爲伯虎所本。

〔三〕「一霎」二句：是説花開花謝令人在短暫的時間産生了悲歡，還是從深沉的樂音中懺悔禀性的癡嗔吧。色相，佛教名詞，指一切事物的形狀和外貌。《華嚴經》：「無邊色相，圓滿光明。」此指花開花謝。羽調，五音之一。

【解　析】

此詩前四句平實，第四句啓下，是説花開時，色可傾城，却没有遇到知音。頸聯即寫作者乃花之知音，只可惜花已落去，相對只是花之遊魂了。尾聯自我寬解，在短暫的春天因花開花落引起了悲歡，只好在深沉的琴音中懺悔自己的癡嗔而已。

天涯晻溘碧雲横〔一〕，春社園林紫燕輕。桃葉參差誰問渡？杏花零落憶題名〔二〕。日高蘚雜蝸黏壁，雨過啼鶯葉滿城①。邀得大堤諸女伴〔三〕，踏歌何處和盈盈？

袁宏道評：妙。

【校　記】

①「啼鶯」，何本作「鶯啼」。

【箋　注】

〔一〕晻溘：雲氣之貌。

〔二〕「桃葉」二句：是説桃花已落，只剩下桃葉參差；杏花也已零落，杏園盛事已成記憶。桃葉一句附會南朝陳釋智匠《古今樂録》典故。桃葉，爲晉人王獻之妾。王獻之曾作《桃葉歌》，催桃葉渡江。「杏花」一句暗用杏園題名典。《摭言》云：「神龍以來，（進士及第者）杏園宴後，皆於慈恩寺塔下題名，同年中推善書者紀之。」唐張籍《哭孟寂》：「今日春光君不見，杏花零落寺門前。」按可能因時令節序，古人多以桃葉、杏花聯句。

〔三〕大堤女伴：指妓女。大堤爲襄陽地名，南朝宋劉誕《襄陽樂》云：「朝發襄陽城，暮至大堤宿。大堤諸女兒，花艷驚郎目。」

【解　析】

此首寫花事，亦寫艷事，風流藴藉，不粘不脱，頗見技巧。首聯寫春景，色彩上很明快，亦很和諧。頷聯寫桃花已落去，杏花也零落。因爲用了兩個典故，顯得很雅致，而且亦花亦人，唤起人的遐想。頸聯寫景，上聯細景，下聯大景，都很貼切。尾聯寫艷事，彷彿讓人能感受到大堤女兒輕快地歌唱。

節當寒食半陰晴〔一〕，花與蜉蝣共死生〔二〕。白日急隨流水去，青鞋空作踏莎行〔三〕。收燈院落雙飛燕，細雨樓臺獨囀鶯。休向東風訴恩怨，自來春夢不分明。

袁宏道評：妙、妙。

【箋　注】

〔一〕寒食：古代節日名。在清明前一日或二日。古人從寒食日起禁火三天，只吃冷食，故曰「寒食」。

〔二〕蜉蝣：一種生命極短促的蟲子。宋蘇軾《赤壁賦》：「寄蜉蝣於天地，渺滄海之一粟。」

〔三〕青鞋：草鞋。宋楊萬里《庚子正月五日曉過大皋渡》：「渡船滿板霜如雪，印我青鞋第一痕。」踏莎行：本詞調名，這裏僅用其字面意義。莎，草。踏莎行亦即到郊外踏青。

【解　析】

這是一首珍惜時光的詩。首聯點明時令，挑明了春光之短促。頷聯寫正因爲春光短促，所以才去踏青。「急隨」「空作」慨嘆春景難留，大可玩味。頸聯寫物，人既如此傷春，鶯燕又如何呢？尾聯之主體總合人與鶯、燕，所謂「恩怨」，所謂「春夢」，應指對春天的美好願望。

紅塵拂面望春門〔一〕，緑草齊腰金谷園〔二〕。鶴篆遍書苔滿徑，犬聲遥在月明村〔三〕。春風院院深籠鎖，細雨紛紛欲斷魂〔四〕。拾得殘紅忍抛却，阿咸頭上伴銀幡〔五〕。

袁宏道評：好。

【箋　注】

〔一〕望春門：隋開皇中建有望春宫，大業時改名長樂。此當泛指宫苑。

〔二〕金谷園：河南洛陽西北有金谷澗，晉人石崇於此建園林名金谷園。見於晉石季倫《金谷詩集序》。此泛指貴族園林。

〔三〕「鶴篆」二句：是説儘管朝廷的徵召書遍佈天下，但此處仍然罕有人到。鶴篆，指鶴書，古時用於招賢納士的詔書。唐皇甫曾《哭陸處士》：「漢家徧訪道，猶畏鶴書來。」後一句寫隱居情況，似從宋楊萬里《庚子正月五日曉過大皋渡》「霧外江山看不真，只憑雞犬認前村」化出。

〔四〕「細雨」句：唐杜牧《清明》：「清明時節雨紛紛，路上行人欲斷魂。」似爲此句所本。

〔五〕阿咸：晉阮籍常呼兄子阮咸爲阿咸。這裏指後生輩。銀幡：宋時元旦賜百官銀幡戴歸私第。宋蘇軾《和子由除夜元日省宿致齋三首》：「朝回兩袖天香滿，頭上銀幡笑阿咸。」

【解　析】

此詩寫村居春趣。首聯寫昔日宫苑已是紅塵拂面、緑草齊腰，一片荒蕪，反襯出頷聯所寫的荒村之居。頸聯進一步寫荒村春日景象。尾聯寫一趣事：拾起花朵，又不情願地拋却，因爲這後生頭上戴著朝廷恩賜的銀幡啊。

春來赫赫去匆匆〔一〕，刺眼繁華轉眼空。杏子單衫初脱暖〔二〕，梨花深院自多風〔三〕。燒燈坐盡千金夜①，對酒空思一點紅〔四〕。倘是東君問魚雁〔五〕，心情説在雨聲中。

袁宏道評：妙、妙。

【校　記】

①「坐盡」，何本作「坐惜」。

【箋　注】

〔一〕赫赫：顯耀茂盛的樣子。

〔二〕杏子單衫：如杏子微紅色的單衫。

〔三〕梨花深院：開滿梨花的院落。

〔四〕「燒燈」二句：是説燃點燈燭，是由於憐惜這春宵，置酒沉思，念想那春花。二句狀寫惜春戀花之情。燒燈，燃燈。千金夜，化用蘇軾《春宵》「春宵一刻值千金，花有清香月有陰」句意。一點紅，指燈燭。

〔五〕魚雁：本是傳説中傳遞書信的使者，故借指消息、音訊。

【解　析】

首聯即揭出惜春題旨，「刺眼」扣「赫赫」，「轉眼」扣「匆匆」，極爲精確。頷聯寫春時之美好，單衫初脱，深院多風，非常宜人。頸聯進一步寫惜春戀花。手法與蘇軾《海棠》「只恐夜深花睡去，故燒高燭照紅妝」同一機杼。尾聯設想東君問答，説明惜春之心情盡在聽雨聲中，因爲風雨送春歸。措詞文雅，意味雋永，所以袁宏道連連稱「妙」。

舊酒新啼滿袖痕，憐香惜玉竟難存。鏡中紅粉春風面，燭下銀屏夜雨軒。奔月已憑丹换骨〔一〕，墜樓端把死酬恩〔二〕。長洲日暮生芳草〔三〕，消盡江淹黯黯魂〔四〕。

袁宏道評：好。

【箋注】

〔一〕奔月：用姮娥奔月典，意爲情人已逝。按漢劉安《淮南子·覽冥訓》：「譬若羿請不死之藥於西王母，姮娥竊以奔月。」

〔二〕墜樓：《晉書》卷三十三《石苞傳》附《石崇傳》：「崇有妓曰緑珠，美而艷，善吹笛。孫秀使人求之。崇時在金谷别館……使者出而又反，崇竟不許。秀怒，乃勸倫誅崇、建。……遂矯詔收崇及潘岳、歐陽建等。崇正宴於樓上，介士到門。崇謂緑珠曰：『我今爲爾得罪。』緑珠泣曰：『當效死於官前。』因自投於樓下而死。」

〔三〕長洲：長洲苑，在今江蘇蘇州市西南、太湖北。

〔四〕江淹：南朝梁文學家。其名篇《别賦》云：「黯然銷魂者，唯别而已矣。」

【解析】

本篇傷春懷人，懷人爲主。首聯揭出悼亡主旨。「憐香惜玉」主語是作者，而香玉之質，竟難存活。頷聯是回憶，上句言其人往日風韻，下句言當時環境。「聽雨」暗用唐李商隱《夜雨寄北》「何當共剪西窗燭，却話巴山夜雨時」，見出兩情相篤。頸聯悼亡，上句用姮娥奔月典，下句用緑珠墜樓典，都是美人亡故的文雅的説法。尾聯又轉移到傷别，基調仍然是很悲哀的。全詩與李商隱風格相近。

嗚嗚曉角起春城，巧作東風撼地聲。燈照簷花開且落，鴉棲庭樹集還驚。紅顔不爲琴心駐〔一〕，緑酒休辭盞面盈。默對妝奩閑自較，鬢絲又見一年贏①。

【校　記】

①「又見」，何本作「又算」。

【箋　注】

〔一〕琴心：寄託情思的琴聲。《史記·司馬相如傳》：「是時卓王孫有女文君新寡，好音，故相如繆與令相重，而以琴心挑之。」

【解　析】

此首傷時，帶有幾分淡淡惆悵。首聯寫角聲，「東風撼地」，則令人意識到大地春回。頷聯寫簷花開落、棲鴉不定，以意象暗示事物之多變、心情之紊亂。頸聯所涉的具體情事已不可考。尾聯作自寬語，「閑自較」者，對鏡看看一年下來，白髮又增添了幾許。

萬紫千紅莫謾誇〔一〕，今朝粉蝶過鄰家。昭君偏遇毛延壽〔二〕，高潁不憐張麗華〔三〕。深院青春空自鎖，平原紅日又西斜。小橋流水閑村落，不見啼鶯有吠蛙。

【箋注】

〔一〕「萬紫」句：化用宋朱熹《春日》「萬紫千紅總是春」句意。

〔二〕昭君：王昭君，漢元帝時宮女，後出嫁匈奴。毛延壽：漢元帝時宮廷畫工。此句指王昭君不肯賄賂毛延壽，毛於是將她的圖像畫醜，結果她入宫數年不得見帝。後昭君出嫁匈奴，元帝始見其美貌，毛延壽因而被殺。事見舊題晉葛洪《西京雜記》卷二。

〔三〕高熲：隋朝大臣。張麗華：南朝陳後主妃子，貌美。此句謂高熲統兵入陳，張麗華與後主避入井内，終爲隋軍搜出，殺張麗華。

【解析】

此詩傷春景之暫，寓懷才不遇之意。首聯即帶有警世意味，莫謾誇繁華，粉蝶過牆，想必鄰家更甚。頷聯用二典，説明美色之不遇。「深院」以下四句以平淡之筆寫平日之景，閒適雍和，隨遇而安。

滿堂歡笑强相陪，别有愁腸日九回〔一〕。時序忽驚梁燕乳①，年華偏愛隙駒催〔二〕。香消衣帶傷腰瘦②〔三〕，夢斷遼陽没信來〔四〕。門掩黄昏花落盡，牛酥且薦掌中杯〔五〕。

袁宏道評：好。

【校　記】

①「忽驚」，何本作「又驚」。　②「衣帶」，何本作「花帶」。

【箋　注】

〔一〕愁腸日九回：形容愁悶至極。《漢書》卷六十二《司馬遷傳》：「是以腸一日而九回。」唐崔櫓《春日即事》：「畫橋春暖清歌夜，肯信愁腸日九回。」

〔二〕隙駒：孔隙間的日影。

〔三〕「香消」句：用沈約腰瘦典。按《梁書》卷十三《沈約傳》載，南朝梁時，吏部尚書沈約曾致書友人，訴説自己日漸消瘦，有「革帶常應移孔，以手握臂，率計月小半分」之語。

〔四〕遼陽：古地名，即今遼寧省遼陽市一帶。這裏是邊塞之地，故古詩文中常以借指出征的征夫。

〔五〕牛酥：牛乳所製之食品，狀似濃酒。《新唐書·地理志》：「慶州順化郡……土貢：胡女布、牛酥、麝、蠟。」

【解　析】

此詩主旨是春愁。首聯即揭出「愁」字。對比滿堂歡笑，作者却愁腸九回。頷聯解釋愁因，是爲了時序遷移，春之將去。頸聯進一步加深愁狀。上句寫春愁兼病體，下句寫春愁兼相思。尾聯寫及時行樂，春暮之日，不如門掩黄昏，杯酒消磨。

貌嬌命薄兩難全，月暗花殘謝世緣①。年老盧姬悲晚嫁〔一〕，日高黄鳥喚春眠。人生自古稀七十，斗酒何論價十千〔二〕。痛惜穠纖又遲暮，好燒銀燭覆觥船〔三〕。

【校　記】

①「月暗」，何本作「鶯老」。

【箋　注】

〔一〕盧姬：魏武帝時宫人，善鼓琴。《樂府詩集》卷七十三《雜曲歌辭·盧女曲》引《樂府解題》曰：「盧女者，魏武帝時宫人也，故將軍陰昇之姊。七歲入漢宫，善鼓琴。至明帝崩後，出嫁爲尹更生妻。梁簡文帝《妾薄命》曰：『盧姬嫁日晚，非復少年時。』蓋傷其嫁遲也。」

〔二〕「斗酒」句：極言美酒價貴。三國魏曹植《名都篇》「歸來宴平樂，美酒斗十千」。

〔三〕銀燭：明燭。

【解　析】

此詩將春將盡與紅顏老結合起來寫。首聯即亦春亦人。頷聯上句寫美人，下句寫春時。頸聯作曠達語，造語平平。尾聯正因爲憐惜美人遲暮，所以才高燒銀燭，及時行樂。

花落花開總屬春，開時休羨落休嗔。好知青草骷髏冢，就是紅樓掩面人。山屐已教休泛蠟〔一〕，柴車從此不須巾〔二〕。仙塵佛劫同歸盡，墜處何須論厠茵？

【箋　注】

〔一〕山屐：古人登山用之木屐。《南史·謝靈運傳》：「登躡常著木屐，上山則去其前齒，下山則去其後齒。」唐杜甫《寄張十二山人彪三十韻》：「謝氏尋山屐，陶公漉酒巾。」泛蠟：古人爲保護木屐，常給它上蠟。《晉書·阮孚傳》：「或有詣阮，正見自蠟屐，因自嘆曰：『未知一生，當著幾量屐！』神色甚閑暢。」此句反用其意，謂來日無多，不必蠟屐了。

〔二〕柴車：不裝飾的棧車。南朝江淹《陶徵君潛田居》：「日暮巾柴車，路暗光已夕。」巾，巾車，裝飾車輛。《周禮·春官·序官》賈公彦疏：「巾，猶衣也者，謂玉金象革等以衣飾其車。」

【解　析】

此詩亦是春花與美人合寫，亦人亦花。首聯發語曠達，提出「花落花開總屬春」。頷聯説教，設想今日之冢中枯骨，就是昔日之紅樓美人。頸聯用山屐、柴車設譬，宣揚人生苦短。尾聯是説塵劫一到，賢愚同歸，如同花朵墜落，有什麽必要區别是墜落在厠汙之地還是錦茵之地呢？

亞字城邊麋鹿臺〔一〕，春深情況轉幽哉。襞衣玉貌乘風去〔二〕，對酒蓬窗帶雨推①。結子桃花如雨落，挾雌蝴蝶過牆來〔三〕。江南多少閒庭館，朱户依然鎖緑苔。

【校　記】

①「帶雨推」，何本作「帶雨堆」。

【箋　注】

〔一〕亞字城：形狀如亞字紋的城堞。麋鹿臺：麋鹿游姑蘇臺，意娛樂勝地衰敗。《史記・淮南王傳》：「臣今見麋鹿游姑蘇之臺也。」

〔二〕襞衣玉貌：指昔日姑蘇臺上的宮人。襞衣，疊衣。

〔三〕「結子」二句：是説因爲要結桃子了，桃花如雨般墜落，蝴蝶成雙成對地飛過牆來。挾雌，携帶雌蝶。

【解　析】

此首爲一春深江南小景。首聯春深懷古，著重在「幽哉」二字。頷聯上句懷古，下句況今。頸聯寫春深小景，因爲作者觀察細微，故寫來生動悦目。尾聯宕開寫江南，令人有一片煙雨之感。

桃蹊李徑謝春榮，斗酒芳心與夜爭。陌上新楊麴塵暗〔一〕，牆頭圓月玉盤傾。青簾巷陌無行跡，繡褶腰肢覺瘦生。莫道無情何必爾，自緣我輩正鍾情〔二〕。

【箋　注】

〔一〕麴塵：淡黃色。唐牛嶠《楊柳枝詩》其五：「裊翠籠煙拂暖波，舞裙新染麴塵羅。」

〔二〕「自緣」句：《世説新語·傷逝》：「王（戎）曰：聖人忘情，最下不及情，情之所鍾，正在我輩。」

【解　析】

此詩主旨是懷人。首聯寫春天已逝，而斗酒夜飲。頷聯寫景，頸聯懷人。尾聯用《世説新語》王戎語，是解釋前面斗酒夜飲而不能釋懷的原因，亦是寬解語。

惻惻淒淒憂自惔〔一〕，花枝零落鬢絲添。周遮燕語春三月，蕩漾波紋日半簾〔二〕。病酒不堪朝轉劇〔三〕，聽風且喜晚來恬〔四〕。緑楊影裏蒼苔上，爲惜殘紅手自拈。

袁宏道評：好。

【箋　注】

〔一〕惔：如火燒。《詩·小雅·節南山》：「憂心如惔。」

〔二〕「周遮」二句：是説在呢喃燕語中，已是暮春三月；臨水的窗簾波紋蕩漾，已是日生半簾。周遮，言語煩瑣，嚕蘇。

〔三〕病酒：因酒而病。南唐馮延巳《鵲踏枝》：「日日花前常病酒，不辭鏡裏朱顔瘦。」朝轉劇：早上厲害一些。

〔四〕聽風：聞風聲而作樂。宋辛棄疾《行香子·山居客至》：「聽風聽雨，吾愛吾廬。」恬：恬適，安靜舒適。

【解　析】

此首寫惜春。首聯寫憂，「花枝」句點出是傷春。「周遮」一聯寫景極爲工整精美。頸聯一轉寫日常起居，頗富生活情趣。尾聯更截取一個片斷：詩人從蒼苔上拾取殘紅，表達了惜春的情趣。

楊柳樓頭月半規〔一〕，笙歌院裏夜深時。花枝的的難長好〔二〕，漏水丁丁不肯遲。金釧袖籠新藕滑，翠眉奩映小蛾垂。風情多少愁多少，百結愁腸説與誰？

袁宏道評：妙。

【箋　注】

〔一〕「楊柳」句：宋晏幾道《鷓鴣天》：「舞低楊柳樓心月。」

〔二〕的的：鮮明。

【解　析】

此詩寫美人春愁。首聯寫美人所處環境。頷聯寫春光之消逝，當然也代表著美人姿容之老去。頸聯直接寫美人。新藕，形容玉臂。小蛾，形容眉毛。尾聯三問，對美人春愁不作正面回答。

春朝何處獸憑欄，庭草驚看露已團。花並淚絲飛點點，絮飛眼纈望漫漫。書當無意開孤憤，帶有同心綰合歡〔一〕。且喜殘叢猶有在①，好隨修竹報平安！

【校　記】

①「猶有在」，何本作「猶自在」。

【箋　注】

〔一〕帶有同心：謂將錦帶綰成連環回文結，用來表示男女相愛。《玉臺新咏》卷七梁武帝《有所思》：「腰中雙綺帶，夢爲同心結。」

【解　析】

此詩寫思婦傷春。首聯言思婦憑欄及憑欄所見，「驚看」則爲下文傷春張本。頷聯傷春，但詞句嫌太雕琢，輕浮。頸聯寫思婦所思，書寄遠人，無意間抒寫了自己的孤憤；而帶綰同心，却透露了自己的心願。尾聯取俗語「竹報平安」意，咏竹以結全篇。

桃花淨盡杏花空，開落年年約略同。自是節臨三月暮，何須人恨五更風？撲簷直破簾衣碧，上砌如欺地錦紅。拾向砑羅方帕裹〔一〕，鴛鴦一對正當中。

袁宏道評：好。

【箋　注】

〔一〕砑羅：光潔之綾羅。明高啓《秦箏曲》：「嬌絃細語發砑羅，臂動玉釧鳴相和。」

【解　析】

此詩描寫落花之態，抒發落花之趣。首聯平平而起，爲下文蓄勢。頷聯承「年年約略同」意，意謂時令到了三月暮春，當然落花成陣，又何必怨恨五更的寒風所吹墜呢？頸聯寫落花之態，「破」字、「欺」字用得十分貼切傳神。尾聯寫落花之趣，少女拾起落花，用羅帕包裹。顯然，落花與羅帕上繡的鴛鴦一樣，都是她所憐愛的，都是她的情之所寄。

春夢三更雁影邊，香泥一尺馬蹄前〔一〕。難將灰酒歡新愛〔二〕，只有書囊報可憐①。深院料應花似霰〔三〕，長門愁鎖日如年〔四〕。憑誰對却閑桃李，説與悲歡石上緣。

袁宏道評：好。

【校　記】

①「書囊」，何本作「香囊」。

【箋　注】

〔一〕「香泥」句：謂落花被車馬輾成很厚的一層香泥。用宋陸游《卜算子（咏梅）》「零落成泥碾作塵，只有香如故」語意。

〔二〕灰酒：酒之一種。宋陸游《老學庵筆記》卷五：「唐人喜赤酒、甜酒、灰酒，皆不可解。……陸魯望云：酒滴灰香似去年。」

〔三〕霰：雪珠。

〔四〕長門：漢宮苑名。漢武帝將失寵的陳皇后置於長門宫。唐杜審言《賦得妾薄命》：「草緑長門掩，苔青永巷幽。」

【解析】

此詩咏嘆落花。首聯寫花落成泥，化用放翁詞典而了無痕跡。頷聯寫灰酒、寫香囊，應當都與落花有關。頸聯寫陳皇后閉鎖長門事，落點還是深宫「花似霰」。尾聯「石上緣」，即「三生石」之典。唐袁郊《甘澤謡》：「三生石上舊精魂，賞月吟風不要論。慚愧情人遠相訪，此身雖異性長存。」

花朵憑風著意吹，春光棄我竟如遺。五更飛夢環巫峽〔一〕，九畹招魂費楚詞〔二〕。衰老形骸無昔日，凋零草木有榮時。和詩三十愁千萬，此意東君知不知〔三〕？

【箋注】

〔一〕巫峽：《文選》卷十九宋玉《高唐賦》中描寫了楚王與巫山神女的歡會。後亦有以花木比況神女，如唐韓琮《牡丹》：「雲凝巫峽夢，簾閉景陽妝。」

〔二〕九畹：《離騷》：「余既滋蘭之九畹兮，又樹蕙之百畝。」以九畹形容蘭花種得很多。

〔三〕東君：春神。語帶雙關，亦指沈石田先生。

【解　析】

此首語帶調侃，總結自己寫作落花詩的初衷。首聯揭出「春光棄我」，是我戀春光的另一種提法。頷聯用二典，寫自己戀花，夢繞之，詞騁之。頸聯大實話，草木有再榮而形骸無昔日。於是自然逼出尾聯，道出自己「和詩三十」的苦衷。

與朱彥明諸子同游保叔寺

箯輿銜尾試臨汀〔一〕，蘭若從頭遍叩扃〔二〕。晨唄香凝通殿霧〔三〕，夜漁燈散滿湖星。登高新酒傾鄰白〔四〕，弔古空山湧帝青〔五〕。又算一番行樂處，詩成吟與故人聽。

袁宏道評：好。

【題　解】

此詩創作年代不詳。朱彥明亦不可考，稱呼「諸子」，似當爲後輩。伯虎與朱泰、朱凱有交遊，彥明者或爲二朱之子侄亦未可知。保叔寺在杭州寶石山，内有保俶塔。建於五代後周吴越王錢俶時期，故名保俶塔。後民間訛傳此塔係寡嫂祈叔平安而建，俗呼爲保叔塔。

【箋　注】

〔一〕箯輿：竹子編成的輿牀。《史記·張耳陳餘列傳》：「上使泄公持節問之箯輿前。」汀：水邊平地。

《楚辭·九歌·湘夫人》："搴汀洲兮杜若。"

〔二〕蘭若：寺廟。阿蘭若（梵文）的略語。唐杜甫《謁真諦寺禪師》："蘭若山高處，煙霞嶂幾重。"

〔三〕晨唄：早晨寺廟的唱經聲。唄，亦稱梵唄，意譯"讚嘆"、"讚頌"。即舉行宗教儀式時，依曲調引聲歌詠偈頌以讚嘆諸佛菩薩。

〔四〕酇白：酒名。《周禮·天官·酒正》"三曰盎齊"漢鄭玄注："盎猶翁也，成而翁翁然葱白色，如今酇白矣。"

〔五〕帝青：佛家語，寶珠名。

【解　析】

首聯泛寫遊寺，因是結伴而遊，所以有篼輿首尾相接的盛況。頷聯時間跨度爲從早到晚，因寺在寶石山上，故寫寺景兼及臨眺之湖景。頸聯繼續寫臨寺遠眺。"弔古"句是奇句，一眼望去，羣山如湧，累累如寶珠。尾聯平平而結，氣力則顯弱了。

西疇圖爲王侍御作

鐵冠仙史隱城隅〔一〕，西近平疇宅一區。准例公田多種秫，不教詩興敗催租〔二〕。秋成爛煮長腰米〔三〕，春作先驅丫髻奴。鼓腹年年歌帝力〔四〕，不須祈穀幸操壺〔五〕。

袁宏道評：好。

【題　解】

此詩作於正德五年（一五一〇），時伯虎四十一歲，爲王獻臣作西疇圖。王侍御：即王獻臣，字敬止，吴縣人，進士，由行人擢御史，峻潔有直臣風。爲西廠所中，謫官。時以高州通判丁父憂歸。築拙政園，遂不復出。西疇圖：應是描繪隱逸生活的圖畫。

【箋　注】

〔一〕鐵冠仙史：指王獻臣。漢代以來，御史戴法冠，冠以鐵爲柱，亦稱鐵冠。後因以鐵冠作爲御史之稱。唐李白《贈潘侍御論錢少陽》：「繡衣柱史何昂藏，鐵冠白筆横秋霜。」

〔二〕「准例」二句：是説王御史奉公守法，只在朝廷准許的公田裏種秫釀酒，不讓有司的催租聲敗了詩興。公田，供俸禄之田。梁蕭統《陶淵明傳》：「公田悉令吏種秫，曰：『吾常得醉於酒，足矣。』妻子固請種粳，乃使二頃五十畝種秫，五十畝種粳。」

〔三〕長腰米：粳米之别稱。宋蘇軾《别黄州詩》：「長腰尚載撑腸米，闊領先裁蓋癭衣。」

〔四〕帝力：指古逸《擊壤歌》。《古詩源》卷一：「帝堯之世，天下大和，百姓無事，有八九十老人擊壤而歌：日出而作，日入而息。鑿井而飲，耕田而食。帝力于我何有哉！」

〔五〕操壺：手持酒壺。

【解　析】

王獻臣御史受西廠攻訐，退隱蘇州，伯虎爲他繪《西疇圖》，此詩即因此而作。首聯交代王御史歸隱一事。因「西疇」一典原出陶淵明歸耕壟畝，故中間兩聯偏言農事。尾聯以古代擊壤而歌的老人喻王御史，言其自食其力，無所依仰，是真正的隱士。

題畫

湖上仙山隔渺茫，世塵不上渡頭航〔一〕。白蘋開處藏漁市，紅葉中間放鹿場。落日沉沙罾有影，新霜著樹橘生香〔二〕。遥聞逋老經行處，芝草葳蕤滿路傍〔三〕。

【題　解】

此詩爲題畫詩。可能是作者自己的畫作，也可能是别人的畫作。從詩文看來，畫面是一個遠離塵世的桃花源式的優美去處。

【箋　注】

〔一〕航：船。漢張衡《思玄賦》：「譬臨河而無航。」此句謂在渡頭的船上也看不到一點俗塵。

〔二〕「落日」二句：是説夕陽落下後，水中映照著魚網的影子；秋日霜華濃重，經霜的橘子從樹上散發出陣陣清香。沉沙，落水。杜牧《赤壁》：「折戟沉沙鐵未消。」罾，一種用木棍或竹竿做支架的魚網。

〔三〕「遙聞」二句：是説聽説當年林逋走過的地方，現在已經生滿枝葉茂盛的靈芝草。逋老，北宋詩人林逋。林逋，字君復，錢塘（今浙江杭州）人。隱居西湖孤山，二十年不入城市。終生不娶，養鶴種梅，人稱「梅妻鶴子」。芝草，靈芝，傳説服之能成仙。葳蕤，枝葉繁盛貌。唐張九齡《感遇二首》：「蘭葉春葳蕤，桂華秋皎潔。」

【解　析】

凡畫家寫詩，多不自覺地借喻繪畫技法，融畫入詩。此詩將畫面上的實物與詩人的想像空間結合起來，打通融會想像與現實之間的界限，達到虛與實的完美融合。「山」「渡頭航」「白蘋」「漁市」「紅葉」「鹿場」「罾」「橘樹」等都應是畫面之景物，而其中的神仙韻味、罾影、橘香、路旁的芝草則完全是詩人想像空間中的産物。有了這些想像，詩歌乃至於畫幅才可能産生高古、恬淡、脱俗之標格。此外，此詩的色彩感極强，有灰色的遠山、白蘋、紅葉、夕陽、黄橘，色彩的運用强化了原作夕陽牧歌式的生活圖景的表現力。

元宵

有燈無月不娛人，有月無燈不算春。春到人間人似玉，燈燒月下月如銀。滿街珠翠遊邨女，沸地笙歌賽社神〔一〕。不展芳尊開口笑，如何消得此良辰？

袁宏道評：俚甚。

【題　解】

陰曆正月十五爲上元節，此夕稱「元宵」。舊俗民間有觀燈的風俗，詩人多有描寫，如唐張説《踏歌詞》：「龍銜火樹千燈焰，雞踏蓮花萬歲春。」唐白居易《正月十五夜月》：「燈火家家市，笙歌處處樓。」宋歐陽脩《生查子》：「去年元夜時，花市燈如晝。」宋辛棄疾《青玉案》：「鳳簫聲動，玉壺光轉，一夜魚龍舞。」伯虎此詩亦可見明代元夜盛況。

【箋　注】

〔一〕賽社神：酬祀土地神。舊時有春、秋祭社神的活動，目的是祈求豐收。

【解　析】

此詩用語淺白，幾近俚俗，以至袁宏道譏爲「俚甚」，但却最能表現當時的熱鬧景象，因此也成爲描寫元宵節的名篇之一。另外，在修辭方面，此詩反復出現「月」「燈」，歷歷如貫珠，是伯虎慣用的修辭手法。

題碧藻軒

畫堂基構畫船通，碧水漣漪碧草叢①。波弄日光翻上棟〔一〕，窗含煙景直浮空〔二〕。簾垂菡萏花開上，魚戲欄干倒影中。試倩詩人略評品，不妨唤作水晶宫〔三〕。

袁宏道評：妙。

【校　記】

①「碧草叢」，何本作「碧藻叢」。

【題　解】

碧藻軒，不可考。此詩應作於伯虎中年以後。

【箋　注】

〔一〕上棟：上梁。

〔二〕浮空：在空中飄浮。宋蘇軾《書王定國所藏煙江疊嶂圖》：「江上愁心千疊山，浮空積翠如雲煙。」

〔三〕水晶宮：水晶所作之宮殿。

【解　析】

此詩前六句寫碧藻軒之環境及景色，詩人是採取動態手法描繪的，然稍嫌雕琢，惜無佳句。尾聯總結，以水晶宮讚美之。

沈徵德飲予於報恩寺之霞鶩亭酒酣賦贈

水檻憑虛六月風〔一〕，豪英相聚一尊同。水光錯落浮瓜綠，日影玲瓏透樹紅〔二〕。謬以上筵尊漫客①，喜留新契在禪宮〔三〕。雲衢萬里諸公去〔四〕，馬笠不知何處逢〔五〕？

【校　記】

①「漫客」，何本作「謾客」。

【題　解】

同卷有《正德己卯承沈徵德顧翰學置酌禪寺見招猥鄙杯酒狼藉作此奉謝》，疑此首亦爲正德十五年作。沈徵德：其人不詳。報恩寺：在蘇州城北，建於三國東吴赤烏年間，初名通玄寺，五代末易名爲報恩寺。

【箋　注】

〔一〕「水檻」句：意爲霞鶩亭臨水而築，四周空敞，六月盛夏涼風習習。水檻，水邊或水中的建築，此指霞鶩亭。憑虛，淩空。

〔二〕「水光」二句：是説陽光映在水面，可以看到沉在水中用來消夏的瓜果碧緑可人；陽光透過樹木的掩映，樹木顯得玲瓏紅艷。浮瓜，指用江湖溪泉浸泡瓜果以解暑。三國魏曹丕《與朝歌令吴質書》：「浮甘瓜於清泉，沉朱李於寒水。」後因以「浮瓜沉李」代指消夏樂事。

〔三〕「謬以」二句：是説你用這麼高級的酒席來招待我這個散漫的人可就大錯特錯了，很高興新的朋友留在了這個寺院中。謬，錯誤。謙詞。漫客，散漫的客人。

〔四〕雲衢：雲中的道路。這裏比喻高位。

〔五〕馬笠：猶「車笠」。指不因地位尊卑而改變的深厚友誼。《太平御覽》卷四〇六引晋周處《風土記》：「卿雖乘車我戴笠，後日相逢下車揖。我雖步行卿乘馬，後日相逢卿當下。」

【解　析】

此詩設色明快，辭藻華美，由於是酣飲之後的暢寫，所以氣韻也很流轉生動。伯虎有些律詩有失律的現象，但此詩一改其弊，中間兩聯對仗非常精嚴，尤其「水光」一聯，描摹霞鶩亭飲宴的景物，極富生活情趣，在光影浮動和色彩斑斕中謳歌了聲氣相求的友誼。

散步

吳王城裏柳成畦〔一〕，齊女門前水拍堤〔二〕。賣酒當壚人婀娜〔三〕，落花流水路東西。平頭衣襪和鞋試，弄舌鈎輈繞樹啼〔四〕。此是吾生行樂處，若爲詩句不留題。

【題　解】

這是一首寫景詩，寫出作者在蘇州的平居情趣。應是其居住桃花塢時期之作。

【箋　注】

〔一〕吳王城：即蘇州城。春秋時吳國建都於蘇州，故稱。

〔二〕齊女門：即齊門，故址在今蘇州市東北。據《吳越春秋·闔閭内傳》，春秋時吳王闔閭爲世子波聘齊女，齊女思鄉，日夜號泣成病。闔閭爲起北門，名曰望齊門，通稱齊門。

〔三〕當壚：古時酒店裏壘土爲壚，上置酒甕，賣酒者坐在壚邊，故稱。《史記·司馬相如列傳》：「（相如）買一酒舍酤酒，而令文君當壚。」前蜀韋莊《菩薩蠻》：「壚邊人似月，皓腕凝霜雪。」

〔四〕「平頭」二句：是説男子們鮮衣亮衫試穿新鞋新襪，鷓鴣歡快地繞樹啼鳴。平頭，即平頭巾，古代男子束髮的頭巾。此代指男子。弄舌，掉弄口舌，饒舌。鈎輈，鷓鴣鳥的叫聲。此代指鷓鴣。唐韓愈《杏花》：「鷓鴣鈎輈猿叫歇，杳杳深谷攢青楓。」

【解　析】

此首用白描手法描寫吴地春天。前面六句平淡叙事，而有聲有色，充滿動感，藴含生活情趣，想當是日常慣見之景物。尾聯一轉：這個地方真是我一生遊樂的好去處，爲什麽不好好地寫幾首詩來題咏它呢？表現出詩人的平居之樂。

松陵晚泊

晚泊松陵系短篷，埠頭燈火集船叢。人行煙靄長橋上，月出蒹葭漫水中〔一〕。自古三江稱禹跡〔二〕，波濤五夜起秋風〔三〕。鱸魚味美村醪賤，放箸金盤不覺空。

袁宏道評：入畫。

【題　解】

此詩寫詩人一次夜晚泊舟所感，尋常之景，尋常之情。松陵：唐代蘇州鎮名，即今江蘇省吴江縣。

【箋　注】

〔一〕「人行」二句：是説夜晚人們走在雲氣和水氣繚繞的長橋上，月光皎潔，與水邊的蘆葦一起倒映在澄澈的水中。蒹葭，水邊生長的草，即蘆葦。

〔二〕三江：指錢塘江、浦陽江和吴江。此泛指蘇杭一帶。禹跡：大禹治水的地方。

〔三〕五夜：猶言整夜。舊時把從黄昏到拂曉的一夜間分爲五更，也稱五夜。

【解　析】

此詩寫晚泊，情趣盎然。袁宏道評此詩「入畫」，是爲的評。如「人行」一聯浸染勾勒，工細而空靈，如入畫境。又如尾聯，寫松陵風物之美，就拈取了杯盡盤空的畫面，令人忍俊不禁。

領解後謝主司

壯心未肯逐樵漁，泰運咸思備掃除〔一〕。劍責百金方折閲，玉遭三黜忽沽諸〔二〕。紅綾敢望明年餅，黄絹深慚此日書〔三〕。三策舉場非古賦〔四〕，上天何以得吹噓？

【題　解】

此詩爲考中後呈主考官之七律。領解：科舉考試中鄉試（省級考試）取中者稱領解。伯虎於弘治十一年中鄉試第一（俗稱解元）。主司：主考官。此指梁儲。據唐刻本卷七墓誌銘云：洗馬梁儲校寅卷，嘆曰：

「士固有若是奇者耶？解元在是矣！」

【箋注】

〔一〕「壯心」二句：謂一帆風順時就會想著爲朝廷效力。泰運，好運。備掃除，謙詞，即以備役使。

〔二〕「劍責」二句：是説自己曾不爲人知，如同當年伍子胥手中的劍和卞和手中的璞玉，直到今天才得以脱穎而出。劍責百金，典出《史記·伍子胥列傳》。春秋楚伍子胥因遭受讒害被迫逃往吴國，逃到長江邊時，後有追兵，苦不能渡。這時，江中有一漁父划船近岸將子胥送過江去。過江以後，伍子胥解下腰間寶劍送給漁父，説：「此劍直（值）百金，以與父。」漁父説：「楚國之法，得伍胥者賜粟五萬石，爵執珪，豈待百金邪！」遂不受。折閲，商品減價銷售。玉遭三黜，《韓非子》卷四《和氏》：「楚人和氏得玉璞楚山中，奉而獻之厲王。厲王使玉人相之，玉人曰：『石也。』王以和爲誑而刖其左足。及厲王薨，武王即位，和又奉其璞而獻之武王。武王使玉人相之，又曰：『石也。』王又以和誑而刖其右足。武王薨，文王即位。和乃抱其璞而哭於楚山之下，三日三夜，泣盡而繼之以血。王聞之，使人問其故。曰：『天下之刖者多矣，子奚哭之悲也？』和曰：『吾非悲刖也。悲夫寶玉而題之以石，貞士而名之以誑，此吾所以悲也。』王乃使玉人理其璞而得寶焉，遂命曰『和氏之璧』。」沽，賣，出售。諸，語氣詞。

〔三〕「紅綾」二句：是説明年自己希望能再進一步，考中進士。這次寫的文章還不算上佳，真讓我慚愧。紅綾，紅綾餅。宋葉夢得《避暑録話》卷下：「唐御膳以紅綾餅餤爲重。昭宗光化中，放進士榜，得裴格等二十八人，以爲得人，會燕曲江，乃令大官特作二十八餅餤賜之。盧延讓在其間。後入蜀爲學士，既老，頗爲蜀人所易。延讓詩素平易近俳，乃作詩云：『莫欺零落殘牙齒，曾吃紅綾餅餤來。』王衍聞知，遂命供膳，亦以餅餤爲上品，以紅羅裹之。」黄絹，即「黄絹幼婦外孫齏臼」之省，是「絶妙好辭」的隱語。《世説新語·捷悟》：「魏武嘗過曹娥碑下，楊修從，碑背上見題作『黄絹幼婦外孫齏臼』八字。……修曰：『黄絹，色絲也，於字爲絶。幼婦，少女也，於字爲妙。外孫，女子也，於字爲好。齏臼，受辛也，於字爲辭。所謂絶妙好辭也。』」這裏借指自己的文章。

〔四〕三策：三篇策論。古賦：指六朝以前的賦體，此指格調高古的文章。

【解　析】

此詩是科場得意之筆，寫來當然春風駘蕩、豪情萬丈。因爲作者是新科解元而呈謝主考，所以詩中運用了較多典故，尤其是中間兩聯，雖然有「獺祭」之嫌，但故實貼切，對仗工穩。尾聯意思是説，考試中没有寫出格調高古的文章，對於主考官的褒揚推薦，實在愧不敢當。縮結主旨，結題穩健。

送李尹

征途驅策信良堅，祖席驪歌散曉煙〔一〕。花滿邑中無犬吠，塵凝梁上有魚懸①。每遊緣地留詩榜，只把清風折俸錢。遺愛在民齊仰望，青雲一鶚正喬遷〔二〕。

袁宏道評：好。

【校　記】

①「塵凝」，何本作「塵疑」。

【題　解】

李尹：指吴縣知縣李經。此詩作於正德十二年（一五一七），時伯虎四十八歲，李經以升户部主事去任。

【箋　注】

〔一〕祖席：餞行的宴席。古代出行時祭祀路神叫「祖」，後因稱設宴送行爲「祖餞」。

〔二〕青雲一鶚：喻指李尹。鶚，一種水鳥，又名魚鷹，常飛翔水上，捕食魚類。喬遷：高升。時李尹升任户部主事。

【解　析】

此詩屬於應酬一類。首聯交代送别主題。頷聯寫李尹的無爲而治，「花滿邑中」暗用唐白居易《白氏六帖》「潘岳爲河陽令，樹桃李花，人號曰河陽一縣花」故實，而了無痕跡。頸聯寫李尹文采風流，治地名勝多留文字。尾聯點出李尹的離去是升遷，以祝賀作結。

長洲高明府過訪山莊失於迎迓作此奉謝

重茅小搆向城陬〔一〕，杕杜何煩顧道周〔二〕。題鳳在門驚迅筆〔三〕，驅雞上樹避鳴騶〔四〕。望塵有失迎車拜，掃徑還期下榻留〔五〕。莫道腐儒貧徹骨〔六〕，濁醪猶可過牆頭〔七〕。

【題 解】

此詩作於正德十一年（一五一六）。長洲：縣名，明代爲蘇州府治。明府：古代對太守或縣令的尊稱。高明府指高第。高第，綿州人，進士，儒雅以文學飭治。迎迓：迎接。

【箋 注】

〔一〕重茅小搆：茅草蓋頂的小屋。城陬：城角。

〔二〕「杕杜」句：意爲自己好比孤生的赤棠樹，沒有人會來探訪，不必朝大道瞻望。杕，孤立生長貌。杜，木名，赤棠。《詩·小雅·杕杜》：「有杕之杜，其葉萋萋。」道周，即周道，大道。《詩·檜風·匪風》：「顧瞻周道，中心怛兮。」

〔三〕題鳳：《世説新語·簡傲》説吕安去拜訪嵇康，嵇康不在，嵇喜請他進屋，他在門上題了一個「鳳」字就走了。「鳳」字拆開是「凡鳥」，意謂嵇喜平庸。伯虎此處自謙爲平庸之人。

〔四〕驅雞上樹：謂有客來訪。唐杜甫《羌村》：「羣雞正亂叫，客至雞鬥爭。驅雞上樹木，始聞叩柴荆。」

嗚騶：古代顯貴出行，隨從騎卒吆喝開道。

〔五〕「望塵」二句：是説上次没能接待您，現在爲您精心地打掃了庭院，希望您能在這裏留宿。望塵，迎候有權勢的人。《晉書·潘岳傳》：「（岳）與石崇等諂事賈謐，每候其出，與崇輒望塵而拜。」掃徑，清掃道路以待客。唐杜甫《客至》：「花徑不曾緣客掃，蓬門今始爲君開。」下榻，《後漢書·徐穉傳》載東漢陳蕃任豫章太守，遇名士徐穉來，特設一榻。穉一去，就把榻掛起來。

〔六〕腐儒：迂腐的讀書人。

〔七〕濁醪：質劣、混濁的酒。過牆頭：進家門。表示尚買得起的意思。

【解析】

此首爲應酬之作。首聯謙語，點明自己地位低微。頷聯用吕安拜訪嵇康的典故，歉意地説明「失於迎迓」。頸聯用潘岳典表示了自己對高明府的敬意和期待他能再次來訪。尾聯再次申述歉意，表達相待之誠。

和雪中書懷

窗撲春蛾雪打團〔一〕，杯浮綠蟻酒沖寒〔二〕。挑來野菜和根煮〔三〕，尋著江梅帶蘚搬。暗笑無情牙齒冷，熟看人事眼睛酸〔四〕。筋骸雖健頭顱老〔五〕，脱屣塵埃已不難〔六〕。

【題解】

此詩是友朋屬和之作，透露了自己雖年輕康健但却已心灰意冷，看破紅塵。玩其語意，應寫於中年時期，表現了詩人遭受生活打擊後的消極避世思想。

【箋　注】

〔一〕春蛾：比喻飛舞的雪花。

〔二〕緑蟻：酒上泛起的緑色泡沫。唐白居易《問劉十九》：「緑蟻新醅酒，紅泥小火爐。晚來天欲雪，能飲一杯無？」

〔三〕「挑來」句：化用唐杜荀鶴《山中寡婦》：「時挑野菜和根煮。」

〔四〕「暗笑」二句：是説暗笑世態炎涼，讓人心寒到齒根，看透人情往來，連眼睛都酸痛。

〔五〕頭顱老：謂歷事多，思想成熟。

〔六〕脱屣塵埃：指遠離世俗生活。

【解　析】

此詩是一和詩，原詩已不知何人何作，就詩而論，此詩自然、沖淡而不失身份。首聯寫冬日之景，第一句一派苦寒，第二句即轉入自得其樂。中間兩聯寫平居生活與人情冷暖。然後水到渠成，帶出尾聯。全詩雖有寒意，但矜持自有標格。

壽嚴民望母八十

八旬慈母女中仙，九轉丹成妙入玄〔一〕。階暗彩衣娱白髮〔二〕，月明黄鶴下青天。帨懸錦帶遥稱誕〔三〕，酒灩金巵共祝筵。壽算欲知多少數，蟠桃一熟九千年。

【題　解】

此類詩應酬之作，是諛詞，無甚高意。嚴民望其人待考。

【箋　注】

〔一〕九轉丹：道家以礦石藥物燒煉成丹，謂吃後可以成仙。九轉，謂須反復地經過多次燒煉。見《抱朴子·金丹》。

〔二〕「階暗」句：用老萊娱親典故爲嚴母祝壽。南朝宋師覺授《孝子傳》載，老萊子年七十，爲娱雙親，穿五彩衣，作嬰兒戲。

〔三〕帨：佩巾。

【解　析】

此詩爲祝壽詩，祝壽而已，用了幾個壽典敷衍成文，没有個性，也缺乏深意。

雨中小集①

煙蓑風笠走輿臺〔一〕，邀取羣公赴社來〔二〕。蕉葉共聽窗下雨，蟹螯分弄手中杯〔三〕。能容緩頰邨夫子，戲謔長眉老辨才〔四〕。酒散不妨無月色，夾堤燈火棹船回〔五〕。

【校記】

① 何本題爲「雨中小集即事」。

【題解】

此詩應作於伯虎桃花塢平居時期。此詩描寫了作者作東，邀請朋友雨天雅集的情景，流露出平居愜意和友于之誼。

【箋注】

〔一〕輿臺：古代人分十等，輿爲第六等，臺爲第十等。輿臺泛指操賤役者，奴僕。這裏是謙詞，指詩人的住所。

〔二〕赴社：參加社友們的聚會。社，舊時志趣相同的人組織的團體。

〔三〕「蟹螯」句：謂以螃蟹下酒。蟹螯，蟹鉗。《世説新語·任誕》：「（畢卓曰）一手持蟹螯，一手持酒杯，拍浮酒池中，便足了一生。」

〔四〕「能容」二句：是説集會中有心地寬容、言語柔和的村夫，也有説話風趣的老和尚。緩頰，婉言爲人勸解。戲謔，打趣，開玩笑。辨才，唐宋都有和尚法名辨才，此泛指和尚。

〔五〕棹船：划船。

【解析】

首聯交代風雨聚會，頷聯描寫小集之風流雅致，頸聯寫小集人物，從中見出氣氛之融洽，尾聯寫興盡而歸，「酒散不妨無月色，夾堤燈火棹船回」，讀來韻味無窮。

正德己卯承沈徵德顧翰學置酌禪寺見招猥鄙杯酒狼藉作此奉謝①

陶公一飯期冥報，杜老三杯欲托身〔一〕。今日給孤園共醉〔二〕，古來文學士皆貧。就題律句紀行跡，更乞侯鯖賜美人〔三〕。公道吾癡吾道樂，要知朋友要情真②。

【校　記】

①「翰學」，何本無「翰」字。　②「情真」，何本作「尋真」。

【題　解】

此詩作於正德十四年（一五一九）。時伯虎五十歲，沈徵德待考。顧翰學是顧璘，字元瑞，金陵人，時赴陝西布政使任過吴。猥鄙：雜濫鄙陋，謙詞。

【箋　注】

〔一〕「陶公」二句：是説自己會像陶淵明和杜甫一樣永遠記住兩位在我困窘之時的厚待之誼。晉陶潛《乞食》：「銜戢知何謝，冥報以相貽。」冥報，死後報答。後一句是説唐肅宗至德元年杜甫携家避賊逃難，遇到故人孫宰殷勤招待。

〔二〕給孤園：即佛教聖地給孤獨園的簡稱，泛指佛寺。

〔三〕侯鯖：精美的肉食。鯖，魚與肉合烹而成的食物。

【解析】

此詩毫不做作，一氣呵成，直面生活，體現了伯虎對兩位朋友的誠摯謝意。從語言風格上看，學習元白體的傾向明顯，中間兩聯率性而爲，更具有伯虎的個人風格。

春日城西

衣試新裁襪試穿，闔閭城外暮春天〔一〕。閒書朱墨鄉村旆〔二〕，互界青黃菜麥田。食祿有方生樂土，太平無象是豐年。兆民仰賴君王慶，難報惟擎額上拳〔三〕。

袁宏道評：好。

【題解】

此詩描寫農村景物，靜謐安寧，宛如一曲田園牧歌。

【箋注】

〔一〕闔閭城：蘇州的別稱。闔閭是春秋時吴國國君，他即位後使伍子胥築闔閭城，並以爲國都。

〔二〕「閒書」句：謂閒來用朱砂製成的墨爲鄉村酒家寫一幅酒幌。旆，旗子，這裏指酒幌。

〔三〕擎：舉。額上拳：指抱拳高舉額上稱慶。

【解　析】

首聯寫春日出遊，衣襪試新，閒適愉悦之情畢現。中兩聯情景交融，進一步渲染閒適愉悦。按「太平無象」用《資治通鑑·唐文宗太和六年》牛僧孺語，意爲一種小康景象，這也是伯虎在詩中非常欣賞的。尾聯以讚嘆朝廷作結。

桃花庵與希哲諸子同賦①　三首

其一

石無刓刻古頑蒼②〔一〕，名借平泉出贊皇〔二〕。合寘賓筵銘敬德，從來沬郡戒沉荒〔三〕。屈原特立昭忠節，王績冥逃入醉鄉〔四〕。付與子孫爲砥礪，豈因快適縱壺觴？

袁宏道評：腐。

【校　記】

①何本排在卷一「與祝允明黄雲沈周同賦」四首之後，題名「又賦」。　②「石無刓刻」，何本作「完無刓刻」。

【題　解】

正德二年（一五〇七），伯虎在桃花塢小圃中次第築成桃花庵、夢墨亭、學圃堂等。這組詩就是伯虎和朋友們一起暢飲觀景時所作。希哲：祝允明字。

【箋　注】

〔一〕刓：剜刻。

〔二〕平泉：唐李德裕在洛陽有別墅，名平泉莊。贊皇：唐人敬稱李德裕爲贊皇公。

〔三〕沫郡：施恩惠於地方。戒沉荒：防止長久地陷於酒色。

〔四〕「屈原」二句：是説清醒如屈原固已昭示了忠節的聲名，濫飲的王績却昏沉沉地逃入醉鄉。屈原，戰國時楚國詩人，任左徒、三閭大夫，後遭讒放逐，郢都被秦國攻破後，他投汨羅江而死。《楚辭・漁父》：「舉世皆濁我獨清，衆人皆醉我獨醒。」王績，唐詩人，號東皋子。性嗜酒，曾作《醉鄉記》。冥逃，遠遁。

【解　析】

此首描寫桃花庵内古石。首聯寫此石没有題刻，揣想當出自名園。頷聯提出應當在此石上銘刻敬德之辭，以戒人們沉荒酒色。頸聯將一醉一醒的兩位古人作對比。尾聯以告誡子孫爲結。此詩充滿説教，枯燥無味，怪不得袁宏道評曰：「腐。」

其二

傲吏難容俗客陪，對談惟鶴夢惟梅。羽衣性野契偏合，紙帳更寒曉未開〔一〕。長嘆九皋風淅淅，高眠一枕雪皚皚〔二〕。滿腔清思無人定，付與詩篇細剪裁。

【箋　注】

〔一〕「羽衣」二句：上句寫鶴，下句寫梅。紙帳，用藤皮紙作帳幔，以絺布爲頂。此指自己簡陋的住處。因夢裏梅未開，故聯想紙帳曉寒。

〔二〕「長唳」二句：上句寫鶴，下句寫梅。九皋，《詩·小雅·鶴鳴》：「鶴鳴九皋，聲聞于天。」陸德明釋文引《韓詩》云：「九皋，九折之澤。」唐杜甫《八哀詩·贈秘書監江夏李公邕》：「獨步四十年，風聽九皋唳。」此聯下句隱括明高啓《梅花九首》其一：「雪滿山中高士卧，月明林下美人來。」

【解　析】

此詩寫得很別致，「對談惟鶴夢惟梅」是一篇關鍵。接下來兩聯，一句寫鶴，一句寫梅，雙管齊下。尾聯結得平平，似乎作者才力不濟了。

其三

萬疊奇峰一片雲，纖纖鳥道合還分〔一〕。江山只在晴時出，笑語傳從别處聞。遥望盡疑蛟蜃氣〔二〕，近來每有鹿麋羣。登臨未擬何時節？我欲一探星斗文〔三〕。

【箋　注】

〔一〕纖纖鳥道：形容山路狹窄，只有飛鳥可度。唐李白《蜀道難》：「西當太白有鳥道，可以横絶峨眉巔。」

〔二〕「遥望」句：形容遠山雲霧彌漫。蛟蜃氣，傳説蛟能興雲作霧。又海面上由折光所形成的城郭樓宇等幻象，古人誤以爲是蜃所吐之氣而成，稱「海市蜃樓」。

〔三〕星斗文：天上的星象。

【解　析】

俗諺曰：「夏雲多奇峰。」桃花塢附近無極高險的山峰，故此詩應是描寫雲峰。首聯點明雲峰，並極言其高險。頸聯寫雲霧繚繞，令人有鹿麋出没之想。尾聯提出登臨，當然要一探星斗，這却是語涉詼諧了。

别劉伯耕

一别光輝二十年〔一〕，中間消息兩茫然。忽銜敕命來吴苑，過訪貧家值暑天〔二〕。路上青雲看鶚舉①〔三〕，杯臨紅燭語蟬連〔四〕。料知别後應相念，盡贈江東日暮煙〔五〕。

袁宏道評：好。

【校　記】

①「路上」，何本作「踏上」。

【題　解】

這是一首贈友詩，作於嘉靖元年（一五二二）。劉伯耕：名輔宜，廬陵人，進士，正德十三年任吴縣知縣，至嘉靖元年調知沛縣。

【箋　注】

〔一〕光輝：指劉伯耕，是褒美之辭。

〔二〕「忽銜」二句：是説忽然奉皇帝之命前來蘇州，到我這裏時正值夏天。銜，奉受。敕命，皇帝的詔令，當指調知沛縣的命令。吴苑，蘇州。貧家，謙詞，指自己的家。

〔三〕「路上」句：寫今日别後劉的行程，隱喻仕途遠大。《史記·范睢傳》：「須賈頓首言死罪，曰：『賈不意君能自致於青雲之上。』」鶚舉，猶鵬舉。

〔四〕蟬連：講話連續不斷。

〔五〕江東日暮煙：化用唐杜甫《春日憶李白》：「渭北春天樹，江東日暮雲。」

【解　析】

此爲贈别詩，今日之别，却從二十年不見引起。前四句交代二十年不見，及今日相見。後四句寫相見即别。頸聯寫祝願，寫叙舊，屬對非常精工。尾聯以别後憶念作結。

寄郭雲帆

我住蘇州君住杭，蘇杭自古號天堂。東西只隔路三百，日夜那知醉幾場？保叔塔將湖影浸，館娃宮把麝臍香〔一〕。只消兩地堪行樂，若到他鄉没主張。

袁宏道評：俗。

【題　解】

此爲贈友詩。郭雲帆：待考，從詩中看郭住在杭州。

【箋　注】

〔一〕館娃宫：故址在今蘇州靈巖山上，吴王夫差爲西施而建。麝臍：即麝香。

【解　析】

這是一首典型的唐伯虎風格的詩，明白如話。首聯提出君我兩地都是天堂。頷聯説明天堂意即行樂。頸聯上句寫杭州，下句寫蘇州。尾聯以大白話作結。這樣的詩當然難入封建士大夫的法眼，故袁宏道評曰「俗」。

言懷二首①

田衣稻衲擬終身〔一〕，彈指流年了四旬〔二〕。善亦懶爲何況惡〔三〕？富非所望不憂貧〔四〕。山房一局金藤著，野店三杯石凍春〔五〕。只此便爲吾事辦，半生落魄太平人。

【校　記】

①按何本外編續刻卷七另有《四十自壽》《又改作》，詩句與此略有不同。「富非所望不憂貧」作「富非所

望莫添貧」，「山房一局金藤著」作「山房一局金騰著」，「只此便爲吾事辦」作「如此福緣消不盡」。

【題　解】

其一曰「彈指流年了四旬」，其二曰「笑舞狂歌五十年」，顯非同一時期所作。上古本其一題爲「四十自壽」，其二題爲「五十自壽」。

【箋　注】

〔一〕田衣稻衲：僧人穿的袈裟和百衲衣。

〔二〕彈指：言時間極短暫。

〔三〕「善亦」句：《世説新語·賢媛》：「趙母嫁女，女臨去，敕之曰：『慎勿爲好！』女曰：『不爲好，可爲惡邪？』母曰：『好尚不可爲，其況惡乎？』」此句用其意。

〔四〕不憂貧：《論語·衛靈公》：「君子謀道不謀食。耕也，餒在其中矣。學也，禄在其中矣。君子憂道不憂貧。」

〔五〕石凍春：酒名。

【解　析】

此詩作於正德四年，時伯虎四十歲。此前功名未能求取反被下獄，親人相繼離世，詩人遭受諸多打擊，經歷了人生的雨雪風霜後，開始了悟人生。從詩中看出，他欲出離俗世，以求解脱。尾聯「只此便爲吾事辦，半生落魄太平人」，實際上是詩人自嘲的説法。

笑舞狂歌五十年，花中行樂月中眠。漫勞海内傳名字，誰論腰間缺酒錢[一]？詩賦自慚稱作者，衆人多道我神仙。些須做得工夫處，莫損心頭一寸天。

袁宏道評：俗。

【箋　注】

〔一〕「漫勞」二句：是説自己的名字枉自爲大家所傳誦，又有誰知道我的口袋中常常缺少買酒的錢呢？漫，徒自，枉自。

【解　析】

此詩乃伯虎五十年生活之總結。首聯即勾勒自己浪漫率性的形象。頷聯感嘆自己徒有虚名而生活窘迫。頸聯寫自己主要着力於詩歌，語似謙虚，實爲自負。尾聯則表達了皈依佛禪修身養性的願望。袁宏道評曰「俗」，其實正表現了伯虎晚年力學元白、語尚通俗的創作傾向。

花月吟效連珠體① 十一首

【校　記】

① 何本題作「花月詩十首」，見外編卷一。缺其八「花發千枝月一輪」一首。

【題　解】

此詩應作於弘治九年，時伯虎二十七歲，流連詩酒，天下想望其風采。連珠：文體名，起於漢代。南朝梁劉勰《文心雕龍・雜文》："「揚雄覃思文閣，業深綜述，碎文瑣語，肇爲連珠。」西晉傅玄《連珠序》："「其文體辭麗而言約，不指説事情，必假喻以達其旨，而賢者微悟，合於古詩勸興之義。欲使歷歷如貫珠，易睹而可悦，故謂之連珠也。」文學史上連珠體創作最有名的莫過於陸機的《演連珠》五十首。伯虎這十一首《花月吟》惜春傷春，雖然談不上什麽「勸興之義」，但在格律謹嚴的七律之中，每句都有「花」「月」，讀來「歷歷如貫珠」，表現出作者較高的語言駕馭才能。

有花無月恨茫茫，有月無花恨轉長。花美似人臨月鏡，月明如水照花香。扶笻月下尋花步①，携酒花前帶月嘗〔一〕。如此好花如此月，莫將花月作尋常。

【校　記】

①「扶笻」，何本作「拖笻」。

【箋　注】

〔一〕「帶月」：作「對月」義長。唐李白《月下獨酌》：「花間一壺酒，獨酌無相親。舉杯邀明月，對影成三人。」

花香月色兩相宜，惜月憐花卧轉遲。月落漫憑花送酒，花殘還有月催詩。隔花窺月無多影，帶月看花别樣姿。多少花前月下客，年年和月醉花枝。

月臨花徑影交加①，花自芳菲月自華。愛月眠遲花尚吐，看花起早月方斜。長空影動花迎月②，深院人歸月伴花。羨却人間花月意，撚花玩月醉流霞。

袁宏道評：好。

春宵花月值千金，愛此花香與月陰。月下花開春寂寂③，花梢月轉夜沉沉④。杯邀月影臨花醉⑤，手弄花枝對月吟。明月易虧花易老，月中莫負賞花心。

花開爛漫月光華，月思花情共一家。月爲照花來院落，花因隨月上窗紗。十分皓色花輸月，一徑幽香月讓花。花月世間成二美⑥，傍花賞月酒須賒。

袁宏道評：好。

一庭花月正春宵，花氣芬芳月正饒。風動花枝探月影，天開月鏡照花妖。月中漫擊催花鼓，花下輕傳弄月簫。只恐月沉花落後，月臺花榭兩蕭條⑦。

袁宏道評：好。

【校　記】

①「花徑」，何本作「花鏡」。　②「影動」，何本作「影落」。　③「月下花開」，何本作「月愛花香」。

④「花梢月轉」，何本作「花羞月色」。　⑤「月影」，何本作「月飲」。　⑥「成二美」，何本作「稱二絶」。

⑦「花榭」，何本作「花樹」。

高臺明月照花枝，對月看花有所思。今夜月圓花好處①，去年花病月虧時②。飲杯酬月澆花酒，做首評花問月詩③。沉醉欲眠花月下④，只愁花月笑人癡⑤。

袁宏道評：好。

花發千枝月一輪，天將花月付閑身。或爲月主爲花主，才作花賓又月賓。月下花曾留我酌，花前月不厭人貧。好花好月知多少，弄月吟花有幾人？

月轉東牆花影重，花迎月魄若爲容。多情月照花間露，解語花摇月下風。雲破月窺花好處，夜深花睡月明中。人生幾度花和月，月色花香處處同。

袁宏道評：好。

花正開時月正明，花如羅綺月如銀。溶溶月裏花千朵，燦燦花前月一輪。月下幾般花意思，花間多少月精神。待看月落花殘夜⑥，愁殺尋花問月人。

袁宏道評：好。

春花秋月兩相宜⑦，月競光華花競姿。花發月中香滿樹，月籠花外影交枝。梅花月落江南夢，桂月花傳郢北詞。花却何情月何意？我隨花月泛金卮。

袁宏道評：妙、妙。

【校　記】

①「月圓」，何本作「月明」。②「月虧」，何本作「月昏」。③「問月」，何本作「咏月」。④「欲眠花月下」，何本作「會吟花下月」。⑤「笑人癡」，何本作「照人癡」。⑥「月落」，何本作「月缺」。⑦「兩相宜」，何本作「本相宜」。

正旦大明殿早朝

繡傘齊擎御道中，鳴鞭將下息朝鐘〔一〕。仙班接仗星辰近，法駕臨軒雨露濃〔二〕。百尺罘罳宿威鳳，九重閶闔擁神龍〔三〕。履新萬國朝元日，堯德無名祝華封〔四〕！

【題　解】

此詩應作於弘治十二年，時伯虎在京師會試。係觀察大明殿早朝而作。正旦：正月初一。

【箋　注】

〔一〕鳴鞭：古時皇帝儀仗之一，即揮鞭發出響聲，使人肅静。《宋史·儀衛志二》《東京夢華録》都有記載。

〔二〕法駕：天子的車駕。

〔三〕「百尺」二句：是説宫殿簷間、牆上都雕塑有龍鳳。百尺、九重，均誇張宫殿之高峻。罘罳，古代設在宮門外或城角的屏，上面有孔，形似網，用以守望和防禦。閶闔，傳説中的天門，亦指皇宮的正門。

〔四〕「履新」二句：是説新年伊始，萬國朝賀，歌頌皇帝有堯帝般的德行。華封，華封三祝，祝頌之辭。《莊子·天地》載，唐堯游於華，華封人祝其壽、富、多男子。

【解　析】

伯虎寫作此詩時方應試京師，仕途在望，雄心勃勃，對朝廷也心存感恩和希望。首聯寫聖駕將出，頷聯寫聖駕已臨，頸聯寫大明殿的氣派，尾聯以歌功頌德結。

歲朝①

海日團團生紫煙，門聯處處揭紅箋。鳩車竹馬兒童市〔一〕，椒酒辛盤姊妹筵〔二〕。鬢插梅花人蹴鞠，架垂絨線院秋千。仰天願祝吾皇壽，一個蒼生借一年。

袁宏道評：妙、妙。

【校　記】

①「歲朝」，何本作「歲朝詩」。

【題　解】

此詩亦應作於弘治十二年京師應試時。

【箋　注】

〔一〕鳩車：小兒玩具，若鳩形之小車。竹馬：亦小兒玩具。《博物志》：「小兒五歲有鳩車之戲，七歲有竹馬之戲。」

〔二〕椒酒：用椒實泡酒。古人於元旦常飲椒酒以祈壽。《初學記》四「四民月令」載：正月朔日，「子婦曾孫，各上椒酒於家長，稱觴舉壽，欣欣如也。」辛盤：古時元旦、立春用葱、韭等辛菜作食品，表示迎新。

【解　析】

此詩前六句寫元旦的民間風俗，很生動，也很細緻。如家家貼紅聯、兒童遊戲、婦女準備酒食、蹴鞠秋千等等，記録了當時京師元旦的熱鬧景象。後兩句一轉，竟莫名其妙地爲皇帝歌功頌德了。

閶門即事

世間樂土是吴中，中有閶門更擅雄①。翠袖三千樓上下，黄金百萬水西東〔一〕。五更市買何曾絶，四遠方言總不同。若使畫師描作畫，畫師應道畫難工。

袁宏道評：實録。

【校　記】

①「更擅雄」，何本作「又擅雄」。

【題　解】

閶門：蘇州六大城門之一，乃蘇州古城之西門。明代這裏曾經是全國最繁盛的商業街區，伯虎世居於此，平生主要活動也於此。即事：就眼前的事抒發感想。

【箋　注】

〔一〕「翠袖」二句：是説在閶門一帶的樓閣上下有不計其數的美艷歌女，大運河兩岸商業買賣和流通非常繁盛。翠袖，指代佳人。唐杜甫《佳人》：「天寒翠袖薄，日暮倚修竹。」與此二句相同意思的詩句還有作者《姑蘇雜咏》之二：「銀燭金釵樓上下，燕檣蜀柁水西東。」

【解　析】

袁宏道評此詩爲「實録」，確實記叙了當年蘇州閶門繁華熱鬧的景象。首聯由世間而吴中，由吴中而閶門，自豪地點出閶門的地位。中間兩聯在繁華和流通上做文章，熱鬧非凡而萬千氣象，動感十足而對仗工穩。尾聯以畫師之愁，且隱然以此詩全面概括閶門自許作結。總之，這是一首大處落墨、酣暢淋漓的詩歌作品。

春日寫懷①

新春蹤跡轉飄蓬②，多在鶯花野寺中③。昨日醉連今日醉，試燈風接落燈風④〔一〕。苦拈險韻邀僧和〔二〕，暖簇熏籠與妓烘。寄問社中諸契友⑤，心情可與我相同？

【校　記】

①「春日寫懷」，何本作「新春作」。②「新春」，何本作「春來」。③「鶯花野寺」，何本作「烟花墅寺」。④「試燈」，何本作「眠燈」。⑤「寄問」，何本作「借問」。

【題　解】

此詩似應作於弘治七八年間。時伯虎頗嗜聲色，文徵明作詩勸之，有「人語漸微孤笛起，玉郎何處擁嬋娟」「高樓大叫秋觴月，深幄微酣夜擁花」之句。

【箋　注】

〔一〕試燈：舊俗於上元夜張燈以祈豐稔，前一日爲試燈，後一日爲殘燈。宋范成大《丙午新正書懷》：「烏欖雞檳嘗老酒，酥花芋葉試新燈。」落燈：謂元宵節之卸燈。古俗上元節燈設，至十七始罷，謂之落燈。

〔二〕險韻：作舊體詩術語。指詩句用艱僻字押韻，人覺其險，而能化艱僻爲平安，無湊韻之弊。邀僧和：伯虎詩友中不乏僧人，如蘇州東禪寺寺僧天璣能詩，與伯虎、祝允明、文徵明等都經常唱和。

【解　析】

此詩記録自己春日閒適的生活。首聯即坦白地承認自己春來行跡多在妓館（鶯花）、寺院兩處。頷聯説這種酒色生活一天接一天，天天如此。頸聯上句寫僧，下句寫妓，實録而已。尾聯詢問其他社友，四分無聊，六分自負。

檢齋

檢束斯身益最深，檢身還要檢諸心〔一〕。鞠躬暗室如神在，恭己虚齋儼帝臨〔二〕。視聽動言皆有法，杯盤几席盡書箴〔三〕。遥知危坐焚香處，默把精微義理尋。

袁宏道評：絶似朱文公作。

【題解】

清葛金烺《愛日吟廬書畫録》此詩下記載：「武塘於君别號檢齋，葛宗華索詩贈之，因爲賦此。」可知此詩是贈送給檢齋的，其中肅穆説教，應視爲檢齋之爲人。

【箋注】

〔一〕「檢身」句：《論語·學而》：「吾日三省吾身。」

〔二〕「鞠躬」二句：是説在别人看不見的地方也不能做虧心事，恭恭敬敬，就好像有神靈看著一樣。儼，仿佛。帝，神靈。

〔三〕箴：勸誡性的文字。

【解析】

袁宏道評此詩「絶似朱文公作」。朱文公即朱熹。朱熹字元晦，號晦庵，謚文公。南宋人，他所宣導的理學在明清兩代被提升到儒學正宗地位。此詩通篇理學説教，與伯虎中後期詩歌内容及審美追求大不相同。

漫興① 十首

【校　記】

① 按何本有二組「漫興十首」，其一即此，另一字句小異。何本題下云：「《戒庵老人漫筆》云：唐伯虎《漫興》十首，余見其親筆行書者，兩處互有不同，想隨意點竄，未有定者，因并録之。今删刻十首。」因以校記將異處存録，校記云「何本」，實何本「并録」之一也。

【題　解】

這組詩歌應作於正德十四年前後。其時伯虎年届五十，當年科考之獄固如夢魘，而親友相繼離去則吞噬其痛苦的心。這組詩歌情感低落，充滿對落拓人生的失意和傷痛，是伯虎此時期人生的真實寫照。

十載鉛華夢一場〔一〕，都將心事付滄浪〔二〕。内園歌舞黄金盡，南國飄零白髮長〔三〕。髀裏肉生悲老大〔四〕，斗間星暗誤文章①〔五〕。不才剩得腰堪把②〔六〕，病對緋桃檢藥方〔七〕。

袁宏道評：悲壯。

【校　記】

①何本此二句作「滿榻亂書塵漠漠，數聲羌笛月蒼蒼」。②「剩得」，何本作「贏得」。

【箋　注】

〔一〕鉛華：化妝用的鉛粉，借指青春歲月。

〔二〕滄浪：水名，此泛指流水。

〔三〕「内園」二句：是說在行樂之地盡情歌舞，散盡黄金；自己飄零江南，白髮已長。内園，即園内，泛指行樂之地。

〔四〕「髀裏」句：用三國劉備典故，自嘆日月消磨，未能有所作爲。《三國志·蜀書·先主傳》裴松之注引《九州春秋》：「備住荆州數年，嘗於（劉）表坐起至厠，見髀裏肉生，慨然流涕。還坐，表怪問備，備曰：『吾常身不離鞍，髀肉皆消。今不復騎，髀裏肉生。日月若馳，老將至矣，而功業不建，是以悲耳。』」

〔五〕「斗間」句：是說文昌星暗淡，妨害了科舉前程。斗間星，指奎宿，舊以其掌人間文運。誤文章，指此前的科場之獄。

〔六〕不才：没有才能。自稱的謙詞。腰堪把：腰可一把捏住。形容瘦弱。晋沈約《與徐勉書》中説自己瘦弱：「百日數旬，革帶常應移孔，以手握臂，率計月小半分。」

〔七〕「病對」句：是説没有心情賞花，只是在桃花下仔細地查看藥方罷了。緋桃，桃花。緋，紅色。

【解　析】

此詩寫落拓心境很傳神。尤其中間兩聯，對仗精工，化典無跡，顯示出作者較高的語言駕馭才能。

此生甘分老吴閶，寵辱都無剩有狂。秋榜才名標第一〔一〕，春風弦管醉千場①。跏趺説法蒲團軟〔二〕，鞵襪尋芳杏酪香〔三〕。只此便爲吾事了，孔明何必起南陽〔四〕？

【校　記】

①「寵辱」三句，何本作：「萬卷圖書一草堂。龍虎榜中題姓氏，笙歌隊裏賣文章。」

【箋　注】

〔一〕秋榜：秋試之榜。明朝鄉試在秋八月舉行，故稱秋試。標第一：指自己舉弘治十一年鄉試第一。

〔二〕跏趺：佛教徒的坐法，盤脚而坐。蒲團：蒲草編織的圓墊，供僧人坐禪及跪拜時用。

〔三〕杏酪：杏仁粥。

〔四〕孔明：諸葛亮，字孔明。起：出仕。諸葛亮的隱居地隆中，漢末屬南陽郡。

【解　析】

頷聯用平生最得意的事與最無聊最放浪的現實對仗並論，生動地體現了「寵辱都無剩有狂」的心情。

久遭名累怨青衿，不變貧交托素歆〔一〕。去日苦多休檢曆〔二〕，知音諒少莫修琴①。平康驢背馱殘醉〔三〕，穀雨花壇費朗吟。老向酒杯棋局畔，此生甘分不甘心②。

【校記】

① 此詩前四句何本作「一身憔悴挂衣衿，半壁藤蘿覆釜鬵。已息心機成落託，任教世態有升沉」。② 「甘分」，何本作「何望」。

【箋注】

〔一〕素歆：即素饗，不勞而食。

〔二〕去日苦多：過去的日子苦於太多。三國魏曹操《短歌行》：「對酒當歌，人生幾何！譬如朝露，去日苦多。」檢曆：翻檢日曆。

〔三〕平康：本爲唐代長安里弄名，是妓女聚居的地方，後因稱妓院爲平康。

【解析】

「平康驢背馱殘醉，穀雨花壇費朗吟」一聯雖頹廢，但寫得瀟灑空靈。

悵悵莫怪少時年①〔一〕，百丈遊絲易惹牽②。杜曲梨花杯上雪，灞陵芳草夢中煙。前程兩袖黃金淚，公案三生白骨禪。老後思量應不悔，衲衣持鉢院門前③。

【校　記】

①「莫怪」，何本作「暗數」。　②「百丈」句，何本作「陳跡關心自可憐」。　③「持缽」，何本作「乞食」。

【箋　注】

〔一〕卷一有《悵悵詞》，除第三四句插入「何處逢春不惆悵，何處逢情不可憐」、末句「衲衣持缽」爲「衲衣持盞」外，餘皆相同。

龍頭濫厠棘闈文〔一〕，草榻今眠墊跡塵①。萬點落花俱是恨，滿杯明月即忘貧。香燈不起維摩疾②〔二〕，櫻筍難酬穀雨春③〔三〕。鏡裏自看成老大，戲兒棚上下場人④〔四〕。

【校　記】

①「龍頭」二句，何本作「驅馳南北髦頭塵，襤褸衣衫墊角巾」。　②「維摩疾」，何本作「維摩病」。　③「難酬」，何本作「難消」。　④末二句何本作「鏡裏自看成一笑，半生傀儡局中人」。

【箋　注】

〔一〕「龍頭」句：是説像自己這樣優秀的人物隨便地置身於試院的文禍之中（弘治十二年科場之獄）。龍頭，隱指自己弘治十一年得中鄉試第一（解元）。濫厠，隨便地置身。棘闈，科舉時代試院的别稱。

〔二〕香燈：焚香與燃燈。宋釋惠洪：「一室香燈夢寢餘。」維摩：即維摩詰。是釋迦牟尼同時代之人，嘗以稱病爲由，向釋迦遣來的文殊宣揚大乘教義。伯虎中年後頗信佛法，又時常得病，故以維摩自比。

〔三〕櫻筍：櫻桃與春筍，農曆三月上市。

〔四〕「鏡裏」二句：是説對鏡子自看，年紀已是老大了，就像戲棚上的戲子很快就要下場。戲兒，戲子。

【解　析】

此詩中間兩聯很工整，尤其頷聯精彩。「萬點」句從唐杜甫《曲江二首》其一「一片飛花減却春，風飄萬點正愁人」化出，「滿杯」句從唐李白《襄陽歌》「清風明月不用一錢買，玉山自倒非人推」化出，都可謂化鹽無跡，十分貼切。

平康巷陌倦遊人，狼藉桃花病酒身①〔一〕。短夢風煙千里笛，多情弦索一牀塵〔二〕。黄金誰買長門賦，黛筆空描滿額顰②〔三〕。惟有所歡知此意，共燒高燭賞餘春③。

【校　記】

①「病酒身」，何本作「中酒身」。　②「空描」，何本作「難描」。　③「共燒」句，何本作「對燒高燭賞殘春」。

【箋　注】

〔一〕病酒：飲酒致醉。唐李商隱《寄羅劭興》：「人閒微病酒。」南唐馮延巳《鵲踏枝》：「日日花前常病酒，不辭鏡裏朱顔瘦。」

〔二〕弦索：謂以絲爲弦之樂器。

〔三〕「黄金」二句：借古代女子失寵，寫自己懷才不遇。上句用《文選》卷十六司馬長卿《長門賦序》載陳皇后事。相傳漢武帝陳皇后失寵，以黄金百斤請司馬相如寫賦「悟主上」，相如爲寫《長門賦》，使武帝回心轉意。

【解　析】

此詩前四句寫自己的落拓生活，倦游於煙花巷陌，沉淪於歌酒之間。頸聯一轉，借寫佳人失寵抒發自己的懷才不遇。尾聯的「所歡」，當是伯虎平康巷陌的知己「共燒高燭賞餘春」，有點勘破世情的意思。

落魄迂疏自可憐，棋爲日月酒爲年①。蘇秦捫頰猶存舌，趙壹探囊已没錢〔一〕。滿腹有文難駡鬼，措身無地反憂天。多愁多感多傷壽②，且酌深杯看月圓。

【校　記】

①「落魄」二句，何本作「自怨迂疎更自憐，焚香掃榻枕書眠」。　②「多感」，何本作「多恨」。

【箋　注】

〔一〕「蘇秦」二句：是説自己象蘇秦一樣遭人誤解，幸而還保有安身立命的能耐，可惜如趙壹一樣空有詩文才華却生活潦倒。蘇秦捫頰，此爲誤移張儀事。《史記·張儀列傳》：「張儀已學而遊説諸侯。嘗從楚相飲，已而楚相亡璧，門下意張儀，曰：『儀貧無行，必此盜相君之璧。』共執張儀，掠笞數百，不服，醳之。其妻曰：『嘻，子毋讀書遊説，安得此辱乎？』張儀謂其妻曰：『視吾舌尚在不？』其妻笑曰：『舌在也。』儀曰：『足矣！』」趙壹，字元叔，東漢末文學家。博才倨傲，無意於仕進。其《刺世疾邪賦》篇末詩云：「文籍雖滿腹，不如一囊錢。」

【解　析】

此詩懷才不遇，自傷潦倒，滿腹牢騷。尾聯「多愁多感多傷壽，且酌深杯看月圓」，是無奈無聊語，也是自我寬解語。

擁鼻行吟水上樓〔一〕，不堪重數少年游①。四更中酒半牀病，三月傷春滿鏡愁。白面書生期馬革②〔二〕，黄金遊客剩貂裘〔三〕。近來檢校行藏處③，飛葉僧房細雨舟。

袁宏道評：悲壯。

【校　記】

①首二句何本作「踏遍回廊細自籌，勝勝無語重低頭」。②「期馬革」，何本作「空鵬賦」。③「近來」句，何本作「年來踪跡尤飄泊」。

【箋注】

〔一〕擁鼻：一種帶鼻音的吟咏法，東晋謝安精於此道。《世説新語・雅量》南朝梁劉孝標注引宋明帝《文章志》：「安能作洛下書生咏，而少有鼻疾，語音濁。後名流多學其咏，弗能及，手掩鼻而吟焉。」後世多用作吟詩之典故。如唐唐彦謙《春陰》：「天涯已有消魂別，樓上寧無擁鼻吟。」

〔二〕馬革：「馬革裹屍」的略語。《後漢書・馬援傳》：「（援曰）男兒要當死於邊野，以馬革裹屍還葬耳，何能卧床上在兒女子手中邪？」後世多用「馬革裹屍」表現欲爲國捐軀、戰死疆場的壯懷。

〔三〕「黄金」句：是説自己行囊已空，資用困乏。《戰國策・秦策一》載蘇秦入秦，遊説秦惠王，未獲知遇，「黑貂之裘敝，黄金百斤盡」，裘敝財盡而歸。這裏作干謁碰壁、懷才不遇的典故。

【解析】

首聯即推出自我形象，以「少年游」啓動回憶。接下來描述了一系列的不如意事，如中酒、染病、傷春、裘敝財盡、懷才不遇等等。尾聯「近來」一筆從回憶中兜轉，以「飛葉僧房細雨舟」這樣略帶淒清的眼前景物作結。

謝遣歌兒解臂鷹〔一〕，半瓢詩稿一枝藤①。難尋萱草酬知己〔二〕，且摘蓮花供聖僧。時事百年蝸角戰〔三〕，酒杯三月鳳頭燈②。盡嘗世味猶存舌，荼薺隨緣敢愛憎〔四〕？

【校　記】

①前二句何本作「盡怪趨蹌總不能，自知才命兩無憑」。　②「時事」二句，何本作「兩字功名成蝶夢，百年蔬水曲吾肱」。

【箋　注】

〔一〕「謝遣」句：遣散歌兒，解下臂鷹（因爲我不會打獵），指告别塵世娱樂。臂鷹，佐獵之鷹，一般讓鷹立於人之小臂以候放飛。

〔二〕萱草：古人認爲可以忘憂的一種草。魏嵇康《養生論》：「合歡蠲忿，萱草忘憂，愚智所共知也。」

〔三〕蝸角戰：比喻極其微小的爭鬥。《莊子·則陽》：「有國於蝸之左角者，曰觸氏；有國於蝸之右角者，曰蠻氏。時相與爭地而戰。」

〔四〕「盡嘗」二句：是説嘗盡了世態炎涼人間百味，舌頭還存在。苦味甘味都隨緣，哪還敢有愛憎呢？猶存舌，用張儀典，見前其七（落魄迂疏自可憐）注〔一〕。荼，苦菜。薺，甜菜。

【解　析】

此詩是抒懷之作。首聯説自己蕭條若僧，瓢鉢中放有詩稿，手持藤杖。頷聯説自己已無知己，潛心佛事。頸聯説自己淡看名利之爭，滿足於春日杯酒之歡。尾聯以反語結。

造物何曾苦忌名①，太平端合老無能②〔一〕。親知散去綈袍冷③，風雪欺貧瓦罐冰④。二頃未謀田負郭，一餐隨分欲依僧。醉時還倩家人道⑤，消盡英雄氣未曾⑥。

【校　記】

①「造物」句，何本作「造物元來最忌名」。②「端合」，何本作「又合」。③「親知散去」，何本作「交游零落」。④「欺貧」，何本作「飄颻」。⑤「還倩」，何本作「試倩」。⑥「英雄」，何本作「粗疎」。

【箋　注】

〔一〕端合：理應。按此句用唐杜牧《將赴吴興登樂游原》「清時有味是無能」句意。

【解　析】

此詩描寫了自己生活困窘之狀，作者另有《風雨浹旬厨煙不繼滌硯吮筆蕭條若僧因題絶句八首奉寄孫思和》，可以參讀。「太平端合老無能」，可視爲伯虎面對不公命運的禪悦。

上寧王

信口吟成四韻詩，自家計較説和誰。白頭也好簪花朵，明月難將照酒卮。得一日閑無量福，做千年調笑人癡〔一〕。是非滿目紛紛事，問我如何總不知。

【題　解】

寧王：指朱宸濠，弘治十年（一四九七）襲封寧王。明正德七年（一五一二），時伯虎四十三歲，寧王來聘，並及文徵明等，徵明託病拒不見，伯虎寫呈此詩，意在推脱。

【箋　注】

〔一〕「得一」二句：是説得到一天的空閒已是極大福分，可笑那些宏圖長遠的人實在癡迷。千年調，長遠之計。

【解　析】

此詩重點在「得一日閑無量福，作千年調笑人癡」二句，因寧王聘名士，其目的是想借這些人的名聲，培植個人的勢力，爲篡奪皇位結黨營私。好友文徵明推病不就，伯虎開始也婉言謝絶。此二句詩正是表明自己樂於過安寧的生活，胸無大志，不願爲俗務所累。

題沈石田先生後集

先生守硯石爲田，水似秋鴻振滿天〔一〕。千首新詩驚醉飲，一簞脱粟共枯禪〔二〕。移山入眼成青色，和雪勞心顯白顛〔三〕。自是隨行常捧席，故將名姓附餘編〔四〕。

【題　解】

沈石田：即沈周，吴門四家之首，見本卷《桃花庵與祝允明黄雲沈周同賦》題解。後集：補充前集的作品集。

【箋注】

〔一〕「先生」二句：是説先生以書畫爲生計，墨寶如同秋鴻那様佈滿天下。石爲田，以硯石爲田，以文墨爲生計。

〔二〕一簞：《論語·雍也》：「子曰：賢哉，回也。一簞食，一瓢飲，在陋巷，人不堪其憂，回也不改其樂。」簞，古代盛飯的竹器。脱粟：糙米。《晏子春秋·雜下二十六》：「晏子相景公，食脱粟之食。」枯禪：佛教徒的靜坐參禪。此句謂沈周在清貧中仍堅持不懈地創作。

〔三〕白顛：白頭。

〔四〕名姓：自己的姓名，這裏指和詩。附餘編：附於書的末尾。

【解析】

此詩對沈周的才華給予了高度評價。首聯即精彩地推出了沈周的創作情況，兩句詩，極有表現力。頷聯對沈周的詩文進行評價，頸聯寫出沈周對書畫藝術的傾心付出。尾聯交代自己寫此詩的緣起。全詩氣勢貫注，有聲有色，顯示出詩人高超的語言駕馭能力。

奉壽海航俞先生從德卿解元之請也

七十流年古所稀，一經衰晚竟同歸。冰生虀甕貧能樂，雪滿柴門世與違〔一〕。帽上是天隨造化，尊中有物任真機〔二〕。蕭然掃榻高眠在，那管簷前日月飛。

【題　解】

此詩是應人之請，爲俞先生所作的七十壽詩。

【箋　注】

〔一〕「冰生」二句：是説俞先生生活清苦，甕鍋因斷炊而結冰了，依然自得其樂；久無客來，以致柴門爲雪所封掩。虀，醃菜。虀甕泛指炊具。

〔二〕「帽上」二句：是説因爲屋頂破漏，有的地方帽子上面就是天，主人也隨遇而安，只要杯中還有酒能放縱自己的天性。

【解　析】

這是一首壽人詩，同時也抒己之情。首聯即説明壽者和自己「一經衰晚竟同歸」，有相同的遭際和人生態度。中間四句描寫俞先生的清苦之狀，尾聯宕開一筆，寫其人生態度。應該説，給别人作壽詩如此寫法，是非常少見的，這也反映出伯虎灑脱、直率的性情。

五十詩

五十年來鬢未華，兩朝全盛樂無涯〔一〕。子孫滿眼衣裁彩〔二〕，賓客盈門酒當茶。煉成金鼎長生藥，來看江南破臘花〔三〕。誕日何須祝千歲，由來千算比洹沙〔四〕。

【題　解】

此詩應作於正德十四年，時伯虎五十歲，遭遇了科場之獄，又經歷了親人離逝、夫妻反目、兄弟分炊等一系列不如意之事，回首前塵，萬念俱灰。此詩採取正話反説的手法，詼諧地對自己的人生作出了傷感的總結。

【箋　注】

〔一〕兩朝：應指孝宗和武宗兩朝。此前有憲宗，但伯虎是幼年和少年時期，涉世未深。

〔二〕「子孫」句，用彩衣娛親典。按西漢劉向《列女傳》記述春秋時期楚國人老萊子年逾七十仍著五彩衣扮童子以娛父母的孝行。

〔三〕破臘花：出臘月迎春之花，如梅花。破臘，殘臘。

〔四〕洹沙：即恒沙，恒河沙粒。見《金剛經・無爲福勝分第十一》「恒河沙數三千大世界」，比喻多不勝數。

【解　析】

首聯除「五十年來」四字尚屬實外，其它如「鬢未華」「兩朝全盛」「樂無涯」云云，都是正話反説。中間四句描寫家況，也是委婉諧隱之筆。尾聯歸結誕日，誇張地用洹沙比壽，極詼諧之致，寫傷感之情。

花酒

戒爾無貪酒與花，纔貪花酒便忘家。多因酒浸花心動，大抵花迷酒性斜。酒後看花情不見，花前酌酒興無涯。酒闌花謝黄金盡，花不留人酒不賒。

【題　解】

伯虎一生流連花酒，寫有《花月吟效連珠體》（十一首），此詩亦體現了這類生活情趣。

【解　析】

首聯正話反説，故意以老學究面目告誡人們千萬不要貪戀花酒。頷聯寫花、酒與人的心性的關係。頸聯轉而爲揚，稱頌花、酒給人的愉悦享受。尾聯點出無花無酒則不成趣，人生得意須盡歡。全詩欲揚先抑，起伏婉轉，情致盡出。

早起偶成　一作枕上聞雞鳴

三通鼓角四通雞，天漸黎明月漸低。時序秋冬復孟夏，舟車南北與東西。眼前次第人都老，世上參差事不齊。若要自家求穩便，一壺濁酒一餐齏。

袁宏道評：似傲似達。

【題　解】

此詩應作於伯虎後期，表達對時光匆匆的慨嘆和追求平淡生活的人生態度。全詩通俗流暢，是典型的唐伯虎詩風。

【解　析】

首聯寫早起。聽過了三更鼓角和四更雞鳴，天就漸漸明亮了。頷聯上句寫時序，下句寫人事。頸聯寫感悟，也是上句寫時序，下句寫人事，雙起雙承。尾聯以平淡是真的生活態度結。

戲題機山

無絲無線又無繩，何故當時有此名？楊柳作經青錯落，薜蘿爲緯緑縱横〔一〕。黄鸝擲過金梭小，紫燕裁來鐵剪輕〔二〕。一抹晚霞斜掛處，恍疑新織綺羅成。

【題　解】

戲題：遊戲之作。機山：位於江蘇省松江縣（今屬上海）西北，以晋陸機而得名。舊時機亦專指織機。故此詩「戲題」，以織機立意。

【箋　注】

〔一〕薜蘿：薜荔和女蘿。皆野生植物，常攀緣于山野林木或屋壁之上。

〔三〕紫燕：燕名，也稱越燕。體形小而多聲，頷下紫色，多生活於江南。

【解　析】

此詩題爲「戲題」，語言輕快流麗，全詩採用比喻，新穎出奇却又恰到好處。首聯將錯就錯，以織機起興，提出疑問。後六句是作答。頷聯將楊柳和薜蘿比喻爲織機上的經線和緯線。頸聯將穿插飛掠的黄鸝比爲金梭，將靈巧的紫燕比爲鐵剪。尾聯則展開想像，天邊斜掛的那一抹五色彩霞，讓人懷疑就是在機山剛剛織好的華貴絲綢。全詩構思精巧，匠心獨具，又不失「戲題」之風旨。

寄妓

相思兩地望迢迢，清淚臨風落布袍。楊柳曉煙情緒亂，梨花暮雨夢魂銷〔一〕。雲籠楚館虚金屋〔二〕，鳳入巫山奏玉簫〔三〕。明日河橋重回首，月明千里故人遥。

【題　解】

此詩應作於伯虎中年時期。由於婚姻生活的不幸，伯虎常混跡青樓，倚紅偎翠，爲此好友文徵明還寫詩規勸他。此詩乃與一妓女的離别之詞，寫得一往情深。

【箋　注】

〔一〕「梨花」句：寫女子離别之狀。

〔二〕楚館：謂妓樓。宋柳永《西平樂》：「秦樓鳳吹，楚館雲約。」金屋：據《太平御覽》卷八十引舊題東漢班固《漢武故事》，漢武帝幼時曾説將以「金屋」藏阿嬌。此處是説因自己離去，妓樓中女子的香巢空空。

〔三〕巫山：《文選》卷十九戰國楚宋玉《高唐賦》描寫了楚王夢中與巫山神女的歡會。此句寫夢中與妓女的聲色之樂。

【解　析】

首聯即推出兩地相思的主題。頷聯上句寫離别，融化了宋柳永《雨霖鈴》「今宵酒醒何處，楊柳岸，曉風殘月」的意境，下句寫夢中女子的淚容。頸聯上句寫因自己的離去而香巢頓空，下句寫因伊人遠隔而自己只能夢裏親近。尾聯是説明日行程當更遠，是進一步的寫法。

蒲劍

三尺青青太古阿〔一〕，舞風砟破一川波。長橋有影蛟龍懼，江水無聲日夜磨〔二〕。兩岸帶煙生殺氣，五更彈雨和漁歌。秋來只恐西風惡，削破鋒稜恨轉多〔三〕。

【題　解】

這是一首咏物詩，所咏蒲劍指菖蒲葉，因其形狀細長似劍，因而得名。菖蒲多生於江邊。

【箋　注】

〔一〕太古阿：古寶劍名，即太阿，也寫作「泰阿」。相傳爲春秋時歐冶子、干將所鑄。

〔二〕「長橋」二句：是説菖蒲葉的影子投在長橋下的水中，連蛟龍都畏懼其鋒利。江水無聲流淌，日夜打磨著蒲劍。

〔三〕「秋來」二句：是説秋來只擔心西風太過凛冽，把蒲劍的棱角吹折了，該是多麼讓人遺憾啊！稜，同棱，指蒲劍的棱角。

【解　析】

此詩選題獨特，所咏乃江邊之菖蒲。詩人緊緊抓住菖蒲葉似劍的形狀，在描摹形狀的同時寫出精神。首聯狀蒲劍之形。中間兩聯劍氣氤氳，高古出塵，寫出蒲劍之神。尾聯寫出自己對蒲劍的喜愛之情，以沉鬱悠遠之咏嘆結之。

嘆世　六首

【題　解】

這組詩應作於詩人後期。詩名「嘆世」，充滿對生命短暫的悲嘆。

一寸光陰不暫抛，徒爲百計苦虚勞。觀生如客豈能久，信死有期安可逃。緑鬢易凋愁漸改，黄金雖富鑄難牢。從今莫看惺惺眼，沉醉何妨枕麯糟〔一〕。

【箋　注】

〔一〕「從今」二句：是説從今往後，不要小看那些醉眼惺忪的人，人生苦短，一醉方休，即使枕著酒睡覺又有什麽關係。惺惺眼，迷離的眼神。麯糟，制酒發酵所用的東西，此指酒。

舉世不忘渾不了，寄身誰識等浮漚〔一〕？謀生盡作千年計，公道還當一死休〔二〕。西下夕陽難把手，東流逝水絶回頭。世人不解蒼天意，空使身心夜半愁。

【箋　注】

〔一〕浮漚：水面上的泡沫。唐楊炯有《浮漚賦》，用以比喻人生之短暫或世情的變幻無常。唐姚合《酬任疇協律夏中苦雨見寄》：「走童驚掣電，饑鳥啄浮漚。」

〔二〕「謀生」二句：意本宋范成大《重九日行營壽藏之地》：「縱有千年鐵門限，終須一個土饅頭。」

坐對黄花舉一觴，醒時還憶醉時狂。丹砂豈是千年藥〔一〕，白日難消兩鬢霜。身後碑銘徒自好，眼前傀儡任渠忙〔二〕。追思浮世真成夢，到底終須有散場。

【箋注】

〔一〕丹砂：指丹砂煉成的丹藥。古代道教徒用丹砂化汞煉丹，配製不死之藥。

〔二〕傀儡：木偶。借指受人操縱、没有自主意識的人或事物。渠：他。

忙忙展枕逐雞棲，碌碌梳頭雞又啼。傀儡一棚真是假，髑髏滿眼笑他迷〔一〕。昨朝青鬢今朝雪，方始黄金又始泥。幸有一杯酬見在，有詩還向醉時題。

【箋注】

〔一〕髑髏：死人的頭骨，骷髏。《莊子·至樂》：「莊子之楚，見空髑髏，髐然有形。」

人生在世數蜉蝣，轉眼烏頭换白頭。百歲光陰能有幾，一張假鈔没來由〔一〕。當年孔聖今何在，昔日蕭曹盡已休〔二〕。遇飲酒時須飲酒，青山偏會笑人愁。

【箋注】

〔一〕假鈔：借來之銀子。喻人生。

〔二〕蕭曹：蕭何、曹參的合稱，二人均爲輔佐劉邦稱帝的開國功臣，立國後，先後爲相。後因作咏功臣、將相的典故。

萬事由天莫强求，何須苦苦用機謀？ 飽三餐飯常知足①，得一帆風便可收。 生事事生何日了，害人人害幾時休。 冤家宜解不宜結，各自回頭看後頭。

【校 記】

①「飽三餐飯」，何本作「飽滄三飯」。

【解 析】

慨嘆人生苦短是中國古代詩歌常見的主題。伯虎這組詩歌平易淺近，叙述了詩人對人生、富貴的看法，表達了人生苦短、及時行樂的人生態度。他將短暫的生命比做浮漚、蜉蝣、假鈔、傀儡等，形象而鮮明，體現了佛教文化、道教文化對他的影響。

山家見菊

白雲紅葉襯殘霞，携酒看山日未斜。 黄菊預迎重九節，短籬先放兩三花。 喜看嫩葉嬌羞面①，笑折新苞插鬢丫。 可惜國香人不識〔一〕，却教開向野翁家。

【校 記】

①「嬌羞」二字何本缺。

【題 解】

這是一首生活即景。意淺而詞稚，應該是伯虎少年時所作。

【箋　注】

〔一〕國香：指菊花。按國香原指蘭花。《左傳·宣公三年》：「以蘭有國香，人服媚之如是。」後也用以稱其他香花，如宋蘇軾《再和楊公濟梅花十絶》稱梅花，宋辛棄疾《小重山·茉莉》稱茉莉，此稱菊花。

【解　析】

首聯寫出遊，包括時間、地點及環境。頷聯寫黄菊開放。頸聯寫自己對菊花的喜歡。尾聯慨嘆，隱含一點懷才不遇的情緒。

齊雲巖縱目

摇落郊園九月餘〔一〕，秋山今日喜登初。霜林著色皆成畫，雁字排空半草書〔二〕。麯蘖才交情誼厚，孔方兄與往來疏〔三〕。塞翁得失渾無累〔四〕，胸次悠然覺静虚。

【題　解】

依楊静庵《唐寅年譜》，此詩當作於弘治十五年壬戌（一五〇二），同時還與人作了聯句詩。齊雲巖：齊雲山上最高峰。齊雲山位於安徽省休寧縣以西，是我國著名的道教仙山之一。縱目：放開眼界四處眺望。

【箋　注】

〔一〕摇落：凋謝，零落。戰國宋玉《九辯》：「悲哉，秋之爲氣也！蕭瑟兮，草木摇落而變衰。」

〔二〕「雁字」句：是說大雁在長空中排列飛行，如同草寫的漢字。唐白居易《江樓晚眺景物鮮奇吟玩成篇寄水部張員外》：「風翻白浪花千片，雁點青天字一行。」

〔三〕「麴蘗」二句：是說雖然貧窮，但我們時常聚飲，情誼深厚。麴蘗才，能喝酒的人。麴蘗，指酒。孔方兄，錢的別稱。古代錢幣中央多有方孔，故云。後一句化用宋黄庭堅《戲呈孔毅父》：「管城子無食肉相，孔方兄有絶交書。」

〔四〕塞翁得失：喻各種暫時的成敗得失。漢劉安《淮南子·人間訓》云，有一老翁失馬，幾個月後，此馬竟引著一匹塞外駿馬回家。「塞翁失馬，安知非福」，故用以喻成敗得失之轉換。渾無累：全無牽累。

【解析】

此詩重點不在寫景，而在抒情。首聯點出登巖的時間、地點。頷聯寫登巖所見，抓住霜林和雁字，悠遠而富有韻味。頸聯寫生活感受，苦中作樂。尾聯用塞翁失馬的典故，道出人生福禍相依、非人所能算計的道理，歸於淡泊平和。

白燕

驚見玄禽故態非，霜翎玉骨世應稀〔一〕。越裳雉尾姬周化，瀚海烏頭漢使歸〔二〕。誤入梨花惟聽語，輕沾柳絮欲添衣〔三〕。朱簾不隔揚州路，任爾差池上下飛〔四〕。

【題　解】

此爲咏物詩。白燕：白色的燕子，古代以爲瑞鳥。以白燕詩得名的是明初詩人袁凱，人稱袁白燕，其名句有「月明漢水初無影，雪滿梁園尚未歸」。

【箋　注】

〔一〕霜翎：指白燕翅膀上長而硬的羽毛。玉骨：清瘦秀麗的身架。

〔二〕「越裳」二句：是説越裳國爲周公獻上白燕以示天下太平。因爲出現了白色的鳥，蘇武才得以回國。按《漢書·平帝紀》：「元始元年春正月，越裳氏重譯獻白雉一，黑雉二，詔使三公以薦宗廟。」「瀚海」句，指蘇武歸漢事。漢武帝天漢元年，蘇武以中郎將出使匈奴。匈奴單于想誘逼蘇武投降，蘇武不屈。漢昭帝即位後，要求匈奴釋放蘇武等漢使。單于不得已，便釋放蘇武歸漢。烏頭，據《史記·刺客列傳》，傳説燕太子丹被秦扣留作爲人質，思歸不得，幸而出現烏鴉頭變白的奇跡，助他歸燕。此處伯虎將兩個典故合在一起使用。

〔三〕「誤入」二句：是説燕子似乎想要聽取人們的談話，誤入梨花之中。它在柳枝中穿梭，輕輕拍打柳絮，似乎想要再多穿件衣服。

〔四〕差池：語出《詩·邶風·燕燕》：「燕燕于飛，差池其羽。」

【解　析】

此詩咏物，頷聯用典貼切典雅，頸聯狀物華麗精工，與伯虎其他風格淺俗的詩歌迥異，體現了作者深厚的語言修養。

聞江聲

歲事匆匆兩鬢星，坐看簷影下虛屏〔一〕。寒梅向暖商量白，舊草迎春接續青〔二〕。夢似俗牽終夜惡，酒因愁敵片時新〔三〕。秦山暮雪巴山雨〔四〕，不似江聲不奈聽。

【題　解】

此詩描寫詩人於殘冬尚在、春日將至之時，聽聞江聲所産生的人生感悟。玩其語意詞氣，應是其晚期所作。

【箋　注】

〔一〕「歲事」二句：是説歲月匆匆，兩鬢有了白髮。傍晚坐在房中，眼看著房檐的影子逐漸拉長。歲事，猶言歲月。

〔二〕「寒梅」二句：是説臘梅在陽光下好像要盛開得更加潔白。去年的枯草爲迎接春天的到來，又一次泛出青青的顔色。商量，準備、估計的意思。宋舒亶《菩薩蠻》：「江梅含日暖，照水花枝短。密葉似商量，向人春意長。」

〔三〕愁敵：愁對。片時新：暫覺有些滋味。

〔四〕秦山雪：秦山，終南山。唐祖咏《終南山望餘雪》：「終南陰嶺秀，積雪浮雲端。林表明霽色，城中增暮寒。」巴山：山名，横亘於今陝西與四川兩省交界處。

【解　析】

首聯傷時，透出幾分無奈。頷聯用擬人手法寫景，使詩句變得生動而有靈氣。頸聯寫夢寫酒，籠罩著揮之不去的愁情。尾聯用對比的手法點題。不奈聽，亦即不耐聽。緣由聽者自憂，無心欣賞。

尋花

偶隨流水到花邊，便覺心情似昔年。春色自來皆夢裏，人生何必盡尊前〔一〕？平原席上三千客〔二〕，金谷園中百萬錢〔三〕。俯仰繁華是陳跡，野花啼鳥謾留連。

【題　解】

此詩爲即景感悟。又，唐杜甫有《江畔獨步尋花七絶句》，「尋花」亦成爲後世詩人常用的題材之一。

【箋　注】

〔一〕尊前：筵席之上。此喻富貴榮華。

〔二〕平原：即趙國平原君，戰國四公子之一。豪爽俠義，相傳門下有食客三千。

〔三〕金谷園：晋石崇於河陽（今洛陽附近）建金谷園，極盡奢靡豪侈。

【解　析】

首聯寫此次偶然尋花，即事生出感悟。頷聯由花之暫時，引出人生富貴之須臾。頸聯更拈出歷史上潑天富貴作襯托。尾聯回應野花啼鳥之即景，以繁華陳跡作結。

顧君滿考張西溪索詩餞之故爲賦此

渺渺平蕪接遠津，匆匆行李送行人。三年幕下勞王事，十月江南應小春〔一〕。收攝琴尊登梓道〔二〕，好將詞賦獻楓宸〔三〕。功名發軔青雲路〔四〕，長顧存心在澤民。

【解　題】

此爲一首餞行詩。顧君、張西溪均不可考。據年表，伯虎有友人吴大淵者，吴之岳父張西園常招飲伯虎輩。又有顧璘，吴縣人，少負才名，於弘治八年舉鄉試。或可作此詩待考資料。

【箋　注】

〔一〕「三年」二句：是説三年來，顧君在南京某官吏的幕下，勤勞於政府的公務。在這十月金秋，秋闈結束，終於收穫了「小陽春」。按顧君此前當爲幕下小吏。又，江南秋天多晴暖，有「十月小陽春」之説。

〔二〕琴尊：琴與酒器，泛指生活物件。梓道：回鄉之路。梓，桑梓，故鄉。

〔三〕楓宸：帝王宫殿。漢代宫廷多植楓樹，故有此稱。宋王安石《賀正表》：「臣尚依枌社，獨隔楓宸。」此指朝廷。

〔四〕發軔：出發，開始。本義爲拿掉支住車的木頭，使車啓行。《楚辭·離騷》：「朝發軔於蒼梧兮，夕余至乎縣圃。」

【解析】

首聯描寫送行場景，揭出主題。頷聯概述顧君近年狀況及目前新穫。末四句語含勉勵和祝福，希望顧君能從此青雲，報效朝廷。

感懷

不煉金丹不坐禪，饑來吃飯倦來眠〔一〕。生涯畫筆兼詩筆，蹤跡花邊與柳邊。鏡裏形骸春共老，燈前夫婦月同圓〔二〕。萬場快樂千場醉，世上閒人地上仙。

袁宏道評：快活。

【題解】

此詩主要抒寫自己的内心情懷，充滿著對自在隨意生活的讚頌與喜愛。詩中有「鏡裏」一聯，按伯虎原配徐氏，徐氏亡故後曾續弦，弘治十二年遭遇科場之獄，出獄後「夫妻反目」，續弦離去，弘治十八年後他又娶妻沈氏。這就是祝允明《唐伯虎墓誌銘》中所謂「配徐繼沈」之「沈」。沈氏排行第九，人稱沈九娘，與伯虎感情融洽。除本詩外，七絶《偶成》亦記録了他們貧賤相守的生活。

【箋　注】

〔一〕「饑來」句：語出《景德傳燈録》卷六源律師問慧海禪師曰：「和尚修道，還用功否？」師曰：「饑來吃飯，困來既眠。」曰：「一切人總如師用功否？」師曰：「不同。他吃飯時不肯吃飯，百種須索；睡時不肯睡，千般計較。」

〔二〕「鏡裏」二句：是説從鏡中看到自己伴隨著春天的逝去而逐漸衰老，在紅燭下夫婦和美恩愛，共賞一輪圓月。形骸，人的軀體。

【解　析】

此詩語言流暢生動，感情濃烈真摯，表現了詩人任性的人生。這是一方面。另一方面，直白明了的詩句，又不缺乏思想的深度。如首聯即暗用佛典，表現了詩人對於禪不拘泥於形式的深刻領悟。

贈徐昌國

書籍不如錢一囊〔一〕，少年何苦擅文章？十年掩骭青衫敝，八口啼饑白稻荒〔二〕。草閣續經冰滿硯，布衾棲夢月登牀。三千好獻東方牘，來伴山人讚法王〔三〕。

【題　解】

此詩應作於正德初年，亦即徐禎卿病故（正德六年）以前。徐昌國：即徐禎卿（一四七九—一五一一），字昌穀，一字昌國，吴縣人。弘治十八年進士，授國子監博士。與唐伯虎、祝允明、文徵明號稱吴中四子。早攻文詞，後中進士，因容貌醜陋瘦小而僅被任命爲大理寺副，後被降爲國子監博士。遭受人生的尷尬和失意後，徐禎卿轉而學道。王陽明《徐昌國墓誌》云：「早攻文詞，中乃謝棄。脱淖垢濁，修形煉氣。守静致虚，恍若有際。道幾朝聞，遐夕先逝。」

【箋　注】

〔一〕「書籍」句：語出漢末趙壹《刺世疾邪賦》：「文籍雖滿腹，不如一囊錢。」

〔二〕「十年」二句：是説讀了十年書，衣服破爛，不能掩體。家中的人爲饑餓而啼哭，田裏的稻子荒蕪不堪。骭，小腿骨。白稻，一種穀粒狹長的稻。

〔三〕「三千」二句：是説你如同漢代的東方朔，能揮灑而就幾千字的好文章，本應去進獻國策，可是你却轉而和那些隱居的高士一起尋求佛家智慧。東方，東方朔，字曼倩，平原厭次（今山東德州陵城）人，性詼諧幽默，善辭賦。漢武帝即位，徵召天下文學之士。東方朔上書，用了三千片竹簡，兩個人才扛得起，武帝讀了兩個月才讀完。牘，古代寫字用的木片，後指公文、書信。山人，優遊林下之人。法王，佛教對釋迦牟尼的尊稱。

【解　析】

此詩爲贈友之作，惺惺相惜，淒苦之情溢於言表。前六句寫禎卿苦讀、潦倒的人生景况。尾聯一轉，沉痛而無奈地寫出禎卿的遁隱。其實，禎卿的悲劇是社會使然。伯虎自己又何嘗不是呢？此詩實則隱藏著詩人自己對人生的失望和遺憾，是一篇借他人之酒杯，澆自己之塊壘的作品。

同諸公登金山　此詩見三山志與前詩不同

山峙清江萬里深，上公乘興命登臨[一]。憑尊指顧分吴楚[二]，滿眼風波自古今。春日客途悲白髮，祇園兵燹廢黄金。日斜未放滄浪渡，飽酌中泠洗宿心[三]。

【題　解】

「同諸公登金山」，即諸公有登金山詩，此爲和之。同，和韻之意。按本卷前有《遊金山》一詩，與此韻同，文句亦大同小異，亦當作於弘治十四五年壯遊期間。金山：見《遊金山》題解。

【箋　注】

〔一〕上公：對官職地位高者的尊稱。

〔二〕「憑尊」句：意爲舉杯飲酒，指點江山，議論吴楚舊事。憑尊，舉著酒杯。指顧，手指目視。

〔三〕中泠：中泠泉，在金山之西，曾被稱爲天下第一泉。宿心：素來的心願。

【解　析】

首聯寫明登金山緣起。頷聯寫遊玩内容。頸聯一轉爲抒情，從佛寺之廢，引出白髮之悲。尾聯歸結於遊玩，以飲泉結。由於此詩與前《遊金山》大同小異，故請參閲前詩解析。

夢

二十年餘別帝鄉〔一〕，夜來忽夢下科場〔二〕。雞蟲得失心尤悸〔三〕，筆硯飄零業已荒。自分已無三品料，若爲空惹一番忙〔四〕。鐘聲敲破邯鄲景〔五〕，依舊殘燈照半牀。

【題　解】

此詩作於正德十三年（一五一八）八月十四日夜。其時伯虎夢見自己下第。此作是對夢境的描述，同時也是對詩人在經歷了人生的歷練之後，對待事物通達灑脱態度的寫照。按伯虎的朋友錢仁夫（亦爲弘治進士）作有《次唐子畏韻自道鄙懷》：「上疏乞恩歸故鄉，脱身名利是非場。兩湖風月久相待，三徑菊松全未荒。釣水采山聊自給，吟詩作字爲人忙。近來也有些兒懶，睡足日高才下牀。」可與本詩參閲。

【箋　注】

〔一〕帝鄉：指京城。

〔二〕下科場：下第，科舉考試不中。

〔三〕雞蟲得失：喻細微之得失。出自唐杜甫《縛雞行》：「小奴縛雞向市賣，雞被縛急相喧爭。家中厭雞食蟲蟻，不知雞賣還遭烹。蟲雞於人何厚薄，吾叱奴人解其縛。雞蟲得失了無時，注目寒江倚山閣。」

〔四〕「自分」二句：是説自己估摸早已經没有當官的運氣，爲什麽還要參加考試白忙一場？三品料，三品藕豆。

〔五〕邯鄲景：即邯鄲夢，或稱黄粱夢。唐沈既濟《枕中記》載，盧生在邯鄲客店中做夢，在夢中歷盡榮華富貴。夢醒，主人炊黄粱未熟。後因以喻虛幻的事和欲望的破滅。

【解　析】

伯虎曾於弘治十二年進京應試，不意因科場舞弊案受累下獄，第二年出獄後，回家又繼室反目，遂休掉繼室。可以説，科場是伯虎心中的終生之痛。此詩作於十九年後的夢回科場，醒來以後心有餘悸。首聯交代夢之緣起，「别帝鄉」三字痛定思痛，應理解爲與仕途的永别。頷聯寫那次慘禍對自己的影響和打擊。頸聯一轉，對以往之事帶著幾分戲謔和自嘲，作自我寬解。尾聯用《枕中記》典，指出鐘聲敲破的不僅僅是真實的夢境，也是人生的一場大夢！

嘆世

富貴榮華莫强求，强求不出反成羞。有伸脚處須伸脚，得縮頭時且縮頭。地宅方圓人不在，兒孫長大我難留。皇天老早安排定，不用憂煎不用愁。

【題　解】

此詩爲人生感悟，語言淺顯，有意運用俗語，應作於伯虎晚期。

【解　析】

此詩總結的人生態度就是隨緣。值得注意的是，伯虎並非枯燥地説教，而是出之以通俗易懂的「家常話」。尤其頷聯「有伸脚處須伸脚，得縮頭時且縮頭」，既淺直又詼諧。是典型的唐氏風格。

自笑

兀兀騰騰自笑癡〔一〕，科名如鬢髮如絲〔二〕。百年障眼書千卷，四海資身筆一枝〔三〕。陌上花開尋舊跡〔四〕，被中酒醒煉新詞。無邊意思悠長處，欲老光陰未老時。

【題　解】

此詩亦作於後期。通過對自己以前生活的檢視，表達了詩人在飽經人生磨難後的無盡感嘆。

【箋　注】

〔一〕兀兀騰騰：勤勉不止、奮起有爲的樣子。

〔二〕「科名」句：是説年輕時的科舉功名之心已經老去，恰似雙鬢的黑髮變成了白髮。

〔三〕「百年」二句：是説多年讀書，只不過用來打發時間而已。在社會上立身，主要憑藉著一支畫筆。障眼，遮蔽視線。此指打發時間。資身，資養自身，立身。

〔四〕陌上花開：宋蘇軾《陌上花三首・并引》云：「父老云吴越王妃每歲春必歸臨安，王以書遺妃曰：『陌上花開，可緩緩歸矣。』」

【解　析】

首聯寫自己的現狀，語帶自嘲。頷聯總結人生，又語含自負，十分精彩。頸聯寫當下生活，「陌上花開」一語雙關，既可理解爲踏青尋芳，又可理解爲檢點以往混跡花間的風流舊事。尾聯用詞平淡而意思雋永，謂閒暇的時候心中就會有許多的心思，然而這個時候我已經即將老去了。

獨宿

白木棲牀厚砌氈，烏綾裌被薄裝綿〔一〕。無燈不做欺心夢，有酒何愁縮脚眠？日占千間忙個甚？天明萬事又相牽。不如自學安身法，便是來參没眼禪〔二〕。

【題　解】

此詩當是伯虎後期之作，叙寫了自己簡陋的生活以及隨遇而安的心境。

【箋　注】

〔一〕「白木」二句：是説自己生活簡陋。白木棲牀，未經漆飾的睡牀。厚砌氈，用氈子層層鋪墊。烏綾，黑色的綾布。

〔二〕没眼禪：不用眼睛的參禪，是睡覺的戲稱。宋惠洪《冷齋夜話》卷一：「東坡曰：予少官鳳翔，行山邸，見壁間有詩曰：人間無漏仙，兀兀三杯醉。世上没眼禪，昏昏一覺睡。雖然没交涉，其奈略相似。相似尚如此，何況真個是。」

【解　析】

詩名獨宿，全詩圍繞睡覺而寫。

首聯描寫自己生活簡陋。頷聯進一步申寫，雖然窮得無燈，但只要有酒，便可以踏踏實實地睡覺。頸聯嘲笑擁有千間房子的富人，他們萬事相牽，缺少者正是清静。尾聯將自己的睡卧戲稱爲没眼禪，自嘲中略帶一點自負。

避事

多憑乖巧討便宜，我討便宜便是癡。繫日無繩那得住〔一〕，待天倚杵是何時〔二〕？隨緣冷暖開懷酒，懶算輸贏信手棋。七尺形骸一丘土，任他評論是和非。

【題　解】

此首即事詩亦當作於伯虎後期，抒寫了自己無欲無求、隨遇而安的生活態度。

【箋　注】

〔一〕繫日：昔人由日落想到用長繩繫留住時間匆匆的脚步。晉傅玄《九曲歌》：「歲暮景邁羣光絶，安得長繩繫白日。」

〔二〕倚杵：古代讖緯家言，謂若干年後天地將變得相近，立杵於地可倚於天。《初學記》卷一引《河圖挺佐輔》：「百世之後，地高天下，不風不雨，不寒不暑……如此千歲之後而天可倚杵，洶洶隆隆，曾莫知其始終。」

【解　析】

避事，即息事寧人，無所作爲。首聯提出「乖巧」「便宜」，伯虎認爲這就是避事的目的。頷聯是説時光匆匆，難得留住。頸聯是説正因爲人生苦短，所以採取隨緣冷暖、不計得失的態度。尾聯認爲人生難免一死，有什麽必要關注身後之名呢？

四十自壽

魚羹道衲水雲身，彈指流年了四旬①。善亦懶爲何况惡，富非所望豈憂貧。山房一局金縢著②，野店千杯石凍春。如此福緣消不盡，半生無事太平人。

【校　記】

①「了四旬」，何本作「到四旬」。②「金縢」，何本作「金騰」。

【題　解】

此詩當作於正德四年。先此兩年，桃花庵别業及夢墨亭竣工，伯虎的生活相當穩定而愜意。

【解　析】

此詩又見於同卷《言懷》二首之一，只文詞小異，參見前詩解析。

桃花塢祓禊

縠雨芳菲集麗人〔一〕，當筵飣餖一時新〔二〕。轢弦護索仙韶合，叉手搖頭酒令新〔三〕。白日不停簷下轍，黄金難鑄鏡中身〔四〕。莫辭到手金螺滿〔五〕，一笑從來勝是嗔。

【題　解】

此爲在修禊日集會之後所作的詩。祓，是祓除病氣。禊，是修潔淨身。古人將三月上巳日（魏晉後改爲每年三月三日）在水邊舉行的一種祓除不祥的祭祀活動稱爲祓禊。此詩應是伯虎中年以後所作。

【箋　注】

〔一〕縠雨：二十四節氣中的第六個節氣，春季的最後一個節氣，雨生百穀的意思。

〔二〕飣餖：供陳設的食品。

〔三〕「轢弦」二句：是説彈奏音樂和諧悦耳，叉手搖頭行出新的酒令。轢弦，唐宋大曲名。宋朱弁《曲洧舊聞》：「余嘗聞琵琶中作《轢弦》《薄媚》者，乃云是玉宸宫調也。」護索，彈琴的手法。仙韶，即《仙韶曲》，泛指宫廷樂曲。《新唐書·禮樂志》：「文宗好雅樂，詔太常卿馮定采開元雅樂製《雲韶法曲》及《霓裳羽衣舞曲》。……樂成，改法曲爲《仙韶曲》。」叉手摇頭，行酒令的方法。

〔四〕「白日」二句：是説太陽不停止移動的脚步，縱有黄金，也難鑄牢鏡中老去的身影。轍，車走過留下的痕跡，這裏指日影。

〔五〕金螺：用鸚鵡螺或紅螺殼做成的酒杯，泛指酒杯。五代譚用之《河橋樓賦得羣公夜宴》：「杯粘紫酒金螺重，談轉瑀瑙玉麈空。」

【解　析】

首聯寫飲宴場面，花草繁茂，美女如雲。頷聯寫在美妙音樂中飲酒行令，繼續渲染熱鬧場面。頸聯一轉，點出日月如梭、紅顔易老的人生悲劇。尾聯宕開一筆，奉勸飲者不要推辭酒滿，要抓緊時間，及時行樂，從來都是快樂勝過生氣的啊。全詩一唱三嘆，極盡跌宕起伏之妙。

哭妓徐素

清波雙珮寂無蹤〔一〕，情愛悠悠怨恨重。殘粉黄生銀撲面，故衣香寄玉關胸〔二〕。月明花向燈前落，春盡人從夢裏逢。再托生來儂未老，好教相見夢姿容〔三〕。

【題　解】

楊靜庵《唐寅年譜》繫此詩於弘治十六年。伯虎婚姻不幸，中年時期曾有一段倚紅偎翠的生活，這是一首寫給青樓女子的弔唁之作。徐素其人不可考。

【箋　注】

〔一〕清波雙珮：用來指女子，這裏指徐素。《列仙傳》卷上《江妃二女》載，江妃二女者，出遊于江漢之湄，逢鄭交甫。交甫見而悦之，二女解珮相贈。交甫行數十步，回視二女，已杳無蹤跡。

〔二〕「殘粉」二句：是説粉盒中剩下的發黄的粉，當年她曾用以撲面，遺存的衣衫散發著微香，當年她曾用以包裹如玉的胸腹。

〔三〕「再托」二句：是説如果你再次投胎轉世，我還没有老去，你一定要托夢給我，好讓我知道你的樣子。托生，迷信説法，有生命之物死後靈魂轉生世間。儂，我。

【解　析】

伯虎自許「龍虎榜中名第一，煙花隊裏醉千場」，這位風流才子、顧曲周郎，在煙花巷陌中是不乏知心的，徐素是其中之一。首聯以典故入題，點出陰陽兩隔。頷聯寫尋覓舊物以寄相思。因徐是妓女，故用語略涉香艷。頸聯寫尋覓不得，故托之於夢境。尾聯採用進一層寫法，希望所愛之人儘快轉生，與自己再次相逢。全詩感情真摯，推進有序，結構緊湊。

夜讀

夜來倚枕細思量，獨卧殘燈漏轉長。深慮鬢毛隨世白，不知腰帶幾時黄〔一〕？人言死後還三跳，我要生前做一場。名不顯時心不朽，再挑燈火看文章。

【題　解】

此詩作於伯虎青年時期。表現了作者對於建功立業的渴望及時不我待的焦慮。

【箋　注】

〔一〕「不知」句：是説自己不知何時才能取得尊貴的地位。黄帶，古代官員繫在腰間的黄色帶子。

【解　析】

這是一首典型的唐伯虎風格的詩。首聯寫深夜獨卧，難以入眠。頷聯寫時不我待、功名未就的煩惱。後四句寫自己當痛下決心，努力自强，求取功名。全詩情緒昂揚，語言淺顯，接近俚俗，但又對仗工整，耐人尋味。

題輞川

輞川風景更如何？天色秋光趣益多。白日蒼松塵外想，清風明月醉時歌。林間鹿過雲還合，溪面魚游水自波。高隱不求軒冕貴〔一〕，且將蹤跡寄煙蘿。

【題　解】

輞川：水名，即輞谷水，在今陝西藍田南部。唐代詩人王維曾在這裏置别墅居住。按伯虎没有到過陝西，故此詩應該是一首題畫詩。

【箋　注】

〔一〕軒冕：原指古時士大夫以上官員的車乘和冕服，後泛指官位爵禄。晉陶潛《感士不遇賦》：「既軒冕之非榮，豈緼袍之爲恥。」

【解　析】

首句「輞川風景更如何」一句提起全篇，以下五句都是寫景。第二句點出季候。頷聯從大處潑墨。頸聯從細處點染，有色彩，有動態，又透出一派舒暢飄逸。尾聯一轉，提出可在此處棲居或修真，這也可視爲詩人的讀畫所感，「蹤跡寄煙蘿」，同時關合到畫面。

姑蘇雜咏　四首

【題　解】

此當爲伯虎青年時所作。姑蘇：蘇州，古稱平江，位於江蘇省東南太湖之濱，長江三角洲中部，也是伯虎的故鄉。

門稱閶闔與天通〔一〕，臺號姑蘇舊帝宫。銀燭金釵樓上下，燕檣蜀柁水西東〔二〕。萬方珍貨街充集，四牡皇華日會同〔三〕。獨悵要離一抔土，年年青草没城墉〔四〕。

【箋　注】

〔一〕閶闔：天門，此指蘇州的西城門閶門。《吴越春秋·闔閭内傳》：「立閶門者以象天門，通閶闔風也。」

〔二〕「銀燭」二句：是説畫樓裝飾華麗，美艷的歌女上下穿梭，來自各地的船隻停泊在河面。銀燭，明亮的燈光，此處形容樓閣裝飾之華美。金釵，謂盛裝的婦女。燕檣，燕地的桅杆。蜀柁，蜀地出産的船舵。燕檣蜀柁，泛指四方往來的船隻。按此二句與作者《閶門即事》「翠袖三千樓上下，黄金百萬水西東」造語、用意均相同。

〔三〕四牡、皇華：均爲使者的典故，此指外地來客。按《詩·小雅》有《四牡》篇，乃慰勞使臣之詩。《詩·小雅》又有《皇皇者華》篇，爲君遣使臣之作。會同：聚會。

〔四〕「獨悵」二句：是説只嘆息要離已經化作了一堆黄土，他的墓湮没在城牆下的荒草之中。要離，春秋末吴國刺客。見於漢趙曄《吴越春秋·闔閭内傳》。據云吴王闔閭派要離謀刺出奔衛國的王子慶忌。要離請吴王斷其右手，殺其妻子，詐稱得罪出逃。及至衛國，取信於慶忌。當同舟渡江時，慶忌被他刺中要害，仍釋令歸吴。要離行至江陵，伏劍自殺。城墉，城牆。

長洲茂苑占通津①〔一〕，風土清嘉百姓馴。小巷十家三酒店，豪門五日一嘗新。市河到處堪摇櫓，街巷通宵不絶人。四百萬糧充歲辦〔二〕，供輸何處似吴民〔三〕？

【校　記】

①「占通津」，何本作「古通津」。

【箋　注】

〔一〕長洲茂苑：即長洲苑，故址在今蘇州市西南、太湖北。春秋時爲吴王闔閭遊獵處。晋左思《吴都賦》：

「帶朝夕之濬池，佩長洲之茂苑。」

〔二〕歲辦：明代賦役名，地方官府每年向朝廷進貢土産。

〔三〕供輸：供給、輸送。指上交賦税。

江南人盡似神仙，四季看花過一年。趕早市都清早起，遊山船直到山邊。貧逢節令皆沽酒，富買時鮮不論錢。吏部門前石碑上，蘇州兩字指摩穿〔一〕。

【箋注】

〔一〕「吏部」二句：是説吏部門前刻著「蘇州」二字的石碑上，人們來往撫摩，字跡都磨平了。吏部，舊官制六部之一，主管官吏任免、考課、升降、調動等事。班列次序在其他各部之上。

繁華自古説金閶，略説繁華話便長。百雉高城分亞字，千年名劍殉吴王〔一〕。龍蟠左右山無盡，蛇委西東水更長。北去虎丘南馬澗〔二〕，笙歌日日載舟航。

【箋注】

〔一〕「百雉」二句：是説高高的城牆上有一半是亞字圖形，吴王闔閭則用千年名劍殉葬。二句意爲蘇州的城牆有一半是王室所建，蘇州乃王都所在。雉，古代計算城牆面積的單位，長三丈，高一丈爲一雉。分，一半。亞字，古代商周宗廟青銅器上都鑄有亞字形圖案，後即以亞字爲宗廟象徵。據《吴越春秋·闔閭内傳》，吴王闔閭死後曾用魚腸、扁諸等名劍各三千殉葬。

〔三〕「北去」句：是説北邊有虎丘，南邊有馬澗，足資遊覽。虎丘、馬澗均蘇州遊覽勝地。

【解　析】

在這組詩中，伯虎用濃郁的鄉情、典雅的傳説及華麗的詞句，向人們展示了繁華的古蘇州風貌。

第一首前三聯極寫蘇州之繁華，尾聯以要離的典故作結，慨嘆古之重然諾、輕生死的俠義之風已不復得見。第二首概寫蘇州民生之優遊和富足。第三首描摹江南居民無憂無慮、安居樂業的太平景象。第四首用吴王闔閭之典，爲蘇州這繁華之地加上了帝王之都的神秘的印記。

社中諸友携酒園中送春

三月盡頭剛立夏，一杯新酒送殘春。共嗟時序隨流水，况是筋骸欲老人。眼底風波驚不定，江南櫻筍又嘗新。芳園正在桃花塢，欲伴漁郎去問津〔一〕。

【題　解】

立夏爲二十四節氣之一，我國習慣作爲春季結束，夏季開始，因此伯虎與朋友有「送春」之酒會。觀詩中「筋骸欲老」語，應是中年之後所作。

【箋　注】

〔一〕「芳園」二句：是説桃花塢正是當年的桃花源，真想跟隨漁人前去探訪。晉陶潛《桃花源記》説一武陵漁人在桃林的盡頭發現一山洞，穿過山洞後别有天地，那里的人都是「先世避秦時亂」者的後裔。漁人回家後，太守派人跟他一起去找，結果没找到，「後遂無問津者」。

【解　析】

首聯點出聚會緣起是「送殘春」。頷聯是進一步寫法，不僅春隨流水，而且「筋骸欲老」。頸聯寫時序帶來的物變，又歸結到聚會品肴。尾聯用桃源典，烘托了聚會脱俗的氣氛。

謁故福建僉憲永錫陳公祠

封章曾把逆鱗批，三逐雖危志不迷〔一〕。諫草猶餘幾行墨，遺書今掩一箱綈①。常山剩有孤忠氣〔二〕，新廟無慚直道題。私淑高風重拜謁，秋林殘日古城西。

【校　記】

①「一箱綈」，何本作「一箱綈」。

【題　解】

「永錫陳公」其人待考。按伯虎曾於弘治十四、十五年之交，遠遊閩浙贛湘等省，此或即游閩時所作。

【箋　注】

〔一〕「封章」二句：是説陳公曾犯顔直諫，遭受打擊。逆鱗，《韓非子·説難》以龍喻君主，謂龍喉下有逆鱗，「若有人嬰之者，則必殺人」。後因謂臣下直諫觸犯君主爲嬰逆鱗，或批逆鱗。

〔二〕常山：指唐代常山太守顔杲卿。《新唐書·顔杲卿傳》載，安禄山叛亂，顔杲卿因城陷被俘，罵不絶口。安禄山割其舌，杲卿不屈而死。

【解　析】

首聯概述陳公之生平。頷聯寫遺物，睹物思人。頸聯寫陳公祠。尾聯寫自己對忠臣烈士的景仰之情，末句肅殺蒼茫，與全詩格調相合。

嘉靖改元元旦作

世運循環世復清，物情熙皞物咸亨〔一〕。一人正位山河定，萬國朝元日月明。黄道中天華闕迥，紫微垂象泰階平〔二〕。區區蜂蟻誠歡喜，鼓腹歌謡竟此生〔三〕。

【題　解】

此詩作於嘉靖元年（一五二二）元旦。上一年武宗崩，無嗣，興獻王之子朱厚熜入繼，爲世宗，改元嘉靖。

【箋　注】

〔一〕物情：世情。唐孟浩然《上張吏部》：「物情多貴遠，賢俊豈遥今。」熙皞：和樂，怡然自得。物咸亨：萬物都順利。咸亨，都順利。

〔二〕「黄道」二句：從天人感應的觀點讚美新朝。黄道中天，指吉祥景象。古代曆法家以爲黄道日子是吉日，作事相宜。迥，遠。紫微垂象，指帝王德澤廣布。紫微，即紫微垣，古代天文學中星座名。後來也指帝王宫殿。泰階，也是古星座名，後亦指朝廷。

〔三〕鼓腹歌謡：一邊拍肚皮，一邊唱歌。形容豪放不羈，閒散自樂。宋釋普濟《五燈會元・文准禪師》：「鼓腹謳歌笑不徹。」

【解　析】

此詩歌頌新君改元，抒發順民之情而已。首聯點明緣由。中間四句引徵天人感應，對朝廷阿諛吹捧。尾聯結合卑微的己身，抒發了小民的禮贊。

警世　八首

【題　解】

這組七言律詩是伯虎之人生感悟，類似於阮籍的《咏懷》詩，可能不作於一時一地，但集合以「警世」名之，則應是伯虎後期所爲。

措身物外謝時名，著眼閑中看世情。人算不如天算巧，機心爭似道心平。過來昨日疑前世，睡起今朝覺再生。説與明人應曉得，與愚人説也分明。

世事如舟掛短篷，或移西岸或移東。幾回缺月還圓月，數陣南風又北風。歲久人無千日好，春深花有幾時紅？是非入耳君須忍，半作癡呆半作聾。

但凡行事要知機，斟酌高低莫亂爲。烏江項羽今何在〔一〕，赤壁周瑜業更誰〔二〕？贏了我時何足幸，且饒他去不爲虧。世事與人爭不盡，還他一忍是便宜。

萬事由天莫苦求，子孫綿遠福悠悠。飲三杯酒休胡亂，得一帆風便可收。生事事生何日了，害人人害幾時休？冤家宜解不宜結，各自回頭看後頭。

爲人須是要公平，不可胡爲肆不仁。難得生居中國内，況兼幸作太平民。交朋切莫交無義，做鬼須當做有靈。萬類之中人最貴，但行好事莫相輕。

貪利圖名滿世間，不如布衲道人閑。籠雞有食鍋湯近，海鶴無糧天地寬。富貴百年難保守，輪回六道易循環〔三〕。勸君早向生前悟，一失人身萬劫難。

仁者難逢思有常，平居慎勿恃無傷。爭先徑地機關險，退後語言滋味長。爽口物多終作疾，快心事過必爲殃。休言病後能求藥，孰若病前能預防？

去歲殘花今又開，追思年少忽成呆。數莖白髮催將去，萬兩黄金買不回。有藥駐顏真是妄，無繩繫日轉堪哀〔四〕。此情莫與兒郎説，直待兒郎自老來。

【箋　注】

〔一〕烏江項羽：項籍，字羽，力能扛鼎，少有取天下之志，於秦末起事反秦，爲諸侯上將軍，又自立爲西楚霸王。秦亡後，與漢王劉邦爭天下，失敗，自刎於烏江邊。

〔二〕赤壁周瑜：周瑜爲三國時東吴大將。漢獻帝建安十三年，曹操伐吴，孫權遣周瑜統兵迎戰，聯合劉備，大破曹操水軍於赤壁。

〔三〕輪回六道：佛家認爲，世間衆生因造作善與不善諸業而有業報。此業報有六個去處，被稱爲六道。六道是佛根據業報身受福報大小劃分的，分别爲：天道、阿修羅道、人道、畜生道、餓鬼道、地獄道。

〔四〕繫日：見本卷《避事》注〔一〕。

【解　析】

第一首宗旨在頷聯「人算不如天算巧，機心爭似道心平」。所謂「機心」，乃機巧之心。所謂「道心」，乃淡泊之心。這個道理，作者認爲明愚共曉。第二首説時勢變幻不定，自己難以把握自己短暫的命運，就應當裝聾做癡，才能生活得開心。第三首從成（周瑜）敗（項羽）的歷史故事，説明「不爭」與「一忍」的主張。第四首起筆即揭示主題：「萬事由天莫苦求。」其餘三聯都是對此的闡釋。第五首談做人的道理，不要「不仁」「無義」，要「但行好事」。第六首宣揚佛教輪回之説，頷聯「籠雞有食鍋湯近，海鶴無糧天地寬」，含有辯證的意味，耐人咀嚼。第七首全詩從各個方面證明「過猶不及」的道理，尾聯提出「病前能預防」，新警喻人。第八首主旨爲嘆息歲月無情，老之將至。總之，這組七律語言直白平易，主題鮮明，然而亦有淺俗之嫌。

除夜坐蛺蝶齋中

燈火蕭蕭歲又除，盤餐草草食無魚〔一〕。衰遲日月辭殘曆，憔悴頭顱咏後車〔二〕。一卷文章塵覆瓿，兩都蹤跡雪隨驢〔三〕。明朝轉眼更時事，細雨荒雞漫倚廬〔四〕。

【題　解】

此詩應作於伯虎後期。除夜：除夕夜。蛺蝶齋：唐伯虎桃花塢別墅中茅舍名。唐寅酷愛桃花，別墅取名桃花塢。其中建有茅舍數間，有學圃堂、夢墨亭、蛺蝶齋等。

【箋　注】

〔一〕食無魚：《戰國策·齊策四》記載，馮諼爲孟嘗君門下食客，孟嘗君的家人給他吃粗糙的飲食，他於是彈鋏而歌：「長鋏歸來乎，食無魚！」伯虎用其意，指自己生活貧困。

〔二〕後車：後繼之車。三國魏曹丕《與朝歌令吴質書》：「從者鳴笳以啓路，文學託乘於後車。」此指自己未來的歲月所剩無幾。

〔三〕「一卷」二句：是説以前寫下的文章已落滿灰塵，只能用來蓋盛醬的瓦罐。爲了生活，下雪天還騎著毛驢，在兩都之間穿梭。覆瓿，《漢書·揚雄傳》：「（劉歆）謂雄曰：『空自苦，今學者有禄利，然尚不能明《易》，又如《玄》何？吾恐後人用覆醬瓿也。』」兩都，此指北京和南京。明太祖建都南京，明成祖遷都北京，後合稱爲兩都或兩京。

〔四〕荒雞：古時稱三更前鳴的雞爲荒雞。

【解析】

首聯寫歲月老去，生活清貧。頷聯寫除夕辭歲，益感衰年遲暮。頸聯寫自己一生無所作爲，空自忙碌。尾聯「更時事」照應題目，以淒迷之景結之。全詩意境苦寒孤寂，充滿了對人生的深沉感喟和無奈之情，是唐伯虎後期生活的真實寫照。

七夕賦贈織女

神雲矯矯月離離，帝子飄飄即故期〔一〕。銀臺極夜留魚鑰①〔二〕，珠殿繁更繞鳳旗。靈津駕鵲將言就，咸池沐髮會令晞〔三〕。含情忍態辭文席，七襄仍弄昨朝絲〔四〕。

【校記】

①「銀臺」，何本作「銀堂」。

【題解】

七夕：農曆七月初七晚上。織女：傳說中天帝的女兒。《月令廣義·七月令》引南朝梁殷芸《小説》：

「天河之東有織女，天帝之子也。年年機杼勞役，織成雲錦天衣，容貌不暇整。帝憐其獨處，許嫁河西牽牛郎，嫁後遂廢織紝。天帝怒，責令歸河東，但使一年一度相會。」

【箋　注】

〔一〕「神雲」二句：寫織女赴約。矯矯，飛動貌。離離，清爽迷離貌。飄摇，隨風飄舞擺動。即，奔赴。故期，舊約。

〔二〕銀臺：傳説中王母居處。極夜：徹夜，終夜。魚鑰：魚形的鎖。

〔三〕「靈津」二句：是説天河上喜鵲搭建的橋很快就會搭好，織女在咸池中洗髮，頭髮很快就會乾爽飄逸。靈津，天河、銀河。咸池，神話中謂日浴之處。晞，曬乾。

〔四〕「含情」二句：是説含情忍淚辭别心上人，回去仍舊去織那織不完的絲線。文席，有花紋的席子，這裏指牛郎織女的合歡床席。七襄，原指織女星白晝移位七次。此借指織女别後心神恍惚，不能專注於織造。

【解　析】

這是一首伯虎集中少見的遊仙詩。首聯點題。頷聯寫天宫之繁華，渲染節日氣氛。頸聯寫織女的動作，體現出她内心的期盼與纏綿。尾聯寫約會過後織女的無奈和悵惘。此詩寫法别致，只寫會前與會後，偏重於對意境及内心活動的描繪，詩中的織女，既有神仙的飄逸和出塵，又有人的多情和婉媚，在古代牛女情事詩中别具一格。

題友鶴圖爲天與

名利悠悠兩不羈，閑身偏與鶴相宜。憐渠縞素真吾匹〔一〕，對此清臞即故知〔二〕。月下吟行勞伴侣，松陰夢覺許追隨。日來養就昂藏志，不逐雞羣伍細兒〔三〕。

【題　解】

這是一首題畫詩。友鶴圖：中國畫的常見題材，畫松樹、高士與鶴爲友的景象。天與：其人待考。

【箋　注】

〔一〕「憐渠」句：喜愛鶴的清白高潔與自己相當。縞素，潔白。匹，匹配，同類。

〔二〕清臞：指鶴的消瘦、清逸之態。故知：老朋友。

〔三〕「日來」二句：是説平日就陶冶出高朗的氣概，怎麽能去追隨那些雞羣小兒呢？伍細兒，與小孩爲伍。

【解　析】

這是一首題畫詩。寫松、鶴都是爲了刻畫高士。高士棲息松陰，與鶴爲伴，韜光養晦，透出一種秀逸閒雅的風姿。

唐伯虎詩文全集　卷三

五言絶句

題枯木竹石

翠竹並奇石，蒼松留古柯。明窗坐相對，試問興如何〔一〕？

袁宏道評：好。

【題　解】

這是一首題畫詩。借畫面所描繪的蒼松、翠竹和奇石，表現文人雅士正直剛强、清雅高潔、超凡脱俗的人格。

【箋　注】

〔一〕興：興會，興致。

【解　析】

此詩層次清晰，格調高雅。對此物我合一之境，袁宏道評道：「好。」

美人蕉

大葉偏鳴雨〔一〕，芳心又展風〔二〕。愛他新緑好，上我小庭中〔三〕。

袁宏道評：好。

【題解】

這是一首咏物詩，亦可能是題畫之作。

【箋注】

〔一〕鳴雨：因雨打蕉葉而有聲。

〔二〕芳心：指蕉心的小葉，與大葉相對。展風：在春風中舒展。

〔三〕「愛他」二句：有唐王維《書事》「坐看蒼苔色，欲上人衣來」詩意。

【解析】

後兩句描寫美人蕉那象徵著春意的「新緑」，竟從庭外躍「上」詩人「小庭中」，張揚一種生命的活力，表現迷戀春景的欣喜。

題畫　四首

【題　解】

第一首當爲文徵明《畫雲山圖》所題。

第四首爲《虚亭聽竹圖》的題詩。圖見陳傳席、談晟廣《中國名畫家全集·唐寅》，河北教育出版社二〇〇四年版，第一一〇頁（後文所引只注書名、頁碼）。

晚雲明漏日〔一〕，春水緑浮山。半醉驢行緩，洞庭黄葉間〔二〕。

袁宏道評：好。

【箋　注】

〔一〕漏日：透露出太陽的光華。唐公乘億《賦得秋菊有佳色》：「散漫摇霜彩，嬌妍漏日華。」

〔二〕洞庭：太湖中之小嶼。

【解　析】

這首題畫詩亦將繪畫技法用於詩歌創作中，在景物的色調上著力。這幅醉遊洞庭的生動畫卷，令人心馳神往。

淡霧滃山腰〔一〕，清風集樹梢。聽泉人習靜〔二〕，佇立面平橋。

【箋　注】

〔一〕滃（wěng）：雲氣四起貌。

〔二〕習靜：謂心常靜寂清澄。如坐禪之類。漢焦贛《易林》卷二《噬嗑之第二十一・大過》：「奇適無偶，習靜獨處。」南朝梁何遜《苦熱詩》：「習靜悶衣巾，讀書煩几案。」

【解　析】

運用動靜結合的手法寫景達意，在伯虎題畫詩中很常見。

落日山逾碧〔一〕，孤亭景自幽。蒼江一作滄江寒更急，客興自中流。

【箋　注】

〔一〕「落日」句：從唐杜甫《絕句二首》之二「江碧鳥逾白，山青花欲燃」化出。

虛亭林木裏〔一〕，傍水著闌干。試展蒲團坐，葉聲生早寒。

袁宏道評：好。

【箋　注】

〔一〕虛亭：空亭。

【解　析】

前三句描述畫面，末句一轉，以落葉之聲昭示秋寒來襲，所謂「一葉知秋」，對畫面内容進行補充。

題畫

野菊日爛熳，秋風隨分開〔一〕。寒香與晚色〔二〕，消受掌中杯〔三〕。

【箋　注】

〔一〕隨分：隨便。宋李清照《鷓鴣天》（寒日蕭蕭上鎖窗）：「不如隨分尊前醉，莫負東籬菊蕊黄。」

〔二〕寒香：謂菊花的香氣。宋張鎡《八聲甘州·九月末南湖對菊》：「對黄花猶自滿庭開，那恨過重陽。憑闌干醉袖，依依晚日，飄動寒香。」晚色：傍晚的天色。唐許渾《松江渡送人》：「晚色千帆落，秋聲一雁飛。」

〔三〕消受：享受，受用。宋方岳《水龍吟·和朱行甫帥機瑞香》：「掩窗綃，待得香融酒醒，盡消受、這春思。」

【解　析】

在古代詩文中，菊花意蘊豐富，較多用於隱逸或愁怨的象徵，前者如晉陶潛《飲酒二十首》之六：「採菊東籬下，悠然見南山。」後者如宋李清照《醉花陰》（薄霧濃雲愁永晝）：「莫道不消魂，簾捲西風，人比黄花瘦。」這首題畫詩寫出了自然與生活的自由自在、無拘無束：野菊在秋風中恣意開放，人們在花香滿庭的傍晚悠閒地舉杯暢飲。

題畫

促席坐鳴琴〔一〕，寫我平生心。平生固如此，松竹諧素音〔二〕。

【箋注】

〔一〕促席：接席，座位靠近。晋左思《蜀都賦》：「合樽促席，引滿相罰。」

〔二〕素音：原指音訊。唐皎然《晚冬廢溪東寺懷李司直縱》：「安得西歸雲，因之傳素音。」此指質樸的音樂。

題畫

空山絶人跡〔一〕，闃寂如隔世〔二〕。泉頭自趺坐〔三〕，鵑聲出楓樹。

【箋注】

〔一〕空山：深山。唐王維《鹿柴》：「空山不見人，但聞人語響。」

〔二〕闃（qù）寂：寂靜無聲。

〔三〕趺坐：跏趺坐的略稱。佛教修禪者的坐法，兩足交叉置於左右股上稱全跏趺坐。據佛經說，珈趺可以減少妄念，集中思想。

對菊

天上秋風發，巖前菊蕊黃。主人持酒看，漫飲吸清香。

題畫

秋月攀仙桂〔一〕，春風看杏花〔二〕。一朝欣得意〔三〕，聯步上京華。

【題解】

玩其語意，此詩當寫於弘治十一年（一四九八），伯虎鄉試中式第一名解元後不久。

【箋注】

〔一〕「秋月」句：是說參加鄉試，一舉登第。舊時，鄉試在秋天，故曰「秋月」。攀仙桂，攀折月中之桂，喻指科舉登第。《晉書·郤詵傳》：「武帝於東堂會送，問詵曰：『卿自以爲何如？』詵對曰：『臣舉賢良對策，爲天下第一，猶桂林之一枝，崑山之片玉。』」

〔二〕「春風」句：是說參加會試，期待及第。會試在春天，杏花又稱及第花。語出唐鄭谷《曲江紅杏》：

「女郎折得慇懃看，道是春風及第花。」

〔三〕得意：稱心如意，此指科舉登第。

【解　析】

弘治十一年，伯虎參加應天府試，一舉奪魁。他渴望再接再厲，於次年進京參加會試時蟾宫折桂，此詩就躍動著詩人此時躊躇滿志的豪情。

題畫

潦淨泉聲澀〔一〕，秋高木影疏。天涯來旅雁〔二〕，江上有鱸魚〔三〕。

【箋　注】

〔一〕潦（lǎo）：雨後地面積水。《廣韻》：「潦，雨水。」泉聲澀：泉水的聲音斷斷續續。澀，猶澀滯，遏阻不順暢。

〔二〕旅雁：雁每年春分後飛往北方，秋分後飛回南方，爲候鳥的一種，故有「旅雁」之稱。唐蘇頲《邊秋薄暮》：「海外秋鷹擊，霜前旅雁歸。」

〔三〕「江上」句：用晉張翰思鱸魚而歸吴事。

【解　析】

這首題畫詩用從遠方飛來的「旅雁」和江中鮮活的「鱸魚」，這兩個具有豐富内涵的藝術形象，寄托著人們對家鄉故園深切的思念之情。

題畫

祇爲憐春色，新紅折一枚。餘香盈翠袖〔一〕，偏惹蝶蜂隨〔二〕。

【箋　注】

〔一〕盈：滿。翠袖：翠色衣袖。唐杜甫《佳人》：「天寒翠袖薄，日暮倚修竹。」

〔二〕蝶蜂隨：謂蝶蜂隨香，意即蝶蜂隨香氣而追逐。喻指衆人追逐美人。五代王仁裕《開元天寶遺事》卷上：「都中名姬楚蓮香者，國色無雙……每出處之間，則蜂蝶相隨，蓋慕其香也。」

【解　析】

這是一首題美人畫的詩。從整體上看，似在摹畫蝴蝶、蜜蜂追尋春日初開花朵的芳香，實則叙寫美人出色的風姿招惹衆人的追逐。畫面與題詩相互補充，相得益彰。

題琵琶美人圖

夢斷碧紗櫥〔一〕，窗外聞鶗鴂〔二〕。清怨托琵琶〔三〕，怨極終難説。

【題　解】

此詩爲彈奏琵琶的美人圖而題。

【箋　注】

〔一〕紗櫥：用紗做成的帳子。元谷子敬《醉花陰·豪俠·刮地風》：「有翡翠軒碧紗櫥避暑樓臺，摛瑶觴莫減側，擺列著十二金釵。」

〔二〕鷤鴂：鳥名，即杜鵑。亦作「鶗鴂」。仲夏始鳴，鳴聲淒苦。相傳古蜀國國君望帝死後化爲杜鵑，故蜀人聞杜鵑啼而悲，見漢揚雄《蜀王本紀》。唐劉禹錫《竇朗州見示與澧州元郎中早秋贈答命同作》：「騷人昨夜聞鷤鴂，不嘆流年惜衆芳。」

〔三〕清怨：猶幽怨，潛藏在心裏的怨恨。

虛閣靜潭潭〔一〕，千山紫翠攢〔二〕。幽人無世事，終日倚闌干。

【箋　注】

〔一〕虛閣：空閣。潭潭：深邃貌。唐韓愈《祭河南張員外文》：「雲壁潭潭，穹林攸擢。」

〔二〕攢（cuán）：聚集，集中。漢張衡《西京賦》：「攢珍寶之玩好，紛瑰麗以奓靡。」

題畫

寒溜浸幽壑〔一〕，危亭點翠微〔二〕。忽驚雙鶴唳，有客款荆扉〔三〕。

【箋　注】

〔一〕寒溜（liù）：寒冷之水。唐權德輿《與沈十九拾遺同遊棲霞寺上方於亮上人院會宿二首》之二：「巖花點寒溜，石磴掃春雲。」

〔二〕危亭：高亭。唐宋鼎《酬故人還山》：「危亭暗松石，幽澗落雲霞。」點：裝點，點綴。翠微：山氣青縹色，代指山。

〔三〕款：通「叩」，敲。

【解　析】

前兩句「浸」和「點」這兩個動詞用得很生動，既極富畫面感，又使靜態的描寫變得靈動起來。後兩句一轉，從「雙鶴」的鳴叫，引出遠客的到來。

題畫

緑樹含春雨，青山護曉煙。携笻出磯上，何似地行仙〔一〕？

【箋　注】

〔一〕地行仙：神仙名。《楞嚴經》卷八：「有十種仙。阿難，彼諸衆生堅固服餌而不休息，食道圓成，名地行仙。」這裏喻指生活閒散安逸之人。

六言絶句

題畫

山回水抱獨往，路深樹密迷家。有客隔林借問，驚禽蹴落藤花。

【解析】

前兩句描寫居所環境，「獨」、「迷」二字更添僻靜、幽深之感。正因爲有這樣的鋪墊，後兩句所描述的狀況才顯得合情合理。客人的一句「隔林借問」，驚起了林中野禽，以致它們在慌亂中踢落一地「藤花」。

七言絶句

宫詞

重門畫掩黄金鎖〔一〕，春殿經年歇歌舞〔二〕。花開花落悄無人，强把新詩教鸚鵡。

袁宏道評：畫。

【題解】

宫詞是專咏帝王宫中生活瑣事或宫女抑鬱愁怨的詩。漢魏六朝樂府已開其風，至徐陵、庾信，始有宫體之名目，及唐代李白之清平調、行樂詞及王昌齡咏宫事諸作，實開宫詞一路，至唐代王建著宫詞百首，孟蜀花蕊夫人費氏效之，亦作宫詞百首。

【箋　注】

〔一〕重門：層層門户。唐杜甫《彭衙行》：「延客已曛黑，張燈啓重門。」

〔二〕春殿：御殿。極言宫殿之盛，故有此稱。唐鄭愔《中宗降誕日長寧公主滿月侍宴應制》：「春殿猗蘭美，仙階柏樹榮。」此指女子所居宫殿，即後宫。

【解　析】

此詩描寫宫苑曲徑深幽、華貴妍麗而又蕭條冷落的景象，表現宫女無所事事的寂寞心境。末句「强把」一詞新警，耐人尋味。

題畫贈趙一篷

煙水孤篷足寄居，日長能辨一餐魚。問渠勾當平生事〔一〕，不弄綸竿就讀書〔二〕。

【題　解】

此詩所題是一幅山水畫。趙一篷其人待考。

【箋　注】

〔一〕勾（gòu）當：擔當事物，辦理，處理。《北史·序傳》：「事無大小，士彦一委仲舉，推尋勾當，絲髮無遺，於軍用甚有助焉。」

〔三〕綸竿：釣魚竿。綸，釣絲。宋黄庭堅《滿庭芳·雪中戲呈友人》：「便是漁蓑舊畫，綸竿重、橫玉低垂。」

【解　析】

前兩句寫蒼茫水面上的一葉孤舟足以安身，因爲辛勞一天能解決基本的温飽問題。後兩句設以問答，説明這樣的漁父就是自己的理想中人。

過閩寧信宿旅邸館人懸畫菊愀然有感因題①

黄花無主爲誰容〔一〕？冷落疏籬曲徑中。儘把金錢買脂粉，一生顔色付西風。

【校　記】

①「寧信」，何本作「寧德」。何本「因題」後有「絶句」二字。

【題　解】

這首題畫詩寫於弘治十五年（一五〇二），伯虎遠遊，曾投宿福建某旅館，見館人畫菊，有感而作。楊静庵《唐寅年譜》云：「無主誰容，顔色成空，確是科場案後寥落情況。」故詩中所咏别有寄託。閩寧：今福建寧德。信宿：連宿兩夜。

【箋　注】

〔一〕「黄花」句：是説野外的菊花爲誰修飾自己的容顔？化用「女爲悦己者容」的典故。《戰國策·趙策一》：「豫讓遁逃山中曰：『嗟乎！士爲知己者死，女爲悦己者容。』」《詩·衛風·伯兮》：「豈無膏沐，誰適爲容？」黄花，菊花。

【解　析】

詩人採用擬人、象徵手法，以菊花自況，視菊花爲知音，借高雅素淨的菊花在凜冽的秋風中孤芳自賞、凋零殆盡的悲劇命運，寄託自己孤獨無依的身世之感、懷才不遇的人生苦悶和寂寞淒涼的悲劇命運。

題寒雀爭梅圖

頭如蒜顆眼如椒〔一〕，雄逐雌飛向葦蕭〔二〕。莫趁螳螂失巢穴，有人拈彈不相饒〔三〕。

【題　解】

這是一首題畫詩，也是一首傷時罵世之作。寒雀：寒天之雀。唐韋應物《寓居澧上精舍寄于張二舍人》：「高齋猶宿遠山曙，微霰下庭寒雀喧。」按此詩與梅無關，梅當是畫中物。

【箋　注】

〔一〕椒：即椒目，花椒内所含黑子。宋陸佃《埤雅·釋木·椒》：「内含黑子如點，今謂『椒目』。」

〔二〕葦蕭：蘆葦和艾蒿。唐顧況《寄淮上柳十三》：「葦蕭中闢户，相映緑淮流。」蕭，蒿類植物名，即艾蒿。

〔三〕「莫趁」二句：化用「螳螂捕蟬，黄雀在後」的典故。《莊子·山木》云：「莊周遊於雕陵之樊，睹一異鵲……蹇裳躩步，執彈而留之。睹一蟬方得美蔭而忘其身，螳螂執翳而搏之，見得而忘其形；異鵲從而利之，見利而忘其真。」漢劉向《説苑·正諫》：「園中有樹，其上有蟬，蟬高居悲鳴飲露，不知螳螂在其後也；螳螂委身曲附欲取蟬，而不知黄雀在其傍也；黄雀延頸欲啄螳螂，而不知彈丸在其下也。」

【解　析】

前兩句描述麻雀争先恐後地飛向「葦蕭」叢中忘我争食的情態。後兩句借用典故提出警告，那些只顧争奪蠅頭微利的短視之徒終將招來横禍，灰飛煙滅。詩人用愚蠢的「寒雀」象徵追名逐利的小人，並以身敗名裂的結局表達對他們的極度鄙視。

題敗荷脊令圖

飛唤行揺類急難〔一〕，野田寒露欲成團。莫言四海皆兄弟，骨肉而今冷眼看〔二〕！

【題　解】

這是一首題畫詩。脊令(jí líng)：即鶺鴒，水鳥名。《詩·小雅·棠棣》：「脊令在原，兄弟急難。」毛傳：「脊令，雝渠也。飛則鳴，行則摇，不能自舍耳。急難，言兄弟之相救於急難。」鄭玄箋：「雝渠，水鳥。而今在原，失其常處，則飛則鳴，求其類，天性也，猶兄弟之於急難。」後因以「脊令在原」爲兄弟友愛的典故。唐杜甫《得弟消息二首》之二：「浪傳烏鵲喜，深負鶺鴒詩。」宋黄庭堅《和答元明黔南贈别》：「急雪脊令相並影，驚風鴻雁不成行。」

【箋　注】

〔一〕「飛唤」句：是説脊令在田野上邊飛行邊鳴叫，似乎要解救兄弟的急難。飛唤行摇，脊令飛行時喜鳴叫，行走時尾羽上下顫動，似摇擺。

〔二〕「莫言」二句：是説親兄弟已無情分可言。《論語・顔淵》：「司馬牛憂曰：『人皆有兄弟，我獨亡！』子夏曰：『……四海之内皆兄弟也。』」此反用其意。

【解　析】

弘治十二年（一四九九），伯虎因牽涉科場舞弊案而下獄，備受折磨，歸家後妻子離去，兄弟分炊，衆叛親離，迭遭打擊，由此對人情險惡有了清醒的認識。

此詩首先採用比興手法，化用詩題之意，以脊令在寒露中「飛唤行摇」，救兄弟於急難中，反襯人間却是手足疏離，親友冷眼，抒發人情澆薄的沉痛悽愴之情，以及對「四海皆兄弟」的無限向往。

題王母贈壽　二首

蓬萊弱水三千里〔一〕，王母蟠桃一萬年〔二〕。鳳鳥自歌鸞自舞〔三〕，直教銜到壽樽前。

袁宏道評：大。

【題解】

王母贈壽是歷代畫師喜愛的題材之一。王母：指西王母，古代傳説中的神名。《後漢書·張衡傳》：「聘王母於銀臺兮。」李賢注：「王母，西王母也。」

【箋注】

〔一〕蓬萊：傳説中的三大神山之一。《後漢書·竇融傳》：「是時學者稱東觀爲老氏藏室，道家蓬萊山。」李賢注：「蓬萊，海中神山，爲仙府，幽經秘録並皆在焉。」唐宋務光《海上作》：「方術徒相誤，蓬萊安可得。」弱水：古水名。古籍所載弱水甚多。其中，《史記·大宛傳》：「安息長老傳聞條枝有弱水、西王母。」《後漢書·西域傳·大秦傳》：「（大秦國）西有弱水、流沙，近西王母所居處。」所指皆在西方絶遠處。

〔二〕王母蟠桃：相傳西王母園中有蟠桃，三千年一開花，三千年一結實。《漢武帝内傳》載，傳説居住於崑崙山層城瑶池的西王母曾於漢武帝時降臨漢宫，視之可年三十許。在飲宴中，「又命侍女索桃，須臾，以盤盛桃七枚，大如鴨子，形圓，色青，以呈王母。母以四枚與帝，自食三桃。桃之甘美，口有盈味，帝食輒録核。母曰：『何謂？』帝曰：『欲種之。』母曰：『此桃三千歲一生實耳，中夏地薄，種之不生如何！』帝乃止」。後以「王母蟠桃」指神話中的仙桃，多用於祝壽。唐韓嶼《贈進士李守微》：「如何蓬閬不歸去，落盡蟠桃幾度花。」

〔三〕鸞：傳説中鳳凰一類的鳥。

【解　析】

這首題畫詩先以「三千里」展示空間的闊大，復以「一萬年」展現時代的邈遠，兼之「蓬萊弱水」、「王母蟠桃」的點化，給這一時空增添了令人遐思的神話色彩。在象徵吉祥的鳳凰、鸞鳥的載歌載舞中，代表長壽的蟠桃進獻到壽者尊前，更添壽宴的喜慶氣氛和美好祝願。

西風鸞背彩旗搖，王母乘秋下九霄。欲與阿奶增壽考〔一〕，自斟緑醑溢銀瓢〔二〕。

【箋　注】

〔一〕阿奶：一説祖母。《通俗編·稱謂》：「今吴俗稱祖母曰阿奶。」現仍有不少地方稱祖母爲「奶奶」或「阿奶」。一説母親。亦作「阿嬭」。唐李商隱《李賀小傳》：「阿嬭老且病，賀不願去。」此泛指女性長輩。壽考：猶言高壽。《詩·大雅·棫樸》：「周王壽考，遐不作人。」朱熹集傳：「文王九十七乃終，故言壽考。」

〔二〕緑醑（xǔ）：指美酒。唐李世民《春日玄武門宴羣臣》：「清尊浮緑醑，雅曲韻朱絃。」醑，美酒。

【解　析】

前兩句用大筆勾畫：西王母趁秋風、乘鸞鳥，於九霄之上飄然而下。後兩句於細處點染：用華貴的「銀瓢」滿斟香醇的美酒，祈望給「阿奶」增壽添福。

題畫

野橋流水晚潮平，短杖微吟得得行。可是丹楓故相調，鬢絲霜葉映秋明。

【解　析】

此詩寫小橋流水、夕照丹楓，以及一個鬢見霜絲、拄杖徐行、於澤畔微吟的老人，情景交融，聲色疊加，詩情與畫意和諧地統一起來了，自有一種獨特的魅力。

題洞賓化女人携瓶圖

仙機變幻真難測〔一〕，吕字分明現在哉。何事世人皆不識，尚留餘跡與人猜。

【題　解】

這是一首題畫詩。洞賓：吕洞賓（七九八—？），名巖，一名巖客，字洞賓，號純陽子，俗傳道教八仙之一。相傳爲唐京兆（今陝西西安）人，一作河中府（今山西永濟）人。會昌中兩舉進士不第，浪遊江湖，遇鍾離權授以道法，不知所往。元代封爲「純陽演政警化孚佑帝君」，被全真教奉爲北方五祖之一，世稱吕祖、純陽祖師。有詩四卷。小説、戲曲中寫其故事的很多，據傳他曾化身爲女子點化世人。

【箋　注】

〔一〕仙機：神仙、異人所作的預言或暗示。元鮮于必仁《折桂令・棋》：「爛樵柯石室忘歸，足智神謀，妙理仙機。」

【解　析】

前兩句説神仙的變幻難以預料，吕洞賓變化後的吕字分明暗示著他的身份（大概畫中主角身上隱約有吕字）。

題周東邨畫

鯉魚風急繫輕舟〔一〕，兩岸寒山宿雨收〔二〕。一抹斜陽歸雁盡，白蘋紅蓼野塘秋〔三〕。

袁宏道評：好甚。

【題　解】

此詩爲周臣的一幅畫作而題。周東村：即周臣，生卒年不詳，字舜卿，號東村，吴縣（今江蘇蘇州）人，職業畫家。《吴縣志》云，周臣「學畫於陳暹，其圖像大小，古貌奇裝。綿密蕭散，皆有意態，纖穠冶麗，爲世所賞」。善畫山水人物，除伯虎外，吴門四家中的仇英亦出其門下。

【箋　注】

〔一〕鯉魚風：九月風，秋風。南朝梁簡文帝蕭綱《艷歌行》：「燈生陽燧火，塵散鯉魚風。」

〔二〕宿雨：隔夜的雨。唐張九齡《奉和聖製早發三鄉山行》：「晴雲稍卷寒巖樹，宿雨能銷御路塵。」

〔三〕白蘋（pín）：水草名，俗稱田字草，夏秋開白色小花。南朝梁柳惲《江南曲》：「汀洲採白蘋，日落江南春。」紅蓼（liǎo）：蓼草的一種。多生水邊，花呈淡紅色。五代無則《鷺鷥》：「白蘋紅蓼碧江涯，日暖雙雙立睡時。」

【解　析】

四句皆爲寫景。鯉魚風、寒山、歸雁是富有季節性特徵的景物，營造出深秋清冷的氣氛。斜陽、白蘋、紅蓼明麗清新，色彩斑爛，爲秋日黄昏時節的清冷氛圍增添了温暖的色調。

題畫

傍水依山結草廬，案頭長貯活人書〔一〕。不知施藥功多少，仙杏花開錦不如〔二〕。

【題　解】

這首題畫詩讚美具有高尚醫德的醫者。畫幅應是醫者的肖像畫。

【箋　注】

〔一〕活人書：指醫書。因其能治病救人，故名。宋方勺《泊宅編》卷七：「因論經絡之要，盛君力贊成書，蓋潛心二十年而活人書成。」

〔二〕「仙杏」句：用董奉事。晉葛洪《神仙傳》卷十《董奉》：「君異居山間爲人治病，不取錢物，使人重病愈者使栽杏五株，輕者一株。如此數年，計得十萬餘株，鬱然成林。」每年貨杏得穀，「賑救貧窮，供給行旅，歲消三千斛，尚餘甚多。……在民間僅百年，乃昇天，其顏色常如年三十時人也。」宋曹遇《水調歌頭》（造物巧能賦）：「我欲超羣絶類，故學仙家縈杏，穠艷映橫枝。」後以「仙杏」讚美醫德高尚的醫者。

【解　析】

此詩先敘後議。前兩句點明主人的身份。後兩句自問自答，讚嘆醫者醫術高明、醫德高尚。

咏美人　八首

【題　解】

這組詩歌分別吟咏歷史上卓文君等八位美女，抓住人物特點刻畫和議論，具有高度的藝術概括性。

文君琴心〔一〕

浮生難比草頭塵〔二〕，常把千金視此身。若使琴心挑得動〔三〕，不知匪石是何人〔四〕？

【箋　注】

〔一〕文君琴心：用司馬相如琴挑卓文君事。《史記·司馬相如傳》載，卓王孫招臨邛令及司馬相如飲。

「酒酣，臨邛令前奏琴曰：『竊聞長卿好之，願以自娛。』相如辭謝，爲鼓一再行。是時卓王孫有女文君新寡，好音，故相如繆與令相重，而以琴心挑之。相如之臨邛，從車騎，雍容閒雅甚都。及飲卓氏，弄琴，文君竊從户窺之，心悦而好之，恐不得當也。既罷，相如乃使人重賜文君侍者通殷勤。文君夜亡奔相如，相如乃與馳歸成都。」後因以「琴挑文君」寫男女愛情，常用爲男子求愛之典。唐羅虬《比紅兒詩》：「料得相如偷見面，不應琴裏挑文君。」文君，卓文君，漢蜀郡臨邛富户卓王孫之女。

〔二〕浮生：人生。因人生在世，虚浮無定，故有此稱。《莊子·刻意》：「其生若浮，其死若休。」成玄英疏：「夫聖人動静無心，死生一貫，故其生也如浮漚之暫起，變化俄然。其死也若疲勞休息，曾無繫戀也。」唐李白《春夜宴從弟桃花園序》：「光陰者，百代之過客。而浮生若夢，爲歡幾何。」草頭塵：草尖上的灰塵，形容渺小輕微。

〔三〕琴心：寄寓琴聲中的心思，多指男女情思。唐李賀《有所思》：「琴心與妾腸，此夜斷還續。」

〔四〕匪石：比喻意志堅定，不可轉移。語出《詩·邶風·柏舟》：「我心匪石，不可轉也。」此指堅貞的愛情。匪，同「非」。

【解析】

此詩重在表現文君對愛情的堅貞執著。末兩句是説如果以爲她是被相如的琴聲挑動才採取行動的話，那真摯執著追求愛情的人就不知道是誰了。文君爲相如的絶世才華而毅然以身相許，這樣的愛才真正具有「匪石」之意。

昭君琵琶〔一〕

高抱琵琶障冷風，淋漓衫袖濕啼紅〔二〕。安邊至用和親計〔三〕，駕馭英雄似不同。

【箋注】

〔一〕昭君：即王昭君。名嬙，字昭君，西漢南郡秭歸（今湖北興山縣）人。元帝時入宮，竟寧元年（前三三）被選入匈奴和親。漢劉歆《西京雜記》卷二：「元帝後宮既多，不得常見，乃使畫工圖形，案圖召幸之。諸宮人皆賂畫工，多者十萬，少者亦不減五萬。獨王嬙不肯，遂不得見。匈奴入朝，求美人爲閼氏，於是上案圖，以昭君行。及去，召見，貌爲後宮第一，善應對，舉止閒雅，帝悔之，而名籍已定。帝重信於外國，故不復更人。乃窮案其事，畫工皆棄市……畫工有杜陵毛延壽……同日棄市。」入匈奴後，被稱爲寧胡。匈奴單于呼韓邪死，其前閼氏子代立。成帝又命她從胡俗，復爲後單于的閼氏。卒葬於匈奴。事見《漢書·匈奴傳下》。西晉時避司馬昭諱，改稱明君，世稱明妃。唐李如璧《明月》：「昭君失寵辭上宮，蛾眉嬋娟卧氈穹。胡人琵琶彈北風，漢家音信絶南鴻。」

〔二〕「淋漓」句：化用「紅淚」的典故。形容極度悲傷。典出晉王嘉《拾遺記》：「文帝所愛美人，姓薛名靈芸……聞别父母，歔欷累日，淚下霑衣。至升車就路之時，以玉唾壺承淚，壺則紅色。既發常山，及至京師，壺中淚凝如血。」後因泛稱女子的眼淚爲「紅淚」。唐李郢《爲妻作生日寄意》：「應恨客程歸未得，緑窗紅淚冷涓涓。」啼紅，指女子悲泣之淚。

〔三〕和親：指漢族封建王朝與少數民族首領，以及少數民族首領之間具有一定政治目的的聯姻。始於漢高祖以宗室女嫁匈奴單于。漢代數與匈奴和親，見《漢書·匈奴傳》。唐王叡《解昭君怨》：「莫怨工人醜畫身，莫嫌明主遣和親。」

【解　析】

玩其語意，詩歌前後存在因果關係，並隱含諷刺。前兩句表現昭君出塞途中歷經的艱辛及思念故鄉的深切悲愁。爲什麽一個弱女子要遭受這樣的苦難？後兩句做出了回答：爲了安定邊境，君王竟然使用和親政策，這與駕馭英雄的方法似乎不同啊。同情與譏諷、讚美與批判，都凝聚在短短的詩句中。

緑珠守節〔一〕

飛絮無憑只趁風，落花也逐水流東。琉璃瓶薄珊瑚脆〔二〕，毁不求全妾命同。

【箋　注】

〔一〕緑珠：西晉富豪石崇的愛妾，貌美艷，善吹笛。趙王倫專權時，其嬖臣孫秀慕其美色，指名索取，被石崇拒絶。孫秀遂矯詔收捕石崇，緑珠墜樓自殺。見《晋書·石崇傳》。唐喬知之《緑珠篇》：「石家金谷重新聲，明珠十斛買娉婷。……百年離别在高樓，一旦紅顔爲君盡。」

〔二〕琉璃瓶、珊瑚：均爲石崇生前所用名貴之物。珊瑚脆，謂珊瑚易碎。典出南朝宋劉義慶《世説新語·汰侈》：「石崇與王愷爭豪，並窮綺麗，以飾輿服。武帝，愷之甥也，每助愷。嘗以一珊瑚樹，高二尺許賜愷。枝柯扶疏，世罕其比。愷以示崇，崇視訖，以鐵如意擊之，應手而碎。愷既惋惜，又以爲疾己之寶，聲色甚厲。崇曰：『不足恨，今還卿。』乃命左右悉取珊瑚樹，有三尺四尺，條幹絶世，光彩溢目者六七枚，如愷許比甚衆。愷惘然自失。」唐白居易《簡簡吟》：「大都好物不堅牢，彩雲易散琉璃脆。」

【解析】

此詩採用比興寄託手法。前兩句在飛絮、落花中寄託緑珠無法自主命運的興嘆。後兩句借貴重的琉璃瓶和珊瑚樹易於破碎，寫無依無靠、隨波逐流的緑珠最終主宰了自己的命運，讚嘆這個女子竟也有寧爲玉碎、不爲瓦全的堅貞氣節。

碧玉留詩〔一〕

徙倚閒庭淚暗垂〔二〕，不須再讀寄來詩①。已知一代容華盡，地下相逢未是遲。

【校記】

①「寄來詩」，何本作「寄來書」。

【箋注】

〔一〕碧玉：南朝宋汝南王（按宋無汝南王，晋有，疑宋或作晋）的愛妾。《樂府詩集·清商曲辭·吴聲歌曲・碧玉歌三首》之二：「碧玉小家女，不敢攀貴德。」郭茂倩題解引《樂苑》：「《碧玉歌》者，宋汝南王所作也。碧玉，汝南王妾名。以寵愛之甚，所以歌之。」後代指婢妾，或稱小户人家的美貌少女爲「小家碧玉」。唐王維《洛陽女兒行》：「自憐碧玉親教舞，不惜珊瑚持與人。」

〔二〕徙倚：流連徘徊。唐沈佺期《遊少林寺》：「長歌遊寶地，徙倚對珠林。」

【解　析】

此詩寫碧玉，却著筆於汝南王，表現他對碧玉的思念和與之黄泉相見的期待，碧玉爲汝南王所深愛的品貌由此令人遐想。碧玉死後，南朝宋《清商曲辭・吴聲歌曲・碧玉歌三首》云：「碧玉破瓜時，郎爲情顛倒。芙蓉陵霜榮，秋容故尚好。」「碧玉小家女，不敢攀貴德。感郎千金意，慚無傾城色。」「碧玉小家女，不敢貴德攀。感郎意氣重，遂得結金蘭。」

梅妃嗅香〔一〕

梅花香滿石榴裙〔二〕，底用頻頻艾納熏〔三〕。仙館已於塵世隔〔四〕，此心猶不負東昏〔五〕。

【箋　注】

〔一〕梅妃：即江妃，唐明皇的寵妃，姓江，名采蘋，莆田（今屬福建）人。《全唐詩》：「開元初，高力士選歸，侍明皇，大見寵幸。善屬文，自比謝女，所居悉植梅花。帝因其所好，戲名梅妃。」楊玉環入宫後失寵，居上陽宫，安史之亂後投井盡節。唐明皇李隆基《題梅妃畫真》：「憶昔嬌妃在紫宸，鉛華不御得天真。霜綃雖似當時態，爭奈嬌波不顧人。」《全唐詩》載江妃《謝賜珍珠》詩一首：「桂葉雙眉久不描，殘妝和淚污紅綃。長門盡日無梳洗，何必珍珠慰寂寥。」

〔二〕石榴裙：紅裙。泛指女性之裙，亦指女性美妙風情。南朝梁元帝蕭繹《烏棲曲》：「交龍成錦鬭鳳紋，芙蓉爲帶石榴裙。」

〔三〕艾納：或作艾蒳，香名。明李時珍《本草綱目・草部・艾納香》：「志曰：『《廣志》云：艾納，出西國，似細艾。』」《樂府詩集・樂府・古辭》：「氍毹毾㲪五木香，迷迭艾蒳及都梁。」

〔四〕仙館：仙人修道、遊憩之所。唐宋之問《發端州初入西江》：「金陵有仙館，即事尋丹梯。」此指梅妃死後去處。

〔五〕東昏：指東昏侯，南朝齊廢帝蕭寶卷。蕭寶卷（四八三—五〇一），字智藏，齊明帝次子，暴戾恣肆。即位後謀誅大臣，肅清朝野，朝臣莫敢自保。後宮火焚後，建仙華、神仙、玉壽諸殿，窮極奢華。偏愛潘妃，荒淫無度。曾「鑿金爲蓮華以帖地，令潘妃行其上，曰：『此步步生蓮華也。』」（《南史・齊廢帝東昏侯本紀》）蕭衍（即梁武帝）起兵圍於建康，王珍國弒之於含德殿，在位三年。和帝立，追廢爲東昏侯。此借喻唐玄宗。

【解　析】

此詩重在表現梅妃的癡情。她的「香滿石榴裙」，自然是爲了討得明皇的寵愛。第三句一轉，至梅妃死後，雖然香魂早已與世相隔，她對荒淫無道、喜新厭舊的明皇却仍是癡心不改。

太真玉環〔一〕

欲與君王共輦還〔二〕，馬嵬路狹轉頭難①〔三〕。早知怨自思萌蘖〔四〕，悔不當時乞賜環〔五〕。

【校　記】

①「轉頭難」，何本作「轉頭艱」。

【箋　注】

〔一〕太真玉環：即楊玉環（七一九—七五六），唐虢州人楊玄琰之女，玄宗李隆基的貴妃。小字玉環，號太真，蒲州永樂（今山西永濟）人。性聰穎，曉音律，善歌舞。初爲玄宗子壽王李瑁妃，後入宫得玄宗寵愛，恩幸無比，宫中號娘子。天寶四年（七四五）封爲貴妃。姊妹皆顯貴，堂兄楊國忠操縱朝政，政事敗壞，安禄山叛亂即以誅殺楊國忠爲名。玄宗逃蜀途中，六軍不發，楊貴妃被縊死。《全唐詩》載其詩一首：「羅袖動香香不已，紅蕖裊裊秋煙裏。輕雲嶺上乍摇風，嫩柳池邊初拂水。」（《贈張雲容舞》）

〔二〕輦：人推挽的車。漢許慎《説文解字・車部》：「輦，輓車也。」秦漢後特指皇帝、皇后所乘的車，如帝輦、鳳輦。唐楊師道《奉和咏弓》：「烏飛隨帝輦，雁落逐鳴弦。」唐段成式《折楊柳七首》之一：「鳳輦不來春欲盡，空留鶯語到黄昏。」

〔三〕馬嵬：地名。在今陝西興平西，距長安百餘里。安史之亂，玄宗奔蜀，途經馬嵬驛，被迫賜楊貴妃死，葬於馬嵬坡。

〔四〕萌蘖：植物的新芽。宋王之道《滿庭芳·立春日呈劉春卿》：「東郊好，波瀾浸緑，萌蘖上條枚。」亦用於比喻事物剛發生。

〔五〕賜環：當指玄宗於長生殿賜楊貴妃金釵、鈿合以爲愛情信物之事。

【解析】

此詩突出玉環的悲劇命運和就此産生的怨悔之情。前兩句叙寫理想和現實的巨大矛盾：本想與君王共度難關，携手回京，却在馬嵬驛無奈死别，從此兩人陰陽兩隔。第三句一轉，抒發幡然醒悟後的幽怨和痛悔，早知如此，何必當初那樣熱切地乞求君王的寵愛呢？

薛濤戲箋〔一〕

短長闊狹亂堆牀，匀染輕搥玉色光〔二〕。豈是無心勿針線，要將姓字托文房〔三〕。

【箋注】

〔一〕薛濤（?—約八三四）：唐代女詩人。字洪度，長安（今陝西西安）人。本良家女，幼時隨父入蜀，因家貧入樂籍。熟諳音律，工詩詞。韋皋鎮蜀時，召其侍酒賦詩，時稱女校書。出入幕府，歷事十一鎮，皆以詩受知。與元稹、白居易、杜牧等均有唱和。暮年屏居成都浣花溪，著女冠服，創製深紅小箋寫詩，人稱「薛濤箋」。

〔二〕搥：或作槌，敲擊。古樂府《焦仲卿妻》：「阿母得聞之，槌牀便大怒。」

〔三〕姓字：姓氏和名字。唐元孚《送李四校書》：「莫學楚狂隳姓字，知音還有子期聽。」文房：謂書房。此爲文房四寶（紙、墨、筆、硯四種文具）的簡稱，又特指紙。

【解　析】

前兩句寫彩箋。第三句一轉，以做不出精細的針線活反問。後一句做出回答：原來這家女子的精力和才華都傾注在舞文弄墨上了。

鶯鶯待月〔一〕

閨門出入有常經〔二〕，女子常須燭夜行。待月西廂誰倡始〔三〕？至今傳説欠分明。

【箋　注】

〔一〕鶯鶯：即崔鶯鶯。《全唐詩》：「崔鶯鶯，貞元中，隨母鄭氏寓居蒲東佛寺。有張生者，與之賦詩贈答，情好甚暱。」並存其詩三首，題曰《答張生》《寄詩》《告絶詩》，均與張生相關。唐元稹《鶯鶯傳》（又名《會真記》）傳奇、金董解元《西廂記諸宫調》、元王實甫《西廂記》雜劇等均以鶯鶯爲主角，演繹崔張愛情故事。待月：謂鶯鶯曾於月下私會張生，主動追求自由愛情。

〔二〕常經：指規範的行事方式。經，常道，規範。《禮記·中庸》：「凡爲天下國家有九經。」

〔三〕待月西厢：語出鶯鶯《答張生》（一作《明月三五夜》）：「待月西廂下，迎風户半開。拂牆花影動，疑是玉人來。」《鶯鶯傳》《西廂記》寫鶯鶯以此詩送張生，約其十五日晚翻牆至西廂房幽會。

【解　析】

此詩寫出鶯鶯的大膽勇敢。前兩句是説，依照傳統，女子出入有常。第三句一轉，以詰問語氣提出「待月西廂」的傳説是從誰開始的，這個傳説又模糊不清了，可見鶯鶯「待月西廂」的舉動在傳統文化主流中是多麽另類。

題半身美人　二首

天姿裊娜十分嬌①〔一〕，可惜風流半節腰。却恨畫工無見識，動人情處不曾描。

【校　記】

①「天姿」，何本作「天恣」。

【題　解】

這兩首題畫詩以飽蘸真情的筆觸，大膽表現女性身體之美。半身：一身之半。唐韓偓《復偶見三絶》之三：「半身映竹輕聞語，一手揭簾微轉頭。」

【箋　注】

〔一〕裊娜：草木柔弱細長貌，亦形容女子體態輕盈柔美。唐李白《侍從宜春苑奉詔賦龍池柳色初青聽新鶯百囀歌》：「池南柳色半青青，縈煙裊娜拂綺城。」

【解　析】

伯虎肯定男女之情，對女性身體之美也不吝讚美之詞。此詩直言遺憾的是「半身美人圖」却没有畫出美人嬌媚動人的腰肢，恐怕由於畫工見識短淺，故而忽略了美人最牽動情思的風韻。玩其語意，「恨」字實爲讚賞，畫工這種「猶抱琵琶半遮面」的技法，恰好是給人以美感享受的妙筆所在。

誰將妙筆寫風流？寫到風流處便休。記得昔年曾識面，桃花深處短牆頭〔一〕。

【箋　注】

〔一〕「記得」二句：化用唐崔護《題都城南莊》「去年今日此門中，桃花人面相映紅。人面不知何處去，桃花依舊笑春風」以及白居易《井底引銀瓶》「牆頭馬上遥相顧」的詩意。

【解　析】

前兩句緊承上一首詩的詩意，點明畫工「寫到風流處便休」，正是呈現美人風情的巧妙處理。後兩句借用崔護的愛情故事，拓展了詩歌的情境。宋張君房《麗情集》載：「崔護清明日獨游都城南，見莊居桃花繞齋，叩門求漿，有女子開門，以盂水飲護，四目注視，屬意甚殷。來歲清明，護復往，則門已扃鎖，因題其上曰：『去年今日此門中，人面桃花相映紅，人面只今何處去，桃花依舊笑春風。』後日復往，聞哭聲，一老父曰：『子非崔護耶，我女見此題詩，絶食而卒。』崔護亦感動，詣殯所大呼曰：『護在此！』女遂復生。」伯虎在栩栩如生的美人圖中，生發才子與佳人似曾相識、相知於「桃花深處短牆頭」的純真遐想，耐人尋味。

題竹

修竹當窗白日遲，山僧出定客來時〔一〕。欲從節下題詩句，妙在無言不在詩〔二〕。

【題　解】

這是一首題畫詩。

【箋　注】

〔一〕出定：佛家語，謂入禪定者由禪定而出。《觀無量壽經》：「出定入定，恒聞妙法，行者所聞，出定之時，憶持不舍。」

〔二〕「欲從」二句：化用晉陶潛《飲酒二十首》之六「此中有真意，欲辯已忘言」的句意。

【解　析】

此詩未就竹寫竹，而於竹日輝映中寫出閒雅的生活情韻，傳達一種高古自在的妙境。

聞讀書聲

公子歸來夜雪埋〔一〕，兒童燈火小茅齋。人家不必論貧富，纔有讀書聲便佳①。

【校　記】

①「佳」，何本作「嘉」。

【題　解】

此詩寫雪夜聞兒童書聲這一生活片斷，表達對詩書傳家的讚賞。

【箋　注】

〔一〕公子：古稱諸侯之兒女，後稱豪門貴族子弟或尊稱他人之子。此或爲詩人自稱。

【解　析】

前兩句寫詩人所見，「兒童燈火小茅齋」是羅列名詞，並置景物，却透著温馨和驚喜。後兩句寫詩人所感，境界高遠，是對傳統文人「萬般皆下品，惟有讀書高」觀念的推崇。

贈人遊宦　二首

功名何必苦追疑，心事從來天可知。但得甘棠培植好，春陰無不寄相思〔一〕。

【題　解】

這兩首詩寫給在外做官的朋友，藉以表達對爲官之事的看法。遊宦：指在外做官。晉陸機《爲顧彥先贈婦詩二首》之二：「遊宦久不歸，山川修且闊。」

【箋　注】

〔一〕「但得」二句：用召公事。意謂只要能够惠及百姓，無論何處均可獲得人們的稱頌。《詩·召南》有《甘棠》篇，序曰：「《甘棠》，美召伯也。召伯之教，明於南國。」朱熹集傳：「召伯循行南國，以布文王之政，或舍甘棠之下，其後人思其德，故愛其樹，而不忍傷也。」後世因用「甘棠」稱頌地方官吏有惠政於民者。唐許渾《和淮南王相公與賓僚同遊瓜洲別業題舊書齋》：「道傍苦李猶垂實，城外甘棠已布陰。」甘棠，即棠梨，開小白花，果實似梨而小，味甜酸。

【解　析】

以問答開頭，讚美遊宦者的襟懷蒼天可知與不必苦苦追尋功名之間具有因果關係。接著借西周召伯巡行鄉邑的政績和百姓頌其功德而寫《甘棠》之事，回應「心事」二字，表明只要心懷天下，無論何時何地，都可惠及百姓，贏得尊重。

近來歧路莫追疑〔一〕，南北東西未可知。但使從前無愧責，不須去後有人思。

【箋　注】

〔一〕岐路：岔路。語出漢劉安《淮南子・説林訓》：「楊子見逵路（《文選・北山移文》李善注引作「歧路」）而哭之，爲其可以南，可以北。」唐顧況《寄上兵部韓侍郎奉呈李户部盧刑部杜三侍郎》：「出門多歧路，命駕無由緣。」

【解　析】

前兩句提出世間歧路多、前程未可知的問題。聯繫詩題，此歧路當指遊宦與隱居之路，如唐皇甫冉《秋日東郊作》有「淺薄將何稱獻納，臨岐終日自遲迴」之句，「臨岐」即面臨歧路，意謂面對出仕與歸隱的抉擇。後兩句表明自己的人生態度，也希望遊宦者以此釋懷。

題畫　三首

東崦荷花西崦菱〔一〕，大船漁網小船罾〔二〕。我儂住處真堪畫〔三〕，借問旁人到未曾？

【題　解】

這三首題畫詩或誇讚故鄉美景，或以詩筆補充畫意，或歌咏高古民風。

【箋　注】

〔一〕崦（yān）：山名。又指崦嵫山，在今甘肅天水西境。亦泛指山。《集韻》：「崦，山名。」《山海經・西山經》：「鳥鼠同穴之山……西南三百六十里，曰崦嵫之山。」戰國屈原《離騷》：「吾令羲和弭節兮，望崦嵫而勿迫。」

〔二〕罾（zēng）：一種用木棍或竹竿做支架的魚網。戰國屈原《九歌·湘夫人》：「鳥何萃兮蘋中，罾何爲兮木上。」

〔三〕我儂：吴方言，即我。唐司空圖《力疾山下吴村看杏花十九首》之七：「王老小兒吹笛看，我儂試舞爾儂看。」

【解　析】

首先描繪高山東西兩邊滿塘荷花與菱角、衆船穿梭魚滿倉的景象，語含欣悦。接著用十分明顯的得意口吻，誇耀自己的家鄉如詩畫般美麗。「我儂」是生動的口語，體現了伯虎題畫詩常以「俚語」、「熟語」入詩的特點。

烏桕經霜葉已紅〔一〕，東南樓閣足秋風。畫成此景還堪咏，鍊在先生短句中。

【箋　注】

〔一〕烏桕：植物名，産於山東以南各地區。清吴偉業《圓圓曲》「烏桕紅經十度霜」似脱胎於此。

黄葉山家曉會琴，斜陽流水路陰陰〔一〕。東西茅屋雞豚社〔二〕，氣象粗疏有古心。

【箋　注】

〔一〕陰陰：幽暗貌，陰濕貌。唐牟融《寫意二首》之一：「寂寥荒館閉閒門，苔徑陰陰屐少痕。」

〔二〕雞豚社：用雞和豬等物祭祀社神。宋辛棄疾《滿江紅·送湯朝美司諫自便歸金壇》：「兒女燈前和淚拜，雞豚社裏歸時節。」社，祀社神（土地神）。《禮記·月令》：「命民社。」

題畫

白袷檀冠碧玉環〔一〕，倒騎驢子看廬山。腰間小榼藏何物〔二〕？九轉芙蓉一顆丹〔三〕。

【題　解】

這首題畫詩生動地描寫道士騎驢看山的悠閒情狀。

【箋　注】

〔一〕袷（jié）：古時交疊於胸前的衣領。《禮記·深衣》：「曲袷如矩以應方。」唐李叔卿《江南曲》：「郗家子弟謝家郎，烏巾白袷紫香囊。」檀：淺絳色。此處白袷、檀冠均指道士的裝束。

〔二〕榼（kē）：古代盛酒或貯水的器物。晉劉伶《酒德頌》：「止則操卮執觚，動則挈榼提壺。」

〔三〕「九轉」句：道家以礦石藥物燒煉金丹，傳説服後可成仙，見《抱朴子·金丹》。唐呂溫《同恭夏日題尋真觀李寬中秀才書院》：「願君此地攻文字，如煉仙家九轉丹。」九轉，謂多次燒煉，以九轉爲貴。

【解　析】

從人物的服飾寫起，寫到他此時的活動。「倒騎」二字尤爲生動，摹畫出人物悠閒自得的心態。最後一問一答，點名了人物的道士身份。不事雕琢，風格清新明快。

秋日山居

日長深閉草廬眠，席下猶餘紙裹錢。點檢雞棲牢縛草〔一〕，夜來有虎飲山泉。

【題　解】

此詩通過描寫日常瑣事，展現秋日山居者的閒散生活。

【箋　注】

〔一〕點檢：檢查，查察。唐錢起《初至京口示諸弟》：「點檢平生事，焉能出蓽門。」雞棲：指雞籠。唐李廓《雞鳴曲》：「長恨雞鳴别時苦，不遣雞棲近窗户。」草：草繩。

【解　析】

採用白描手法，叙寫「秋日山居」安穩、閒適的尋常生活瑣事，動物和人的關係那麽和諧、親近，這正是詩人所喜愛的生活的寫照。

爲培芝俞君題

一片芝田手自耕〔一〕，重臺奕奕起金莖〔二〕。摘來合作延年藥，跨取胎禽上玉清〔三〕。

【題　解】

這是一首酬贈詩。培芝俞君：無可考，當爲伯虎之友。

【箋　注】

〔一〕芝田：傳説仙人種靈芝之地。三國魏曹植《洛神賦》：「爾乃税駕乎蘅皋，秣駟乎芝田。」

〔二〕重臺：藥草名，即玄參。又名黑參、玄臺、鹿腸。見明李時珍《本草綱目·玄參》。唐方干《牡丹》：「紅砌不須誇芍藥，白蘋何用逞重臺。」此指靈芝。奕奕：高大盛美貌。《詩·大雅·韓奕》：「奕奕梁山，維禹甸之，有倬其道。」金莖：漢武帝所造承露盤。《漢書·郊祀志上》：「其後又作柏梁、銅柱、承露仙人掌之屬矣。」顔師古曰：「《三輔故事》云建章宫承露盤高二十丈，大七圍，以銅爲之，上有仙人掌承露，和玉屑飲之。」唐盧照鄰《長安古意》：「梁家畫閣天中起，漢帝金莖雲外直。」

〔三〕胎禽：鶴的别稱，又名胎化禽。南朝梁華陽真逸《瘞鶴銘》：「相此胎禽，浮丘之真，山陰降跡，華表留聲。」唐魏樸《和皮日休悼鶴》：「經秋宋玉已悲傷，况報胎禽昨夜亡。」玉清：神仙居處。道家謂人天之外别有三清之境，即玉清、太清、上清，亦稱三天，分别爲道教尊神元始天尊、太上老君、靈寶道君居住的地方。唐韋渠牟《步虚詞十九首》之九：「方朝太素帝，更向玉清天。」此借指成仙。

【解　析】
前兩句叙述俞君開墾田地，種植靈芝，如今芝草枝繁葉盛，長勢喜人，見出俞君非同凡響。後兩句假想摘下靈芝製成仙藥，就能騎著仙鶴飛至仙宫，成爲長生不老的仙人。

題畫　四首

野店桃花萬樹低，春光都在畫橋西①〔一〕。幽人自得尋芳興〔二〕，馬背詩成路欲迷。

【校　記】
①「都在」，何本作「多在」。

【題　解】
這是四首表現隱士生活的題畫詩。

【箋　注】
〔一〕畫橋：有彩飾雕畫的橋。宋趙長卿《虞美人·江鄉對景》：「恰似畫橋西畔、那人家。」
〔二〕尋芳興：探尋春光的興致。宋晏幾道《踏莎行》（宿雨收塵）：「傷春誤了尋芳興。去年今日杏牆西，啼鶯唤得閒愁醒。」

【解　析】

此詩前三句叙寫春光，末句最妙，描寫馬背上邊賞花、邊吟唱的詩人完全沉浸在忘我的藝術境界中，在萬花叢中迷失了歸路。

峰前千澗玉潺潺，落日層層樹裏山。一段勝情誰領略〔一〕，幽人虚閣俯滄灣。

【箋　注】

〔一〕勝情：指美好、雅致的情趣。南朝宋劉義慶《世説新語·棲逸》：「許掾好遊山水，而體便登陟。時人云：『許非徒有勝情，實有濟勝之具。』」

【解　析】

前兩句寫山景，當是畫面所繪。第三句設問，第四句作答，俯視著眼前的一片勝景，藴含著詩人喜愛自然美景的雅致情趣。

天風縹緲約飛泉〔一〕，千尺晴虹拂紫煙〔二〕。遥見樹林車暫息，高蟠潛石與盤桓〔三〕。

【箋　注】

〔一〕約：纏束，環束。《詩·小雅·斯干》：「約之閣閣，椓之槖槖。」

〔二〕紫煙：山氣映日呈紫色。

〔三〕盤桓：猶徘徊，依依不捨貌。唐白居易《別舍弟後月夜》：「悄悄初別夜，去住兩盤桓。」

【解　析】

前兩句寫景，「約」、「拂」二字不僅具有動態感，而且賦予各種景象以人的鮮活情態，使畫面變得十分生動。後兩句寫人的活動，表現出對盤曲的高樹、水中的石頭留戀不舍的情感。

飛雪蔽空無鳥跡，長山顛壑有人居〔一〕。浩然天地知誰坐，酌酒敵寒猶讀書。

【箋　注】

〔一〕長山：一名强山，在鄱陽縣境内，鄱陽湖畔。

【解　析】

此詩描寫幽居之人的瀟灑舉止，他們與自然悠然對話，酌酒、吟咏，其樂無窮。

題畫　四首

女几山前春雪消〔一〕，路傍仙杏發柔條〔二〕。心期此日來遊賞〔三〕，載酒携琴過野橋。

【題　解】

此詩爲《松林揚鞭圖》而題。圖見《中國名畫家全集·唐寅》，第一二九頁。第三句爲「心期此日同遊賞」。另《春遊女几山圖》亦有此詩。圖見《中國名畫家全集·唐寅》，第一四一頁。第一句爲「女几山頭春雪消」。第三句「心期此日同遊賞」。第四首爲《雪山行旅圖》而題。圖見《中國名畫家全集·唐寅》，第一五四頁。

【箋　注】

〔一〕女几山：在河南宜陽西，俗名石雞山。《山海經·中山經》：「岷山之首，曰女几之山……洛水出焉，東注於江。」伯虎集中多次提到此山。

〔二〕仙杏：南海杏園洲上有仙人種杏，仙人有三玄紫杏。典出南朝梁任昉《述異記》卷下：「杏園洲在南海中，洲中多杏。海上人云：『仙人種杏處。』」《太平御覽》卷九六八《果部五·杏》引《南嶽夫人傳》：「仙人有三玄紫杏。」唐李君何《曲江亭望慈恩寺杏園花發》：「春晴憑水軒，仙杏發南園。」此以仙杏襯托對所咏松樹的讚美。另用董奉事。

〔三〕心期：期望。唐白居易《和夢得洛中早春見贈七韻》：「何日同宴遊，心期二月二。」

【解　析】

前兩句寫山下春雪消融、路旁新枝初發的景象。後兩句表達前來觀山賞林的心願，「載酒携琴」道出觀賞者的清雅情趣，「野橋」平添幾分遠離塵囂的愉悦。

樹合泉頭圍緑蔭，屋横磵上結黄茅〔一〕。日長來此消閒興，一局楸棋對手敲〔二〕。

【箋注】

〔一〕磵：同「澗」，兩山間的流水。

〔二〕楸(qiū)，木名。古時多種於道旁，亦多用楸木片製作棋盤。唐李洞《對棋》：「側楸敲醒睡，片石夾吟詩。」

【解析】

此詩描寫山居幽景，寫敲落棋子的聲音在山間迴響，可謂淡而有味。

網上西風得四腮〔一〕，清齋准擬擣虀開〔二〕。詩腸忽作乾枯祟，又使溪丁換酒來。

【箋注】

〔一〕四腮：鱸魚之一種，松江名產。宋陸游《記夢》：「團臍霜蟹四腮鱸，樽俎芳鮮十載無。」

〔二〕清齋：指清靜之室。此指伯虎自己的居所。唐權德輿《詹事府宿齋絕句》：「清齋四體泰，白晝一室空。」虀(jī)：古同「齏」。切碎的醃菜或醬菜，引申爲調料。唐王昌齡《送程六》：「冬夜傷離在五溪，青魚雪落鱠橙齏。」

【解析】

此詩記録了一個頗爲有趣的生活場景。前兩句寫瑟瑟西風中網到鱸魚，清靜之室終於可以見到葷腥了，字裏行間流動著一種意外的驚喜之情。後兩句是説如今搜腸刮肚却作不出詩來，正好叫家僕換酒來喝，用佳餚來觸發詩的靈感。

寒雪朝來戰朔風，萬山開遍玉芙蓉〔一〕。酒深尚覺冰生脚，何事溪橋有客蹤？

【箋　注】

〔一〕「萬山」句：化用唐岑参《白雪歌送武判官歸京》：「忽如一夜春風來，千樹萬樹梨花開。」玉芙蓉，雪的雅稱。

【解　析】

前兩句寫雪景，後兩句寫人的活動。詩歌補充了畫作的未盡之意，使人産生無限的遐想。

題畫①

李白才名天下奇〔一〕，開元人主最相知〔二〕。夜郎不免長流去〔三〕，今日書生敢望誰？

【校　記】

① 以下四首何本題作「題畫四首」。

【題　解】

伯虎追慕李白，其詩畫作品常有歌咏與描畫。此詩即爲所畫李白而題。

【箋注】

〔一〕李白（七〇一—七六二）：字太白，號青蓮居士，祖籍隴西成紀（今甘肅天水附近）。唐代著名詩人。少有逸才，志氣宏放，飄然有超世之心。天寶元年（七四二）奉詔入京，供奉翰林，後上疏請辭，離開長安，浪跡江湖。天寶十五年（七五六）入永王李璘幕府，李璘欲謀反，兵敗被殺，他因附逆罪入獄，不久被流放夜郎，至巫山時遇赦放還，卒於安徽當塗族叔李陽冰家。有《李太白集》。

〔二〕開元人主：指唐玄宗。開元爲玄宗年號，開元年間（七一三—七四一）政局穩定，經濟繁榮，文化昌盛，國力富强，唐朝進入全盛時期，成爲當時最强盛的國家，史稱「開元盛世」。天寶初年，李白至長安，賀知章賞其文才，向玄宗舉薦。玄宗於金鑾殿召見李白，賜食，親爲調羹，下詔供奉翰林。玄宗尤愛其才，數次召見，與之宴飲。曾欲加其官，被楊貴妃勸止。

〔三〕「夜郎」句：言李白被流放夜郎事。見注〔一〕。夜郎，古地名。唐天寶元年（七四二）改珍州置，治所在夜郎（今正安西北），轄境約當今貴州正安、道真等縣地。

【解析】

首句概述李白才華卓著天下稱奇。次句承接首句，寫李白的奇才得到當朝帝王賞識，「最相知」三字點出李白受玄宗禮遇的經歷。第三句一轉，寫李白被流放夜郎的厄運。末句議論，由李白的遭遇引出自身的感慨，寫出了伯虎的「畫外」之聲。

題畫張祜

春和坊裏李端端，信是能行白牡丹〔一〕。誰信揚州金滿市①，元來花價屬窮酸②〔二〕。

【校　記】

①「誰信」，何本作「誰道」。　②「元來花價」，何本作「胭脂到處」。

【題　解】

此詩爲《李端端圖》而題，圖見《中國名畫家全集·唐寅》，第一八二頁。畫上題詩首句、末句分别爲「善和坊裏李端端」、「臙脂價到屬窮酸」。另《仿唐人仕女圖》亦見此詩，圖見《中國名畫家全集·唐寅》，第一九〇頁。首句、後兩句分别爲「善和坊裏李端端」、「花月揚州金滿市，佳人價反屬窮酸」。

此畫以唐代詩人崔涯、張祜和妓女李端端的故事爲題材。唐范攄《雲溪友議》卷中載：「崔涯者，吴楚之狂生也，與張祜齊名。每題一詩於倡肆，無不誦之於衢路。譽之，則車馬繼來；毁之，則杯盤失錯。……又嘲李端端：『黄昏不語不知行，鼻似煙窗耳似鐺。獨把象牙梳插鬢，昆侖山上月初生。』端端得此詩，憂心如病，使院飲回，遥見二子躡屐而行，乃道傍再拜兢灼曰：『端端祇候三郎、六郎，伏望哀之。』又重贈一絶句粉飾之，於是大賈居豪，競臻其户。或戲之曰：『李家娘子，才出墨池，便登雪嶺。何期一日，黑白不均？』紅樓以爲倡樂，無不畏其嘲謔也。祜、涯久在維揚，天下晏清，篇詞縱逸，貴達欽憚，呼吸風生，暢此時之意也。贈詩曰：『覓得黄騮被繡鞍，善和坊裏取端端。揚州近日渾成差，一朵能行白牡丹。』」

張祜：字承吉，清河（今邢臺清河）人，生卒年不詳，唐代詩人。家世顯赫，初寓姑蘇，後至長安，仕途不順，隱居丹陽曲阿。以宮詞聞名，有詩十卷，《全唐詩》存詩二卷。

【箋注】

〔一〕「春和坊」二句：用崔涯、張祜和妓女李端端事。典出唐崔涯《嘲李端端》二詩。參見本詩題解。春和坊，又作「善和坊」，當爲揚州一妓院名。後指士人冶遊賦詩之地。宋賀鑄《河傳》（華堂張燕）：「惆悵善和坊裏，平橋南畔。」李端端，妓女名。見本詩題解。信是，確實是。

〔二〕窮酸：指貧寒文士。

【解析】

伯虎在科場舞弊案後頹廢自棄，以飲酒狎妓爲樂，崔涯、張祜與妓女李端端的佚事使他頗感興趣，故以之入畫。前兩句借崔涯「一朵能行白牡丹」的詩句誇讚李端端貌美藝精，也爲文人詩作能左右妓女名聲、使其命運發生戲劇性變化而沾沾自喜，折射出詩人對自身才華橫溢的自得之情。後兩句陡然轉折，用揚州娼肆的奢華反襯文人落魄的處境，詩人的落寞之情油然而生，且與畫面上人物漠然的表情相映合。

題畫陶穀

袁宏道評：史。

信宿因緣逆旅中，短詞聊爾識泥鴻〔一〕。當時我做陶承旨，何必尊前面發紅？

【題　解】

此詩爲《陶穀贈詞圖》而題，圖見《中國名畫家全集・唐寅》，第一七六頁。畫面右上方題詩，前兩句爲：「一宿因緣逆旅中，短詞聊以識泥鴻」。

此畫取材于北宋大臣陶穀出使南唐，因出言不遜被南唐臣僚算計，陷入色誘圈套之事。畫面中景坐有兩人，左側男者爲陶穀，右脚搭於長凳上，姿態輕鬆，目光專注，表情和善；右側女子秦弱蘭半坐圓凳，束髮高髻，懷抱琵琶，撥弦輕唱，風姿綽約。前景一頑童撲地玩耍，有一塊奇石、數株芭蕉，與女子身後的畫屏、細竹，以及從男子身側延伸的高樹等，分佈在主要人物四周。

陶穀（九〇三—九七〇）：本姓唐，避晉祖諱改姓，字秀實，邠州新平（今陝西彬縣）人。五代間仕晉、漢、周，累官吏部侍郎、翰林學士承旨等，人稱陶承旨。入宋仕禮部、户部尚書等。《宋史》有傳。

【箋　注】

〔一〕「信宿」二句：用陶穀與南唐歌妓秦弱蘭合歡後贈詞事。宋文瑩《玉壺清話》載，北宋初年，陶穀出使南唐，不苟言笑，態度傲慢。南唐大臣韓熙載暗使歌妓秦弱蘭假扮驛卒之女至陶穀館舍，陶穀慕其美色，成就一段風流，並贈以《春光好》詞云：「好因緣，惡因緣，奈何天，只得郵亭一夜眠？別神仙。　琵琶撥盡相思調，知音少。待得鸞膠續斷絃，是何年？」後南唐後主設宴款待陶穀，秦弱蘭於席間彈唱此詞，陶穀神色大沮，羞愧無比。信宿，連宿兩夜。參見本卷《過閩寧信宿旅邸館人懸畫菊愀然有感因題》題解。逆旅，客舍，旅館。泥鴻，「雪泥鴻爪」的略語，比喻往事遺留的痕跡。典出宋蘇軾《和子由澠池懷舊》：「人生到處知何似，應似飛鴻踏雪泥。」短詞，指陶穀所贈《春光好》詞。

【解　析】

此詩前兩句敷衍陶穀情事，第三句一轉，設想如果自己當其事，第四句石破天驚，充分體現了伯虎風流才子自許的情趣和膽量。

題畫白樂天

蘇州刺史白尚書，病骨蕭條酒盞疏。到老楊枝亦辭去〔一〕，張娟李態竟何如〔二〕？

【題　解】

此詩爲所畫白居易而題。白樂天：即白居易（七七二—八四六）。字樂天，號香山居士，祖籍太原（今屬山西），後遷居下邽（今陝西渭南），唐代著名詩人。貞元十六年（八〇〇）進士及第，歷任翰林學士、左拾遺等官。因言事貶爲江州司馬，從此以詩酒自娱，棲心佛老，亦官亦隱。晚年定居洛陽，以刑部尚書致仕。與元稹等宣導中唐新樂府運動，世稱「元白」。有《白氏長慶集》。

【箋　注】

〔一〕楊枝：指白居易侍妾樊素。樊素善唱《楊枝曲》，故以曲名人。唐趙鸞鸞《檀口》：「曾見白家樊素口，瓠犀顆顆綴榴芳。」唐孟棨《本事詩·事感》：「白尚書姬人樊素善歌，妓人小蠻善舞，嘗爲詩曰：櫻桃樊素口，楊柳小蠻腰。」

〔二〕張娟李態：當指白居易其他侍妾。

【解　析】

唐代著名詩人白居易一生高官厚禄，錦衣玉食、肥馬輕裘固不消説，其一大嗜好是縱情聲色，蓄妓與嗜酒無厭，直到暮年。伯虎在這首七絶中對此作了辛辣的譏刺。

題畫　二首

水色山光明几上〔一〕，松陰竹影度窗前。焚香對坐渾無事〔二〕，自與詩書結静緣。

【題　解】

這兩首題畫詩描繪恬静秀潤的山水畫面，流露出沉浸在有詩書相伴的幽静生活的怡然自得之樂。

【箋　注】

〔一〕几：几案，矮或小的桌子，古人坐時用以靠身。唐杜甫《風疾舟中伏枕書懷三十六韻奉呈湖南親友》：「烏几重重縛，鶉衣寸寸針。」

〔二〕渾：全，滿。

山隱幽居草木深，鳥啼花落晝沉沉〔一〕。行人杖履多迷路〔二〕，不是書聲何處尋？

【箋注】

〔一〕沉沉：意爲低垂而深沉。

〔二〕杖履：同「杖屨」。古爲敬老之詞，亦指老人出遊。語出《禮記·曲禮上》：「侍坐於君子，君子欠伸，撰杖屨，視日蚤莫，侍坐者請出矣。」此指扶杖漫步。

【解析】

此爲題山居圖詩。畫面當然非常清幽，而伯虎深諳以有聲狀寂、以動態狀静。詩中寫鳥啼，寫書聲，寫花落，寫人行，都很好地體現了山居之幽深。

題畫

騎驢八月下藍關〔一〕，借宿南州白塔灣〔二〕。壁上殘燈千里夢，月中飛葉四更山〔三〕。

【題解】

這是一首題畫詩，上古本詩題下注：《珊瑚網》作「贈感慈鄒先生」。詩歌在布衣騎蹇驢的意象中，將高士的清雅心態描摹出來。

【箋注】

〔一〕藍關：即藍田關，又名「嶢關」，故址在今陝西藍田縣東南，原稱嶢關，因臨嶢山得名。建德二年（五七三)改爲藍田關，因藍田縣得名。古代爲關中平原通往南陽盆地的要塞。唐韓愈《左遷至藍關示姪孫湘》：「雲横秦嶺家何在，雪擁藍關馬不前。」

〔二〕南州：古州名。所指多處，或北周置，故治在今四川萬縣西；或唐置，故治在今重慶南川縣；或南唐由漳州改，今屬福建；或宋置，約在今四川舊叙州府境。亦泛指南方地區。唐儲光羲《臨江亭五咏》之三：「南州王氣疾，東國海風微。」伯虎詩當亦泛指。白塔灣：不可考。今江西餘江縣東南有白塔河。

〔三〕四更：古以漏刻計時，一夜分爲五刻，每刻爲一更，其第四刻爲四更。唐杜甫《月》：「四更山吐月，殘夜水明樓。」此指深夜。

【解　析】

這是一首題畫詩，故其中地名都是隨意泛舉。末句意境及造語皆奇警。

題畫　四首

緑水紅橋夾杏花〔一〕，數間茅屋似仙家。主人莫拒看花客，囊有青錢酒不賒〔二〕。

袁宏道評：也賒不動。

【題　解】

這組題畫詩著意描寫逍遥的田園生活，以詩情張揚自由的個性，揮灑曠放的胸襟。

第一首爲《杏花山館圖》而題，圖見《中國名畫家全集·唐寅》，第六頁。畫面右上方題詩，第二句爲：「數間茅屋是漁家。」

【箋　注】

〔一〕紅橋：紅色之橋。唐白居易《題小橋前新竹招客》：「雁齒小紅橋，垂簷低白屋。」

〔二〕青錢：即銅錢。由銅、鉛、錫合鑄而成，其色青，故有此稱。唐杜甫《北鄰》：「青錢買野竹，白幘岸江皋。」

萬仞芝山接太虛〔一〕，一泓萍水繞吾廬〔二〕。日長全賴棋消遣，計取輸贏賭買魚。

袁宏道評：好。

【箋　注】

〔一〕芝山：長滿芝草的山。芝，真菌的一種，古人以爲瑞草。太虛：天空。晉陸機《駕言出北闕行》：「求仙鮮克仙，太虛安可淩。」

〔二〕萍水：佈滿浮萍的水。唐孫逖《立秋日題安昌寺北山亭》：「果林餘苦李，萍水覆甘蕉。」萍，浮萍，植物名。在水面浮生，又稱青萍、田萍、浮萍草、水浮萍、水萍草等。

紅樹中間飛白雲，黄茅眼底界斜曛。此中大有逍遥處，難説與君畫與君。

雪滿梁園飛鳥稀〔一〕，暖煨榾柮閉柴扉〔二〕。瓦盆熟得松花酒〔三〕，剛是溪丁拾蟹歸。

【箋　注】

〔一〕梁園：即兔園，亦稱「梁苑」「睢園」。漢梁孝王在睢陽所建的園林，故址在今河南商丘東南，爲遊賞、延賓之所，司馬相如、枚乘等皆曾延居園中。唐杜甫《寄李十二白二十韻》：「醉舞梁園夜，行歌泗水春。」此泛指遊樂之園。

〔二〕榾柮（gǔ duò）：木塊。前蜀韋莊《宜君縣比卜居不遂留題王秀才别墅二首》之一：「本期同此卧林丘，榾柮爐前擁布裘。」

〔三〕松花酒：用松花釀制的酒。唐郭受《寄杜員外》：「松花酒熟傍看醉，蓮葉舟輕自學操。」

友竹錢君之長器成訓顔其齋曰培節蓋寄意於手澤桮棬之意也偶集吴門金昌亭展素索書爲賦四絶

【題　解】

這組詩讚美父賢子孝的家風。「友竹」二句：謂錢友竹的長公子錢成訓將自己的書齋名爲「培節」。友竹錢君，生平事蹟不詳。手澤栝棬（bēi quān）：一作「手澤」，用手口之澤的典故。典出《禮記・玉藻》：「父殁而不能讀父之書，手澤存焉爾；母殁而杯圈不能飲焉，口澤之氣存焉爾。」後因以「手口之澤」指父母或前人遺墨、遺物。北齊顔之推《顔氏家訓・風操》：「《禮經》：父之遺書，母之杯圈，感其手口之澤，不忍讀用。」晋潘岳《皇女誄》：「披覽遺物，徘徊舊居。手澤未改，領膩如初。」手澤，手汗所沾潤。栝棬，古代婦人所用的木質飲器，亦作杯棬、杯圈、栝圈，用作思念先母之詞。宋蘇轍《早睡》：「杯棬相勤酬，往往見譏誚。」吴門：古吴縣城（今江蘇蘇州）的别稱。金昌亭：亭名，亦作「金閶亭」。舊址在今蘇州閶門内。素：白絹。

大孝終身慕所天〔一〕，清風高節是家傳〔二〕。春雷又見兒孫起〔三〕，繩武森森玉並肩〔四〕。

【箋　注】

〔一〕大孝：謂大孝之行、大孝之人。《禮記・祭義》：「孝有三：大孝尊親，其次弗辱，其下能養。」《禮記・中庸》：「舜其大孝也與！」又以皇族祖先配天祭祀爲大孝。《孝經・聖治》：「孝莫大於嚴父，嚴父莫大於配天。」所天：指父親。

〔二〕清風高節：猶「高風亮節」，形容道德、行爲高尚。唐牟融《題趙支》：「我有清風高節在，知君不負歲寒交。」此指優良家風。此句又謂錢友竹之品行如竹子之高風亮節。

〔三〕「春雷」句：謂春雷驚筍，喻錢氏後繼有人。

〔四〕繩武：引祖先之行跡以爲戒慎。語出《詩・大雅・下武》：「昭兹來許，繩其祖武。」朱熹集傳：

「繩，繼。武，跡也。言武王之道，昭昭如此，來世能繼其跡。」森森：繁密貌。唐杜甫《蜀相》：「丞相祠堂何處尋？錦官城外柏森森。」此喻家風整肅，猶「森嚴」。玉並肩：謂春筍茂密。

何物交君寄夢思？庭前緑竹玉千枝〔一〕。瀟瀟葉葉濡春雨，記得家嚴手植時〔二〕。

【箋注】

〔一〕玉：對緑竹的美稱。青竹色如碧玉，故稱。唐李賀《有所思》：「鴉鴉向曉鳴森木，風過池塘響叢玉。」

〔二〕家嚴：對別人稱自己父親的謙辭。又作「嚴君」「家父」「家君」「家尊」等。唐韓愈《送進士劉師服東歸》：「攜持令名歸，自足貽家尊。」

高節淩霄表特材，遺根著意好培栽〔一〕。問君何必能如此，亦是先翁手種來〔二〕。

【箋注】

〔一〕著意：猶用心，有意。《楚辭·九辯》：「罔流涕以聊慮兮，惟著意而得之。」朱熹集注：「著意，猶言著乎心，言存於心而不釋也。」宋陸游《大聖樂》（電轉雷驚）：「又何須著意，求田問舍，生須宦達，死要名傳。」

〔二〕先翁：猶先公、先君，指亡父。唐韓愈《琴操十首·岐山操》：「我家於豳，自我先公。」宋蘇軾《潁州初別子由二首》之一：「念子似先君，木訥剛且靜。」

尊翁仙去跡堪尋，奚浦塘邊景觸心。雨露既濡思慕亟，一林修竹節森森。

【解　析】

這組七絕寫得很瀟灑。第一首點名「清風高節是家傳」，暗引錢父。第二首寫錢公子從竹林追憶父親「春雨」化育之功。第三首由竹之「淩霄」向上，追憶錢父的栽培。第四首寫自己對錢父的「思慕」，末句以眼前之景「一林修竹」結。

題畫

太湖西岸景蕭疏〔一〕，竹外山旋碧玉螺〔二〕。明月一天風滿地，爽人秋意不須多。

【箋　注】

〔一〕蕭疏：稀散，稀落。

〔二〕山旋碧玉螺：謂山勢象青螺似的盤旋而上。碧玉，形容山峰青翠如玉。唐韓愈《送桂州嚴大夫同用南字》：「江作青羅帶，山如碧玉篸。」

【解　析】

這首題畫詩吟哦太湖秋山的美景，山色、明月、秋風、秋意一一道來，蕭疏曠遠，恬靜閒雅。

題美人圖

春色關心萬種情〔一〕，酒杯聊寞可憐生。折花比對佳人面，把臂相看覺命輕〔二〕。

【箋　注】

〔一〕關心：牽惹心緒。南朝宋鮑照《堂上歌行》：「萬曲不關心，一曲動情多。」宋趙長卿《念奴嬌·客豫章秋雨懷歸》：「亂織離愁千萬縷，多少關心情緒。」

〔二〕把臂：握持手臂，意示親密。唐李白《尋魯城北范居士失道落蒼耳中見范置酒摘蒼耳作》：「入門且一笑，把臂君爲誰。」

【解　析】

這是爲仕女圖而作的題畫詩，通過描畫仕女神態，抒發年年花開、青春流逝的惋惜之情。折花於手，比喻爲把臂佳人，尚覺新警。然而「覺命輕」三字却有點不倫不類了。

題畫　十首

【題　解】

這是一組針對不同的畫幅的題畫詩，應該也不會是同一時間所作。

山意嵸巃釀早寒〔一〕，數家茅屋是漁灘。分明苕霅溪頭路〔二〕，何日歸家買木蘭〔三〕？

【箋　注】

〔一〕嵸巃（zōng lóng）：即巃嵸，山勢險峻貌。漢司馬相如《上林賦》：「崇山矗矗，巃嵸崔巍。」唐杜甫《王兵馬使二角鷹》：「悲臺蕭颯石巃嵸，哀壑杈枒浩呼洶。」

〔二〕苕霅（tiáo zhà）：水名，苕溪和霅溪，在今浙江北部。宋吴泳《千秋歲·壽友人》：「松舟桂楫。苕霅溪頭别。」

〔三〕木蘭：植物名，又名杜蘭、林蘭、木蓮。落葉喬木，開紫色花。樹高丈餘，木可造船，所造之船稱「木蘭舟」。唐崔融《吴中好風景》「夕煙楊柳岸，春水木蘭橈。」唐冷朝陽《送紅線》：「採菱歌怨木蘭舟，送客魂銷百尺樓。」

【解　析】

前三句是描摹畫面，正由於從畫幅上認出了「苕霅溪頭」的鄉景，所以令觀畫者産生了「何日歸家買木蘭」的嘆喟。

野店桃花紅粉姿，陌頭楊柳緑煙絲。不因送客東城去，過卻春光總不知〔一〕。

【箋　注】

〔一〕過卻：過了。宋周邦彦《瑞鶴仙》詞：「任流光過卻，猶喜洞天自樂。」金趙秉文《同樂園》詩：「過卻清明游客少，晚風吹動釣魚船。」

【解　析】

前兩句寫春光，色彩繽紛。第三句一轉，點出「送客東城」這偶然的原因。第四句「過郤春光總不知」，惜春之感，油然而生。

草閣吟秋倚晚晴，雲山滿目夕陽明。詩成喜有相過客，識取漁梁拄杖聲〔一〕。

【箋　注】

〔一〕漁梁：民間的一種捕魚設置。梁，水中築堰像橋梁一樣的捕魚裝置。即以土石横截溪流，留缺口，下置漁網網魚。《詩・邶風・谷風》：「毋逝我梁。」唐儲光羲《漁父詞》：「漁梁不得意，下渚潛垂鉤。」

【解　析】

這首題畫詩寫夕陽秋景，寫畫中人物，歷歷如在目前。而「詩成」之「喜」、「拄杖」之「聲」這些畫中所無，即是作者生發出來的「畫中有詩」的詩意。

江南春盡野花稀，緑樹陰陰結夏幃〔一〕。詩在浩然驢背上，按鞭徐咏夕陽歸〔二〕。

【箋注】

〔一〕夏幃：喻樹陰密蔽。幃，帳幕，帳子。

〔二〕「詩在」二句：浩然，指孟浩然，唐代詩人。孟有《途中雪詩》和《長安道中雪》，又有騎驢踏雪尋梅的傳說，故宋蘇軾《贈寫真何充秀才》云：「又不見雪中騎驢孟浩然，皺眉吟詩肩聳山。」伯虎此處化用。

雨霽秋灘帶石流〔一〕，過橋心事與悠悠。溪山如此人如玉〔二〕，不夢京華空白頭。

【箋注】

〔一〕雨霽：雨後放晴。唐司空曙《望商山路》：「雨霽殘陽薄，人愁獨望遲。」

〔二〕人如玉：比喻人的品格或相貌像玉一般純潔美好。《詩·小雅·白駒》「生芻一束，其人如玉。」唐唐彥謙《懷友》：「冰壺總憶人如玉，目斷重雲十二樓。」

【解析】

前三句寫溪山之美以及山居者之「如玉」，末句嘆喟滯留京華之不值。

野水荒亭氣象幽，山深因少客來遊。啼禽欲歇煙霞暝①，一對西風落葉秋。

【校記】

①「欲歇」，何本作「欲靄」。

【解　析】

描寫秋深的畫面，重點刻畫欲在煙霞暮色中棲歇的禽鳥，一對紛紛落葉。意境顯得非常蕭瑟。

平村泉石足幽棲，暖著田衣飽著藜〔一〕。坐看雞蟲笑莊子〔二〕，勞勞齊物物難齊〔三〕。

【箋　注】

〔一〕田衣：水田衣，即袈裟。因多用方形布塊連綴而成，形如水田，故稱。唐范燈《狀江南·季夏》：「蚊蚋成雷澤，袈裟作水田。」

〔二〕雞蟲：「雞蟲得失」的省語，比喻無關緊要的細微得失。語出唐杜甫《縛雞行》：「小奴縛雞向市賣，雞被縛急相喧爭。家中厭雞食蟲蟻，不知雞賣還遭烹。蟲雞於人何厚薄，吾叱奴人解其縛。雞蟲得失無了時，注目寒江倚山閣。」莊子：即莊周，戰國時著名哲學家，道家學派的代表人物。

〔三〕勞勞：愁苦憂傷貌。唐李賀《送沈亞之歌》：「携笈歸江重入門，勞勞誰是憐君者。」齊物：《莊子》有《齊物論》篇，内容以齊是非、齊彼此、齊物我、齊夭壽爲主。物難齊：謂萬物没有不變的標準，難以使萬物生長齊整。

【解　析】

詩歌所寫是一幅人物畫，畫面是一個和尚。後兩句寫「雞蟲」，寫「齊物」，有牽强附會的感覺。

雁影横天報早霜，松聲沿路奏清商〔一〕。舊時記得詩家説，落日下山人影長。

【箋　注】

〔一〕清商：指商聲，古代五音之一。南北朝時，總稱中原舊曲及江南吴歌、荆楚西聲爲清商樂。唐吴少微《古意》：「妙舞輕迴拂長袖，高歌浩唱發清商。」此喻松濤之聲如音樂。

【解　析】

前兩句寫深山秋景，第三句一轉，「詩家説」，而當讀者以爲有什麽深文奥義時，却以「落日下山人影長」這樣淺顯的句子作結，一片天真之氣。

十丈霜根映澗虚〔一〕，五椽茅屋野人居〔二〕。塵埃不到市朝遠，琴趣年來只自知。

【箋　注】

〔一〕霜根：謂霜後草木之根。唐杜甫《憑韋少府班覓松樹子》：「欲存老蓋千年意，爲覓霜根數寸栽。」

〔二〕椽：房屋間數的代稱。唐杜甫《秋日夔府咏懷奉寄鄭監李賓客一百韻》：「甘子陰涼葉，茅齋八九椽。」野人：山野之人。唐高適《淇上别業》：「野人種秋菜，古老開原田。」亦借指隱者。唐白居易《宴周皓大夫光福宅》：「野人不敢求他事，唯借泉聲伴醉眠。」

【解　析】

前兩句描述畫面的野人之家，第三句點明遠離市朝，第四句説，就連撫琴也無知音傾聽。這是對第三句的進一步渲染。

拔嶂懸泉隔世囂，層樓曲閣倚雲霄。賞春合有溪堂約〔一〕，侵曉行過獨木橋〔二〕。

【箋注】

〔一〕溪堂：指臨溪的堂舍。宋辛棄疾《鷓鴣天·鵝湖歸病起作》：「枕簟溪堂冷欲秋，斷雲依水晚來收。」

〔二〕侵曉：拂曉。唐杜牧《旅宿》：「遠夢歸侵曉，家書到隔年。」

【解析】

這首絕句描摹畫面，對於行人在清晨走過獨木橋，詩人也作出了揣想「賞春合有溪堂約」，這樣就給這幅圖畫平添了趣味。

題牡丹畫

穀雨花枝號鼠姑①〔一〕，戲拈彤管畫成圖〔二〕。平康脂粉知多少〔三〕，可有相同顏色無？

【校記】

①「鼠姑」，何本作「臘姑」。

【箋注】

〔一〕穀雨：二十四節氣之一。一般是春季最後一個節氣，這以後寒潮天氣基本結束，氣温回升加快，有利於穀物生長。宋陳允平《過秦樓·壽建安使君謝右司》：「穀雨收寒，茶煙颺曉，又是牡丹時候。」鼠姑：牡丹之别稱。

〔二〕彤管：紅筆，朱筆。用於女子文墨之事。語出《詩·邶風·靜女》：「靜女其孌，貽我彤管。彤管有煒，説懌女美。」據毛傳及鄭玄箋：彤管，赤管筆。古代女史以彤管記事。《後漢書·皇后紀》序：「女史彤管，記功書過。」

〔三〕平康：唐長安里名，亦稱平康坊，爲妓女聚居之地。里近北門，故又稱「北里」。唐孫棨《北里志·海論三曲事中》：「平康入北門，東回三曲，即諸妓所居。」五代王仁裕《開元天寶遺事》卷上：「長安有平康坊，妓女所居之地。京都俠少萃集於此，兼每年新進士，以紅牋名紙遊謁其中。時人謂此坊爲風流藪澤。」後多以此借指妓家。唐白居易《江南喜逢蕭九徹因話長安舊遊戲贈五十韻》：「寓居同永樂，幽會共平康。」

【解析】

此詩爲牡丹畫而作。以牡丹花入題，以女子喻寫牡丹。出語輕鬆，體現出伯虎的風流不羈。

題棧道圖

棧道連雲勢欲傾，征人其奈旅魂驚〔一〕。莫言此地崎嶇甚，世上風波更不平。

【題解】

棧道：在絶險處鑿巖架木而成的路，又名「閣道」「棧閣」。隋虞世南《擬飲馬長城窟》：「温池下絶澗，棧道接危巒。」

【箋注】

〔一〕旅魂：指征人的魂夢。唐劉禹錫《泰娘歌》：「安知鵬鳥座隅飛，寂寞旅魂招不歸。」

【解析】

此詩爲棧道圖而作。由畫中所繪崎嶇的棧道言及人生之路的艱險，頗有哲理意味。

題畫

松間草閣倚巖開，閣下幽花繞露臺〔一〕。誰叩荆扉驚鶴夢〔二〕，月明千里故人來。

【題解】

此詩爲《山水圖》而題，圖見《中國名畫家全集·唐寅》第三十三頁。畫面左上方題詩，第二句爲：「巖下幽花繞露臺」。右上方小字另題一詩云：「雲低松暗影蒼蒼，對語幽人夜閣涼。抱膝奚童權假寐，黑甜鄉里趣偏長。」與畫面内容不够相合。

【箋注】

〔一〕露臺：一稱靈臺，原指天子觀象之所。唐王維《和太常韋主簿五郎温湯寓目之作》：「漢主離宮接露臺，秦川一半夕陽開。」

〔二〕鶴夢：喻指超凡脱俗的夢境。唐曹唐《仙子洞中有懷劉阮》：「不將清瑟理霓裳，塵夢那知鶴夢長。」

【解析】

三、四兩句因果倒裝，是説故人千里來訪，所以才叩荆驚夢。如此遣句，才使人感到波瀾起伏，不平板。

題畫 八首

【題解】

這八首詩亦當爲不同時間、場合對不同畫幅而題。

第六首詩爲《葑田行犢圖》而題，圖見《中國名畫家全集·唐寅》第二三四頁。第七首詩爲《雪山會琴圖》而題，圖見《中國名畫家全集·唐寅》第二二七頁。

萬木號風疑虎吼〔一〕，亂泉驚雨挾龍飛。世疑龍虎難馴擾，却許山人擅指揮。

【箋注】

〔一〕號風：謂狂風。唐温庭筠《遐水謡》：「狼煙堡上霜漫漫，枯葉號風天地乾。」號，呼嘯，大叫。唐杜甫《茅屋爲秋風所破歌》：「八月秋高風怒號，卷我屋上三重茅。」

【解　析】

此畫幅應爲一風雨山居之景，詩也努力營造一種飛動的氣勢。第一、二句將風雨比喻爲龍虎相搏，很好地表達了畫意。

三板桫船葉不如〔一〕，隨風漂泊住清渠〔二〕。遊仙抛却絲綸坐〔三〕，只爲消閒不爲魚。

【箋　注】

〔一〕桫（suō）船：以桫木製成的船。桫，植物名，桫欏。落葉喬木，莖高二丈許，木材堅實。唐殷堯藩《贈惟儼師》：「擬掃綠陰浮佛寺，桫欏高樹結爲鄰。」

〔二〕清渠：澄清之川流。三國魏嵇康《贈秀才入軍》：「南淩長阜，北厲清渠。」

〔三〕遊仙：謂雲遊四方。唐錢起《送柳道士》：「去世能成道，遊仙不定家。」此指雲遊四方者。絲綸：指釣絲。唐無名氏《和漁父詞》之十二：「料理絲綸欲放船，江頭明月向人圓。」

【解　析】

這首七絕闡釋畫面的閒情雅興，畫中人物任小船漂泊，抛却釣絲，原來是「只爲消閒不爲魚」。

晃漾金銀梵殿開〔一〕，蕭森榆柳隔紛埃①。只容逋客騎驢到〔二〕，不許朝官引騎來。

【校記】

①「蕭森榆柳」，何本作「箾森杉榆」。

【箋注】

〔一〕晃漾：光影明亮揺動貌。梵殿：佛殿。明何景明《古松歌》：「葉暗秋燈梵殿深，花香晚飯齋廚靜。」

〔二〕逋（bū）客：避世之隱者。唐顔真卿《謝陸處士杼山折青桂花見寄之什》：「緑荑含素萼，采折自逋客。」

【解析】

此詩所咏之圖畫當爲寺廟。後兩句淺白直露，了無詩意。

秋老芙蓉一夜霜，月光瀲灩蕩湖光〔一〕。漁翁穩作船頭睡，夢入鮫宫自渺茫〔二〕。

【箋注】

〔一〕瀲灩：水滿貌。晋木華《海賦》：「溦湙瀲灩，浮天無岸。」李善注：「瀲灩，相連之貌。」

〔二〕鮫宫：鮫人所居宫殿。鮫，鮫人。傳説中的人魚，亦作「蛟人」。晋張華《博物志》卷二《異人》：

「南海外有鮫人，水居如魚，不廢織績，其眼能泣珠。」唐顧況《送從兄使新羅》：「帝女飛銜石，鮫人賣淚綃。」

【解　析】

前兩句寫秋夜江景，第三句寫「漁翁穩作船頭睡」，這些當是畫面所呈現。第四句寫漁翁之夢，乃伯虎所生發，亦將此詩帶入渺茫之境。

東林寺前三峽橋〔一〕，山泉洶湧水波濤。當年到此曾携手，寒色今猶滿布袍。

【箋　注】

〔一〕東林寺：在廬山牯嶺以北。東晋時，由高僧慧遠（三三四—四一六）創建，爲佛教淨土宗的發源地。事見慧皎《高僧傳》卷六。唐劉長卿《禪智寺上方懷演和尚寺即和尚所創》：「絶巘東林寺，高僧惠遠公。」三峽橋：在廬山南側五老峰下，玉淵潭南。爲單孔石拱橋，建造於北宋大中祥符七年（一〇一四）。湍急的澗水從五老峰直瀉而下，驚心動魄，蘇軾《棲賢三峽橋》有「况此百雷霆」「險出三峽右」「震響落飛狖」「湏洞金石奏」等句，將此奇觀與瞿塘三峽對舉，故有此稱。因此橋建於棲賢谷峭壁上，橋側有觀音廟，又稱「棲賢橋」「觀音橋」。

【解　析】

前兩句寫畫面。第三句一轉，寫作者自己當年的遊蹤，第四句寫「寒色」，極富想像力，張力很大，是一篇之警句。

騎犢歸來繞葑田〔一〕，角端輕掛漢編年〔二〕。無人解得悠悠意，行過松陰懶著鞭。

【箋　注】

〔一〕葑（fēng）田：古代以葑泥附木架上而種藝之，形成的漂浮於水面的農田。宋陳旉《農書》卷上《地勢之宜篇第二》：「若深水藪澤則有葑田，以木縛爲田坵，浮繫水面，以葑泥附木架上而種藝之。」唐秦系《題鏡湖野老所居》：「樹喧巢鳥出，路細葑田移。」

〔二〕漢編年：本指《漢書》，此處或泛指史書。

【解　析】

詩歌所咏畫幅當爲牧童掛角讀書圖。按隋李密年少發奮，有騎牛讀書的故事。《舊唐書·李密傳》：「嘗欲尋包愷，乘一黄牛，被以蒲韉，仍將《漢書》一帙掛於角上，一手捉牛靷，一手翻卷書讀之。」伯虎此詩乃敷衍李密舊典。

雪滿空山曉會琴，聳肩驢背自長吟〔一〕。乾坤千古興亡跡，公是公非總陸沉〔二〕。

【箋　注】

〔一〕「雪滿」二句：暗用驢背吟詩典。按宋孫光憲《北夢瑣言》卷七云：「（鄭綮）對曰：『詩思在灞橋風雪中驢子上，此處何以得之？』」

〔二〕陸沉：陸地無水而沉。喻埋没不爲人知。語出《莊子・則陽》：「方且與世違而心不屑與之俱，是陸沉者也。是其市南宜僚邪？」郭象注：「人中隱者，譬無水而沉也。」唐儲光羲《貽王處士子文》：「王屋嘗嘉遁，伊川復陸沉。」

【解　析】

此詩當爲風雪騎驢圖而題。前兩句敷衍典故，後兩句一派隱士腔調，不食人間煙火。

雪滿梁園誰解賦〔一〕？當時只數謫仙才〔二〕。山翁要省千年事〔三〕，吩咐家丁買酒杯。

【箋　注】

〔一〕梁園：見本卷《題畫四首》（雪滿梁園飛鳥稀）注〔一〕。解賦：懂得賦詩。

〔二〕謫仙才：指李白。參見本卷《題畫四首》（李白才名天下奇）注〔一〕。天寶初年，李白至長安，往見太子賓客賀知章。知章見其文，嘆稱「謫仙人」。唐李白《對酒憶賀監二首》之一：「四明有狂客，風流賀季真。長安一相見，呼我謫仙人。」李白曾寫《梁園吟》。

〔三〕山翁：應指晉山簡。按《晉書・山濤傳》卷四十三《山濤傳・山簡傳》記載山簡醉酒故事。唐李白《襄陽歌》：「傍人借問笑何事，笑殺山公醉似泥。」

【解　析】

此詩所咏當爲高士飲酒圖一類。末兩句是説只有爛醉，才能忘却世事。這不是一般的勸酒，而是帶有牢騷而發。

題東莊圖

落葉風中稻滿場〔一〕，平疇相對瀼東莊〔二〕。膏腴望望應千頃〔三〕，滿地黄金下夕陽。

【題　解】

此詩爲沈周《東莊圖》而題。原畫二十四幀，描繪東莊二十四景，展現莊園主人吴融的殷實家業。明萬曆年間，該畫册佚三幀，今存二十一幀。東莊：吴融莊園名。吴融（一三九八—一四七五），字孟融，蘇州府長洲（今江蘇蘇州）人，建有宅第東莊。其次子吴寬（一四三五—一五〇四），字原博，號匏庵，成化八年（一四七二）會試、廷試第一，官至禮部尚書，擅詩文、書法，與沈周、文林、王鏊、史鑑、陳璚、李東陽、謝驛等人交遊，伯虎曾撰《上吴天官書》，以期獲得其提携。吴寬狀元及第後，東莊漸爲吴中文人集會酬唱之所，名噪一時。沈周有《東莊圖》《東莊詩》，李東陽有《東莊記》。

【箋　注】

〔一〕落葉風：指秋風。唐李中《登毘陵青山樓》：「人生歌笑開花霧，世界興亡落葉風。」

〔二〕平疇（chóu）：平原田疇。晉陶潛《癸卯歲始春懷古田舍二首》之二：「平疇交遠風，良苗亦懷新。」瀼

（ráng）：露多貌。《詩·鄭風·野有蔓草》：「野有蔓草，零露瀼瀼。」

〔三〕膏腴：肥沃的土地。唐張彪《雜詩》：「商者多巧智，農者爭膏腴。」望望：瞻望貌。《禮記·問喪》：「其送往也，望望然，汲汲然，如有追而弗及也。」

【解　析】

這是一幅鄉村圖。末句「滿地黃金下夕陽」可謂人人意中或有，人人筆下都無。「黃金」既形容夕陽，又暗喻莊稼豐收。

題自畫守耕圖

南山之麓上腴田，嘗守犁鋤業不遷。昨日三山降除目〔一〕，長沮同拜地行仙〔二〕。

【題　解】

此詩爲《守耕圖》而題。上古本詩後注：「吳派畫九十年展。」圖見《中國名畫家全集·唐寅》第九八—九九頁。畫作左上方題詩，第二句爲「長守犁鋤業不遷」，落款「唐寅爲《守耕賦》」。

【箋　注】

〔一〕三山：古代所指不一。或爲傳説中的海上三神山：蓬萊、方丈、瀛洲。或爲金陵山名，位於金陵城西南的長江邊，三峰並列，南北相連，故稱三山。此喻指朝廷。除目：除授官吏的文書。《品字箋》：「拜官曰除，除書曰除目。」唐姚合《武功縣中作三十首》之八：「一日看除目，終年損道心。」

〔二〕長沮：春秋時楚之隱士，曾嘲諷孔子熱衷政治而疲於奔命。《論語·微子》：「長沮、桀溺耦而耕，孔子過之，使子路問津焉。長沮曰：『夫執輿者爲誰？』子路曰：『爲孔丘。』曰：『是魯孔丘與？』曰：『是也。』曰：『是知津矣。』……耰而不輟。」唐耿湋《贈興平鄭明府》：「明主知封事，長沮笑問津。」地行仙：居於地上的仙人。多用於祝人長壽。宋蘇軾《樂全先生生日以鐵拄杖爲壽二首》之一：「先生真是地行仙，住世因循五百年。」此指閒散隱居之人，亦可理解爲作者自指。

【解析】

此詩是自畫自題，所以無論詩、畫，都可理解爲伯虎自指。前兩句寫自己的躬耕環境。第三句一轉，點明「三山降除目」。按弘治十二年（一四九九），伯虎解脱科場之獄後，黜爲浙藩吏，伯虎恥之，不就。大概此句即指上司解除藩吏的任命。因此，此畫此詩，均應作於弘治十二年以後。

題子胥廟

白馬曾騎踏海潮〔一〕，由來吴地説前朝〔二〕。眼前多少不平事，願與將軍借寶刀。

【題解】

此詩當寫於伯虎受科場案牽連出獄後。詩人弔古傷今，讚嘆伍子胥的人生，感喟自身的遭遇，抒發鏟盡天下「不平事」的豪氣，風格沉鬱雄放。子胥廟：一名伍員廟，位於蘇州胥口胥山。子胥，即伍子胥（？—前四八四），名員，字子胥。封於申地，又稱申胥。楚大夫武奢之次子，因其父、兄爲楚平王所殺而奔吴，與孫武共同輔佐吴王闔閭伐楚，攻入楚國郢都，掘楚平王墓鞭其屍。後吴王夫差聽信讒言，子胥被賜死。事見《史記·伍子胥傳》。

【箋　注】

〔一〕「白馬」句：傳説子胥死後，被投屍於錢塘江而爲潮神，素車白馬奔行於潮頭之中。事見《太平御覽》卷二九一。

〔二〕吴地：春秋時吴國轄地，在今江蘇、安徽一帶。前朝：指春秋時的吴國。

【解　析】

這是伯虎遊歷所作。前兩句是敷衍春秋時伍子胥故事，第三句一轉，點出「眼前多少不平事」，結句抒發了自己對奸佞的憤怒之情。

題美人圖

舞罷霓裳日色低〔一〕，滿身春倦眼迷離。錦絲步帳繁花裏〔二〕，閑弄珊瑚血色枝〔三〕。

【題　解】

此詩爲《美人圖》而題，圖也可能係伯虎自畫。

【箋　注】

〔一〕霓裳：即《霓裳羽衣曲》。唐代著名法曲，爲開元中河西節度使楊敬忠所獻。初名《婆羅門曲》，經玄宗潤色並製歌詞，改今名。唐人尚有玄宗登三鄉驛望女兒山而作或遊月宮密記仙女之歌歸而作等傳說。《唐會要》卷三十三諸樂：「天寶十三載七月十日，改諸樂名……《婆羅門》改爲《霓裳羽衣》。」唐白居易《醉後題李馬二妓》：「行摇雲髻花鈿節，應似霓裳趁管絃。」

〔二〕步帳：用以遮風避塵的一種屏帳。唐盧綸《送黎兵曹往陝府結親》：「步帳歌聲轉，妝臺燭影重。」

〔三〕珊瑚血色枝：紅色的珊瑚枝條。珊瑚生海底，爲腔腸動物珊瑚蟲集結而成，狀如樹枝，稱珊瑚樹。紅珊瑚爲珊瑚之上品。南唐馮延巳《拋球樂》（年少王孫有俊才）：「歌闌賞盡珊瑚樹，情厚重斟琥珀杯。」

【解析】

此詩第二句寫眼神，第四句寫動態，都是傳神之筆。

題畫　三首

綺羅隊裏揮金客〔一〕，紅粉叢中奪錦人〔二〕。今日匡牀卧摩詰〔三〕，白藤如意紫綸巾〔四〕。

【題解】

此詩是爲維摩詰圖而題，摩詰：即維摩詰，佛教著名居士、在家菩薩。梵文音譯爲維摩羅詰、毗摩羅詰，略稱維摩或維摩詰。後蜀歐陽炯《貫休應夢羅漢畫歌》：「瓦棺寺裏維摩詰，舍衛城中辟支佛。」

【箋　注】

〔一〕綺羅：指衣著華美的女子。唐劉憲《折楊柳》：「碧煙楊柳色，紅粉綺羅人。」

〔二〕紅粉：婦女化妝用的胭脂與白粉，借指美女。奪錦人：指有出人之才者。《舊唐書·宋之問傳》：「則天幸洛陽龍門，令從官賦詩，左史東方虬詩先成，則天以錦袍賜之。及之問詩成，則天稱其詞愈高，奪虬錦袍以賞之。」

〔三〕匡牀：方正、安適之牀。漢劉安《淮南子·主術訓》：「匡牀蒻席，非不寧也。」高誘注：「匡，安也；蒻，細也。」南朝梁吴均《妾安所居》：「匡牀終不共，何由横自思。」

〔四〕如意：器物名。用竹、玉、骨等材料製成。原用以搔癢，後多供指劃或賞玩。唐孟浩然《過景空寺故融公蘭若》：「平生竹如意，猶掛草堂前。」綸（guān）巾：用絲帶編的頭巾，又名諸葛巾。唐皮日休《西塞山泊漁家》：「白綸巾下髮如絲，静倚楓根坐釣磯。」

【解　析】

按《維摩詰經·方便品第二》説維摩鮮衣美食，淫欲遊戲，無所不爲，過的是十足的世俗貴族的生活。他居住在大城鬧市，「雖爲白衣，奉持沙門清淨律行」「示有妻子，常修梵行」「雖復飲食，而以禪悦爲味」「若至博弈戲處，輒以度人」「雖獲俗利，不以喜悦」「入諸淫舍，示欲之過；入諸酒肆，能立其志」。此畫此詩就描摹了這樣一位「富貴菩薩」。

木葉飄揺澗水寒，田衣何事又驢鞍〔一〕。迂疏任是傍人笑〔二〕，要探梅花信息難〔三〕。

【箋　注】

〔一〕田衣：袈裟別名，此指和尚。

〔二〕迂疏：迂遠疏闊，亦作「迂踈」。唐殷堯藩《郊居作》：「相逢謂我迂疏甚，欲辨還憎恐失言。」

〔三〕「要探」句：化用李白《早春寄王漢陽》「聞道春還未相識，走傍寒梅訪消息」的句意，表現期盼春光而難得消息。

【解　析】

此詩所咏畫是和尚騎驢圖。前兩句咏畫面，三、四句是畫外之音，寫得既俏皮有趣，又淵雅。

青藜竹杖尋詩處〔一〕，多在平橋野寺中。黄葉没鞋人不到，豆籬花發浸溪紅。

袁宏道評：起句奇。

【箋　注】

〔一〕青藜：指拐杖。晉王嘉《拾遺記·後漢》：「劉向於成帝之末，校書天禄閣，專精覃思。夜有老人，着黄衣，植青藜杖，登閣而進，見向暗中獨坐誦書，老父乃吹杖端，煙然，因以見向。」

【解　析】

此詩借畫面抒發自己的出遊之興。首二句之「詩眼」是「尋詩」，後兩句正是描摹了充滿詩情畫意的生活細節。

五陵

五陵昔日繁華地，今日漫天草蔓青。蔓草不除陵寢廢〔一〕，當時一寸與人爭。

【題　解】

這是一首咏史詩。借五陵今昔的變化，抒發人世興亡的慨嘆。五陵：西漢高祖等五個皇帝陵墓的合稱，皆在長安周圍。當時富家豪族和外戚均居住在五陵附近，後因以五陵指代富貴之地。唐王建《羽林行》：「天明下直明光宫，散入五陵松柏中。」唐崔顥《渭城少年行》：「貴里豪家白馬驕，五陵年少不相饒。」

【箋　注】

〔一〕陵寢：古代帝王的陵墓寢廟。《後漢書·祭祀志下》：「以竇后配食章帝，恭懷后别就陵寢祭之。」此指五陵。

【解　析】

前兩句寫五陵的今昔對比。第三句一轉，由隨意侵爬陵寢之上的草藤，想到當年五陵的熏天權勢，發出了千古浩嘆。按伯虎《桃花庵》詩「不見五陵豪傑墓，無花無酒鋤作田」，抒發了同樣的滄桑之感。

馬　二首

【題　解】

這兩首咏馬詩非單純咏馬，展現了胡地的風土人情。

平原抛鐙秣騊駼〔一〕，髐箭桑弧射鷓鴣〔二〕。誰把丹青弄閑劇〔三〕，頓將紫塞畫成圖〔四〕。

【箋　注】

〔一〕抛鐙：下馬。鐙，馬鐙，即馬鞍之鐙，懸於馬鞍兩邊的踏脚裝置。《南史·張敬兒傳》：「寄敬兒馬鐙一隻。敬兒乃爲備。」唐章孝標《送陳校書赴蔡州幕》：「青草袍襟翻日脚，黄金馬鐙照旌頭。」秣騊駼：餵馬。秣，餵。騊駼，馬名。一指北狄良馬，一指野馬。《爾雅·釋畜》：「騊駼，馬。」郭璞注引《山海經》云：「北海有獸，狀如馬，名騊駼，色青。」唐儲光羲《觀范陽遞俘》：「牧人過橐駝，校正引騊駼。」

〔二〕髐：疑爲「髇（xiāo）」，同「髐」，髐箭，即響箭。《玉篇》：「髇，髇箭。」唐杜甫《天狗賦》：「囧髐矢與流星兮，圍要害而俱破。」桑弧：用桑木做的弓。亦泛指堅弓利箭。唐元稹《酬樂天東南行詩一百韻》：「當心鞘銅鼓，背弝射桑弧。」

〔三〕閑劇：清閒和繁忙。《隋書・后妃傳》序：「女使流外，量局閑劇，多者十人已下，無定員數。」此指嬉戲。

〔四〕紫塞：指長城。亦泛言邊塞。晉崔豹《古今注・都邑第二》：「秦築長城，土色皆紫，漢塞亦然，故稱紫塞焉。」此指邊塞之馬。

【解　析】

這是一首題畫馬之詩。末兩句是説誰人用丹青遊戲，讓塞馬活現於圖上呢？

草軟沙平桃李開，春風先到李陵臺〔一〕。雪中一陣烏鴉起，知是胡雛打獵來〔二〕。

【箋　注】

〔一〕李陵臺：指漢李陵墓。唐馬戴（一作薛能）《贈友人邊遊回》：「遊子新從絶塞回，自言曾上李陵臺。」李陵，字少卿，隴西成紀（今甘肅秦安）人，漢名將李廣之孫。漢武帝時任騎都尉，天漢二年（前九九）率步兵五千人擊匈奴，陷入重圍，矢盡援絶，投降匈奴，後死於匈奴。

〔二〕胡雛：胡童。唐李白《猛虎行》：「胡雛緑眼吹玉笛，吴歌白紵飛梁塵。」

【解　析】

寫胡地風物，最忌一味渲染荒涼蕭瑟，此詩增添了桃李花、春風等意象，使胡地景物亦帶有一些温柔之美。這也許是所咏畫面的真實寫照。

題芭蕉仕女　三首

【題解】

這是三首歌吟美人的題畫詩。仕女：與士女同，畫家筆下的美人。美人畫通稱仕女圖。伯虎的仕女圖是南宋院體和唐人靜穆畫法之結合，獨步明畫壇。論者以爲「唐伯虎解元於畫無所不佳，而尤工於美人」。

獸額朱扉小院深〔一〕，緑窗含霧靜愔愔〔二〕。有人獨對芭蕉坐，因爲春愁不放心〔三〕。

【箋注】

〔一〕獸額朱扉：指富豪之家。獸額，舊時大門上用以銜置門環的獸形底盤。朱扉，紅漆之門。南朝徐伯陽《日出東南隅行》：「朱城璧日起朱扉，青樓含照本暉暉。」

〔二〕愔愔：幽深寂靜貌。漢蔡琰《胡笳十八拍・第五拍》：「雁飛高兮邈難尋，空腸斷兮思愔愔。」

〔三〕放心：謂開拓其胸襟。王維《瓜園詩》：「携手追涼風，放心望乾坤。」此指放下心思。

【解析】

前兩句描寫畫面，色彩鮮艷。第三句一轉，寫人物的内心。爲什麽放不下心思呢？因爲春愁。至於春愁的具體内容，則點到爲止了。

佳人春睡倚含章〔一〕，一瓣梅花點額黄〔二〕。起對鏡看添百媚，至今都學壽陽妝。

【箋　注】

〔一〕含章：南朝宋宫殿名。唐徐鍇《太傅相公以東觀庭梅西垣舊植昔陪盛賞今獨家兄唱和之餘俾令攀和輒依本韻伏愧斐然》：「静對含章樹，閑思共賞時。」漢、唐亦有含章殿。此泛指宫殿。

〔二〕一瓣梅花：《太平御覽》卷九七〇《果部七·梅》引《宋書》云：南朝宋武帝女壽陽公主「每日卧於含章簷下，梅花落公主額上，成五出之華，拂之不去，皇后留之。自後有梅花妝，後人多效之」。額黄：六朝、唐代女子在額頭上塗嫩黄美飾面容。唐李商隱《蝶三首》之三：「壽陽公主嫁時妝，八字宫眉捧額黄。」

【解　析】

此詩敷衍壽陽公主舊典而成，了無新意。

佳人名字號紅蓮，能事搊彈五十絃〔一〕。自是欲將花比貌，涼風輕步野塘邊。

【箋　注】

〔一〕能事：所擅長的技能。唐杜甫《戲題王宰畫山水圖歌》：「能事不受相促迫，王宰始肯留真跡。」搊（chōu）：用手指彈奏絃樂器。《舊唐書·音樂志二》：「舊琵琶皆以木撥彈之，太宗貞觀中始有手彈之法，今所謂搊琵琶者是也。」唐王諲有《夜坐看搊箏》詩。五十弦：相傳古瑟本有五十絃，後代一般爲二十五絃。《史記·封禪書》：「太帝使素女鼓五十弦瑟，悲，帝禁不止，故破其瑟爲二十五絃。」此泛指樂器。

題杏林春燕　二首

【題　解】

這兩首題畫詩將江南春色描摹得極爲出色，寄託著詩人的喜愛之情。

燕子歸來杏子花，紅橋低影緑樹斜①〔一〕。清明時節斜陽裏，個個行人問酒家〔二〕。

【校　記】

①「緑樹」，何本作「緑池」。

【箋　注】

〔一〕紅橋：紅欄杆的橋。

〔二〕「清明」二句：化用杜牧《清明》：「清明時節雨紛紛，路上行人欲斷魂。借問酒家何處有，牧童遥指杏花村。」清明，節令名。表示季春時節正式開始，有踏青掃墓習俗。前蜀魏承班《謁金門》：「煙水闊，人值清明時節，雨細花零鶯語切，愁腸千萬結。」

【解　析】

本詩化用杜牧《清明》詩意，而以「斜陽」替代杜詩之「雨紛紛」，遣詞造句較呆板，遠不及杜詩之流暢、貫注。

紅杏梢頭掛酒旗〔一〕，緑楊枝上囀黄鸝〔二〕。鳥聲花影留人住，不賞東風也是癡〔三〕。

【箋　注】

〔一〕酒旗：即酒帘。唐陸龜蒙《江行》：「酒旗菰葉外，樓影浪花中。」

〔二〕「緑楊」句：化用杜甫《絶句四首》之三「兩箇黄鸝鳴翠柳」的句意。囀，啼鳴。唐王維《積雨輞川莊作》：「漠漠水田飛白鷺，陰陰夏木囀黄鸝。」

〔三〕東風：指春風。此泛指春景。唐張喬《送人及第歸海東》：「東風日邊起，草木一時春。」

【解　析】

有聲有色，將春景寫得熱鬧非常。「紅杏梢頭掛酒旗」一句，在《紅樓夢》中被賈寶玉所引用，以「紅杏在望」題爲大觀園中酒幌。可知伯虎此句爲曹雪芹所激賞。

題畫　二十四首①

【校　記】

①何本作「題畫詩四十首」，實祇此二十四首。

【題　解】

這組題畫詩應不作於一時一地，多借畫中景象寄寓詩人對現實的清醒認識，表現其不仰人鼻息、不隨波逐流的獨特個性和蔑視權貴、憤世疾俗的傲岸精神，筆筆寫意，字字含情，創造出超出畫景的藝術境界。

春驢仙客到詩家〔一〕，爲賞臨谿好杏花。山佃馱柴出換酒〔二〕，鄰翁陪坐自撈蝦。

袁宏道評：仙景。

【箋　注】

〔一〕仙客：仙人，此敬稱隱者或道士。唐明皇李隆基《送胡真師還西山》：「仙客厭人間，孤雲比性閒。」

〔二〕山佃：山農。

【解　析】

此詩寫隱居生活，但並不是不食人間煙火，寫山佃換酒，鄰翁撈蝦，隱者則與他們融洽相處。

長夏山邨詩興幽，趁涼多在碧泉頭。松陰滿地凝空翠〔一〕，肯逐朱門褦襶流〔二〕。

袁宏道評：收句淺。

【箋　注】

〔一〕空翠：指蔚藍的天空。唐孟浩然《尋香山湛上人》：「朝遊訪名山，山遠在空翠。」

〔二〕褦襶(nài dài)流：指不曉世事之人。褦襶，衣服麤重寬大，既不合身，也不合時。比喻暑天衣冠束身去拜訪人，不曉事理。晋程曉《嘲熱客詩》：「今世褦襶子，觸熱到人家。」

【解　析】

此詩亦是題咏隱居圖，全詩不過複述了畫面的松陰碧泉，袁宏道評曰「收句淺」，是爲的評。

蘆葦蕭蕭野渚秋〔一〕，滿蓑風雨獨歸舟〔二〕。莫嫌此地風波惡，處處風波處處愁。

袁宏道評：真，真。

【箋　注】

〔一〕蕭蕭：草木摇落聲。唐李白《自廣平乘醉走馬六十里至邯鄲登城樓覽古書懷》：「磊磊石子岡，蕭蕭白楊聲。」野渚(zhǔ)：野外水中陸地。

〔二〕蓑(suō)：雨具名，即蓑衣。用不易腐爛的蓑草織成的遮雨之衣。唐羅隱《寄前宣州竇常侍》：「今日亂罹尋不得，滿蓑風雨釣魚磯。」

【解　析】

此詩題咏的是風雨歸舟圖。前兩句寫畫，第三句一轉，提到「此地」風波，末句即由「此地」擴展，點明詩意：「處處風波處處愁。」

一叢樓閣空江上，日有羣鷗伴苦吟。盡勝達官憂利害，五更霜裏佩黄金〔一〕。

袁宏道評：管閒事。

【箋　注】

〔一〕「五更」句：謂高官們佩帶官印去早朝。五更，古以漏刻計時，一夜分爲五刻，每刻爲一更，其第五刻爲五更。古樂府《焦仲卿妻》：「仰頭相向鳴，夜夜達五更。」黄金，此指用黄金鑄造的官印。唐白居易《贈楚州郭使君》：「黄金印綬懸腰底，白雪歌詩落筆頭。」

【解　析】

前兩句寫山居樓閣，後兩句慨嘆「盡勝達官」。這二者之間並無聯繫，不像前兩首詩有「風波」過渡，所以袁宏道評曰：「管閒事。」

百尺松杉貼地青〔一〕，布衣衲衲髮星星〔二〕。空山寂寞人聲絶，狼虎中間讀道經〔三〕。

袁宏道評：好。

【箋　注】

〔一〕松杉：松樹和杉樹。唐劉禹錫《虎丘寺路宴》：「虎嘯崖谷寒，猿鳴松杉暮。」

〔二〕衲衲：猶納納，沾濕貌。漢劉向《九嘆·逢紛》：「裳襜襜而含風兮，衣納納而掩露。」衲，通「納」。

髮星星：頭髮花白，變老。唐李紳《姑蘇臺雜句》：「如今白髮星星滿，却作閒官不閒散。」

〔三〕「空山」二句：意爲有道行的人，就是在一羣野獸當中，也可以讀道經，而不怕被野獸吃掉。五代馮道《偶作》：「但教方寸無諸惡，狼虎叢中也立身。」道經，即《道德經》，又名《老子》，爲道家經典之祖。唐高適《贈别晋三處士》：「手持道經注已畢，心知内篇口不言。」

【解　析】

此詩亦是題咏高士圖。前兩句寫環境和人物，第三句轉寫高士的精神氣度，雖然敷衍馮道《偶作》「但教方寸無諸惡，狼虎叢中也立身」詩意，但不知出處者也能讀懂。所以袁宏道也叫了聲「好」。

獨木橋邊倚樹根，古藤陰裏嘯王孫〔一〕。白雲紅樹知多少〔二〕，雞犬人家自一邨〔三〕。

袁宏道評：好。

【箋　注】

〔一〕王孫：貴族子弟的通稱，有時也用以尊稱一般青年。《楚辭·招隱士》：「王孫遊兮不歸，春草生兮萋萋。……王孫兮歸來，山中兮不可以久留。」

〔二〕紅樹：開紅花的樹。唐王維《桃源行》：「坐看紅樹不知遠，行盡青溪不見人。」

〔三〕「雞犬」句：用《老子》八十章「鄰國相望，雞犬之聲相聞，民至老死不相往來」語意。

【解　析】

此詩題咏隱居圖，無甚深意，遣詞造句也無甚特點。

鄧尉山邊七寶灘〔一〕，高低如畫好谿山。十年遊賞經行遍〔二〕，多少名題竹樹間〔三〕。

【箋　注】

〔一〕鄧尉山：位於江蘇吴縣西南，因東漢太尉鄧禹隱居於此而得名。前臨太湖，湖中有一石屹然而峙，若此山之屏障，風景極佳。上多梅樹，花時漫山鋪錦，曲徑飛香，以此名世。七寶灘：未詳，應是鄧尉山附近地名。

〔二〕經行：猶行經，行走經過。唐皎然《秋晚宿破山寺》：「昔日經行人去盡，寒雲夜夜自飛還。」

〔三〕名題：猶題名。唐李洞《龍州送裴秀才》：「牓掛臨江省，名題赴宅筵。」

【解　析】

此詩咏鄧尉山風景圖。三、四句頗爲自負，文句也流動飄逸。

緑陰清晝白猿啼，三峽橋邊路欲迷〔一〕。賴得泉聲引歸路，泉聲嗚咽路高低〔二〕。

袁宏道評：好。

【箋注】

〔一〕三峽橋：見本卷《題畫八首》（東林寺前三峽橋）注〔一〕。

〔二〕嗚咽：形容泉聲。古樂府《隴頭歌辭》：「隴頭流水，鳴聲幽咽。」

【解析】

末句「泉聲嗚咽路高低」是警句，傳達出經行山路之趣，然而三、四句兩見「泉聲」，又爲造語之疵。

酒旗瘦馬行人路，燈火荒雞細雨中〔一〕。奔走十年纔歇脚，偶看畫景忽消魂。

袁宏道評：太露。

【箋注】

〔一〕荒雞：半夜不照一定時間啼叫之雞。舊以爲惡聲不祥。《晋書·祖逖傳》：「祖逖……與司空劉琨俱爲司州主簿，情好綢繆，共被同寢。中夜聞荒雞鳴，蹴琨覺曰：『此非惡聲也。』因起舞。」宋陸游《夜歸偶懷故人獨孤景略》：「劉琨死後無奇士，獨聽荒雞淚滿衣。」

【解析】

前兩句勾勒出一幅夜雨行旅圖，語言凝練，袁宏道評曰「畫」，是讚賞之語。三、四句直白無文，所以袁宏道又評曰「太露」，則是貶斥之語。

楊柳陰濃夏日遲，邨邊高館漫平池〔一〕。鄰翁挈盒乘清早〔二〕，來決輸贏昨日棋。

【箋　注】

〔一〕高館：高大的館舍。唐羊士諤《題松江館》：「津柳江風白浪平，棹移高館古今情。」

〔二〕挈（qiè）：提，持。唐白居易《二月一日作贈韋七庶子》：「應須挈一壺，尋花覓韋七。」

【解　析】

此詩題詠應是村居清趣圖一類。前兩句描寫尋常村景，後兩句寫人物，人物登場是爲下棋，而且是爲「昨日」棋決勝負。這也就説明鄉村生活日日如此，野趣横生矣。

紅樹青山飛白雲，驂驔鞍馬踏斜曛〔一〕。眼前景好詩難勝，鍊不成詞惱殺人〔二〕。

【箋　注】

〔一〕驂驔（cān diàn）：泛指馬車。唐崔液《上元夜六首》之四：「驂驔始散東城曲，倏忽還來南陌頭。」驂，原指三匹馬駕的馬車。驔，原指黄脊黑馬。

〔二〕惱殺：猶言惱甚。唐李白《贈段七娘》：「千杯緑酒何辭醉，一面紅妝惱殺人。」殺，語助詞，表示程度深。

【解　析】

此詩前兩句寫景，很一般。後兩句則拼湊文詞，令人不忍卒讀了。

雪深山路滑於苔，自跨青驢得得來。爲是仙翁詩帖報〔一〕，鹿場僧寺薜莓開〔二〕。

【箋　注】

〔一〕詩帖：寫詩之紙片，指詩稿。唐李洞《賦得送軒轅先生歸羅浮山》：「詩帖布帆猿鳥看，藥煎金鼎鬼神聽。」

〔二〕鹿場：鹿往遊休息之所。《詩·豳風·東山》：「町畽鹿場，熠燿宵行。」朱熹集傳：「町畽，舍旁隙地也，無人焉，故鹿以爲場也。」

【解　析】

此詩題咏雪路騎驢圖。詩人不僅傳達了得得驢蹄聲，而且揣想騎驢者是見到方外友人的詩報，去鹿場僧寺去赴薜莓之會。這樣就使畫面平添了情趣，具有了詩意。

端陽競渡楚江湄〔一〕，紈袴分曹唱健詞〔二〕。畫檝萬枝飛鷁道〔三〕，朱簾十二映蛾眉〔四〕。

【箋　注】

〔一〕端陽：即端午，農曆五月初五日，民間節日。本名「端五」。《太平御覽》卷三十一《時序部十六》引晉周處《風土記》：「仲夏端五，端，初也。」亦名「重五」「重午」。初爲祛病防疫之節，有掛菖蒲、艾葉，薰蒼朮、白芷，龍舟競渡等習俗。南朝梁吴均《續齊諧記》載，屈原五月五日投汨羅江而死，楚人哀之，每年此日，以竹筒貯米，縛以五色絲，投水祭之。蛟龍畏五色絲，不敢竊食。後世端午節吃粽子，蓋起源於此。楚江湄：長江邊。唐許渾《送王總下第歸丹陽》：「秦樓心斷楚江湄，繫馬春風酒一卮。」

〔二〕紈綺：古代富貴人家的子弟所穿細絹褲。借指富家子弟。語出《漢書・叙傳上》：「出與王、許子弟爲羣，在於綺襦紈絝之間，非其好也。」王、許爲漢帝的外戚。亦作「紈袴」。唐杜甫《奉贈韋左丞丈二十二韻》：「紈袴不餓死，儒冠多誤身。」分曹：分隊。唐李益《漢宮少年行》：「分曹陸博快一擲，迎歡先意笑語喧。」健詞：此指划船的號子。

〔三〕畫檝：有畫飾的船槳。亦指畫船。唐李羣玉《競渡時在湖外偶爲成章》：「雷奔電逝三千兒，彩舟畫檝射初暉。」鷁(yì)道：指航道。鷁，古籍中的鳥名，形如鷺鷥，善高飛。亦指船頭上畫著鷁鳥的船。唐沈佺期《三日梨園侍宴》：「畫鷁中流動，青龍上苑來。」

〔四〕朱簾：紅色簾子。南朝梁江淹《靈丘竹賦》：「綺疏蔽而停日，朱簾開而留風。」蛾眉：女子細長娟秀的眉毛。代指美女。亦作「娥眉」。唐李白《懼讒》：「衆女妒蛾眉，雙花競春芳。」

【解析】

此詩題詠端陽競渡圖。首句點出地點，二、三句寫健兒競渡，有聲有色，氣勢飛動。末句寫江岸佳人觀望。短短二十八個字，場面宏大，江面、江岸照應，紋絲不亂。

磬口山茶緑萼梅〔一〕，深紅淺白一時開。分明蠻錦圍屏裏〔二〕，露出佳人粉面來〔三〕。

袁宏道評：俗。

【箋注】

〔一〕萼：花萼的簡稱，由若干枚萼片組成，通常呈緑色。亦作「華鄂」。《詩・小雅・常棣》：「常棣之華，鄂不韡韡。凡今之人，莫如兄弟。」因萼與花同枝，且有保護花瓣的作用，古人因用花萼喻兄弟友愛。

〔二〕蠻錦：南方少數民族所織之錦。唐韓偓《後魏時相州人作李波小妹歌疑其未備因補之》：「李波小妹字雍容，窄衣短袖蠻錦紅。」圍屏：可折疊的屏風。宋曹組《小重山》（深擁熏篝倏已冥）：「銀釭炧，花影上圍屏。」

〔三〕粉面：粉嫩白潔之臉。亦借指美人。宋呂勝己《滿江紅・郡集觀舞》：「錦裀上、嬌擡粉面，淺蛾脈脈。」

【解析】

此詩題咏磬口茶花（紅）和緑萼梅（白），將其比爲蠻錦圍屏裏露出的佳人。比喻新穎貼切，袁宏道評爲「俗」，則帶有道學氣了。

草屋柴門無點塵，門前谿水緑粼粼〔一〕。中間有甚堪圖畫？滿塢桃花一醉人。

袁宏道評：如畫。

【箋注】

〔一〕粼粼：水清澈貌。宋翁卷《題東池》：「一池寒水緑粼粼，池上初梅白未匀。」

【解析】

末句「滿塢桃花一醉人」，應該是伯虎的夫子自道。按《桃花庵歌》云：「桃花塢裏桃花庵，桃花庵裏桃花仙。桃花仙人種桃樹，又摘桃花換酒錢。」《把酒對月歌》云：「姑蘇城外一茅屋，萬樹梅花月滿天。」都有相同之意境。

黄葉玲瓏映落暉〔一〕，木綿新補舊征衣。鄉關多少悠悠思，立馬邊山看雁飛。

【箋注】

〔一〕玲瓏：明亮貌。南朝宋鮑照《中興歌》：「白日照前窗，玲瓏綺羅中。」

【解析】

此詩題詠對象是邊塞圖。前兩句寫思婦，第三句轉寫征人，末句是寫景，亦是抒情。因爲「看雁飛」，眼見北雁南飛，而自己則滯留邊山，則情何以堪了。

班荆相對語勞勞〔一〕，麻已漚成藺未繅。又是一番春計了，瓦盆兒女共村醪〔二〕。

【箋　注】

〔一〕班荆：同「班草」。謂朋友相遇，共坐談心。語出《春秋左傳·襄公二十六年》：「初，楚伍參與蔡太師子朝友，其子伍舉與聲子相善也。伍舉娶於王子牟，王子牟爲申公而亡，楚人曰：『伍舉實送之。』伍舉奔鄭，將遂奔晉。聲子將如晉，遇之於鄭郊，班荆相與食，而言復故。」杜預注：「班，布也。布荆坐地，共議歸楚，事朋友世親。」晋陶潛《飲酒二十首》之十五：「班荆坐松下，數斟已復醉。」勞勞：惜别貌。古樂府《焦仲卿妻》：「舉手長勞勞，二情同依依。」

〔二〕瓦盆：盛酒之陶器。宋楊萬里《壓波堂賦》：「筆牀茶竈，瓦盆藤尊。」村醪（láo）：村酒。唐司空圖《柏東》：「免教世路人相忌，逢著村醪亦不憎。」醪，本指酒釀，引申爲濁酒。

【解　析】

此詩題咏對象是村居圖一類。班荆對語，瓦盆對飲，見出民風之純樸，而由作者娓娓道來，又透出一種大雅。

山亭寥落接人稀，泥補柴門葉補衣。不起竹牀頭似雪〔一〕，已無心去問禪機〔二〕。

【箋　注】

〔一〕竹牀：竹製之牀。炎熱時睡頗涼爽。唐韓愈《題秀禪師房》：「橋夾水松行百步，竹牀莞席到僧家。」

〔二〕禪機：佛教名詞，指禪門説法之機鋒。禪宗以爲悟道之人用含有機要秘訣的言行談禪説法，令人觸機生解，故名。亦稱悟入禪定的關竅。唐李中《訪章禪老》：「比尋禪客叩禪機，澄却心如月在池。」

【解　析】

此詩題咏山居圖。末兩句似是作者的内心獨白，迭遭打擊，年老體衰，還有什麽禪機可以探究呢？

秋水接天三萬頃，晚山連樹一千重。呼它小艇過湖去，卧看斜陽江上峰。

袁宏道評：好。

【解　析】

前兩句描寫浩瀚秋景，作者站立的地點應是高處「江上峰」。第三句一轉，靈動流暢，「呼它小艇過湖去」，置换觀景地點，由湖對面回看「江上峰」，當别有一番景色。這首小詩充滿了美學趣味，耐人咀嚼。

桃李春風好放懷〔一〕，鬬雞走狗夕陽街〔二〕。看花拼逐紛紛蝶，消得青絲幾兩鞋〔三〕。

【箋　注】

〔一〕放懷：坦率盡情，不受拘束。唐皮日休《秋江曉望》：「此時放懷望，不厭爲浮客。」

〔二〕鬪雞走狗：引雞相鬪、驅狗賽跑之戲。亦作「鬪雞走馬」。漢董仲舒《春秋繁露》卷十三《五行相勝》：「博戲鬪雞，走狗弄馬。」唐羅隱《所思》：「鬪雞走狗五陵道，惆悵輸他輕薄兒。」

〔三〕青絲：青色之絲。古樂府《焦仲卿妻》：「齎錢三百萬，皆用青絲穿。」兩：猶言「雙」。《詩·齊風·南山》：「葛屨五兩。」

【解　析】

此詩所咏是一幅市民休閒生活圖景，從一個側面反映了明代江南都市的市民生活。

松蘿深徑積莓苔，何事荆扉夜半開？犬吠嘹嘹驚夜夢〔一〕，月明千里故人來。

【箋　注】

〔一〕嘹嘹：形容叫聲響亮。唐顧況《湖南客中春望》：「鴻雁嘹嘹北向頻。」

【解　析】

此詩描寫山居圖。前三句鋪墊造勢，第四句「月明千里故人來」回答問題，豁然開朗，富有生活情趣。

桃花浪煖錦層層，勸爾漁郎莫下罾。恐有鯉魚鱗甲變，龍門三月要蜚騰〔一〕。

【箋　注】

〔一〕「恐有」二句：用鯉魚登龍門化龍事。傳説黄河鯉魚「三月則上渡龍門，得渡爲龍矣」。見《水經注·

河水》。唐代將進士及第比作登龍門。唐封演《封氏聞見記》卷三《貢舉》：「當代以進士登科爲登龍門，解褐多拜清緊，十數年間，擬迹廟堂。」後人用爲典實。唐元稹《賦得魚登龍門》：「魚貫終何益，龍門在苦登。」

【解　析】

此詩題咏捕魚圖，第三句引入鯉魚化龍傳説，一則富生活情趣，二則也反映了作者的仕進欲望。

雪壓江邨陣作寒，園林俱是玉花攢〔一〕。急須沽酒澆清凍，亦有疏梅唤客看。

【箋　注】

〔一〕玉花：傳説中的仙花。此喻雪花。宋王千秋《好事近・和李清宇》：「六幕凍雲凝，誰翦玉花爲雪。」

【解　析】

前兩句演繹唐人「忽如一夜春風來，千樹萬樹梨花開」之詩意，寫雪苑奇觀。後兩句寫客中閑趣。

柴門深掩雪洋洋〔一〕，榾柮能消此夜長〔二〕。最是詩人安穩處，一編文字一爐香。

【箋　注】

〔一〕洋洋：盛大、衆多貌。《詩・衛風・碩人》：「河水洋洋，北流活活。」

〔三〕榾柮：木塊。

【解　析】

此詩題咏家居清趣圖。末句「一編文字一爐香」很耐咀嚼，一爐香畢，一編文字寫就，見出才思敏捷也。

椿萱圖

漆園椿樹千年色〔一〕，堂北萱根三月花〔二〕。巧畫斑衣相向舞〔三〕，雙親從此壽無涯。

【題　解】

椿萱：父母的代稱。亦作「萱椿」。椿，即椿樹，古代稱父爲「椿庭」。萱，即萱草，古代稱母爲「萱堂」。唐牟融《送徐浩》：「知君此去情偏切，堂上椿萱雪滿頭。」

【箋　注】

〔一〕「漆園」句：化用《莊子·逍遥遊》：「上古有大椿者，以八千歲爲春，八千歲爲秋。」漆園，古地名，在今山東菏澤縣北。戰國時莊周曾任漆園吏，故此指莊子。《史記·老子韓非列傳》：「莊子者，蒙人也，名周。周嘗爲蒙漆園吏……楚威王聞莊周賢，使使厚幣迎之，許以爲相。」莊周堅執不從。晉郭璞《遊仙詩七首》其一：「漆園有傲吏，萊氏有逸妻。」

〔二〕堂北萱根：語出《詩·衛風·伯兮》：「焉得諼草，言樹之背。」毛傳：「諼草令人忘憂。背，北堂也。」

堂北，指母親所居北室。宋陳允平《蘭陵王·辛酉代壽壑翁丞相母夫人》：「叢萱燕堂北。正靄護犀帷，香泛鮫額。」後因以萱堂借指母親。宋李昴英《念奴嬌·壽王守母》：「人愛黄堂，祝萱堂壽，拍拍歡聲溢。」萱，即萱草，古人以爲可使人忘憂之草。

〔三〕斑衣：用老萊子著五彩衣行孝娱親事。老萊子孝養二親，行年七十，常著彩衣以娱親。事見《太平御覽》卷四一三引《孝子傳》。亦作「彩衣」「彩服」「老萊衣」。唐李頻《蘇州寒食日送人歸覲》：「定看堂高後，斑衣滅淚痕。」

【解析】

此詩與《椿萱圖》配合，表現兒女期盼父母平安、快樂的主題，濃濃親情，感人至深。

嗅花觀音

拈花微笑破檀唇〔一〕，悟得塵埃色相身〔二〕。辨取星冠與霞帔〔三〕，天台明月禮仙真〔四〕。

【題解】

此詩寫天台山國清寺嗅花觀音莊重典雅的形象及觀感。嗅花觀音：三十三觀音之一。據説觀音能示現諸多不同之身，《法華經·觀世音菩薩普門品》言觀音有三十三身，中國、日本佛教徒據此繪出三十三種觀音形象，稱三十三觀音。

【箋　注】

〔一〕拈花微笑：佛教語，喻徹悟禪理，又作「拈花一笑」「拈花」。宋釋普濟《五燈會元》卷一《七佛・釋迦牟尼佛》：「世尊在靈山會上，拈華示衆，是時衆皆默然，唯迦葉尊者破顔微笑。世尊曰：『吾有正法眼藏，涅槃妙心，實相無相，微妙法門，不立文字，教外别傳，付囑摩訶迦葉。』」宋呂勝己《菩薩蠻・題蓮花庵》：「問我此來因。拈花與道人。」後喻心心相印，會心。檀唇：紅唇。多形容女子嘴唇。唐秦韜玉《吹笙歌》：「檀唇呼吸宫商改，怨情漸逐清新舉。」

〔二〕塵埃：點汙，喻污濁事物。《楚辭・漁父》：「安能以皓皓之白，而蒙世俗之塵埃乎！」唐高適《和賀蘭判官望北海作》：「緣情韻騷雅，獨立遺塵埃。」色相：一切有形質相狀者的統稱。《楞嚴經》卷三：「色相既無，誰明空質。」唐李頎《題璿公山池》：「片石孤峰窺色相，清池皓月照禪心。」

〔三〕星冠：道士之帽。唐戴叔倫《漢宫人入道》：「蕭蕭白髮出宫門，羽服星冠道意存。」霞帔(pèi)：有霞文的披肩。《舊唐書・司馬承禎傳》：「景雲二年……承禎固辭還山，仍賜寶琴一張及霞紋帔而遣之，朝中詞人贈詩者百餘人。」唐李中《貽廬山清溪觀王尊師》：「霞帔星冠復杖藜，積年修鍊住靈溪。」

〔四〕天台：山名，在今浙江天台縣北。仙真：道家稱得道升仙之人。唐李白《古風》：「時登大樓山，舉首望仙真。」

【解　析】

此詩寫國清寺中嗅花觀音莊重典雅的形象。前兩句描摹觀音，形態畢現。後兩句主要寫觀賞者的藝術感受。值得注意的是，此詩用道家語言來表現佛教菩薩，反映當時人們對佛道二教混同一氣的語言習慣。

題元鎮江亭秋色

不見倪迂今百年〔一〕，故山喬木領蒼煙〔二〕。晴窗展軸觀圖畫，澹墨依然見古賢。

【題　解】

這首題畫詩表達了對倪瓚的緬懷和追慕之情。元鎮：倪瓚（一三〇一——一三七四），初名珽，字元鎮，號雲林子，幻霞子，荆蠻民等，無錫（今屬江蘇）人。元末明初著名畫家，擅山水、墨竹畫，多以水墨爲之，簡中寓繁，似嫩實蒼，與黄公望、吴鎮、王蒙合稱「元四家」，存世畫跡有《六君子》《雨後空林》《漁莊秋霽》等。兼工書法，有晋人風度。亦善詩文，清雋淡雅，有《清閟閣集》。

【箋　注】

〔一〕倪迂：倪瓚性好潔而迂僻，人稱「倪迂」。

〔二〕「故山」句：是説故鄉之樹已長得高入雲天。蒼煙，青煙。唐陳子昂《峴山懷古》：「野樹蒼煙斷，津樓晚氣孤。」

【解　析】

此詩是對倪瓚江亭秋色圖的題咏。前兩句寫出雖然畫歷百年，仍然含飄逸之氣。後兩句於看似平淡的叙述中蘊涵了詩人對倪瓚的敬仰追慕之情。

題落花卷

空山春盡落花深，雨過林陰緑玉新〔一〕。自汲山泉烹鳳餅〔二〕，坐臨溪閣待幽人。

【題　解】

此詩當爲贈姚丞之《坐臨溪閣圖》而作，描寫春去後清幽的山林景象，抒發閒散放逸的情懷。清張照等《石渠寶笈》卷三十四《明唐寅坐臨溪閣圖一卷》：「素絹本著色畫。款題云：『空山春盡落花深，雨過林陰緑玉新。自汲山泉烹鳳餅，坐臨溪閣待幽人。輒作小絶並畫以爲贈存道老兄，具儔昔之歡並居處之勝焉。時弘治甲子四月上旬吴趨唐寅。』」存道即姚丞，字存道，號畸艇，長洲（今江蘇蘇州）人，弘治中貢生，工詩，隱居不仕，伯虎以《坐臨溪閣圖》相贈。

【箋　注】

〔一〕緑玉：指緑葉。宋毛珝《浣溪紗·桂》：「緑玉枝頭一粟黄。碧紗帳裏夢魂香。」

〔二〕鳳餅：印有鳳紋的茶餅。宋徽宗《大觀茶論序》：「本朝之興，歲修建溪之貢，龍團鳳餅，名冠天下；婺源之品，亦自此盛。」此泛指好茶。宋周紫芝《攤破浣溪沙·湯詞》：「鳳餅未殘雲脚乳，水沈催注玉花瓷。」

【解　析】

此詩將所題畫面的世界與人生的現實世界融爲一體。前兩句寫景，與李易安「緑肥紅瘦」同一機杼。後兩句寫人，在深山中烹茶待高隱，境界顯得超塵脱俗。

題桑

桑出羅兮柘出綾〔一〕，綾羅妝束出娉婷〔二〕。娉婷紅粉歌金縷〔三〕，歌與桃花柳絮聽。

【題　解】

此詩爲《桑樹圖》而作。桑：木名，葉可飼蠶。唐李商隱《華山題王母祠》：「好爲麻姑到東海，勸栽黄竹莫栽桑。」

【箋　注】

〔一〕柘（zhè）：木名，桑屬，葉可飼蠶。古時桑、柘常並稱。唐杜荀鶴《山中寡婦》：「桑柘廢來猶納税，田園荒後尚徵苗。」

〔二〕娉婷（pīng tíng）：美好貌。多形容女子姿態嬌好，亦借指美人。後蜀顧敻《遐方怨》（簾影細）：「玉郎經歲負娉婷，教人爭不恨無情。」

〔三〕紅粉：借指美女。金縷：古樂曲名，《金縷曲》《金縷衣》的省稱。杜牧《杜秋娘詩》：「秋持玉斝醉，與唱金縷衣。」原注引此詩云：「李錡長唱此辭。」

【解　析】

此詩在藝術上有兩點值得注意：一是運用藝術想像，設想桑樹養蠶後的一系列人事，給人們帶來了藝術享受。二是學習民歌體「頂針格」的修辭手法，第一句結尾之「綾」，第二句開頭之「綾」；第二句結尾之「娉婷」，第三句開頭之「娉婷」；第三句結尾之「歌金縷」，結句開頭之「歌」，這樣，整首歌音節流轉，十分動聽。

題菊花　三首

【題　解】

這是一組歌咏菊花的題畫詩，讚美菊花的品格、節操與精神，暗寓詩人的高潔人格。

九日風高斗笠斜〔一〕，籬頭對酌酒頻賒。御袍采采楊妃醉〔二〕，半夜扶歸挹露華〔三〕。

【箋　注】

〔一〕九日：農曆九月九日重陽節。唐鄭谷《菊》：「王孫莫把比荆蒿，九日枝枝近鬢毛。」

〔二〕御袍：皇帝的衣袍，喻花色。宋史鑄《御袍黄》：「待看開向丹墀畔，宛與君王服飾同。」采采：華飾貌。楊妃醉：楊妃即楊玉環，楊妃酒酣後的紅暈可比牡丹國色，後因用爲咏牡丹的典故，亦用以歌咏其他花卉。宋郭應祥《卜算子》（春事到清明）：「只有海棠花，恰似楊妃醉。」

〔三〕挹（yì）：舀，酌。露華：露水。唐李白《清平調詞三首》之一：「雲想衣裳花想容，春風拂檻露華濃。」

【解析】

此詩用擬人的手法，將菊花比做雍容華貴的楊玉環，並用貴妃醉酒的典故寫菊花嬌媚綽約而又暗含無限愁情的風姿。

佳色含霜向日開，餘香冉冉覆莓苔。獨憐節操非凡種，曾向陶君徑裏來〔一〕。

【箋注】

〔一〕「獨憐」二句，是説獨愛菊花與衆不同的高尚節操，它曾開在陶淵明的菊圃裏，象徵著他的高潔人格。陶君，即陶淵明（三六五？—四二七），一名潛，字元亮，别號五柳先生，私謚靖節。潯陽柴桑（今江西九江）人，東晉詩人。出生於没落仕宦家庭，少喜讀書，兼諳玄佛。曾任江州祭酒、建威參軍、鎮軍參軍等職，任彭澤令時，因不肯爲五斗米折腰，八十多天便解印去職，從此歸隱田園。其詩文多寫農村題材，是中國第一位田園詩人，鍾嶸《詩品》稱其爲「古今隱逸詩人之宗」。有《陶淵明集》。性愛菊，詩中咏菊處甚多。

【解　析】

前兩句寫菊花傲霜挺立、暗送幽香的姿態，後兩句借陶淵明寫菊花峻潔品格。

颯颯金飆拂素英〔一〕，倚闌璚朵入杯明〔二〕。秋光滿眼無殊品，笑傲東籬羨爾榮〔三〕。

【箋　注】

〔一〕颯颯：象聲詞，風聲。唐王昌齡《箜篌引》：「彈作薊門桑葉秋，風沙颯颯青冢頭。」金飆：秋風。宋郭應祥《鵲橋仙·甲子中秋》：「金飆乍歇，冰輪欲上，萬里秋空如掃。」素英：白花。唐李紳《新樓詩二十首·橘園》：「朱實摘時天路近，素英飄處海雲深。」

〔二〕璚（qióng）朵：喻開放之菊。璚，同「瓊」，赤玉。泛指美玉。

〔三〕東籬：指菊圃。晉陶潛《飲酒二十首》之六：「採菊東籬下，悠然見南山。」

【解　析】

此詩寫菊，採用對比的方法，寫出菊花笑傲東籬、獨佔秋色的姿態，並體現出人們愛慕沉醉的心情。

題自畫墨菊

白衣人換太元衣〔一〕，浴罷山陰洗研池〔二〕。鐵骨不教秋色淡，滿身香汗立東籬。

袁宏道評：淺。

【題　解】

此詩爲自畫《墨菊圖》而題。墨菊：菊花品名，花瓣呈紫黑色。此指水墨菊花。

【箋　注】

〔一〕「白衣」句：謂白宣紙畫菊，不設色。白衣人，白色宣紙。太元衣，猶頭髮一般烏黑的衣服。此指墨菊。太元，道教謂髮神之字。《黄庭内景經・至道》：「髮神蒼華，字太元。」梁丘子注：「白與黑謂之蒼，最居首上，故曰太元。」

〔二〕山陰：古縣名，今浙江紹興。洗研池：池名，即洗硯池，在今浙江紹興北。東晋書法家王羲之曾居會稽山陰練習書法，洗硯池水盡黑。

【解　析】

此詩題咏墨菊圖。前兩句用擬人手法寫菊之形態，用語風趣而形象。後兩句寫墨菊精神則如同大丈夫，姿態則如弱女子，將墨菊所具有的陽剛之美與陰柔之美概而言之，寫出了墨菊的神韻。

題自畫淵明卷　二首

滿地風霜菊綻金，醉來還弄不絃琴〔一〕。南山多少悠然意，千載無人會此心〔二〕。

【題　解】

此詩爲《自畫淵明卷》而題，上古本詩後注：「中國古代書畫圖目二唐寅東籬夢菊圖軸。」《東籬賞菊圖》見《中國名畫家全集·唐寅》第八頁。題詩第三句爲「南山多少悠然趣」。《陶潛賞菊圖》亦有這首題詩，圖見《中國名畫家全集·唐寅》第一二八頁。詩句全同無異。淵明：即陶淵明。

【箋　注】

〔一〕不絃琴：即無絃琴，未上絃之琴。《晋書·陶潛傳》：「性不解音，而畜素琴一張，絃徽不具，每朋酒之會，則撫而和之，曰：『但識琴中趣，何勞絃上聲！』」後用以指稱象徵高情雅趣之琴。唐李白《贈臨洺縣令皓弟》：「大音自成曲，但奏無絃琴。」

〔二〕「南山」二句：化用陶潛《飲酒二十首》之六詩意。會，領會。此心，即陶詩所言「真意」，謂人生真諦。

【解　析】

此詩側重寫陶淵明寄情自然的悠遠情懷，千古以來無人能及，同時也表現了詩人自己的精神境界。語言高古恬淡。

五柳先生日醉眠〔一〕，客來清賞榻無氈。酒貲盡在東籬下，散貯黃金萬斛錢〔二〕。

【箋　注】

〔一〕五柳先生：指陶淵明。陶淵明曾作《五柳先生傳》自況。

〔二〕「酒貲(zī)」二句：是説買酒錢都在菊圃中，那裏散存著無數金黄的菊花，猶如數不清的黄金一般。酒貲，即酒資，酒錢。唐白居易《自城東至以詩代書戲招李六拾遺崔二十六先輩》：「尚殘半月芸香俸，不作歸糧作酒貲。」萬斛(hú)，極言容量之多。斛，量器名，亦容器單位。古以十斗爲一斛，南宋末年改五斗爲一斛。唐王建《水夫謠》：「逆風上水萬斛重，前驛迢迢後淼淼。」

【解　析】

此詩側重寫陶淵明清貧而志趣高遠的生活，後兩句以暗喻出之，引人聯想。

題自畫和靖卷

約闊江梅遠近山〔一〕，一天風月繞柴關〔二〕。休言鳥斷人蹤絶〔三〕，覓句逋仙正不閑〔四〕。

【題　解】

此爲自畫題詩。和靖：即林逋(九六七—一〇二八)，字君復，錢塘(今浙江杭州)人，卒謚和靖先生。恬淡好古，不求名利，終身不仕。隱居西湖孤山，二十年足不至城市。工書畫，善詩，咏梅佳句「疏影横斜水清淺，暗香浮動月黄昏」(《山園小梅二首》之一)膾炙人口。一生未娶，無子，植梅、養鶴爲伴，時人以「梅妻鶴子」稱之。今西湖孤山有其墓及鶴冢。

【箋　注】

〔一〕約閣：纏束。此似指畫中欄柵之類。《詩·小雅·斯干》：「約之閣閣，椓之橐橐。」江梅：野梅，長於山澗水濱，後被移入園中栽培。唐杜甫《徐九少尹見過》：「何當看花蕊，欲發照江梅。」

〔二〕柴關：柴門。

〔三〕鳥斷人蹤絶：用唐柳宗元《江雪》「千山鳥飛絶，萬逕人蹤滅」的句意。

〔四〕覓句：尋覓詩句。指詩人苦吟。唐黄滔《贈友人》：「覓句朝忘食，傾杯夜廢眠。」逋仙：指林逋。

【解　析】

此詩前三句描寫環境，如此超凡脱俗之境，宜有出類拔萃之人，於是第四句推出了林和靖，大有「此子宜置巖壑中」之妙。

題自畫韓熙載圖　二首

衲衣乞食自行歌〔一〕，十院燒燈擁翠娥〔二〕。天下風流誰可並？洛陽雪裏鄭元和〔三〕。

【題　解】

此詩爲《仿韓熙載夜宴圖》而題。上古本詩後注：「書畫鑒影卷二十一唐解元臨顧閎中韓熙載夜宴圖軸。」圖見《中國名畫家全集·唐寅》第一六四—一六九頁。

此圖爲唐寅臨摹古人的人物畫，原畫爲五代南唐畫師顧閎中所作。南唐文臣韓熙載曾是北方官宦，逃難至南方，因而不受後主李煜信任。爲在亂世中自保，有意蓄養歌伎，縱情聲色。顧閎中受李煜派遣，察看其家宴，目識心記後繪成傳世名作《韓熙載夜宴圖》，在構圖、賦色、人物造型、場景佈設等方面均很出色。伯虎在臨本中更改了一些細節，畫卷更長，且有兩首題畫詩，賦予了畫作新的內涵。

畫作上的題詩與這兩首題畫詩略有不同。其一云：「梳成鴉鬢演新歌，院院燒燈擁翠娥。瀟灑心情誰得似，灞橋風雪鄭元和。」其二云：「身當鈎局乏魚羹，預給長勞借水衡。費盡千金收艷粉，如何不學耿先生。」兩詩或讚賞才子的放誕任性、無所拘束，或嘆息文士的生不逢時、懷才不遇，已不再局限於記録官僚貴族的生活情狀，而是融入了詩人的情感與志向。圖見《中國名畫家全集·唐寅》第一六四—一六九頁。

韓熙載（九〇二—九七〇）：字叔言，濰州北海（今山東濰坊）人。後唐同光中，登進士第。後南奔歸吴，歷仕南唐烈祖李昪、中主李璟、後主李煜，官至兵部尚書。高才博學，性格疏放，精通音律，喜蓄聲妓。又善書畫詩文，尤長碑碣，頗有文名，與徐鉉並稱。有《韓熙載集》五卷、《格言》五卷等，今皆佚。《全唐詩》存詩五首。

【箋注】

〔一〕衲衣：僧衣。《佛祖統紀》卷五「摩訶迦葉尊者」：「我今亦當隨佛出家，即著壞色衲衣，自剃鬚髮。」唐齊己《答獻上人卷》：「衲衣禪客袖篇章，江上相尋共感傷。」《南唐近事》載，韓熙載「所得俸錢，即爲諸姬分去。乃著衲衣負匡，令門生舒雅報手板，於諸姬院乞食，以爲笑樂。」行歌：邊走邊唱。唐蘇味道《正月十五夜》：「遊伎皆穠李，行歌盡落梅。」

〔二〕十院：形容院落之多。燒燈：點燈。唐王建《宫詞一百首》之八九：「院院燒燈如白日，沈香火底坐吹笙。」翠娥：指美女。唐李白《憶舊遊寄譙郡元參軍》：「翠娥嬋娟初月輝，美人更唱舞羅衣。」

〔三〕鄭元和：唐白行簡《李娃傳》中的滎陽公子鄭生。赴京趕考，因戀上名妓李娃（李亞仙），耗盡資財，流落街頭，靠唱挽歌度日。後被父親鞭打棄逐，淪爲乞丐。冒雪行乞時，被李娃發現收留，科考及第，迎娶李娃，漸至顯達。宋羅燁《醉翁談録・李亞仙不負鄭元和》、元高文秀雜劇《鄭元和風雪打瓦罐》、明話本《鄭元和嫖遇李亞仙》等均敷衍其事。

【解　析】

前兩句描寫韓熙載風流情事，第三句一轉，問何人可以並肩，逼出第四句，以「雪裏鄭元和」比擬。

酒貲長苦欠經營〔一〕，預給餐錢費水衡〔二〕。多少如花後屏女，燒金時倩耿先生〔三〕。

【箋　注】

〔一〕酒貲：見本卷《題自畫淵明卷二首》（五柳先生日醉眠）注〔二〕。

〔二〕水衡：水衡錢的簡稱，指水衡官經收之錢。《漢書・宣帝紀》：「以水衡錢爲平陵，徙民起第宅。」顔師古注引應劭曰：「水衡與少府皆天子私藏耳。縣官公作，當仰給司農，今出水衡錢，言宣帝即位爲異政也。」南朝陳徐陵《中婦織流黃》：「欲知夫婿處，今督水衡錢。」

〔三〕倩：請，央求。燒金：泛指道家煉金術一類。耿先生：南唐女冠，曾以色情穢亂宫闈，見宋馬令《南唐書》卷二十四《耿先生傳》、宋吴淑《江淮異人傳》。

【解　析】

此詩用南唐時穢亂宫闈的女冠耿先生寫韓熙載夜宴圖，因爲韓圖所描繪的正是南唐上流社會時興的聲色生活。

題自畫高祖斬蛇卷

真人受命整乾樞〔一〕，失鹿狂秦不足誅〔二〕。四海横行無立草，妖蛇那得阻前驅〔三〕？

【題　解】

按《史記·高祖本紀》：「高祖以亭長爲縣送徒酈山……夜徑澤中，令一人行前。行前者還報曰：『前有大蛇當徑，願還。』高祖醉，曰：『壯士行，何畏！』乃前，拔劍擊斬蛇。蛇遂分爲兩。徑開。行數里，醉，因卧。後人來至蛇所，有一老嫗夜哭。人問何哭，嫗曰：『人殺吾子，故哭之。』人曰：『嫗子何爲見殺？』嫗曰：『吾子，白帝子也，化爲蛇，當道，今爲赤帝子斬之，故哭。』人乃以嫗爲不誠，欲告之，嫗因忽不見。後人至，高祖覺。後人告高祖，高祖乃心獨喜，自負。諸從者日益畏之。」高祖：漢高祖劉邦。

【箋　注】

〔一〕真人：對道士的尊稱。指修真得道或成仙之人。漢王逸《九思·哀歲》：「隨真人兮翺翔，食元氣兮長存。」此指帝王劉邦。乾樞：猶乾軸，指天。古人以爲天象運行，如車有軸，故云。南朝宋謝莊《迎神歌》：「地紐謐，乾樞回。」

〔二〕失鹿：指失去帝位。《漢書・蒯通傳》：「秦失其鹿，天下共逐之。」鹿，喻帝位。

〔三〕「四海」二句：是説劉邦橫掃天下，無人能敵，如飈風吹過，草尚不得立，妖蛇如何能阻止他前進的步伐。

【解析】

此爲自題畫詩。無論立意，還是遣詞屬句，都嫌俗套。

題自畫三顧草廬

草廬三顧屈英雄〔一〕，慷慨南陽起卧龍。鼎足未安星又隕〔二〕，陣圖留與浪濤春〔三〕。

【題解】

按三顧草廬事見《三國志・蜀書・諸葛亮傳》：「時先主屯新野。徐庶見先主，先主器之，謂先主曰：『諸葛孔明者，卧龍也。將軍豈願見之乎？』先主曰：『君與俱來。』庶曰：『此人可就見，不可屈致也。將軍宜枉駕顧之。』由是先主遂詣亮，凡三往，乃見。」三國蜀諸葛亮上後主《出師表》云：「先帝不以臣卑鄙，猥自枉屈，三顧臣於草廬之中，諮臣以當世之事。由是感激，遂許先帝以驅馳。」後常以此事作爲君主禮聘賢才的典故。

【箋　注】

〔一〕「草廬」二句：用劉備三顧茅廬請諸葛亮出山事。見本詩題解。三顧，謂劉備三次到隆中訪聘諸葛亮。唐杜甫《蜀相》：「三顧頻煩天下計，兩朝開濟老臣心。」英雄，此指劉備。南陽，郡名，治所在今河南南陽。東漢末年，諸葛亮居於南陽郡鄧縣（今屬河南）隆中，躬耕隴畝。唐楊衡《冬夜舉公房送崔秀才歸南陽》：「南陽三顧地，幸偶價千金。」卧龍，指諸葛亮（一八一—二三四），字孔明，琅琊陽都（今山東臨沂沂南）人。三國蜀漢政治家、軍事家。漢末隱居隆中，留心世事，被稱爲「卧龍」。建安十三年（二〇七），出山輔佐劉備，提出佔據荆（今湖南、湖北）益（今四川）、聯孫抗曹、統一全國之策，助劉備建立蜀漢政權。任丞相，勵精圖治，却未能實現一統中原的理想。

〔二〕「鼎足」句：化用杜甫《蜀相》：「出師未捷身先死，常使英雄淚滿襟」的句意。鼎足，三方並峙之勢。此指諸葛亮在茅廬爲劉備計劃並預見的天下三分之勢。鼎，古代禮器，有三足。星又隕，指諸葛亮之死。蜀漢政權建立後，諸葛亮數次出兵，北伐攻魏，爭奪中原，後病死於五丈原軍中。

〔三〕「陣圖」句：化用杜甫《八陣圖》「功蓋三分國，名高八陣圖。江流石不轉，遺恨失吞吴」的詩意。陣圖，即八陣圖，古代作戰時的隊形及兵力部署。此指諸葛亮生前聚石所布八陣圖。《蜀書·諸葛亮傳》：「推演兵法，作八陣圖。」唐劉希夷《蜀城懷古》：「陣圖一一在，柏樹雙雙行。」八陣圖有多處，此當指夔州（今重慶奉節）之八陣圖。唐韋絢《劉賓客嘉話録·補遺》：「王子武曾在夔州之西市，俯臨江岸沙石，下看諸葛亮八陣圖。箕張翼舒，鵝形鸛勢，聚石分佈，宛然猶存。峽水大時，三蜀雪消之際，澒湧滉瀁，可勝道哉！ 大木十圍，枯槎百丈，破磑巨石，隨波塞川而下……及乎水落川平，萬物皆失故態，惟諸葛陣圖小石之堆，標聚行列依然如是者，僅已六七百年，年年淘灑推激，迨今不動。」八陣，指天、地、風、雲、龍、虎、鳥、蛇八種軍陣。

【解　析】

這首題畫詩在簡單的叙事中，寄託了對諸葛亮事業的追慕之意，以及對其命運的悲憫之情。作品化用杜甫詩句自然妥帖，不留痕跡。

題自畫相如滌器圖

琴心挑取卓王孫[一]，賣酒臨邛石凍春[二]。狗監猶能薦才子[三]，當時宰相是閒人。

袁宏道評：狠。

【題　解】

按相如即司馬相如（前一七九—前一一八），字長卿，蜀郡成都（今屬四川）人，西漢辭賦家。景帝時爲武騎常侍，因病免。往梁國，從枚乘等遊。工辭賦，所作《子虛賦》爲武帝嘆賞，因得召見。又作《上林賦》，武帝用爲郎。曾奉使西南，後爲孝文園令。與卓文君的愛情故事廣爲流傳。滌器：洗器具。指司馬相如落魄時，曾在臨邛賣酒，其妻卓文君當壚，司馬相如親自洗滌器具。事見《史記·司馬相如列傳》。唐杜甫《醉時歌》：「相如逸才親滌器，子雲識字終投閣。」

【箋　注】

〔一〕「琴心」句：用司馬相如琴挑卓文君事。見本卷《咏美人·文君琴心》注〔一〕。卓王孫，卓文君父，精於冶煉，終致豪富。

〔二〕賣酒臨邛：卓文君私奔司馬相如後，因家貧，一起到文君家鄉臨邛開酒店，文君當壚賣酒。臨邛，縣名，在今四川省。石凍春：酒名。唐鄭谷《贈富平李宰》：「易得連宵醉，千缸石凍春。」

〔三〕「狗監」句：指狗監楊得意曾向漢武帝提及司馬相如作《子虛賦》事。《史記·司馬相如列傳》：「蜀人楊得意爲狗監，侍上。上讀《子虛賦》而善之，曰：『朕獨不得與此人同時哉！』得意曰：『臣邑人司馬相如自言爲此賦。』上驚，乃召問相如。」狗監，漢代掌管皇帝獵犬的官。此指楊得意。唐劉禹錫《酬宣州崔大夫見寄》：「再入龍樓稱綺季，應緣狗監説相如。」

【解　析】

此詩前兩句叙述司馬相如琴挑卓文君的風流故事，後兩句一轉爲嚴肅的主題，從司馬相如爲漢武帝所賞識的機緣出發，一方面慨嘆司馬相如命運之奇，一方面諷刺了當權者有失其職。全詩流露出詩人對司馬相如一生際遇的唏嘘慨嘆。

題自畫呂蒙正雪景

冰雪風雲事不同〔一〕，今朝尊貴昨朝窮。窮時多少英雄伴，名字應留夾袋中〔二〕。

【題　解】

這首題畫詩讚嘆北宋賢相呂蒙正，寄託渴望被人理解、受人賞識的心願。呂蒙正（九四四—一〇一一）字聖功，洛陽（今屬河南）人，北宋大臣。太平興國二年（九七七）狀元，太宗、真宗時三居相位。寬厚正直，以敢言著稱。雪景：元王實甫作《呂蒙正風雪破窑記》，寫富家女劉月娥因擲彩球擇婿時選中窮秀才呂蒙正，被父親趕到破窑居住。

【箋　注】

〔一〕風雲：喻人生得志。《易·乾》：「子曰：『同聲相應，同氣相求。水流濕，火就燥。雲從龍，風從虎。聖人作而萬物睹。』」古人將顯達謂爲「風雲際會」。

〔二〕「名字」句：朱熹《五朝名臣言行録》卷一《丞相許國呂文穆公》：「公夾袋中有册子，每四方人替罷謁見，必問其有何人才，客去隨即疏之，悉分門類。或有一人而數人稱之者，必賢也。朝廷求賢，取之囊中。故公爲相，文武百官各稱職者以此。」夾袋，衣服口袋。

【解　析】

前兩句是大實話，叙述呂蒙正失路與顯達的不同境遇。後兩句結合呂蒙正夾袋記人的故事，提出呂蒙正顯達後不要忘記困厄的同伴。這樣，就深化了「雪景」的題旨。

題自畫杜牧卷

司空幕府逼晨開①〔一〕，平善街頭日夜來〔二〕。肯信璚花舊遊處〔三〕，至今猶唱紫雲回〔四〕。

【校　記】

①「逼晨」，何本作「逼農」。

【題　解】

按杜牧（八〇三—約八五二）字牧之，號樊川居士，京兆萬年（今陝西西安）人。唐代詩人。中唐名相杜佑孫，太和進士，曾爲江西觀察使、宣歙觀察使沈傳師和淮南節度使牛僧孺幕僚，歷任監察御史，黄、池、睦諸州刺史，官至中書舍人。其詩情致豪邁，成就頗高，與李商隱並稱「小李杜」。有《樊川文集》。

【箋　注】

〔一〕司空：官名，周時爲六卿之一。漢改御史大夫爲大司空，與大司馬、大司徒共列爲三公。後去「大」字爲司空，歷代因之。

〔二〕平善：謂平安無事。大和七年（八三三），杜牧爲牛僧孺淮南節度府掌書記，居揚州，喜微服逸遊，軍帥派人暗隨，每報「平善」。

〔三〕璚花舊遊處：指揚州。璚，同「瓊」。

〔四〕「至今」句：用杜牧向李願索妓紫雲事。唐孟棨《本事詩·高逸》：「杜（牧）爲御史，分務洛陽，時李司徒罷鎮閒居，聲伎豪華，爲當時第一。……李乃大開筵席，當時朝客高流，無不臻赴。……時會中已飲酒，女奴百餘人，皆絶藝殊色。杜獨坐南行，瞪目注視，引滿三卮，問李云：『聞有紫雲者，孰是？』李指示之。杜凝睇良久，曰：『名不虛得，宜以見惠。』李俯而笑，諸妓亦皆迴首破顔。杜又自飲三爵，朗吟而起曰：『華堂今日綺筵開，誰喚分司御史來？忽發狂言驚滿座，兩行紅粉一時迴。』意氣閒逸，傍若無人。」紫雲，泛指歌妓。宋蘇軾《臨江仙·冬日即事》：「聞道分司狂御史，紫雲無路追尋。」

【解析】

這首題畫詩歌咏杜牧在揚州灑脱不羈、風流清狂的生活，流露出艷羨之意。前兩句寫揚州情事，後兩句寫洛陽情事，氣韻流轉，非常暢快。

題自畫濂溪卷

草苫書齋石壘塘〔一〕，闌干委曲繞谿傍。方牀石枕眠清晝〔二〕，荷葉荷花互送香。

【題解】

按濂溪即周敦頤（一〇一七—一〇七三），原名敦實，字茂叔，道州營道（今湖南道縣）人。後築書堂於廬山蓮花峰下小溪旁，取營道故居濂溪以名，故世稱「濂溪先生」。因甯宗賜謚號元，又稱「元公」。宋代思想家，理學開山之祖。生前官位不高，學術地位亦不顯赫，他死後，弟子程顥、程頤成名，其名聲逐漸顯揚。後經朱熹推崇，學術地位最終確定。有哲學論著《太極圖説》和《通書》、散文名篇《愛蓮説》。

【箋　注】

〔一〕草苫（shàn）：用草編成的覆蓋物。唐賈島《題韋雲叟草堂》：「白茅草苫重重密，愛此秋天夜雨淙。」此指用苫遮蓋。

〔二〕方牀：卧榻。宋蔡確《夏日登車蓋亭十絶》之四：「紙屏石枕竹方牀，手倦抛書午夢長。」

【解　析】

前兩句寫景，勾勒出一幅淡雅清新的書齋圖。後兩句轉而即景抒情，設想主人公于麗日晴天，卧於草齋，享受風送荷香的情景。因周敦頤爲人清廉正直，胸襟淡泊，一生酷愛蓮花，故伯虎抓住這一特點進行描寫。

題自畫白樂天卷

蘇州太守白尚書〔一〕，酒盞飄零帶疾移〔二〕。老去風情猶有在，張娟駱馬與楊枝〔三〕。

【題　解】

此詩亦爲所畫白居易之作而題。白樂天：白居易。見本卷《題畫白樂天》題解。

【箋注】

〔一〕蘇州太守：白居易曾任之官職。尚書：指白曾任刑部尚書。

〔二〕飄零：猶漂泊，流落無依。唐杜甫《不見》：「敏捷詩千首，飄零酒一杯。」帶疾移：腰帶移動很快，指越來越瘦。按南朝梁沈約《與徐勉書》中說：「(自己)百日數旬，革帶常應移孔，以手握臂，率計月小半分。」

〔三〕張娟駱馬：當指白居易侍妾與坐騎。白居易有《賣駱馬》：「五年花下醉騎行，臨賣迴頭嘶一聲。項籍顧騅猶解嘆，樂天別駱豈無情。」可知駱馬當爲白居易坐騎，且相伴頗久，甚有感情。又白居易《不能忘情吟》：「鬻駱馬兮放楊柳枝，掩翠黛兮頓金羈。」楊枝：指白居易侍妾樊素。見本卷《題畫白樂天》注〔一〕。

【解析】

按白居易的一大嗜好是縱情酒色，他家裏蓄妓衆多，最著名者有小蠻和樊素，所謂「櫻桃樊素口，楊柳小蠻腰」。其《咏興五首・小庭亦有月》云：「小庭亦有月，小院亦有花。……菱角執笙簧，谷兒抹琵琶。紅綃信手舞，紫綃隨意歌。……左顧短紅袖，右命小青娥。」自注曰：「菱、谷、紫、紅，皆小臧獲名也。」臧獲，即家姬。詩中的菱角、谷兒、紅綃、紫綃等女子都是他的侍妾，可見其生活的淫奢。此詩中的「老去風情」正是指白居易的縱情酒色，可以看出，伯虎其實對此是頗爲艷羡的。

中國古典文學基本叢書

唐伯虎集箋注

下册

〔明〕唐寅 著
陳書良 周柳燕 箋注

中華書局

歸私第，闔户啓篋取書，讀之竟日。及次日臨政，處決如流。既薨，家人發篋視之，則《論語》二十篇也。」故有趙普「半部《論語》治天下」之説，對後世影響頗大。

〔三〕托孤：以遺孤相托。

【解　析】

前兩句正面叙寫趙普是社稷之臣。後兩句借趙普抨擊趙匡胤、匡義兄弟相殘，匡胤不得托孤。按很多典籍都記載了太祖趙匡胤病危時，匡義探視，「斧聲燭影」之謎。

題自畫桑維翰鐵研卷

書生豪氣壓千軍，日出扶桑一卷文①〔一〕。鐵研未穿時世改〔二〕，功名回首信浮雲〔三〕。

【校　記】

①「日出」，何本作「示者」。

【題　解】

桑維翰（八九八—九四七）：字國僑，河南府洛陽人，五代十國時期後晋大臣。後唐同光三年（九二五）進士及第，初入河陽節度使石敬瑭幕，任掌書記，助其稱帝，並親赴契丹乞援，割讓燕雲十六州，爲滅後唐立下汗馬功勞。後晋建國，任集賢殿大學士、樞密院使、宰相等職，四方賄賂，積貨巨萬，權傾朝野。契丹滅晉時，被後晉降將張彦澤縊殺。鐵研：即鐵硯。《新五代史》卷二九《晉臣傳・桑維翰》：「初舉進士，主司惡其姓，以『桑』『喪』同音。人有勸其不必舉進士，可以從佗求仕者，維翰慨然，乃著《日出扶桑賦》以見志。又鑄鐵硯以示人曰：『硯弊則改而佗仕。』卒以進士及第。」以鐵硯之堅形容立志不移，持久不懈。研，通「硯」。

【箋　注】

〔一〕「日出」句：謂桑維翰所作之賦如日出扶桑般瑰麗堂皇。扶桑，神話中神木名，傳説日出其下。漢劉安《淮南子・天文訓》：「日出於暘谷，浴於咸池，拂於扶桑，是謂晨明。」晉陸機《日出東南隅行》：「扶桑升朝暉，照此高臺端。」一卷文，此指桑維翰《日出扶桑賦》。參見本詩題解。

〔二〕鐵研未穿：謂桑維翰鑄造的鐵硯尚未磨穿。參見本詩題解。時世改：指後晉爲契丹所滅，桑維翰亦被殺。

〔三〕信：確實。浮雲：喻不值得關心的事物。語出《論語・述而》：「不義而富且貴，於我如浮雲。」唐杜甫《丹青引贈曹將軍霸》：「丹青不知老將至，富貴於我如浮雲。」

【解　析】

這首題畫詩講述桑維翰煊赫一時的生命歷程及其功名富貴的煙消雲散，揭示生命短暫、功名虚幻的人生哲理。第三句轉語緊扣桑維翰就鐵硯的發誓，自然貼切，引出結語。

題自畫盧仝煎茶圖

千載經綸一秃翁〔一〕，王公誰不仰高風〔二〕？緣何坐所添丁慘〔三〕，不住山中住洛中〔四〕。

【題　解】

伯虎嗜酒，亦喜品茗，流傳下來的以茶爲題材的畫作有《盧仝煎茶圖》《事茗圖》等。這首題畫詩以凝練之語概括盧仝一生的成就和遭遇，浸透著詩人的追慕與惋惜之情。盧仝（tóng）（約七九六—八三五）：號玉川子，范陽（今河北涿州）人，唐代詩人，韓孟詩派代表人物之一。家境貧困，早年隱居少室山，工詩精文，絶意仕進。後遷居洛陽，韓愈爲河南令，愛賞其詩。因宿宰相王涯第，罹甘露之禍而亡。一生愛茶如癖，所寫《走筆謝孟諫議寄新茶》膾炙人口，千古傳誦。有《玉川子詩集》。

【箋　注】

〔一〕經綸：整理絲縷。引申爲處理軍國大事。此指盧仝爲人稱道的茶詩佳句。其《走筆謝孟諫議寄新茶》云：「柴門反關無俗客，紗帽籠頭自煎喫。……一椀喉吻潤，兩椀破孤悶。三椀搜枯腸，唯有文字五千卷。四椀發輕汗，平生不平事，盡向毛孔散。五椀肌骨清，六椀通仙靈。七椀喫不得也，唯覺兩腋習習清風生。」秃翁：指年老而無官勢之人。亦用以自嘲。語出《史記·魏其武安侯列傳》：「武安已罷朝，出止車門，召韓御史大夫載，怒曰：『與長孺共一老秃翁，何爲首鼠兩端？』」時竇嬰罷官家居，孤立無援，故被譏爲「秃翁」。宋陸游《夏日雜題八首》之七：「憔悴衡門一秃翁，回頭無事不成空。」

〔二〕王公：天子與諸侯。亦謂身份高貴之人，泛指達官貴人。南朝宋何承天《上陵者篇》：「王公第，通衢端。」高風：高尚的品格、操守。晉夏侯湛《東方朔畫贊》序：「睹先生之縣邑，想先生之高風。」

〔三〕添丁：爲國家添一丁口。後用以稱生子。唐杜牧《分司東都寓居履道叨承川尹劉侍郎大夫恩知上四十韻》：「馬羣先去害，民籍更添丁。」此指盧仝生子，取名「添丁」。唐韓愈《寄盧仝》：「去年生兒名添丁，意令與國充耘耔。」唐盧仝《示添丁》：「氣力龍鍾頭欲白，憑仗添丁莫惱爺。」

〔四〕「不住」句：暗指當年盧仝宿洛陽王涯第而罹難事。見本詩題解。

【解　析】

此詩借煎茶圖概寫盧仝。前兩句點出其傳世之作及其高潔的品格，後兩句悲嘆盧仝的結局。全詩浸透著詩人對盧仝的追慕之情。

題自畫秦淮海卷

淮海脩真遺麗華〔一〕，它言道是我言差。金丹不了紅顏別〔二〕，地下相逢兩面沙。

【題　解】

此詩是否爲伯虎自畫之《秦淮海圖》而題尚存疑。一則《秦淮海圖》不見於伯虎畫作著録，二則此詩與俞弁家藏、伯虎校勘的「正德本」《墨莊漫録》（該抄本今收於《四部叢刊》三編）卷三「秦少游侍兒朝華」條後的伯虎題詩大體相同，唯首句中「黜朝」與此詩「遣麗」二字有異，當爲同一首詩。明俞弁《山樵暇語》卷四云：「余友唐子畏閲《墨莊漫録》，偶見此事，以詩嘲少游。」可見此詩當爲伯虎校閲《墨莊漫録》時所作。另《墨莊漫録》卷五末云：「正德辛巳夏五月端午後一日，燈下勘畢。晋昌唐寅。」據此，此詩應寫於正德十六年（一五二一）五月前不久。秦淮海：秦觀（一〇四九—一一〇〇），字少游，一字太虚，號淮海居士，高郵（今屬江蘇）人。北宋文學家。元豐八年（一〇八五）進士及第，曾任太學博士、秘書省正字、國史院編修官等。因政治上傾向舊黨，被目爲元祐黨人，紹聖後屢遭貶謫。爲「蘇門四學士」之一，頗得蘇軾賞識。工詩詞文，有《淮海集》。

【箋注】

〔一〕「淮海」句：叙秦觀與邊朝華情事。宋張邦基《墨莊漫録》卷三載：「秦少游侍兒朝華，姓邊氏，京師人也。元祐癸酉歲納之。嘗爲詩云：『天風吹月入欄杆，烏鵲無聲子夜闌。織女明星來枕上，了知身不在人間。』時朝華年十九也。後三年，少游欲修真斷世緣，遂遣朝華歸父母家，資以金帛而嫁之。朝華臨別，泣不已。少游作詩云：『月霧茫茫曉柝悲，玉人揮手斷腸時。不須重向燈前泣，百歲終當一別離。』朝華既去二十餘日，使其父來，云：『不願嫁，乞歸。』少游憐而復取歸。明年，少游出倅錢唐，至淮上，因與道友議論，嘆光景之遄，歸謂華曰：『汝不去，吾不得修真矣。』亟使人走京師，呼其父來，遣朝華隨去，復作詩云：『玉人前去却重來，此度分攜更不迴。腸斷龜山離別處，夕陽孤塔自崔嵬。』時紹聖元年五月十一日。少游嘗手書記此事。未幾，遂竄南荒云。」淮海，指秦觀。

修真，謂道教之修行真理。唐司馬承禎《天隱子》：「《易》有漸卦，道有漸門，人之修真達性，不能頓悟，必須漸而進之，安而行之，故設漸門。」麗華，指秦觀侍妾朝華。

〔二〕金丹：道士所煉丹藥，認爲服後可長生不死。晋葛洪《抱朴子·内篇·金丹》：「丹砂燒之成水銀，積變又還成丹砂。」後用爲「仙丹」之稱。唐吕巖《七言》：「金丹一粒定長生，須得真鉛煉甲庚。」

【解　析】

此詩前兩句咏秦觀與朝華情事，第三句一轉，對秦觀微有譏諷，第四句謂雙方俱於黄泉相見，故皆滿面塵埃也。

題自畫洞賓卷

黄衣冠子翠雲裘，四海三山挾彈游〔一〕。我亦嚣嚣好游者〔二〕，何時得醉岳陽樓〔三〕？

【題　解】

這首題畫詩表現吕洞賓無拘無束的自由生活，抒發詩人的嚮往之情。洞賓：即吕洞賓。見本卷《題洞賓化女人携瓶圖》題解。

【箋　注】

〔一〕四海三山：言地域之廣。唐沈佺期《黄鶴》：「拂雲游四海，弄影到三山。」三山，古代傳説中東海的三神山。見本卷《題自畫守耕圖》注〔一〕。挾彈游：喻任意游逛。挾彈，手持弓狀行丸之具。唐盧照鄰《長安古意》：「挾彈飛鷹杜陵北，探丸借客渭橋西。」彈，古指以竹爲弦的行丸之具。漢劉向《說苑·善說》：「彈之狀如弓，而以竹爲弦。」

〔二〕囂囂（xiāo xiāo）：自得無欲貌。《孟子·盡心上》：「人知之亦囂囂，人不知亦囂囂。」

〔三〕岳陽樓：岳陽西門城樓（在今湖南岳陽市）。高三層，下臨洞庭。始建于唐，宋滕子京重修，以范仲淹《岳陽樓記》而聞名。傳吕洞賓有歌咏岳陽樓詩：「朝遊百越暮蒼梧，袖裏青蛇膽氣麤。三醉岳陽人不識，朗吟飛過洞庭湖。」

【解　析】

前兩句描寫吕洞賓形象及行事。第三句一轉，寫自己的志趣，整首詩也就顯得生動起來。

題自畫齊后卷

百二關河狼虎秦〔一〕，連環難解獻高臣①〔二〕。若非纖手抽刀斬〔三〕，應笑山東後有人〔四〕。

【校　記】

①「獻高臣」，何本作「戲高臣」。

【題　解】

這首題畫詩描述齊后粉碎强秦欺辱、維護國家尊嚴之舉，諷刺齊國權貴的愚拙可笑。齊后：戰國時齊襄王之王后。《戰國策・齊策六》：「齊閔王之遇殺，其子法章變姓名，爲莒太史家庸夫。太史敫女，奇法章之狀貌，以爲非常人，憐而常竊衣食之，與私焉。……襄王立，以太史氏女爲王后，生子建。……襄王卒，子建立爲齊王。君王后事秦謹，與諸侯信，以故建立四十有餘年不受兵。」

【箋　注】

〔一〕「百二」句：謂山河險固的秦國如虎狼一般强悍暴虐。百二關河，同「百二山河」，喻秦地山河險固。語出《史記・高祖本紀》：「秦，形勝之國，帶河山之險，縣隔千里，持戟百萬，秦得百二焉。」唐崔道融《關下》：「百二山河壯帝畿，關門何事更開遲。」

〔二〕「連環」句：指秦始皇派使者送玉連環給齊國王后，請齊國大臣解開。《戰國策・齊策六》：「秦始皇嘗使使者遺君王后玉連環，曰：『齊多知，而解此環不？』」

〔三〕纖手抽刀斬：指齊后以椎擊破連環玉。《戰國策・齊策六》：「君王后以示羣臣，羣臣不知解。君王后引椎椎破之，謝秦使曰：『謹以解矣。』」

〔四〕山東：謂齊國。其地在太行山東，故稱。

【解　析】

此詩題咏齊后圖像，用《戰國策・齊策》中齊后解環的故事，歌頌了齊后運用智慧維護國家尊嚴的行爲。詩意淺俗。

題自畫紅拂妓卷

楊家紅拂識英雄，著帽宵奔李衛公〔一〕。莫道英雄今没有，誰人看在眼睛中？

袁宏道評：可憐。

【題解】

紅拂妓：手持紅色拂塵的歌妓，唐杜光庭《虬髯客傳》中人物。姓張，名出塵。原爲江南人，隋末戰亂時隨父母流落長安，迫於生計，被賣入司空楊素府做家妓。因手執紅拂，因稱紅拂妓，亦稱「紅拂女」。慧眼識李靖、虬髯客兩位英雄，與前者成婚，與後者結拜兄妹，三人在亂世中建功立業，被稱爲「風塵三俠」。後以紅拂爲慧眼識英雄的女子典型。拂，拂麈，即拂子。用麈尾或馬尾做成的拂除塵埃的器具。

【箋注】

〔一〕「楊家」二句：用紅拂夜奔李靖事。《虬髯客傳》載，李靖以布衣謁見楊素，直言「公爲帝室重臣，須以收羅豪傑爲心，不宜踞見賓客」。紅拂女侍楊素側，心生敬意，當夜「紫衣戴帽」投奔李靖，曰：「妾侍楊司空久，閱天下之人多矣，無如公者。絲蘿非獨生，願托喬木，故來奔耳。」兩人隨即同歸太原。宵奔，夜奔。李衛公，即李靖，唐太宗時功績卓著，封衛國公。

【解析】

這首爲自畫《紅拂妓圖》而作的題畫詩叙述紅拂慧眼識英雄的故事，寄託對當時社會埋没、扼殺人才的憤懣之情和不平之氣。玩其語意，可見伯虎於科場案後依然懷有英雄之夢。文徵明《題唐六如紅拂妓》云：「六如居士春風笑，寫得蛾眉妙有神。展卷不禁雙淚落，斷腸原不爲佳人。」可謂深諳此詩之旨。袁宏道評曰「可憐」，亦是就伯虎衷曲而言。

送陳憲章

僧房酌酒送君行，把臂西風無限情〔一〕。此際若爲銷別恨，兩行紅粉囀春鶯。

【題　解】

陳憲章：即陳録。生卒年不詳，明代畫家。字憲章，以字行，號如隱居士，會稽（今浙江紹興）人。兼工詩畫。見《紹興府志》《畫史會要》。

【箋　注】

〔一〕把臂：猶握持手臂，意示親密。唐杜甫《相逢歌贈嚴二別駕》：「把臂開尊飲我酒，酒酣擊劍蛟龍吼。」

【解　析】

這是一首送別詩，表現與友人依依惜別的情意。前兩句平實，寫送別情面。末句似指離筵中還有陳録之異性知己，她因與陳話別，泫然流淚，泣聲婉轉。

題夢草圖爲陸勳傑

池塘春漲碧溶溶，醉卧香塵淺草中〔一〕。一夢熟時鷗作伴，錦衾何必抱輕紅〔二〕？

【題　解】

此詩爲《夢草圖》而題。陸勳傑：其人不詳。

【箋　注】

〔一〕香塵：多指女子之步履而起者。語出晋王嘉《拾遺記·晋時事》：「（石崇）又屑沉水之香如塵末，布象牀上，使所愛者踐之。」唐杜牧《金谷園》：「繁華事散逐香塵，流水無情草自春。」

〔二〕輕紅：淡紅。南朝梁簡文帝蕭綱《梁塵詩》：「依帷濛重翠，帶日聚輕紅。」

【解　析】

伯虎以豪飲聞名，有上百首飲酒詩。在「醉卧香塵淺草中」可見其真性情，流露其對無奈現實的自慰、對當朝政治的不滿和對封建禮教的蔑視。四句皆緊扣青草立意，流轉自如，引人深思。

題漁父

朱門公子饌鮮鱗〔一〕，爭詫金盤一尺銀〔二〕。誰信深溪狼虎裏〔三〕？滿身風雨是漁人。

【題　解】

這是一首題畫詩，畫作者不一定是伯虎。

【箋　注】

〔一〕鮮鱗：活魚。唐孟郊《峽哀》之四：「峽亂鳴清磬，産石爲鮮鱗。」

〔二〕一尺銀：指鮮魚。因魚鱗色白如銀，故云。

〔三〕狼虎：此喻深溪捕魚之艱險。

【解　析】

這首題畫詩採用對比手法，展現富公子與窮漁父迥然有别的生活場景，頗有批判力度。按此詩與宋范仲淹《江上漁者》「江上往來人，但愛鱸魚美。君看一葉舟，出没風波裏」立意相同，而范詩自然脱出。

題畫竹次杜水庵韻

蕭蕭美人脱凡俗，蕉姓稱蘿名碧玉〔一〕。月昏瀟湘煙水深〔二〕，爲君一弄江南曲〔三〕。

【題　解】

這是一首題畫詩。杜水庵：所指不詳。

【箋　注】

〔一〕蕉、蘿：似是形容竹葉及篁叢。名碧玉：青竹色如碧玉，故稱。

〔二〕瀟湘：二水名。瀟水源出今湖南寧遠境内的九嶷山，北流至今湖南零陵入湘水。此處當爲泛指。

〔三〕弄：演奏樂器。唐司馬逸客《雅琴篇》：「清音雅調感君子，一撫一弄懷知己。」江南曲：樂府舊題，屬相和曲。多寫男女戀情。唐姚合《贈張籍太祝》：「絶妙江南曲，淒涼怨女詩。」

【解　析】

這首題畫詩描繪青竹的脱俗，歌吟瀟湘的迷蒙，妙在托物喻人，耐人回味。末句更是聯想風動緑竹，颯颯作響，如同美女彈奏《江南曲》。

題葛仙

三天門吏葛長庚〔一〕，體坐蟾蜍赤脚行〔二〕。遊遍九州人不識，丹臺籙上已標名〔三〕。

【題　解】

這首題畫詩描繪葛長庚的形象，以及名列仙人名録而不爲人知的景況。葛仙：葛長庚（一一三四？—一二二九？），字如晦，號海瓊子，閩清（今屬福建）人，生於瓊州（今海南瓊山）。初至雷州，後爲白氏繼子，名玉蟾。南宋時人。曾舉童子科，後學道武夷山。嘉定年間曾詔徵赴闕，對御稱旨，命館太一宫，封紫清明道真人，爲道教南宗五祖之一。博學工書畫，是道教人物中的傑出詩人，有《海瓊集》。

【箋　注】

〔一〕三天門吏：出處不詳，或言葛長庚奉詔爲吏時日之短。

〔二〕蟾蜍：即蝦蟆。此似指葛長庚坐姿。按史載，葛長庚嘉定五年後遊歷於羅浮、武夷、龍虎諸山。時而蓬頭赤足，時而青巾野服，「或狂走，或兀坐，或鎮日酣睡，或長夜獨立，或哭或笑，狀如瘋顛。」

〔三〕丹臺：神仙居所。唐歐陽詢《藝文類聚・靈異部上・仙道》：「《真人周君傳》曰：紫陽真人……入蒙山，遇羨門子，……乞長生要訣。羨門子曰：『子名在丹臺玉室之中，何憂不仙？』」唐白居易《酬趙秀才贈新登科諸先輩》：「君看名在丹臺者，盡是人間修道人。」

【解析】

此詩題咏葛長庚圖，除反映了伯虎頭腦中的道教思想外，無甚深意，詞句亦頗俗露。

佳人對月①

卸髻嫦娥夜卧遲〔一〕，梨花風靜鳥棲枝〔二〕。難將心事和人説，説與青天明月知。

袁宏道評：好。

【校記】

①何本題作「題佳人對月」。

【題解】

此詩表達佳人滿懷憂思、無人傾聽的寂寞之情。

【箋　注】

〔一〕卸髻：下妝。

〔三〕梨花風：指三月的風。因梨花開於三月，故稱。

【解　析】

第一句佳人出場，第二句寫環境。後兩句寫佳人對月抒懷，具體内容却没有明説，總之是難以和人説的「心事」。此詩情景交融，亦有寄興，因此袁宏道評：「好。」

佳人插花①

春困無端壓黛眉〔一〕，梳成鬆鬢出簾遲〔二〕。手拈茉莉腥紅朵〔三〕，欲插逢人問可宜？

袁宏道評：畫。

【校　記】

① 何本作「題佳人插花」。

【題　解】

此詩描摹佳人春日慵懶的情態，表現其插花時猶豫不定的心緒。

【箋　注】

〔一〕春困：謂春日精神倦怠。宋曾鞏《錢塘上元夜祥符寺陪咨臣郎中丈燕席》：「金地夜寒消美酒，玉人春困倚東風。」

〔二〕鬆鬢：女子的一種髮式。唐劉禹錫《和樂天柘枝》：「鬆鬢改梳鸞鳳髻，新衫別織鬭雞紗。」

〔三〕茉莉：花名，亦稱「茉莉花」。多白色，有香氣。此詩所寫爲紅茉莉。唐李羣玉《法性寺六祖戒壇》：「天香開茉莉，梵樹落菩提。」

【解析】

伯虎是有明一代仕女畫大家，其詩詞寫佳人，亦深得其妙。此詩首二寫形，已透出一片美人困態。後兩句通過動作、語言，傳達出佳人嬌媚的神韻。

佳人停板 二首

【題解】

這兩首詩描繪歌女的職業生涯，以及她們的落寞情懷。板：拍板，用來打節拍的樂器。亦指音樂節拍。宋曾覿《傾杯樂·席上賞雪》：「隨縷板、歌聲閒暇。」

仙娥記曲世無雙〔一〕，下直歸來月滿窗〔二〕。隨手托牙鏤板在〔三〕，低頭不語暗尋腔。

袁宏道評：畫。

【箋　注】

〔一〕仙娥：仙女，美女。唐許渾《秋晚雲陽驛西亭蓮池》：「神女暫來雲易散，仙娥初去月難留。」此指歌女。

〔二〕下直：寓值歸來。唐王建《羽林行》：「天明下直明光宫，散入五陵松柏中。」此謂演出後。直，同「值」。

〔三〕牙：指紅牙，以檀木製成的拍板，色紅。宋歐陽澈《踏莎行》（雁字書空）：「遏雲更倩雪兒歌，從教拍碎紅牙板。」鏤板：有雕飾的拍板。宋張先《蘇幕遮》（柳飛綿）：「鏤板音清，淺發江南調。」

紅蓮錦袖曹剛手〔一〕，瓏板腰肢捉板歌〔二〕。何事夜深還演藝，花前爭奈月明何〔三〕。

【箋　注】

〔一〕紅蓮：應爲歌女名。曹剛：唐琵琶高手。唐劉禹錫《曹剛》：「大絃嘈囋小絃清，噴雪含風意思生。一聽曹剛彈薄媚，人生不合出京城。」唐白居易有《聽曹剛琵琶兼示重蓮》、唐薛逢亦有《聽曹剛彈琵琶》詩。

〔二〕「瓏板」句：指應合著琵琶的歌舞。瓏，應爲攏誤。唐白居易《琵琶引》「輕攏慢撚抹復挑」，攏，叩絃。攏與捉，都是彈奏琵琶的手法。

〔三〕爭奈：怎奈，無奈。唐白居易《池上即事》：「家醖瓶空人客絶，今宵爭奈月明何。」

【解　析】

這是兩首描寫歌女的詩篇。第一首寫下直歸來，佳人仍然手執牙板，暗中琢磨唱腔。第二首寫夜深，佳人仍然趁著月明演藝。二詩應是實録，不僅反映了明代歌女演藝之專業素養，而且也體現了歌女覓食之艱辛。

荷花仙子

一卷真經幻作胎①〔一〕，人間肉眼誤相猜。不教輕踏蓮花去，誰識仙娥玩世來〔二〕？

【校　記】

①「幻作胎」，何本作「幻作仙」。

【題　解】

此詩應是題咏荷花仙子圖卷之作。

【箋　注】

〔一〕真經：指道教經書。《隋書·經籍志四》載，後魏之世，嵩山道士寇謙之遇神人李譜，云是老君玄孫，授其圖籙真經。《舊唐書·玄宗本紀下》：「莊子號爲南華真人，文子號爲通玄真人，列子號爲沖虛真人，庚桑子號爲洞虛真人。其四子所著書改爲真經。」胎：此指凡胎，即血肉之軀，引申指肉身之相。唐吕巖《水龍吟》（目前咫尺長生路）：「煉金丹、換了凡胎濁骨，免輪迴，三塗苦。」

〔二〕「不教」二句：是説若非脚踏蓮花飄飛而去，誰人知曉那是仙女來人間遊玩呢？

【解析】

此詩描繪荷花仙子超脱凡塵的美麗輕盈姿態，落筆處絶無煙塵之氣，清雅無比。後兩句寫荷花仙子的形象富有動態感，「輕踏蓮花去」，讓人聯想到很多相關動作，宛如一曲清雅的仙樂。

玉芝爲王麗人作

玉芝仙子住瑶池〔一〕，池上多栽五色芝。擣作千年合歡藥①〔二〕，客沾風味盡相思。

【校記】

①「千年」，何本作「千古」。

【題解】

楊靜庵《唐寅年譜》弘治十六年（一五〇三）：「先生爲天下才華横溢之人，既爲科場所累，益鬱鬱不得志，則放情詩酒，寄意名花，在所不免。」該年伯虎寫了不少飲酒、挾妓題材的詩，此詩即是其中一首。《唐寅年譜》此年又録文徵明《月夜登南樓懷子畏》《簡子畏》《飲子畏小樓》《夜坐聞雨有懷子畏次韻奉簡》等詩，從中「可以概見」此時伯虎「寄情於醇酒婦人之狀」。玉芝：美麗的靈芝，白芝。《後漢書·張衡傳》：「聘王母於銀臺兮，羞玉芝以療飢。」李賢注：「《本草經》曰：『白芝，一名玉芝。』」《舊唐書·玄宗本紀下》：天寶七載「三月乙酉，大同殿柱產玉芝，有神光照殿」。唐薛濤《試新服裁製初成三首》之三：「長裾本是上清儀，曾逐羣仙把玉芝。」王麗人：應是一風塵女子。

【箋　注】

〔一〕瑤池：古代神話中神仙居住之地，在昆侖山上，爲西王母所居之地。《穆天子傳》卷三：「乙丑，天子觴西王母於瑤池之上。」《史記·大宛列傳》：「崑崙其高二千五百餘里，日月所相避隱爲光明也。其上有醴泉、〔瑤〕（華）池。」唐李白《天馬歌》：「請君贖獻穆天子，猶堪弄影舞瑤池。」

〔二〕合歡：本指歡聚、聯歡。《禮記·樂記》：「故酒食者，所以合歡也。」後以成雙成對喻男女歡好。唐李賀《許公子鄭姬歌》：「莫愁簾中許合歡，清絃五十爲君彈。」

【解　析】

前兩句用的是遊仙體，描寫仙境中的玉芝仙子，暗喻王麗人。第三句搗藥是過渡，逼出第四句「客沾風味盡相思」，歸結到王麗人。

溪上

溪上藤陰覆緑苔，溪邊山色畫屏開〔一〕。此情遠在煙霞裏，休信傍人喚不回。

【題　解】

此詩爲即景式小詩。

【箋　注】

〔一〕畫屏：有畫飾的屏風。唐朱慶餘《與龐復言携酒望洞庭》：「盡日與君同看望，了然勝見畫屏開。」

【解　析】

此詩以畫屏喻山水勝景，抒發對自然美景的嚮往之情。

題畫

扶笻散步碧山遊，萬壑千巖爽氣浮〔一〕。一個茅齋如斗大〔二〕，如何容得許多秋？

【題　解】

此詩所咏當爲秋日山居圖一類。

【箋　注】

〔一〕萬壑千巖：猶層巒疊嶂，形容峰巒、山谷極多。語出南朝宋劉義慶《世説新語·言語》：「顧長康從會稽還，人問山川之美，顧云：『千巖競秀，萬壑爭流，草木蒙籠其上，若雲興霞蔚。』」爽氣：指爽朗開豁的自然景象。《世説新語·簡傲》：「西山朝來，致有爽氣。」唐鄭澣《和李德裕遊漢州房公湖二首》之二：「自宜雕樂石，爽氣際青城。」

〔二〕如斗大：形容茅屋很小。亦作「大如斗」。宋牟巘《木蘭花慢·錢公孫倅》：「山城如斗大，君肯爲、兩年留。」

【解　析】

這首題畫詩用誇張手法描寫秋景、秋意。末二句當是反話，正因爲小小茅齋置身巖壑間，故而飽含秋色，充滿秋意。

題戈文雪景

柴門深閉蕷徐煨〔一〕，沽得鄰家村釀來〔二〕。白髮衰頹聊遣歲，山妻稚子笑顔開〔三〕。

【題　解】

這是一首題畫詩。戈文：不詳，當是當時畫家。

【箋　注】

〔一〕蕷：薯蕷，亦稱「山藥」。唐王績《採藥》：「從容肉作名，薯蕷膏成質。」

〔二〕村釀：村酒。宋蘇軾《送碧香酒與趙明叔教授》：「不羨紫駝分御食，自遣赤脚沽村釀。」

〔三〕山妻稚子：此處當指畫中圖景。

【解　析】

這幅雪景圖乃摹寫冬日山居之趣，伯虎詩筆一一道出，極富生活趣味。

題美人圖

鸞釵壓鬢髻偏新〔一〕，霧濕雲低別種情。最是含羞無那意〔二〕，故將結髮試穿針〔三〕。

【箋注】

〔一〕鸞釵：鸞形釵子。唐李賀《送秦光禄北征》：「錢塘階鳳羽，正室擘鸞釵。」髻偏新：指一種偏髻的新妝。

〔二〕無那（nuò）：猶無奈，無可奈何。唐王昌齡《從軍行七首》之一：「更吹羌笛關山月，無那金閨萬里愁。」

〔三〕結髮：共髻束髮，此指成婚。古人新婚之夕男女共髻束髮，故稱。古樂府《焦仲卿妻》：「結髮同枕席，黄泉共爲友。」穿針：舊時風俗，農曆七月七日夜婦女穿七孔針向織女星乞巧。漢劉歆《西京雜記》卷一：「漢彩女常以七月七日穿七針於開襟樓，人俱以習之。」今七夕望月穿針乞巧之習，蓋始於漢。唐權德輿《七夕》：「家人競喜開妝鏡，月下穿針拜九霄。」

【解析】

這首題畫詩將美人艷麗的裝扮、隱秘的心思寫得靈氣生動。末二句寫新婚女子嬌羞之態，極爲傳神。

題畫

煙水雲山天地寬，儘容樵斧與漁竿。麒麟閣上丹青筆〔一〕，要畫須看得見難。

【題　解】

詩所題應是一幅山水畫。

【箋　注】

〔一〕麒麟閣：漢未央宫中閣名，漢武帝時建。是宫廷藏秘書、處賢才之所。漢宣帝時曾繪霍光等十一功臣像於閣上，以表彰其功績。後多用以表示卓越功勳或最高榮譽。唐楊巨源《元日含元殿下立仗丹鳳樓門下宣赦相公稱賀二首》之二：「請問漢家功第一，麒麟閣上識酇侯。」

【解　析】

此詩文句俚俗，末二句詞不達意。

登靈巖

山鬼踉蹌佛殿荒〔一〕，老僧指點説吴王〔二〕。銀瓶化去餘宫井〔三〕，柿葉飛來滿屧廊〔四〕。

【題　解】

靈巖：山名，即古石鼓山，又名硯石山。在今江蘇蘇州市西。唐駱賓王《冬日野望》：「靈巖聞曉籟，洞浦漲秋潮。」

【箋　注】

〔一〕山鬼：山中精怪，狒狒之類。明李時珍《本草綱目·獸部·狒狒》引《永嘉記》云：「安國縣有山鬼，形如人而一脚，僅長一尺許，好盜伐木人鹽炙石蟹食，人不敢犯之，能令人病及焚居也。」唐杜甫《虎牙行》：「杜鵑不來猿狖寒，山鬼幽憂雪霜逼。」唐白居易《送客之湖南》：「山鬼趫跳唯一足，峽猿哀怨過三聲。」踉蹌：行走不穩。

〔二〕吴王：指春秋時吴國末代國君夫差（約前五二八—前四七三），姬姓，吴氏，闔閭之子，前四九五年即位。好戰，連年興師，以致國力空虚。爲越王勾踐所滅國，自刎。

〔三〕銀瓶：指銀質酒器。唐杜甫《少年行》：「不通姓氏粗豪甚，指點銀瓶索酒嘗。」

〔四〕屧廊：春秋時吴國館娃宫之廊名。參見本書卷一《金粉福地賦》注〔三五〕。唐皮日休《館娃宫懷古》：「硯沼只留溪鳥浴，屧廊空信野花埋。」

【解　析】

這首懷古詩寫春秋時的吴國舊跡，抒發滄海桑田的深沉感慨。首句寫吴宫荒涼之狀，第二句點出吴王。後兩句拈出宫井、屧廊等吴宫景物，抒發今昔滄桑之概。

題畫

長松落蔭滿蒼苔〔一〕，四面軒窗向水開〔二〕。何限晚涼消不得〔三〕？隔溪分看待人來。

【題　解】

此詩所咏是山居圖等類圖卷。

【箋　注】

〔一〕蒼苔：青色苔蘚。唐杜甫《醉時歌》：「先生早賦歸去來，石田茅屋荒蒼苔。」

〔二〕軒窗：長廊之窗。唐羊士諤《郡中玩月寄江南李少尹虞部孟員外三首》之一：「軒窗開到曉，風物坐含秋。」

〔三〕消不得：指受用不得。亦作「消不的」。唐牟融《秋夜醉歸有感而賦》：「多少客懷消不得，臨風搔首浩漫漫。」

【解　析】

這首題畫詩在靜謐、邈遠的景色中，點綴涼夜待人的幽思。

題花陣圖　八首

【題　解】

《花陣圖》是伯虎繪製的一組春宮畫，今已難見。荷蘭籍漢學家高羅佩（一九一〇—一九六七）於十九世紀五十年代初撰著的《秘戲圖考》曾部分收存，但所有插圖被删除。這組爲《花陣圖》而作的春情詩極寫男女歡愛之情，儘管有内容輕薄、意境不高之弊，但淺近通俗，情深意摯，纏綿動人。其中，對男女性愛的肯定態度和率真歌咏，尤可關注。

風煖香消翠帳柔〔一〕，相逢偏喜得春稠〔二〕。憐卿自是多情者，猶有多情在後頭。

【箋　注】

〔一〕翠帳：飾以翠羽的帷帳。南朝陳傅縡《雜曲》：「新人新寵住蘭堂，翠帳金屏玳瑁牀。」

〔二〕春稠：謂春情濃密。

窗滿蕉陰小洞天〔一〕，香風時度竹欄邊〔二〕。東君管領春無價〔三〕，笑倩金蓮上玉肩〔四〕。

【箋　注】

〔一〕洞天：道教所稱神仙居住之山水勝地，意謂洞中别有天地。唐李白《夢遊天姥吟留别》：「洞天石扇，訇然中開。」此指居室。

〔二〕香風：有香氣之風。唐李白《扶風豪士歌》：「雕盤綺食會衆客，吴歌趙舞香風吹。」

〔三〕東君：指日神，亦指司春之神。此指後者。唐薛濤《試新服裁製初成三首》之二：「春風因過東君舍，偷様人間染百花。」

〔四〕「笑倩」句：此指男女歡愛之一式。金蓮，舊指纏足婦女的小脚。典出《南史·齊廢帝東昏侯本紀》：「鑿金爲蓮華以帖地，令潘妃行其上，曰：『此步步生蓮華也。』」後以「金蓮」「金蓮步」「步蓮」等形容美人小脚。唐李商隱《南朝》：「誰言瓊樹朝朝見，不及金蓮步步來。」玉肩，指男性之肩。

滿樹天香晝掩門〔一〕，無端春意褪紅裩〔二〕。恩情只在牙牀上〔三〕，閑殺香閨兩繡墩〔四〕。

【箋注】

〔一〕天香：特異之香味。唐宋之問《靈隱寺》：「桂子月中落，天香雲外飄。」

〔二〕裩（kūn）：古同「褌」，有襠褲，以别於無襠套褲。唐寒山《詩三百三首》之二一：「其中長者子，箇箇總無裩。」

〔三〕牙牀：以象牙裝製之牀。唐戴叔倫《相思曲》：「恨滿牙牀翡翠衾，怨折金釵鳳皇股。」

〔四〕「閑殺」句：言男女歡愛在牀，致繡墩無用。閑殺，猶閑甚。宋劉克莊《漢宫春·題鍾肇長短句》：「一觴一咏，老尚書、閑殺何妨。」殺，語助詞，表示程度深。繡墩，有文飾彩繡的坐墩，其上或加刺以文繡之套。《宋史·禮志》：「宰臣使相，坐以繡墩。」

蜀錦纏頭氣若絲〔一〕，風流不減瘦腰肢。多情猶恐春雲墜〔二〕，捱枕扶頭倩小姬〔三〕。

【箋　注】

〔一〕蜀錦：産於蜀地（今四川）之彩錦，亦稱「蜀江錦」。起源於春秋戰國時期，魏晋時勃興，至西漢品種花色已繁多。唐羅隱《繡》：「蜀錦謾誇聲自貴，越綾虚説價猶高。」氣若絲：形容女性枕席纏綿時氣若遊絲。

〔二〕春雲：喻女子美髮。元徐再思《梧葉兒·春思》「鴉鬢春雲嚲，象梳秋月欹，鸞鏡曉妝遲。」

〔三〕小姬：指年輕侍妾。宋高觀國《臨江仙》（風月生來人世）：「小姬飛燕是前身。歌隨流水咽，眉學遠山顰。」

逐逐黄蜂粉蝶忙〔一〕，雕闌曲處見花王〔二〕。春心自是應難制，做出風流滋味長。

【箋　注】

〔一〕逐逐：奔忙貌，急迫貌。唐胡皓《奉和聖製送張尚書巡邊》：「稜威方逐逐，談笑坐怡怡。」

〔二〕雕欄：雕花彩飾之欄杆。亦泛指華美的欄杆。又作「雕闌」。宋蘇軾《法惠寺横翠閣》：「雕欄能得幾時好，不獨憑欄人易老。」花王：指牡丹。

夜雨巫山不盡歡〔一〕，兩頭顛倒玉龍蟠〔二〕。尋常樂事難申愛，添出餘情又一般。

【箋注】

〔一〕「夜雨」句：用巫山神女事。宋玉《高唐賦》序：「昔者先王嘗遊高唐，怠而晝寢，夢見一婦人曰：『妾巫山之女也，爲高唐之客。聞君遊高唐，願薦枕席。』王因幸之。去而辭曰：『妾在巫山之陽，高丘之阻，旦爲朝雲，暮爲行雨。朝朝暮暮，陽臺之下。』旦朝視之如言。故爲立廟，號曰『朝雲』。」後以「巫山雲雨」指男女幽會、合歡，或寫自然界雨雲景色。亦作「雲雨巫山」「高唐路」「陽臺夢」「巫峰」等。唐李白《清平調詞三首》之二：「一枝紅艷露凝香，雲雨巫山枉斷腸。」巫山，在今重慶東部與湖北交界處，與大巴山相連。

〔二〕「兩頭」句：此指男女歡愛之一式。

江南春色鶯花老〔一〕，又汲新泉浸芰荷〔二〕。春色後先君莫訝〔三〕，後頭花更得春多。

【箋注】

〔一〕鶯花：鶯啼花開，泛指春時景物。唐耿湋《同李端春望》：「一毛羈旅尚迷津，萬井鶯花雨後春。」

〔二〕芰（jì）荷：出水之荷。指荷葉或荷花。戰國屈原《離騷》：「製芰荷以爲衣兮，集芙蓉以爲裳。」

〔三〕春色後先：指幾番歡會。訝：責怪。

春色撩人不自由〔一〕，野花滿地不忘憂。多情爲惜郎君力，暫借風流占上頭。

【箋注】

〔一〕春色撩人：謂春景引起人之興致。宋趙以夫《漢宮春・次方時父元夕見寄》：「紅紅白白，又一番、春色撩人。」撩，引逗，挑弄。

【解析】

這一組詩配合春宫圖，主要從行爲方面描述了性愛，可以作爲研究明代生活史之資料。

效白太傅自咏 三首

【題解】

這組詩仿效白居易「自咏」詩而作，抒發以詩酒爲伴清貧度日、又因情趣高雅而樂在其中的心懷。白太傅，白居易。見本卷《題畫白樂天》題解。他曾于唐文宗時任太子少傅，故稱。《全唐詩》載其以「自咏」爲題的詩十二首（包括《自咏五首》），另有《喜入新年自咏》《自咏老身示諸家屬》二首。

維摩卧病餘鬚髮〔一〕，李白長流棄室家〔二〕。案上酒杯真故舊，手中經卷漫生涯〔三〕。

【箋注】

〔一〕維摩：維摩詰居士。見本卷《題畫三首》（綺羅隊裏揮金客）題解。此喻白居易。白居易學佛，晚年自號香山居士。

〔二〕李白：見本卷《題畫四首》（李白才名天下奇）注〔一〕。長流：遠途流放，指李白受永王李璘牽連，被流放夜郎。

〔三〕「手中」句：謂手捧經卷，終日以讀經爲事。

【解　析】

此詩敷衍白居易故事，亦是寫自己。兩兩對偶，造語雅馴。

裘馬洛陽街俠客〔一〕，香燈天竺寺頭陀〔二〕。深猜不必煩知己，杯粥麻衫願不多〔三〕。

【箋　注】

〔一〕裘馬：輕裘肥馬。語出《論語·雍也》：「子曰：『赤之適齊也，乘肥馬，衣輕裘。』」朱熹集注：「言其富也。」後用以形容生活豪華。南朝梁范雲《贈張徐州稷》：「儐從皆珠玳，裘馬悉輕肥。」裘，皮衣。

〔二〕天竺寺：寺名。今之下天竺，在浙江杭州。宋潛説友《咸淳臨安志》卷八〇《寺觀六·寺院·下竺靈山教寺》云在錢唐縣西一十七里。隋開皇十五年僧真觀法師與道安禪師建，號南天竺。唐永泰中賜今額。」唐元稹《送王協律遊杭越十韻》：「松門天竺寺，花洞若耶溪。」頭陀：梵語，僧人之稱。唐劉長卿《贈普門上人》：「山雲隨坐夏，江草伴頭陀。」

〔三〕杯粥麻衫：謂生活清貧。

【解　析】

前兩句寫生活上富貴與清貧的對比，後兩句自況。

高情自信能忘我〔一〕，隱者何妨獨潔身。無所不知方是富，有衣典酒未爲貧〔二〕。

【箋　注】

〔一〕高情：超然物外之情。唐方干《許員外新陽别業》：「莫恣高情求逸思，須防急詔用長材。」

〔二〕典：抵押，典當。唐白居易《府酒五絶·自勸》：「憶昔羈貧應舉年，脱衣典酒曲江邊。」

【解　析】

此詩兩兩對仗，語言雅馴，所叙是自况，亦藴含生活哲理。

題東坡小像

烏臺十卷青蠅案〔一〕，炎海三千白髮臣〔二〕。人盡不堪公轉樂，滿頭明月脱紗巾〔三〕。

【題　解】

東坡：即蘇軾（一〇三六—一一〇一），字子瞻，號東坡居士，眉山（今四川眉州）人，北宋文學家、書畫家，與其父蘇洵、弟蘇轍並稱「三蘇」。嘉祐年間進士及第，神宗時任祠部員外郎，知密州、徐州、湖州。因反對王安石新法，以「訕謗」朝廷罪貶謫黃州。哲宗時官至禮部尚書，後貶至惠州、儋州。其文恣肆暢達，爲「唐宋八大家」之一。其詩清新豪健，與黃庭堅並稱「蘇黃」。其詞開豪放一派，與辛棄疾並稱「蘇辛」。其書法豐腴跌宕，與黃庭堅、米芾、蔡襄並稱「宋四家」。有《東坡七集》等詩文集、《答謝民師論文帖》等書帖、《枯木怪石圖》等畫跡。

【箋　注】

〔一〕烏臺：即御史臺。是彈劾官吏的檢察機關。漢時御史臺外柏樹上烏鴉甚多，故有此稱。唐劉長卿《落第贈楊侍御兼拜員外仍充安大夫判官赴范陽》：「肅穆烏臺上，雍容粉署中。」青蠅案：讒言所造成的案件。此指「烏臺詩案」。元豐二年（一〇七九），蘇軾被冠以「訕謗」罪名，下御史臺獄，世稱「烏臺詩案」。青蠅，偷進讒言的小人。語出《詩·小雅·青蠅》：「營營青蠅，止于樊。」

〔二〕「炎海」句：紹聖元年（一〇九四），新黨貶斥元祐舊臣，蘇軾一再遭貶，遠放惠州（今屬廣東）、儋州（今海南儋縣）。炎海，指南海炎熱地區。唐杜甫《潭州送韋員外迢牧韶州》：「炎海韶州牧，風流漢署郎。」三千，謂路程遙遠。唐鮑溶《客途逢鄉人旋別》：「我鄉路三千，百里一主人。」

〔三〕脱紗巾：謂免去官職。紗巾，紗製頭巾，古代男子用於束髮。此指脱去烏紗帽，以當地黎族之帽代之。

【解　析】

這首題畫詩描寫蘇軾身陷烏臺詩案的不幸遭遇，以及面對困厄的通達精神，藉以表現自己從這位曠世奇才身上得到了安慰，獲得了解脱生活逆境的啓迪。

梨花

一箱朱碧漫紛紜〔一〕，獨惜梨花一段雲〔二〕。病酒憐春兩惆悵〔三〕，夜深燒燭倚羅裙〔四〕。

【題　解】

此詩嘆賞梨花，抒發對春色、美人的憐惜之情。

【箋　注】

〔一〕一箱：猶一房。「箱」通「厢」，指正寢之東西厢。《儀禮·公食大夫禮》：「賓升，公揖退于箱。」鄭玄注：「箱，東夾之前俟事之處。」《朱子全書·禮》：「夾室之前曰箱，亦曰東堂、西堂。」朱碧：猶朱緑，朱、緑之色。形容紅花與緑葉，亦言著色、塗彩。宋辛棄疾《蝶戀花·和趙景明知縣韻》：「公子看花朱碧亂，新詞攪斷相思怨。」紛紜：多盛貌。唐李咸用《和友人喜相遇十首》之七：「松桂寒多衆木分，輕浮如葉自紛紜。」

〔二〕一段雲：形容梨花色如白雲。

〔三〕病酒：謂醉酒如病。《晏子春秋·内篇諫上第三》：「景公飲酒，酲，三日而後發。晏子見曰：『君病酒乎？』公曰：『然。』」唐元稹《病醉》：「醉伴見儂因病酒，道儂無酒不相窺。」憐春：憐惜春色。此指擔心梨花凋謝。

〔四〕「夜深」句：用宋蘇軾《海棠》「只恐夜深花睡去，故燒高燭照紅妝」的句意。羅裙，絲織之裙。南朝梁江淹《别賦》：「攀桃李兮不忍别，送愛子兮霑羅裙。」此借指女子。

【解　析】

此詩描寫亦花亦人，惜春憐人，風流繾綣，文詞流轉。惟前兩句兩「一」字，似欠推敲。

答夢瀛舍人

合室團花作麗人〔一〕，色難相稱妙難名。只將淺笑東風靨，不换江南百二城〔二〕。

【題　解】

此詩爲贈答友人而作。夢瀛：其人不詳。

【箋　注】

〔一〕團花：漢族傳統的圓形裝飾紋樣之一，多呈放射狀或旋轉狀。圖案有花、草、鳥、蟲、獸等，多見於古代銅器、瓷器、絲織品上。後蜀歐陽炯《春光好》（雞樹緑）：「疊雪羅袍接武，團花駿馬嬌行。」

〔二〕百二城：以二敵百的地勢險要之城。語出《史記・高祖本紀》：「秦，形勝之國，帶河山之險，縣隔千里，持戟百萬，秦得百二焉。」裴駰集解引蘇林曰：「得百中之二焉。秦地險固，二萬人足當諸侯百萬人也。」唐司馬貞引虞喜云：「百二者，得百之二。言諸侯持戟百萬，秦地險固，百倍於天下，故云『得百二』焉，言倍之也，蓋言秦兵當二百萬也。」唐吴融《東歸望華山》：「南邊已放三千馬，北面猶標百二城。」

【解　析】

前兩句寫舍人室内裝飾之艷麗。第二句擬人寫舍人之華麗住室，第四句一抑，以百二秦關作對比，力寫舍人住室之妙。

代妓者和人見寄

門外青苔與恨添，私書難寄鯉魚銜〔一〕。别來淚點知多少？請驗團花舊舞衫〔二〕。

【題　解】

此詩寫於弘治十六年（一五〇三）。參見本卷《玉芝爲王麗人作》題解。

【箋　注】

〔一〕鯉魚：古人認爲鯉魚可代人傳書。《樂府詩集・相和歌辭・瑟調曲・飲馬長城窟行》：「客從遠方來，遺我雙鯉魚。呼兒烹鯉魚，中有尺素書。」後因以鯉魚代稱書信。唐杜甫《寄岑嘉州》：「眼前所寄選何物，贈子雲安雙鯉魚。」

〔二〕團花：見前詩注〔一〕。

【解　析】

第一句見出春深，第二句承寫思久。第三句轉得妙，第四句設想奇特，而「舊舞衫」則記載過往恩愛，加以重重淚滴，更承載了許多內涵。

舊人見負以此責之

細摺紅箋付鯉魚〔一〕，梧桐明月共躊躇。負心説是隨燈滅，到夜吹燈試看渠〔二〕。

【題　解】

此詩爲青樓女子聲討薄情郎，亦借風月抒胸中塊壘。舊人：舊交，故人。唐杜甫《佳人》：「但見新人笑，那聞舊人哭。」

【箋　注】

〔一〕紅箋：紅色信箋，多用以題寫詩詞。唐李涉《寄荊娘寫真》：「五銖香帔結同心，三寸紅牋替傳語。」

〔二〕渠：他。此指舊人。

【解　析】

前兩句寫女子自己，第三句拈出負心者之負心語「隨燈滅」，第四句是憤語，也是謔語。意爲夜深吹燈以後，恐怕負心者又難以把持了。

題畫雞

血染冠頭錦作翎〔一〕，昂昂氣象羽毛新。大明門外朝天客〔二〕，立馬先聽第一聲。

【箋注】

〔一〕血染冠頭：謂雞冠鮮紅如血。

〔二〕大明門：皇城正南門，始建於明永樂年間，此泛指明皇宮門。朝天客：朝拜天子之人。唐薛逢《賀楊收作相》：「須知金印朝天客，同是沙堤避路人。」

【解析】

這首題畫詩描寫雄雞的體貌特徵及其先予百官令的威武氣派，並借雞形、雞聲以明其濟世之志。

題太真圖

古來花貌説仙娥〔一〕，自是仙娥薄命多。一曲霓裳未終舞〔二〕，金鈿早委馬嵬坡〔三〕。

【題解】

此詩咏楊貴妃圖。太真：指楊貴妃。

【箋 注】

〔一〕花貌：以花形容女子美貌。唐白居易《長恨歌》：「中有一人字太真，雪膚花貌參差是。」仙娥：見本卷《佳人停板二首》（仙娥記曲世無雙）注〔一〕。

〔二〕霓裳：指《霓裳羽衣曲》。

〔三〕金鈿：古代婦女頭飾。此指代楊貴妃。委：丢棄。唐白居易《長恨歌》：「花鈿委地無人收，翠翹金雀玉搔頭。」此指楊貴妃喪身。馬嵬坡：楊貴妃死處。

【解 析】

這首題畫詩慨嘆楊貴妃的紅顔薄命。文詞俚俗，無甚新意。

貧士吟 十首

【題 解】

這組詩雖將「貧士」之「無」逐一排列而加以强化，却通過對前代先賢事蹟的謳歌，表達詩人希求施展才華、建功立業、名垂青史的强烈渴望，也流露出難以如願的失意與無奈。貧士：貧寒之士。唐孟郊《上河陽李大夫》：「貧士少顔色，貴門多輕肥。」

貧士囊無使鬼錢〔一〕，筆鋒落處繞雲煙。承明獨對天人策〔二〕，斗大黄金信手懸〔三〕。

【箋注】

〔一〕使鬼錢：謂錢可驅使鬼神。形容金錢魔力巨大，可買通一切。《太平御覽》卷八三六《資産部十六·錢下》引三國魏杜恕《體論》：「可以使鬼者，錢也。」晉魯褒《錢神論》：「諺云：『錢無耳，可闇使。』豈虚也哉？又曰：『有錢可使鬼。』而况於人乎？」宋黄庭堅《次韻胡彦明同年羈旅京師寄李子飛三章一章道其困窮二章勸之歸三章言我亦欲歸耳胡李相甥也故有檳榔之句》之三：「元無馬上封侯骨，安用人間使鬼錢。」

〔二〕「承明」句：用漢儒董仲舒對答武帝策問事。承明，指承明殿。漢代宫殿名，在未央宫中。天人策，又作「天人三策」。《漢書·董仲舒傳》：「董仲舒，廣川人也。少治《春秋》，孝景時爲博士。……武帝即位，舉賢良文學之士前後百數，而仲舒以賢良對策焉。……對既畢，天子以仲舒爲江都相，事易王。」董仲舒以三篇策論作答武帝策問，因首篇專談「天人關係」，史稱「天人三策」。宋劉克莊《滿江紅·送王實之》：「落落元龍湖海氣，琅琅董相天人策。」

〔三〕「斗大」句：形容官居高位，權傾一時。南朝宋劉義慶《世説新語·尤悔》載，晋周顗營救丞相王導後對左右云：「今年殺諸賊奴，當取金印如斗大繫肘後。」

貧士家無負郭田〔一〕，枕戈時著祖生鞭〔二〕。中原一日澄清後〔三〕，裂土分封户八千〔四〕。

【箋　注】

〔一〕負郭田：近城之地，多土質肥沃。《史記·蘇秦列傳》：「且使我有洛陽負郭田二頃，吾豈能佩六國相印乎？」唐駱賓王《疇昔篇》：「祇爲須求負郭田，使我再干州縣禄。」

〔二〕「枕戈」句：用晉劉琨有志報國事。《晉書·劉琨傳》：「琨少負志氣，有縱横之才，善交勝己，而頗浮誇。與范陽祖逖爲友，聞逖被用，與親故書曰：『吾枕戈待旦，志梟逆虜，常恐祖生先吾著鞭。』其意氣相期如此。」宋李璮《水龍吟》（腰刀首帕從軍）：「投筆書懷，枕戈待旦，隴西年少。」枕戈，頭枕兵器，謂時刻保持警惕。祖生，指祖逖。

〔三〕澄清：謂澄之使清。喻變混亂爲平治。《後漢書·黨錮傳·范滂傳》：「滂登車攬轡，慨然有澄清天下之志。」

〔四〕裂土：指割土分封。唐李華《詠史十一首》之四：「三軍求裂土，萬里詎聞天。」

貧士居無半畝廛〔一〕，圯橋拾得老人編〔二〕。英雄出處原無定，麟閣勳名勒鼎鐫〔三〕。

【箋　注】

〔一〕廛（chán）：古代一家之居，即二畝半。《孟子·滕文公上》：「遠方之人，聞君行仁政，願受一廛而爲氓。」

〔二〕「圯（yí）橋」句：用張良圯橋進履事。《史記·留侯世家》：「有一老父，衣褐，至良所，直墮其履圯下，顧謂良曰：『孺子，下取履！』良鄂然，欲毆之。爲其老，强忍，下取履。父曰：『履我！』良業爲取履，因長跪履之。父以足受，笑而去。良殊大驚，隨目之。父去里所，復還，曰：『孺子可教矣。』」後授以《太公兵法》，並云：「讀此則爲王者師矣。後十年興。」」唐李白《扶風豪士歌》：「張良未逐赤松去，橋邊黄石知我心。」編，草或麻所編之履。

〔三〕「麟閣」句：謂將萬世功勳與聲譽刻鑄於大鼎上。麟閣勳名，見本卷《題畫》（煙水雲山天地寬）注〔一〕。

貧士輿無一束薪〔一〕，腰間神劍躍平津〔二〕。轅門一出將軍令〔三〕，萬竈貔貅擁後塵〔四〕。

【箋　注】

〔一〕輿：車。唐杜甫《送何侍御歸朝》：「舟楫諸侯餞，車輿使者歸。」

〔二〕平津：延平津。《晉書·張華傳》載，雷焕得龍泉、太阿兩劍，將其一獻張華，其一自佩。後「華誅，失劍所在。焕卒，子華爲州從事，持劍行經延平津，劍忽於腰間躍出墮水，使人没水取之，不見劍，但見兩龍各長數丈，蟠縈有文章，没者懼而反。」

〔三〕轅門：指軍營之門。唐王昌齡《從軍行七首》之五：「大漠風塵日色昏，紅旗半捲出轅門。」

〔四〕竈：古時軍隊宿營煮飯，數十兵丁共一竈。貔貅（pí xiū）：古籍中的猛獸名，喻指勇猛的戰士。唐楊夔《送張相公出征》：「鴛鷺臻門下，貔貅擁帳前。」

貧士庾無陳蔡糧〔一〕，撰成新疏鳳鳴陽〔二〕。明朝矯發常平粟〔三〕，四海黔黎共太倉〔四〕。

【箋　注】

〔一〕庾：露天積穀處。《詩・小雅・楚茨》：「我倉既盈，我庾維億。」毛傳：「露積曰庾。」唐杜甫《暫往白帝復還東屯》：「加餐可扶老，倉庾慰飄蓬。」陳蔡糧：用孔子在陳斷糧事，指解饑救命之糧。《史記・孔子世家》：「孔子遷於蔡三歲，吴伐陳。楚救陳，軍於城父。聞孔子在陳、蔡之間，楚使人聘孔子。孔子將往拜禮，陳蔡大夫謀曰：『孔子賢者，所刺譏皆中諸侯之疾。今者久留陳、蔡之間，諸大夫所設行皆非仲尼之意。今楚，大國也，來聘孔子。孔子用於楚，則陳、蔡用事大夫危矣。』於是乃相與發徒役圍孔子於野。不得行，絶糧，從者病，莫能興。」三國魏曹植《豫章行二首》之一：「不見魯孔丘，窮困陳蔡間。」

〔二〕疏：文體名，奏疏。《文體明辨・奏疏》：「按奏疏者，羣臣論諫之總名也。奏御之文，其名不一，故以奏疏括之也。」唐包佶《客自江南話過亡友朱司議故宅》：「奉佛棲禪久，辭官上疏頻。」鳳鳴陽：即鳳鳴朝陽。《詩・大雅・卷阿》：「鳳皇鳴矣，于彼高岡。梧桐生矣，于彼朝陽。」鄭玄箋：「鳳皇鳴于山脊之上者，居高視下，觀可集止，喻賢者待禮乃行，翔而後集。梧桐生者，猶明君出也。生於朝陽者，被温仁之氣，亦君德也。鳳皇之性，非梧桐不棲，非竹實不食。」後因以之比喻賢才逢時而起。又作「鳴鳳朝陽」「鳴陽鳳」「鳴鳳棲梧桐」等。南朝宋劉義慶《世説新語・賞譽》：「君兄弟龍躍雲津，顧彦先鳳鳴朝陽。」

〔三〕矯：矯詔，矯令。唐周曇《隋門・隋文帝》：「矯詔必能疏昉譯，直臣誠合重顔儀。」唐元希聲《贈皇甫侍御赴都八首》之四：「刺邪矯枉，非賢勿居。」常平粟：官府爲調節糧價、備荒賑恤而儲備的糧食。漢以後，歷代政府設常平倉儲糧，以備荒年放賑。北周《燕射歌辭・羽調曲五首》之二：「錢則都内貫朽，倉則常平粟紅。」

〔四〕黔黎：黔首、黎民的合稱，指百姓。唐可止《雪十二韻》：「豐年兼泰國，天道育黔黎。」太倉：官府設在京城的儲糧大倉。唐韓愈《盧郎中雲夫寄示送盤谷子詩兩章歌以和之》：「家請官供不報答，何異雀鼠偷太倉。」

貧士衣無柳絮綿，胸中天適盡魚鳶〔一〕。宫袍著處君恩渥〔二〕，遥上青雲到木天〔三〕。

【箋注】

〔一〕天適：即合乎自然。魚鳶（yuān）：謂萬物得所。《詩・大雅・旱麓》：「鳶飛戾天，魚躍于淵。」孔穎達疏：「其上則鳶鳥得飛至於天以遊翔，其下則魚皆跳躍於淵中而喜樂，是道被飛潛，萬物得所，化之明察故也。」

〔二〕渥：深厚，濃郁。唐陳元光《示珦》：「恩銜楓陛渥，策向桂淵弘。」

〔三〕木天：唐宫中皮藏圖書的秘書閣。因屋宇高大宏敞，故有此稱。後指高大宏敞的建築，亦指翰林院。宋陸游《恩除秘書監》：「扶上木天君莫笑，衰殘不似壯遊時。」

貧士園無一食蔬，帶經獨自力耘鋤①〔一〕。講筵切奏民間苦〔二〕，豳俗烹葵七月初〔三〕。

【校　記】

①「獨自」，何本作「猶自」。

【箋　注】

〔一〕「帶經」句：寫古代的耕讀生活。經，經書。此指儒家經典。耘鋤，治田除草。唐吴筠《高士咏·龐德公》：「耕鑿勤厥躬，耘鋤課妻子。」

〔二〕講筵：猶講席，講授學術之處。唐劉禹錫《海門潮别浩初師》：「前日過蕭寺，看師上講筵。」

〔三〕「豳俗」句：化用《詩·豳風·七月》「六月食鬱及薁，七月亨葵及菽」的句意，寫生活的艱苦。

貧士瓶無一斗醪，愁來擬和屈平騷。瓊林醉倒英雄隊〔一〕，一展生平學釣鼇〔二〕。

【箋　注】

〔一〕瓊林：宋皇家苑名，在汴京（今河南開封）城西。政和二年（一一一二）前，宋徽宗常於此宴請新科進士。此即指瓊林宴。宋柴元彪《高陽臺·懷錢塘舊遊》：「瓊林侍宴簪花處，二十年、滿地蒼苔。」

〔二〕釣鼇：用龍伯國釣鼇事。《列子·湯問》：「龍伯之國有大人，舉足不盈數步而暨五山之所，一釣而連六鼇。」後用以喻豪邁舉止或遠大抱負。唐孟浩然《與杭州薛司户登樟亭樓作》：「今日觀溟漲，垂綸學釣鼇。」

貧士燈無繼晷油〔一〕，常明欲把月輪收。九重忽詔談經濟〔二〕，御徹金蓮擁夜遊〔三〕。

【箋　注】

〔一〕晷（guǐ）：日影。引申爲白晝。唐孟簡《惜分陰》：「對景嗟移晷，窺園詎改陰。」

〔二〕九重：指皇宫。唐宗楚客《奉和人日清暉閣宴羣臣遇雪應制》：「九重中葉啓，七日早春還。」此借指皇帝。經濟：經世濟民，治理國家的方略。唐李白《嘲魯儒》：「問以經濟策，茫如墜煙霧。」

〔三〕金蓮：金飾蓮花形燈炬。《新唐書·令狐綯傳》：「夜對禁中，燭盡，帝以乘輿、金蓮華炬送還，院吏望見，以爲天子來。」

貧士門無車馬交，仰天拍手自吟嘲。聲名舉借時人口，會見清時拔泰茅〔一〕。

【箋　注】

〔一〕清時：清平之時。唐杜牧《將赴吴興登樂遊原一絶》：「清時有味是無能，閒愛孤雲静愛僧。」拔泰茅：

謂遇時、轉運。泰茅，指泰卦，一種吉卦。乾下坤上，乾坤交和，百事乃通，安泰之像也。《易・泰》：「泰，小往大來。」南朝宋謝靈運《折楊柳行》：「否桑未易繫，泰茅難重拔。」

【解析】

這十首貧士吟通過貧士目前種種之「無」，講叙時來運轉，建功立業，變爲加倍的擁有，表達了作者希圖仕進的强烈渴望，也流露出難以如願的失意和無奈。手法單一，有點失之於濫的感覺。

偶成

科頭赤足芰荷衣〔一〕，徙倚藤牀對夕暉〔二〕。吩咐山妻且隨喜〔三〕，莫教柴米亂禪機〔四〕。

【題解】

此詩描寫隱者的清苦生活，以及雅潔的情趣。

【箋注】

〔一〕科頭：本謂不著兜鍪入敵，後謂不戴冠帽。唐王維《與盧員外象過崔處士興宗林亭》：「科頭箕踞長松下，白眼看他世上人。」芰(jì)荷衣：荷葉所製之衣，指隱者的服裝。語出戰國屈原《離騷》：「製芰荷以爲衣兮，集芙蓉以爲裳。」唐杜甫《將赴成都草堂途中有作先寄嚴鄭公五首》之五：「共説總戎雲鳥陣，不妨遊子芰荷衣。」

〔二〕徙倚：猶徘徊，指流連不去。《楚辭・哀時命》：「然隱憫而不達兮，獨徙倚而彷徉。」南朝梁沈約

《洛陽道》：「佳人殊未來，薄暮空徙倚。」此有站立、憑靠意。藤牀：藤製之牀。唐白居易《病中詩十五首·就暖偶酌戲諸詩酒舊侶》：「低屏軟褥卧藤牀，舁向前軒就日陽。」

〔三〕山妻：隱士之妻。後多用爲自稱其妻的謙詞。唐高適《宋中遇林慮楊十七山人因而有别》：「耕耘有山田，紡績有山妻。」隨喜：佛家語，指見人行善佈施心中歡喜，亦指遊覽寺院。唐杜甫《望兜率寺》：「時應清盥罷，隨喜給孤園。」此有隨遇而安意。

〔四〕柴米：柴米油鹽醬醋茶的簡稱，指日常生活瑣事。禪機：禪門説法之機鋒。見本卷《題畫二十四首》（山亭寥落接人稀）注〔二〕。

【解　析】

前兩句寫日常貧困而適意的生活。第三句一轉，提出「隨喜」，亦即隨遇而安，具體内容在第四句中交代，即不要讓柴米之計擾亂修禪。全詩顯得平易而典雅，神完氣足。

題海棠美人

褪盡東風滿面妝，可憐蝶粉與蜂狂〔一〕。自今意思和誰説，一片春心付海棠。

【題　解】

此詩亦應是題畫詩。

【箋　注】

〔一〕蝶粉與蜂狂：即蝶粉蜂黄，指女子化妝的脂粉。典出唐李商隱《酬崔八早梅有贈兼示之作》：「知訪寒梅過野塘，久留金勒爲迴腸。謝郎衣袖初翻雪，荀令熏爐更换香。何處拂胸資蝶粉，幾時塗額藉蜂黄。維摩一室雖多病，亦要天花作道場。」稱讚梅花不借助化妝，色彩天然。宋周邦彦《滿江紅·仙吕》：「蝶粉蜂黄都褪了，枕痕一線紅生肉。」

【解　析】

這首題畫詩借描寫美人心思向海棠傾訴，喻詩人的隱痛無處述説。寫法上前兩句是亦人亦花，後兩句是女主人自白。

抱琴圖

抱琴歸去碧山空，一路松聲兩腋風。神識獨遊天地外〔一〕，低眉寧肯謁王公〔二〕？

【題　解】

伯虎生性清高，恃才傲物，借隱士神遊物外的生活，傳達自己不屈就權貴的獨立精神和傲岸人格。

【箋　注】

〔一〕神識：神思和意識。

〔三〕「低眉」句：化用李白《夢遊天姥吟留別》「安能摧眉折腰事權貴，使我不得開心顔」的句意。低眉，低頭，不得志貌。唐姚合《贈張籍太祝》：「聖朝文物盛，太祝獨低眉。」

【解析】

前兩句寫隱士，「一路松聲兩腋風」，寫動態，寫聲響，極富神韻。後兩句略嫌直白，氣韻則明顯弱於前兩句。

惜花春起早

海棠庭院又春深，一寸光陰萬兩金〔一〕。拂曙起來人不解〔二〕，只緣難放惜花心〔三〕。

【題解】

此詩爲《牡丹仕女圖》而題。上古本詩後注：「中國古代書畫圖目二明唐寅牡丹仕女圖。」圖見《中國名畫家全集·唐寅》第一八四頁。畫面右上方題詩，第一句爲「牡丹庭院又春深」。

【箋注】

〔一〕「一寸」句：化用諺語「一寸光陰一寸金」意，喻惜時應如惜金。漢劉安《淮南子·原道訓》：「故聖人不貴尺之璧，而重寸之陰，時難得而易失也。」一寸光陰，以一寸計光陰，喻時間短暫。

〔二〕拂曙：猶拂曉，天之將曉。唐王維《聽百舌鳥》：「入春解作千般語，拂曙能先百鳥啼。」

〔三〕惜花心：愛花之心。唐盧頻《失題》之二：「美人惜花心，但願春長在。」

【解　析】

第一句描寫環境，第二句點出主題。第三句寫行動，抖出懸念「拂曙起來」。第四句解答。全詩層次清楚，自然流暢，富有生活情趣。

愛月夜眠遲

卸髻佳人對月遲，梨花風靜鳥棲枝。難將心事和人説，只有青天明月知。

【題　解】

此詩與本卷《佳人對月》相似，首句「佳人對月」作「嫦娥夜卧」，餘同。

掬水月在手

裊娜仙姬倚畫欄〔一〕，滿身風露不知寒。玉纖弄水金鈿濕〔二〕，要捧嫦娥對面看〔三〕。

【題　解】

此詩描摹一種浪漫的情懷。掬(jū)水月在手：謂雙手中捧著月亮在水中的倒影。唐于良史《春山夜月》：「掬水月在手，弄花香滿衣。」宋朱少游有《掬水月在手》詩：「十指纖纖弄碧波，分明掌上見姮娥。不知李白當年醉，曾向江邊捉得麽。」

【箋注】

〔一〕裊娜：形容女子體態輕盈柔美。

〔二〕玉纖：纖細如玉的手指。多形容美人之手。唐秦韜玉《咏手》：「一雙十指玉纖纖，不是風流物不拈。」金鈿：古代婦女頭飾。

〔三〕嫦娥：神話中的月中女神。相傳爲后羿之妻。唐歐陽詢《藝文類聚·天部上·月》：「《淮南子》曰：……羿請不死之藥於西王母，姮娥竊之奔月宮。姮娥，羿妻也。服藥得仙，奔入月中爲月精。」此指月亮。

【解析】

「掬水月在手」，是古人的一種賞月情趣，作者設想主人公是一美人「裊娜仙姬」，她掬水在手，則與嫦娥二美對視，是另一種情趣了。

弄花香滿衣

粟鈿花釵細襇裙〔一〕，滿身零亂裹香雲〔二〕。芬芳常似沉煙裹〔三〕，不用交州水麝熏〔四〕。

【題解】

此詩描繪女子弄花染香的雅趣。

【箋　注】

〔一〕粟鈿花釵：嵌有小金點的花釵。粟鈿，小米大小的金屬片。唐常理《古別離》：「粟鈿金夾膝，花錯玉搔頭。」細襇（jiǎn）裙：有細褶襇的裙子。宋蔣捷《小重山》（晴浦溶溶明斷霞）：「樓臺搖影處，是誰家。銀紅裙襇皺宮紗。」

〔二〕香雲：指女子鬢髮。唐趙鸞鸞《雲鬟》：「擾擾香雲濕未乾，鴉領蟬翼膩光寒。」

〔三〕沉煙：指香霧。唐尹鶚《秋夜月》：「黄昏慵別，炷沉煙，熏繡被，翠帷同歇。」沉，沉香，植物名，木材爲著名的香料。

〔四〕交州：地名，東漢時轄境略當今廣東、廣西兩省及越南承天以北諸省。唐司空曙《送人遊嶺南》：「萬里南遊客，交州見柳條。」水麝：麝的一種。明李時珍《本草綱目・獸部・麝》集解引蘇頌曰：「又有一種水麝，其香更奇，臍中皆水，瀝一滴於斗水中，用灑衣物，其香不歇。」宋王安石《自白土村入北寺二首》之一：「薄槿胭脂染，深荷水麝焚。」

【解　析】

前三句寫女子弄花，第四句寫花香（這也是詩的題旨），然而又不正面地、具體地描寫，卻拈出「交州水麝」來比擬，很有力地烘托出花香的奇妙。

梨花

零落梨花粉半枝〔一〕，相思夢寐兩成癡。要知此恨能消骨〔二〕，頭白宮監鎖院時〔三〕。

【題　解】

這是一首題畫詩。上古本詩後注：「石渠寶笈卷八明唐寅寫生梨花軸。」

【箋　注】

〔一〕零落：飄零。南朝宋鮑照《梅花落》：「摇蕩春風媚春日，念爾零落逐風飈，徒有霜華無霜質。」

〔二〕消骨：即銷骨。謂銷蝕及於其骨，極言其傷害之深。唐元稹《别李十一五絶》之五：「聞君欲去潛銷骨，一夜暗添新白頭。」消，鑠，與「銷」通。

〔三〕宮監：宮内官名，掌宮中之事。亦指宮中。唐花蕊夫人《宮詞》：「裏頭宮監堂前立，手把牙鞘竹彈弓。」

【解　析】

此詩寫宮怨。前兩句亦花亦人，白居易《長恨歌》有「梨花一枝春帶雨」句，故美人含淚與梨花零落，在美學意象上本來就有共通之處。後兩句寫宮怨，有唐朱慶餘「鸚鵡前頭不敢言」的語意。

綺疏遺恨　十首

【題　解】

伯虎於妻徐氏去世後結識官妓沈九娘，因其體貼、敬重而視爲「紅粉知己」。這組詩當作於九娘歿後，借其遺物，表達痛楚與思念之情。綺疏：雕飾花紋的窗户。南朝宋鮑照《代白紵舞歌詞四首》其二：「桂宫柏寢擬天居，朱爵文窗韜綺疏。」

砧杵〔一〕

忍抛砧杵謝芳菲，敲斷叮咚夢不歸。聞説夜臺侵骨冷〔二〕，可憐無路寄寒衣。

【箋　注】

〔一〕砧杵（zhēn chǔ）：洗衣用具，擣衣石與木槌。唐杜荀鶴《秋夜聞砧》：「荒涼客舍眠秋色，砧杵家家弄月明。」

〔二〕夜臺：墳墓。唐張説《傷妓人董氏四首》之二：「夜臺無戲伴，魂影向誰嬌。」

尺

佛説虚空也可量〔一〕，虚空比恨恨還長。銀花寶鈿金星尺〔二〕，認得纖纖十指香〔三〕。

【箋　注】

〔一〕虛空：即空。《法華經·分别功德品第十七》載：佛祖説法時，「於虛空中，雨曼陀羅華、摩訶曼陀羅華，以散無量百千萬億衆寶樹下師子座上諸佛。」唐杜甫《宿贊公房》：「放逐寧違性，虛空不離禪。」

〔二〕銀花：用鏤銀製成的花樣首飾。唐白居易《送春》：「銀花鑿落從君勸，金屑琵琶爲我彈。」寶鈿：飾以珠寶的金花首飾。唐張柬之《東飛伯勞歌》：「誰家絶世綺帳前，艷粉紅脂映寶鈿。」金星尺：指綴以黄金星狀飾物的婦女裁縫用的尺子。

〔三〕纖纖：細長貌。唐羅隱《簾二首》之二：「殷勤爲囑纖纖手，捲上銀鈎莫放垂。」

刀

鳳頭交股雪花鑌〔一〕，剪斷吴淞江水渾〔二〕。只有相思淚難剪，舊痕纔斷接新痕。

【箋　注】

〔一〕鳳頭交股：剪刀形制。雪花鑌：古代一種精鐵，主要用來製作刀劍等。

〔二〕吴淞江：太湖三大支流之一，在今江蘇東南部和上海境内。又作「吴松江」「松江」「吴江」「松陵江」「笠澤」等。

鏡

海馬葡萄月滿團〔一〕，就中曾憶睹崔徽〔二〕。一朝失手庭階下，從此鸞凰兩向飛〔三〕。

【箋注】

〔一〕海馬葡萄：指海馬葡萄鏡，見於宋《宣和博古圖》。月滿團，形容銅鏡之圓。

〔二〕崔徽：唐歌伎名。唐元稹《崔徽歌》序：「崔徽，河中府娼也。裴敬中以興元幕使蒲州，與徽相從累月，敬中便還，崔以不得從爲恨，因而成疾。有丘夏善寫人形，徽托寫真寄敬中曰：『崔徽一旦不及畫中人，且爲郎死。』發狂卒。」歌云：「崔徽本不是娼家，教歌按舞娼家長。使君知有不自由，坐在頭時立在掌。有客有客名丘夏，善寫儀容得恣把。爲徽持此謝敬中，以死報郎爲終始。」後多用以指美麗多情的女子。宋辛棄疾《新荷葉·和趙德莊韻》：「春風半面，記當年、初識崔徽。」

〔三〕鸞凰：鸞鳥和鳳凰。指鏡背或鏡盤上的雕飾，亦喻夫婦。唐周匡物《古鏡歌》：「蛟龍久無雷雨聲，鸞鳳空踏莓苔舞。」

針

乞巧樓前乞巧時，金針玉指弄春絲〔一〕。牛郎織女年年會〔二〕，可惜容顏永別離。

【箋　注】

〔一〕「乞巧」二句：謂民間風俗，婦女於農曆七月七日夜間向織女星乞求智巧。北周宗懔《荆楚歲時記》：「七月七日，爲牽牛織女聚會之夜。是夕，人家婦女結彩縷，穿七孔針，或以金銀鍮石爲針，陳瓜果於庭中以乞巧。」唐施肩吾《乞巧詞》：「乞巧望星河，雙雙並綺羅。」乞巧樓，用以乞巧的樓臺。宋孟元老《東京夢華録》卷八《七夕》：唐時，京師七夕，「貴家多結綵樓於庭，謂之乞巧樓」。唐薛能《嘲趙璘》：「巡關每傍摴蒲局，望月還登乞巧樓。」

〔二〕「牛郎」句：《欽定四庫全書總目》卷一百二十九《數馬堂答問二十卷》：「《齊諧記》謂『天河東有織女，天帝之女。因機杼勞苦，天帝憐其獨居，使嫁與河西牽牛之夫。嫁後廢女工。天帝怒，責令歸河東，一年只會一度。』」宋陳東《西江月·七夕》：「我笑牛郎織女，一年一度相逢。」

機杼

佳人歸去踏青雲〔一〕，機上鴛鴦背地分〔二〕。聞説九泉長不曉〔三〕，却從何處織回文〔四〕？

【箋　注】

〔一〕踏青雲：隱喻死亡，暗示佳人已逝，魂歸天際。

〔二〕鴛鴦：喻夫婦。鴛鴦雌雄偶居不離，古稱「匹鳥」。唐盧照鄰《長安古意》：「得成比目何辭死，願作鴛鴦不羨仙。」

〔三〕九泉：猶黄泉，人死後埋葬的地穴。亦指陰間。三國魏阮瑀《七哀詩》：「冥冥九泉室，漫漫長夜臺。」

〔四〕織回文：即錦織回文，指妻子的書信、書簡。亦用以稱女子的絶妙才思。《晋書・竇滔妻蘇氏傳》：「竇滔妻蘇氏，始平人也，名蕙，字若蘭，善屬文。滔，苻堅時爲秦州刺史，被徙流沙。蘇氏思之，織錦爲回文旋圖詩以贈滔。宛轉循環以讀之，詞甚悽惋，凡八百四十字，文多不録。」南朝梁元帝蕭繹《寒閨詩》：「願織回文錦，因君寄武威。」

蠶筐

雞豚已賽馬頭娘〔一〕，賽罷佳人赴北邙〔二〕。百箔花蠶心盡痛〔三〕，一時都斷了絲腸。

【箋注】

〔一〕馬頭娘：神話中的蠶神，馬明菩薩。宋李昉等《太平廣記》卷四百七十九《昆蟲七・蠶女》：「蠶女者，當高辛帝時……其父爲鄰所擄去，已逾年，唯所乘之馬猶在，女念父隔絶，或廢飲食。其母慰撫之，因告誓於衆曰：『有得父還者，以此女嫁之。』……馬聞其言，驚躍振迅，絶其拘絆而去。數日，父乃乘馬歸。自此馬嘶鳴不肯飲齕，父問其故，母以誓衆之言白之……父怒射殺之，曝其皮於庭。女行過其側，馬皮蹶然而起，捲女飛去。旬日，皮復栖於桑樹之上。女化爲蠶，食桑葉吐絲成繭，以衣被於人間……宫觀諸化塑女子之像，披馬皮，謂之馬頭娘，以祈蠶桑焉。」

〔二〕北邙：山名，在今河南洛陽東北。又稱「邙山」。漢魏以來，王侯公卿多葬於此。後因以代指墓地。晉陶潛《擬古九首》之四：「一旦百歲後，相與還北邙。」

〔三〕箔：養蠶用的竹篩或竹席。唐韓愈《晚秋郾城夜會聯句》：「暮鳥已安巢，春蠶看滿箔。」

繡牀

月沉花謝事堪傷，春樹紅顏夢短長。只有繡牀針線在，殘絨留得口脂香〔一〕。

【箋注】

〔一〕絨：絲線。口脂：唇膏。唐代用以賜臣下，以防寒冬口唇凍裂。後亦指女子塗在唇上的胭脂或唇膏。唐白居易《江南喜逢蕭九徹因話長安舊遊戲贈五十韻》：「暗嬌妝靨笑，私語口脂香。」

燈檠

三尺銀檠隔帳燃，歡娱未了散姻緣。願教化作光明藏〔一〕，照徹黄泉不曉天〔二〕。

【箋注】

〔一〕光明藏：佛教語，指佛性、佛法所在。亦爲心之異名。宋岳珂《桯史·解禪偈》：「仁人之安宅，義人之正路。行之誠且久，是名《光明藏》。」

〔三〕黄泉：地下深處。指人死後埋葬的地穴，亦指陰間。唐羅隱《清明日曲江懷友》：「二年隔絶黄泉下，盡日悲涼曲水頭。」

彩綫

冬至人間號一陽〔一〕，曾添彩綫繡匡牀〔二〕。而今彩綫匡牀在，地下誰知日短長？

【箋注】

〔一〕「冬至」句：冬至爲二十四節氣之一。冬至後日漸長、夜漸短，故古人認爲冬至陽氣初動。《易·復》：「后不省方。」孔穎達疏：「冬至一陽生，是陽動用而陰復於静也。」古稱十一月冬至一陽生，十二月二陽生，正月三陽開泰，合稱三陽。唐殷堯藩《冬至酬劉使君》：「異鄉冬至又今朝，回首家山入夢遥。漸喜一陽從地復，却憐羣沴逐冰消。」

〔二〕匡牀：方正、安適之牀。

【解析】

這組詩通過對女紅諸物事的追憶，表達思念之情，當是悼念沈九娘之作。

雪

竹間涷雨密如麻〔一〕，静聽圍爐夜煮茶。嘈雜錯疑蠶上葉〔二〕，寒潮落盡蟹扒沙〔三〕。

【題　解】

此詩描摹雨雪之夜煮茶的聲音，極盡刻畫之妙。

【箋　注】

〔一〕涷雨：《爾雅注疏》：「今江東呼夏月暴雨爲涷雨。」涷亦作凍。唐杜甫《枯柟》：「涷雨落流膠，衝風奪佳氣。」

〔二〕「嘈雜」句：是説煮茶聲好像是蠶吃桑葉的聲音。

〔三〕「寒潮」句：是説煮茶聲猶如潮水退盡後螃蟹在沙灘上爬動的聲音。

【解　析】

此詩詩眼爲「静聽」，寫雪夜煮茶之趣。按古代有煎茶的習俗，宋蘇東坡《試院煎茶》：「蟹眼已過魚眼生，颼颼欲作松風鳴。」形象地描述沸水的氣泡形態和聲音。伯虎此詩當受了東坡茶詩的影響。

抱枕

抱枕無端夢踏春〔一〕，覺來疑假又疑真。分明紅杏花梢上，牆上人看馬上人〔二〕。

【題　解】

此詩是伯虎《墨竹圖》題詩中的一首。上古本詩題下注：「書畫圖目作夢見，中國繪畫總和圖録題畫杏花。」詩題《抱枕》前有「夢見」二字。

《墨竹圖》爲一扇面，下方畫幾叢竹葉，色澤左淡右深。上方書絶句十二首，分別是《抱枕》《早起》《看花》《南樓》《酷熱》《咏雞》《所見》《牡丹》《仕女》《漁父》《廬山》《牆花》。右下方有「唐寅戲筆」四字。詩後題云：「絶句十二首皆張打油語也，子言乃謂其能道意中語，故録似之時。正德辛巳九月登高日書於學圃堂。」落款「晋昌唐寅」。子言，即伯虎友人張詩（一四八七—一五三五），字子言，號昆侖山人，宛平（今屬北京）人，《盛明百家詩》稱其「嘗南浮吴楚，客於杭」，有《昆侖山人集》。正德辛巳（一五二一），伯虎五十二歲。圖見張書衎、傅新陽主編《明四家繪畫藝術》，遠方出版社二〇〇六年版，第一八六—一八七頁。

【箋注】

〔一〕踏春：指春日郊遊踏青。唐孟郊《濟源寒食》：「一日踏春一百回，朝朝没脚走芳埃。」

〔二〕「分明」二句：用裴少俊、李千金一見鍾情事。元白樸《裴少俊牆頭馬上》第一折《金盞兒》：「兀那畫橋西，猛聽的玉驄嘶。便好道杏花一色紅千里，和花掩映美容儀。他把烏靴挑寶鐙，玉帶束腰圍，真乃是能騎高價馬，會着及時衣。」牆頭馬上，語出白居易《井底引銀瓶（止淫奔也）》：「妾弄青梅憑短牆，君騎白馬傍垂楊。牆頭馬上遥相顧，一見知君即斷腸。」喻男女愛慕。又作「馬上牆頭」「牆蔭窺駐馬」等。宋柳永《少年遊》（層波瀲灩遠山横）：「牆頭馬上初相見，不準擬、恁多情。」

【解　析】

此詩屬是「戲筆」，記叙作者抱枕一夢，夢見在紅杏花開的春日，與牆頭女子調情。「覺來疑假又疑真」一句，充分表現了作者的癡情。

仕女圖

歌扇舞裙空自好，行雲流水本無蹤。琵琶如寄相思調，人隔巫山十二峰〔一〕。

【題　解】

這首題畫詩展現仕女的落寞情懷。

【箋　注】

〔一〕「人隔」句：用巫山神女事。見本卷《題花陣圖八首》（夜雨巫山不盡歡）注〔一〕。巫山十二峰，指巫山，喻指情人所在的遥遠之地。

【解　析】

此詩寫女子相思，無論用典還是遣詞，都落入俗套。

咏雞聲

武距文冠五色翎〔一〕，一聲啼散滿天星。銅壺玉漏金門下〔二〕，多少王侯勒馬聽。

【題解】

此詩是伯虎《墨竹圖》題詩中的一首。參見本卷《抱枕》題解。詩題爲《咏雞》，第一句是「武距文冠五彩翎」。上古本詩題下注：「扇面作『咏雞』。」詩後注：「中國古代書畫圖目二唐寅墨竹扇面。」詩歌借物抒情，突出雄雞報曉的氣魄，詩人狂放不羈、嘯傲公卿的剛直形象亦在其中。

【箋注】

〔一〕武距文冠：言雞之德。漢韓嬰《詩外傳》卷二：「君獨不見夫雞乎！頭戴冠者文也，足傅距者武也，敵在前敢鬭者勇也，見食相呼者仁也，守夜不失時者信也。雞雖有此五德，君猶日瀹而食之者何也？」後以「雞德」爲咏雞之典。唐李頻《府試風雨聞雞》：「不爲風雨變，雞德一何貞。」此謂雞孔武有力、文質彬彬。距，雄雞、雉等蹠腿後突出像脚趾的部分。《漢書·五行志中之上》：「未央殿輅軨中雌雞化爲雄，毛衣變化而不鳴，不將，無距。」顔師古注：「將，謂率領其羣也。距，雞附足骨，鬬時所用刺之。」唐齊己《寄黄暉處士》：「鋒鋩妙奪金雞距，纖利精分玉兔毫。」

〔二〕銅壺玉漏：用銅或玉做成的漏壺，古代滴水計時的儀器。漏刻的盛水壺下有孔，由此漏水入受水器。漏刻分晝漏、夜漏，各五十刻。夜漏盡，續以晝漏。唐王岳靈《聞漏》：「銀箭殘將盡，銅壺漏更新。」金門：金馬門，漢未央宫門名。武帝鑄銅馬立於門外，因名。見《史記·滑稽列傳》。後用以泛指宫廷官署。唐錢起《送任先生任唐山丞》：「金門定回音，雲路有佳期。」此代指王侯之門。

【解　析】

此詩剛勁瀟灑，尤其末句，氣魄闊大，不怒而威。

詠蓮花

凌波仙子鬥新妝〔一〕，七竅虛心吐異香〔二〕。何事花神多薄倖〔三〕？故將顔色惱人腸。

【題　解】

這是一首詠物詩。蓮花：荷花。

【箋　注】

〔一〕凌波仙子：水仙花的别稱。宋黄庭堅《王充道送水仙花五十枝欣然會心爲之作咏》：「凌波仙子生塵襪，水上輕盈步微月。」亦指荷花。宋吕同老《水龍吟·浮翠山房擬賦白蓮》：「欲喚凌波仙子。泛扁舟、浩波千里。」此借指荷花。

〔二〕七竅：人耳、鼻、目、口七個孔穴的通稱。唐吕巖《敲爻歌》：「萬劫塵沙道不成，七竅眼睛皆迸血。」此指荷花花蕊。

〔三〕薄倖：無情。唐杜牧《遣懷》：「十年一覺揚州夢，赢得青樓薄倖名。」

【解　析】

此詩詠頌荷花的清香和高潔，充滿對命運不多加眷顧荷花的不平。同時也是作者對自己雖如荷花一般孤芳自賞，却終不得命運厚愛的人生寄託。

題畫 四首

【題　解】

這組題畫詩描繪自然美景，表現詩書、琴笛相伴的隱居生活。

獨憐春色步芳郊，短杖堪扶路不遥。爲問百花開未否，隔林已見破丹桃〔一〕。

【箋　注】

〔一〕破丹桃：謂紅色桃花綻放。

謝却塵勞上野居〔一〕，一囊一葛一餐魚〔二〕。早眠晏起無些事〔三〕，十里秋林映讀書。

【箋　注】

〔一〕塵勞：俗事之勞苦。唐徐夤《寺中偶題》：「聽話金仙眉相毫，每來皆得解塵勞。」

〔二〕葛：葛衣，葛布所製之衣，暑天所服。南朝宋鮑《代東門行》：「食梅常苦酸，衣葛常苦寒。」

〔三〕些事：謂些許小事。宋呂渭老《沁園春》（復把元宵）：「豈信如今，不成些事，還是無聊空皺眉。」

宋彭止《滿庭芳・壽平交五十》：「無些事，方裙短褐，時復自高歌。」

沿溪結屋山居幽，煩囂不到林木稠〔一〕。玄談足以消長日〔二〕，況有琴書相唱酬。

【箋　注】

〔一〕煩囂：喧擾，嘈雜。唐杜牧《題吴興消暑樓十二韻》：「時陪庾公賞，還悟脱煩囂。」

〔二〕玄談：不落俗套的清談。

山中老木秋還青，山下漁舟泊淺汀。一笛月明人不識〔一〕，自家吹與自家聽。

【箋　注】

〔一〕不識：謂不能理解，不會鑒賞。唐任氏《書桐葉》：「天下負心人，不識相思字。」

【解　析】

這組題畫詩表現隱居生活。第一首寫獨步芳郊所見之春景，第二首寫閒居無事之秋日，第三首寫琴書酬唱之情，第四句寫漁人獨處之趣。語言典雅，是題畫絶句的上乘之作。

題釣魚翁畫

直插漁竿斜繫艇，夜深月上當竿頂。老漁爛醉喚不醒，滿船霜印簑衣影。

【題　解】

此詩是伯虎《墨竹圖》題詩中的一首。參見本卷《抱枕》題解。詩題爲《漁父》，第一、二、四分別是「插篙蘆中繫孤艇」「三更月上當篙頂」「覺霜印簑衣影來」。此詩天趣悠然，率性的漁翁形象和隨意的舒適生活躍然紙上。

【解　析】

前兩句寫夜深泊舟，第三句一轉，寫漁人爛醉，第四句「滿船霜印簑衣影」寫船頭霜月交加之景，空明一片，極富詩意。

題畫

長松落落倚青天〔一〕，滿地濃陰覆野泉。短著田衣揮羽扇〔二〕，此心於世已囂然〔三〕。

【箋　注】

〔一〕落落：高超不凡貌。唐張宣明《山行見孤松成咏》：「青青恒一色，落落非一朝。」

〔二〕田衣：袈裟別名，見本卷《題畫十首》（平村泉石足幽棲）注〔一〕。

〔三〕囂然：閑暇貌。《爾雅·釋言》「囂，閑也。」郭璞注：「囂然，閑暇貌。」《三國志·蜀書·彭羕傳》：「羕起徒步，一朝處州人之上，形色囂然，自矜得遇滋甚。」

【解　析】

這首題畫詩表達對紛煩塵世的厭倦之情，以及歸隱田園的怡樂之意。前三句都是鋪墊，第四句「此心於世已囂然」，寫出自己與世無求、超然物外之心態。

咏蛺蝶

嫩緑深紅色自鮮，飛來飛去趁風前〔一〕。有時飛向渡頭過，隨向賣花人上船。

【題　解】

此爲即景絶句。

【箋　注】

〔一〕趁風：謂隨風，逐風。唐周賀《酬吴之問見贈》：「趁風開静户，帶葉卷殘書。」

【解　析】

此詩以質樸清新而明快生動的語言描寫蛺蝶艷麗的色彩、飛舞的姿態和靈動的情韻。語言清暢，但無甚深意。

自寫梅竹小幅繫以詩

風摇叢篠蕭疏響〔一〕，雨濕殘梅自在香。日午主人無所事，蘆簾拂地卧茅堂〔二〕。

【題　解】

此詩爲《梅竹圖》而作。上古本詩題下注：「寅學松雪畫梅趙管畫竹。」松雪，元畫家趙孟頫，號松雪道人。趙管，趙孟頫與其妻管道昇的合稱。管道昇亦爲書畫家，世稱管夫人。小幅：指幅面小的書畫作品。

【箋　注】

〔一〕叢篠：叢生的小竹。唐錢起《衡門春夜》：「叢篠輕新暑，孤花占晚春。」

〔二〕蘆簾：用蘆葦編製的門簾。唐白居易《新構亭臺示諸弟姪》：「蘆簾前後卷，竹簟當中施。」

【解　析】

第一句寫竹，重在聲；第二句寫梅，重在香。後兩句寫主人高卧於此環境之中。

題自畫山水詩　七首

仙杏柔條映小寰〔一〕，柴門流水自潺湲。心期寫處無人到〔二〕，夢裏江南女几山〔三〕。

【題　解】

山水畫是伯虎成就最高、數量最多的作品。這類畫作或受沈周、文徵明影響，細筆描繪；或受周臣、李唐、劉松年影響，呈現出院體風貌；或獨出心裁，具有自身的特異風格。題材兼有高人雅士和山水景物，表現對自然美景的嘆賞和對隱逸生活的嚮往。

【箋　注】

〔一〕仙杏：見本卷《題畫四首》（女几山前春雪消）注〔二〕。

〔二〕心期：見本卷《題畫四首》（女几山前春雪消）注〔三〕。

〔三〕女几山：見本卷《題畫四首》（女几山前春雪消）注〔一〕。

雪影軒中幾樹梅，擁肩吟看即忘歸。春雷一動花爭發，不用人敲羯鼓催〔一〕。

【箋　注】

〔一〕羯（jié）鼓催：即羯鼓催花，用唐玄宗於園中鳴羯鼓而百花盛開事。唐南卓《羯鼓録》：（明皇）「尤愛羯鼓、玉笛，常云八音之領袖，不可無也。嘗遇二月初……宿雨初晴，景物明麗，小殿内庭柳杏將吐，覩而嘆曰：『對此景物，豈得不與他判斷之乎？』……獨高力士遣取羯鼓，上旋命之，臨軒縱擊一曲，曲名《春光好》，神思自得。及顧柳杏，皆已發拆，上指而笑謂嬪御曰：『此一事，不喚我作天公，可乎？』」宋蘇軾《虢國夫人夜游圖》：「宫中羯鼓催花柳，玉奴絃索花奴手。」羯鼓，古羯族樂器。又名「兩杖鼓」。唐杜佑《通典》卷一百四十四《樂四·革四》：「羯鼓正如漆桶，兩頭俱擊，以出羯中，故號羯鼓。亦謂之兩杖鼓。」其聲促急，破空透遠，特異衆樂。南北朝時從西域傳入内地，盛行於唐開元、天寶年間。

柳沉霧氣濛濛濕，月蕩湖光晃晃明。翠幕樓船紅拂妓〔一〕，越城橋畔夜三更〔二〕。

【箋　注】

〔一〕翠幙：即翠幕，翠色帷幕。《樂府詩集·郊廟歌辭·齊南郊樂歌·嘉薦樂》：「青壇奄靄，翠幙端凝。」唐羅隱《廣陵開元寺閣上作》：「紅樓翠幕知多少，長向東風有是非。」紅拂妓：見本卷《題自畫紅拂妓卷》題解。

〔二〕越城：當指隋置越州，治所在今浙江紹興。唐范攄《雲溪友議》卷上：「李尚書訥夜登越城樓……時察院崔侍御元範，自府幕而拜，即赴闕庭，李公連夕餞崔君於鏡湖光侯亭，屢命小叢歌餞，在座各爲一絶句贈送之。」鏡湖，在今浙江紹興西南。唐張蠙《經范蠡舊居》：「一變姓名離百越，越城猶在范家無。」

煙山雲樹靄蒼茫，漁唱菱歌互短長〔一〕。燈火一村雞犬静，越來溪北近横塘〔二〕。

【箋　注】

〔一〕漁唱：漁歌。唐周瑀《潘司馬别業》：「湖畔聞漁唱，天邊數雁行。」菱歌：採菱之歌。南朝宋鮑照《採菱歌七首》之一：「簫弄澄湘北，菱歌清漢南。」短長：優劣。唐吴融《過鄧城縣作》：「未知堯桀誰臧否，可便彭殤有短長。」

〔二〕横塘：古堤塘名。三國吴築於建業（今江蘇南京）城南淮水（今秦淮河）南岸，爲都城南面的防守重地。亦稱「南塘」。唐崔顥《長干曲四首》之一：「君家何處住？妾住在横塘。」

驚泉出壑雷奔迅，閣道緣山髮繞纏〔一〕。石橋横水無盈丈〔二〕，隔斷塵區別有天〔三〕。

【箋注】

〔一〕「閣道」句：是説棧道如盤起的頭髮一般沿山而上。閣道，棧道。唐劉禹錫《和令狐相公初歸京國賦詩言懷》：「殿庭捧日彯纓入，閣道看山曳履回。」

〔二〕盈丈：滿一丈。

〔三〕塵區：塵世，人世。唐司空圖《十會齋文》：「有願則十方淨域，便越塵區。」別有天：即別有天地，另有一種境界。五代王仁裕《和韓昭從駕過白衛嶺》：「秦民莫遣無恩及，大散關東別有天。」

小亭如笠水颸寬〔一〕，一卷開窗了稗官〔二〕。日午樹陰深合翠，篆絲裊裊下清湍〔三〕。

【箋注】

〔一〕水颸（sī）：水面之風。颸，疾風，涼風。

〔二〕了：此爲讀畢意。稗（bài）官：古官名，小官。《漢書·藝文志》：「小説家者流，蓋出於稗官。街談巷語，道聽塗説者之所造也。」顔師古注：「稗官，小官。」又引如淳曰：「『細米爲稗』。街談巷説，其細碎之言也。王者欲知閭巷風俗，故立稗官使稱説之。」後因指小説或小説家。

〔三〕篆絲：形如篆文的曲細遊絲。

亂山雜霧曉蔥蘢〔一〕，遥見懸魚是梵宮〔二〕。倚杖慢行行復坐，一聲啄木在林中〔三〕。

【箋　注】

〔一〕蔥蘢：草木青翠茂盛貌。唐曹唐《長安客舍叙邵陵舊宴寄永州蕭使君五首》之一：「邵陵佳樹碧蔥蘢，河漢西沉宴未終。」

〔二〕懸魚：覆簷下懸掛的魚狀裝飾物。唐白居易《題洛中第宅》：「懸魚掛青甃，行馬護朱欄。」梵宮：佛寺。隋煬帝楊廣《謁方山靈巖寺詩》：「梵宮既隱隱，靈岫亦沈沈。」

〔三〕啄木：即啄木鳥。晉傅玄《詩》（《詩紀》作《啄木》）：「啄木高翔鳴喈喈，飄摇林薄著桑槐。」

【解　析】

這七首絶句當非一時之作，所題山水畫亦龐雜各異。但在寫作風格上，仍是清通典雅一路。

題仕女圖

梅花蕭寺日斜時〔一〕，驀見驚鴻軟玉枝〔二〕。撮取繡鞵尖下土〔三〕，搓成丸藥療相思。

【題　解】

此詩是伯虎《墨竹圖》題詩中的一首。參見本卷《抱枕》題解。詩題爲《所見》，前三句是「杏花蕭寺日斜時，瞥見娉婷軟玉枝。撮得繡鞋尖下土」。

【箋　注】

〔一〕蕭寺：佛寺。唐李肇《國史補》卷中：「梁武帝造寺，令蕭子雲飛白大書蕭字，至今一蕭字存焉。」後世因以此稱佛寺。唐許渾《寄殷堯藩先輩》：「帶月獨歸蕭寺遠，玩花頻醉庾樓深。」

〔二〕驚鴻：驚飛的鴻雁，形容女子體態輕盈。語出三國魏曹植《洛神賦》：「其形也，翩若驚鴻，婉若遊龍。」亦代稱美人。唐劉禹錫《泰娘歌》：「舞學驚鴻水榭春，歌傳上客蘭堂暮。」玉枝：形容枝條的美麗。唐韓愈《李花二首》之一：「奈何趁酒不省録，不見玉枝攢霜葩。」此亦指女子的體態。

〔三〕繡鞵：即繡鞋。鞵，同「鞋」。

【解　析】

這首小詩記敘了從艷遇到相思的過程。第一句點明時間、地點，第二句寫驚艷。後兩句忽發奇想，撮土療相思。一方面表現無奈之舉，另一方面也表現了相思之深。

畫雞

頭上紅冠不用裁〔一〕，滿身雪白走將來。平生不敢輕言語〔二〕，一叫千門萬户開。

【箋　注】

〔一〕裁：裁剪，製作。

〔二〕輕：輕慢，輕率。

【解　析】

此詩描繪羽白、冠紅的雄雞一鳴驚人的氣概，明白如話，頗類民謠，亦似謎語。

老少年

人爲多愁少年老，花爲無愁老少年。年老少年都不管，且將詩酒醉花前。

【解　析】

此詩將花與人作對比，勸誡人們及時行樂，不負人生。

贈杜檉居

白眼江東老杜迂〔一〕，十年流落一囊書。長安相見紅塵裏〔二〕，只問吴王菜煮魚〔三〕。

【題　解】

這是一首爲朋友鳴不平，並試圖給予寬慰的贈詩。杜檉居：即杜堇。本姓陸，字懼男，一字懼南，號檉居、古狂、青霞亭長，丹徒（今江蘇鎮江）人，生卒年不詳，明代畫家。居北京，憲宗成化（一四六五—一四八七）中進士不第，絶意進取。工詩文，善繪事，明朱謀垔《畫史繪要》載其與吴偉、沈周、郭詡齊名。寓京時與吳寬、顧璘多有來往。與文林爲知交。

【箋　注】

〔一〕白眼：露出眼白，表示鄙薄或厭惡。《晉書·阮籍傳》：「籍又能爲青白眼，見禮俗之士，以白眼對之。及嵇喜來弔，籍作白眼，喜不懌而退。喜弟康聞之，乃齎酒挾琴造焉，籍大悦，乃見青眼。」唐王維《與盧員外象過崔處士興宗林亭》：「科頭箕踞長松下，白眼看他世上人。」江東：隋唐時稱今安徽蕪湖以下長江下游南岸地區爲江東。迂：拘泥守舊，不合時宜。唐白居易《閒居偶吟招鄭庶子皇甫郎中》：「自哂此迂叟，少迂老更迂。」此反用其意。

〔二〕長安：此指北京。杜堇曾定居於此，伯虎當亦在京時與杜交遊。紅塵：鬧市的飛塵，指繁華之地。南朝陳徐陵《洛陽道》：「緑柳三春暗，紅塵百戲多。」

〔三〕吳王：指闔閭（？—前四九六），姬姓，名光，春秋末吳國君主。菜煮魚：指蓴菜煮鱸魚，泛指吳地鄉味。

【解　析】

此詩刻畫了一個不得志的藝術家的形象。前兩句概括寫杜檉居的不合時宜，「白眼江東」，可見眼空無物。後兩句寫自己和杜檉居的交誼，因爲同是吳地人，故而相聚則問及吳地鄉味。「紅塵裏」三字，則可見現實社會之齷齪。

題畫牡丹

轂雨豪家賞麗春〔一〕，塞街車馬漲天塵。金釵錦袖知多少，多是看花爛醉人〔二〕。

【題　解】

此詩是伯虎《墨竹圖》題詩中的一首。參見本卷《抱枕》題解。詩題爲《看花》，第四句是「都是看花爛醉人」。上古本詩題下注：「圖目題作看花。」詩後注：「中國古代書畫圖目二唐寅畫竹扇圖；臺灣歷史博物館明代四大家書畫集。」

【箋　注】

〔一〕穀雨：見本卷《題牡丹畫》注〔一〕。

〔二〕爛醉：謂沉醉。宋京鏜《漢宫春·元宵十四夜作是日立春》：「休笑我，癡頑不去，年年爛醉金釵。」

【解　析】

此詩著重寫牡丹盛開之日賞花之盛况。雖然語言直白，但反映了明代都市的社會生活。

失題　八首

【題　解】

上古本將這八首詩歸入《題畫》九十首，未知何據。按這組詩非一時一事所作，或即事，或題畫，本事亦頗龐雜。第一、二首詩寫於弘治十六年（一五〇三）。參見本卷《玉芝爲王麗人作》題解。第三首是題畫詩，上古本題爲《秋風紈扇圖》，圖見《中國名畫家全集·唐寅》，第一八五頁。第四首詩爲《溪山漁隱圖》而作，圖見《中國名畫家全集·唐寅》，第一三〇—一三三頁。

一盞瓊漿托死生〔一〕，佳人才子自多情。世間多少無情者，枕席深情比葉輕。

【箋　注】

〔一〕「一盞」句：用裴航、雲英事。唐裴鉶《傳奇·裴航》載，唐長慶年間（八二一—八二四年），秀才裴航下第，途經藍橋驛，渴甚，有女雲英捧一甌水漿飲之，甘如玉液。後兩人結爲夫妻，成仙而去。瓊漿，極美之飲品。喻美酒或甘美的漿汁。《全唐詩》卷八六〇《樊夫人答裴航》：「一飲瓊漿百感生，玄霜擣盡見雲英。」

【解　析】

此詩無非渲染男女情深，直白淺露，屬急就章一類文字。

東陵何足謝清謳〔一〕，更賦新詩只自羞。不見郭公盟黨項〔二〕，千車蠻錦作纏頭〔三〕。

【箋　注】

〔一〕「東陵」句：用盜跖與孔子事。謂盜跖哪裏值得孔子去告知大義。《莊子·盜跖》：「盜跖從卒九千人，橫行天下，侵暴諸侯，穴室樞户，驅人牛馬，取人婦女，貪得忘親，不顧父母兄弟，不祭先祖。」孔子執意「往見盜跖」，宣講「天下有三德」。盜跖以「狂狂汲汲，詐巧虚僞事也，非可以全真也，奚足論哉」斥之，孔子「色若死灰，據軾低頭，不能出氣」，嘆曰：「丘所謂無病而自灸也。」東陵，盜跖之代稱。《莊子·駢拇》：「伯夷死名於首陽之下，盜跖死利於東陵之上。二人者，所死不同，其於殘生傷性均也。奚必伯夷之是而盜跖之非乎！」南朝梁任昉《〈王文憲集〉序》：「一言之譽，東陵侔於西山；一眄之榮，鄭璞逾於周寶。」清謳，歌聲優美動聽。南朝梁武帝蕭衍《江南弄》之《鳳笙曲》：「飛且停，在鳳樓，弄嬌響，間清謳。」此指孔子高言。

〔二〕郭公盟黨項：唐廣德二年（七六四），朔方（駐今寧夏靈武西南）節度使郭子儀爲防範黨項等族受河北副元帥僕固懷恩煽動作亂，建議韓朝宗接見黨項族大首領、左羽林大將軍拓跋朝光、拓跋乞梅等人，厚加賞賜，與其結盟。郭公，指唐政治家、軍事家郭子儀（六九七—七八一），又名郭令公、郭汾陽。黨項，西北少數民族。唐元稹《估客樂》：「北買党項馬，西擒吐蕃鸚。」唐杜牧有《聞慶州趙縱使君與黨項戰中箭身死輒書長句》詩。

〔三〕蠻錦：西南和南方少數民族所織之錦。見本卷《題畫二十四首》（磬口山茶緑萼梅）注〔二〕。纏頭：豪貴賞賜歌舞藝人的錦彩。唐杜甫《即事》：「笑時花近眼，舞罷錦纏頭。」

【解　析】

此詩所咏本事晦澀難考，或者自嘆書生清貧，於纏頭自慚力慳。

秋來紈扇合收藏〔一〕，何事佳人重感傷。請把世情詳細看〔二〕，大都誰不逐炎涼〔三〕？

【箋　注】

〔一〕「秋來」句：漢班婕妤失寵後，作《怨歌行》曰：「新裂齊紈素，鮮潔如霜雪。裁爲合歡扇，團團似明月。

出入君懷袖，動摇微風發。常恐秋節至，涼飈奪炎熱。棄捐篋笥中，恩情中道絶。」見《玉臺新咏》卷一。以秋至天涼而團扇被棄喻男子變心而女子被棄。

〔二〕世情：世俗之情。謂世態炎涼。唐貫休《將入匡山别芳畫二公二首》之二：「世情世界愁殺人，錦繡谷中歸舍去。」

〔三〕逐炎涼：謂趨炎附勢。宋李彌遜《小重山・學士生日》：「厭隨塵土客，逐炎涼。」炎涼，氣候一冷一熱。喻人情勢利多變，親疏反復無常。唐白居易《早夏遊宴》：「榮落逐瞬遷，炎涼隨刻變。」

【解析】

詩歌取漢成帝之妃班婕妤色衰被棄的典故，借紈扇夏用秋藏暗喻人生冷漠、世態炎涼，反映伯虎科場失意後飽受世人白眼的感傷。題詩點化畫外之意，詩情與畫意結合得十分巧妙。

茶竈魚竿養野心〔一〕，水田漠漠樹陰陰〔二〕。太平時節英雄懶，湖海無邊草澤深。

【箋注】

〔一〕野心：閒逸之心。唐王績《黄頰山》：「野心長寂寞，山徑本幽迴。」

〔二〕「水田」句：化用王維《積雨輞川莊作》「漠漠水田飛白鷺，陰陰夏木囀黄鸝。」的句意。宋洪适《蝶戀花》（漠漠水田飛白鷺）：「漠漠水田飛白鷺。夏木陰陰，巧囀黄鸝語。」

【解　析】

前兩句寫山野之景，後兩句見出草野之間卧虎藏龍。

梧桐十畝好濃陰，陰裏幽軒愜素心〔一〕。曲几方牀長柄麈〔二〕，想君從此散煩襟〔三〕。

【箋　注】

〔一〕素心：本心，夙願。唐鄭愕《送蕭穎士赴東府得往字》：「斤溪數畝田，素心擬長往。」

〔二〕曲几：以彎曲不直之木製成的茶几。又稱「曲木几」。唐白居易《琴》：「置琴曲几上，慵坐但含情。」方牀：卧榻。

〔三〕煩襟：煩悶的心懷。唐杜甫《舟中苦熱遣懷奉呈陽中丞通簡臺省諸公》：「扣寂豁煩襟，皇天照嗟嘆。」

【解　析】

此詩描繪隱居的生活，指出這種生活方式「愜素心」。語言直白，且叙述平板乏味。

梧桐栽向小軒前，萬斛秋聲伴醉眠〔一〕。落葉點階憑拾取，剪圭封作散神仙〔二〕。

【箋　注】

〔一〕萬斛：極言容量之多。見本卷《題自畫淵明卷二首》（五柳先生日醉眠）注〔二〕。

〔二〕剪圭(guī)：《史記·晋世家》：「成王與叔虞戲，削桐葉爲珪以與叔虞，曰：『以此封若。』史佚因請擇日立叔虞。成王曰：『吾與之戲耳。』史佚曰：『天子無戲言。言則史書之，禮成之，樂歌之。』於是遂封叔虞於唐。」珪，亦作「圭」，玉製的禮器，古代貴族朝聘、祭祀時所執。散神仙：道教稱未授職位的仙人爲散仙。此指放曠不羈之人。宋蘇軾《和宋肇袖遊西池次韻》：「自笑區區足官府，不如公子散神仙。」

【解　析】

前兩句寫桐葉秋聲，因爲醉意朦朧，故産生幻覺。後兩句由落葉想到剪圭，而剪圭也不是封作公侯，而是封作散神仙。全詩興味盎然，如入微醺之境。

隱君深在碧山空，澗壑才堪側步通。芋栗一園秋計足，僮奴百指治生同〔一〕。

【箋　注】

〔一〕百指：一人十指，百指爲十人。此喻僮奴衆多，非實指。治生：謀生計。《史記·淮陰侯列傳》：「淮陰侯韓信……始爲布衣時，貧無行，不得推擇爲吏，又不能治生商賈，常從人寄食飲，人多厭之者。」唐杜甫《戲作俳諧體遣悶二首》之一：「治生且耕鑿，只有不關渠。」

【解　析】

前兩句寫山居環境，第二句見出與世隔絶。後兩句寫「治生」，作者欣賞的是桃花源式的自給自足的生活。

短牆甃石牢牽勒〔一〕，薄酒盈壇共轉筒〔二〕。我欲相隨卜居去〔三〕，此身一脱市塵紅〔四〕。

【箋注】

〔一〕甃（zhòu）石：砌井壁之石。唐張籍《山中贈日南僧》：「甃石新開井，穿林自種茶。」

〔二〕轉筒：似是多人共飲的一種方式。

〔三〕卜居：卜尋居宅，擇地居住。唐李白《陳情贈友人》：「卜居乃此地，共井爲比鄰。」

〔四〕市塵紅：猶塵軟香紅，指繁華的人世。語出宋蘇軾《次韻蔣穎叔錢穆父從駕景靈宫二首》之一：「半白不羞垂領髮，軟紅猶戀屬車塵。」作者自注：「前輩戲語，有西湖風月不如東華軟紅香土。」

【解析】

前兩句寫山居者的生活，突出「轉筒」飲酒。後兩句寫作者欲相隨卜居，目的是「此身一脱市塵紅」。全詩起承轉合，宛然成章。

伯虎絶筆

生在陽間有散場〔一〕，死歸地府也何妨？陽間地府俱相似，只當漂流在異鄉〔二〕。

【題　解】

這首絶筆詩寫於嘉靖二年(一五二三),伯虎時年五十四歲。該年十二月初二日,伯虎以病卒。絶筆:止筆不書。多指人臨死前的遺筆。

【箋　注】

〔一〕散場:指生命終結。明瞿汝稷《指月録·六祖》:「真風偏寄知音者,鐵笛横吹作散場。」

〔二〕漂流:比喻人到處流浪。漢蔡琰《胡笳十八拍·第八拍》:「爲天有眼兮何不見我獨漂流,爲神有靈兮何事處我天南海北頭。」

【解　析】

此詩以勘透世情的寬解語寫死亡。前兩句意爲此生實在痛苦,死亡反而是一種解脱。後兩句進一步寫自己對死的準確看法:「只當漂流在異鄉。」其實,人在這個世界上又何嘗不是一種漂泊呢?極痛苦事,以極寬解語出之,動人心扉,使人警醒。

唐伯虎詩文全集　卷四

詞

踏莎行　閨情

【題　解】

伯虎採用散曲套數中的聯章體形式，將多首詞合起來，表達同一主題。這組詞有四首，分别描寫春、夏、秋、冬四季的「閨情」，不僅每首不離愁情的吟咏，而且「愁時」「愁魂」「愁緒」「愁絶」漸次加深。上古本詞後注：「唐伯虎題畫詩。」認爲是四幅條屏上的題詞。

可怪春光，今年偏早，閨中冷落如何好？因他一去不歸來，愁時只是吟芳草。　奈爾雙姑〔一〕，隨行隨到，其間况味予知道〔二〕。尋花趁蝶好光陰〔三〕，何須步步回頭笑？

（春）

袁宏道評：好。

【箋　注】

〔一〕奈爾：拿他們如何。唐元稹《村花晚》：「非無後秀與孤芳，奈爾千株萬頃之茫茫。」雙姑：浙江富陽境内壺源江由大姑源、小姑源兩條溪流匯合而成，俗稱雙姑水。

〔二〕況味：境況與情味。宋陳允平《訴衷情》（嫩寒侵帳弄微霜）：「淒涼況味，一半悲秋，一半思鄉。」

〔三〕趁蝶：追趕蝶。唐王建《送司空神童》：「杏花壇上授書時，不廢中庭趁蝶飛。」

【解　析】

上闋言春光來早，反倒顯得閨中冷落，引動春愁。下闋設想心上人伴雙姑溪水遠行，而今又到了「尋花趁蝶好光陰」，更不會「回頭」閨中人了。

日色初驕，何妨逃暑，緑陰庭院荷香渚。冰壺玉斝足追歡〔一〕，還應少個文章侣。　已是無聊，不如歸去。賞心樂事常難濟〔二〕，且將杯酒送愁魂，明朝再去尋佳處。（夏）

【箋　注】

〔一〕冰壺：玉壺。南朝宋鮑照《代白頭吟》：「直如朱絲繩，清如玉壺冰。」玉斝（jiǎ）：玉製的酒器。宋陳濟翁《驀山溪》（薰風時候）：「晚風生處，襟袖卷濃香，持玉斝，秉紗籠，倚醉聽更漏。」

〔二〕賞心樂事：心中喜悦、快樂安適之事。六朝宋謝靈運《擬魏太子鄴中集詩八首》序：「天下良辰美景，賞心樂事，四者難並。」

【解析】

上闋寫到荷香渚逃暑，「四難」具備，却又少個佳賓客。「文章侶」，應理解爲女主人的意中人。下闋言追歡不成，不如歸去。那麼就讓酒澆愁腸，且待明朝吧。

八月中秋，涼飆微逗，芙蓉却是花時候①〔一〕。誰家姊妹鬭新妝〔二〕？園林散步頻携手。

折得花枝，寶瓶隨得，歸來賞玩全憑酒。三杯酩酊破愁城〔三〕，醒時愁緒應還又。

（秋）

【校記】

①「却是」，何本作「恰是」。

【箋注】

〔一〕芙蓉：指芙蓉樹，又稱「木芙蓉」。其花八、九月始開，耐寒不落。唐儲光羲《秋次霸亭寄申大》：「橘柚植寒陵，芙蓉蒂脩坂。」

〔二〕鬭：比試。宋歐陽脩《鷓鴣天》（學畫宮眉細細長）：「學畫宮眉細細長。芙蓉出水鬭新妝。」

〔三〕愁城：喻愁苦的心境。宋陸游《山園》：「狂吟爛醉君無笑，十丈愁城要解圍。」

【解　析】

上闋寫芙蓉盛開，姊妹相約園林散步。下闋寫折得芙蓉，歸來玩賞。却又要借酒才能破愁，而一旦酒醒，愁緒應該還没有遺散。

寒氣蕭條，剛風凜烈〔一〕，薄情何事輕離別？經時不去看梅花，窗前一樹通開徹。急喚雙鬟〔二〕，爲儂攀折〔三〕，南枝欲寄憑誰達〔四〕？對花無語不勝情，天邊雁叫添愁絶！

（冬）

【箋　注】

〔一〕剛風：罡風。高天强勁的風。宋王夢應《摸魚兒·壽王尉（癸未冬至後五日）》：「看浩蕩剛風，跨虬飛佩，玉影亂如水。」

〔二〕雙鬟：女童於頭之兩側所梳髮髻。亦代稱女童。唐李嘉祐《古興》：「十五小家女，雙鬟人不如。」此指丫環。

〔三〕儂：吴地人自稱。唐李白《横江詞六首》之一：「人道横江好，儂道横江惡。」

〔四〕南枝欲寄：用陸凱寄梅於范曄事。《太平御覽》卷九七〇《果部七·梅》引南朝盛弘之《荆州記》：「陸凱與范曄相善，自江南寄梅一枝詣長安與曄，並贈詩曰：『折花逢驛使，寄與隴頭人。

江南無所有，聊贈一枝春。』」後因以「陸凱傳情」爲咏梅或懷友之典。亦作「南枝」「寄梅」「一枝堪寄」等。宋蘇軾《次韻蘇伯固遊蜀岡送李孝博奉使嶺表》：「願及南枝謝，早隨北雁翩。」宋徐積《雪》之七：「入竹好鳴寒玉珮，寄梅兼附白雲牋。」宋南山居士《永遇樂·梅贈客》：「一枝堪寄，天涯遠信，惆悵塞鴻難倩。」南枝，南向的樹枝。多用作思念家鄉的代稱。

【解　析】

上闋言梅花已開，而薄情未歸。下闋言只得折梅相寄，然而又憑誰寄達呢？這時天邊雁叫，平添愁絶。

望湘人　春日花前咏懷

想盤鈴傀儡〔一〕，寒食裏蒸〔二〕，曾嘗少年滋味。凍勒花遲〔三〕，香供酒醒，又算一番春計。鏡裏光陰，尊前明月，眼中時事。有許多閑是閑非，我説與君君記。　道是榮華富貴，恁掀天氣概，霎時搬戲〔四〕。看今古英雄，多少葬身無地。名高惹謗，功高相忌。我且花前沉醉，管甚個兔走烏飛〔五〕，白髮蒙頭容易。

袁宏道評：好。

【題　解】

這首詞極力渲染英雄末路的苦悶，充滿對歷史、人生的虛無感，當是伯虎的後期之作。上古本詞後注：

「書法叢刊第八輯唐寅行書扇面。」

【箋　注】

〔一〕盤鈴傀儡：演奏盤鈴的傀儡戲。唐韋絢《劉賓客嘉話録》：「大司徒杜公在維揚也，嘗召賓幕閑話：『我致政之後，必買一小駟八九千者，飽食訖而跨之，著一麤布襴衫，入市看盤鈴傀儡足矣！』」元許有壬《水調歌頭·庚寅秋即席次可行見壽韻》：「敢效歸鄉錦繡，且就盤鈴傀儡，終日看兒嬉。」盤鈴，樂器名。因外形與碟盤相似得名，又稱「響盤」「摇鈴」「板鈴」。《新唐書·回鶻傳下》：「樂有笛、鼓、笙、觱篥、盤鈴。戲有弄駝、師子、馬伎、繩伎。」傀儡，木偶戲中的木頭人。亦爲木偶戲之簡稱。

〔二〕寒食：節令名。在清明節前一天或兩天，禁火，冷食。一説起於紀念介子推抱木焚死事，或云與子推事無涉。詳見《太平御覽》卷三十。裹蒸：即粽子。《南史·齊明帝本紀》：「太官進御食，有裹蒸，帝十字畫之，曰：『可四片破之，餘充晚食。』」今之裹蒸，以餹和糯米，入香藥、松子、胡桃仁等物，以竹籜裹而蒸之。唐孫元晏《咏史詩·明帝裹蒸》：「惜得裹蒸無用處，不如安霸取江山。」

〔三〕凍勒花遲：謂因天寒而使花開遲。勒，拉緊韁繩，令馬不能前行。

〔四〕搬戲：演戲。元高明《琵琶記》第十七齣〔普賢歌〕：「〔内問〕你是誰？〔丑〕我是搬戲的副淨。」

〔五〕兔走烏飛：指日月相遞出没，意謂光陰流逝。《楚辭·天問》：「夜光何德，死則又育？厥利維何，而顧菟在腹？」洪興祖補注：「菟與兔同。」唐莊南傑《傷歌行》：「兔走烏飛不相見，人事依稀速如電。」烏，即三足烏，代指太陽。

【解　析】

上闋通過對幼時美好快樂生活的回憶，抒發時不我待的無限傷感。下闋具數傷心之事，議論人生及今古英雄人物，表達自己但願於花前沉醉的人生態度。此詞主旨與前《花下酌酒歌》《一年歌》《一世歌》等作相似，用語亦淺白。表現了詩人在後期的處世態度。

千秋歲引　題古松贈壽

蘚疊蒼鱗〔一〕，蘿纏翠角。萬丈髯龍奮騰躍〔二〕。深更抱雲宿夜澗，清朝捧日登秋壑。挺風霜，傲泉石，倚寥廓。　下有茯苓上有鶴〔三〕，守護地丹竈藥。粟粒粘脣世緣却〔四〕。丸時細調白玉髓〔五〕，藏來密鎖黃金橐〔六〕。祝千齡〔七〕，向初度〔八〕，齊天樂。

【題　解】

這首詞借歌吟古松的蒼勁、挺拔與不畏風霜雨雪，表達對壽者的祈願。

【箋　注】

〔一〕蒼鱗：指松樹。因松皮狀如魚鱗，故云。唐唐扶《和兵部鄭侍郎省中四松詩》：「日射蒼鱗動，塵迎翠箒迴。」

〔二〕髯龍：喻虯枝盤曲的松樹。宋蘇軾《予少年頗知種松手植數萬株皆中梁柱矣都梁山中見杜輿秀才求學其法戲贈二首》之一：「露宿泥行草棘中，十年春雨養髯龍。」

〔三〕茯苓：植物名。

〔四〕粟粒：指松子。世緣：塵緣，俗緣。唐白居易《老病幽獨偶吟所懷》：「世緣俗念消除盡，别是人間清淨翁。」

〔五〕白玉髓：白玉液。《本草綱目·金石部·白玉髓》：「釋名，玉脂、玉膏、玉液。」傳説飲之可成仙。常喻美酒或甘汁。唐白居易《秋日與張賓客舒著作同遊龍門醉中狂歌凡二百三十八字》：「家醖一壺白玉液，野花數把黄金英。」

〔六〕黄金橐（tuó）：唐皎然《酬元主簿子球别贈》：「出無黄金橐，空歌白苧行。」橐，一種口袋。《史記·酈生陸賈傳》載，西漢初，陸賈出使南越，南越王尉佗「賜陸生橐中裝直千金，他送亦千金。」司馬貞索隱：橐音托。又案：《詩傳》曰「大曰橐，小曰囊」。《埤蒼》云「有底曰囊，無底曰橐」。唐張九齡《使至廣州》：「人非漢使橐，郡是越王臺。」

〔七〕千齡：千年。宋高觀國《水龍吟·爲夢庵壽》：「看功勳繡衮，家聲再振，數千齡壽。」

〔八〕初度：生日之稱。語出戰國屈原《離騷》：「皇覽揆余初度兮，肇錫余以嘉名。」

【解　析】

此爲祝壽詞，立意是借松祝壽。上闋從形態和生長環境描寫古松。下闋寫古松之松子可食用、煉丹，延年益壽，因而歸結到祝壽之目的。

江南春　次倪元鎮韻

梅子墮花茭孕筍〔一〕，江南山郭朝暉靜〔二〕。殘春鞋襪試東郊，緑池橫浸紅橋影。古人行處青苔冷，館娃宮鎖西施井〔三〕。低頭照井脱紗巾，驚看白髮已如塵。人命促，光陰急，淚痕漬酒青衫濕〔四〕。少年已去追不及，仰看烏没天凝碧。鑄鼎銘鐘封爵邑〔五〕，功名讓與英雄立。浮生聚散是浮萍，何須日夜苦蠅營〔六〕？

【題　解】

這首詞感嘆時光流逝、知交離散、功名難就，情緒略顯低沉，當亦是晚期之作。倪元鎮：倪瓚。見本書卷三《題元鎮江亭秋色》題解。

【箋　注】

〔一〕茭（xiào）：草根的通稱。《爾雅·釋草》：「葯，茭。」邢昺疏：「謂草根可食者也。」唐元稹《和李校書新題樂府十二首·陰山道》：「萬束芻茭供旦暮，千鍾菽粟長牽漕。」此指竹根。

〔二〕「江南」句：化用杜甫《秋興》之三「千家山郭静朝暉」句。

〔三〕「館娃」句：《吴越春秋·勾踐陰謀外傳》載，越王勾踐敗於會稽，范蠡取西施獻吴王夫差。吴王甚爲寵愛，於硯石山作宫以館西施，與之朝夕遊樂，荒廢朝政。越遂亡吴。館娃宫，吴宫名，在今江蘇吴縣西南靈巖山，吴王夫差爲西施所建。吴俗稱美女爲娃，故名。唐齊己《折楊柳詞四首》之二：「館娃宫畔響廊前，依託吴王養翠煙。」西施，一作先施，姓施，别名夷光，亦稱西子，春秋末年越國苧羅（今浙江諸暨南）人。由越王勾踐獻給吴王夫差，成爲其最寵愛的妃子。傳説吴亡後，與范蠡偕入五湖。

〔四〕漬酒：指朋友間弔喪墓祭，喻不忘舊恩。《後漢書·徐穉傳》：「穉嘗爲太尉黄瓊所辟，不就。及瓊卒歸葬，穉乃負糧徒步到江夏赴之，設雞酒薄祭，哭畢而去，不告姓名。」南朝梁劉孝標《廣絶交論》：「繐帳猶懸，門罕漬酒之彦。」

〔五〕鑄鼎：稱頌君王功德。《史記·封禪書》：「禹收九牧之金，鑄九鼎。」銘鐘：在鐘鼎等器物上刻鑄文辭，喻指建功立業以傳後世。又作「銘鼎」。典出《禮記·祭統》：「夫鼎有銘，銘者自名也。自名以稱揚其先祖之美，而明著之後世者也。」唐杜甫《秋日荆南述懷三十韻》：「數見銘鐘鼎，真宜法斗魁。」

〔六〕蠅營：往來不絶貌。指像蒼蠅一般四處飛逐，喻爲追求名利而到處鑽營。語出《詩·小雅·青蠅》：「營營青蠅，止于樊。」

【解　析】

上闋描繪江南春景，末二句「低頭照井脱紗巾，驚看白髮已如塵」，與《題東坡小像》「滿頭明月脱紗巾」旨意略同，而將春景暗度到自己的白髮。下闋承「白髮已如塵」，抒寫人生感慨，種種不如意事奔湧於心頭，使人情緒低沉。總之，此詞借次韻倪瓚詞抒情吐憤，應該是伯虎的晚年之作。

二犯水仙花　二闋　題鶯鶯小像

【題　解】

伯虎再三歌咏崔鶯鶯，並刻有「普救寺婚姻案主者」圖章，可見其對大膽追求愛情的女性情有獨鍾。鶯鶯：崔鶯鶯。見本書卷三《咏美人八首·鶯鶯待月》注〔一〕。小像：小的雕像、畫像等。

鈴璧風流是阿家①〔一〕，滿腔情緒絮如麻，西厢赴約月斜斜〔二〕。將珮捧〔三〕，趁牆遮，半踏裙襜半踏花〔四〕。

【校　記】

①「鈴璧」，何本作「鈴軺」。

【箋　注】

〔一〕鈴璧：屋宇之裝飾華美。阿家：古代公主、郡主、縣主之稱。唐李匡乂《資暇集》卷下：「公、郡、縣主，宮禁呼爲宅家子……宅家，亦猶陛下之義。至公主已下，則加『子』字，亦猶帝子也。又爲阿宅家子。阿，助詞也；急語乃以宅家子爲茶子……削其『子』，遂曰阿茶。」此指崔鶯鶯。元王實甫《西厢記》中的崔鶯鶯出身相國門第，故稱。

〔二〕「西厢」句：言崔鶯鶯以詩約張生至西厢房幽會事。

〔三〕將珮捧：謂手控環珮，以免碰撞出聲也。珮，佩在身上的玉飾。

〔四〕襜：圍裙的前襟。

又

今日蒲東只暮鴉〔一〕，祇留名字沁人牙〔二〕，千金一刻儻容賒。　殘蠟燭，且琵琶，休把光陰誤了些〻①。

【校　記】

①「誤了些〻」，何本作「挫了些〻」。

【箋　注】

〔一〕蒲東：指崔鶯鶯與張生相見的普救寺所在地蒲阪。蒲阪，古縣名，秦置，治所在今山西永濟西蒲州。西漢作蒲反，東漢復舊。三國魏至北周爲河東郡治所，隋大業初併入河東縣。東有普救寺，即王實甫《西廂記》中佛寺所本。《全唐詩》：「崔鶯鶯，貞元中，隨母鄭氏寓居蒲東佛寺。有張生者，與之賦詩贈答，情好甚暱。」

〔二〕沁人牙：謂爲人傳唱。沁，滲入。

【解　析】

這兩闋題鶯鶯小像詞都是敷衍《西廂記》情事。第一首刻劃鶯鶯赴約之態，有心理描寫（如「絜如麻」），也有行爲描繪（如「將珮捧」三句）。第二首只寫歡會，從各方面抒寫「千金一刻」的春宵。

過秦樓　題鶯鶯小像

瀟灑才情〔一〕，風流標格〔二〕，脈脈滿身春倦〔三〕。修薦齋場〔四〕，禁煙簾箔〔五〕，坐見梨花如霰。乘斜月，赴佳期，燭燼牆陰，釵敲門扇。想伉儷鸞皇〔六〕，萬千顛倒，可禁嬌顫？塵世上，昨日朱顏〔七〕，今朝青冢〔八〕，頃刻時移事變。秋娘命薄，杜牧緣慳，天不與人方便〔九〕。休負良宵，大都好景無多，光陰如箭。聞道河東普救〔一〇〕，剩得數間荒殿。

【題　解】

這是一首題畫詞。據周道振、張月尊《唐寅集·年表》，正德六年辛未（一五一一），伯虎「模宋陳居中臨唐人畫崔鶯鶯像並題過秦樓詞」，此詞當作於此時。鶯鶯小像：見前詩題解。

【箋注】

〔一〕才情：才思，才華。宋劉辰翁《水調歌頭·和巽吾觀荷》：「但恨才情都老，無復風流曾夢，縹緲賦驚鴻。」

〔二〕標格：風範，風度。宋林正大《括酹江月》（開元盛日）：「借問標格風流，漢宫誰似，飛燕紅妝舞。」

〔三〕脈脈：含情凝視貌。語出《古詩十九首》其十：「盈盈一水間，脈脈不得語。」

〔四〕修薦齋場：做超度法事的齋祭場院。

〔五〕禁煙：指禁煙節，即寒食節。見本卷《望湘人·春日花前咏懷》注〔二〕。簾箔：簾子。多以竹、葦編成。六朝闕名氏《三輔黄圖·漢宫》：「未央宫漸臺西有桂宫，中有光明殿，皆金玉珠璣爲簾箔，處處明月珠，金陛玉階，晝夜光明。」宋陳允平《大酺·元夕寓京》：「雪霽梅飄，春柔柳嫩，半捲真珠簾箔。」

〔六〕伉儷：夫妻，配偶。《春秋左傳·成公十一年》：「已不能庇其伉儷而亡之。」孔穎達疏：「伉儷者，言是相敵之匹耦。」鸞皇：鸞鳥與鳳凰，喻指夫妻或情侶。亦作「鸞凰」。宋趙師俠《雙頭蓮令·信豐雙蓮》：「連枝不解引鸞皇，留取映鴛鴦。」

〔七〕朱顏：紅潤的臉色，指女子美麗的容顏。唐李白《對酒》：「昨來朱顏子，今日白髮催。」

〔八〕青冢：指王昭君墓，在今内蒙古呼和浩特南二十里處。相傳當地多白草，而此冢草色常青，故名。亦泛指長滿青草的墳墓。唐崔塗《過昭君故宅》：「骨竟埋青冢，魂應怨畫人。」

〔九〕「秋娘」三句：是説當初杜秋娘命運不濟，杜牧無緣見到她的青春容顔，可謂造物弄人。秋娘，杜秋娘。唐人，命運多舛，窮老於故鄉金陵（今江蘇南京）。杜牧路過金陵時作《杜秋娘》詩，其序云：「杜秋，金陵女也，年十五爲李錡妾，後錡叛滅，籍之入宫，有寵於景陵。穆宗即位，命秋爲皇子傅姆。皇子壯，封漳王。鄭注用事，誣丞相欲去異己者，指王爲根。王被罪廢削，秋因賜歸故鄉。予過金陵，感其窮且老，爲之賦詩。」杜牧，唐代詩人。見本書卷三《題自畫杜牧卷》題解。緣慳，緣分薄，無緣。

〔一〇〕河東：指河東郡，在今山西運城。普救：即普救寺，崔鶯鶯與張生愛情故事的發生地。參見前詩注〔一〕。

【解析】

此詞追憶畫中女子的愛情故事，慨嘆歲月流逝、往事如煙，使讀者看到一切美麗的東西都會灰飛煙滅的悲劇人生。上闋從畫面上鶯鶯的形象寫到赴約西廂，下闋感嘆才子佳人之緣慳，大發千秋知己之概，使得畫面具有歷史的深沉感和人生的哲理意味。

畫堂春

簾前兔走逐烏飛〔一〕，又驚緑暗紅稀。養蠶眠足插秧齊，多半春歸。　賴是花能送酒〔二〕，最愁雨要催詩〔三〕。倘教玉勒賞花期〔四〕，棄踏香泥。

【箋注】

〔一〕兔走逐烏飛：猶兔走烏飛，謂光陰流逝。

〔二〕「賴是」句：化用李白《題東谿公幽居》「飛花送酒舞前簷」的句意。

〔三〕「最愁」句：謂最擔心雨滴會催發内心的愁怨。唐杜甫《陪諸貴公子丈八溝携妓納涼晚際遇雨二首》之二：「片雲頭上黑，應是雨催詩。」宋韓淲《鷓鴣天·昌甫同明叔飲趙崇公家》：「一簾雲影催詩雨，唤起佳人無限愁。」

〔四〕玉勒：鑲玉的馬銜。代指馬。唐王維《洛陽女兒行》：「良人玉勒乘驄馬，侍女金盤鱠鯉魚。」此指騎馬。

【解析】

此詞屬於生活即事一類的小詞，描繪暮春的景象和感受。上闋寫「多半春歸」，景物使人心驚。下闋説如果現在去賞花，就只能「棄踏香泥」了。

一剪梅　二闋

紅滿苔階緑滿枝〔一〕，杜宇聲歸，杜宇聲悲〔二〕！交歡未久又分離〔三〕，彩鳳孤飛，彩鳳孤棲。別後相思是幾時？後會難知，後會難期。此情何以表相思？一首情詞，一首情詩。

【箋　注】

〔一〕苔階：生有苔蘚的石階。唐魚玄機《感懷寄人》：「月色苔階淨，歌聲竹院深。」

〔二〕「杜宇」二句：是説杜鵑叫著「不如歸去」，它的聲音多麽悲戚。杜宇，鳥名，又名杜鵑、子規、布穀，相傳爲蜀帝杜宇之魂所化，春夏之際晝夜啼鳴，其聲淒苦。晉常璩《華陽國志・蜀志》載，蜀有王名杜宇，教民務農，後稱帝，號爲望帝。宰相開明決玉壘山排除水害，望帝遂效法堯舜，禪位於開明，自升西山隱去。蜀人思之，時值二月，杜鵑鳥鳴，以爲望帝魂化子規，故蜀人聞杜鵑啼而悲。

〔三〕交歡：謂相交而得其歡心，結好。後多指男女歡會。唐陳子昂《秋日遇荆州府崔兵曹使宴》：「江湖一相許，雲霧坐交歡。」

雨打梨花深閉門〔一〕，孤負青春〔二〕，虚負青春。賞心樂事共誰論〔三〕？花下銷魂，月下銷魂。

愁聚眉峰盡日顰〔四〕，千點啼痕〔五〕，萬點啼痕。曉看天色暮看雲，行也思君，坐也思君。

【箋　注】

〔一〕「雨打」句：用前人成句。宋李重元《憶王孫・春詞》：「欲黄昏，雨打梨花深閉門。」

〔二〕孤負：猶辜負。違背，對不住。宋蔡伸《喜遷鶯》（青娥呈瑞）：「算忍教孤負，濃香鴛被。」孤，有負，辜負。青春：此指春景。唐房白《送蕭穎士赴東府得還字》：「青春灞亭別，此去何時還。」

〔三〕賞心樂事：見本卷《踏莎行·閨情》（日色初驕）注〔二〕。

〔四〕盡日：終日，整日。唐韋應物《閒居寄諸弟》：「盡日高齋無一事，芭蕉葉上獨題詩。」

〔五〕啼痕：淚痕。宋吴文英《掃花游·西湖寒食》：「酹入梅根，萬點啼痕暗樹。」

【解　析】

這兩首詞將惜春與相思揉合而展開抒寫。第一首寫思歸傷春，妙在能於細微處見精神。第二首寫日日等待的刻骨相思，妙在以樂景寫哀情，刻畫入骨。兩首詞都充分利用了《一剪梅》格律上的循環往復，很好地表現了女性細膩纏綿的感情。

憶秦娥　王守溪壽詞①

解纓投散，抽簪辭鬧，此意誰知至妙〔一〕？其間樂地，吾儒自有名教〔二〕。春臺玉燭〔三〕，霽月光風〔四〕，翹首堪長嘯。世間名利境，苦勞勞〔五〕，爭似清風一枕高。孔北海〔六〕，沈東老〔七〕，祝長生，梁上歌聲繞〔八〕，黃粱夢先覺〔九〕。

【校　記】

①「王守溪」，何本作「王守谷」。

【題解】

王守溪：王鏊（一四五〇—一五二四），字濟之，號守溪，晚號拙叟，學者稱其爲震澤先生，吴縣（今江蘇蘇州）人。成化十一年（一四七五）進士，授翰林編修。歷任侍講學士、户部尚書、文淵閣大學士等職。在任時力諫劉瑾，因無法挽救時局而辭官歸鄉，家居十六年，終不復出。博學有識，文雅潔，善書法。有《震澤集》《震澤長語》《震澤紀聞》等。伯虎曾師從於他。正德四年（一五〇九），王鏊六十壽辰，伯虎曾畫文會圖寄壽，賦七絶壽詩。正德十四年（一五一九），又有《壽王少傅》七律一首。此詞應作於王鏊乞休以後，即正德九年以後。

【箋注】

〔一〕「解纓」三句：是説解去冠纓，閒散回鄉，抽掉發簪，辭官歸田，此中妙意有誰知？按正德九年，因劉瑾專權，王鏊乞休歸里。

〔二〕名教：指以正名定分爲主的封建禮教。南朝宋謝靈運《從遊京口北固應詔詩》：「事爲名教用，道以神理超。」此借指教養、教化。

〔三〕春臺：春日登眺覽勝處。唐錢起《藍田溪雜咏二十二首·登臺》：「望山登春臺，目盡趣難極。」又代指禮部。

〔四〕霽月光風：指雨過天晴的明淨景象。宋黄機《沁園春·爲潘郴州壽》：「嬉遊處，盡祥煙瑞雨，霽月光風。」亦喻胸襟開闊、品格高尚或政治清明、世風良好。

〔五〕勞勞：愁苦憂傷貌。唐李賀《送沈亞之歌》：「携笈歸江重入門，勞勞誰是憐君者。」

〔六〕孔北海：即孔融（一五三—二〇八）。字文舉，漢末魯人。獻帝時爲北海相，故有此稱。後入朝，官至太中大夫，終被曹操所殺。善文章，爲「建安七子」之一。《後漢書·孔融傳》：「性寬容少忌，好士，喜誘益後進。及退閑職，賓客日盈其門。常嘆曰：『坐上客恒滿，尊中酒不空，吾無憂矣。』」

〔七〕沈東老：北宋沈思。隱於浙江東林山，自號東老。吕洞賓嘗過其家，爲其點化。見宋趙令畤《侯鯖録》等。

〔八〕梁上歌聲繞：形容歌聲優美動聽，餘韻無窮。典出《列子·湯問》：「昔韓娥東之齊，匱糧，過雍門，鬻歌假食。既去而餘音繞梁欐，三日不絶。」《太平御覽》卷五七二《樂部十·歌三》引《洞冥記》：「王母歌聲繞梁三匝，乃壇上草木枝葉皆動，歌之感也。」又作「音繞梁」「繞梁歌」「繞梁聲」等。南朝梁沈約《咏箏詩》：「徒聞音繞梁，寧知顔如玉。」

〔九〕黄粱夢：喻虚幻之事和不能實現的欲望。唐沈既濟《枕中記》載，盧生在邯鄲客店遇道士吕翁，「顧其衣裝敝褻，乃長嘆息曰：『大丈夫生世不諧，困如是也。』……翁乃探囊中枕以授之，曰：『子枕吾枕，當令子榮適如志。』」時店主正蒸黍（去皮後稱黄小米，即黄粱），生夢入枕中，享盡富貴榮華。及醒，主人蒸黄粱尚未熟，「生蹶然而興，曰：『豈其夢寐也？』」翁笑謂生曰：『人生之適，亦如是矣。』」又稱「邯鄲夢」。宋劉克莊《轉調二郎神·再和》：「黄粱夢覺，忽跳出、北扉西省。」

【解　析】

這首祝壽詞讚嘆壽主辭官歸田的閒散生活，亦寄寓自己的生活理想。壽主王鏊是清流領袖，故此詞上闋描述了王鏊從乞休到回鄉與文士吟嘯的情景。下闋結合祝壽，抒發了名利黄粱之慨。

謁金門 吴縣旗帳詞

天子睿聖〔一〕，保障必須賢令。賦稅今推吴下盛，誰知民已病〔二〕。　一自公臨邑政，明照奸豪如鏡。敕旨休將親侍聘，少留安百姓。

【題　解】

正德十二年（一五一七），吴縣知縣李經升户部主事，伯虎作詞送之。旗帳：旗幟與帷帳。唐鮑溶《憶郊天》：「憶向郊壇望武皇，九軍旗帳下南方。」因送人遠行在野外旗亭設帷帳餞别，故指别筵。故此亦送别詞。

【箋　注】

〔一〕睿聖：明智與聖明。舊時頌揚帝王的用語。《國語·楚語上》：「昔衛武公年數九十有五矣，猶箴儆於國……及其殁也，謂之睿聖武公。」《樂府詩集·鼓吹曲辭·唐堯》：「禪讓應天曆，睿聖世相承。」

〔二〕病：困苦。南唐徐鉉《送高起居之涇縣》：「吏事豈所堪，民病何可醫。」

【解　析】

此詞爲正德十二年送别吴縣縣令李經調京而作，稱頌其業績，表達不舍之意。上闋叙李經升調事，下闋申不舍意。其中「賦税今推吴下盛，誰知民已病」，直揭現實，風骨峻然，表現了作者關心民瘼的情懷。

鷓鴣天　題同前

君王意在恤黎民，妙選英賢令要津〔一〕。金字榜中題姓氏〔二〕，玉琴堂上布陽春〔三〕。歌梓道〔四〕，上楓宸〔五〕，青驄一騎漲黄塵〔六〕。九重半夜虚前席〔七〕，定把疲癃子細陳〔八〕。

【題　解】

此詞背景、題旨與前詞相同，蓋前詞未能盡意，而此詞再申述之。

【箋　注】

〔一〕令：謂爲令，作長官。要津：猶津要，喻重要的職位。唐杜甫《送重表姪王砯評事使南海》：「廷評近要津，節制收英髦。」此指在重要地區任職。

〔二〕金字榜：即金榜。殿試揭曉之榜。

〔三〕玉琴堂上：稱頌地方官政簡刑清，無爲而治。典出《吕氏春秋·察賢》：「宓子賤治單父，彈鳴琴，身不下堂而單父治。」唐李白《陪族叔當塗宰遊化城寺升公清風亭》：「季父擁鳴琴，德聲布雲雷。」

〔四〕梓道：故鄉的道路。《樂府詩集·雜歌謡辭·離歌》：「晨行梓道中，梓葉相切磨。」梓，即桑梓。古人於宅旁多種桑梓，後因以代指故鄉。

〔五〕楓宸：指宮廷，宮殿。漢宮殿多植楓，故有此稱。唐牟融《閩中回》：「千山積雪凝寒碧，夢入楓宸繞御牀。」宸，北辰所居，指帝王殿庭。

〔六〕青驄：毛色青白間雜的馬。宋張先《玉樹後庭花》（寶牀香重春眠覺）：「青驄一騎來飛鳥。靚妝難好。」漲黃塵：揚起黃色塵土。此指吴令輕車簡從。

〔七〕「九重」句：喻指才臣受到君王重視和親近。典出《漢書·賈誼傳》：「後歲餘，文帝思誼，徵之。至，入見，上方受釐，坐宣室。上因感鬼神事，而問鬼神之本。誼具道所以然之故。至夜半，文帝前席。既罷，曰：『吾久不見賈生，自以爲過之，今不及也。』」《史記·屈原賈生列傳》亦載。唐李商隱《賈生》：「可憐夜半虚前席，不問蒼生問鬼神。」九重，深宫，借指皇帝。虚前席，謂向前移動坐席，靠近對方垂詢意見。

〔八〕疲癃：老病之狀。亦作「罷癃」。唐盧肇《漢堤詩》：「駭汗霏雨，疲癃鰥獨。」此指民間疾苦。子細：同「仔細」。唐杜甫《九日藍田崔氏莊》：「明年此會知誰健，醉把茱萸子細看。」

【解　析】

上闋美言李經治吴之德政。下闋送行，寄望李經能將民生疾苦上達天聽。「九重」二句可謂寄望至深，相托至切，讀之令人動容。

秦樓月　謝醫

業傳三世，學通四庫〔一〕，志在濟人利物。刀圭信手就囊拈〔二〕，能事在醫人醫國。雷封薄宦〔三〕，寄身逆旅〔四〕，忽感阽危困厄〔五〕。過承恩惠賜餘生，祗撰個新詞酬德。

【題　解】

此詞當有所指，讚美醫者的醫德、醫術，表達對醫者救危扶困的謝意。

【箋　注】

〔一〕「業傳」二句：是説醫者世代從業，且本人是儒生，淹貫典籍。四庫，經、史、子、集四部的代稱。舊分書籍爲四部，藏之四庫，因謂四部爲四庫。宋蘇軾《答任師中家漢公》：「門前萬竿竹，堂上四庫書。」

〔二〕刀圭：古代量取藥物的工具，狀如刀頭圭角。《名醫别録》：「凡散藥有云刀圭者，十分方寸匕之一，准如梧桐子大也。」唐王績《採藥》：「且復歸去來，刀圭輔衰疾。」

〔三〕雷封：古代縣令的代稱。因「縣大率方百里」（《漢書·百官公卿表上》），而「雷霆百里，縣令象之，分土百里」（《白孔六帖》卷七十七《縣令》），故稱。薄宦：卑微的官職。唐杜審言《贈崔融二十韻》：「十年俱薄宦，萬里各他方。」

〔四〕逆旅：客舍，旅館。語出《春秋左傳·僖公二年》：「今虢爲不道，保於逆旅，以侵敝邑之南鄙。」宋蘇軾《臨江仙》（一别都門三改火）：「人生如逆旅，我亦是行人。」

〔五〕阽（diàn）危：危險。唐徐夤《驕侈》：「驕侈阽危儉素牢，鏡中形影豈能逃。」阽，臨近，一般針對險境而言。

【解析】

此詞爲酬謝醫者之作。上闋言醫者之醫術，所當注意者，此人不僅業精於醫，而且「學通四庫」，「能事在醫人醫國」，還是一個胸懷大志的儒者。下闋重在謝恩，所謂「過承恩惠賜餘生」，這是套話，也是此類詩詞必須表達的意思了。

曲

步步嬌　春景

【題解】

這一套曲以「春景」爲背景，描寫女子的幽怨之情，亦借兒女之情抒發身世之感。上古本「步步嬌」前有題「别怨」，其下注：「合編、詞林、雅奏皆有别怨總題。用蕭豪韻。」「步步嬌」曲牌下注：「合編有小字注

『用蕭豪韻』。」

上古本此套曲後注：「伯虎閨情四闋，世所傳者只『樓閣重重』一套耳。偶閲詞林選勝，其三闋俱全。且如皂羅袍『柳絲』句，坊刻作『縚斷』，今本作『暗約』；香柳娘『夢回』句，坊刻作『巫山杳』，今本作『巫山廟』。意調迥别，的爲定本。因覆録之，不妨並載云。萬曆丙辰花生日，慈公識。何刻續刻卷四」

樓閣重重東風曉，玉砌蘭芽小〔一〕，垂楊金粉銷〔二〕。緑映河橋，燕子剛來到。心事上眉梢，恨人歸，不比春歸早。

【箋　注】

〔一〕玉砌：對臺階的美稱。宋張元幹《醉花陰》（紫樞澤笏趨龍尾）：「玉砌長蘭芽，好擁笙歌，長向花前醉。」此指花壇。蘭芽小：謂蘭花初萌細芽。宋蘇軾《浣溪沙·遊蘄水清泉寺寺臨蘭溪溪水西流》：「山下蘭芽短浸溪。松間沙路淨無泥。蕭蕭暮雨子規啼。」

〔二〕金粉：黄色花粉。唐李白《酬殷明佐見贈五雲裘歌》：「輕如松花落金粉，濃似苔錦含碧滋。」

【解　析】

此曲前六句都是鋪墊「心事」，末二句云「恨人歸，不比春歸早」，揭出底藴，原來女主人公是爲春歸人不歸而煩惱。

醉扶歸〔一〕

冷凄凄風雨清明到〔二〕，病懨懨難禁這兩朝〔三〕。不思量寶髻插桃花〔四〕，怎當他繡户埋芳草。無情挈伴踏春郊，鳳頭枉繡弓鞋巧〔五〕。

【箋　注】

〔一〕上古本曲牌下注：「合編有小字注『仙吕』。」

〔二〕清明：節令名。

〔三〕病懨懨：病弱精神不振貌。唐劉兼《春晝醉眠》：「處處落花春寂寂，時時中酒病懨懨。」

〔四〕寶髻：古代女子的一種髮髻。宋郭應祥《浣溪沙·次李茂叔韻》：「不與妝臺簪寶髻，却來書閣伴幽人。」

〔五〕鳳頭：指鳳頭鞋。弓鞋：古代纏足女子所穿之鞋。因纏足脚呈弓形，故名。宋黄庭堅《滿庭芳·妓女》：「直待朱轓去後，從伊便、窄襪弓鞋。」

【解　析】

此曲主旨是傷春惜人，望伊人不到，因此强撑「懨懨」病體，「冷凄凄」地「無情挈伴踏春」。

皂羅袍〔一〕

堪嘆薄情難料，把佳期做了流水萍飄。柳絲暗約玉肌消，落紅惹得朱顏惱。心牽意掛，山長水遥。月明古驛，東風畫橋。俏冤家何事還不到〔二〕？

【箋注】

〔一〕上古本曲牌下注：「合編有小字注『同上』。」

〔二〕俏冤家：對所愛者的暱稱。元關漢卿《一半兒·題情》之一：「罵你箇俏冤家，一半兒難當一半兒耍。」

【解析】

前四句寫女主人公苦等佳期的焦煩、痛苦的心情，「心牽意掛」四個四字句，是她揣想意中人的行蹤，末句「俏冤家何事還不到」是壓抑已久的情感的呼喊。

好姐姐

如今瘦添楚腰〔一〕，悶懨懨〔二〕，離情懊惱。落花和淚，都做一樣飄，知多少？花堆錦砌猶堪掃〔三〕，淚染羅衫恨怎消？

【箋　注】

〔一〕楚腰：指女子細腰。《管子·七臣七主》：「楚王好小腰而美人省食。」《後漢書·馬援傳》：「傳曰：『……楚王好細腰，宫中多餓死。』」

〔二〕悶懨懨：悶悶不樂貌。元呂止庵《天淨沙·爲董針姑作》：「冷清清獨守蘭房，悶懨懨倚定紗窗，呆答孩搭伏定繡牀。」

〔三〕錦砌：階砌的美稱。唐盧照鄰《臨階竹》：「封霜連錦砌，防露拂瑶階。」

【解　析】

這是一首刻畫相思的艷曲。第四句「落花和淚」是一篇之樞紐，以下就花、淚兩方面抒寫，雙起雙承。

香柳娘〔一〕

隔簾櫳鳥聲〔二〕，隔簾櫳鳥聲，把人驚覺，夢回蝴蝶巫山廟。我心中恨著，我心中恨著，雲散楚峰高〔三〕，鳳去秦樓悄〔四〕。怕今宵琴瑟〔五〕，怕今宵琴瑟，你在何方弄調？撇得我紗窗月曉。

【箋　注】

〔一〕上古本曲牌下注：「合編、吴騷有小字注『南吕』。」

〔二〕簾櫳：泛指門、窗的簾子。前蜀韋莊《天仙子》（夢覺雲屏依舊空）：「夢覺雲屏依舊空，杜鵑聲咽隔簾櫳。」

〔三〕「雲散」句：用巫山神女事。

〔四〕鳳去秦樓：用簫史、弄玉吹簫引鳳、雙雙仙去事。漢劉向《列仙傳·簫史》載，春秋時秦有簫史（亦作蕭史），善吹簫，穆公女弄玉愛之，穆公遂以女妻之。簫史每日教弄玉吹簫，數年後，聲似鳳鳴，有鳳凰飛止其家，穆公爲之作鳳臺。後夫婦皆成仙，乘鳳凰升天而去。秦樓，秦穆公爲其女弄玉所建之樓，亦名鳳樓。後泛指仙女或公主所居樓臺，亦指美女或閨中女子住所。

〔五〕琴瑟：兩種樂器名。《禮記·曲禮下》：「士無故不徹琴瑟。」漢徐幹《中論·脩本》：「琴瑟鳴，不爲無聽而失其調；仁義行，不爲無人而滅其道。」諧音情、色，喻夫妻和美。亦作「瑟琴」。《詩·周南·關雎》：「窈窕淑女，琴瑟友之。」

【解　析】

此曲爲相思艷曲。所當注意者，短短一曲内，重複句三見，造成一種纏綿反復的藝術效果。

尾

別離一旦如芳草〔一〕，又見梁空落燕巢〔二〕，可惜妝臺人自老。

【箋注】

〔一〕「别離」句：化用南唐李煜《清平樂》（别來春半）「離恨恰如春草，更行更遠還生」的句意。

〔二〕梁空落燕巢：形容院落空寂，燕雀爭喧。唐吴融《廢宅》云：「放魚池涸蛙爭聚，棲燕梁空雀自喧。」

【解析】

前兩句寫時令更换，物色變遷。後一句對鏡梳妝，嘆息「人自老」。

步步嬌　夏景

【題解】

這一套曲以「夏景」爲背景，描寫女子的幽怨之情，亦借兒女之情抒發身世之感。

閣閣蛙聲池塘曉〔一〕，水面荷錢小〔二〕，空庭暑氣消。望斷藍橋〔三〕，天遠人難到。清露滴梧梢，怪林鴉，底事飛來早〔四〕？

【箋注】

〔一〕閣閣：象聲詞，形容蛙鳴聲。

〔二〕荷錢：即荷葉。以其初長時圓如銅錢，故稱。宋吕渭老《南鄉子》（樊子唤春歸）：「吹過西家人不見，依依。萍點荷錢又滿池。」

〔三〕藍橋：指藍橋驛，唐裴鉶《傳奇》中裴航遇到仙女雲英之處，參見本書卷三《失題八首》（一盞瓊漿托死生）注〔一〕。宋李昉等《太平廣記》卷五十《神仙五十·裴航》：「航遍求訪之，滅跡匿形，竟無蹤兆，遂飾粧歸輦下，經藍橋驛側近，因渴甚，遂下道求漿而飲。」《全唐詩》卷八六〇《樊夫人答裴航》：「藍橋便是神仙窟，何必崎嶇上玉清。」此借指男女幽會處。

〔四〕底事：何事。唐杜荀鶴《蠶婦》：「年年道我蠶辛苦，底事渾身著苧麻。」

【解析】

此曲後兩句拓開一筆，責怪林鴉過早地飛來，擾亂了主人公的池塘曉思。

醉扶歸

眼睜睜咫尺無書到，困騰騰昏迷這幾朝。最難禁風物動離情，强迫陪女伴尋花草。偶穿鄰竹步芳郊，淚痕忽恨湘妃巧〔一〕。

【箋注】

〔一〕湘妃：指堯女、舜妃娥皇和女英。晉張華《博物志》卷八《史補》：「堯之二女，舜之二妃，曰湘夫人。舜崩，二妃啼，以涕揮竹，竹盡斑。」唐李嘉祐《江上曲》：「君看峰上斑斑竹，盡是湘妃泣淚痕。」此指湘妃竹，即斑竹。喻憂傷相思之情。

【解　析】

此曲寫女子苦苦相思，怎奈風物動情，於是偕女伴踏青，偶見湘妃竹，又觸動了心事。此曲很好地描寫了這一複雜的心理過程。

皂羅袍

畢竟薄情難料，等閑將好事雨散雲飄〔一〕。愁來不逐遠山消，鏡中只惹孤鸞惱〔二〕。洛陽春好，平康夜遥〔三〕。東山別墅〔四〕，西湖斷橋〔五〕。舊遊蹤跡渾忘到。

【箋　注】

〔一〕等閑：平白，無端。唐戎昱《苦辛行》：「貴人立意不可測，等閒桃李成荆棘。」

〔二〕「鏡中」句：喻女子失偶自傷或夫婦分離。南朝宋范泰《鸞鳥詩》序：「昔罽賓王結罝峻卯之山，獲一鸞鳥。王甚愛之。欲其鳴而不致也，乃飾以金樊，饗以珍羞，對之愈戚，三年不鳴。其夫人曰：『嘗聞鳥見其類而後鳴，何不懸鏡以映之？』王從其言。鸞覩形悲鳴，哀響沖霄，一奮而絶。」南朝《易苑》卷三亦載此事。唐李賀《貝宫夫人》：「長眉凝緑幾千年，清涼堪老鏡中鸞。」

〔三〕平康：借指妓家。

〔四〕東山：在今浙江上虞西南。南朝宋劉義慶《世説新語·排調》：「謝公在東山，朝命屢降而不動。」

後因以代指隱居或遊憩之地。宋沈遘《吴正肅公挽歌辭三首》之一：「暫作東山去，還期宣室來。」

〔五〕西湖斷橋：本名保祐橋，亦稱段家橋。宋周密《武林舊事·湖山勝概》：「斷橋，又名『段家橋』。萬柳如雲，望如裙帶。」宋吴文英《憶舊遊·别黄澹翁》：「西湖斷橋路，想繫馬垂楊，依舊欹斜。」

【解　析】

此曲與前《皂羅袍》（畢竟薄情難料）從命意、章法到遣詞用句都大同小異。「洛陽春好」四個四字句寫舊遊蹤跡，較前作更爲典雅。

好姐姐

無端頻寬舞腰①，瘦伶仃〔一〕，相思病惱。一身無主，好似風絮飄，愁非少。情絲惹地那堪掃？尊酒澆胸不宜消。

【校　記】

①「頻寬」，何本作「帶寬」。

【箋　注】

〔一〕伶仃：同零丁，孤獨貌。宋陸游《幽居遣懷三首》之二：「斜陽孤影嘆伶仃，横按烏藤坐草亭。」此形容瘦弱。

【解　析】
此曲刻畫相思的痛苦，「情絲惹地那堪掃」將無形之相思喻爲可掃之絲，表現了作者在修辭方面的努力。

香柳娘

把金針暫抛〔一〕，把金針暫抛。象牀眠覺〔二〕，夢魂長繞高唐廟〔三〕。奈佳期負却，奈佳期負却，雁去碧天高，人遠香閨悄。嘆塵埋瑤琴①，嘆塵埋瑤琴，甚日和伊再調，這消息全然不曉。

【校　記】

①「瑤琴」，何本作「瑤瑟」。下同。

【箋　注】

〔一〕金針：黄金所造之針。轉以謂傳授秘法。唐馮翊子《桂苑叢刊·史遺》載，鄭侃女采娘「七夕夜陳香筵祈於織女，是夕夢雲輿雨蓋，蔽空駐車，命采娘曰：『吾織女，祈何福？』曰：『願丐巧耳。』乃遺一金針，長寸餘，綴於紙上，置裙帶中，令三日勿語，汝當奇巧，不爾化成男子。」唐羅隱《七夕》：「香帳簇成排窈窕，金針穿罷拜嬋娟。」此指一般女紅之針。

〔二〕象牀：有象牙雕飾的牀。泛指精美的牀。唐王琚《美女篇》：「屈曲屏風繞象牀，萎蕤翠帳綴香囊。」

〔三〕「夢魂」句：用巫山神女事。

【解　析】

此曲描寫女主人公金針抛却，瑶琴埋塵，因相思而感到香閨諸事無聊，而不能與心上人通消息。

尾

天涯極目迷芳草，梧竹叢深冷鳳巢，空使朱顔坐中老。

【解　析】

此曲旨在惜春憐人，無甚新意。

步步嬌　秋景

【題　解】

這一套曲以「秋景」爲背景，描寫女子的幽怨之情，亦借兒女之情抒發身世之感。

滿地繁霜天將曉，籬落黄花小〔一〕，墟煙淡欲消〔二〕。送别河橋，憶昔曾同到①。草木脱青梢〔三〕，睹園林，蕭索驚秋早。

【校　記】

①「憶昔」，何本作「境昔」。

【箋　注】

〔一〕籬落：即籬笆。唐白居易《東園玩菊》：「唯有數叢菊，新開籬落間。」黄花：即菊花。宋晏殊《破陣子》（憶得去年今日）：「憶得去年今日，黄花已滿東籬。」

〔二〕墟煙：村中炊煙。

〔三〕脱青梢：謂緑色的枝葉枯黄脱落。青梢，緑葉。唐李賀《送韋仁實兄弟入關》：「行槐引西道，青梢長攢攢。」

醉扶歸

冷颼颼庭院金風到〔一〕，事悠悠今朝異昨朝。計歸程劃損玉簪兒〔二〕，咏幽懷亂積詩篇草。隔簾星漢俯空郊，羨他牛女能逢巧〔三〕。

【箋　注】

〔一〕金風：秋風。晉張協《雜詩十首》其三：「金風扇素節，丹霞啓陰期。」李善注：「西方爲秋而主金，故秋風曰金風也。」

〔二〕玉簪：首飾名，玉作之簪。亦名「玉搔頭」。南朝梁劉孝威《妾薄命》：「玉簪久落鬢，羅衣長掛屏。」

〔三〕牛女：牛郎、織女二星。見本書卷三《綺疏遺恨十首·針》注〔二〕。唐施肩吾《古別離》：「所嗟不及牛女星，一年一度得相見。」逢巧：逢七巧之日，指七夕相會。

【解　析】

此曲咏思婦七夕相思，諸事無心，暗計歸程。末二句寫羡慕牛女此夕相會，綰合主題。

皂羅袍

事變由來難料，倏晴明又早雨泊雲飄〔一〕。從前恩愛一時消，而今轉得終朝惱〔二〕。登高閑眺，雲邊路遥。苔蒙舊館，煙迷野橋。劉郎何日悲重到〔三〕？

【箋　注】

〔一〕雨泊：謂雨停。唐馬戴《送皇甫協律淮南從事》：「楚檣經雨泊，煙月隔潮生。」

〔二〕終朝：整日。唐劉禹錫《酬樂天衫酒見寄》：「終朝相憶終年別，對景臨風無限情。」

〔三〕「劉郎」句：用劉晨、阮肇重入天台山事。謂悲嘆何時能够再續前緣。南朝宋劉義慶《幽明録》載，漢明帝永平五年，剡縣劉晨、阮肇共入天台山採藥，迷不得返，饑乏殆死。見大桃樹，各食數杖，而饑止體充。循流而下，遇二女子，資質絶妙，見劉、阮，便呼其姓，如似有舊，因邀還家。其地草木氣候常如春天，劉、阮樂遊半年還鄉，子孫已歷七世。後復入天台山尋訪，舊蹤渺然。宋歐陽脩《阮郎歸》（劉郎何日是來時）：「劉郎何日是來時。無心雲勝伊。」劉郎，即劉晨。借指情郎。唐白居易《縣南花下醉中留劉五》：「願將花贈天台女，留取劉郎到夜歸。」

【解　析】

此曲描寫一段戀情，大意是於「舊館」「野橋」曾有「恩愛一時」，而今由於「事變」而灰飛煙滅。具體是何情事，抑或借此抒發人生變故，已不可考。

好姐姐

還憐冶容細腰〔一〕，怎禁持者般懊惱〔二〕。倦來剛睡，又被魂夢飄，精神少。愁魔總賴香醪掃，心病能憑妙藥消。

【箋　注】

〔一〕冶容：艷麗的容貌。古樂府《子夜歌》：「冶容多姿鬢，芳香已盈路。」

〔二〕者般：這般。

【解　析】

此曲寫對一位「細腰」女子的思念，相思刻骨，以致「病魔」纏身。

香柳娘

我心如醉著，我心如醉著，仗誰推覺？恍如焚却襖神廟①〔一〕。怕黄昏到了，怕黄昏到了。天暗亂螢高，城静疏鐘悄〔二〕。奈離情多攪，奈離情多攪。欲把冰絃自調〔三〕，没心緒躊躇到曉。

【校　記】

①「襖神廟」，何本作「祆神廟」。

【箋　注】

〔一〕焚却襖神廟：喻姻緣不遂。《淵鑒類函》卷五八《后妃部二·公主》中「玉環解」引《蜀志》載，蜀帝公主與乳母陳氏之子相愛，約於祆廟。公主入廟，見陳生熟睡，遂解玉環附生懷中而去。生醒，知公主已去，怨氣化爲火，身與祆廟俱焚。後常用作典故。襖神廟，即祆廟，襖教祭祀火神的寺院。

〔二〕疏鐘：稀疏的鐘聲。唐皎然《建元寺集皇甫侍御書閣》：「機閑看淨水，境寂聽疏鐘。」

〔三〕冰弦：琴絃的美稱。傳説中有用冰蠶絲作的琴絃，故稱。宋史達祖《燕歸梁》（楚夢吹成樹外雲）：「今宵素壁冰絃冷，怕彈斷、沈郎魂。」

【解　析】

此曲寫相思之狀，極爲纏綿傳神。如醉如醒，亂緒如麻，諸事無心，用詞亦較典雅，與一般艷曲有别。

尾

陽關西去連天草〔一〕，愁斷飛鴻没定巢，滿目荒涼秋色老。

【箋　注】

〔一〕陽關：古關名。故址在今敦煌西南，爲通西域之要塞。因在玉門關南，故稱。唐駱賓王《疇昔篇》：「陽關積霧萬里昏，劍閣連山千種色。」此泛指關塞。

【解　析】

此曲寫片段愁緒，悲秋而傷己之「没定巢」。

步步嬌　冬景

落木哀風江城曉〔一〕，點點寒鴉小，霜繁潦水消〔二〕。迢遞紅橋①〔三〕，悄没人踪到。消息探梅梢，見璚葩〔四〕，的皪開偏早〔五〕。

【校　記】

①「紅橋」，何本作「虹橋」。

【題　解】

這一套曲以「冬景」爲背景，描寫女子的幽怨之情，亦借兒女之情抒發身世之感。

【箋　注】

〔一〕哀風：指冬日的西北風。晉王康琚《反招隱詩》：「鵾鷄先晨鳴，哀風迎夜起。」

〔二〕「寒鴉」二句：化用隋煬帝楊廣「寒鴉飛數點，流水繞孤村」的句意。潦水，雨後的積水。宋蘇軾《兩橋詩·西新橋》：「炎州無堅植，潦水輕推擠。」

〔三〕迢遞：遠貌。唐唐彦謙《蓮》：「新蓮映多浦，迢遞緑塘東。」紅橋：紅欄杆的橋。見本書卷三《題畫四首》（緑水紅橋夾杏花）注〔一〕。

〔四〕璚葩：瓊葩，如玉之花。唐劉禹錫《遊桃源一百韻》：「青囊既深味，瓊葩亦屢摘。」此指梅花。

〔五〕的皪（lì）：光彩鮮明貌。唐薛濤《和劉賓客玉蕣》：「瓊枝的皪露珊珊，欲折如披玉彩寒。」

醉扶歸

害相思湯藥曾嘗到，盼歸期一朝又一朝。懶安排錦帳飲羊羔〔一〕，只思量玉手拈著草〔二〕。啓窗窺雪灑林郊，花開頃刻天工巧。

【箋　注】

〔一〕錦帳：錦製的帷帳。南朝陳徐陵《雜曲》：「流蘇錦帳掛香囊，織成羅幌隱燈光。」

〔三〕著（shī）草：植物名，别稱「鋸齒草」「蚰蜒草」。古人常用著草莖占卦，故爲占卦之代稱。唐劉長卿《歲日見新曆因寄都官裴郎中》：「愁占著草終難決，病對椒花倍自憐。」

【解　析】

此曲寫女主人公盼征人歸來，一天又一天過去了，她懶得安排饌飲，只希望拈卜著草，占得歸期。末二句拓開一筆，寫開窗一看，外面下起雪來，樹林也仿佛開放了雪白的花朵，又到晚歲了。

皂羅袍

短倖心腸誰料？不哀憐害我粉褪香飄①。真情憶著氣難消，名兒提起心先惱。紫簫吹斷〔一〕，青鸞去遥〔二〕。酒闌金谷〔三〕，帆開灞橋〔四〕。姻緣總是修不到。

【校　記】

①「粉褪香飄」，何本作「粉腿香飄」。

【箋　注】

〔一〕紫簫：紫竹所製之簫。前蜀薛昭藴《小重山》（春到長門春草青）：「東風吹斷紫簫聲，宫漏促，簾外曉啼鶯。」

〔二〕「青鸞」句：謂杳無音信。青鸞，即青鳥。神話中能爲西王母傳遞訊息的使者。《山海經·西山經》：「又西二百二十里，曰三危之山，三青鳥居之。」郭璞云：「三青鳥主爲西王母取食者，别自棲息於此山也。」唐歐陽詢《藝文類聚·鳥部中·青鳥》：「《漢武故事》曰：七月七日，上於承華殿齋，正中，忽有一青鳥從西方來，集殿前。上問東方朔，朔曰：『此西王母欲來也。』有頃，王母至，有二青鳥如烏，俠侍王母旁。」後因以指使者或傳遞書信之人，多與仙家或戀情有關。宋趙令時《蝶戀花》(懊惱嬌癡情未慣)：「廢寢忘餐思想徧。賴有青鸞，不必憑魚雁。」

〔三〕闌：盡，終。前蜀毛文錫《戀情深》(玉殿春濃花爛熳)：「酒闌歌罷兩沉沉，一笑動君心。」金谷：即金谷園，在河南洛陽市西北。晋太康中，石崇在此建莊園，極豪奢。後石崇被收繫，愛妾緑珠於此墜樓而死。後泛指豪華園林。北周庾信《對酒歌》：「箏鳴金谷園，笛韻平陽塢。」

〔四〕灞橋：橋名，在陝西西安東。春秋時期，秦穆公稱霸西戎，將滋水改爲灞水並修橋，故稱。古人多在此送别，因常用爲傷離恨别的典實。六朝闕名氏《三輔黄圖·橋》：「灞橋在長安東，跨水作橋，漢人送客至此橋，折柳贈别。」五代王仁裕《開元天寶遺事》卷下：「長安東灞陵有橋，來迎去送皆至此橋，爲離别之地，故人呼之銷魂橋也。」宋陸游《沁園春·三榮横溪閣小宴》：「東風裏，有灞橋煙柳，知我歸心。」

【解　析】

此曲寫女子遭遇薄倖、姻緣無著的絶望心情。「短倖」兩句揭出主旨。「真情」兩句寫對意中人又惱又疼的複雜情緒。「紫簫」四句設想對方行蹤，末句「姻緣總是修不到」作結。

好姐姐

妖嬈翠鬟粉腰〔一〕，没人憐幾番自惱。曲闌行過〔二〕，轉覺神思飄〔三〕。知心少。蛾眉淡了憑誰掃？卯酒醺來衹自消〔四〕。

【箋　注】

〔一〕妖嬈：嬌媚。宋黄庭堅《更漏子》（體妖嬈）：「體妖嬈，鬟婀娜。」翠鬟：秀髮。唐高蟾《華清宫》：「何事金輿不再遊，翠鬟丹臉豈勝愁。」

〔二〕曲闌：曲折的欄杆。前蜀張泌《寄人》：「别夢依依到謝家，小廊迴合曲闌斜。」

〔三〕神思：謂心思。唐李羣玉《湘西寺霽夜》：「境寂涼夜深，神思空飛越。」

〔四〕卯酒：早晨喝的酒。唐白居易《府西池北新葺水齋即事招賓偶題十六韻》：「午茶能散睡，卯酒善銷愁。」

【解　析】

此曲描寫女子顧影自憐、知音難覓之態。

香柳娘

恰朦朧睡著，恰朦朧睡著，被誰驚覺？鷓鴣啼斷黄陵廟〔一〕。爲情人去杳，爲情人去杳。淚染紫雲高〔二〕，夢逐青山悄。把湘靈舊瑟〔三〕，把湘靈舊瑟，再向風前鼓調。這哀怨聽來自曉。

【箋注】

〔一〕鷓鴣：鳥名，形似雌雉，爲南方留鳥。五月飛鳴，鳴聲似喚「行不得也哥哥」，遊子聞而思歸，故常用以表現鄉愁。黄陵廟：在湖南湘陰縣北，祭祀舜之二妃。《水經注·湘水》：「湖水西流，逕二妃廟南，世謂之黄陵廟也。」

〔二〕紫雲：紫色雲。《南史·宋文帝本紀》：「景平初，有黑龍見西方，五色雲隨之。二年，江陵城上有紫雲。望氣者皆以爲帝王之符，當在西方。」唐李白《古風》：「東海沉碧水，西關乘紫雲。」

〔三〕湘靈舊瑟：天寶十載進士科試《湘靈鼓瑟》詩。語出《楚辭·遠遊》：「使湘靈鼓瑟兮，令海若舞馮夷。」相傳湘靈善鼓瑟。唐顧況《義川公主挽詞》：「弄玉吹簫後，湘靈鼓瑟時。」湘靈，湘水之神，即湘妃，指娥皇、女英。見本卷《步步嬌·夏景》之《醉扶歸》注〔一〕。瑟，樂器名。形似琴，二十五絃，每絃有一柱。

【解析】

此曲寫相思之苦，頗爲纏綿典雅。開頭三句提起「驚覺」，第四句作答，好像是「鷓鴣啼斷黄陵廟」的淒苦之聲。接下來「爲情人去杳」四句，緊扣黄陵廟鋪叙，最後四句揭曉這使人「驚覺」之聲原來是「湘靈舊瑟」。全曲抒情狀聲，極盡纏綿悱惻之能事。

尾

冰霜枯盡江南草，未得離鸞返舊巢〔一〕，浩氣長吁天地老。

【箋注】

〔一〕離鸞：喻指女子失偶。宋王炎《木蘭花慢》（緗桃花樹下）：「念鏡裏琴中，離鸞有恨，別鵠無情。」

黄鶯兒

殘月照妝樓，靜悄悄①，燕子愁。滿庭芳草黄昏後，王孫浪遊，光陰水流，梨花冷淡和人瘦。夢悠悠，銅壺滴漏〔一〕，孤枕四更頭。

【校記】

①「靜悄悄」，何本作「静闇闇」。

【題解】

這組小令替閨中女子代言，抒寫其對遠遊於外的心上人的思戀之情。上古本題爲「黄鶯兒十二闋」，後十一首均無「前腔」之題。

【箋　注】

〔一〕銅壺滴漏：古代滴水計時的儀器。

【解　析】

此曲寫閨怨。其中「梨花冷淡和人瘦」是神來之筆，從李清照「人比黄花瘦」化出，而又讓人聯想到白居易的「梨花一枝春帶雨」。

前腔

羅袖怯春寒，對飛花，淚眼漫。無心拈弄閑簫管〔一〕，塵蒙鏡鸞〔二〕，愁埋枕珊，蘼蕪草緑王孫遠〔三〕。倚雕闌，叮嚀魚雁〔四〕，風水路途難。

【箋　注】

〔一〕拈弄：猶把玩。宋劉克莊《賀新郎》（此腹元空洞）：「這鼓笛、休休拈弄。」

〔二〕鏡鸞：喻女子失偶或夫婦分離。參見本卷《步步嬌·夏景》之《皂羅袍》注〔二〕。唐李商隱《鸞鳳》：「舊鏡鸞何處，衰桐鳳不棲。」

〔三〕「蘼蕪」句：謂望遠思人。蘼蕪，即蘼蕪，又名江蘺，香草名。漢古詩有《上山採蘼蕪》，描寫棄婦之痛苦。

〔四〕叮嚀：猶丁寧，一再囑咐。宋蔡伸《滿庭芳》（鸚鵡洲邊）：「還是匆匆去也，重携手、密語叮嚀。」

【解　析】

此曲無非抒寫相思之苦、音書難托，略顯淺白直露。

前腔

蝴蝶杏園春，惜芳菲，紅袖人。東風九十愁纏病〔一〕，羅衣懶熏，蟬蛾懶簪一作檀娥漫顰，煙波魚鳥無音信。夜黄昏，空庭細雨，燈影伴孤身。

【箋　注】

〔一〕東風九十：指春季。春季三個月約九十天。

【解　析】

此曲主旨是傷春，後三句明顯從宋李清照《聲聲慢》（尋尋覓覓）結尾「梧桐更兼細雨，到黄昏、點點滴滴。這次第，怎一個、愁字了得」脱化而來。

前腔

疎雨滴梧桐〔一〕，聽秋聲，萬籟風。孤衾夜永相思重〔二〕，樓頭怨鴻，牀頭亂蛩，啾啾唧唧驚芳夢。待朦朧，相逢未已，無奈五更風①。

【校　記】

①「五更風」，何本作「五更鐘」。

【箋　注】

〔一〕「疏雨」句：用唐孟浩然《句》「微雲淡河漢，疏雨滴梧桐」、宋張元幹《眼兒媚》「蕭蕭疏雨滴梧桐」成句。

〔二〕孤衾：喻獨宿。南朝梁柳惲《擣衣詩》：「孤衾引思緒，獨枕愴憂端。」

【解　析】

此曲抒寫相思之苦，因五更風而驚夢，以致夢中「相逢未已」。遣詞用意都無新意。

前腔

無語想芳容〔一〕，滿春衫，淚漬紅〔二〕。征衣遠寄郎珍重，凄涼萬種，關山幾重？都成一樣相思夢。覷長空，鵝毛碎剪，迷斷九疑峰〔三〕。

【箋　注】

〔一〕芳容：美好的姿態。宋柳永《錦堂春》（墜髻慵梳）：「把芳容整頓，恁地輕孤，爭忍心安。」

〔二〕淚漬紅：化用「紅淚」的典故。形容極度悲傷。參見本書卷三《咏美人八首・昭君琵琶》注〔二〕。唐白居易《離别難》：「不覺别時紅淚盡，歸來無淚更霑巾。」

〔三〕迷斷九疑峰：用娥皇、女英爲舜帝殉情事。參見本卷《步步嬌・夏景》之《醉扶歸》注〔一〕。唐元稹《奉和竇容州》：「斑竹初成二妃廟，碧蓮遥聳九疑峰。」

【解　析】

此曲敷衍征衣寄遠的相思故事，用意遣句都一般。

黄鶯兒　咏美人浴

衣褪半含羞，似芙蓉〔一〕，怯素秋〔二〕。重重濕作胭脂透〔三〕，桃花在渡頭〔四〕，紅葉在御溝〔五〕，風流一段誰消受？粉痕流，烏雲半軃〔六〕，撩亂倩郎收。

【題　解】

此曲寫女子洗浴情景，用詞浮艷華美，有宫體詩影響的痕跡。

【箋　注】

〔一〕芙蓉：荷花。

〔二〕素秋：秋季。唐徐堅《初學記》卷三《歲時部》：「梁元帝《纂要》曰：『秋曰白藏，亦曰收成，亦曰三秋、九秋、素秋、素商、高商。』」唐杜甫《秋興八首》之六：「瞿唐峽口曲江頭，萬里風煙接素秋。」

〔三〕胭脂透：喻女子的眼淚浸染過。胭脂，女子化妝用的一種紅色顏料。宋陳德武《玉蝴蝶·雨中對紫薇》：「鮫綃帕上，珠懸紅淚，水洗胭脂。」

〔四〕「桃花」句：似指桃葉渡，在今江蘇南京秦淮河畔。相傳因晋王獻之在此送別愛妾桃葉而得名。《樂府詩集·清商曲辭·吴聲歌曲·桃葉歌》郭茂倩題解引《古今樂録》：「《桃葉歌》者，晋王子敬之所作也。桃葉，子敬妾名。緣於篤愛，所以歌之。」《隋書·五行志》：「陳時，江南盛歌王獻之《桃葉》之詞曰：『桃葉復桃葉，渡江不用楫。但渡無所苦，我自迎接汝。』」

〔五〕「紅葉」句：用紅葉題詩事。此事見於諸種唐宋小説，事大體同，人物各異。唐范攄《雲溪友議》卷下：「盧渥舍人應舉之歲，偶臨御溝，見一紅葉，命僕搴來。葉上乃有一絶句，置於巾箱，或呈於同志。及宣宗既省宮人，初下詔，許從百官司吏，獨不許貢舉人。渥後亦一任范陽，獲其退宮人，睹紅葉而吁嗟久之，曰：『當時偶題隨流，不謂郎君收藏巾篋。』驗其書，無不訝焉。詩曰：『水流何太急，深宮盡日閒。慇懃謝紅葉，好去到人間。』」

〔六〕烏雲：指女子的頭髮。宋蔡伸《驀山溪》（疏梅雪裏）：「晚來特地，酌酒慰幽芳，携素手，摘纖枝，插向烏雲鬢。」軃（duǒ）：垂，下垂。亦作「嚲」。

【解　析】

此曲屬於艷曲一類，咏美人浴後媚態。

二郎神

人不見，奈料峭東風送曉寒〔一〕。正雨散雲收春夢斷。鴛衾鳳枕，怎消受空房虛幔？可是煙花緣分慳？託誰行遞情傳簡〔二〕？整雲鬟，對菱花〔三〕，教人怕見愁顏！

【題　解】

這一套曲由九隻曲子組成，在春日景物的描寫中，展現女子對情郎的思念、盼望、怨恨等複雜的情感。上古本「二郎神」曲牌前有「緑窗春思」題。

【箋　注】

〔一〕料峭：形容春天的微寒。宋蘇軾《陳州與文郎逸民飲別攜手河堤上作此詩》：「春風料峭羊角轉，河水渺綿瓜蔓流。」

〔二〕誰行（háng）：猶誰那兒。宋周邦彦《少年遊·商調》：「低聲問向誰行宿，城上已三更。」行，表處所，猶這裏、那裏。

〔三〕菱花：指鏡子。古以銅爲鏡，映日則發光影如菱花，故名。宋陸佃《埤雅·釋草·淩》：「舊説，鏡謂之淩華，以其面平，光影所成如此。」《善齋吉金録》有唐菱花鏡拓本，形圓，花紋作獸形，旁有五言詩，首句「照日菱花出」語出北周庾信《鏡賦》「照日而壁上菱生」句。唐楊凌《明妃怨》：「匣中縱有菱花鏡，羞對單于照舊顏。」

前腔

堪憐桃腮紅損〔一〕，眉山翠偃〔二〕。揾不住汪汪含淚眼。爭知薄倖〔三〕，曾思念鵠寡鸞單〔四〕，牆角梅花落已殘。冷清清和誰作伴？恨漫漫，强登樓，無言獨倚朱闌。

【箋注】

〔一〕桃腮紅損：是説容顏的美麗在減退。桃腮，形容女子粉紅色的臉頰。宋易祓《喜遷鶯·春感》：「見杏臉桃腮，胭脂微透。」

〔二〕眉山：喻指女子的秀眉。漢劉歆《西京雜記》卷二：「文君姣好，眉色如望遠山。」唐韓偓《五更》：「繡被擁嬌寒，眉山正愁絶。」偃（yǎn）：散。

〔三〕爭知：怎知。唐崔塗《櫓聲》：「爭知江上客，不是故鄉來。」

〔四〕鵠寡鸞單：形容自己孤寂的境地。鸞單，猶孤鸞。

集賢賓

階前青草長舊斑，王孫何事不還？李白桃紅春已半，怪求友黄鶯相喚〔一〕。長籲短嘆〔二〕！對景物愁腸百段。淒涼限，知甚日情當完滿？

【箋　注】

〔一〕求友黃鶯：化用《詩·小雅·伐木》「嚶其鳴矣，求其友聲」的句意，喻指尋求志同道合之友。三國魏阮籍《咏懷詩》：「鳴鳥求友，《谷風》刺愆。」

〔二〕長籲短嘆：同長吁短嘆。元谷子敬《集賢賓·閨情·逍遥樂》：「則落的長吁短嘆，倒枕垂牀，廢寢忘食。」

前腔

相思相見難上難，如隔萬水千山。對月和風調鳳管〔一〕，恨交頸鴛鴦拆散〔二〕。心慵意懶，久拋却金針銀剪。簾不捲，羞睹著穿花雙燕。

【箋　注】

〔一〕鳳管：即笙。唐上官儀《八咏應制二首》之二：「且學鳥聲調鳳管，方移花影入鴛機。」

〔二〕交頸鴛鴦：喻指男女匹配，夫妻愛睦。典出漢司馬相如《琴歌》：「何緣交頸爲鴛鴦，胡頡頏兮共翱翔。」司馬相如與卓文君事參見本書卷三《咏美人八首·文君琴心》注〔一〕。宋万俟咏《芰荷香》（小瀟湘）：「款放輕舟鬧紅裏，有蜻蜓點水，交頸鴛鴦。」

黄鶯兒

偷把淚珠彈，怕傍人，冷眼看。落花滿地驚春晚，思昔枕邊，叨叨細言〔一〕，叮嚀久久心不變。怨天天〔二〕，將人阻隔，不遣共團圓。

【箋　注】

〔一〕叨叨：嘮叨不休。元查德卿《一半兒·擬美人八咏·春情》：「絮叨叨，一半兒連真一半兒草。」

〔二〕天天：重複呼天，猶言老天爺。元賈仲明《凌波仙·弔吴純卿》：「有學問多人貶妒，通性理甘貧晏居，天！天！其道何如。」

前腔

側耳聽啼鵑，灑花枝，似血鮮〔一〕。想應他也有别離怨，白日懶言，清宵懶眠〔二〕，心頭常掛著相思線。緑窗前，揮毫未寫，淚灑薛濤箋〔三〕。

【箋　注】

〔一〕「側耳」三句：用杜宇化爲杜鵑悲鳴事，形容哀痛之甚。見本卷《一剪梅二闋》（紅滿苔階緑滿枝）注〔二〕。唐白居易《琵琶引》：「其間旦暮聞何物，杜鵑啼血猿哀鳴。」

〔二〕清宵：淒清之夜。宋周邦彥《四園竹》（浮雲護月）：「雁信絶，清宵夢又稀。」

〔三〕薛濤箋：唐代歌妓薛濤所用的彩色小箋。參見本書卷三《咏美人八首·薛濤戲箋》題解。宋張炎《臺城路·寄姚江太白山人陳文卿》：「薛濤箋上相思字，重開又還重折。」

琥珀貓兒墜

風和日暖，又見柳飛綿〔一〕。攪亂愁懷凝望眼，幾時重續好姻緣？惟願天天，遣他心回早，整歸鞭〔二〕。

【箋注】

〔一〕「風和」二句：用宋李光《水調歌頭·清明俯近感嘆偶成寄子賤舍人》「園林春半風暖，花落柳飛綿」的句意。

〔二〕歸鞭：指驅馬歸家的馬鞭。唐司空圖《丁巳重陽》：「自賀逢時能自棄，歸鞭唯拍馬韉吟。」

前腔

看看春暮，緑暗更紅嫣〔一〕。天道又經一小變〔二〕，眼前明月幾時圓？悲怨紅顔薄命，多愁枉度流年！

【箋　注】

〔一〕「看看」二句：化用宋葛長庚《蝶戀花》「緑暗紅稀春已暮」的句意。

〔二〕「天道」句：謂季節變化，春去秋來。天道，節候。南朝梁沈約《八咏詩·解佩去朝市》：「天道有盈缺，寒暑遞炎涼。」

尾

把相思苦訴與天，想天心爲儂還見憐〔一〕。不信那薄倖的心腸石様堅。

【箋　注】

〔一〕天心：指上天之心。唐陳子昂《南山家園林木交映盛夏五月幽然清涼獨坐思遠率成十韻》：「忘機委人代，閉牖察天心。」

【解　析】

這一組套曲以怨婦口吻，訴相思之苦，雖然是套話，但不涉及邪淫，還屬典雅一路。

桂枝香　春情

相思如醉，一春憔悴。無端幾許閒愁，惱亂離人情緒。雲山萬疊〔一〕，雲山萬疊，阻隔那人何處〔二〕？使我心如懸旆〔三〕。望天涯草緑江南路，王孫歸未歸？

【題解】

這一套曲有五支曲子，描寫女子對情郎的思念之情與怨恨之意。

【箋注】

〔一〕雲山萬疊：謂高聳入雲的山巒層層疊疊。宋石孝友《醉落魄》（鸞孤鳳隻）：「雲山萬疊煙波急。短書頻寄征鴻翼。」

〔二〕那人：指自己思念之人。宋劉辰翁《浣溪沙·感別》：「欲與那人携素手，粉香和淚落君前。」

〔三〕懸旆：懸掛的旌旗。因其隨風飄蕩而喻心神不寧。北魏祖叔辨《千里思》：「憂來似懸旆，淚下若連珠。」

不是路

楊柳依依，懶上妝樓學畫眉，綉簾垂，瑣窗斜把熏籠倚，裙褪紅綃減玉肌〔一〕。傷情處，深沉庭院重門閉，十二闌干不語時〔二〕。留無計，杜鵑苦苦催春去，落花風細，落花風細。

【箋注】

〔一〕紅綃：紅色薄綢。唐白居易《琵琶引》：「五陵年少爭纏頭，一曲紅綃不知數。」減玉肌：謂人消瘦。

元王和卿《一半兒・題情》：「別來寬褪縷金衣，粉悴煙憔減玉肌。淚點兒只除衫袖知。」

〔二〕十二闌干：曲曲折折的欄杆。宋張先《蝶戀花》（臨水人家深宅院）：「樓上東風春不淺。十二闌干，盡日珠簾捲。」

長拍

燕燕于飛，燕燕于飛，差池其羽〔一〕。畫梁間雙來雙去〔二〕，又早清明天氣。滿目前綠瘦紅肥〔三〕，蠶箔吐新絲〔四〕，一似我柔腸萬千愁思。詩就迴文頭緒亂，羞得去整頓金梭織錦機〔五〕。他那裏想已是賦歸與，敲斷了玉釵紅燭冷〔六〕，暗數歸期。

【箋注】

〔一〕燕燕于飛，差池其羽：用《詩・邶風・燕燕》成句，表傷別之情。《燕燕》序：「《燕燕》，衛莊姜送歸妾也。」鄭玄箋：「莊姜無子，陳女戴嬀生子名完，莊姜以爲己子。莊公薨，完立而州吁殺之。戴嬀於是大歸，莊姜遠送之于野，作詩見己志。」差（cī）池，參差不齊。南朝陳江總《宛轉歌》：「別燕差池自有返，離蟬寂寞詎含情。」

〔二〕畫梁：有彩飾的屋梁。唐盧照鄰《長安古意》：「雙燕雙飛繞畫梁，羅幃翠被鬱金香。」

〔三〕綠瘦紅肥：謂鮮花盛開，而綠葉尚未長成，此反用「綠肥紅瘦」之意。宋李清照《如夢令》（昨夜雨疏風驟）：「知否。知否。應是緑肥紅瘦。」

〔四〕蠶箔：養蠶用的竹篩或竹席。參見本書卷三《綺疏遺恨十首·蠶裏》注〔三〕。唐陸龜蒙《奉和襲美太湖詩二十首·崦裏》：「處處倚蠶箔，家家下魚筌。」

〔五〕金梭：金製之梭。亦爲梭的美稱。唐齊己《謝歐陽侍郎寄示新集》：「宫錦三十段，金梭新織來。」

〔六〕「敲斷」句：用宋鄭會《題邸間壁》「敲斷玉釵紅燭冷」句。玉釵，玉製之釵。亦指美女。宋高承《事物紀原》卷三《冠冕首飾部十四·玉釵》：「郭憲《洞冥記》曰：『漢武帝元鼎元年，有神女，留玉釵與帝，故宫人作玉釵。』」唐張祜《贈内人》：「斜拔玉釵燈影畔，剔開紅焰救飛蛾。」

短拍

翠館紅樓，翠館紅樓，丹山碧水，遠迢迢何處追隨？長記别離時，悵望斷雲殘靄，都認做渭城朝雨〔一〕。夢裏相逢少頃〔二〕，假埋冤懊悔心癡〔三〕。

【箋注】

〔一〕渭城朝雨：謂離别之情。源出唐王維《渭城曲》：「渭城朝雨浥輕塵，客舍青青柳色新。勸君更盡一杯酒，西出陽關無故人。」詩譜入樂府，以首二字「渭城」名曲，一作《送元二使安西》，成爲送别名作。後亦有稱王維原詩爲《渭城曲》者。唐崔仲容《贈歌姬》：「渭城朝雨休重唱，滿眼陽關客未歸。」渭城，古縣名，在今陝西咸陽東北二十里。漢改秦咸陽縣爲新城縣，旋又改爲渭城縣。

〔二〕少頃：一會兒，不多時。唐李商隱《七月二十八日夜與王鄭二秀才聽雨後夢作》：「少頃遠聞吹細管，聞聲不見隔飛煙。」

〔三〕埋冤：即埋怨。宋辛棄疾《南鄉子·舟中記夢》：「只記埋冤前夜月，相看，不管人愁獨自圓。」

尾

絞綃點點凝紅淚〔一〕，他見了恐教流涕，羅袖深藏只自知。

【箋注】

〔一〕絞綃：即鮫綃，神話中鮫人所織的紗絹。泛指絹帛。參見本書卷三《題畫八首》（秋老芙蓉一夜霜）注〔二〕。此指手帕。紅淚：用薛靈芸滴紅淚典故。

【解析】

此組套曲仍寫女性相思之苦，遣詞命意均乏新意，只《尾》之末句「羅袖深藏只自知」，有含蓄溫婉之致。

桂枝香 春情

東風寒峭〔一〕，纔識春光來到。慇懃點檢梅梢，早見南枝白了〔二〕。倩偷香浪蝶〔三〕，倩偷香浪蝶，應是未曾知曉，却在何方閑鬧？好良宵，羅浮夜半啼青鳥〔四〕，錯夢梨花燕語嬌〔五〕。

【題　解】

這一套曲有四支曲子，通過對變换的春景的描寫，抒發女子寂寞、傷感的春情。景物清雅，情感纏綿，情景交融。

【箋　注】

〔一〕寒峭：謂春寒料峭，形容寒氣逼人。宋高觀國《蘭陵王·春雨》：「春寒峭，吹斷萬絲，濕影和煙暗簾箔。」

〔二〕「慇懃」二句：是説急切地探察梅枝，發現向陽的枝頭花已盛開。慇懃，謂關注，急切。唐李遠《及第後送家兄遊蜀》：「若過嚴家瀨，慇懃看釣磯。」

〔三〕偷香：喻指女子愛悦男子或男子與女子私通。典出南朝宋劉義慶《世説新語·惑溺》：「韓壽美姿容，賈充辟以爲掾。充每聚會，賈女於青璅中看，見壽，説之。恒懷存想，發於吟咏。後婢往壽家，具述如此，並言女光麗。壽聞之心動，遂請婢潛修音問。及期往宿。壽蹻捷絶人，踰牆而入，家中莫知。……後會諸吏，聞壽有奇香之氣，是外國所貢，一著人則歷月不歇。充計武帝唯賜己及陳騫，餘家無此香，疑壽與女通……充乃取女左右婢考問，即以狀對。充秘之，以女妻壽。」宋李清照《多麗·咏白菊》：「韓令偷香，徐娘傅粉，莫將比擬未新奇。」浪蝶：縱横飛舞的蝴蝶。南唐馮延巳《金錯刀》（日融融）：「鳩逐婦，燕穿簾，狂蜂浪蝶相翩翩。」此喻尋花問柳的浪蕩子弟。

〔四〕「羅浮」句：用趙師雄於梅樹下夢美人事。典出唐柳宗元《龍城録·趙師雄醉憩梅花下》：「隋開皇中，趙師雄遷羅浮。一日，天寒日暮，在醉醒間，因憩僕車於松林間酒肆傍舍，見一女人，淡妝素服，出迓師雄。……師雄喜之，與之語。但覺芳香襲人，語言極清麗。」二人對飲，師雄醉寐，待東方既白，「乃在大梅花樹下，上有翠羽啾嘈相須」。

〔五〕「錯夢」句：是説像趙師雄一樣做了一個美夢，却錯把梅花夢成梨花，花間燕語婉轉動聽。

前腔

春花滿眼，數不盡紅深紫淺〔一〕。曉來風度湘簾〔二〕，嬌怯鶯聲流囀。喚起春情萬千，喚起春情萬千，點點有誰消遣〔三〕？空把雕闌倚遍。悄無言，啼殘玉頰芳容減〔四〕，拋却金針懶去拈。

【箋注】

〔一〕紅深紫淺：形容春花色彩豐富艷麗。宋王義山《唱》（龍樓日永）：「奇香噴，階前芍藥，頻繁紅深紫淺。」

〔二〕湘簾：謂用湘妃竹做的簾子。宋周密《木蘭花慢·蘇堤春曉》：「恰芳菲夢醒，漾殘月、轉湘簾。」

〔三〕消遣：消磨，排遣。宋葛郯《念奴嬌·和人》：「憑欄搔首，爲誰消遣愁目。」

〔四〕玉頰：喻美麗的臉頰。多指女子容顔。唐戴叔倫《早春曲》：「玉頰啼紅夢初醒，羞見青鸞鏡中影。」

前腔

殘紅滿地，又是春將歸去。可憐一夜東風，吹落桃花千樹。那愁蜂怨蝶〔一〕，那愁蜂怨蝶，孤負尋香情緒〔二〕，空逐飄飄飛絮。滿天涯，無端芳草迷行騎〔三〕，難挽韶光住片時〔四〕。

【箋　注】

〔一〕愁蜂怨蝶：謂心生愁怨的狂蜂浪蝶。比擬手法。

〔二〕孤負：猶辜負。

〔三〕迷行騎：謂遮掩了遠行者的蹤跡。行騎，指行走的馬。唐韓翃《送李侍御歸宣州使幕》：「山色隨行騎，鶯聲傍客衣。」

〔四〕韶光：美好時光。常指春光。宋趙長卿《瑞鶴仙・暮春有感》：「嘆韶光漸改，年華荏苒，舊歡如昨。」

前腔

子規啼切，空叫東風寒夜〔一〕。春光已去多時，猶道不如歸也〔二〕。故添人怨嗟〔三〕，故添人怨嗟，不念我芳容消怯，愁對孤燈明滅。月初斜，聽殘玉漏聲將歇，欲夢陽臺路轉賒〔四〕。

【箋　注】

〔一〕「子規」二句：是説杜鵑在春風吹拂、寒意襲人的夜晚空自悲啼。子規啼切，用杜宇化爲杜鵑悲鳴事，形容哀痛之甚。

〔二〕「猶道」句：是說杜鵑依然叫著「不如歸去」。

〔三〕怨嗟：怨恨與嘆息。唐杜甫《古柏行》：「志士幽人莫怨嗟，古來材大難爲用。」

〔四〕「月初斜」三句：是說明月西斜，聽著計時的漏壺逐漸滴盡的聲音，想在夢中與他歡會的路途竟如此遥遠。玉漏，古代滴水計時的儀器。見本書卷三《咏雞聲》注〔二〕。夢陽臺，用巫山神女事。見本書卷三《題花陣圖八首》（夜雨巫山不盡歡）注〔一〕。賒，長，遠。

【解　析】

此組套曲仍是以女子口吻叙說相思之苦，從「春光來到」，寫到「春花滿眼」，再到「春光已去多時」，立意行文，都無出新。

好事近　春情

雲雨杳無踪，一春靜守房櫳〔一〕。無風庭院，清晝自飛殘紅。愁濃，奈有千頭萬緒，堆積處都在眉峰〔二〕。針慵拈弄〔三〕，料薄倖秦樓迷戀，何日相逢？

【題　解】

這一套曲有五支曲子，以春天爲背景，描寫女子百無聊賴的生活和無法與情郎相聚的愁怨。

【箋　注】

〔一〕房櫳：窗户。唐王維《桃源行》：「月明松下房櫳静，日出雲中雞犬喧。」

〔二〕眉峰：指眉頭。宋張元幹《眼兒媚》（蕭蕭疏雨滴梧桐）：「離愁遍繞，天涯不盡，却在眉峰。」

〔三〕拈弄：猶把玩。

錦纏道

絮濛濛〔一〕，似冤家全無定踪。奴惜念怪東風淚緘封〔二〕，欲傳心事，奈没鱗鴻。望關山千里萬里，知他共誰泛金鍾〔三〕？何處繫青驄？畢竟珠圍翠擁〔四〕，抛奴寂寞中。帳底雙鴛被，羞將龍腦夜熏籠〔五〕。

【箋　注】

〔一〕絮濛濛：模糊不明貌。宋蔣捷《探春令》（玉窗蠅字記春寒）：「芳心一點天涯去。絮濛濛遮住。」

〔二〕緘（jiān）封：即封。唐賈島《送劉式洛中覲省》：「便寄相思札，緘封花下開。」

〔三〕泛金鍾：謂斟滿酒盞。宋盧炳《水調歌頭·題蒲圻景星亭上慕容宰》：「主人賢，開綺席，泛金鍾。」泛，水滿貌。金鍾，本指黄金所製之鍾，亦美稱鍾。此猶金尊，金製之酒器。

〔四〕珠圍翠擁：原指華貴的裝飾。元高明《琵琶記》第十九齣〔傳言玉女〕：「燭影摇紅，簾幕瑞煙浮動，畫堂中珠圍翠擁。」此喻指在花柳叢中厮混。珠、翠，借指煙花女子。

〔五〕龍腦：指龍腦香，香木名。熱帶所産喬木，高達百七十尺餘。明李時珍《本草綱目·木部·龍腦香》集解云：「時珍曰：『龍腦香，南番諸國皆有之。』」唐戴叔倫《早春曲》：「博山吹雲龍腦香，銅壺滴愁更漏長。」

普天樂

繡幃空〔一〕，難爲夢。病染懨懨重，説消瘦鸚鵡在朱籠。妝臺上，寶鏡塵蒙，香雲鬢蓬〔二〕。又誰知因他臂釧金鬆〔三〕？

【箋注】

〔一〕繡幃：采繡之帳。宋仇遠《憶舊遊》（對庭蕪黯淡）：「憶繡幃貪睡，任花梢晨影，移上簾鉤。」

〔二〕香雲：指女子鬢髮。見本書卷三《弄花香滿衣》注〔二〕。

〔三〕臂釧金鬆：形容因愁苦而消瘦。元關漢卿《古調石榴花·怨别》：「懨懨爲他成病也，鬆金釧，褪羅衣。」釧，手鐲。

古輪臺

月溶溶〔一〕，雕闌猶倚又昏鐘。隔花香霧縈，簾重鞦韆不動〔二〕，影漸過牆東。添我悶懷百種，往日歡娛，盡成憂怨，當初易匆匆。酒冰銀甕摘花浸〔三〕，强把愁攻。更闌人靜篆消猊〔四〕，叨漏聲遲送〔五〕。褥冷繡芙蓉，無人共坐陪，絳燭燼春紅。

【箋注】

〔一〕溶溶：形容月光蕩漾。南唐馮延巳《虞美人》（春山拂拂横秋水）：「楊花零落月溶溶，塵掩玉筝絃柱，畫堂空。」

〔二〕鞦韆：遊戲用具。於木架上懸掛兩繩，下拴横板。玩者雙手握繩，在横板上或站或坐，使之前後擺動。相傳春秋齊桓公時自北方山戎傳入，一説起源於漢武帝時。五代王仁裕《開元天寶遺事》卷下：「天寶宫中，至寒食節，競豎鞦韆，令宫嬪輩戲笑，以爲宴樂。」唐王維《寒食城東即事》：「蹴踘屢過飛鳥上，鞦韆競出垂楊裏。」

〔三〕銀甕：銀質盛酒器。亦指祥瑞之物。唐徐堅《初學記》卷二七《寶器部》：「《瑞應圖》曰：『王者宴不及醉，刑罰中，人不爲非，則銀甕出。』」唐杜甫《洗兵馬》：「不知何國致白環，復道諸山得銀甕。」

〔四〕更闌人靜：謂夜將近，無人聲，一片寂靜。宋葛郯《念奴嬌》（年來衰懶）：「更闌人靜，此聲今在何處。」更，舊時夜間計時的單位。一夜分爲五更，每更約兩小時。闌，盡，終。見本卷《步步嬌·冬景》之《皂羅袍》注〔三〕。篆：喻指盤香。宋黄庭堅《畫堂春·年十六作》：「寶篆煙消龍鳳，畫屏雲鎖瀟湘。」猊，狻猊，即獅子，此指香爐。宋曹勛《安平樂·聖節》：「正金屋妝成，翠圍紅繞，香靄高散狻猊。」

〔五〕漏聲：計時漏壺中的水滴聲。漏，漏壺，古代滴水計時的儀器。

尾

相思債，無盡窮。最苦是孤凰求鳳〔一〕，目斷天涯芳草濃。

【箋　注】

〔一〕「最苦」句：是説最痛苦的是孤單女子祈求男子的愛情。凰，雌性。鳳，雄性。此分別代指女子、男子。

【解　析】

此組套曲寫「孤凰求鳳」，仍寫女子相思之苦。雖無甚新意，但《古輪臺》一曲描寫尚細緻，文詞也典雅。

步步嬌

滿目繁華春將半，回首情無限，西樓晝捲簾。芳草萋萋〔一〕，野花撩亂，斜倚畫闌杆，把江南雲樹相思遍。

【題　解】

這一套曲有十一支曲子，描寫春天的景色，突出女子的孤獨寂寞、刻骨思念和對負心郎的怨恨及渴盼之情。上古本「步步嬌」前注「缺題」二字。

【箋　注】

〔一〕萋萋：草木茂盛貌。語出《楚辭・招隱士》：「王孫遊兮不歸，春草生兮萋萋。」唐崔顥《黃鶴樓》：「晴川歷歷漢陽樹，春草萋萋鸚鵡洲。」

忒忒令

理冰弦將離懷自遣〔一〕，未彈時意慵心倦〔二〕。詞調短，寫不盡心中愁怨。空冷燼玉爐煙。又早見風兒細，月兒明，花陰半轉〔三〕。

【箋　注】

〔一〕冰絃：琴絃的美稱。

〔二〕意慵心倦：謂心情消沉怠倦。亦作「意慵心懶」。元高明《琵琶記》第二十二齣〔前腔〕（〔桂枝香〕）：「非彈不慣，只是你意慵心懶。」

〔三〕花陰半轉：喻日影移動。宋郭應祥《點絳唇・王園次施尉韻》：「縱飲筠溪，日午花陰轉。」花陰，指被花叢遮蔽不見光處。

園林好

只爲他蘭香懶燃〔一〕，只爲他金針懶拈，只爲他被姊妹每輕賤。只爲他意懸懸〔二〕，只爲他恨綿綿〔三〕！

【箋　注】

〔一〕蘭香：澤蘭。是與麝香一樣高貴的香料，古時用來熏香。宋洪芻《香譜·蘭香》：「一名水香，生大吴地池澤。葉似蘭，尖長有歧，花紅白色而香。」

〔二〕懸懸：掛念。漢蔡琰《胡笳十八拍·第十四拍》：「身歸國兮兒莫知隨，心懸懸兮長如飢。」

〔三〕綿綿：連綿不斷貌。語出《詩·王風·葛藟》：「緜緜葛藟。」毛傳：「緜緜，長不絶之貌。」古樂府《飲馬長城窟行》：「青青河畔草，綿綿思遠道。」

香柳娘

漸香消玉減〔一〕，漸香消玉減。青鸞羞見〔二〕，啼痕滴損桃花面。怕黄昏到也，怕黄昏到也，衾冷倩誰温，枕孤有誰伴？自長吁短嘆，自長吁短嘆。心兒暗思，口兒頻念。

【箋　注】

〔一〕香消玉減：喻女子日漸消瘦。宋向滈《菩薩蠻》（雲屏月帳孤鸞恨）：「雲屏月帳孤鸞恨。香消玉減無人問。」亦作「香銷玉減」「玉減香消」等。

〔二〕青鸞：指鏡子。唐徐夤《上陽宫詞》：「妝臺塵暗青鸞掩，宫樹月明黄鳥啼。」

好姐姐

可憐正淒涼未眠，冷清清把紗窗半掩。更長夢短〔一〕，使人愁悶添。真堪怨。冤家到把誰迷戀？不記得花前月下言。

【箋　注】

〔一〕更長：謂夜長。更，舊時夜間計時的單位。宋賀鑄《燭影搖紅》（波影翻簾）：「惆悵更長夢短。但衾枕、餘芬賸暖。」

雙蝴蝶

恨天，嘆紅顔多命蹇〔一〕，恨天，負心的音信遠。捱不過夜如年〔二〕，寬褪了兩行金釧〔三〕。恨天，杳没個便人兒將心事傳，恨天，空教我卜金錢〔四〕，眼望穿。

【箋　注】

〔一〕命蹇（jiǎn）：命運不濟，命不好。唐司空圖《偶書五首》之三：「只緣命蹇須知命，卻是人爭阻得人。」

〔二〕捱不過：捱度不過。元蘭楚芳《願成雙・春思・幺篇》：「看看的捱不過如年長夜，好姻緣惡間諜。」

〔三〕「寬褪」句：形容因愁苦而消瘦。元白樸《得勝樂》（獨自寢）：「六幅羅裙寬褪，玉腕上釧兒鬆。」寬褪，謂因瘦損而覺衣服肥大。元關漢卿《碧玉簫》（盼斷歸期）：「一搦腰圍，寬褪素羅衣。」金釧，手鐲。

〔四〕卜金錢：一種卜術。以擲銅錢求卦爻，測吉凶。宋李彭老《生查子》（羅襦隱繡茸）：「心事卜金錢，月上鵝黃柳。」

玉抱肚

薄情心變，頓忘却香囊翠鈿〔一〕。只爲他假話虛言，哄得人意惹情牽〔二〕。朝思暮想病懨懨，只落得瘦怯怯〔三〕，花容不似前。

【箋　注】

〔一〕香囊：裝有香草或香料的荷包。《晉書·謝安傳》：「玄少好佩紫羅香囊，安患之，而不欲傷其意，因戲賭取，即焚之，於此遂止。」唐李叔卿《江南曲》：「郗家子弟謝家郎，烏巾白袷紫香囊。」翠鈿：翠玉所製首飾。前蜀李珣《西溪子》：「金縷翠鈿浮動，妝罷小窗圓夢。」

〔二〕意惹情牽：謂招引情感的牽掛。元關漢卿《杜蕊娘智賞金綫池》第四折《川撥棹》：「若是俺福過災纏，空意惹情牽。」

〔三〕瘦怯怯：謂身體消瘦虛弱。元貫雲石《一枝花·離悶·尾聲》：「綉牀又倦攀，梳妝又意懶，瘦怯怯裙腰兒旋旋的攢。」

玉交枝

時光似箭，送青春催著少年。看雙雙花底鶯和燕，怎教人獨睡孤眠？他在紅樓翠幙醉管絃〔一〕，更不念我寒燈暮雨空腸斷。訴不盡離愁萬千！訴不盡淒涼萬千！

【箋　注】

〔一〕紅樓翠幙：指風月場、妓院。又作「紅樓翠幕」。唐羅隱《廣陵開元寺閣上作》：「紅樓翠幕知多少，長向東風有是非。」翠幙，即翠幕。見本書卷三《題自畫山水詩七首》（柳沉霧氣濛濛濕）注〔一〕。此指風月場。

川撥棹

尋思遍，恨冤家忒行淺〔一〕。不記得海誓山盟〔二〕，不記得羅幃鳳鸞〔三〕，不記得錦屏前，不記得枕兒邊。

【箋　注】

〔一〕忒：太過。

〔二〕海誓山盟：指山海爲盟誓。極言相愛之深，堅定不移。宋辛棄疾《南鄉子·贈妓》：「別淚没些些，海誓山盟總是賒。」

〔三〕羅幃：羅帳。唐魚玄機《閨怨》：「扃閉朱門人不到，砧聲何事透羅幃。」鳳鸞：喻佳偶。元劉庭信《寨兒令·戒嫖蕩》：「揉損衣襟，不藉寒衾，鴛枕上鳳鸞吟。」

僥僥令

蒼天還念我，再結此生緣。有日相逢重歡忭〔一〕，把好話綢繆春晝短〔二〕。

【箋　注】

〔一〕歡忭（biàn）：喜悦，歡樂。唐薛逢《元日樓前觀仗》：「欲識普恩無遠近，萬方歡忭一聲雷。」

〔二〕綢繆：猶纏綿，謂情意深厚。唐郭元振《子夜四時歌六首·秋歌》：「與子結綢繆，丹心此何有。」

尾

慇懃寄與南來雁〔一〕，使情人心回意轉〔二〕，花再芳菲月再圓。

【箋　注】

〔一〕南來雁：從北方飛來的大雁。喻指南來的信使。唐杜牧《贈獵騎》：「憑君莫射南來雁，恐有家書寄遠人。」

〔二〕心回意轉：重新考慮，改變舊之想法、態度。亦作「回心轉意」。語出宋朱熹《朱子語類·訓門人·五》：「且人一日間，此心是起多少私意，起多少計較，都不會略略回心轉意去看。」元蕭德祥《楊氏女殺狗勸夫》第四折：「纔得他心回意轉，重和好復舊如初。」

【解　析】

此組套曲仍爲描寫女子相思之苦，不過因爲曲牌格律多重句迭句，於是造成了纏綿往復的情致。如《雙蝴蝶》數落「恨天」，一唱三嘆，別具風韻。

步步嬌

滿地梨花重門掩，不覺春過半，荼蘼香夢寒〔一〕。風雨黄昏，寂寥庭院。美景對誰言？多應負却看花眼〔二〕。

【題　解】

這一套曲有七支曲子，嘆息春光流逝、人難相守。上古本「步步嬌」前注「缺題」二字。

【箋　注】

〔一〕「滿地」三句：化用宋鄭會《題邸間壁》「酴醾香夢怯春寒，翠掩重簾燕子閒」的句意。重門，層層門户。見本書卷三《宫詞》注〔一〕。荼縻（mí），植物名。春末、初夏開白花，有香氣。亦作「酴醿」。或「荼蘼」。宋李彭老《青玉案》（楚峰十二陽臺路）：「荼蘼開盡，舊家池館，門掩風和雨。」

〔三〕「多應」句：化用宋馬子嚴《賀新郎》（客裏傷春淺）「辜負了，看花眼」的句意。

孝順歌

長生術〔一〕，何處傳？桃花笑人不似前，何事損朱顔？何事鎖春山〔二〕？恩多成怨，悔不當初莫識風流面。比翼肩〔三〕，並蒂蓮〔四〕。物尚然，人苦不團圓。

【箋注】

〔一〕長生術：指道家令生命長存的方法。唐沈佺期《同工部李侍郎適訪司馬子微》：「長生術何妙，童顔後天老。」

〔二〕春山：喻指女子的秀眉。參見本卷《二郎神·前腔》（堪憐桃腮紅損）注〔二〕。唐李商隱《代董秀才却扇》：「莫將畫扇出帷來，遮掩春山滯上才。」

〔三〕比翼肩：謂像鳥之比翼雙飛那樣並肩。比翼，傳説有鳥名比翼，只有一目一翼，雌雄相並乃飛。《爾雅·釋地》：「南方有比翼鳥焉，不比不飛，其名謂之鶼鶼。」《山海經·海外南經》：「比翼鳥在其東，其爲鳥青、赤，兩鳥比翼。一曰在南山東。」後以喻夫妻親密和諧。唐白居易《長恨歌》：「在天願作比翼鳥，在地願爲連理枝。」

〔四〕並蒂蓮：亦稱「並頭蓮」。清陳淏子《花鏡》：「（並頭蓮）紅白俱有，一幹兩花。」因用以喻好夫妻。宋吳文英《夜行船·贈趙梅壑》：「並蒂蓮開，合歡屏暖，玉漏又催朝早。」

香柳娘

正朦朧睡酣，正朦朧睡酣。被鶯聲喚轉，枕痕一線紅香淺〔一〕。嘆四肢嬌軟，嘆四肢嬌軟。懶把繡針拈，慵將畫簾捲。對蒼天暗占，對蒼天暗占，相逢未便，淒涼未滿。

【箋　注】

〔一〕紅香：紅花香。唐王周《問春》：「遊絲垂幄雨依依，枝上紅香片片飛。」此指色紅而香的脂粉。

園林好

你趁著青春少年，我落得酸心苦膽，也只是命遭孤艱①。空淚滴，濕青衫。枉寫恨，滿華緘〔一〕。

【校　記】

①「孤艱」，何本作「孤限」。

【箋　注】

〔一〕華緘：對來信的美稱。

江兒水

鬢軃釵頭鳳〔一〕，塵蒙鏡裏鸞〔二〕。殘脂剩粉無心管。想前春故燒高燭把紅妝翫，記昔年同行，明月把芙蓉看。今日畫眉人遠〔三〕，冷透香羅，無奈東風翦翦①〔四〕。

【校　記】

①「翦翦」，何本作「剪剪」。

【箋　注】

〔一〕軃（duǒ）：垂，下垂。釵頭鳳：插於髮髻的鳳形釵。唐無名氏《擷芳詞》（風搖蕩）：「都如夢，何曾共，可憐孤似釵頭鳳。」

〔二〕鏡裏鸞：喻女子失偶自傷或夫婦分離。

〔三〕畫眉人：指張敞。亦指夫婿。《漢書·張敞傳》：「又爲婦畫眉，長安中傳張京兆眉憮。有司以奏敞。上問之，對曰：『臣聞閨房之内，夫婦之私，有過於畫眉者。』上愛其能，弗備責也。然終不得大位。」憮，通「嫵」。媚好。後因以「畫眉」喻夫妻恩愛。

〔四〕翦翦：形容風輕而帶寒意。唐韓偓《夜深》：「惻惻輕寒翦翦風，小梅飄雪杏花紅。」

僥僥令

病從愁裏得，愁向病中添。萬種情懷誰排遣？只得對青燈淹淚眼〔一〕，背夭桃含淚眼〔二〕。

【箋注】

〔一〕青燈：孤單的燈光顯得青瑩，故曰青燈。宋范成大《三登樂》（一碧鱗鱗）：「對青燈、獨自嘆，一生羈旅。」

〔二〕夭桃：艷麗的桃花。語出《詩·周南·桃夭》：「桃之夭夭，灼灼其華。」宋曾鞏《南湖行》之二：「蒲芽荇蔓自相依，躑躅夭桃開滿枝。」亦喻少女容顏美麗。唐崔珏《有贈》之二：「兩臉夭桃從鏡發，一眸春水照人寒。」

尾

韶華贏得傷春怨〔一〕，撫枕懷人魂夢牽，留得飛花泣杜鵑。

【箋注】

〔一〕韶華：美好時光。常指春光。唐戴叔倫《暮春感懷》：「東皇去後韶華盡，老圃寒香別有秋。」

【解　析】

此組套曲寫傷春懷遠，語言典雅，但曲意未能出新。

步步嬌

花落花開，不管流年度，誰與花爲主？傷心聽杜宇〔一〕。人面桃花〔二〕，甚時完聚？有意送春歸，無計留春住〔三〕。

【題　解】

這一套曲有九支曲子，以初夏爲背景，感嘆時光流逝，渴盼佳偶成雙。上古本「步步嬌」前注「缺題」二字。

【箋　注】

〔一〕杜宇：即杜鵑。鳴聲淒苦。

〔二〕人面桃花：形容女子貌美。或爲男女邂逅鍾情，隨即分離後，男子追思舊事之典。唐孟棨《本事詩·情感》：「博陵崔護，資質甚美，而孤潔寡合。舉進士下第。清明日，獨遊都城南，得居人莊。一畝之宫，而花木叢萃，寂若無人。扣門久之，有女子自門隙窺之，問曰：『誰耶？』以姓字對，曰：『尋春獨行，酒渴求飲。』女以杯水至，開門設牀命坐，獨倚小桃斜柯佇立，而意屬殊厚，妖姿媚態，綽有餘妍。崔以言挑之，不對，目注者久之。崔辭去，送至門，如不勝情而入。崔亦眷盼而歸，嗣後絶不復至。及來歲清明日，忽思之，情不可抑，徑往尋之，門牆如故。而已鎖扃之。因題詩於左扉曰：『去年今日此門中，人面桃花相映紅。人面只今何處去，桃花依舊笑春風。』」後女子見此詩而病，絶食數日而死。宋袁去華《瑞鶴仙》（郊原初過雨）：「縱收香藏鏡，他年重到，人面桃花在否。」

〔三〕「有意」二句：用宋如晦《卜算子・送春》成句。詞曰：「有意送春歸，無計留春住。畢竟年年用著來，何似休歸去。　目斷楚天遥，不見春歸路。風急桃花也似愁，點點飛紅雨。」元薛昂夫《楚天遥過清江引》亦有此二句。

江兒水

雨過横塘路〔一〕，池萍漲緑波，紛紛柳絮隨風舞，紗窗幾陣黄梅雨〔二〕。圓荷葉小難擎露，景傍清和時序〔三〕。晝永人閒〔四〕，静掩緑窗朱户〔五〕。

【箋　注】

〔一〕横塘：在今江蘇蘇州市西南。宋范成大《横塘》：「年年送客横塘路，細雨垂楊繫畫船。」

〔二〕黄梅雨：夏初江淮流域雨期較長的連陰雨。因時值梅子黄熟，亦稱「梅雨」。唐韓偓《贈湖南李思齊處士》：「三春日日黄梅雨，孤客年年青草湖。」

〔三〕時序：猶時節。宋曹冠《喜遷鶯・上巳遊涵碧》：「艷陽時序。向祓禊芳辰，登臨仙府。」

〔四〕「晝永」句：語出宋蘇軾《哨徧・春詞》：「晝永人閒，獨立斜陽，晚來情味。」晝永，謂日長。

〔五〕朱户：泛指貴族宅第。宋蔡伸《清平樂》（明眸秀色）：「回首緑窗朱户，斷腸明月清風。」

園林好

人去遠，佳期未卜，暗倚遍闌干數曲。見池内鴛鴦交頸〔一〕，不似你命兒孤，偏似我命兒孤。

【箋注】

〔一〕鴛鴦交頸：喻指男女匹配，夫妻愛睦。

川撥棹

碧碧草沿階，海榴半吐綻〔一〕，蜀葵如錦簇〔二〕。那更令節蕤賓〔三〕，那更令節蕤賓，遍懸貼神符艾虎〔四〕，怎將人鬼病魔？怎將人鬼病魔？

【箋注】

〔一〕海榴：即石榴。因從海外移植，故名。唐楊憑《海榴》：「海榴殷色透簾櫳，看盛看衰意欲同。」

〔二〕蜀葵：花名。亦稱「一丈紅」。唐陳標《蜀葵》：「眼前無奈蜀葵何，淺紫深紅數百窠。」

〔三〕令節：佳節。唐宋之問《奉和九日幸臨渭亭登高應制得歡字》：「令節三秋晚，重陽九日歡。」蕤（ruí）賓：古樂十二律中的第七律。古人以律曆相配，十二律對應十二月，蕤賓位於午，在五月，故以此指五月。亦指端午節。宋楊澤民《三部樂・榴花》：「水亭風檻，正是蕤賓之月。」元王實甫《四丞相高會麗春堂》第一折：「今日五月端午，蕤賓節令，奉聖人命，都着俺文武官員御園中赴射柳會。」

〔四〕艾虎：用艾草做成的虎。舊俗以爲端午節懸掛或佩帶艾虎，可避邪除穢。宋劉克莊《賀新郎・端午》：「兒女紛紛誇結束，新樣釵符艾虎。」

人月圓

氣長吁，情懷幾許？惹離愁千萬縷。一似散却鸞凰，一似散却鸞凰，再不想吹簫伴侶〔一〕。這離情欲訴誰？這離情欲訴誰？

【箋注】

〔一〕吹簫伴侶：指春秋時的簫史、弄玉。二人吹簫引鳳，雙雙仙去。參見《步步嬌・春景》之《香柳娘》注〔四〕。

五供養

深沉院宇，透入薰風〔一〕，暑氣全除。涼亭堪宴賞，有清虛陽臺路阻。雲雨事〔二〕，無憑無據，甚日重相會，再歡娱。未知道天意果是何如？

【箋　注】

〔一〕薰風：《孔子家語·辨樂解》：「昔者舜彈五絃之琴，造《南風》之詩，其詩曰：『南風之薰兮，可以解吾民之愠兮；南風之時兮，可以阜吾民之財兮。』」又漢韓嬰《詩外傳》卷四：「舜彈五絃之琴以歌《南風》，而天下治。」後以此指古代聖君的仁政。此指南風，和風。

〔二〕雲雨事：用巫山神女事。指男女幽會、合歡。參見本書卷三《題花陣圖八首》（夜雨巫山不盡歡）注〔一〕。宋晏幾道《愁倚闌令》（春羅薄）：「敧枕片時雲雨事，已關山。」

僥僥令

光陰如撚指〔一〕，日月緊相催。只見暑往寒來空中去〔二〕，不見有情人教誰寄書？

【箋　注】

〔一〕「光陰」句：用宋趙長卿《東坡引》（茅齋無客至）成句。詞云：「經年自嘆人如寄。光陰如撚指。」撚指，猶彈指。形容時間飛逝。宋葛長庚《賀新郎·贈林紫元》：「嘆撚指、人生百歲。」

〔二〕暑往寒來：夏天過去，冬天到來。泛指時光流逝。語出《易·繫辭下》：「寒往則暑來，暑往則寒來，寒暑相推而歲成焉。」唐張又新《青障山》：「陶仙謾學長生術，暑往寒來更寂寥。」

前腔

彤雲纔密布，六出滿空飛〔一〕。只見暖閣紅鑪銀妝遍，不見雁兒來教誰寄書？

【箋注】

〔一〕六出：指雪花。以其六角形，故稱。唐秦韜玉《奉和春日玩雪》：「瓊章定少千人和，銀樹先開六出花。」

尾

寃家莫把人孤負①？早會合共成一處，免教我鳳隻鸞孤〔一〕。

【校記】

①「孤負」，何本作「辜負」。

【箋注】

〔一〕鳳隻鸞孤：喻女子失偶自傷或夫婦分離。參見本卷《步步嬌·夏景》之《皂羅袍》注〔三〕。

【解　析】

此組套曲仍是描寫相思之苦。其中《川撥棹》一首描叙了明代的端午習俗，有一些生活氣息。

針線箱　傷春

自别來杳無音信，昨夜裏燈花未准〔一〕。五行中合受淒涼運〔二〕，只索要苦縈方寸〔三〕。有時節獨立在垂楊下，可奈枝上流鶯和淚聞〔四〕。（合）真愁悶，縷金衣上〔五〕，都是啼痕。

【題　解】

這一套曲有五支曲子，表達久等情人不歸的愁怨之情。

【箋　注】

〔一〕燈花未准：是説盼望的情人並未來到。古人認爲燈芯燃成花形是喜事將臨的吉兆，謂燈花報喜。漢劉歆《西京雜記》卷三：「樊將軍噲問陸賈曰：『自古人君皆云受命於天，云有瑞應，豈有是乎？』賈應之曰：『有之。夫目瞤得酒食，燈火華得錢財，乾鵲噪而行人至，蜘蛛集而百事喜。小既有徵，大亦宜然。故目瞤則咒之，火華則拜之，乾鵲噪則餧之，蜘蛛集則放之。』」宋吴文英《燭影搖紅·餞馮深居翼日其初度》：「正西窗、燈花報喜。」

〔二〕五行：指金、木、水、火、土五種物質。《漢書・五行志上》：「五行：一曰水，二曰火，三曰木，四曰金，五曰土。」中國古代哲學家以五行理論説明世界萬物的起源及相互關係，有「五行相生相勝」説。此指人的命運。

〔三〕只索：不得不，只能，只須。元高文秀《黑旋風雙獻功》第一折《耍孩兒》：「我只索忙陪着笑臉兒相迎。」方寸：心。

〔四〕可奈：怎奈，可恨。宋韓瞴《浪淘沙》（莫上玉樓看）：「相逢祇有夢魂間。可奈夢隨春漏短，不到江南。」

〔五〕縷金衣：即金縷衣。飾有金絲的華麗衣服。宋孫光憲《浣溪沙》（試問於誰分最多）：「試問於誰分最多？便隨人意轉横波，縷金衣上小雙鵝。」

前腔

過一日勝似三春〔一〕，看看早春光又盡。害得那不疼不痛淹淹病〔二〕，漸覺這帶圍寬褪。只見落紅滿城香成陣①，又是雨打梨花深閉門〔三〕。（合）真愁悶，縷金衣上，都是啼痕。

【校記】

①「滿城」，何本作「滿地」。

【箋　注】

〔一〕三春：謂孟春、仲春、季春。唐藍采和《踏歌》（踏歌踏歌藍采和）：「紅顔三春樹，流年一擲梭。」

〔二〕淹淹：猶奄奄。氣力甚微。元程景初《醉太平》（恨綿綿深宫怨女）：「悶淹淹散心出户閑凝佇，昏慘慘晚煙妝點雪模糊，淅零零灑梨花暮雨。」

〔三〕雨打梨花深閉門：用宋李重元《憶王孫·春詞》成句：「杜宇聲聲不忍聞。欲黄昏，雨打梨花深閉門。」

解三醒

待寫下滿懷愁悶，竟説與外人不信。迴文錦圖空織盡〔一〕，爲訴與斷腸人〔二〕。幾番待撇尋思別事因，又爭奈一夜歡娱百夜恩。（合）今番病，非因是害酒〔三〕，只爲傷春。

【箋　注】

〔一〕「回文」句：用晋竇滔妻蘇蕙織錦爲回文詩事。參見本書卷三《綺疏遺恨十首·機杼》注〔四〕。

〔二〕斷腸人：極度相思之人。典出晋干寶《搜神記》卷二十：「臨川東興有人入山，得猿子，便將歸。猿母自後逐至家。此人縛猿子於庭中樹上，以示之。其母便摶頰向人，欲乞哀狀，直是口不能言耳。此人既不能放，竟擊殺之。猿母悲唤，自擲而死。此人破腸視之，寸寸斷裂。」又南朝宋劉義慶《世説新語・黜免》：「桓公入蜀，至三峽中，部伍中有得猿子者。其母緣岸哀號，行百餘里不去，遂跳上船，至便即絶。破視其腹中，腸皆寸寸斷。公聞之，怒，命黜其人。」宋潘汾《花心動》（啼鳥驚心）：「斷腸人在東風裏，遮不盡、幾重簾幕。」

〔三〕害酒：醉酒。元徐再思《一半兒・病酒》：「昨宵中酒懶扶頭，今日看花惟袖手，害酒愁花人問羞。」按宋李清照《鳳凰臺上憶吹簫》（香冷金猊）云：「今年瘦，非干病酒，不是悲秋。」伯虎此句師其意。

前腔

海棠嬌等閒憔悴損，怎不見當時花下人？東風不管人離恨，空吹散楚臺雲〔一〕。如痴似醉，悠悠勞夢魂，恨不得一上青山變化身〔二〕。（合）今番病，非因是害酒，只爲傷春。

【箋注】

〔一〕空吹散楚臺雲：謂男女分離，不能相會。楚臺，即陽臺，用巫山神女事。見本卷《題花陣圖八首》（夜雨巫山不盡歡）注〔一〕。

〔二〕變化身：即化身。佛家語。佛三身之一，又名「應化身」。有廣、狹二義。廣義，凡佛對二乘凡夫示現之種種佛身及六道異類之身，皆謂之化身。元關漢卿《山神廟裴度還帶》第四折《水仙子》：「他恨不的上青山變化身，這其間賣登科尋覓回文。」

尾

恨薄情無憑准〔一〕，朝朝思想淚珠傾，這樣傷春誰慣經〔二〕？

【箋注】

〔一〕憑准：依據，標準。宋高觀國《燭影摇紅》（别浦潮平）：「試將心事卜歸期，終是無憑准。」

〔二〕慣經：謂習慣經歷，慣常經歷。元王愛山《水仙子·怨别離》：「别離是尋常事，淒涼可慣經？」

【解析】

此組套曲寫相思之苦，屬詞尚典雅。伯虎共有套曲十三套，見於《詞林選勝》。何大成綴以讀後感云：何子讀六如先生曲譜，而喟然有感焉。往予外叔祖西巖秦氏，博極羣書，尤精音律。嘗試南都，以八月既望，縱步桃葉渡，三吴士女，靚妝炫服，遊者如堵。已而六館英豪，平康妹麗，笙歌雜沓，畫舫鱗次，西巖乃浩歌念奴嬌序一闋。低徊慷慨，旁若無人，環橋而聽者，不可勝紀也。頃之月墮沙堤，漏殘銀蠋，向之妹麗者，爭前席交歡焉；捧檀板以度曲，挾雲和而授指。綣周郎之盼睞，祈薦枕于襄王；悦李謩之譜詞，效吹簫于秦女。洵可樂也。曾未數十年，風流頓盡。石城夜月，空縣美人之思；柘館箜篌，不入鍾期之聽。予外祖鳳巖公，每向余道之，未嘗不涕泗唏嘘也。嗟夫！人與世衰，音隨代舛。蕪音累句，徒傳白苧之篇；拗韻顛腔，秪艷紅泉之帙。詎審填詞按曲，别准金科；疊譜和腔，須逢繡指。未易以一二爲盲道矣。《詞林選勝》一編，乃魏良輔點板，所載六如曲富甚，予備録之。其微詞秘旨，種種不傳；惜爲三家學究，漫置題評；十市街頭，私行改竄。鶯聲柳色，第聞亥豕魯魚；鳳管鸞箏，莫辨浮沉清濁。纖妍雖具，妙義全乖。不佞耳慚師曠，心賞伯牙，捐貲募工，亟爲繕寫。更以諸本刊誤，附列如左。庶幾礝砆對連城而失色，明月錯魚目而愈珍。即起六如西巖兩公于九原，當不以予爲傖父也。丙辰三月禊日，虎丘漫識。

附伯虎雜曲

伯虎雜曲，散見諸樂府，或誤刻他姓，或別本互見者，種種不同。不佞悉爲詮次，以備闕遺。然皆各有所據，不敢混入，以滋贋誚云。丁巳夏日，慈公識。

集賢賓

冰肌玉骨香旖旎〔一〕，藕花深處亭池。碧玉欄杆誰共倚？孤負了涼風如水①。光陰撚指〔二〕，又早是破瓜時序〔三〕。鸞鏡裏，只怕道崔徽憔悴〔四〕。

【校　記】

①「孤負」，何本作「辜負」。

【題　解】

此曲表現佳人祈盼與情人相守而不得的愁緒和時光流逝的哀怨。

【箋注】

〔一〕冰肌玉骨：形容女子肌膚瑩潤如冰玉。又作「玉骨冰肌」。《莊子・逍遥遊》：「藐姑射之山，有神人居焉，肌膚若冰雪，綽約若處子。」又宋蘇軾《洞仙歌》（冰肌玉骨）：「冰肌玉骨，自清涼無汗。水殿風來暗香滿。」

〔二〕光陰撚指：形容時間飛逝。

〔三〕破瓜：舊稱女子十六歲。舊時文人將「瓜」拆爲兩個「八」字，即二八之年，故稱。後以此泛指女子青春年華。亦作「分瓜」。《通俗編・婦女》：「宋謝幼槃詩：『破瓜年紀〔柳〕（小）腰身。』按俗以女子破身爲破瓜，非也。瓜字破之爲二八字，言其二八十六歲耳。」《樂府詩集・清商曲辭・情人碧玉歌》：「碧玉破瓜時，郎爲情顛倒。」時序：猶時節。

〔四〕崔徽憔悴：用唐歌妓崔徽與裴敬中事。參見本書卷三《綺疏遺恨十首・鏡》注〔二〕。此借崔徽喻指失意女子。

【解析】

此曲特點是描寫時序物色與人物雙關。如首二句寫夏日荷池，亦關合佳人肌骨。第五、六句寫「破瓜時序」，亦關合佳人芳齡。含蓄典雅，絲絲入扣。

黄鶯兒

孤枕伴殘燈，悄無言，珠淚零。濃霜打瓦鴛鴦冷〔一〕，淒涼五更，綢繆四星〔二〕，愁腸早已安排定①。恨才人，長門賦裏，説不盡衷情〔三〕。

【校　記】

①「早已」，何本作「早起」。

【題　解】

這三首《黄鶯兒》展現女子孤枕難眠、顧影自憐，以及爲愛形容憔悴的情狀。

【箋　注】

〔一〕「濃霜」句：化用白居易《長恨歌》「鴛鴦瓦冷霜華重，翡翠衾寒誰與共」的句意。屋瓦俯仰成對，稱鴛鴦瓦。南朝梁吴均《答蕭新浦詩》：「肘懸辟邪印，屋曜鴛鴦瓦。」

〔二〕四星：取義秤梢，意爲下梢或前程。秤桿末梢較細，故只釘四星。元喬吉《玉簫女兩世姻緣》第二折《浪裏來》：「我把他漢相如厮敬重不多爭，我比那卓文君有上稍没了四星，空教我叫天來不應。」

〔三〕「恨才人」三句：用陳皇后重金買賦邀寵事。漢司馬相如《長門賦》序：「孝武皇帝陳皇后時得幸，頗妒。别在長門宮，愁悶悲思。聞蜀郡成都司馬相如天下工爲文，奉黄金百斤爲相如、文君取酒，因於解悲愁之辭。而相如爲文以悟上，陳皇后復得親幸。」唐李白《白頭吟二首》之二：「聞道阿嬌失恩寵，千金買賦要君王。」

前腔

燈火夜闌珊，繡簾風，花影寒。不除釵釧眠孤館，心兒漸酸，口兒漸乾①，此時愁比天長短。夢巫山，雲收雨散，神女怨青鸞〔一〕。

【校記】

①「心兒漸酸，口兒漸乾」，何本作「心兒裏漸酸，口兒裏漸乾」。

【箋注】

〔一〕青鸞，即青鳥。指信使。

前腔

日轉杏花梢，送春歸，把酒澆。行人不念佳人老，青帘小橋〔一〕，黄騮滿鑣〔二〕，天涯何處無芳草〔三〕？路迢遥，歸期正早，瘦損小蠻腰〔四〕。

【箋注】

〔一〕青帘：即酒帘。亦借指酒家。唐李中《送姚端秀才遊毘陵》：「風弄青帘沽酒市，月明紅袖採蓮船。」

〔二〕黄騮：赤色的駿馬。傳説中周穆王的八匹名馬之一。亦作「華騮」「驊騮」。《樂府詩集·新樂府辭》元稹《八駿圖》郭茂倩題解引《穆天子傳》：「天子之駿赤驥、盜驪、白義、渠黄、黄騮、緑耳、踰輪、山子，所謂八駿也。」又引郭璞曰：「八駿，皆因其毛色以爲名號爾。……騮，赤色也。」鑣（biāo）：馬具。與銜合用，銜在口内，鑣在口旁。漢劉向《九嘆·離世》：「斷鑣銜以馳騖兮，暮去次而敢止。」王逸注：「鑣，勒也。」

〔三〕「天涯」句：用宋蘇軾《蝶戀花·春景》成句。詞云：「花褪殘紅青杏小。燕子飛時，緑水人家繞。枝上柳綿吹又少。天涯何處無芳草。　牆裏鞦韆牆外道。牆外行人，牆裏佳人笑。笑漸不聞聲漸悄。多情却被無情惱。」

〔四〕小蠻腰：唐孟棨《本事詩·事感》：「白尚書姬人樊素，善歌，妓人小蠻，善舞，嘗爲詩曰：『櫻桃樊素口，楊柳小蠻腰。』」後藉以指年輕女子纖細靈活的腰肢。

【解析】

此組套曲摹寫女子相思之苦，立意雖陳舊，但融合了一些前人詩句，不乏清新雋永之韻。

山坡羊　九闋

新酒殘花迤逗〔一〕，寒食清明前後。羅衣冷落，冷落腰肢瘦。獨自一作個樣愁，何時有住頭？剛能撥遣〔二〕，撥遣還依舊。芳草天涯人在否？登樓，登樓望遠遊〔三〕。低頭，低頭淚暗流。

【題　解】

這組南曲小令共九首，代閨中女子立言，抒發其欲罷不能的相思之情，雅俗相宜。

【箋　注】

〔一〕迤（tuó）逗：挑逗。元關漢卿《一半兒·題情》：「多情多緒小冤家，迤逗得人來憔悴煞。」

〔二〕撥遣：打發，排遣。

〔三〕「芳草」三句：化用唐温庭筠《憶江南》（梳洗罷）「過盡千帆皆不是，斜暉脈脈水悠悠，腸斷白蘋洲」的意境，表現女子登樓遠望浪跡天涯的情郎，纏綿的情思如芳草一般綿延不斷。

前腔

燕子妝樓春曉一作窗下雞鳴天曉，天際王孫芳草〔一〕。煙波曠蕩，曠蕩鱗鴻杳。翠黛凋〔二〕，愁眉怎畫一作樣描？東風賺得，賺得鶯花老〔三〕。紅燭金釵且漫敲。香消〔四〕，香消一捻一作扠腰。迢遥，迢遥萬里橋。

【箋注】

〔一〕王孫芳草：喻思遠懷人。

〔二〕翠黛：眉的別稱。古時女子用螺黛（一種青黑色礦物顔料）畫眉，故名。唐杜甫《陪諸貴公子丈八溝攜妓納涼晚際遇雨二首》之二：「越女紅裙濕，燕姬翠黛愁。」

〔三〕鶯花：泛指春時景物。

〔四〕香消：猶香消玉減。喻女子日漸消瘦。參見本卷《步步嬌》（滿目繁華春將半）之《香柳娘》注〔一〕。

前腔

信迢迢無些憑準，睡惺惺何曾安穩〔一〕？東風吹散，吹散梨花影。軟弱一作怯身輕，身輕草上塵。只愁鏡裏，鏡裏朱顔損。栲栳量金買斷春一作難買春〔二〕。傷神，傷神額黛顰。堪嗔，堪嗔薄倖人〔三〕。

【箋注】

〔一〕睡惺惺：謂無睡意。惺惺，機警，警覺。宋蘇軾《聞李公擇飲傅國博家大醉二首》之二：「不肯惺惺騎馬回，玉山知爲玉人頽。」

〔二〕「栲栳」句：用唐盧延讓《樊川寒食二首》之二成句。詩云：「五陵年少麤於事，栲栳量金買斷春。」此反用其意，表惜春之情。栲栳，用竹、柳枝條編的筐籃。因形如斗，稱「笆斗」。宋蘇軾《減字木蘭花·以大琉璃杯勸王仲翁》：「海南奇寶。鑄出團團如栲栳。」

〔三〕薄倖人：無情之人。宋石孝友《蝶戀花》（薄倖人人留不住）：「薄倖人人留不住。楊柳花時，還是成虚度。」

前腔

窗下雞鳴天曉一作燕子妝樓春曉，箔上蠶眠春老〔一〕。海棠報導〔二〕，報導花開蚤①。夜又朝，光陰信手拋。甫能炙得，炙得燈光了〔三〕。燕子樓頭月又高〔四〕。春宵，春宵嘆寂寥。裙腰，裙腰香漸消。

【校　記】

①「報導」「報導」，何本作「報道」「報道」。

【箋　注】

〔一〕箔：養蠶用的竹篩或竹席。

〔二〕報導：報告，告知。

〔三〕「甫能」二句：化用宋無名氏《鷓鴣天·春閨》「甫能炙得燈兒了」句。甫能，剛能。宋蔡伸《點絳脣》（背壁燈殘）：「甫能得睡。夢到相思地。」

〔四〕燕子樓：唐貞元時尚書張建封之愛妾關盼盼居所。在今江蘇徐州。唐白居易《燕子樓三首》序：「徐州故張尚書有愛妓曰盼盼，善歌舞，雅多風態。……尚書既歿，歸葬東洛，而彭城有張氏舊第，第中有小樓名燕子。盼盼念舊愛而不嫁，居是樓十餘年，幽獨塊然，於今尚在。」後以此指姬妾情侶之居所。唐白居易《燕子樓三首》之一：「燕子樓中霜月夜，秋來只爲一人長。」

前腔

纖手尋常相挽，親口曾教來時放膽①。塔尖兒上，却把人來賺〔一〕。咫尺間，難猜對面山。風雲氣色，多少濃和淡。鐵打心腸也弄酸〔二〕。無端，無端惹這般。休瞞，休瞞道沒干一作冤愆，怎得魚兒上釣竿。盤桓，難道磚階沒縫鑽。

【校記】

①何本無「來時」二字。

【箋注】

〔一〕賺：誑騙。敦煌詞《喜秋天》（潘郎妄語多）：「賺妾更深獨弄琴，彈盡相思破。」

〔三〕「鐵打」句：是説性格剛强的人也被弄得酸楚起來。鐵打心腸，像鐵鑄成的心腸。元無名氏《十樣錦·出隊鶯亂啼》：「幾番欲待不思量，不思量以後怎做得鐵打心腸？」

前腔

睡昏昏不思量茶飯，氣淹淹向虚空嗟嘆〔一〕！他推不慣，到是誰曾慣？那轉灣，相逢著面顔。除非是天與，天與人方便。性命看來直破錢。嬋娟〔二〕，嬋娟望可憐，姻緣，姻緣豈偶然？

【箋注】

〔一〕淹淹：猶奄奄。氣力甚微。

〔二〕嬋娟：此指美女。亦指月亮。宋蘇軾《水調歌頭·丙辰中秋歡飲達旦大醉作此篇兼懷子由》：「但願人長久，千里共嬋娟。」

前腔

暖融融温香肌體，笑吟吟嬌羞容止〔一〕。牡丹芍藥都難比。緊摟時，心頭氣一絲，起來拜謝，拜謝天和地一作魂靈飛散青霄裏，便死甘心説甚的？相携，相携手不離。相思，相思只自知一作釵垂，釵垂寶髻披。香脂，香脂尚有餘。

【箋注】

〔一〕容止：儀容舉止。《孝經・聖治》：「容止可觀，進退可度。」唐韋應物《送楊氏女》：「孝恭遵婦道，容止順其猷。」

前腔

明月梧桐金井〔一〕，遊子風塵萍梗〔二〕。紅羅斗帳，斗帳新霜冷。掩翠屏〔三〕，斜身背著燈，燈前壁上，壁上形和一作憐影。教我一作此際如何挨到明？愁聽，愁聽雁報更。低聲，低聲訴薄情。

【箋注】

〔一〕金井：以金修飾之井。多用以稱宮廷或園林中的井。唐徐堅《初學記》卷七《地部下》：「……金井、鹽井、冰井」引《荆州記》：「益陽縣有金井數百，古老傳有金人以杖量地，輒便成井。意者疑是昔人採金，謂之金井。」前蜀韋莊《更漏子》（鐘鼓寒）：「鐘鼓寒，樓閣暝，月照古桐金井。」

〔二〕萍梗：浮萍與斷梗。因其隨處飄蕩，故喻人的行蹤無定。宋李昉等《文苑英華》卷四十六載唐陸肱《萬里橋賦》：「家本江都，羨波濤而自返。身留蜀地，偶萍梗以堪驚。」宋黄機《鷓鴣天・元日呈王帥》：「飄零萍梗江湖客，冷落笙簫燈火天。」

〔三〕翠屏：緑色屏風。後蜀顧敻《虞美人》（翠屏閑掩垂珠箔）：「翠屏閑掩垂珠箔，絲雨籠池閣。」

前腔

嫩緑芭蕉庭院，新繡鴛鴦羅扇。天時乍暖〔一〕，乍暖渾身倦。整步蓮〔二〕，鞦韆畫架前。幾迴欲上，欲上羞人見。走入紗厨枕底一作淚眠〔三〕。芳年，芳年正可憐。其間，其間不敢言。

【箋　注】

〔一〕天時乍暖：謂天氣剛剛暖和。天時，指節氣，氣候，陰陽寒暑的變化。宋柴望《念奴嬌》（春來多困）：「乍暖乍寒渾莫擬，欲試羅衣猶未。」

〔二〕步蓮：形容美人小脚。參見本書卷三《題花陣圖八首》（窗滿蕉陰小洞天）注〔四〕。唐劉長卿《夜宴洛陽程九主簿宅送楊三山人往天台尋智者禪師隱居》：「山鳥怨庭樹，門人思步蓮。」

〔三〕紗厨：用紗做成的帳子。宋李清照《醉花陰》（薄霧濃雲愁永晝）：「佳節又重陽，玉枕紗厨，半夜涼初透。」

【解　析】

此組套曲描寫閨怨，從時令變化、朝起、午憩、夜思、望遠等多個不同角度抒寫，立意雖平常，語言尚清麗。

香遍滿　秋思

春風薄分，吹回楚臺一片雲〔一〕。入夢追尋無定準〔二〕，遠山疑淺顰〔三〕，仙踪不染塵。想應夢裏人，解憐我傷秋恨。

【題　解】

這一套曲有六首，描寫秋日思情。

【箋　注】

〔一〕「吹回」句：用巫山神女事。見本書卷三《題花陣圖八首》（夜雨巫山不盡歡）注〔一〕。楚臺，指男女歡會之所。宋蔡伸《念奴嬌》（畫堂宴闋）：「休教腸斷，楚臺朝暮雲雨。」

〔二〕無定準：謂無一定的規律，無準確的憑信。唐張潮《襄陽行》：「玉盤轉明珠，君心無定準。」

〔三〕淺顰：微蹙眉貌。宋仇遠《南歌子》（細細金絲柳）：「移得淺顰深恨、上眉間。」

瑣寒窗

漸江楓玉露初勻，料想衡陽雁未賓〔一〕。盼巫峰朝暮〔二〕，信息難真。誰知青鳥〔三〕，忽傳來信。似雲軿降臨①〔四〕，隱隱偶聞〔五〕。試端詳月下丰神〔六〕，頓教良夜生春。

【校記】

①「似雲軿降臨」，何本作「似雲駢降臨」。

【箋注】

〔一〕「料想」句：是説預料大雁還未飛到衡陽做客，意即冬季尚未來到。衡陽雁，相傳大雁至衡陽不再南飛，遇春返回北方。唐杜甫《歸雁二首》之一：「萬里衡陽雁，今年又北歸。」衡陽，唐衡州治所（今屬湖南），有回雁峰，相傳大雁至此峰而止。

〔二〕巫峰朝暮：用巫山神女事。參見本書卷三《題花陣圖八首》（夜雨巫山不盡歡）注〔二〕。巫峰，指男女幽會之地。南唐李煜《南歌子》（雲鬢裁新緑）：「待歌凝立翠筵中，一朵彩雲何事下巫峰。」

〔三〕青鳥：指信使。見本卷《步步嬌・冬景》之《皂羅袍》注〔二〕。前蜀牛嶠《女冠子》（星冠霞帔）：「青鳥傳心事，寄劉郎。」

〔四〕雲軿：帶有雲飾之車，仙人所乘。唐李白《春日行》：「我無爲，人自寧，三十六帝欲相迎，仙人飄翩下雲軿。」

〔五〕隱隱：車聲。宋司馬光《柳枝詞十三首》之四：「屬車隱隱遠如雷，陳后愁眉久不開。」

〔六〕丰神：風度神采。宋吴泳《滿江紅・壽范潼川》：「蕙帳香消形色靜，玉笙吹徹丰神逸。」

劉潑帽

背人避影通芳訊〔一〕，恨塵緣尚阻良姻〔二〕。盈盈眼底明河近。不得親，脈脈添愁悶〔三〕。

【箋　注】

〔一〕芳訊：嘉訊。音訊之美稱。晋陸機《長安有狹斜行》：「傾蓋承芳訊，欲鳴當及晨。」

〔二〕塵緣：佛教名詞。佛經將色、聲、香、味、觸、法稱作「六塵」。以心攀緣六塵，遂被六塵牽累，故名。此指俗緣。宋劉仙倫《賀新郎·贈建康鄭玉脱籍》：「嘆塵緣未了，飄零被春留住。」

〔三〕「盈盈」三句：用牛郎、織女被銀河阻隔的傳説。典出《古詩十九首》其十：「迢迢牽牛星，皎皎河漢女。……盈盈一水間，脈脈不得語。」盈盈，水清淺貌。脈脈，含情不語貌。

大聖樂

玄都觀花事雖湮〔一〕，想天台緣未泯〔二〕。采春正合元郎韻〔三〕，知盼盼是你前身〔四〕，少不了今生酬却前生願。豈但是一夜夫妻百夜恩〔五〕？從他間阻，這赤繩到處自然相引〔六〕。

【箋　注】

〔一〕「玄都」句：是説劉禹錫作詩譏諷權貴之事雖已埋没。唐孟棨《本事詩·事感》：「劉尚書自屯田員外左遷朗州司馬，凡十年始徵還。方春，作贈看花諸君子詩曰：『紫陌紅塵拂面來，無人不道看花回。玄都觀裏桃千樹，盡是劉郎去後栽。』其詩一出，傳於都下。有素嫉其名者，白於執政，又誣其有怨憤。他日見時宰，與坐，慰問甚厚，既辭，即曰：『近者新詩，未免爲累，奈何？』不數日，出爲連州刺史。其自叙云：『貞元二十一年春，余爲屯田員外，時此觀未有花。是歲出牧連州，至荆南，又貶朗州司馬。居十年，詔至京師，人人皆言有道士手植仙桃滿觀，盛如紅霞，遂有前篇，以記一時之事。旋又出牧，於今十四年，始爲主客郎中。重返玄都，蕩然無復一樹，唯兔葵燕麥，動摇於春風耳。因再題二十八字，以俟後再遊。時太和二年三月也。』詩曰：『百畝庭中半是苔，桃花淨盡菜花開。種桃道士歸何處？前度劉郎今獨來。』」《全唐詩》卷三六五録劉禹錫以上二詩，題爲《元和十一年自朗州召至京戲贈看花諸君子》《再遊玄都觀》。後常用此典咏桃、桃花或劉姓文士、官員，亦藉以追懷舊遊。宋劉克莊《念奴嬌·居厚弟生日》：「客又疑這仙翁，唐玄都觀裏，咏桃花底。」

〔二〕天台緣：用劉晨、阮肇遊天台山遇仙事。

〔三〕元郎：指唐詩人元稹。采春：唐樂妓劉采春。據説元稹任職浙東時，非常欣賞劉采春歌聲舞態，曾爲之作詩。見唐范攄《雲溪友議》。

〔四〕盼盼：指唐貞元時尚書張建封之愛妾關盼盼。《全唐詩》卷八百二：「關盼盼，徐州妓也，張建封納之。張殁，獨居彭城故燕子樓，歷十餘年。白居易贈詩諷其死，盼盼得詩，泣曰：『妾非不能死，恐我公有從死之妾，玷清範耳。』乃和白詩，旬日不食而卒。」白居易《感故張僕射諸妓》：「黄金不惜買蛾眉，揀得如花三四枝。歌舞教成心力盡，一朝身去不相隨。」關盼盼《和白公詩》：「自守空樓斂恨眉，形同春後牡丹枝。舍人不會人深意，訝道泉臺不去隨。」

〔五〕一夜夫妻百夜恩：諺語。謂一爲夫妻則恩情深長。元戴善夫《陶學士醉寫風光好》第三折《滚繡毬》：「你把萬般做作千般怒，兀的甚一夜夫妻百夜恩，則是眼裏無珍。」

〔六〕赤繩：喻指夫妻緣分。唐李復言《續幽怪録·定婚店》載，元和二年，杜陵韋固旅居宋城，遇一老人携布囊坐於階上，向月檢書，韋固問所尋何書，答曰：「天下之婚牘耳。」又問囊中何物，答曰：「赤繩子耳。以繫夫婦之足，及其生，則潛用相繫，雖讎敵之家，貴賤懸隔，天涯從宦，吴楚異鄉，此繩一繫，終不可逭。」

生薑芽

秋蟾又吐痕〔一〕，採萸新〔二〕，壺觴肯向時俗混〔三〕。頻傳問，待玉人携芳醞〔四〕，任他吹帽金風峻〔五〕，黄花笑把簪蟬鬢〔六〕。屈指良辰，是佳期從今定，無孤辰運〔七〕。

【箋注】

〔一〕秋蟾：秋月。唐姚合《秋夜月中登天壇》：「秋蟾流異彩，齋潔上壇行。」

〔二〕萸：指茱萸，一種香氣濃郁的植物。古人於九月九日登高，佩戴茱萸，以避邪禳災。晋周處《風土記》：「以重陽相會，登山飲菊花酒，謂之登高會，又云茱萸會。」南朝梁吴均《續齊諧記》：「汝南桓景隨費長房遊學累年，長房謂曰：『九月九日，汝家中當有災。宜急去，令家人各作絳囊，盛茱萸，以繫臂，登高飲菊花酒，此禍可除。』景如言，齊家登山。夕還，見雞犬牛羊一時暴死。長房聞之曰：『此可代也。』今世人九日登高飲酒，婦人帶茱萸囊，蓋始於此。」唐韋嗣立《奉和九日幸臨渭亭登高應制得深字》：「枝上萸新採，樽中菊始斟。」

〔三〕壺觴：壺與觴。均指酒器。晉陶潛《歸去來辭》：「引壺觴以自酌，眄庭柯以怡顏。」

〔四〕玉人：容貌美麗之人。典出《晉書·衛瓘傳》：「玠字叔寶，年五歲，風神秀異。……總角乘羊車入市，見者皆以爲玉人，觀之者傾都。」後多以稱美麗的女子。唐崔鶯鶯《答張生》：「拂牆花影動，疑是玉人來。」

〔五〕吹帽：《晉書·桓温傳》：「九月九日，温燕龍山，僚佐畢集。時佐吏並著戎服，有風至，吹嘉帽墮落，嘉不之覺。」後以此爲重九登高雅集之典故。唐杜甫《九日藍田崔氏莊》：「羞將短髮還吹帽，笑倩旁人爲正冠。」金風峻：謂秋風峻急。

〔六〕蟬鬢：古代女子的一種髮式。將兩鬢梳成蟬翼狀，故名。晉崔豹《古今注·雜注第七》：「魏文帝宮人絶所愛者，有莫瓊樹、薛夜來、田尚衣、段巧笑四人，日夕在側，瓊樹乃製蟬鬢。縹眇如蟬，故曰蟬鬢。」南朝梁元帝蕭繹《登顔園故閣詩》：「夫婿美容姿，妝成理蟬鬢。」亦借指婦女。

〔七〕孤辰運：猶黴運。孤辰，六甲中無天干相配的地支。辰指地支，孤謂無天干相配。如甲子旬中無戌、亥，戌、亥即爲孤辰。星相術中以孤辰爲不吉利。又有「孤虚」説，對孤爲虚。《後漢書·方術傳》序：「其流又有風角、遁甲、七政、元氣、六日七分、逢占、日者、挺專、須臾、孤虚之術。」李賢注：「孤虚者，孤謂六甲之孤辰，若甲子旬中，戌亥無干，是爲孤也，對孤爲虚。」元貫雲石《醉太平・失題》：「紅鸞來照孤辰運，白身合有姻緣分，繡毬落處便成親，因此上忍著疼撞門。」

尾①

離情一日三秋迅〔一〕，況秋宵容易斷魂，待取相逢却細陳。

【校　記】

①「尾」，何本作「尾聲」。

【箋　注】

〔一〕一日三秋：形容對人思念殷切。語出《詩・王風・采葛》：「彼采葛兮，一日不見，如三月兮。彼采蕭兮，一日不見，如三秋兮。彼采艾兮，一日不見，如三歲兮。」孔穎達疏：「年有四時，時有三月。秋三，謂九月也。」宋廖行之《沁園春・和蘇宣教韻》：「算如今蹉過，崢嶸歲月，分陰可惜，一日三秋。」

【解　析】

此組套曲寫「秋思」，實則秋日之相思。作者結合秋天的風物特點、典故（如吹帽、採萸）描寫了女子的刻骨相思，在伯虎類似套曲中算是寫得較爲别致的。

榴花泣　情柬青樓

折梅逢使〔一〕，煩寄到金陵〔二〕，是必見那芳卿〔三〕。將咱言語記取真①，一一的説與他聽。自别來到今，急煎煎遣不去心頭悶。似楊花覆去翻來〔四〕，如芳草剗盡還生〔五〕。

【校　記】

①「記取真」，何本作「記須真」。

【題　解】

這一套曲有五支曲子，借「情柬」傳思情，格調俚俗，情感真切，體現了伯虎崇真尚趣的藝術追求。青樓：原指豪門顯貴家的閨閣，此指歌妓所居之樓。宋陳允平《漁家傲》（自别春風情意惻）：「薄倖高陽花酒客。迷雲戀雨青樓側。」

【箋　注】

〔一〕折梅逢使：謂懷念遠方親友。

〔二〕金陵：戰國楚邑名，秦改名秣陵。三國吴遷都於此，改名建業。東晉後改名建康，南朝宋、齊、梁、陳相繼於此建都。唐至德中於此置昇州江寧郡，唐亡後南唐都於此。宋高宗改爲建康府，紹興八年定爲留都。其地在今江蘇南京。

〔三〕芳卿：宋人傳説中之美女。常用以形容思念美人。典出宋蘇軾《芙蓉城詩》叙：「世傳王迥子高與仙人周瑶英遊芙蓉城。元豐元年三月，余始識子高，問之，信然，乃作此詩。」詩有「芳卿寄謝空丁寧」句。宋劉克莊《風入松・癸卯至石塘追和十五年前韻》：「芙蓉院落深深閉，嘆芳卿、今在今亡。」

〔四〕「似楊花」句：是説離别的愁緒像柳絮那樣翻覆飄飛。楊花，柳絮。宋林正大《括聲聲慢》（暮春天氣）：「扶下馬，似楊花、翻入錦茵。」

〔五〕「如芳草」句：是説離别的愁緒像野草那樣枯而重生。南唐李煜《清平樂》（别來春半）：「離恨恰如春草，更行更遠還生。」

前腔

憑高眺遠，望不見石頭城〔一〕，重山障亂雲。凝茫茫都是别離情，只落得淚眼盈盈。恨不能生羽翎，到妝臺訴與你聽①。千般恨，有誰人知我衷情？惟明月照人方寸〔二〕。

【校記】

① 何本無「聽」字。

【箋注】

〔一〕石頭城：故址在今南京清涼山。唐李吉甫《元和郡縣圖志》卷二十六潤州上元縣：「石頭城，在縣西四里，即楚之金陵城也，吴改爲石頭城。建安十六年，吴大帝修築，以貯財寶軍器，有戍，《吴都賦》云『戎車盈於石城』是也。諸葛亮云『鍾山龍盤，石城虎踞』，言其形之險固也。」此代指金陵。唐唐彦謙《遊清涼寺》：「南望水連桃葉渡，北來山枕石頭城。」

〔三〕方寸：指心。源見《列子·仲尼》：「嘻！吾見子之心矣：方寸之地虚矣。」唐白居易《秋霖中過尹縱之仙遊山居》：「歲晚千萬慮，併入方寸心。」

喜漁燈犯

佳辰幾把闌干憑？也只爲傷春。你怎知我日夜相思，竟忘餐廢寢〔一〕？你怎知我近日多愁悶，漸覺帶圍寬褪〔二〕？說與他，我決不學王魁行〔三〕。說與他，你莫學蘇小卿〔四〕。說與他，酒泛金樽，我也無心去飲。說與他，絃斷瑶琴，我也無心再整。說與他，我怕聽雞鳴，鐘聲，報黄昏，送五更，那時節我的愁悶轉增。

【箋注】

〔一〕忘餐廢寢：忘記吃飯，不睡覺。極言對某事專心一意，以致顧不上吃飯、睡覺。元丘士元《折桂令·相思》：「空落得忘餐廢寢，怎能够並枕同衾？」

〔二〕帶圍寬褪：謂因消瘦而致衣帶寬鬆。見本卷《步步嬌》（滿目繁華春將半）之《雙蝴蝶》注〔三〕。

〔三〕不學王魁行：謂不學王魁的忘恩負義之行。王魁，宋濟寧士人。相傳登第後棄妻另娶，其妻自縊而死，王魁遂遭冥譴。見《異聞録》《武林舊事》等書。自宋以來，戲文多演其事，以明王玉峰《焚香記》爲最著。元高克禮《雁兒落過得勝令》（新愁因甚多）：「海神廟見有他爲證，似王魁負桂英。」

〔四〕蘇小卿：宋羅燁《醉翁談録》載，閭江縣吏雙漸與知縣女蘇小卿相愛，離縣至遠郡讀書，欲待學成爲官後向蘇家求婚。兩年後，蘇小卿父母亡故，流落揚州爲娼，後爲當地官員薛司理所眷。雙漸尋訪至揚州，與之秘密往來。既而雙漸往任臨川知縣，蘇小卿則嫁人。二人於豫章城偶遇，以詩唱和，伺機同逃，結爲夫婦。元曲中寫此事者頗多，並謂蘇小卿所嫁男子名馮魁，是有錢的茶商。元關漢卿《杜蕊娘智賞金線池》楔子《么篇》：「那蘇小卿不辨賢愚，比如我五十年不見雙通叔。休道是蘇媽媽，也不是醉驢驢。」

瓦漁燈

想殺您〔一〕，初相見至誠。想殺您，笑來迎。想殺您，體素龐兒俊〔二〕。想殺您，花月下好句聯賡〔三〕。想殺您，叫著小名低低應。想殺您，對蒼天共盟。想殺您，臨岐執手苦叮嚀〔四〕。這衷腸事略略訴您，知己話也難説與君聽。正是匆匆萬般説不盡，煩君去傳與我多情。他若聞，必然淚零。只怕他淚痕有盡情難盡，落得兩處一般愁悶縈。

【箋　注】

〔一〕想殺：猶想死。形容極甚之辭。宋黎廷瑞《水調歌頭·寄奥屯竹庵察副留金陵約遊揚州不果》：「想殺南臺御史，笑殺南州孺子，何事此淹留。」殺，語助詞，表示程度深。

〔二〕龐兒：臉龐，面容。宋劉過《蝶戀花》（寶鑒年來微有暈）：「拌了爲郎憔悴損。龐兒恰似江梅韻。」

〔三〕聯賡（gēng）：連接，連續。賡，繼續，連續。

〔四〕臨岐：面臨歧路。指在分手的岔路口。唐高適《別韋參軍》：「丈夫不作兒女別，臨岐涕淚沾衣巾。」歧，分手的岔路，亦作岐。

尾①

梅花香裏傳春信，報道江南一種情〔一〕，莫學凍蕊寒葩心上冷〔二〕。

【校　記】

①「尾」，何本作「尾聲」。

【箋　注】

〔一〕「梅花」二句：是説梅花香氣傳遞春來的訊息，報告一種來自江南的情愫。宋晏殊《瑞鷓鴣·咏紅梅》：「何時驛使西歸，寄與相思客，一枝新。報道江南別樣春。」報道，報告，告知。見本卷《山坡羊九闋・前腔》（窗下雞鳴天曉）注〔二〕。

〔三〕凍蕊寒葩：均喻指梅花。宋吴文英《金縷歌・陪履齋先生滄浪看梅》：「重唱梅邊新度曲，催發寒梢凍蕊。」宋張炎《瑶臺聚八仙・余昔有梅影詞今重爲模寫》：「誤入羅浮身外夢，似花又却似非花。探寒葩。」

【解 析】

此組套曲名曰「情柬西樓」，當是作爲信柬，寄情青樓知己的。寫得情真意切，少了幾分典雅，却情溢於外。尤其《瓦漁燈》一曲，雖造語俚俗，但絮絮傾訴，一往情深。

排歌　咏纖足

第一嬌娃〔一〕，金蓮最佳〔二〕，看鳳頭一對堪誇〔三〕。新荷脱瓣月生芽，尖瘦幫柔滿面花。從別後，不見他，雙鳧何日再交加〔四〕？　腰邊摟，肩上架，背兒擎住手兒拿。

【題 解】

纖足：指舊時婦女纏過的小脚。明凌濛初《初刻拍案驚奇》卷二《姚滴珠避羞惹羞　鄭月娥將錯就錯》：「豈能尚保得一雙纖足，如舊時模樣耶？」

【箋 注】

〔一〕嬌娃：指美女。唐劉禹錫《館娃宫在舊郡西南硯石山前瞰姑蘇臺傍有采香徑梁天監中置佛寺曰靈巖即故宫也信爲絶境因賦二章》之一：「宫館貯嬌娃，當時意大誇。」

〔二〕金蓮：舊指纏足婦女的小脚。

〔三〕鳳頭：指鳳頭鞋。此指女子小足。

〔四〕雙舄：兩隻野鴨。舄，野鴨。典出漢應劭《風俗通義》卷三《正失·葉令祠》：「俗説孝明帝時，尚書郎河東王喬遷爲葉令。喬有神術，每月朔常詣臺朝。帝怪其來數而無車騎，密令太史候望，言其臨至時，常有雙舄從東南飛來。因伏伺，見舄舉羅，但得一雙舄耳。使尚方識視，四年中所賜尚書官屬履也。」此借指女子雙足。

【解　析】

此曲乃十足之俚曲鄙詞，過分地讚頌女子小脚，末尾甚至津津有味地描寫了男女歡愛一事，雖然在一定程度上體現了散曲的當行本色，但是「語涉淫邪」則是肯定的。

附趙元度啓云：「《伯虎集》搜訪極博矣，敬服敬服！第樓閣重重一套，因他消瘦一套，□□見其爲古詞①，元末國初人作，非唐先生者。而春去春來一套，乃真唐作矣。乞入此而去此兩套，庶爲善本。」元度博極群書②，其言必非無據。但考《詞林選勝》繫六如作，未知孰是？不佞志在携摭，麟角鳳毳，在所甄登，其真其贋，統俟博雅者考焉。若曰：「屠沽市肆，溷入清廟。」則彙萃各有主名。罪不獨不佞也。刻成不忍削去，姑兩存以便歌者。

【校 記】

①「□□見其爲古詞」，何本作「□的見其爲古詞」。 ②「元度」，何本作「玄度」。

黄鶯兒 四闋

寒食杏花天，鳥啼春，人晏眠。一簾飛絮和風捲，芳菲可憐，相思苦纏，等閒松了黄金釧。悶懨懨，朝雲暮雨，魂夢到君前一作魂夢繞巫山。

【題 解】

這四支曲子都著筆於女子的相思情懷，格調清麗疏朗，代表了伯虎曲體雅化的創作傾向。

細雨濕薔薇，畫梁間，燕子歸。春愁似海深無底，天涯馬蹄，燈前翠眉〔一〕，馬前芳草燈前淚〔二〕。夢魂迷一作飛，雲山滿目一作萬里，不辨路東西。

【箋 注】

〔一〕翠眉：女子用青黛描畫出的眉毛。唐白居易《想東遊五十韻》：「舞繁紅袖凝，歌切翠眉愁。」

〔二〕馬前芳草：謂遠行之人騎馬踏草而去。唐曹松《嶺南道中》：「遊子馬前芳草合，鷓鴣啼歇又南飛。」

風雨送春歸〔一〕，杜鵑愁，花亂飛。青苔滿院朱門閉，燈昏翠幃，愁攢翠一作黛眉，蕭蕭孤影汪汪淚〔二〕。惜芳菲，春愁幾許一作似海？碧一作緑草繞天涯①。

【校　記】

①「繞天涯」，何本作「遍天涯」。

【箋　注】

〔一〕「風雨」句：用宋蔡伸《卜算子》（風雨送春歸）成句，詞云：「風雨送春歸，寂寞花空委。」宋康與之《風入松・春晚》、田中行《風入松》亦有「一宵風雨送春歸」句。

〔二〕「青苔」四句：是説青苔滿院，朱門深鎖，在昏燈下、翠幃中，愁悶的女子秀眉緊蹙，孤影蕭蕭，淚眼汪汪。翠幃，翠色帷帳。後蜀顧敻《酒泉子》（小檻日斜）：「翠幃閑掩舞雙鸞，舊香寒。」翠眉，見前詩注〔一〕。

秋水蘸芙蓉〔一〕，雁初飛，山萬重。行人道路佳人夢。朝霜漸濃，寒衣細縫，剪刀牙尺聲相送〔二〕。韻叮咚，誰家砧杵？敲向月明中〔三〕。

【箋　注】

〔一〕「秋水」句：是説秋日寒涼的露水打濕了水中的荷花。芙蓉，荷花。見本卷《黄鶯兒・咏美人浴》注〔一〕。

〔二〕牙尺：象牙尺。唐裴説《聞砧》：「細想儀形執牙尺，回刀剪破澄江色。」

〔三〕「誰家」二句：化用唐李白《子夜吴歌・秋歌》：「長安一片月，萬户擣衣聲」的句意。砧杵，洗衣用具，擣衣石與木槌。此指擣衣之聲。

【解　析】

此組套曲寫女子相思，典雅纏綿，以第四支（秋水蘸芙蓉）最佳。尤其是結尾三句，以聲傳情，以景狀物，讀來詩意盎然。

桂枝香　四闋

【題　解】

這四支曲子或寫春來，或寫春歸，主題則是傷春。

蓮壺漏啓〔一〕，薰籠香細，寒生小閣春殘，人□□□□□。看鞦韆影度，看鞦韆影度，疑是冤家來□，□□□□□□事到薔薇①，摘花浸酒春愁重，燒竹□□□□□。

【校　記】

①「□□□□□□事到薔薇」，何本作「□□□□年花事。到薔薇」。

【箋　注】

〔一〕蓮壺漏啓：謂夜將開始。壺、漏，古代滴水計時的儀器。見本書卷三《咏雞聲》注〔三〕。

前腔

紅樓凝思，緑陰鋪地。輕黃落盡蜂鬚，淡粉烘乾蝶翅。見雕梁燕兒，見雕梁燕兒，呢喃學語〔一〕，困人天氣。薄情的〔二〕，何處章臺路〔三〕？飛花襯馬蹄〔四〕。

【箋注】

〔一〕「見雕梁」三句：化用宋王灝《念奴嬌·避地溢江書於新亭》「燕子歸來，雕梁何處，底事呢喃語」的句意。

〔二〕薄情的：指缺少情意之人。元朱庭玉《懷妓題情》套數《泣顏回》：「誰知今日薄情的改變心腸，頓教人慘傷。」

〔三〕章臺路：指京城遊冶之處。典出《漢書·張敞傳》：「敞無威儀，時罷朝會，過走馬章臺街，使御史驅，自以便面拊馬。」宋方千里《浪淘沙》（素秋霽）：「但悵惘章臺路多少，相思拚愁絶。」章臺，戰國時秦國宮殿，以宮内有章臺而名。故址在今陝西長安縣故城西南隅。

〔四〕「飛花」句：化用唐顧況《洛陽陌二首》之二「風送名花落，香紅襯馬蹄」的句意。元劉時中《上高監司·二煞》亦有「紫泥宣詔，花襯馬蹄忙」。

前腔

芳春將去，玉人歸未〔一〕？心隨柳絮飄揚，貌比梨花憔悴。嘆幽閨夢中，嘆幽閨夢中，怎識關河迢遞？音書難寄。意如癡，怪殺雙鸂鶒，横塘只並飛〔二〕。

【箋注】

〔一〕玉人：容貌美麗之人。此指女子思念中的情郎。

〔二〕「意如癡」三句：是説如此情深而生癡想，就是怪那對鸂鶒，在横塘裏總是比翼雙飛。鸂鶒（xī chì），水鳥名，又名紫鴛鴦，體似鴛鴦而略大，羽毛五色而呈紫色。怪殺，猶怪甚。形容極甚之辭。横塘，古堤塘名。

前腔

封侯未遇，王孫何處？緑楊葉底黄鸝〔一〕，紅杏梢頭青子〔二〕。惜芳菲又歸，惜芳菲又歸，滔滔逝水，欲留無計。漏遲遲，宿鳥驚枝去，殘燈落燼時。

【箋注】

〔一〕「緑楊」句：化用宋晏殊《破陣子·春景》「葉底黄鸝一兩聲」的句意。宋韓元吉《薄倖·送安伯弟》亦有「更滿眼、殘紅吹盡，葉底黄鸝自語」句。

〔二〕「紅杏」句：化用宋歐陽脩《蝶戀花》（臘雪初銷梅蕊綻）「紅杏梢頭，二月春猶淺」的句意。

【解析】

此組套曲主題是傷春，抒情對象也並不一定是戀情男女，如最後一首（封侯未遇）就是一位仕途失意之人。這樣就使得這組套曲突破了「艷曲」的藩籬，具有了較深的美學意義。

香遍滿

【題　解】

按上古本據《吴騷合編》，將以下九隻曲子作爲套曲，實則《吴騷合編》作陳秋碧作。至於上古本曲題前有「恨别」二字，以爲題名，曲牌下注「用尤侯韻」，更不知何據。查何本此首下並無標題。

因他消瘦，春來見花真個羞。羞問花時還問柳，柳條嬌且柔，絲絲不綰愁〔一〕。幾回暗點頭，似嗔我，眉兒皺。

【箋　注】

〔一〕「柳條」二句：是説柳枝嬌嫩而柔長，却綰不住心頭的絲絲愁緒。綰（wǎn），係，盤結。唐唐彦謙《無題十首》之八：「柔絲漫折長亭柳，綰得同心欲寄將。」

懶畫眉

無情歲月去如流〔一〕，有限姻緣不到頭，懨懨鬼病幾時休〔二〕？繡户輕寒透，十二珠簾不上鈎〔三〕。

【箋　注】

〔一〕去如流：形容時間快速流逝。宋李彌遜《水調歌頭·再用前韻》：「故人何在，時序欺我去如流。」

〔二〕鬼病：難以告人之病。喻指相思病。宋石孝友《惜奴嬌》（合下相逢）：「合下相逢，算鬼病、須沾惹。」懨懨：精神不振貌。

〔三〕「十二」句：用宋李重元《憶王孫·秋詞》成句。詞云：「颼颼風冷荻花秋。明月斜侵獨倚樓。十二珠簾不上鈎。」

梧桐樹

黄鶯似喚儔〔一〕，紫燕如呼友。浪蝶狂蜂〔二〕，對對還尋偶。無端故把人僝愁〔三〕，一片身心，教我如何得自由？梨花暮雨黄昏後，静掩重門，只與燈兒厮守。

【箋　注】

〔一〕儔：伴侣，同輩。漢張衡《思玄賦》：「仰矯首以遥望兮，魂懺惘而無儔。」李善注：「儔，匹也。」

〔二〕浪蝶狂蜂：縱横狂舞的蝴蝶、蜜蜂。喻指尋花問柳的浪蕩子弟。宋朱熹《念奴嬌·用傅安道和朱希真梅詞韻》：「應笑俗李麤桃，無言翻引得，狂蜂輕蝶。」

〔三〕僝(chán)僽：即僝僽(zhòu)，折磨。宋葛長庚《蘭陵王・紫元席上作》：「新燕子，禁得餘寒，風雨把人苦僝僽。」

浣溪紗

我容貌嬌，他年紀幼。那時節兩意相投〔一〕，琴心宛轉頻挑逗〔二〕，詩句包籠幾和酬〔三〕。他去久，有些個風聲兒未真實，見人須問個因由。

【箋　注】

〔一〕兩意相投：謂兩人情投意合。元徐琰《蟾宮曲・青樓十咏》之一《初見》：「會嬌娥羅綺叢中，兩意相投，一笑情通。」

〔二〕「琴心」句：用司馬相如琴挑卓文君事。見本卷《咏美人・文君琴心》注〔一〕。

〔三〕包籠：包含，容納。

劉潑帽

浪遊那裏青驄驟〔一〕？向吴姬賣酒壚頭①〔二〕，烏絲醉寫偎紅袖〔三〕。廝逗遛，半霎兒，渾忘舊。

【校記】

①「壚頭」，何本作「爐頭」。

【箋注】

〔一〕青驄：毛色青白間雜的馬。見本卷《鷓鴣天·題同前》注〔六〕。

〔二〕吴姬：吴地美女。此指吴地酒店侍女。金陵古屬吴國。唐李白《金陵酒肆留别》：「風吹柳花滿店香，吴姬壓酒唤客嘗。」

〔三〕烏絲：即烏絲欄。亦作「烏絲闌」。指書籍卷册中以烏絲織成或畫成界欄的絹素。後泛指有墨線格子的箋紙。唐李肇《國史補》卷下：「宋亳間有織成界道絹素，謂之烏絲欄、朱絲欄。」界欄爲紅色者謂朱絲欄，爲黑色者謂烏絲欄。唐暢當《題沈八齋》：「緑綺琴彈白雪引，烏絲絹勒黄庭經。」

秋夜月

恩變作讐，頓忘了神前咒。耳畔盟言皆虚謬〔一〕，將他作念他知否？他待要罷手，我何曾下口？

【箋注】

〔一〕盟言：猶誓言。宋薛夢桂《三姝媚》（薔薇花謝去）：「細數盟言猶在，悵青樓何處。」

東甌令

難消悶，怎忘憂？抱得秦箏上翠樓〔一〕，絃聲曲韻都非舊，淚濕透，春衫袖。青山疊疊水悠悠，何處問歸舟？

【箋　注】

〔一〕秦箏：古秦地（今陝西一帶）的一種絃樂器。又《風俗通》卷六《聲音》載，箏乃秦蒙恬所造，故稱。宋孫光憲《臨江仙》（暮雨淒淒深院閉）：「終是有心投漢珮，低頭但理秦箏。」

金蓮子

表記留，香羅半幅詩一首，做一個香囊兒緊收。怕見那繡鴛鴦，一雙雙交頸睡沙頭。

尾①

等待他來時候，薰香重暖舊衾裯，把往事從前一筆勾。

【校　記】

①「尾」，何本作「尾聲」。

【解　析】

此組套曲上古本題曰「恨别」，亦即抒寫離愁别恨。作者借女子之口，從季候變化、生活細節、回憶與展望諸方面描寫了離愁别恨。應該説，這也是伯虎最擅長的題材。

集賢賓

紅樓畫閣天縹緲，玉人乘月吹簫〔一〕。一曲梁州聲裊裊〔二〕，到此際離愁多少？青鸞信杳〔三〕，魂夢斷十洲三島〔四〕。春色老，看滿地桐花風掃。

【箋　注】

〔一〕「玉人」句：用簫史、弄玉吹簫引鳳，雙雙仙去事。見本卷《步步嬌·春景》之《香柳娘》注〔四〕。玉人，容貌美麗之人。此指女子思念中的情郎。

〔二〕一曲梁州：指梁州曲。樂曲名。本作涼州，西涼所獻，後誤作梁州。《新唐書·禮樂志》：「大曆元年，又有《廣平太一樂》。《涼州曲》，本西涼所獻也，其聲本宫調，有大遍、小遍。貞元初，樂工康崑崙寓其聲於琵琶，奏於玉宸殿，因號《玉宸宫調》，合諸樂，則用黄鍾宫。」唐李涉《聽多美唱歌》：「一曲梁州聽初了，爲君别唱想夫憐。」

〔三〕青鸞信杳：是説信使傳遞的書信杳無蹤影。元張可久《上小樓·春思十五首》之十四：「翠管聲乾，青鸞信杳，玉蕊香銷。」青鸞，即青鳥。指信使。

〔四〕十洲三島：傳説中神仙居住的地方。唐李中《鶴》：「好共靈龜作儔侶，十洲三島逐仙翁。」十洲，傳説中的十個仙島。道家以爲福地。漢東方朔《海内十洲記》：「漢武帝既聞王母説八方巨海之中，有祖洲、瀛洲、玄洲、炎洲、長洲、元洲、流洲、生洲、鳳麟洲、聚窟洲。有此十洲，乃人跡所稀絶處。」三島：傳説中的三座仙山。《史記·秦始皇本紀》：「齊人徐市等上書，言海中有三神山，名曰蓬萊、方丈、瀛洲，仙人居之。」

前腔

春深小院飛細雨，杏花消息何如〔一〕？報道東君連夜去，須索要圈留他住〔二〕。金杯滿舉，怎不念紅顔春樹？君看取青冢上〔三〕，牛羊無主。

【箋注】

〔一〕「春深」二句：化用宋陳與義《懷天經智老因訪之》「杏花消息雨聲中」的句意。杏花開時恰逢清明前後，江南多綿綿細雨，故杏花、春雨常被連用以抒懷。唐戴叔倫《蘇溪亭》：「燕子不歸春事晚，一汀煙雨杏花寒。」唐杜牧《清明》：「清明時節雨紛紛，路上行人欲斷魂。借問酒家何處有，牧童遥指杏花村。」杏花消息，此喻指情郎的音訊。

〔二〕「報道」二句：是説聽説春神東君今夜將要離去，必須把他留住。東君，春神。宋陳德武《木蘭花慢・再用前韻》：「報道東君到也，一枝春信先傳。」須索，必須，須得。宋沈瀛《水調歌頭》（門外可羅雀）：「適然相會，須索有酒且同傾。」

〔三〕青冢：指王昭君的墓。

前腔

閒庭細草天色暝，瀟瀟風雨清明。萬斛春愁兼酒病〔一〕，偏不肯容人甦醒。殘花弄影，明日是滿枝青杏。金鏡一作釧冷，羅袖上淚沾紅粉。

【箋注】

〔一〕萬斛：極言容量之多。酒病：猶病酒，謂醉酒如病。參見本書卷三《梨花》（一箱朱碧漫紛紜）注〔三〕。唐陸希聲《陽羨雜咏十九首・茗坡》：「春醒酒病兼消渴，惜取新芽旋摘煎。」

前腔

窗前好花香旖旎，藕花深處亭池。碧玉欄杆誰共與？歎瞬息年華如水。光陰撚指〔一〕，又早是破瓜年紀〔二〕。鸞鏡裏，細看來十分憔悴。

已上四闋，别本誤刻沈青門，今考《三徑詞選》，實係唐六如先生作。

【箋　注】

〔一〕光陰撚指：形容時間飛逝，彈指即過。見本卷《步步嬌》（花落花開）之《僥僥令》注〔一〕。

〔二〕破瓜年紀：指十六歲。破瓜，舊稱女子十六歲。

【解　析】

這四支曲子從獨守空房的女子的角度，或悲離愁別緒，或嘆時光流逝，或感春日愁情，或挽春神將去。造語典雅，清新可誦。

月來高①

煙鎖垂楊院，日長繡簾捲。人靜鶯聲細，花落重門掩〔一〕。薄倖不來，羞覷畫梁燕〔二〕。天涯咫尺，咫尺情人遠〔三〕。只怕路阻藍橋，無由得見〔四〕。天！天若肯周全，除非是夢裏相逢，把奴衷腸訴一遍。

【校　記】

①「月來高」，何本作「月兒高」。

【箋　注】

〔一〕「花落」句：化用元喬吉《小桃紅·效聯珠格》「落花飛絮隔朱簾，簾靜重門掩」的句意。重門，層層門户。

〔二〕「薄倖」二句：是説那個薄情寡義的人不回來，連雙雙棲息在畫梁上的燕子都怕看到。薄倖，無情。見本書卷三《咏蓮花》注〔三〕。此指思念之人。覩，同睹。

〔三〕「天涯」二句：是説心靈相通的人雖遠在天邊，却仿佛就在眼前。而今與情人相距雖近，他却猶如遠在天邊，難以見到。咫尺，比喻距離很近。

〔四〕「只怕」二句：是説害怕情人的歸路因他與美人在藍橋驛奇遇而被阻斷，自己因此見不到他。藍橋，指藍橋驛，裴航遇仙女雲英處。見本卷《步步嬌·夏景》注〔三〕。

前腔

園苑飄紅雨〔一〕，輕風蕩飛絮。有意送春歸，無計留春住〔二〕。倚遍欄杆，默默悄無語。雲山萬疊，萬疊空凝佇〔三〕。我的情郎，知他在何處？吁！欲待要寄封書，只怕水遠山遥，没個便鴻去〔四〕。

【箋　注】

〔一〕紅雨：指落花。典出唐李賀《將進酒》：「况是青春日將暮，桃花亂落如紅雨。」宋蔡伸《青玉案·和賀方回韻》：「桃花依舊，出牆臨水，亂落如紅雨。」

〔二〕「有意」二句：見本卷《步步嬌》（花落花開）注〔三〕。

〔三〕凝佇：有所思慮、期待而佇立不動。宋李曾伯《沁園春·和廣文叔有季秋既望之約不及赴》：「空凝佇，不如一鶴，隨意西東。」

〔四〕便鴻：指托人便中所帶書信。元呂濟民《鸚鵡曲·寄故人和韻》：「瞬息間地北天南，又是便鴻書去。」

前腔

送別長亭柳〔一〕，情濃怕分手。欲跨雕鞍去〔二〕，扯住羅衫袖。問道歸期，端的甚時候？盟言未卜，未卜鮫綃透〔三〕。唱徹陽關〔四〕，重斟別酒，酒除非是解消愁，只怕酒醒更殘，愁來又依舊。

【箋注】

〔一〕長亭：古時設在路邊的亭舍，常用作送行餞別處。唐白居易輯、宋孔傳續輯《白孔六帖》卷九《館驛》：「長亭、短亭。」注云：「十里一長亭，五里一短亭。」宋万俟咏《春草碧》（又隨芳緒生）：「曾是送別長亭下，細綠暗煙雨。」

〔二〕雕鞍：刻飾花紋的馬鞍。借指坐騎。唐王初《送王秀才謁池州吴都督》：「池陽去去躍雕鞍，十里長亭百草乾。」

〔三〕「盟言」二句：是説誓言尚不可測，因而淚水將手帕濕透。盟言，猶誓言。見本卷《香遍滿》之《秋夜月》注〔一〕。

〔四〕陽關：指《陽關》曲，著名送别曲。源出唐王維《渭城曲》：「渭城朝雨浥輕塵，客舍青青柳色新。勸君更盡一杯酒，西去陽關無故人。」詩譜入樂府，以首二字「渭城」名曲，稱《渭城曲》。又因反復吟唱，名「陽關三疊」。後泛指離别時所唱歌曲。參見本卷《桂枝香·春情》之《短拍》注〔一〕。宋程垓《蝶戀花·春風一夕浩蕩曉來柳色一新》：「看盡行人，唱徹陽關曲。」

前腔

髻綰香雲擁〔一〕，釵分兩金鳳〔二〕。爲你多嬌態，積下愁千種。月冷黄昏，孤燈有誰共？情人誤我，誤我良宵夢。畫角頻吹，梅花又三弄〔三〕。風休吹入繡幃中，只怕惱動多情，把奴相思病越重。

【箋注】

〔一〕香雲：指女子鬢髮。見本書卷三《弄花香滿衣》注〔二〕。

〔二〕「釵分」句：謂一對金製鳳釵一分爲二。元白樸《點絳脣》（金鳳釵分）：「金鳳釵分，玉京人去，秋蕭灑。」金鳳釵，女子金製頭飾。因釵頭作鳳形，故名。常被用作男女定情之信物。

〔三〕「畫角」二句：是説漂亮的管樂器被頻頻吹響，《梅花落》曲又彈奏了三遍。畫角，飾有彩繪的管樂器。出自西羌。以竹木或皮革製成，形如竹筒，本細末大。發聲哀厲高亢，古時軍中多用以警昏曉。唐杜甫《歲晏行》：「萬國城頭吹畫角，此曲哀怨何時終。」梅花，指《梅花落》曲，漢橫吹曲名。《樂府詩集·橫吹曲辭·漢橫吹曲·梅花落》：「《梅花落》，本笛中曲也。按唐大角曲亦有《大單于》《小單于》《大梅花》《小梅花》等曲，今其聲猶有存者。」南朝陳江總《梅花落》：「長安少年多輕薄，兩兩常唱梅花落。」弄，演奏（樂器）。唐李郢《贈羽林將軍》：「唯有桓伊江上笛，卧吹三弄送殘陽。」

【解　析】

這一套曲有四支曲子，描寫深閨女子的寂寞、悵惘、無奈之情，不失委婉與悠長，增添了幾分詞的情調。

山坡羊

【題　解】

這兩隻同曲牌的小令或寫深院幽思，或寫尋醉消愁，主題均爲愛情的不得圓滿和時光的無聲流逝。

情和愁，纏人沉醉。月和燈，明人心地。爲冤家使得心都碎。骨髓情〔一〕，怎教人心棄毀。藍橋路阻〔二〕，路阻春來水。深院黄昏珠淚垂，徘徊燈花燒做灰〔三〕，荼蘼闌干邊〔四〕，飛作堆。

【箋　注】

〔一〕骨髓情：形容刻骨銘心之情。骨髓，喻指内心深處。《史記·秦本紀》：「虜秦三將以歸。文公夫人，秦女也，爲秦三囚將請曰：『繆公之怨此三人入於骨髓，願令此三人歸，令我君得自快烹之。』」

〔二〕「藍橋」句：見本卷《月兒高》注〔四〕。藍橋，指藍橋驛，裴航遇仙女雲英處。

〔三〕燈花：燈芯燃成花形，喜事將臨之吉兆。

〔四〕荼蘼：植物名。見本卷《步步嬌》（滿地梨花重門掩）注〔一〕。

前腔

數過清明春老〔一〕，花到荼蘼事了〔二〕。光陰估值，估值錢多少〔三〕？望酒標〔四〕，先攛典翠袍。三更尚道，尚道歸家早①。花壓重門帶月敲〔五〕，滔滔滔滔醉一宵。蕭蕭蕭蕭已二毛〔六〕。

【校　記】

①「三更尚道，尚道歸家早」，何本作「三更尚道歸家早」。

【箋　注】

〔一〕「數過」句：是説過了清明就是春末時節。春老，指晚春。語出唐岑參《喜韓樽相過》：「三月灞陵春已老，故人相逢耐醉倒。」

〔二〕「花到」句：荼蘼花開意味著一年中再無春花開放，喻指女子青春不再或一段愛情終結。宋王琪《暮春遊小園》：「開到酴醾花事了，絲絲天棘出莓牆。」荼蘼，植物名。亦作「酴醾」或「荼蘪」。見本卷《步步嬌》（滿地梨花重門掩）注〔一〕。

〔三〕「光陰」二句：是説估計光陰的價格，它的價格是多少？

〔四〕酒標：即酒帘。舊時酒家以布做成酒帘，綴於竿頭，懸在店門前，以爲標幟，招引顧客。亦作「酒旗」，俗稱「望子」。唐李中《江邊吟》：「閃閃酒帘招醉客，深深緑樹隱啼鶯。」唐杜牧《江南春絶句》：「千里鶯啼緑映紅，水村山郭酒旗風。」

〔五〕「花壓」句：化用宋李清照《小重山》（春到長門春草青）「花影壓重門。疏簾鋪淡月，好黄昏」、元徐再思《蟾宫曲·西湖尋春》「花下歸來，帶月敲門」的句意。

〔六〕蕭蕭：頭髮花白稀疏貌。宋陳著《祝英臺近·次韻前人咏盤蓮》：「自憐華髮蕭蕭，風流無分，醉時眼、何妨偷覷。」二毛：有黑、白兩種頭髮，即頭髮斑白。亦指頭髮斑白的老人。南唐李煜《望遠行》（碧砌花光照眼明）：「黄金臺下忽然驚，征人歸日二毛生。」

【解　析】

此二支小令與前不同，是以男子（作者）口吻寫出。尤其是第二首，可以視爲作者生活之寫照。典衣沽酒，醉生夢死，應該説，伯虎對生活的頹廢並不完全是男女之情所造成的。

新水令

一從秋暮路傍窺，閃流光又經春至〔一〕。總良媒無密期，捱不過這寥寂〔二〕。無便寄半行書，空目斷清波鯉〔三〕。

【箋注】

〔一〕流光：光陰。因其逝去如流水，故稱。唐李白《古風》：「逝川與流光，飄忽不相待。」

〔二〕捱不過：捱度不過。見本卷《步步嬌》（滿目繁華春將半）之《雙蝴蝶》注〔二〕。

〔三〕「無便寄」二句：是説你不趁便寄來一封書信，我憑空望斷傳遞訊息的信使。元徐再思《賣花聲》：「雲深不見南來羽，水遠難尋北去魚，兩年不寄半行書。」半行書，喻書信之短、少。清波鯉，書信的代稱，亦借指信使。

【解析】

此曲寫主人公在寂寥中等待情人消息。前兩句寫時間跨度。從初次路旁窺見到今日，已是上年的秋暮到今年的春初了。後四句寫佳會無期，而音書望杳。短短六句，清新摇曳，表現了小令的當行本色。

步步嬌

獨坐書齋，漫把薰籠倚。悶則和衣睡，無端走筆題。信手縱橫，都做了相思字。終日意如癡，把功名兩字空抛棄。

【解　析】

此曲生動展現被愛情困擾的癡迷情狀。末句一筆抹倒功名，見出愛情在主人公心目中的地位。

折桂令

有時節强對書籍，悔過尋思，間理文辭，剛不到數行箋註，幾個標題。早不辨了周書漢史〔一〕，却倒讀了者也乎之〔二〕。眼底昏迷，脚步慵移，又不覺繞書齋，閑走千迴。

【箋　注】

〔一〕周書漢史：泛指經史典籍。

〔二〕者也乎之：即之乎者也。宋文瑩《湘山野録》卷中：「太祖皇帝將展外城，幸朱雀門，親自規畫，獨趙韓王普時從幸。上指門額問普曰：『何不秖書朱雀門，須著之字安用？』普對曰：『語助。』太祖大笑曰：『之乎者也，助得甚事？』」後世常用以諷刺文人咬文嚼字，亦形容半文不白之文。敦煌詞《五更轉·嘆五更》：「之乎者也都不識，如今嗟嘆始悲吟。」

【解　析】

此曲以白描手法，寫爲情所困之人顛倒迷亂之狀，非常生動，語言樸實，是一首别致的小令。

江兒水

俛首沉吟久〔一〕，何時得遇伊〔二〕？覷芳容旖旎多嬌麗，待冤家嗔喜千般意，訴咱行萬種相思味〔三〕。顛倒百番思議，一段柔情，做了兩家酬對〔四〕。

【箋注】

〔一〕俛(fǔ)首：即俯首。低頭。

〔二〕伊：彼，他。《太倉州志》：「吴語，指人曰伊。」《詩·秦風·蒹葭》：「所謂伊人，在水一方。」

〔三〕咱行(háng)：猶咱們。行，表處所，猶這裏、那裏。

〔四〕酬對：謂應酬答對。語出《後漢書·第五倫傳》：「二十九年，從王朝京師，隨官屬得會見，帝問以政事，倫因此酬對政道，帝大悦。」唐靈一《安公》：「秦王輕輿舉，習生重酬對。」

【解析】

此曲抒發不得與愛人相見的諸多情味。首兩句揭出一篇題旨，以下六句則都是「俛首沉吟久」的想像之辭，作者想像與心上人會面之後，「芳容」、「嗔喜」到「兩家酬對」，洋溢著一片癡情。

雁兒落

我怕你，害相思損玉肌。我怕你，乍相逢無恩義。我怕你，入侯門似海深〔一〕。我怕你，把蕭郎空違背〔二〕。我怕你，口中辭無剴切〔三〕。我怕你，温存話面相欺。我怕你，埋没俺真誠意。我怕你，憐念著倍傷悲！怎得人問個真消息，愁也麽？疑俺志誠心，自有天鑒知！

【箋　注】

〔一〕「入侯門」句：唐范攄《雲溪友議》卷上載，唐崔郊寓居漢上，其姑有婢端麗，與郊相戀。姑貧，將婢賣與連帥。郊思慕無已。其婢因寒食偶出，與郊相遇，郊贈詩曰：「公子王孫逐後塵，緑珠垂淚滴羅巾。侯門一入深如海，從此蕭郎是路人。」後連帥睹詩，令召崔生。及見郊，握手曰：「『侯門一入深如海，從此蕭郎是路人。』便是公製作也。……何靳一書，不早相示！」遂命婢同歸。後以「侯門似海」「侯門如海」謂顯貴之家門禁森嚴，外人不能隨便出入。唐杜荀鶴《與友人對酒吟》：「客路如天遠，侯門似海深。」

〔二〕蕭郎：指梁武帝蕭衍。《梁書・武帝本紀上》：「高祖武皇帝，諱衍……遷衛將軍王儉東閣祭酒。儉一見深相器異，謂廬江何憲曰：『此蕭郎三十内當作侍中，出此則貴不可言。』」後用以指女子所愛戀的情郎。宋朱敦儒《浣溪沙》（碧玉闌干白玉人）：「碧玉闌干白玉人，倚花吹葉忍黄昏。蕭郎一去又經春。」

〔三〕剴（kǎi）切：切實，切中事理。宋劉克莊《漢宫春・陳尚書生日》：「百篇剴切，似君謨、又似當時。」此意爲誠實。

【解　析】

此曲連用排比句，對情人癡心與負心的憂思傾瀉而出，將之與自己的愛情誓言相對照，一片赤誠天可明鑒。

僥僥令

他倦繡停針不語時，忽聽得燕鶯啼。疑是人踪窗前至，剛偷覷〔一〕，兩下閃相思。

【箋　注】

〔一〕偷覷：偷瞧，偷看。後蜀顧敻《應天長》（瑟瑟羅裙金線縷）：「背人匀檀注，慢轉横波偷覷。」

【解　析】

此曲擷取了一個極短的鏡頭，因「偷覷」而男女相視，因相視而産生「閃相思」，這樣一見傾心的艷遇，寫得活靈活現，摇曳生情，充滿了生活情趣。

收江南

呀！早知道恁般拆散呵〔一〕！誰待要當日遇嬌姿？好似離魂倩女鎮相隨〔二〕，又不是襄王雲雨夢驚迴〔三〕。細停睛看時，細停睛看時，却原來虚齋寂寞自徘徊。

【箋注】

〔一〕恁般：如此，這樣。元關漢卿《桂枝香·不是路》：「沉吟久，因他數盡殘更漏，恁般僝僽！恁般僝僽！」

〔二〕離魂倩女：喻指癡情美女。宋李昉等《太平廣記》卷三五八引唐陳玄祐《離魂記》載，清河張鎰曾欲以幼女倩娘許配外甥王宙。「倩娘端妍絶倫……宙與倩娘常私感想於寤寐，家人莫知其狀。後有賓寮之選者求之，鎰許焉。女聞而鬱抑，宙亦深恚恨。」後宙決别上船離去，夜半倩娘忽至，遂相偕至蜀。居五年，生兩子。倩娘常思父母，遂俱歸衡州。宙先至鎰家告其事，鎰大驚，曰：「倩娘病在閨中數年，何其詭説也？」室中病女得訊出迎，與宙妻翕然而合爲一體。鎰乃知出奔之女爲倩娘精魂所化。元蘭楚芳《粉蝶兒·二煞》：「徹上下思量遍，你似一箇有實誠的離魂倩女，我似那數歸期泣血的啼鵑。」鎮相隨：謂整日相依相伴。唐李冶《感興》：「朝雲暮雨鎮相隨，去雁來人有返期。」

〔三〕襄王雲雨：用巫山神女事。指男女幽會、合歡。參見本書卷三《題花陣圖八首》（夜雨巫山不盡歡）注〔一〕。

【解析】

此曲寫主人公失去戀人後的顛倒情思。末句極富詼諧意味，又充滿生活情趣。

園林好

想玉人花容柳眉，不由人不如呆似癡。無奈雲山遮蔽，生隔斷路東西，生隔斷路東西。

【解　析】

此曲抒發有情人不得相見的憂傷。語言質樸，然缺乏興寄。

沽美酒

綰垂楊贈别離〔一〕，聽寒鴉似悲啼。滿目風光助慘悽，傷情秖自知，欲訴待憑誰？有日嫁兒郎，新婚燕爾〔二〕，怎知俺愁中滋味？我呵！恨無能比翼並棲，空獨自屈指佳期。呀！猛驚看，青衫淚濕。

【箋　注】

〔一〕「綰垂楊」句：化用唐杜牧《送别》「溪邊楊柳色參差，攀折年年贈别離」的句意。古人常以柳枝寄寓離别之情。唐劉禹錫《楊柳枝九首》之八：「長安陌上無窮樹，唯有垂楊管别離。」

〔二〕新婚燕爾：極言新婚歡樂。語出《詩·邶風·谷風》：「宴爾新昏，如兄如弟。」陸德明釋文：「宴，本又作『燕』。」孔穎達疏：「安愛汝之新昏，其恩如兄弟也。」原爲棄婦訴説原夫再娶，與新歡作樂。

後反其意，用作形容新婚快樂之辭。元關漢卿《普天樂·崔張十六事·鶯花配偶》：「春意透酥胸，春色横眉黛，新婚燕爾，苦盡甘來。」

【解　析】

此曲刻畫情感失意之人的憂傷。男主人公設想意中人已屬他人，在憂驚之下，不禁「青衫淚濕」。

清江引

多情自古添憔悴，怕惹得傍人議。將心脉脉疑，則索沉沉睡〔一〕。要相逢，除是夢兒裏同歡會。

【箋　注】

〔一〕則索：只好，須得。元關漢卿《新水令·雁兒落》：「等多時不見來，則索獨立在花陰下。」

【解　析】

此曲表現以夢彌補不得歡會的現實的一片癡情。「將心脈脈疑，則索沉沉睡」，寫形寫神，充滿生活情趣。

對玉環帶清江引　嘆世詞

春去春來，白頭空自挨。花落花開，朱顔容易衰。世事等浮埃，光陰如過客〔一〕。休慕雲臺〔二〕，功名安在哉？休想蓬萊，神仙真浪猜。　清閒兩字錢難買，苦把身拘礙。人生過百年，便是超三界〔三〕，此外別無他計策。

【題　解】

這四首嘆世詞是伯虎經歷科場舞弊案而入獄遭黜後的作品，用狂誕不羈的態度慨嘆人生苦短，揶揄功名利禄，奉勸世人玩世享樂，與《桃花庵歌》有異曲同工之妙。曲牌由〔對玉環〕、〔清江引〕這兩個同屬雙調的曲牌組成。

【箋　注】

〔一〕「世事」二句：是説凡塵之事如同浮游的塵埃，時間猶如過路的賓客。浮埃，浮游之塵埃。唐王勃《臨高臺》：「臨高臺，高臺迢遞絶浮埃。」過客，旅客，經過之賓客。唐李白《春夜宴從弟桃花園序》：「光陰者，百代之過客。」

〔二〕雲臺：漢宫中之高臺。功臣名將獲得殊榮之所。《後漢書·朱景王杜馬劉傅堅馬列傳》：「永平中，顯宗追感前世功臣，乃圖畫二十八將於南宫雲臺，其外又有王常、李通、竇融、卓茂，合三十二人。」後因以「雲臺畫像」指稱獲得殊榮的功臣名將。唐司空圖《商山二首》之一：「清溪一路照羸身，不似雲臺畫像人。」

〔三〕三界：佛教語，指欲界、色界、無色界。源自古印度傳統，將有情衆生所住世界分爲高下三個層次：欲界爲食欲、淫欲特盛的世界；色界爲已離麤欲而只享受精妙境像的世界；無色界爲離物質享受而只有精神存在於定心狀態中的世界。見《俱舍論・世分别品第三之一》。佛教以爲三界爲「迷界」，衆生均在三界中生死輪回，只有從中解脱，達到涅槃，才是最高境界。唐陳子昂《夏日暉上人房别李參軍崇嗣》：「自超三界樂，安知萬里征。」

極品隨朝，疑是倪宫保〔一〕。百萬纏腰，誰是姚三老〔二〕？富貴不堅牢，達人須自曉。蘭蕙蓬蒿，看來都是草〔三〕。鸞鳳鴟梟，算來都是鳥〔四〕。北邙路兒人怎逃〔五〕？及早尋歡樂。痛飲百萬觴，大唱三千套，無常到來猶恨少〔六〕。

【箋注】

〔一〕宫保：明朝官員的虚銜。一般稱太子太保、少保爲宫保。倪宫保其人不詳。

〔二〕姚三老：古時上元地方首富。《欽定四庫全書總目提要》卷一百九十二《市隱園詩文》：「劉元卿《應諧録》載：『上元姚三老貲甲閭右，嘗買别墅，其中有池亭假山，皆太湖怪石。有狂客王大癡詢知姚謀之久，其主以無可奈何而賤售，因諷以當效刻石平泉，垂戒子孫，異時無可奈何，不宜賤售。』」

〔三〕「蘭蕙」二句：是説象徵高潔的蘭草、蕙草與象徵卑賤的蓬草、蒿草，看上去都是草。蘭蕙，兩種香草名。唐齊己《荆渚病中因思匡廬遂成三百字寄梁先輩》：「幽香發蘭蕙，穢莽摧丘墟。」蓬蒿，兩種雜草名。唐李白《白馬篇》：「羞入原憲室，荒徑隱蓬蒿。」

〔四〕「鸞鳳」二句：是説優雅的鸞鳥、鳳凰與鴟鴞一類的凶禽，其實都是鳥。鸞鳳，鸞鳥和鳳凰。鴟梟（chī xiāo），鴟鴞。晋陸璣《毛詩草木鳥獸蟲魚疏》卷下：「鴟鴞，似黄雀而小，其喙尖如錐，取茅莠爲巢，以麻紩之，如刺襪然，縣著樹枝。」一説，像貓頭鷹一類的鳥。舊時被認爲是惡鳥，常用以喻奸邪惡人。漢賈誼《惜誓》：「黄鵠後時而寄處兮，鴟梟羣而制之。」唐趙摶《琴歌》：「真龍不聖土龍聖，鳳皇啞舌鴟梟鳴。」梟，通「鴞」。鳥綱鴟鴞科各類的泛稱。

〔五〕北邙：山名，借指墓地。

〔六〕無常：即無常鬼。舊時迷信説法，指人死時勾攝生魂的使者。宋倪君奭《夜行船》（年少疏狂今已老）：「説與無常二鬼道。」

禮拜彌陀〔一〕，也難憑信它。懼怕閻羅〔二〕，也難回避他。枉自苦奔波，回頭才是可。口似懸河〔三〕，也須牢閉呵！手似揮戈，也須牢袖呵！越不聰明越快活，省了些閑災禍。家私那用多？官爵何須大？我笑别人人笑我。

【箋　注】

〔一〕彌陀：大乘佛教佛名，阿彌陀佛之略稱。佛教指西方「極樂世界」的教主，爲淨土宗主要信仰對象。意譯爲「無量光」「無量壽」，與釋迦、藥師並稱三尊。唐吕巖《七言》：「半醉好吞龍鳳髓，勸君休更認彌陀。」

〔二〕閻羅：傳説中主管地獄的神。亦稱「閻羅王」「閻王」。《法苑珠林》卷七《地獄部·典主部》載，獄主閻羅王昔爲毗沙國王，與維陀始生王共戰，兵力不敵，因立誓願爲地獄主。此王能主宰人的生死，安排生前未作惡者投胎，審判和懲罰生前作惡者，將十惡不赦者打入十八層地獄，永世不得超生。唐拾得《詩》：「閻羅使來追，合家盡啼哭。」

〔三〕口似懸河：形容人能言善辯，説話滔滔不絶。又作「口若懸河」「口如懸河」。語出南朝宋劉義慶《世説新語·賞譽》：「王太尉云：『郭子玄語議如懸河寫水，注而不竭。』」唐白居易《神照上人》：「心如定水隨形應，口似懸河逐病治。」

暮鼓晨鐘，聽得咱耳聾。春燕秋鴻〔一〕，看得咱眼矇。猶記做孩童，俄然成老翁。休逞姿容，難逃青鏡中。休使英雄，都堆黄土中。算來不如閑打哄〔二〕，枉自把機關弄〔三〕。跳出麵糊盆〔四〕，打破酸虀甕〔五〕，誰是惺惺誰懵懂〔六〕？

【箋　注】

〔一〕春燕秋鴻：謂春天飛來燕子，秋天飛去鴻雁。後形容時光推移。元汪元亨《朝天子·歸隱》：「暮鼓晨鐘，秋鴻春燕，隨光陰閑過遣。」

〔二〕打哄：胡鬧，開玩笑。宋張鎡《水龍吟》（這番真個休休）：「許多時打哄，鯰魚上竹，被人弄、知多少。」

〔三〕機關：周密而巧妙的計謀或計策。宋范仲淹《剔銀燈·與歐陽公席上分題》：「用盡機關，徒勞心力，只得三分天地。」

〔四〕麵糊盆：喻名利場。元關漢卿《趙盼兒風月救風塵》第四折《收尾》：「麵糊盆再休説死生交，風月所重諧燕鶯侶。」

〔五〕酸虀甕：喻混雜糾纏。

〔六〕惺惺：指聰慧之人。唐司馬扎《滄浪峽》：「我殊惺惺者，猶得滄浪趣。」懵懂：糊塗。宋葛長庚《賀新郎》（遥想陽明洞）：「垂手入廛長是醉，醉則從教懵懂。」

【解　析】

伯虎經歷科場之獄後，絶意仕進，道家思想是其思想主流。反映到文學創作上，他寫過《解惑歌》《世情歌》一類勸世作品，這一組散曲的主旨亦是勸世。這類作品的語言特點是通俗如話，多方譬喻，務求婦孺能解。

唐伯虎詩文全集　卷五

書

上吴天官書

寅再拜：昔王良適齊〔一〕，投策而嘆；歐冶去越〔二〕，折劍言詞。藝不云售，慨猶若此，况深悲極憤者乎？寅夙遭哀閔〔三〕，室無强親〔四〕，計鹽米，圖婚嫁；察雞豚，持門户。明星告旦〔五〕，而百指伺餔；飛鼠啓夕〔六〕，而奔馳未遑。秋風飄爾，而舉翮觸隅；周道如砥，而垂頭伏櫪〔七〕。輿隸交叱，刀錐並侵；煙爨就微〔八〕，顛仆相繼。徬徨闉闍之下〔九〕，婆娑里巷之側〔一〇〕。飛塵揚波，行人如蟻；恫恫惆惆，不可與處。此乃有生之憂，非寅之所畏也。至若槿樹辭榮，芳林引暮。學書不成，爲箕未貨。艷色廢于羣醜，齊音咻乎衆楚〔一一〕。雞既鳴矣，而飄摇遠遊；日云夕矣，而契闊痦嘆〔一二〕。九衢延絲，而窮轍漣如〔一三〕；高門將將〔一四〕，而敗刺無從。又漢綱横施，略瑕録腐。駑馬效其馳驅，鉛刀礪其銛鍔〔一五〕。有志功名之士，扼腕攘袂之秋也〔一六〕。若肆目五山，總轡遼野；横披六合〔一七〕，縱馳八極〔一八〕。無事悼情①，慷慨然諾；壯氣雲蒸，烈志風合。戮長蜺，令赤海；斷修蛇〔一九〕，使丹嶽。功成事遂，身斃名立。斯亦人生之一快，而寅之素期也。乃至凍蠅垂翅，絶望驥後；斥鷃棲蒿〔二〇〕，仰思鴻末。念言自致，力薄羽微。人生若朝露〔二一〕，百年猶飛電。一旦先犬馬，何從效分寸哉〔二二〕？使童牛躑躅于重基②〔二三〕，狐狸跳梁于元穸〔二四〕。皮毛並没，草木同塵。雍門援琴〔二五〕，籲其傷矣！墨子悲絲〔二六〕，殊乎昨矣！華省陳筵〔二七〕，不可作矣！蟲悲風喧，時代及矣！此寅所以撫案而思，仰天而嘆，不能不爲之憤悒而哀傷也！執事俊榜魁元，清時宰相。羔羊有不渝之節〔二八〕，鳴鶴得靡作之道〔二九〕。木鐸警衆〔三〇〕，魏象詔民〔三一〕。裁成風雨，旋轉日月。朝廷之師臣，海内之人望。所謂域中銀斗高標〔三二〕，海内瑶山共仰矣〔三三〕。寅瞻桑仰梓〔三四〕，得俱井邑〔三五〕。感於斯之義，冒通家之請〔三六〕。謹録所著投贄〔三七〕。嗟乎！平子縟才，乃假聲于三都之賦〔三八〕；孟陽後進，敢托途于劍閣之銘〔三九〕。所以得旁展豐談，直施利筆。苟其不爾，則前愆並聚，後悔何尋？寅竊不料反顧微軀，塊然一物〔四〇〕。若得充後陳之清問〔四一〕，被壁上之餘光，則枯骨不朽。故敢伏光範，門下請教，不勝惶恐之至！

袁宏道評：壯甚。

【校記】

①「無事」，何本作「撫事」。　②「童牛」，何本作「牛僮」。

【題　解】

此信寫於弘治九年（一四九六），是給吏部侍郎吴寬的一封自薦信。周道振、張月尊《唐寅集》附録六《年表》：「時吴寬以吏部侍郎居繼母憂於家，寅有上吴天官書。」信中投謁以期提拔之意至顯。吴天官：即吴寬（一四三五—一五〇四）。字原博，號匏庵，長洲（今江蘇蘇州）人。明代名臣，擅詩文、書法，喜藏書，與沈周、王鏊等交遊頗密。成化八年（一四七二）狀元及第，授修撰。侍講孝宗東宫，官至禮部尚書。有《匏庵集》。

【箋　注】

〔一〕王良：春秋時善馭馬者。喻識才之人。漢劉安《淮南子·覽冥訓》：「昔者，王良、造父之御也，上車攝轡，馬爲整齊而斂諧，投足調均，勞逸若一，心怡氣和，體便輕畢，安勞樂進，馳騖若滅，左右若鞭，周旋若環，世皆以爲巧，然未見其貴者也。」漢東方朔《七諫·哀命》：「當世豈無騏驥兮，誠無王良之善馭。」唐曹唐《病馬五首呈鄭校書章三吴十五先輩》之五：「王良若許相擡策，千里追風也不難。」

〔二〕歐冶：即歐冶子，春秋時著名冶工。漢袁康《越絶書·外傳記寶劍》載，相傳春秋時，鑄劍名工歐冶子曾爲越王鑄湛盧、純鈎、勝邪、魚腸、巨闕五劍，後與干將爲楚王鑄龍淵、泰阿、工布三劍，皆爲曠世寶劍。

〔三〕哀閔：同情，憐惜。《資治通鑑·後晉紀·高祖聖文章武明德孝皇帝中》：「諸節度使没於虜庭者，皆延頸企踵以待王師，良可哀閔。」

〔四〕强親：比較親近的親族。唐鮑溶《春日言懷》：「歲寒虛盡力，家外無强親。」

〔五〕明星告旦：謂啓明星現於東方，預示早晨即將到來。唐李賀《夜坐吟》：「明星爛爛東方陲，紅霞梢出東南涯，陸郎去矣乘班騅。」

〔六〕飛鼠：鼯鼠。形似蝙蝠，能飛。喜靜，早晨和黄昏活動頻繁。《山海經·北山經》：「天池之山……有獸焉，其狀如兔而鼠首，以其背飛，其名曰飛鼠。」宋蘇軾《和孫同年卞山龍洞禱晴》：「我來叩石户，飛鼠翻白鴉。」

〔七〕「周道」二句：化用《詩·小雅·大東》「周道如砥，其直如矢」的句意，反其意而用之。謂大路平坦暢達，却因壯志未酬而不得不垂下頭來。周道，大路。砥，磨刀石。伏櫪，喻壯志未酬，蟄居待時。典出三國魏曹操《步出夏門行》：「老驥伏櫪，志在千里。烈士暮年，壯心不已。」南朝宋鮑照《擬古八首》之六：「不謂乘軒意，伏櫪還至今。」

〔八〕煙爨（cuàn）：生煙火而炊。唐皮日休《貧居秋日》：「貧家煙爨稀，竈底陰蟲語。」《舊唐書·劉晏傳》：「居無尺椽，人無煙爨，蕭條悽慘，獸遊鬼哭。」

〔九〕闉闍（yīn dū）：城門外甕城的重門。泛指城門。《詩·鄭風·出其東門》：「出其闉闍，有女如荼」。毛傳：「闉，曲城也。闍，城臺也。」三國魏應璩《與侍郎曹長思書》：「叔田有無人之歌，闉闍有匪存之思，風人之作，豈虛也哉！」

〔一〇〕婆娑：盤旋，徘徊。戰國宋玉《神女賦》：「既姽嫿於幽靜兮，又婆娑乎人間。」唐白居易《閒題家池寄王屋張道士》：「有叟頭似雪，婆娑乎其間。」

〔一一〕咻於衆楚：指衆多外來的干擾。典出《孟子·滕文公下》：「『有楚大夫於此，欲其子之齊語也，則使齊人傅諸，使楚人傅諸？』曰：『使齊人傅之。』曰：『一齊人傅之，衆楚人咻之，雖日撻而求其齊也，不可得矣。引而置之莊、嶽之間數年，雖日撻而求其楚，亦不可得矣。』」亦作「楚人咻」「咻楚」「一傅衆咻」等。宋王安石《寓言九首》之二：「如傅一齊人，以萬楚人咻。云復學齊言，定復不可求。」

〔一二〕「日云」二句：形容時間流逝而壯志未酬。契闊寤嘆，化用《詩·小雅·大東》「契契寤嘆」的句意，謂因憂心而無法入睡。契闊，勞苦，勤苦。唐駱賓王《疇昔篇》：「丈夫坎壈多愁疾，契闊迍邅盡今日。」寤嘆，睡不著而嘆息。《詩·曹風·下泉》：「愾我寤嘆，念彼周京」。唐張九齡《在郡秋懷二首》之一：「寂寞遊子思，寤嘆何人知。」

〔一三〕「九衢」二句：是說在寬闊通暢的道路上佇立遠望，想到自己艱難的處境而淚水漣漣。九衢，猶九陌。漢長安城有八街九陌，四通八達。唐王建《斜路行》：「九衢大道人不行，走馬奔車逐斜路。」窮轍，猶末路。喻窮困的處境。唐唐彦謙《送樊琯司業歸朝》：「賤子悲窮轍，當年亦擅場。」漣如，淚流不斷貌。亦作「漣洏」。三國魏曹植《鼙舞歌·精微篇》：「盤桓北闕下，泣淚何漣如。」

〔一四〕將將（qiāng qiāng）：高大、雄壯貌。《詩·大雅·緜》：「迺立應門，應門將將。」毛傳：「將將，嚴正也。」漢枚乘《七發》：「顒顒卬卬，椐椐强强，莘莘將將。」李善注：「將將，高貌也。」

〔一五〕駑馬、鉛刀：喻平庸之才。常作謙詞。《後漢書·隗囂傳》：「但駑馬鉛刀，不可强扶。」李賢注：「駑馬，最下者也。《説文》：『鉛，青金也。』似錫而色青。賈誼云：『鉛刀爲銛。』言駑馬鉛刀，不可强扶持而用也。」銛（xiān）鍔：鋒利刀刃。

〔一六〕扼腕攘袂：握住手腕，捋起袖子。形容激動、振奮、氣憤。亦作「攘袂扼腕」。唐歐陽詢《藝文類聚·人部五·性命》：「晋仲長敖《覈性賦》曰：『……仰則扼腕，俯則攘袂。』」《舊唐書·楊國忠傳》：「立朝之際，或攘袂扼腕，自公卿已下，皆頤指氣使，無不讋憚。」

〔一七〕六合：指天地四方。《莊子·齊物論》：「六合之外，聖人存而不論；六合之内，聖人論而不議。」成玄英疏：「六合，謂天地四方也。」亦泛指天下。

〔一八〕八極：指最邊遠之地。漢劉安《淮南子·墬形訓》：「天地之間，九州八極。」唐白居易《八駿圖（戒奇物懲佚遊也）》：「四荒八極踢欲徧，三十二蹄無歇時。」

〔一九〕斷修蛇：用漢高祖劉邦斬蛇事。此指幫助帝王建功立業。

〔二〇〕斥鷃棲蒿：形容識淺志小，無所作爲。典出《莊子·逍遥遊》：「諧之言曰：鵬之徙於南冥也，水擊三千里。摶扶摇而上者九萬里。去以六月息者也。……蜩與學鳩笑之曰：『我決起而飛，槍榆枋，時則不至，而控於地而已矣。奚以之九萬里而南爲？』……斥鴳笑之曰：『彼且奚適也？我騰躍而上，不過數仞而下，翱翔蓬蒿之間，此亦飛之至也。而彼且奚適也？』」三國魏嵇康《述志詩二首》

之二：「斥鷃擅蒿林，仰笑神鳳飛。」此用爲謙辭。斥鷃，小澤之雀。喻識淺志小之人。

〔二一〕「人生」句：用晋潘岳《内顧詩二首》之二成句，以朝露易逝喻人生短暫。詩云：「獨悲安所慕，人生若朝露。」

〔二二〕「一旦」二句：謂像犬馬報恩那樣爲國家效力。典出晋陶潛《搜神後記》卷九：「晋太和中，廣陵人楊生，養一狗，甚愛憐之，行止與俱。後生飲酒醉，行大澤草中，眠，不能動。時方冬月燎原，風勢極盛。狗乃周章號唤，生醉不覺。前有一坑水，狗便走往水中還，以身灑生左右草上。如此數次，周旋跬步，草皆沾濕，火至免焚。生醒，方見之。」《南史·章昭達傳》：「當效犬馬之用，以盡臣節，自餘無以奉償。」

〔二三〕童牛：未出角之牛，小牛。《易·大畜》：「童牛之牿。」虞翻注：「無角之牛也。」《後漢書·南蠻西南夷傳·冉駹夷》：「有旄牛，無角，一名童牛，肉重千斤，毛可爲毦。」重基：指高山。三國魏曹植《離友詩三首》之二：「臨渌水兮登重基，折秋華兮采靈芝。」

〔二四〕跳梁：騰躍跳動。亦作「跳踉」。《莊子·逍遥遊》：「子獨不見狸狌乎？卑身而伏，以候敖者。東西跳梁，不辟高下。中於機辟，死於網罟。」唐杜甫《乾元中寓居同谷縣作歌七首》之五：「黄蒿古城雲不開，白狐跳梁黄狐立。」元穸：指墳墓。穸，即窀穸，安葬。《春秋左傳·襄公十三年》：「唯是春秋窀穸之事，所以從先君於禰廟者，請爲『靈』若『厲』，大夫擇焉。」南朝宋鮑照《代貧賤苦愁行》：「以此窮百年，不如還窀穸。」

〔二五〕雍門援琴：指哀傷的曲調。典出漢劉向《説苑·善説》：戰國時齊國賢者雍門子周以善琴見孟嘗君，孟嘗君曰：「先生鼓琴，亦能令文悲乎？」雍門子周曰：「臣何獨能令足下悲哉！」「夫以秦、楚之强而報讐於弱薛，譬之猶摩蕭斧而伐朝菌也，必不留行矣。天下有識之士，無不爲足下寒心酸鼻者。千秋萬歲之後，廟堂必不血食矣。」孟嘗君聞之，悲淚盈眶。雍門子周乃援琴而鼓，孟嘗君增悲流涕曰：「先生之鼓琴，令文立若破國亡邑之人也。」亦作「雍門琴」。《三國志·蜀書·郤正傳》：「雍門援琴而挾説，韓哀秉轡而馳名。」

〔二六〕墨子悲絲：指受時俗影響而不能自拔。亦作「墨子悲染絲」。典出《墨子·所染》：「子墨子言見染絲者而嘆，曰：『染於蒼則蒼，染於黄則黄，所入者變，其色亦變，五入必而已，則爲五色矣！故染不可不慎也！』」又漢劉安《淮南子·説林訓》：「墨子見練絲而泣之，爲其可以黄，可以黑。」唐李瀚《蒙求》：「墨子悲絲，楊朱泣岐。」

〔二七〕華省：尚書省的別稱。亦稱「畫省」「粉省」或「粉署」。唐徐堅《初學記》卷一一四《居處部》：「《漢宫典職》：『漢省中皆胡粉塗壁，畫古烈士，則其事也。』」又《太平御覽》卷二一五《職官部十三·總叙尚書郎》引漢應劭《漢官儀》：「省皆胡粉塗畫古賢人烈女，郎握蘭含香，趣走丹墀奏事。」因有此稱。唐方干《送姚合員外赴金州》：「受詔從華省，開旗發帝州。」

〔二八〕羔羊：本爲《詩經》篇名，藉以稱譽士大夫正直節儉、進退有節。《詩·召南·羔羊》：「羔羊之皮，素絲五紽。退食自公，委蛇委蛇。」《詩序》：「《羔羊》，鵲巢之功致也。召南之國，化文王之政，在位皆節儉正直，德如羔羊也。」孔穎達疏：「毛以爲召南大夫皆正直節儉……既外服羔羊之裘，内有羔羊之德，故退朝而食，從公門入私門，布德施行。」《三國志·蜀書·吕乂傳》：「董和蹈羔羊之素，劉巴履清尚之節。」

〔二九〕鳴鶴：喻誠篤之心相互應和。亦作「鳴鶴之應」。《易·中孚》：「鳴鶴在陰，其子和之。」王弼注：「立誠篤至，雖在闇昧，物亦應焉。」孔穎達疏：「處於幽昧而行不失信，則聲聞于外，爲同類之所應焉。」晋棗嵩《贈杜方叔詩》之五：「鳴鶴在陰，縻爵君子。」

〔三〇〕木鐸：銅質而以木爲舌的大鈴。古代宣佈教令時，振之以警衆。《周禮·天官冢宰·小宰》：「徇以木鐸。」鄭玄注：「木鐸，木舌也。文事奮木鐸，武事奮金鐸。」《論語·八佾》：「天下之無道也久矣，天將以夫子爲木鐸。」

〔三一〕魏象：即魏闕。宫門兩邊巍然高出的臺觀，其下爲懸布法令之所。借指宫室、朝廷。亦作「象魏」。《後漢書·董卓傳》：「矢延王輅，兵纏魏象。」李賢注：「纏，繞也。魏象，闕也。」《周禮·天官冢宰·大宰》：「正月之吉，始和，布治於邦國都鄙，乃縣治象之法於象魏，使萬民觀治象，挾日而斂之。」

〔三二〕域中：宇内，國内。《老子》二十五章：「域中有四大，而王居其一焉。」晋孫綽《遊天台山賦》：「釋域中之常戀，暢超然之高情。」銀斗：銀河、北斗。喻指仰望之對象。

〔三三〕瑶山：傳説中的仙山。南朝梁簡文帝蕭綱《南郊頌》序：「宛若千仞，狀懸流之仙館；焕如五彩，同瑶山之帝壇。」

〔三四〕瞻桑仰梓：謂仰望故鄉。桑梓，指故鄉或父老鄉親。《詩·小雅·小弁》：「維桑與梓，必恭敬止。」朱熹集傳：「桑梓二木，古者五畝之宅，樹之牆下，以遺子孫給蠶食、具器用者也。……言桑梓父母所植。」

〔三五〕俱井邑：謂爲同鄉。井邑，市井村落。語出《周禮·地官司徒·小司徒》：「九夫爲井，四井爲邑。」晋陸雲《答張士然》：「修路無窮跡，井邑自相循。」

〔三六〕通家：世交；姻親。《舊唐書·許紹傳》：「公追硯席之舊歡，存通家之曩好，明鑒去就之理，洞識成敗之機。」唐白居易《皇甫郎中親家翁赴任絳州宴送出城贈别》：「慕賢入室交先定，結援通家好復成。」

〔三七〕投贄：進呈詩文或禮物求見。《舊五代史·周書·沈遘傳》：「遘爲人謙和，勤於接下，每文士投贄，必擇其賢者而譽之，故當時後進之士多歸焉。」唐鄭谷《叙事感恩上狄右丞》：「昔歲曾投贄，關河在左馮。」

〔三八〕「平子」二句：是説張衡富有才華，借《三都賦》名揚天下。平子，指張衡（七八—一三九）。字平子，南陽西鄂（今河南南陽石橋鎮）人。東漢文學家、科學家。歷任太史令、河間相、尚書等職。爲漢賦四大家之一，代表作有《二京賦》《思玄賦》《歸田賦》等。發明了渾天儀、地動儀等。綀才，猶美才，多才。三都之賦，指《吴都賦》《魏都賦》《蜀都賦》，合稱《三都賦》。爲晋左思歷時十年所作佳作，賦成之日，人們競相傳抄，一時之間，洛陽紙貴。此處當爲伯虎誤記。

〔三九〕「孟陽」二句：是說張載後來精進，敢托《劍閣銘》改變人生命運。孟陽，指張載。字孟陽，安平（今屬河北）人，生卒年不詳。西晉文學家。任中書郎、著作郎等職，因世亂稱病告歸。與其弟協、亢俱以文學著名，時稱「三張」。其詩頗重辭藻，明人集有《張孟陽集》。劍閣之銘，指《劍閣銘》。張載太康初年到蜀地探家途經劍閣所作，記地勢之險要，發存亡之感慨。因益州（今四川成都）刺史張敏所薦，此文被晉武帝派人刻於劍閣山上，名重當代，揚聲後世。

〔四〇〕塊然：木然無動於衷貌。《莊子·應帝王》：「於事無與親，雕琢復樸，塊然獨以其形立。」成玄英疏：「塊然，無情之貌也。」

〔四一〕充後陳之清問：謂充當幕僚或顧問。

【解　析】

這是一封渴望得到賞識、提拔的自薦信。開頭以各有專長的王良、歐冶子領起，略作鋪墊。轉而敘述自己以賣字畫爲生的窘況和有志未得伸展的憂憤，低沉悲戚。接着極力展露其願效古人建功立業的錚然之志，其中從「若肆目五山」至「而寅之素期也」，追慕古代縱放馳騁、豪氣衝天、拯救萬民的豪傑，藉以抒發自己對「功成事遂」、「身斃名立」的渴望，這正是伯虎早年鴻鵠之志的生動表現；最後頌揚吳寬清德，表明投謁以期提拔之心。全文貫注著强烈的進取意願，袁宏道評曰「壯甚」，準確概括了伯虎早期散文的風格。

與文徵明書

寅白徵明君卿〔一〕：竊嘗聞之〔二〕，累籲可以當泣，痛言可以譬哀〔三〕。故姜氏嘆于室，而堅城爲之隳堞〔四〕；荆軻議于朝，而壯士爲之徵劍〔五〕。良以情之所感，木石動容〔六〕；而事之所激，生有不顧也。昔每論此，廢書而嘆。不意今者，事集於僕〔七〕。哀哉哀哉！此亦命矣！俯首自分〔八〕，死喪無日，括囊泣血〔九〕，羣于鳥獸。而吾卿猶以英雄期僕〔一〇〕，忘其罪累，殷勤教督，罄竭懷素〔一一〕。缺然不報，是馬遷之志，不達于任侯〔一二〕；少卿之心，不信于蘇季也〔一三〕。計僕少年，居身屠酤，鼓刀滌血①，獲奉吾卿周旋，頡頏婆娑〔一四〕，皆欲以功名命世。不幸多故，哀亂相尋，父母妻子，躡踵而没〔一五〕，喪車屢駕，黄口嗷嗷〔一六〕。加僕之跌宕無羈，不問生産〔一七〕，何有何無②？付之談笑。鳴琴在室，坐客常滿③，而亦能慷慨然諾，周人之急〔一八〕。嘗自謂布衣之俠，私甚厚魯連先生與朱家二人〔一九〕，爲其言足以抗世〔二〇〕，而惠足以庇人。願賫門下一卒，而悼世之不嘗此士也。蕪穢日積，門户衰廢，柴車索帶，遂及藍縷〔二一〕。猶幸藉朋友之資，鄉曲之譽〔二二〕，公卿吹噓，援枯就生，起骨加肉，猥以徵名，冒東南文士之上④〔二三〕。方斯時也，薦紳交遊〔二四〕，舉手相慶，將謂僕濫文筆之縱横，執談論之户轄。岐舌而贊，並口而稱。牆高基下，遂爲禍的。側目在旁，而僕不知；從容晏笑，已在虎口。庭無繁桑，貝錦百匹〔二五〕；讒舌萬丈，飛章交加〔二六〕。至于天子震赫，召捕詔獄〔二七〕，身貫三木〔二八〕，卒吏如虎，舉頭搶地〔二九〕，洟泗横集。而後崑山焚如，玉石皆燬〔三〇〕；下流難處，衆惡所歸⑤〔三一〕。續絲成網羅〔三二〕，狼衆乃食人；馬氂切白玉〔三三〕，三言變慈母〔三四〕。海内遂以寅爲不齒之士，握拳張膽⑥，若赴仇敵，知與不知，畢指而唾，辱亦甚矣！整冠李下，掇墨甑中〔三五〕。僕雖聾盲，亦知罪也。當衡者哀憐其窮，點檢舊章，責爲部郵。將使積勞補過，循資干禄〔三六〕。而蘧篨戚施〔三七〕，俯仰異態。士也可殺，不能再辱〔三八〕。嗟乎吾卿！僕幸同心于執事者〔三九〕，于兹十五年矣。錦帶懸髦〔四〇〕，迨于今日，瀝膽濯肝〔四一〕，明何嘗負朋友，幽何嘗畏鬼神？兹所經由，慘毒萬狀。眉目改觀，愧色滿面。衣焦不可伸，履缺不可納⑦。僮奴據案，夫妻反目。舊有獰狗，當户而噬⑧。反視室中，甂甌破缺〔四二〕。衣履之外，靡有長物〔四三〕。西風鳴枯，蕭然羈客〔四四〕。嗟嗟咄咄，計無所出。將春掇桑椹，秋有橡實；餘者不迨，則寄口浮屠〔四五〕，日願一餐，蓋不謀其夕也。籲欷乎哉⑨！如此而不自引決，抱石就木者〔四六〕，良自怨恨，筋骨柔脆，不能挽强執鋭，攬荆吴之士，劍客大俠，獨當一隊，爲國家出死命，使功勞可以紀録。乃徒以區區研摩刻削之材而欲周濟世間⑩，又遭不幸，原田無歲〔四七〕，禍與命期。抱毁負謗，罪大罰小，不勝其賀矣。竊窺古人，墨翟拘囚，乃有薄喪〔四八〕；孫子失足，爰著兵法〔四九〕；馬遷腐戮，《史記》百篇〔五〇〕；賈生流放，文詞卓落〔五一〕。

不自揆測，願麗其後，以合孔氏不以人廢言之志〔五二〕。亦將檃括舊聞，總疏百氏⑪〔五三〕，叙述十經，翱翔藴奥，以成一家之言〔五四〕。傳之好事，托之高山〔五五〕，没身而後，有甘鮑魚之腥，而忘其臭者〔五六〕。傳誦其言，探察其心，必將爲之撫缶命酒，擊節而歌嗚嗚也〔五七〕。嗟哉吾卿！男子闔棺事始定，視吾舌存否也〔五八〕？僕素佚俠⑫，不能及德。欲振謀策，操低昂，功且廢矣。若不託筆札以自見，將何成哉？譬若蜉蝣，衣裳楚楚〔五九〕，身雖不久，爲人所憐。僕一日得完首領，就柏下見先君子，使後世亦知有唐生者〔六〇〕。歲月不久，人命飛霜，何能自戮塵中，屈身低眉，以竊衣食，使朋友謂僕何，使後世謂唐生何？素自輕富貴猶飛毛⑬，今而若此，是不信于朋友也。寒暑代遷，裘葛可繼，飽則夷猶〔六一〕，饑乃乞食，豈不偉哉？黄鵠舉矣〔六二〕！驊騮奮矣〔六三〕！吾卿豈憂戀棧豆嚇腐鼠邪⑭〔六四〕？此外無他談。但吾弟弱不任門户〔六五〕，傍無伯叔，衣食空絶，必爲流莩〔六六〕。僕素論交者，皆負節義。幸捐狗馬餘食，使不絶唐氏之祀，則區區之懷，安矣樂矣，尚復何哉？唯吾卿察之！

【題　解】

此信寫於明弘治十三年（一五〇〇）。此前一年，伯虎與徐經（一四七三—一五〇七，字直父，别號「西塢」，江陰梧塍里人，徐霞客高祖。家財豐厚，弘治八年中舉。）同往京城參加會試，因舞弊案受累下獄。出獄後被發往浙江爲小吏，恥不就，回蘇州後寫此信。信中回顧自身坎坷經歷和艱難處境，抒發遭受奇恥大辱的悲愴和憤懣，感念友人的不離不棄，並以身後事相托。情感沉痛凄絶，行文質樸暢達。文徵明：見本書卷三《題畫四首》（晚雲明漏日）題解。

【校　記】

①「鼓刀滌血」，何本作「鼓刀滌皿」。　②「何有何無」，何本作「何有何亡」。　③「坐客常滿」，何本作「坐客長滿」。　④「文士」，何本作「多士」。　⑤「衆惡」，何本作「惡惡」。　⑥「握拳」，何本作「仍拳」。　⑦「履缺」，何本作「履決」。　⑧「當户」，何本作「當門」。　⑨「籲欷」，何本作「呼欷」。　⑩「研摩刻削」，何本作「研靡刻削」。　⑪「總疏」，何本作「總統」。　⑫「佚俠」，何本作「迭俠」。　⑬「素自」，何本作「素日」。　⑭「棧豆」，何本作「殘豆」。

【箋　注】

〔一〕君卿：古代對人的敬稱。《漢書·王尊傳》：「太守以今日至府，願諸君卿勉力正身以率下。」

〔二〕竊：猶言私。常用作表示個人意見的謙詞。《論語·述而》：「述而不作，信而好古，竊比於我老彭。」

〔三〕「累籲」二句：不停地嘆息可以當作悲泣，沉痛地叙説可以如同表達哀怨。可以當泣，語出古樂府《悲歌行》：「悲歌可以當泣，遠望可以當歸。」

〔四〕「故姜氏」二句：用孟姜女哭長城事。相傳秦始皇時，孟姜女因丈夫被迫離家修長城而萬里送寒衣，哭於城下，城崩裂，見丈夫屍骸，投海而死。故事起於唐，可能由春秋時「杞梁妻」哭夫崩城事附會而成。漢劉向《列女傳·齊杞梁妻》：「齊杞梁殖之妻也，莊公襲莒，殖戰而死。莊公歸，遇其妻，使使者弔之於路。杞梁妻曰：『令殖有罪，君何辱命焉？若令殖免於罪，則賤妾有先人之弊廬在，下妾不得與郊弔。』於是莊公乃還車，詣其室，成禮然後去。杞梁之妻無子，内外皆無五屬之親。既無所歸，乃就其夫之屍，於城下而哭之，内誠動人，道路過者莫不爲之揮涕，十日而城爲之崩。」宋孫奭疏《孟子·告子下》亦謂杞梁妻名孟姜。敦煌詞《擣練子》（孟姜女）：「孟姜女，杞梁妻，一去燕山更不歸。」姜氏，指孟姜女。隳（huī）堞，毀壞城牆。

〔五〕「荆軻」二句：用荆軻刺秦王、樊於期自刭相助事。《史記·刺客列傳》載，戰國時著名刺客荆軻受燕太子丹之請，赴秦刺殺秦王政，事未成，被殺。逃亡燕國的秦將軍樊於期爲使荆軻有見秦王的見面禮，引劍自刭，奉上頭顱。唐周曇《春秋戰國門·荆軻》：「反刃相酬是匹夫，安知突騎駕羣胡。有心爲報懷權略，可在於期與地圖。」徵劍，拔劍自殺。

〔六〕動容：内心有所感，表現於面容。形容被言語、行爲所感動。唐顔萱《送羊振文歸覲桂陽》：「高掛吴帆喜動容，問安歸去指湘峰。」

〔七〕僕：自稱。謙詞。南朝宋鮑照《代東武吟》：「僕本寒鄉士，出身蒙漢恩。」漢司馬遷《報任安書》：「僕非敢如是也。」

〔八〕「俯首」二句：是説低頭自我揣測，死期即將到來。自分，自料，自以爲。《北史·梁彦光傳》：「臣自分廢黜，無復衣冠之望，不謂天恩復垂收採。」《漢書·蘇武傳》：「自分已死久矣！王必欲降武，請畢今日之歡，效死於前！」無日，不日，不久。《春秋左傳・成公七年》：「有上不弔，其誰不受亂？吾亡無日矣！」《晉書・楊駿傳》：「今宗室親重，藩王方壯，而公不與共參萬機，内懷猜忌，外樹私昵，禍至無日矣。」

〔九〕括囊泣血：無聲悲泣。形容極度悲傷。括囊，閉束袋口。喻慎密，緘口不言。《易・坤》：「六四，括囊，無咎、無譽。」孔穎達疏：「括，結也；囊，所以貯物，以譬心藏知也。閉其知而不用，故曰括囊。」《漢書・鄭弘傳》：「車丞相履伊、吕之列，當軸處中，括囊不言，容身而去，彼哉！彼哉！」泣血，無聲痛哭，淚盡血出，悲傷至極。唐杜甫《白帝城最高樓》：「杖藜嘆世者誰子，泣血迸空迴白頭。」

〔一〇〕吾卿：此指文徵明。

〔一一〕罄（qìng）竭懷素：謂竭盡滿腔真情。罄竭，竭盡，用盡。《郊廟歌辭・唐太清宮樂章・煌煌》：「罄竭誠至，希夷降靈。」宋柳永《木蘭花慢》（拆桐花爛漫）：「對佳麗地，信金罍罄竭玉山傾。」素，通「愫」。本心，真情。

〔一二〕「是馬遷」二句：是説司馬遷的志向不被任安所理解。馬遷，即司馬遷（前一四五—前九〇？）。任侯，即任安。字少卿，滎陽（今屬河南）人，生卒年不詳。武帝時任郎中、益州刺史等職。曾寫信給司馬遷，責以利用中書令之職進賢。司馬遷以《報任少卿書》回覆，申述自身不幸遭遇，抒發痛苦憤慨之情，説明隱忍苟活之因，表達無法進賢的苦衷。

〔一三〕「少卿」二句：是説李陵投降失節之無奈不被蘇武所相信。少卿，即李陵（？—前七四）。字少卿。隴西成紀（今甘肅天水秦安）人。李廣之孫，西漢名將。天漢二年（前九九）奉命擊匈奴，兵敗投降，被夷滅三族。蘇季，即蘇武（前一四〇—前六〇）。字子卿，杜陵（今陝西西安）人。西漢大臣。天漢二年（前九九）奉命出使匈奴，被扣十九年，持節不屈。後獲釋歸漢。李陵投降後曾寫《答蘇武書》，坦陳暫降匈奴之因，爲失節行爲辯解。蘇武不信其言。

〔一四〕「頡頏（xié háng）」句：是説伯虎與徵明致力學業，如鳥之同翔，不相上下。頡頏，鳥飛上下貌。喻不相上下。語出《詩·邶風·燕燕》：「燕燕于飛，頡之頏之。」晋左思《魏都賦》：「羽翮頡頏，鱗介浮沉。」婆娑，盤旋，徘徊。見本卷《上吴天官書》注〔一〇〕。

〔一五〕「躡踵（niè zhǒng）」句：謂接連死去。躡踵，踩脚跟。喻相接。

〔一六〕「黄口」句：是説孩童嗷嗷待哺。黄口，指幼兒。漢劉安《淮南子·氾論訓》：「古之伐國，不殺黄口，不獲二毛。」高誘注：「黄口，幼也。」南唐陳陶《空城雀》：「近村紅粟香壓枝，嗷嗷黄口訴朝飢。」嗷嗷，哀號聲。

〔一七〕生産：謀生之業。《北齊書·儒林傳·馮偉傳》：「後還鄉里，閉門不出將三十年，不問生産，不交賓客，專精覃思，無所不通。」《宋書·列傳·自序》：「家無餘財，未嘗問生産之事，中表孤貧悉歸焉。」

〔一八〕周：同「賙」。救濟，接濟。《梁書·何遠傳》：「其輕財好義，周人之急，言不虚妄，蓋天性也。」

〔一九〕厚：敬重。魯連：又名魯仲連，戰國時齊國高士。常爲人排難解紛，不受酬報。《史記·魯仲連鄒陽列傳》載，魯連却秦救趙，「於是平原君欲封魯連，魯連辭讓(使)者三，終不肯受。平原君乃置酒，酒酣起前，以千金爲魯連壽。魯連笑曰：『所謂貴於天下之士者，爲人排患釋難解紛亂而無取也。即有取者，是商賈之事也，而連不忍爲也。』遂辭平原君而去，終身不復見。」又：魯連曾一箭射書信，助齊下聊城，齊王「欲爵之。魯連逃隱於海上，曰：『吾與富貴而詘于人，寧貧賤而輕世肆志焉。』」唐李白《贈崔郎中宗之》：「魯連逃千金，珪組豈可酬。」朱家：秦末漢初遊俠，魯人。好結交豪士。《史記·游俠列傳》：「魯朱家者，與高祖同時。魯人皆以儒教，而朱家用俠聞。……振人不贍，先從貧賤始。家無餘財，衣不完采，食不重味，乘不過軥牛。專趨人之急，甚己之私。既陰脱季布將軍之厄，及布尊貴，終身不見也。自關以東，莫不延頸願交焉。」

〔二〇〕抗世：猶救世。

〔二一〕「蕪穢」四句：是説田地長時間不耕作而雜草叢生，家業不治理而日漸衰廢，駕馭簡陋無飾之車而需尋求韁繩，也只能找到一些破衣爛衫。蕪穢，荒蕪。謂田地不整治而雜草叢生。戰國屈原《離騷》：「雖萎絶其亦何傷兮，哀衆芳之蕪穢。」柴車，極簡陋之車。《後漢書·文苑傳·趙壹傳》：「時諸計吏多盛飾車馬帷幕，而壹獨柴車草屏，露宿其傍，延陟前坐於車下，左右莫不嘆愕。」李賢注：「柴車，弊惡之車也。」

〔二二〕鄉曲：鄉里。亦指窮鄉僻壤。因偏處一隅，故稱。漢司馬遷《報任少卿書》：「僕少負不羈之行，長無鄉曲之譽。」

〔二三〕「猥以」二句：是説曲蒙微小的名氣，而居東南一帶文人的名聲之上。猥，辱。謙詞。三國蜀諸葛亮《出師表》：「先帝不以臣卑鄙，猥自枉屈，三顧臣於草廬之中，諮臣以當世之事。」

〔二四〕薦紳：指官員、士大夫。亦作「搢紳」「縉紳」。《史記・五帝本紀》：「然《尚書》獨載堯以來，而百家言黄帝，其文不雅馴，薦紳先生難言之。」裴駰集解引徐廣曰：「薦紳即縉紳也，古字假借。」唐韓愈《送文暢師北遊》：「薦紳秉筆徒，聲譽耀前閥。」

〔二五〕貝錦：繡有貝形花紋的錦緞。喻有意誣陷他人、羅織成罪的讒言。語出《詩・小雅・巷伯》：「萋兮斐兮，成是貝錦。彼譖人者，亦已大甚。」孔穎達疏：「正義曰：女工集彼衆采而織之，使萋然兮，斐然兮，令文章相錯，以成是貝文，以爲其錦也。以興讒人集己諸過而構之，令過惡相積，故成是愆狀以爲己罪也。」南朝宋謝靈運《初發石首城》：「雖抱中孚爻，猶勞貝錦詩。」

〔二六〕飛章：報告急變的奏章。此指誣告文書。

〔二七〕詔獄：奉皇帝詔令拘禁犯人的監獄。三國左延年《秦女休行》：「平生爲燕王婦，於今爲詔獄囚。」唐李白《東海有勇婦》：「淳于免詔獄，漢主爲緹縈。」

〔二八〕三木：加在犯人頸、手、足上的刑具。《漢書・司馬遷傳》：「魏其，大將也，衣赭，關三木。」顔師古曰：「三木，在頸及手足。」

〔二九〕搶地：觸地。《戰國策・魏策四》：「布衣之怒，亦免冠徒跣，以頭搶地爾。」宋李昉等《太平廣記》卷十一《神仙十一・劉憑》：「憑於殿上，以符擲之，皆面搶地，以火焠口無氣。」亦作「槍地」。

〔三〇〕「而後」二句：是說如同昆侖山熾烈的火焰燒毁了珍貴的玉石。此喻遭受陷害、身陷囹圄、身敗名裂的厄運毁滅了所有美好的東西。

〔三一〕「下流」二句：語出《論語・子張》：「紂之不善，不如是之甚也。是以君子惡居下流，天下之惡皆歸焉。」

〔三二〕「繢絲」句：是說羅織罪名加以陷害。繢（huì），同「繪」，繪畫。此指紡織。

〔三三〕「馬氂（máo）」句：喻以柔弱勝剛强。語出漢劉安《淮南子・説山訓》：「執而不釋，馬氂截玉。」馬氂，馬尾。

〔三四〕三言變慈母：用曾母信曾參殺人事。喻流言可畏或誣枉之禍。典出《戰國策・秦策二》：「昔者曾子處費，費人有與曾子同名族者而殺人，人告曾子母曰：『曾參殺人。』曾子之母曰：『吾子不殺人。』織自若。有頃焉，人又曰：『曾參殺人。』其母尚織自若也。頃之，一人又告之曰：『曾參殺人。』其母懼，投杼踰牆而走。夫以曾參之賢，與母之信也，而三人疑之，則慈母不能信也。」唐李白《答王十二寒夜獨酌有懷》：「曾參豈是殺人者，讒言三及慈母驚。」

〔三五〕「整冠李下」二句：是說在李樹下舉手整理帽子，往蒸飯的陶甑中取墨。均指易使人生疑之事。整冠李下，典出唐歐陽詢《藝文類聚・樂部一・論樂》：「魏陳思王曹植《君子行》曰：君子防未然，不處嫌疑間。瓜田不納履，李下不正冠。」宋黄庭堅《鷓鴣天・明日獨酌自嘲呈史應之》：「浮坊酒肆狂居士，李下何妨也整冠。」甑，瓦製的煮器。

〔三六〕「當衡者」五句：是説主政之人哀憐我的窮困，查核舊案，責成我擔任衙署内傳遞文書的小吏，將讓我以長期勞作彌補以往之錯，按資歷求取禄位。當衡者，猶當政者。指主持政事之人。

〔三七〕蘧篨(qú chú)、戚施：雞胸、駝背不能俯仰者。喻指諂佞獻媚之人。語出《詩・邶風・新臺》：「燕婉之求，蘧篨不鮮。……燕婉之求，得此戚施。」毛傳：「籧篨，不能俯者。」「戚施，不能仰者。」

〔三八〕「士也」二句：士子寧可去死，也不願受辱。語出《禮記・儒行》：「儒有可親而不可劫也，可近而不可迫也，可殺而不可辱也。」

〔三九〕執事：侍從左右供使令之人。舊時書信中用以稱對方，謂不敢直陳，故向執事者陳述，以示尊敬。《春秋左傳・僖公二十六年》：「寡君聞君親舉玉趾，將辱於敝邑，使下臣犒執事。」杜預注：「言執事，不敢斥尊。」唐韓愈《上張建封僕射書》：「今之王公大人惟執事可以聞此言，惟愈於執事也可以言此事。」

〔四〇〕錦帶縣髦：指當官。錦帶，錦製帶子。《禮記・玉藻》：「居士錦帶，弟子縞帶。」孔穎達疏：「居士錦帶者，用錦爲帶，尚文也。」南朝宋鮑照《代結客少年場行》：「驄馬金絡頭，錦帶佩吴鈎。」縣，同「懸」。髦，馬鬃。

〔四一〕瀝膽濯肝：喻竭誠效忠。亦作「瀝膽隳肝」「披肝瀝膽」等。唐李頎《行路難》：「世人逐勢爭奔走，瀝膽隳肝唯恐後。」

〔四二〕甂甌（piān ōu）：盆盂一類的瓦器。漢東方朔《七諫・謬諫》：「甂甌登於明堂兮，周鼎潛乎深淵。」

〔四三〕長（cháng）物：多餘之物。南朝宋劉義慶《世説新語・德行》：「丈人不悉恭，恭作人無長物。」唐白居易《把酒》：「此外皆長物，於我云相似。」

〔四四〕蕭然：清靜冷落貌。唐無可《秋夜寄青龍寺空貞二上人》：「未得同居止，蕭然自寂寥。」羈客：寄居異地爲客。唐劉言史《越井臺望》：「獨立陽臺望廣州，更添羈客異鄉愁。」

〔四五〕寄口：猶寄食。浮屠：佛教名詞。佛陀之舊譯，因稱佛教徒爲浮屠氏，佛經爲浮屠經，後用以稱佛塔。亦作「浮圖」。唐韓愈《送僧澄觀》：「浮屠西來何施爲，擾擾四海爭奔馳。」

〔四六〕「如此」二句：是説像這樣而不自殺，抱石投水，入棺埋葬。引決，猶言自殺。亦作「引訣」。《漢書・司馬遷傳》：「此人皆身至王侯將相，聲聞鄰國，及罪至罔加，不能引決自財。」顔師古曰：「財，與裁同。古通用字。」

〔四七〕「原田」句：謂田地無收成。暗喻自己未有成就。原田，泛指原野之田。無歲，指荒年。無收成之年。唐張説《過漢南城嘆古墳》：「舊國多陵墓，荒涼無歲年。」

〔四八〕「墨翟」二句：是説墨子被拘囚，才有喪事從簡的主張。墨翟，即墨子。名翟，相傳原爲宋國人，後長期居於魯國。生卒年不詳。春秋戰國之際思想家，墨家學派創始人。現存《墨子》五十三篇，有《書葬》篇，反對儒家的繁禮厚葬，主張「節葬」。

〔四九〕「孫子」二句：是説孫臏失去膝蓋骨，於是撰著《孫臏兵法》。孫子，即孫臏。齊國阿（今山東陽谷東北）人，生卒年不詳。戰國時軍事家。曾與龐涓同學兵法，後遭其陷害，被處臏刑（削去膝蓋骨），故稱孫臏。後任齊國軍師，破殺龐涓。著有《孫臏兵法》。

〔五〇〕「馬遷」二句：是説司馬遷遭受宫刑，忍辱完成了百篇《史記》。馬遷，即司馬遷。腐戮，指宫刑。

〔五一〕「賈生」二句：是説賈誼被流放至長沙，創作了卓絶出衆的篇章。賈生，即賈誼（前二〇〇—前一六八），洛陽（今河南洛陽東）人。西漢政論家、文學家。十八歲即有才名，受漢文帝器重，曾任太中大夫。後遭權貴排擠，被貶爲長沙王太傅，撰《弔屈原賦》《鵩鳥賦》等抒憤。所著政論有《陳政事疏》《過秦論》《治安策》等。

〔五二〕「不自」三句：是説不擅自揣度，希冀追隨其後，以合乎孔子不因人而廢言的願望。揆測，揆度，推測。麗，附著，附麗。孔氏，即孔子。

〔五三〕「檃（yǐn）括」二句：是説剪裁組織原有文章的素材，彙集各種學術派别的作品並加以注疏。檃、括，是矯正邪曲之器。漢劉安《淮南子·修務訓》：「木直中繩，揉以爲輪，其曲中規，檃括之力。」此處檃括指對文章素材進行剪裁、組織。百氏，即百家。指諸子百家，亦泛指各種學術流派。

〔五四〕「敘述」三句：是説有條理地説明儒家經典，探究諸書的玄奥之義，闡發自成體系的獨特見解。十經，泛指儒家典籍。藴奥，深奥之理。宋朱熹《四書章句集注·中庸章句序》：「歷選前聖之書，所以提挈綱維、開示藴奥，未有若是其明且盡者也。」

〔五五〕「傳之」二句：是説傳承於熱心管事之人，託付于知音。高山，用高山流水典。喻知音相賞。典出《荀子・勸學》：「昔者瓠巴鼓瑟而流魚出聽，伯牙鼓琴而六馬仰秣。」楊倞注：「仰首而秣，聽其聲也。」《吕氏春秋・本味》：「伯牙鼓琴，鍾子期聽之，方鼓琴而志在太山。鍾子期曰：『善哉乎鼓琴，巍巍乎若太山。』少選之間，而志在流水。鍾子期又曰：『善哉乎鼓琴，湯湯乎若流水。』鍾子期死，伯牙破琴絶絃，終身不復鼓琴，以爲世無足復爲鼓琴者。」唐牟融《寫意二首》之一：「高山流水琴三弄，明月清風酒一樽。」

〔五六〕「有甘」二句：是説會遇到樂於閱讀自己這些没有價值的文章而不怕其陳腐之人。《孔子家語・六本》云：「與不善人居，如入鮑魚之肆，久而不聞其臭，亦與之化矣。」此爲自謙之詞。鮑魚，氣味腥臭的鹽漬魚。

〔五七〕「必將」二句：是説一定會爲我的文章拍打瓦器命人上酒，敲擊節拍放聲歌吟。戰國李斯《諫逐客書》：「夫擊甕叩缶，彈箏搏髀，而歌呼嗚嗚快耳目者，真秦之聲也。」喻興致極濃，以至狂放不羈。撫缶，敲打瓦器。擊節，點拍。形容對他人詩文或藝術等的讚賞。宋毛幵《水調歌頭・次劉若訥韻》：「傾耳新詩千首，妙處端須擊節，金石破蟲聲。」

〔五八〕視吾舌存否：喻指仕途受挫而才幹尚存。典出《史記・張儀列傳》載，戰國時，張儀遊説諸侯，楚相疑張儀盜璧，「掠笞數百，不服，醳之。其妻曰：『嘻！子毋讀書遊説，安得此辱乎？』張儀謂其妻曰：『視吾舌尚在不？』其妻笑曰：『舌在也。』儀曰：『足矣。』」唐賈島《寄友人》：「但存舌在口，當冀身遂心。」此謂自己雖遭受挫折，但仍將繼續努力。舌，此指言語、言論。

〔五九〕「譬若」二句：是説譬如朝生暮死的蜉蝣，雙翅豔麗無比。喻指人生如同蜉蝣的生命一般短促而炫目。語本《詩・曹風・蜉蝣》：「蜉蝣之羽，衣裳楚楚。」毛傳：「蜉蝣，渠略也，朝生夕死。」蜉蝣，蟲名。壽命極短。

〔六〇〕「僕一日」三句：是説我有一日若能全身而死，赴墳墓見已死的父親，讓後人也知道世上有過一個唐姓書生。首領，指頭和頸。漢楊惲《報孫會宗書》：「當此之時，自以夷滅不足以塞責，豈得全其首領，復奉先人之丘墓乎？」柏下，指墳墓。古代墓地多植松柏，故稱。先君子，稱自己死去的父親。

〔六一〕夷猶：從容貌。唐劉長卿《江中晚釣寄荆南一二相識》：「漁父自夷猶，白鷗不羈束。」

〔六二〕黄鵠(hú)：鳥名。《楚辭・惜誓》：「黄鵠之一舉兮，知山川之紆曲。再舉兮，睹天地之圜方。」

〔六三〕驊騮：赤色的駿馬。

〔六四〕「吾卿」二句：是説你怎麽擔憂我會像才智短淺之人那樣貪戀棧豆似的眼前利益、像庸俗愚鈍之人那樣喜愛腐鼠似的高官厚禄呢？棧豆，馬廄豆料。喻現存利益。《資治通鑑・魏紀・邵陵厲公中》：「范則智矣，然駑馬戀棧豆，爽必不能用也。」嚇(hè)腐鼠，以怒叱聲保住死鼠。典出《莊子・秋水》：「鴟得腐鼠，鵷鶵過之，仰而視之曰：『嚇！』今子欲以子之梁國而嚇我邪？」腐鼠，喻指令人噁心、毫無價值的東西。宋蘇軾《和劉道原寄張師民》：「腐鼠何勞嚇，高鴻本自冥。」

〔六五〕不任門户：謂不能擔當持家重任。不任，不能勝任。

〔六六〕流莩（piǎo）：流亡而餓死之人。莩，同殍。餓死之人。《孟子·梁惠王上》：「狗彘食人食而不知檢，塗有餓莩而不知發。」

【解　析】

此文以長歌當哭入手，用歷史上的孟姜女、荆軻喻己之艱難處境。接下來，回憶「僮奴據案，夫妻反目。舊有獰狗，當户而噬」，迭遭打擊時的人情冷落，而此時只有文徵明依然在用一顆友情之心温暖著自己冰冷的情懷。後一部分，則表白在受到如此奇恥大辱而堅持活下去的原因，是希望能够得到世人的正確評價。

此文在行文上有意學習司馬遷《報任安書》，因伯虎彼時真切體會到世事險惡、人情冷暖，故寫來一氣貫注，沉痛淒絶，字字血淚。

答文徵明書

寅頓首徵明足下無恙幸甚〔一〕！昔僕穿土擊革，纏雞握雉，身雜輿隸屠販之中①〔二〕，便投契足下〔三〕，是猶酌湜沚以餴饎〔四〕，採葛覃而爲絺綌也〔五〕。取之側陋，施之廊廟冠劍之次〔六〕，人以爲不類，僕竊謂足下知人。比來癡叔未死〔七〕，狂奴故若〔八〕，遂致足下投杼〔九〕，甚愧甚愧！且操奇邪之行，駕孟浪之説〔一〇〕，當誅當放，載在禮典，寅固知之。然山鵲莫喧，林鶚夜眠。胡鷹聳翮于西風，越鳥附巢于南枝〔一一〕；性靈既異，趨從乃殊。是以天地不能通神功，聖人不能齊物致。農種粟，女造布，各致其長焉。故陳張以俠正，而從斷金之好〔一二〕。温荆以偏淳，而暢伐木之義〔一三〕。蓋古人忘己齊物，等衆辯于鷇音〔一四〕。出門同人，戒伏戎之在莽也〔一五〕。寅束髮從事二十年矣〔一六〕，不能翦飾，用觸尊怒。然牛順羊逆，願勿相異也。謹覆。

【校　記】

①「身雜」，何本作「參雜」。

【題　解】

此書當作于伯虎被捲入科場案下獄歸家後。文徵明的來信不見記載，所寫應是針對伯虎任誕狂態行爲復萌的規勸。

【箋　注】

〔一〕頓首：頭叩地而拜。古代九拜之一。《周禮·春官宗伯·大祝》：「辨九拜，一曰稽首，二曰頓首。」後常用於表章、書信之首尾。足下：敬辭。稱對方。常用於下對上或同輩之間。

〔二〕輿隸：賤吏。《吕氏春秋·必己》：「輿隸姻媾小童無不敬。」唐皮日休《魯望昨以五百言見貽過有褒美内揣庸陋彌增愧悚……微旨也》：「或爲輿隸唱，或被兒童憐。」屠販：屠者販夫。亦指地位低微之人。《隋書·煬帝紀》：「時方撥亂，屠販可以登朝，世屬隆平，經術然後升仕。」宋李昉等《太平廣記》卷一百八十六《銓選二・斜封官》：「唐景龍年中，斜封得官者二百人，從屠販而踐高位。」

〔三〕投契：謂情意相合。

〔四〕湜沚：語出《詩・邶風・谷風》：「涇以渭濁，湜湜其沚。」湜，謂水清見底。漢許慎《説文解字・水部》：「湜，水清底見也。」饙饎（fēn xī）：煮飯做酒。《詩・大雅・洞酌》：「洞酌彼行潦，挹彼注滋，可以饙饎。」毛傳：「饙，餾也。饎，酒食也。」又作「饎饙」。唐賈曾《郊廟歌辭・祭汾陰樂章・雍和》：「蠲我饎饙，潔我膋薌。」

〔五〕葛：植物名，多年生的蔓草，其莖的纖維可織布。覃（tán）：深廣，延長。此指蔓生之藤。絺綌：葛布，夏天穿用。晉陶潛《自祭文》：「自余爲人，逢運之貧，簞瓢屢罄，絺綌冬陳。」

〔六〕廊廟：猶言廟堂，指朝廷。《國語・越語下》：「夫謀之廊廟，失之中原，其可乎？」冠劍：冠帶與劍佩。古代官員戴冠佩劍，因借指文臣武將。唐羅隱《籌筆驛》：「千里山河輕孺子，兩朝冠劍恨譙周。」

〔七〕癡叔未死：用晉王湛、王濟叔姪典。《晉書・王湛傳》：「王湛，字處沖，司徒渾之弟也。少有識度。……初有隱德，人莫能知，兄弟宗族皆以爲癡，其父昶獨異焉。……濟嘗詣湛，見牀頭有《周易》，問曰：『叔父何用此爲？』湛曰：『體中不佳時，脱復看耳。』濟請言之。湛因剖析玄理，微妙有奇趣，皆濟所未聞也。濟才氣抗邁，於湛略無子姪之敬。既聞其言，不覺栗然，心形俱肅。遂留連彌日累夜，自視缺然，乃嘆曰：『家有名士，三十年而不知，濟之罪也。』……武帝亦以湛爲癡，每見濟，輒調之曰：『卿家癡叔死未？』濟常無以答。及是，帝又問如初，濟曰：『臣叔殊不癡。』因稱其美。帝曰：『誰比？』濟曰：『山濤以下，魏舒以上。』」於是顯名。後以「癡叔」喻指懷才隱德、大智若愚之人。《南史·陳慶之傳》：「王湛能玄言巧騎，武子呼爲癡叔。」

〔八〕狂奴故若：用漢嚴光典。《後漢書·逸民傳·嚴光傳》：「司徒侯霸與光素舊，遣使奉書。使人因謂光曰：『公聞先生至，區區欲即詣造，迫於典司，是以不獲。願因日暮，自屈語言。』光不答，乃投札與之，口授曰：『君房足下：位至鼎足，甚善。懷仁輔義天下悦，阿諛順旨要領絶。』霸得書，封奏之，帝笑曰：『狂奴故態也。』」後用以稱狂放不羈的老脾氣。又作「狂奴故態」。唐陸龜蒙《嚴光釣臺》：「不是狂奴爲故態，仲華爭得黑頭公。」

〔九〕投杼：拋棄織布梭。用曾參母事。參見本卷《與文徵明書》注〔三五〕。後用以指謡言能動摇對最親近者的信任。《北齊書·文襄帝紀》：「當是不逞之人，曲爲無端之説，遂懷市虎之疑，乃致投杼之惑。」

〔一〇〕孟浪：謂言語輕率不當。

〔一一〕「越鳥」句：謂思鄉懷國。《古詩十九首·行行重行行》：「胡馬依北風，越鳥巢南枝。」李善注引《韓詩外傳》：「《詩》曰：『代馬依北風，飛鳥棲故巢。』皆不忘本之謂也。」

〔一二〕「故陳張」二句：用陳遵、張竦雖操行相異却交好之事。《漢書·陳遵傳》：「陳遵字孟公，杜陵人也。……遵少孤，與張竦伯松俱爲京兆史。竦博學通達，以廉儉自守，而遵放縱不拘，操行雖異，然相親友，哀帝之末俱著名字，爲後進冠。」斷金之好，喻指摯友。《易・繫辭上》：「二人同心，其利斷金。」孔穎達疏：「金是堅剛之物，能斷而截之，盛言利之甚也。」後用以形容同心協力或情深義厚，又作「斷金」「斷金之交」。

〔一三〕「温荆」二句：用司馬光、王安石雖政見不合却私交甚好之事。温，指司馬光（一〇一九—一〇八六），卒贈温國公。荆，指王安石（一〇二一—一〇八六），曾被封爲荆國公，創立荆公新學，世人尊稱其爲「荆公」。伐木，典出《詩・小雅・伐木》：「伐木丁丁，鳥鳴嚶嚶。……嚶其鳴矣，求其友聲。相彼鳥矣，猶求友聲。矧伊人矣，不求友生。」序云：「《伐木》，燕朋友故舊也。」後因以此表達朋友間的深厚情誼。晋曹攄《贈韓德真詩》之四：「谷風遺舊，伐木敦友。」

〔一四〕鷇（kòu，又讀gòu）音：小鳥出卵時的叫聲。喻指各執己見、是非難分的爭論。《莊子・齊物論》：「其以爲異於鷇音，亦有辯乎？其無辯乎？」成玄英疏：「鳥子欲出卵中而鳴，謂之鷇音也，言亦帶殼曰鷇。夫彼此偏執，不定是非，亦何異鷇鳥之音，有聲無辯！」

〔一五〕伏戎之在莽：語出《易・同人》：「九三：伏戎于莽，升其高陵，三歲不興。」後以「伏莽」指軍隊埋伏於草莽中。亦指潛藏的盜寇。

〔一六〕束髮：古代男子成童時束髮爲髻，因以爲成童的代稱。

【解　析】

伯虎因科場案的牽連，迭遭打擊，回到蘇州後與篤友文徵明就此幾次通信，前信傾吐了久蘊心中的悲愴，以及對炎涼世態的憤懣。而此信可視爲前信的補充，主要從二人的交誼入手，引經據典，徵引歷史人物故事，寫出了君子之交在危難面前應有的態度，充分表現了二人的深情厚誼。

又與徵仲書

寅與文先生徵仲交三十年〔一〕，其始也丱而儒衣〔二〕，先太僕愛寅之俊雅〔三〕，謂必有成，每每良燕必呼共之〔四〕。爾後太僕奄謝〔五〕，徵仲與寅，同在場屋〔六〕，遭鄉御史之謗〔七〕，徵仲周旋其間〔八〕，寅得領解〔九〕。北至京師①，朋友有相忌名盛者，排而陷之，人不敢出一氣，指目其非，徵仲笑而斥之。家弟與寅異炊者久矣〔一〇〕，寅視徵仲之自處家也，今爲良兄弟，人不可得而間。寅每以口過忤貴介〔一一〕，每以好飲遭鳩罰，每以聲色花鳥觸罪戾。徵仲遇貴介也，飲酒也，聲色也，花鳥也，泊乎其無心，而有斷在其中，雖萬變于前，而有不可動者。昔項橐七歲而爲孔子師〔一二〕，顔路長孔子十歲〔一三〕。寅長徵仲十閱月，願例孔子以徵仲爲師，非詞伏也，蓋心伏也。詩與畫，寅得與徵仲爭衡。至其學行，寅將捧面而走矣〔一四〕。寅師徵仲，惟求一隅共坐，以消鎔其渣滓之心耳〔一五〕，非矯矯以爲異也〔一六〕。雖然，亦使後生小子，欽仰前輩之規矩丰度〔一七〕，徵仲不可辭也。

袁宏道評：真心實話，誰謂子畏狂徒者哉？

【校記】

①「北至」，何本作「比至」。

【題解】

據楊靜庵《唐寅年譜》，此書寫於正德八年（一五一三），欲與文徵明釋嫌修好。全文言辭真摯、懇切，態度謙恭、坦誠，亦不卑不亢，可見伯虎的真性情。

【箋注】

〔一〕文先生徵仲：即文徵明。文徵明字徵仲。

〔二〕丱（guàn）：古時未成年男子髮髻兩角向上分開貌，即總角。《詩·齊風·甫田》：「婉兮孌兮，總角丱兮。」唐方干《孫氏林亭》：「丱角相知成白首，而今歡笑莫咨嗟。」此指兒時。

〔三〕太僕：指文徵明父文林。文林曾任南京太僕寺丞，故稱。

〔四〕良燕：猶佳會。晉陶潛《於王撫軍座送客》：「瞻夕欣良讌，離言聿云悲。」

〔五〕奄謝：謂去世。

〔六〕場屋：士子參加科舉考試的地方。宋蘇軾《袁公濟和劉景文登介亭詩復次韻答之》：「却思少年日，聲價爭場屋。」此指參加考試。

〔七〕「遭鄉御史」句：鄉御史，指方志，字信之，浙江鄞縣人。成化二十三年（一四八七）進士。弘治十年（一四九七）被派往江南視學，時任監察御史。當年主持科考的方志注重德行，聽説伯虎舉止放浪，兼嫉妒伯虎才名之人進讒，決定不論其成績如何，皆不録取，故有此説。

〔八〕「徵仲」句：是説文徵明爲此事周旋。文徵明曾求助其父文林之友、蘇州知府曹鳳（字鳴岐，河南新蔡人，曾讀《送文温州序》而賞識伯虎才華），請其爲伯虎通融於方志。後因其力薦，伯虎才未落榜。

〔九〕領解：指取得鄉試第一名。參見本書卷二《領解後謝主司》題解。

〔一〇〕異炊：謂分家。

〔一一〕口過：失言。《晋書·唐彬傳》：「修業陋巷，觀古人之遺迹，言滿天下無口過，行滿天下無怨惡。」

〔一二〕貴介：指權貴。《晋書·劉伶傳》：「有貴介公子、搢紳處士，聞吾風聲，議其所以，乃奮袂攘襟，怒目切齒，陳説禮法，是非蜂起。」

〔一三〕項橐：春秋時秦國人，相傳七歲而爲孔子師。《史記·樗里子甘茂列傳》：「甘羅曰：『大項橐生七歲爲孔子師。今臣生十二歲於兹矣，君其試臣，何遽叱乎？』」

〔一三〕顔路（前五四五—？）：名無繇，字路，魯國人。與其子顔回俱爲孔子弟子。《論語·先進》：「顔淵死，顔路請子之車以爲之椁。」朱熹注：「顔路，淵之父，名無繇。少孔子六歲，孔子始教而受學焉。」此云「長孔子十歲」，當另有所據。

〔一四〕捧面而走：謂羞愧難當。

〔一五〕消鎔其渣滓之心：是説去除内心的雜質、糟粕。《論語·泰伯》：「成於樂。」朱熹注：「八音之節，可以養人之性情，而蕩滌其邪穢，消融其渣滓。」渣滓，物品提去精華後的殘餘部分，亦泛指惡劣無用之人或物。

〔一六〕矯矯：翹然出衆貌。《漢書・叙傳下》：「賈生矯矯，弱冠登朝。」宋曾鞏《故翰林侍讀學士錢公墓誌銘》：「公於衆不矯矯爲異，亦不翕翕爲同。」

〔一七〕規矩：猶榜樣、楷模。《北史・裴俠傳》：「人歌曰：『肥鮮不食，丁庸不取，裴公貞惠，爲世規矩。』」丰度：優美的舉止神態。宋李昉等《太平廣記》卷四百三十五《畜獸二・唐玄宗龍馬》：「是歲秋，因入山採玄黄石，忽遇一翁，質甚妙，而丰度明秀，髭髯極豐。」宋李曾伯《沁園春・再和》：「有蕙蘭丰度，尚存芳菊，牡丹文獻，猶在芙蓉。」

【解析】

這是一封摯友之間傾訴衷腸的信，其中坦率地承認了自己性格上的弱點，中肯地叙述了對摯友的理解。「寅每以口過忤貴介」三句與「徵仲遇貴介也」八句對比，有利地得出自己願以徵仲爲師，「非詞伏也，蓋心伏也」的結論。全書文風樸實、懇切，令人讀之動容。

尺牘

答周秋山

遠承存録〔一〕，兼以珍貺〔二〕，自揆鄙淺，何以堪之？别後兩閲寒暑，閉門讀書，與世若隔。

一聲清磬〔三〕，半盞寒燈，便作闍黎境界〔四〕，此外更無所求也。

【題解】

周秋山：生平事蹟不詳，待考。

【箋注】

〔一〕存録：存恤録用。《後漢書·李固傳》：「明年，史官上言宜有赦令，又當存録大臣冤死者子孫，於是大赦天下，並求固後嗣。」此處大概指周對自己有問候的文字或者存録了自己的一些詩畫作品。

〔二〕貺（kuàng）：賜予。

〔三〕磬：用石或玉雕成的樂器，懸於架上，擊之而鳴。唐貫休《山居詩二十四首》之一：「數聲清磬是非外，一個閒人天地間。」

〔四〕闍（shé）黎：梵語，阿闍黎之略，亦作阿闍梨，高僧可爲僧衆軌範者之稱。亦泛指僧人、和尚。《舊五代史·世襲傳·李從昶傳》：「復篤信釋氏，時岐下有僧曰阿闍梨，通五天竺語，爲士人所歸。」此指佛教。

【解析】

此信駢散間行，結尾一片空靈，有六朝小品之韻致。

送文温州序

寅稚冠之歲，跌放不檢約〔一〕，衡山文璧與寅齒相儔〔二〕，又同井閈〔三〕。然端懿自持，尚好不同，外相方圓，而實有塤箎之美〔四〕。璧家君太僕先生〔五〕，時以過勤居鄉，一聞寅縱失，輒痛切督訓，不爲少假。寅故戒栗强恕，日請益隅坐，幸得遠不齒之流〔六〕。然後先生復贊拔譽揚，略不置口，先後于邦閭耆老、于有司無不極至，若引跛鼈〔七〕，策駑駘然〔八〕，是先生於後進也，盡心焉耳矣。且夫周文之聖，積累仁義，詩人咏之曰：「得四臣而天下附。」孔子之教，册籍紀焉，曰：「有顔子季路閔曾游夏之徒，而道益彰。」今蓬巷之士〔九〕，頌先王守圈模，茹藿，冠素，羹葵，飯脱粟〔一〇〕，逶迤寬博〔一一〕，其異於鼓刀負販之人〔一二〕，若芥髮耳〔一三〕。不先有所引擢〔一四〕，後有所推戴輔翊①〔一五〕，其何能自致于青雲之上〔一六〕？傳言曰：「朋友不信，不獲乎上矣。」此後輩之所以必仰賴也。而爲前輩者，道有所論援，相與優息，而無獨知無從之嘆②。而後輩則高山在瞻〔一七〕，有所標的〔一八〕，是上下相成也。今之後輩，被服姣麗〔一九〕，伸眉高論，旁視無忌，不復識有前輩之尊與益也，是豈長者絶之哉？

庶後進之彥。以寅觀，則知前輩之用心用人也矣。今先生出刺温，以病謝不報，赴郡有期。既當爲詩以餞，敢又書此，以叙寅之所以德先生，而無可爲報者。

【校　記】

①「輔翊」，何本作「輔翼」。②「無從之嘆」，何本作「無徒之嘆」。

【題　解】

此文作於弘治十一年（一四九八），爲拜送文林赴任温州而作。文温州：文林（一四五五—一四九九），字宗儒，長洲（今江蘇蘇州）人。成化八年（一四七二）進士，曾任温州知府，弘治十二年卒。《明史·文苑傳·文徵明傳》：「父林，温州知府。……林卒，吏民醵千金爲賻。」是文徵明之父，對伯虎有知遇之恩。閻秀卿《吴郡二科志》：「子畏既得文林、曹鳳等譽揚，文名藉甚。」

【箋　注】

〔一〕檢約：檢束，約束。《舊唐書·高祖本紀》：「是以敷演經教，檢約學徒，調懺身心，捨諸染著，衣服飲食，咸資四輩。」

〔二〕衡山文璧：指文徵明。原名璧（或作壁），字徵明。因先世爲衡山人，故號「衡山居士」，世稱「文衡山」。齒相儔：謂年齡相近的同輩。齒，幼馬每歲生一齒，故以齒計算牛馬的歲數。亦指人的年齡。

〔三〕井閈（hàn）：里門，鄉里。

〔四〕塤篪（xūn chí）：塤、篪皆爲樂器名，二者合奏，聲音和諧。《詩·大雅·板》：「天之牖民，如塤如篪。」毛傳：「如塤如篪，言相和也。」後因用爲讚美兄弟和睦之辭。唐劉禹錫《寄和東川楊尚書慕巢兼寄西川繼之二公近從弟兄情分偏睦早忝遊舊因成是詩》：「政同兄弟人人樂，曲奏塤篪處處聽。」

〔五〕太僕先生：文林曾任南京太僕寺丞，故稱。

〔六〕不齒之流：謂没有資格與正常人並列之輩。不齒，不能同列，不與同列。表示極端鄙視。《周禮·秋官司寇·大司寇》：「其能改過，反於中國，不齒三年。」鄭玄注：「不齒者，不得以年次列於平民。」《漢書·陳勝項籍傳贊》：「陳涉之位，不齒于齊、楚、燕、趙、韓、魏、宋、衛、中山之君。」顔師古注：「齒，謂齊列如齒。」

〔七〕跛鼈：喻駑鈍低劣之人。唐白居易《喜與韋左丞同入南省因叙舊以贈之》：「跛鼈雖遲騏驥疾，何妨中路亦相逢。」

〔八〕駑駘：疑爲「駑駘」。駑、駘均爲能力低下之馬，喻庸才。《楚辭·九辯》：「却騏驥而不乘兮，策駑駘而取路。」

〔九〕蓬巷：謂貧人所居的簡陋街巷。唐韋承貽《策試夜潛紀長句於都堂西南隅》：「蓬巷幾時聞吉語，棘籬何日免重來。」

〔一〇〕脱粟：麤米。僅去稃殼，不加精製。《後漢書·肅宗孝章紀》：「動務省約，但患不能脱粟瓢飲耳。」《晏子春秋·内篇雜下第六》：「晏子相景公，食脱粟之食，炙三弋、五卵、苔菜耳矣。」

〔一一〕逶迤（wēi yí）：從容自得貌。唐崔興宗《和王維敕賜百官櫻桃》：「未央朝謁正逶迤，天上櫻桃錫此時。」

〔一二〕鼓刀負販之人：指屠夫、商販，即麤俗之人。

〔一三〕芥髮：小草、頭髮。引申以指輕微纖細的事物。

〔一四〕引擢(zhuó)：起用，提拔。《北齊書·儒林傳張景仁傳》：「後主在東宫，世祖選善書人性行淳謹者令侍書，景仁遂被引擢。」

〔一五〕輔翊(yì)：輔佐，輔助。《新唐書·元稹傳》：「貞觀時，尚有房、杜、王、魏輔翊之智，日有獻可替否者。」

〔一六〕自致於青雲之上：形容靠自己努力，仕途得意，升至高位。典出《史記·范雎蔡澤傳》：范雎家貧，初爲魏國中大夫須賈門客。須賈懷疑范雎私通齊國，毒打其幾死。范雎逃至秦國，改名張禄，官至丞相。須賈出使秦國，范雎扮窮人往見。後須賈知張禄即范雎，「肉袒膝行……頓首言死罪，曰：『賈不意君能自致於青雲之上。』」唐李白《冬夜醉宿龍門覺起言志》：「青雲當自致，何必求知音。」

〔一七〕高山在瞻：猶「高山仰止」，謂崇敬仰慕。語出《詩·小雅·車舝》：「高山仰止，景行行止。」

〔一八〕標的：謂著意之點。猶言目標或努力方向。《新唐書·宗室傳贊》：「至河間之功，江夏之略，可謂宗室標的者也。」

〔一九〕被服：被子、衣服之類。

【解　析】

此文末語「既當爲詩以餞，敢又書此，以叙寅之所以德先生，而無可爲報者」，就説明此文爲送别文字，如韓愈《送孟東野序》之類，此其一。其二，此文定位是「後輩」懷「前輩」之德。

應該説，伯虎此文很好地把握了分寸。前八句交代自己與文林的關係，文林既是摯友的父親，又是同鄉。中間一大段前半以自己的親身經歷介紹文林的提携汲引，後半則引經據典，説明前輩的德行對「井閈」的影響。最後交代寫此文的背景及目的。

送陶大癡分教撫州序

陶大癡先生，老且貧，仕又不達，故人知己多親貴者存念之，爲之推薦得轉官一階，自南昌司訓，往教諭崇仁〔一〕。既領檄〔二〕，買船載書，使厨奴負鼎俎〔三〕，僕牽狗挾被與之灑然而行，若無家之人往僦室以居者〔四〕。唐生與先生號知己，餞之章江之上〔五〕，酌酒相别，喟然爲之嘆息！曰：「嗟乎！士爲貧而仕，仕又不能免于貧，斯烏在其爲仕也？士賴故人知己之推薦而後達，舉之而又不達，斯烏在其有故人知己也？士不仕，仕又無故人知己者爲之薦達，則其貧而老也固宜。若先生豈宜此耶？豈所謂故人知己者，知先生有未盡也。知之未盡，則棄絶之而已，何爲而致之若是其貧且困也①？若先生仕，得苞苴之議②〔六〕，爲故人知己者辱，則知爲知己者，將變其素所厚而爲薄矣，安肯爲之薦達也哉？薦之而又不改學職，此蓋知先生之素志高③，有不能僕僕勞頓于簿書期會之間〔七〕，不若席賓師，職禮樂，雍雍雅雅，居然處於揖讓之表，以供其老爲優也。是則先生之所以答故人知己者，惟恐貧而不至于劇。故人之所以厚先生者，惟恐以簿書期會爲之勞瘁也。余有故人，其顯達者較于先生不少，而貧益甚，流落江海，以藝自資。雖囂然不屑仕進〔八〕，而亦竟無一言以及之者，意其亦以厚于先生爲予厚耶？抑其言行文學不足道也？言行文學，固不及先生。然而言不失口于然諾，行不失步于詭隨〔九〕，文章奇瑰，學識疏達，蓋踰于跅跎之士多矣〔一〇〕。此其自許如此，而先生乃許之爲東方曼倩之流〔一一〕，竊猶以爲于已知者有未盡而羞之，然不可謂之爲不知己也。以知己而別知己于貧困道途流落之間，能不悉以彼此故人知己厚薄者④，相爲道哉？」故序。

【校　記】

①何本無「貧」字。　②「苞苴之議」，何本作「苞苴之譏」。　③「素志高」，何本作「素其志高」。　④何本「知己」下有「之所」二字。

【題　解】

據周道振、張月尊《唐寅集・年表》，伯虎於正德八年（一五一三）十二月九日「有詩並序送陶大癡教諭臨川」。按《唐寅集》補輯有《客中送陶大癡赴任》一首：「年紀清尊上，江湖白髮前。一官何自繫，千里又南遷。久客親鄉曲，窮冬具别筵。浮雲没歸雁，執手意茫然。」録於臺灣歷史博物館印明代四大家書畫集。可知陶亦蘇州人。陶大癡：生平事蹟不詳，當爲伯虎友。撫州：州、路、府名。隋開皇初置州，治所在臨川（今江西撫州西），後轄境屢有縮減。

【箋注】

〔一〕崇仁：縣名，隋置，今屬江西。撫河支流崇仁河流貫境内，故名。

〔二〕領檄：接受任命。

〔三〕鼎俎：泛指割烹用具。漢韓嬰《詩外傳》卷七：「伊尹故有莘氏僮也，負鼎操俎，調五味，而立爲相，其遇湯也。」

〔四〕僦（jiù）室：租住之屋。僦，租賃。唐鄭谷《府中寓止寄趙大諫》：「老作含香客，貧無僦舍錢。」

〔五〕章江：贛江之古稱。章水爲贛江西源，出大庾嶺，東北流經大余、南康，納上猶江後至贛州與貢水匯合，稱贛江。

〔六〕苞苴（jū）：饋贈的禮物。《莊子·列禦寇》：「小夫之知，不離苞苴竿牘，敝精神乎蹇淺，而欲兼濟導物，太一形虚。」引申指賄賂。《北齊書·酷吏傳·宋遊道傳》：「口稱夷、齊，心懷盜跖，欺公賣法，受納苞苴，産隨官厚，財與位積，雖贓汙未露，而奸詐如是。」

〔七〕簿書：官署中的文書簿册。《漢書·賈誼傳》：「而大臣特以簿書不報，期會之間，以爲大故。」期會：一年内之會計。多指朝廷或官府的財物出入。《漢書・王吉傳》：「其務在於期會簿書，斷獄聽訟而已，此非太平之基也。」

〔八〕囂然：閒暇貌。

〔九〕詭隨：譎詐善變。亦指譎詐善變之人。語出《詩・大雅・民勞》：「無縱詭隨，以謹無良。」《舊唐書・劉太真傳》：「性怯詭隨。」

〔一〇〕跅（tuò）跎：猶跅弛，放縱不羈之意。《漢書・武帝紀》：「跅弛之士，亦在御之而已。」顔師古注：「跅者，跅落無檢局也。弛者，放廢不遵禮度也。」

〔一一〕東方曼倩：即東方朔（前一五四—前九三），字曼倩，平原厭次（今山東惠民）人。西漢文學家。武帝時，爲太中大夫。善辭賦，有《答客難》《非有先生論》等名篇。性詼諧滑稽，後世附會於他的傳説甚多，多不可信。

【解　析】

此文分兩部分，第一部分從開頭到「喟然爲之嘆息」，交代客中送客的原委。第二部分則爲一大段議論，分析陶大癡的學行與遭遇，得出：「以知己而別知己於貧困道途流落之間，能不悉以彼此故人知己厚薄者，相爲道哉？」足發千秋之嘆喟。

送徐朝諮歸金華序

徐君朝諮，來自金華〔一〕，宴蘇之治廨①，省太夫人與兄吳郡公也數日②，飾裝將還。任子重哀吴之善詩者，爲咏言以贈行橐，而俾予志其首。余少讀潛溪先生所著書〔二〕，深嘆伏其根本仁義，鼓吹禮樂，以爲一代儒宗。及南遊金華，見其鄉士大夫，皆彬彬尚實，古樸大雅，有潛溪先生遺風③。正德丙子〔三〕，郡公自臺端來莅是邦〔四〕，三月而政成。凡勢家豪族漁獵其民者〔五〕，皆屏息斂手，貪墨之吏悉改行〔六〕，而仁義禮樂之教，焕然大備。朝諮君又不遠千里，來展定省〔七〕，忠孝篤厚之誼，不待歌詩而見，而潛溪之風，蓋有驗矣。朝諮君少精壁經〔八〕，著聲場屋間〔九〕，天性誠篤峭整〔一〇〕。他日繼郡公軌範，上弼唐虞，下阜民物，沛仁義禮樂之教于天下，則知金華士大夫之學業遠有自云。

【校　記】

①何本無「解」字。　②何本無「郡」字。　③何本「遺風」下有「焉」字。

【題　解】

此文作於正德十一年（一五一六），讚美賢臣之仁義，可見伯虎對儒家思想多有繼承。徐朝諮：徐讚之弟。徐讚，字朝儀，永康（今屬浙江）人。弘治十八年（一五〇五）進士，正德十一年以監察御史任知蘇州府，尋升江西參政，官至工部侍郎。

【箋注】

〔一〕金華：地名，即今浙江金華。東漢設長山縣，隋改名金華。原爲婺州治所，公元一三五八年朱元璋改婺州路爲寧越府，兩年後改名金華，轄境相當於今浙江金華、蘭溪、東陽、義烏、永康、武義等縣地。

〔二〕潛溪先生：指宋濂（一三一〇—一三八一），字景濂，號潛溪，浦江（今屬浙江）人。明初文學家。曾奉命主修《元史》，官至學士承旨知制誥，著有《宋學士文集》。

〔三〕正德丙子：明武宗正德十一年（一五一六）。

〔四〕郡公：指徐朝諮兄徐讚。臺端：唐侍御史之稱。唐御史臺有侍御史六人，以久次者一人主臺內事，號臺端，餘稱端公。此借指御史臺。

〔五〕漁獵：搜括，掠奪。《晉書·五行志下》：「是時，天下兵亂，漁獵黔黎，存亡所繼，惟司馬越、苟晞而已。」

〔六〕貪墨：貪污。語本《春秋左傳·昭公十四年》：「已惡而掠美爲昏，貪以敗官爲墨。」杜預注：「墨，不潔之稱。」

〔七〕定省：早晚服侍慰問雙親。爲舊時子女服侍父母或親長的日常禮節。

〔八〕壁經：指從孔壁發現的古文經書。因其出於牆壁中，故稱壁經、孔壁遺文、壁中書等。宋孔安國《尚書序》：「至魯共王好治宮室，壞孔子舊宅，以廣其居，於壁中得先人所藏古文虞、夏、商、周之書，及傳《論語》《孝經》，皆科斗文字。王又升孔子堂，聞金石絲竹之音，乃不壞宅，悉以書還孔氏。」

〔九〕場屋：士子參加科舉考試的地方。見本卷《又與徵仲書》注〔六〕。

〔一〇〕峭整：嚴正。《新唐書·蕭遘傳》：「既當國，風采峭整，天子器之。」《宋史·鄭獬傳》：「少負俊材，詞章豪偉峭整，流輩莫敢望。」

【解析】

此文送友人歸金華，一則寫友人「忠孝篤厚之誼」及其兄「仁義禮樂之教」，二則讚美金華有「潛溪先生遺風」，「士大夫之學業遠有自」。這樣此文就顯得十分得體，十分儒雅。

《作詩三法》序

詩有三法，章句字也。三者爲法，又各有三：章之爲法，一曰「氣韻宏壯」，二曰「意思精到」，三曰「詞旨高古」。詞以寫意，意以達氣〔一〕。氣壯則思精，思精則詞古，而章句備矣〔二〕。爲句之法，在「模寫」〔三〕，在「鍛煉」〔四〕，在「剪裁」。立議論以序一事，隨聲容以狀一物，因遊以寫一景。模寫之欲如傳神，必得其似；鍛煉之欲如製藥，必極其精；剪裁之欲如縫衣，必稱其體，是爲句法。而用字之法，實行乎其中，妝點之如舞人，潤色之如畫工〔五〕，變化之如神仙。字以成句，句以成章，爲詩之法盡矣。吾故曰：「詩之爲法有三，曰章句字。而章句字之法，又各有三也。」間讀詩，列章法于其題下，又摘其句，以句法字法標之。蓋畫虎之用心，而破碎滅裂之罪，不可免矣。觀者幸恕其無知，而諒其愚蒙也①。

【校記】

①「諒其愚蒙」，何本作「恰其愚蒙」。

【題解】

這篇短文從字、句、章三個角度論述作詩之法，注重法度，當爲伯虎早年之學習心得。

【箋注】

〔一〕氣：指詩人的個性、氣質。三國魏曹丕《典論・論文》：「文以氣爲主。氣之清濁有體，不可力强而致。」

〔二〕章句：章節和句子。南朝梁劉勰《文心雕龍・章句》：「夫人之立言，因字而生句，積句而成章，積章而成篇。」此指篇章。

〔三〕模寫：依照範本臨摹。亦作「摹寫」。《周書・藝術傳・冀儁傳》：「性沉謹，善隸書，特工模寫。」

〔四〕鍛煉：錘煉，加工。喻詩文的反復推敲。唐方干《贈鄰居袁明府》：』「文章鍛煉猶相似，年齒參差不校多。」

〔五〕潤色：修飾。指修飾文字，使之具有文采。《論語・憲問》：「子曰：『爲命，裨諶草創之，世叔討論之，行人子羽脩飾之，東里子產潤色之。』」朱熹注：「潤色，謂加以文采也。」《隋書・李德林傳》：

「檄書露板，及以諸文，有臣所作之，有臣潤色之。」

【解析】

此文應視爲伯虎詩學筆記之序言，反映了明人詩學之一般主張，是伯虎的早年之作。前兩句爲文章第一部分，從宏觀上統領全文。接著在第二部分分別從章、句、字三個角度論述作詩的方法，其中多採用比喻，以避説理之枯燥。最後第三部分是總結。

《嘯旨》後序

右《嘯旨》一編，館閣暨鄭馬諸書目〔一〕，皆不著所撰人名字①。內述其事始于孫登嵇康先生〔二〕，遂係以內激外激運氣撮唇之法甚詳，而于聲則云未譜。聲音，蓋激氣而成者。邵子謂：「物理無窮，而音聲亦無窮。唯無窮乃可以配無窮，故以聲音起數②，御天下古今物理之變。聲則起于甲而止于庚〔三〕，多、良、千、刀、妻、宮、心之類是也。音則起于子而止于戌〔四〕，古、黑、安、夫、卜、東、乃、走、思之類是也。」與沙門神珙之法稍異〔五〕。神珙則以內外八攝總其聲，三十六母總其音。法雖不同，其于音聲則括盡而無遺矣。然有字有聲者雖多，而有聲無字者亦爲不少，必皆以翻切得之〔六〕。翻者翻出其音，切者切出其聲，如徒公、徒丁、顛東、丁顛謂之翻，徒東謂之切也。其他無字之音聲，如水聲風聲之類，皆可翻切。今黄冠師符咒秘字〔七〕，亦有聲而無字，梵門密語〔八〕，若一字咒合普林二字爲一呼，至有三合四合者，彈舌取之，而皆無字。及其號召風霆〔九〕，驅役神鬼，若運諸掌。今嘯亦有聲而無字，豈吾儒感天地贊化育之餘意歟？聲雖未譜其間，或稱取聲自上齶出③，或自舌上出者。四聲惟平聲有上下〔一〇〕，蓋氣自上齶出爲上平聲，氣自舌上出爲下平聲，上去入聲無上下者，仄聲故也〔一一〕。平聲清而仄聲濁〔一二〕，竊想嘯之爲聲，必出于平而不出于仄矣。孫嵇仙去遠矣〔一三〕，白骨生蒼苔〔一四〕，九原不可作〔一五〕，安得善嘯之士以譜其聲而習之？登泰山，望蓬萊，烈然一聲，林石震越，海水起立，此亦此生之大快也！子儋朱君〔一六〕，好古博雅，一時俊彦之良，無有踰者。於僕契分甚厚〔一七〕，暇日出是編以相勘校，因曰：「嘯之失其旨矣久矣④，幸存此編，略知梗概。不刊諸梓〔一八〕，以傳于世，則羊禮俱亡〔一九〕，後人何所考據。子盍爲我叙其事于編後，以遺同志。幸遇反隅之士〔二〇〕，衍而習之，庶幾復有以嘯名于天下者，知由此書以發其端云。」

袁宏道評：此誠字學之餼羊也。

【校　記】

①「名字」，何本作「名氏」。②「聲音」，何本作「音聲」。③「或稱」，何本作「稱或」。④「失其旨矣」，何本作「失其旨也」。

【題 解】

《嘯旨》一書爲古代總結長嘯技藝的專書。據唐封演《封氏聞見記》，作者爲孫廣。而據宋《崇文總目輯釋》及鄭樵《通志》，作者爲王川子、玉川子。

【箋 注】

〔一〕館閣：北宋沿唐制，設昭文館、史館、集賢院三館，另增設秘閣、龍圖閣、天章閣等，分掌圖書經籍和編修國史等事務，通稱「館閣」。明代將其職掌移歸翰林院，故亦稱翰林院爲「館閣」。清代相沿。鄭馬：指東漢鄭玄與馬融，兩人皆爲經學大師。南朝梁劉勰《文心雕龍·序志》：「敷贊聖旨，莫若注經，而馬鄭諸儒，弘之已精，就有深解，未足立家。」

〔二〕孫登（生卒年不詳）：字公和，汲郡共（今河南輝縣東）人。長年隱居蘇門山，博才多識，阮籍和嵇康都曾求教於他。嵇康（二二三—二六三）：字叔夜，譙國銍（今安徽宿縣西）人。剛烈踔厲，博學多才，兼通音樂。正始末年與阮籍等名士共倡玄學，爲「竹林七賢」的精神領袖。

〔三〕甲：天干的第一位。庚：天干的第七位。

〔四〕子：地支的第一位。戌：地支的第十一位。

〔五〕沙門：佛教名詞，一譯「桑門」，意爲勤修善法、息滅惡法。原爲古印度各教派出家修道者的通稱，後佛家專指依照戒律出家修道之人。《舊唐書·崔日用傳》：「知玄宗將圖義舉，乃因沙門普潤、道士王曄密詣藩邸，深自結納，潛謀翼戴。」神珙：唐代僧人，音韻學家，類聚雙聲字，同四聲、迭韻結合，作《四聲五音九弄反紐圖》以解釋反切之法。

〔六〕翻切：即反切，一種傳統的注音方法。用兩個字拼和成一個字的音，上字取聲，下字取韻、調。宋王應麟《困學紀聞》卷八《小學》：「《考古編》謂周顒始有翻切，非也。」《宋史·徐鉉傳》：「《說文》之時，未有反切，後人附益，互有異同。」

〔七〕黄冠師：指道士。唐韓愈《送張道士》：「詣闕三上書，臣非黄冠師。」黄冠，道士之服。因以轉稱道士。唐殷堯藩《宫人入道》：「卸却宫妝錦繡衣，黄冠素服製相宜。」

〔八〕梵門：清淨、寂靜的法門。指佛門。唐李嶠《爲魏國北寺西寺請迎寺額表》：「宏濟深於冥境，薰修入於梵門。」

〔九〕風霆：風與雷。《禮記·孔子閒居》：「地載神氣，神氣風霆，風霆流形，庶物露生，無非教也。」唐韓愈《原鬼》：「有聲而無形者，物有之矣，風霆是也。」

〔一〇〕平聲：古漢語有平、上、去、入四種聲調，平聲即其中一種。

〔一一〕仄聲：上、去、入三聲的總稱。南朝梁沈約《四聲譜》：「上去入爲仄聲。」古詩賦及駢文所用字音，平聲與仄聲相互調節，使聲調諧協。

〔一二〕清：指清音。漢語輔音的一類，純粹由氣流受阻構成，不振動聲帶，不帶樂音。有全清、次清之分。濁：指濁音。漢語輔音的一類，除氣流受阻外，振動聲帶而發出樂音。有全濁、次濁之分。

〔一三〕孫嵇：指孫登和嵇康。

〔一四〕蒼苔：青色苔蘚。

〔一五〕九原不可作：謂死者不可復生。典出《國語·晋語八》：「趙文子與叔向遊於九原，曰：『死者若可作也，吾誰與歸？』」後因以「九原可作」謂設想已死之人再生。清趙翼《讀史》之九：「九原不可作，望古長悠悠。」

〔一六〕子僭朱君：即朱承爵（一四八〇—一五二七），字子僭，號舜城漫士，又號左庵，江陰（今屬江蘇）人。明代藏書家，有藏書樓「行素齋」「集瑞齋」「存餘堂」。清張照等《石渠寶笈》卷二十六《伯虎寫春風第一枝一軸》：「款題云：『殘冬風雪宿君家，燭影横杯隔絳紗。三載重來論契闊，窗前幾夜夢梅花。正德己巳季冬朔後五日，再宿子僭存餘堂中，時風雪寒甚，寫此寄興，且索浮休（薛章憲——筆者注）和之。唐寅書。』」據此，正德丙寅（一五〇六）、己巳（一五〇九），伯虎至江陰，均宿于朱承爵「存餘堂」，二人關係密切。

〔一七〕契分：契合之分際。猶緣分。五代王定保《唐摭言·師友》：「貞元十三年，李摯以大宏詞振名，與李敏同姓，同年，同登第，又同甲子，又同門。摯嘗答行敏詩曰：『因緣三紀異，契分四般同。』」

〔一八〕梓：雕製印刷的木板。引申爲印刷。此指印刷出版的書籍。

〔一九〕羊禮俱亡：喻形式、内容均消亡。典出《論語·八佾》：「子貢欲去告朔之餼羊。子曰：『賜也！爾愛其羊，我愛其禮。』」「餼羊」爲祭品，「禮」即祭祀之儀式。

〔二〇〕反隅：即隅反。猶類推，舉一端則知其餘。語本《論語·述而》：「舉一隅不以三隅反，則不復也。」

南朝梁劉孝綽《侍宴餞張惠紹應詔詩》：「徒然謬反隅，何以窺重仞。」

【解　析】

《嘯旨》是一部音韻學著作，伯虎學問當不長於此。然而，嘯又是魏晋名士之特徵而爲歷代名士所推崇，伯虎是當時的「江南第一風流才子」，當然極力褒揚此書了。袁宏道評爲「字學之餼羊」，實在是言過其實，因爲此文所述，都是「字學」（音韻學）的老生常談，無甚高論。

《中州覽勝》序

吾黨袁臣器〔一〕，少年逸器①〔二〕，温然玉映，蓋十室之髦懿也〔三〕。弘治丙辰五月〔四〕，忽翻然理篙楫，北亂揚子〔五〕，歷彭城〔六〕，漸于淮海，抵大梁之墟〔七〕，九月末歸。乃繪所經歷山川陵陸並衝隘名勝之處，日夕展弄，目遊其中。予忝與鄉曲，得藉訪道里，宛宛盡出指下，蓋其知之素而能説之詳也〔八〕。予聞丈夫之生，剡蒿體揉柘幹以麗別室〔九〕，固欲其遠陟遐舉，不齷齪牖下也〔一〇〕。而愿愨者懷田里〔一一〕，没齒不窺闉闍〔一二〕，曰：「世與我違，甘與菑木委灰同棄〔一三〕，雖有分寸而人莫之知也，後世因莫之建白也〔一四〕。」是余固自展以異②，而頹然青袍掩脛③〔一五〕，馳騖士伍中④，而身未易自用也。雖然，竊亦不能久落落于此〔一六〕。臣器所從魏地來⑤，今不知廣陵有中散之遺聲歟〔一七〕？彭城項氏之都也〔一八〕，今麋鹿有幾頭歟？

黄河故宣房之基在否歟〔一九〕？大梁墟中有持盂羹爲信陵君祭與無也〔二〇〕？臣器其爲我重陳之，余他日當參驗其言。

袁宏道評：豪甚！俗士夢想，亦不及此。

【校　記】

①「少年逸器」，何本作「少年氣逸」。②何本「固」字下有一「欲」字。③「頽然」，何本作「類然」。④「馳騖」，何本作「馳鶩」。⑤「所從」，何本作「新從」。

【題　解】

此文作於弘治九年（一四九六）。楊靜庵《唐寅年譜》：「先生二十七歲。有《中州覽勝序》。」文章爲袁鼒而作，在對袁鼒的稱美中展露自己的志趣，與同年所作《上吴天官書》一樣豪氣滿懷。

【箋　注】

〔一〕袁臣器：即袁鼒（一四六八—一五三〇），字臣器。舉業不順，棄儒從商，因經營有方而貲用鼎盛。侍母極孝，爲人慷慨，時人稱「方齋子」。有《方齋詩集》（佚）。與兄弟、子姪合稱「袁氏六俊」，在吴郡氏族中頗盛一時。

〔二〕逸器：謂才華出衆。器，才具。

〔三〕髦懿：指優秀、傑出之人。髦，毛中之長毫，喻英俊傑出之士。懿，美，美德。

〔四〕弘治丙辰：明孝宗弘治九年（一四九六）。
〔五〕亂：横渡。揚子：指揚子江。
〔六〕彭城：古郡、縣名，在今江蘇徐州。秦漢之際西楚霸王項羽曾建都於此。
〔七〕大梁之墟：魏國國都之遺址。大梁，戰國時魏國之國都，在今河南開封西北。墟，故址，遺址。
〔八〕知之素：是説瞭解得很真實。素，質樸，本色的，不加修飾做作的。
〔九〕「剡（yǎn）蒿體」句：是説砍削辟邪的蒿草，彎曲製弓的柘木，將它們放置於客室中。麗，附著。
〔一〇〕齷齪：氣量局狹，拘牽於小節。南朝宋鮑照《放歌行》：「小人自齷齪，安知曠士懷。」此指受局限。
〔一一〕愿愨（què）：謹慎誠篤。《荀子·正論》：「治辨則易一，愿愨則易使，易直則易知。」
〔一二〕没（mò）齒：猶言没世，一輩子。《史記·梁孝王世家》：「是後成王没齒不敢有戲言，言必行之。」
闉闍（yīn dū）：指城市街里。
〔一三〕菑（zī）木：枯死的樹木。菑，樹木直立而枯死之稱。
〔一四〕建白：陳述意見或有所倡議。《漢書·霍光傳》：「將軍爲國柱石，審此人不可，何不建白太后，更選賢而立之？」顔師古注：「立議而白之。」
〔一五〕青袍：賤者之服。
〔一六〕落落：孤獨，不遇合。《後漢書·耿弇傳》：「將軍前在南陽建此大策，常以爲落落難合，有志者事竟成也！」李賢注：「落落，猶疏闊也。」

〔一七〕廣陵：古縣名，秦置。治所在今揚州，自古爲東南都會。中散：指嵇康。曾任曹魏中散大夫，世稱「嵇中散」。遺聲：指琴曲《廣陵散》。嵇康生前尤善此曲。《晋書・嵇康傳》：「康將刑東市，……索琴彈之，曰：『昔袁孝尼嘗從吾學《廣陵散》，吾每靳固之，《廣陵散》於今絶矣！』」後以「廣陵散」稱事無後繼，已成絶響者。

〔一八〕「彭城」句：《漢書・韓信傳》：「項王雖霸天下而臣諸侯，不居關中而都彭城。」宋蘇洵《權書下・項籍》：「故籍雖遷沛公漢中，而卒都彭城，使沛公得還定三秦，則天下之勢在漢不在楚。」

〔一九〕宣房：宫名。《史記・河渠書》載：漢武帝元光三年（前一三二），瓠子（今河南濮陽西南）段黄河決口。元封二年（前一〇九），「天子乃使汲仁、郭昌發卒數萬人塞瓠子決。……卒塞瓠子，築宫其上，名曰宣房宫。」

〔二〇〕信陵君：戰國時魏國公子，名無忌。以善養士著稱，爲戰國四公子之一。《史記・魏公子傳》：「魏公子無忌者，魏昭王少子而魏安釐王異母弟也。昭王薨，安釐王即位，封公子爲信陵君。」

【解　析】

此文分三段。其一從開頭至「蓋其知之素而能説之詳也」，交代序文之原委。其二從「予聞丈夫之生至「竊亦不能久落落於此」，議論丈夫「遠陟遐舉」，揣袁生之想，亦抒己之懷。其三是餘文，拓開一筆，生發議論。此文寫得十分精警，尤其是第三部分，四個設問，引發無窮情韻。

《譜雙》序

諸局戲類有譜，彈棋〔一〕、樗蒲〔二〕、五木〔三〕、雙陸〔四〕、打馬〔五〕、采選〔六〕、葉子〔七〕，張柬之、李皋羽諸公皆嘗經意〔八〕，然不過適興酒次而已。司馬公著《七國棋則》〔九〕，則右秦而左齊楚，尊王室而卑伯功〔一〇〕。劉敞之撰《漢官儀則》〔一一〕，則列右官名以見師師之列，不無意義寓于其中。今樗蒲、彈棋，俱格廢不傳。打馬、七國棋、漢官儀、五木等戲，其法具在，時亦不尚，獨象棋、雙陸盛行。象棋《神機集》不見傳，今惟有《金縢七著》〔一二〕。雙陸格不獲見，今止有《譜雙》。潤卿沈君博雅之士也〔一三〕，梓之以傳好古者。暇日示僕，因論及古人雙陸，偶憶得數事，遂箋于其後。昔朱仲晦譏賤其廢日〔一四〕，余謂儒者焉往而不學，苟存心于一藝〔一五〕，推其術以應世。若以象棋觀之：車有衝突之用，馬有編列之勢，士有護內之功，卒有犯前之力，斯可以論兵矣。以雙陸言，垓不可虛〔一六〕，門不可開，積則量輕重，遲則計緩速。敵不可縱，家不可失，斯可以論文矣。則二家之戲，雖不及司馬公與劉敞之意義，然亦非漫然酒次之物也。因書譜後云。

【題　解】

此文是伯虎爲好友沈津《譜雙》所作的序。沈津，字潤卿，長洲（今江蘇蘇州）人，生卒年均不詳。先世業醫，正德中選入太醫院。家富收藏，文徵明、徐禎卿等時往鑒賞書畫。著《吏隱録》《鄧尉山志》，輯《欣賞編》八卷，收録唐、宋、元、明人文房、博戲、音樂、導引等數十種著作，如《打馬圖》《茶具圖贊》《硯譜》《古局象棋圖》《漢晋印章圖譜》等，堪稱是古代遊藝類書的集大成之作。

【箋　注】

〔一〕彈棋：古代棋類遊戲。相傳西漢成帝時劉向仿蹴鞠之體而作。漢劉歆《西京雜記》卷二：「成帝好蹴踘，羣臣以蹴踘爲勞體，非至尊所宜。帝曰：『朕好之，可擇似而不勞者奏之。』家君作彈棋以獻，帝大悦，賜青羔裘、紫絲履，服以朝覲。」初用十二人爲戲。《後漢書·梁統傳》：「性嗜酒，能挽滿、彈棋……」注引《藝經》曰：「彈棋，兩人對局，白黑棋各六枚，先列棋相當，更先彈也。其局以石爲之。」至魏改用十六棋，唐又增爲二十四棋。今並失傳。唐李頎《彈棋歌》：「崔侯善彈棋，巧妙盡於此。」

〔二〕樗（chū）蒲：古代博戲。亦作「摴蒲」「摴蒱」。唐李肇《國史補》卷下：「洛陽令崔師本，又好爲古之摴蒱。其法：三分其子三百六十，限以二關，人執六馬，其骰五枚，分上爲黑，下爲白。黑者刻二爲犢，白者刻二爲雉。擲之全黑者爲盧，其采十六；二雉三黑爲雉，其采十四；二犢三白爲犢，其采十；全白爲白，其采八；四者貴采也。開爲十二，塞爲十一，塔爲五，秃爲四，撅爲三，梟爲二；六者雜采也。貴采得連擲，得打馬，得過關，餘采則否。新加進九退六兩采。」盛行於漢魏，後則專以五木爲戲，並作爲賭博的通稱。唐李羣玉《湘妃廟》：「相約杏花壇上去，畫欄紅紫鬬樗蒲。」

〔三〕五木：古代博具。斫木爲子，一具五枚，故名。古博戲樗蒲用五木擲采打馬，其後則專擲五木以決勝負。後世所用骰子，相傳即由五木演變而成。唐李翱著有《五木經》。唐李白《贈别從甥高五》：「五木思一擲，如繩繫窮猿。」

〔四〕雙陸：古代博戲。由握槊演變而來。相傳由天竺傳入，盛行於南北朝及隋唐時。因局如棋盤，左右各有六路，故名。馬作椎形，黑白各十五枚，兩人相博，骰子擲采行馬，白馬從右至左，黑馬反之，先出完者獲勝。見宋洪遵《譜雙》。唐王建《宫詞一百首》之七七：「各把沈香雙陸子，局中鬬累阿誰高。」

〔五〕打馬：古代博戲。屬彈棋一類。宋李清照《打馬圖經序》：「按打馬世有二種：一種一將十馬者，謂之『關西馬』；一種無將二十馬者，謂之『依經馬』。流行既久，各有圖經凡例可考；行移賞罰，互有同異。」宋侯寘《眼兒媚·效易安體》：「彈棋打馬心都懶，攛掇上春愁。」

〔六〕采選：即彩選，古代博戲。亦稱「彩選格」。相傳爲唐李郃所製。用骰子擲彩，依彩大小，進選官職，故名。詩時也稱「葉子格」。見宋高承《事物紀原》。宋侯寘《鵲橋仙·和蔡子周》：「不須惆悵夢中身，這彩選、輸贏誰省。」

〔七〕葉子：古代博戲。宋李昉等《太平廣記》卷二百三十七《奢侈二·同昌公主》：「韋氏諸宗好爲葉子戲，夜則公主以紅琉璃盤，盛夜光珠，令僧祁捧立堂中，則光明如晝焉。」又卷一百三十六《徵應二·李郃》：「唐李郃爲賀州刺史，與妓人葉茂蓮江行。因撰《骰子選》，謂之葉子。」

〔八〕張柬之（六二五—七〇六）：字孟將，襄陽（今屬湖北）人。官至宰相。神龍元年（七〇五）與桓彥範、敬暉等發動政變，恢復中宗地位，擢天官尚書，封漢陽郡公。李皋羽：即李翱。李翱，字習之，唐代文學家、經學家。德宗年間擔任國子博士。

〔九〕司馬公：指司馬光（一〇一九—一〇八六），字君實，陝州夏縣（今屬山西）人。北宋政治家、史學家、文學家，主持編纂《資治通鑑》，撰有《古局象棋圖》。創七國象戲，簡稱七國棋，爲中國象棋之變體。取春秋戰國七國之名佈局，棋盤爲縱、横各十九條直線垂直相交而成。中央爲周，象徵以周天子爲代表的中央集權。四周分東南西北四路，秦居西方，韓楚居南方，魏齊居東方，姬趙居北方。

〔一〇〕伯功：霸者之功業。《國語·齊語》：「唯能用管夷吾、甯戚、隰朋、賓胥無、鮑叔牙之屬而伯功立。」伯，通「霸」。

〔一一〕劉敞（一〇一九—一〇六八）：字原父，臨江新喻（今江西新餘）人，世稱公是先生。北宋史學家、經學家、散文家。爲政有績，學識淵博。官至集賢院學士。著有《七經小傳》《春秋權衡》《公是集》等。《漢官儀則》：當爲講述「漢官儀」博戲規則之書。

〔一二〕《金縢七著》：古代象棋棋譜。

〔一三〕潤卿沈君：指沈津。見本文題解。

〔一四〕朱仲晦：指朱熹（一一三〇—一二〇〇），字元晦，一字仲晦，號晦庵，徽州婺源（今屬江西）人，喬寓建陽（今屬福建）。南宋哲學、教育家，世尊稱爲朱子。著述甚多，所著《四書章句集注》爲欽定教科書和科考標準。

〔一五〕一藝：指一種經學。古稱六經爲六藝，故稱。《史記·儒林傳》：「一歲皆輒試，能通一藝以上，補文學掌故缺。」

〔一六〕垓：指遊戲雙方對峙之界。

【解析】

《譜雙》是本古代遊藝類書，伯虎樂爲之序，三百餘字的文章將古代博戲概而論之，頭頭是道，可見其風流倜儻，也是此中高手。

記

許旌陽鐵柱記

天地開闢，而有陰陽，負陰抱陽，人民與龍蛇魅魑並生其中〔一〕，糅雜不分，妖厲爲害〔二〕。黄帝氏興，戰蚩尤于阪泉而滅之〔三〕，而後天地定位。神禹繼作〔四〕，使庚辰鎖無支祈于龜山之足①，淮水乃安〔五〕。鑄爲九鼎〔六〕，以辨神奸②〔七〕，而後龍蛇魅魑之患息。然其統緒之傳，莫不先受精一之道③〔八〕，而後禪邦國之位。抱精守一，蓋所以通天地之神靈。建邦立國，蓋所以阜民物之生命。及乎聖跡綿遠，世德衰微，天地草昧〔九〕，陰陽亂淆。攀胡之號〔一〇〕，莫繼其響。齕指之鼎，亦濟于河。而所謂妖害者，無有忌憚，騁馳淫毒，以害民生，凡有中區〔一一〕，靡有寧止。旌陽君生于斯時④，修精一之道，以達天地之神靈，遂誅龍蛇以安江流，馘魅魑以定民生〔一二〕，鑄鐵柱以鎖地脈。元功告成，神道昭契，乘風上征，合瑞紫宮〔一三〕，以續黃帝神禹之傳，而延民物之命。功績懋著⑤〔一四〕，惠澤迄今。蓋天地之間，一陽一陰，陽好生而陰好殺⑥。故陽爲德而陰爲刑，凝德爲神，淫刑爲怪。是故神爲高明，怪爲幽厲，環旋升降，相爲始終。陰陽和暢，則神安怪息〔一五〕。陰陽兩極，則神怪並馳。然而獨陽不生，獨陰不成，陰陽神怪，長爲表裏。故黃帝之與蚩尤，神禹之與無支祈，許真君之與蛟精，皆並生一時。蓋陰陽兩極而爲神怪也，故有至怪之變生，有至神之聖出以禦之。設使特生蚩尤無支祈與蛟精，而無黃帝神禹許真君，則天地之間，陰陽偏滯，而人類幾乎息矣⑦。

正德甲戌〔一六〕，余過豫章〔一七〕，躬覩君跡。竊嘆真君，道合黃軒〔一八〕，功配神禹。世無正論，爰就荒唐。欲明斯理，輒譔爲證序，刊之負礎，以示將來云。

【校記】

①「使庚辰」，何本作「紱庚辰」。②「以辨神奸」，何本作「以辨神奸民」。③「莫不」，何本作「莫

示」。④「斯時」，何本作「其時」。⑤「功績」，何本作「而績」。⑥「陽好生」，何本作「陽之好生」。⑦「幾乎息矣」，何本作「幾乎其息矣」。

【題　解】

據本篇末跋，此文作於公元一五一四年，伯虎時在江西寧邸。許旌陽：晋道士許遜，曾任旌陽令，故稱。宋李昉等《太平廣記》卷十四《神仙十四·許真君》：「許真君名遜，字敬之，本汝南人也。……弱冠，師大洞君吴猛，傳《三清法要》。鄉舉孝廉，拜蜀旌陽令，尋以晋室棼亂，棄官東歸。」又載許真君斬殺蜃精、平治水患事。鐵柱：傳説許真君囚孽龍於豫章（今江西南昌），作大鐵柱以鎮壓之。宋曾敏行《獨醒雜誌》卷九：「吉水元潭觀臨大江上，江中有旋渦，相傳云有舟没於此，久而不見蹤跡，乃出於豫章吴城山下。……晋時有蛟爲害，嘗出没渦中，許旌陽捕逐至其處，旁有巨石，裂而爲二，其痕如削，云是旌陽試劍石。且云：旌陽鑄鐵作蓋覆渦上，今水泛時，其渦乃見。」

【箋　注】

〔一〕魅：鬼魅，精怪。舊時迷信以爲物老則成魅。晋張華《博物志》卷五《方士》：「左慈能變形，幻人視聽，厭刻鬼魅，皆此類也。」魑：魑魅，古代傳説山澤的精怪。《漢書·王莽傳中》：「敢有非井田聖制，無法惑衆者，投諸四裔，以禦魑魅，如皇始祖考虞帝故事。」顔師古注：「魑，山神也。魅，老物精也。」

〔二〕妖厲：怪惡。《吕氏春秋·察賢》：「雪霜雨露時，則萬物育矣，人民修矣，疾病妖厲去矣。」高誘

注：「妖，怪；厲，惡。」

〔三〕「黄帝氏」句：《史記·五帝本紀》：「軒轅……教熊、羆、貔、貅、貙、虎，以與炎帝戰於阪泉之野。三戰，然後得其志。蚩尤作亂，不用帝命。於是黄帝乃徵師諸侯，與蚩尤戰於涿鹿之野，遂禽殺蚩尤。」唐李泰《括地志》云：「阪泉，今名黄帝泉，在嬀州懷戎縣東五十六里。出五里至涿鹿東北與涿水合。又有涿鹿故城，在嬀州東南五十里，本黄帝所都也。」

〔四〕神禹：夏禹的尊稱。《莊子·齊物論》：「無有爲有，雖有神禹且不能知，吾獨且奈何哉！」唐韋應物《聽嘉陵江水聲寄深上人》：「鑿崖泄奔湍，稱古神禹跡。」

〔五〕「使庚辰」二句：傳説中的庚辰打敗無支祈事。宋李昉等《太平廣記》卷四百六十七《水族四·李湯》：「禹理水，三至桐栢山，驚風走雷，石號木鳴。……乃獲淮、渦水神，名無支祁，善應對言語，辨江淮之淺深，原隰之遠近。形若猿猴，縮鼻高額，青軀白首，金目雪牙，頸伸百尺，力踰九象，搏擊騰踔疾奔，輕利倏忽，聞視不可久。禹授之章律，不能制；授之烏木由，不能制；授之庚辰，能制。鴟脾桓木魅水靈山祅石怪，奔號聚遶以數千載，庚辰以戰逐去。頸鏁大索，鼻穿金鈴，徙淮陰之龜山之足下，俾淮水永安流注海也。」庚辰，傳説中的助禹治水之神。宋李昉等《太平廣記》卷五十六《女仙一·雲華夫人》：「雲華夫人……敕侍女，授禹策召鬼神之書，因命其神狂章、虞余、黄魔、大翳、庚辰、童律等助禹斲石疏波，決塞導阨，以循其流。」無支祈：傳説中的淮水之神。亦作無支祁。

〔六〕九鼎：禹所鑄，象徵九州，夏商周三代奉爲傳國之寶。後借指國家政權，亦喻分量之重。《史記·

封禪書》：「禹收九牧之金，鑄九鼎。皆嘗亨鬺上帝鬼神。遭聖則興，鼎遷於夏、商。周德衰，宋之社亡，鼎乃淪没，伏而不見。」宋黄庭堅《次韻答叔原會寂照房呈稚川》：「聲名九鼎重，冠蓋萬夫望。」

〔七〕神奸：鬼神怪異之物。《春秋左傳・宣公三年》：「遠方圖物，貢金九牧，鑄鼎象物，百物而爲之備。使民知神、奸。」杜預注：「圖鬼神百物之形，使民逆備之。」

〔八〕精一：精心一意。語出《尚書・大禹謨》：「人心惟危，道心惟微，惟精惟一，允執厥中。」孔傳：「汝當精心，惟當一意。」

〔九〕草昧：蒙昧，原始未開化的混沌狀態。《易・屯》：「天造草昧。」孔穎達疏：「草謂草創，昧謂冥昧，言天造萬物於草創之始，如在冥昧之時也。」亦用以指國家草創、秩序未定之時。《舊唐書・唐儉傳》：「唐儉委質義旗之下，立功草昧之初。」

〔一〇〕攀胡：謂追隨皇帝或哀悼皇帝去世。典出《史記・封禪書》：「黄帝採首山銅，鑄鼎於荆山下。鼎既成，有龍垂胡髯下迎黄帝。黄帝上騎，羣臣後宫從上者七十餘人，龍乃上去。餘小臣不得上，乃悉持龍髯，龍髯拔，墮，墮黄帝之弓。百姓仰望黄帝既上天，乃抱其弓與胡髯號，故後世因名其處曰鼎湖，其弓曰烏號。」宋歐陽脩《辭覃恩轉左丞表》：「國恩未報，但虞填壑以遺羞；金鼎已成，豈謂攀胡之莫及。」

〔一一〕中區：猶人世間。晉陸機《文賦》：「佇中區以玄覽，頤情志於典墳。」李善注：「中區，區中也。」

〔一二〕馘（guó）：古代戰時割取所殺敵人的左耳，用以記功。亦指割下的左耳。《後漢書・宦者傳・曹節傳》：「近者神祇啓悟陛下，發赫斯之怒，故王甫父子應時馘截，路人士女莫不稱善，若除父母之讎。」李賢注：「《詩·魯頌》曰：『在泮獻馘。』音古獲反。鄭玄注：『謂所殺者之左耳。』」

〔一三〕紫宮：即紫微宮。星官名，在北斗以北。《漢書·李尋傳》：「《書》云『天聰明』，蓋言紫宮極樞，通位帝紀。」孟康曰：「紫宮，天之北宮也。」喻指皇宮。

〔一四〕懋著：猶顯著。

〔一五〕息：通「熄」，滅。《易·革》：「水火相息。」

〔一六〕正德甲戌：公元一五一四年。

〔一七〕豫章：漢郡名。治所在今江西南昌。

〔一八〕黄軒：黄帝軒轅氏的省稱。漢張衡《東京賦》：「登封降禪，則齊德乎黄軒。」唐明皇李隆基《左丞相說右丞相璟太子少傅乾曜同日上官命宴東堂賜詩》：「赤帝收三傑，黄軒舉二臣。」

【解析】

此文是伯虎在南昌寧邸所作，因許遜是南昌人，故南昌鑄有許旌陽鐵柱，伯虎撰文讚美南昌風物。從開頭至「而人類幾乎息矣」一大段議論，是論述陰陽神奸共處之道理，其中不乏樸素辯證法思想。而將許真君與黄帝神禹並列，當然是極盡推崇。末段交代寫記由來，是此類文章的一般寫法。

荷蓮橋記

邑多賢士大夫，則多賢令尹〔一〕。令尹之職也爲最親民①，民事甚夥，一有不便，而尹或莫之知者，則相聚以尤焉。非其邑有賢士大夫輔翼之，以補綴缺少，則尹雖賢，固難免于民之尤之也〔二〕。進賢〔三〕，南昌屬之大者。自宋崇寧中立治抵今〔四〕，歷歲若干，邑之以賢稱者不絶。班輩多賢士大夫，相爲之輔翼，民有不便，輟相與以補綴之，必致其尹以賢稱于邑而後已。邑之東南區爲饒〔五〕，位出水之會，水將北趨鄱陽，其未達也，匯而爲波涇，瀼而爲河淡〔六〕，宕然而爲沮洳〔七〕。七八月之間潦〔八〕，民未有不憂涉者。以車則膠輪，以騎則踐魚鱉之居而蹪〔九〕，載者分重，負者兼舉，而尹莫之知也。内相喻公某至而見焉，曰：「是爲不便于民之大者，不治民將尤吾。」尹乃爲石梁于其上以便涉〔一〇〕，凡用若干金。夫修輿梁，成徒杠，尹職之夥者或未之知，而深于治事，民安有不慮者乎？然未知其尤之有無，而喻公輒自以邑之賢士大夫爲己任〔一一〕，輔翼補綴，以成其尹之賢。雖尹之賢，未必以此，而決不以此爲尹之尤也，則邑之多賢尹者，邑之多賢士大夫之所致也固然矣。夫豈獨一邑之政爲然哉？天子於民，上下遼絶〔一二〕，日月不照覆缶〔一三〕，蟻蚊不能叫閽〔一四〕，民之所憂者多矣。朝有賢士大夫爲之輔翼補綴，則天下之民，安得不聖其天子乎？則知朝多賢士大夫，則多聖君矣，是豈獨一邑之政爲然哉？

【校　記】

①「令尹之職」，何本爲「令尹之即職」。

【題　解】

此文作於正德甲戌年（一五一四）。荷蓮橋：石橋名，在進賢縣（明屬南昌府）。爲當時進賢縣令爲便民而修。

【箋　注】

〔一〕令尹：官名，春秋、戰國時楚國所設，爲楚國的最高官職，掌握軍政大權。此處應指地方官吏。

〔二〕尤：責備。

〔三〕進賢：古縣名，宋崇寧二年（一一〇三）以南昌縣進賢鎮置。明清時屬南昌府。

〔四〕崇寧：宋徽宗趙佶年號（一一〇二—一一〇六）。立治：確立治道。《禮記·曲禮上》：「《曲禮》曰：毋不敬，儼若思，安定辭。安民哉！」孔穎達疏：「明人君立治之本。」此指建立縣級政權。

〔五〕饒：指饒州。明府名，初爲鄱陽府，後改饒州府。治所在鄱陽（今江西波陽）。

〔六〕瀼（ràng）：通江的山溪。

〔七〕沮洳（jù rù）：低濕之地。《詩·魏風·汾沮洳》：「彼汾沮洳，言采其莫。」孔穎達疏：「沮洳，潤澤之處。」

〔八〕潦（lào）：通「澇」，雨水過多，澇災。

〔九〕躓：謂足遇阻礙而被絆倒。

〔一〇〕石梁：指石橋。

〔一一〕喻公：指喻智，字子貞，當塗（今屬安徽）人，生卒年不詳。任湖廣按察使，斷楚藩英耀獄，升光禄卿，以副都御史巡撫南贛。

〔一二〕遼絶：遼隔，遠隔。

〔一三〕覆缶：猶覆盆，倒置之盆（缶）。陽光照不到覆盆（缶）下，因喻社會黑暗或無處申訴的沉冤。唐李白《贈宣城趙太守悦》：「願借羲皇景，爲人照覆盆。」

〔一四〕閽：指宫門。唐陸龜蒙《離騷》：「天問復招魂，無因徹帝閽。」

【解　析】

此文宗旨亦爲讚美南昌風物。首段從開頭至「固難免於民之尤之也」，用賢令尹與民之尤的一般關係引論。第二段從「進賢，南昌屬之大者」至「凡用若干金」，具體到進賢修築荷蓮橋的原委。第三段至最後，從進賢荷蓮橋反映爲政之賢尤，拓論到「豈獨一邑之政爲然」。

愛谿記

人莫不有所愛，失其所愛，則傷其衷〔一〕。人莫不有所資，失其所資〔二〕，則困其生。愛之而不失，資之而不窮，惟取天地自然而然者爲能。然若金紫之貴〔三〕，珠玉之富，或者能削奪，則貧之矣。削奪而賤貧，則失其所愛與資，將傷困之不暇，求其夷然而樂，坦然而安者，必無有也。新安洪君伯周〔四〕，俶儻誠愨士〔五〕，跡履遍江湖，聲聞滿儒冠。少孤而孝，奉祖與母以居，樂其志以資其生。弄長竿之清風，披簑笠之煙雨，飄然波濤，邈焉寒暑〔六〕。勢不可奪，强不可撓，蓋公休任公子之流〔七〕，于是以愛谿自號，而丐余記之。余謂文士之處世，失其所愛與資，奔走于不可得已之間，俯仰于無可奈何之際，蓋心兹恐懼，身措無地，安能上傳而下育也〔八〕？得其所愛與資，而非其道，以富貴自炫，而驕其妻妾，齊人也〔九〕。翻覆酌量于兩三之間，余則以爲洪君之計爲得，故爲之記。

【題　解】

此文爲洪伯周而作。洪伯周，號愛谿，新安（今屬安徽）人。生平事蹟不詳。

【箋　注】

〔一〕衷：内心。《春秋左傳·僖公二十八年》：「今天誘其衷，使皆降心以相從也。」南朝梁劉勰《文心雕龍・祝盟》：「信不由衷，盟無益也。」

〔二〕資：取資，憑藉。《梁書・高祖三王傳》：「舉大事必有所資，今無寸兵，安可以動？」此指生活依靠。

〔三〕金紫：金印紫綬之簡稱。秦漢時爲相國、丞相、太尉、大司空、太傅、列侯等高官所用。《漢書・百官公卿表上》：「相國、丞相，皆秦官，金印紫綬，掌丞天子助理萬機。」魏晉後，光禄大夫得假金印紫綬，因亦稱金紫光禄大夫。此借指顯貴。

〔四〕新安：郡名。隋大業三年（六〇七）改歙州置，治所在休寧（今安徽萬安），後移歙縣（今屬安徽）。後世以爲歙州、徽州所轄地之別稱。

〔五〕俶儻（tì tǎng）：同「倜儻」。卓異不凡，灑脱不拘。《史記・太史公自序》：「扶義俶儻，不令己失時，立功名於天下，作七十列傳。」誠愨（què）：忠誠樸實。《舊唐書・張鎬傳》：「會有宦官自范陽及滑州使還者，皆言思明、叔冀之誠愨。」

〔六〕邈焉寒暑：謂遠離炎涼世態。

〔七〕公休：指司馬康（一〇五〇——一〇九〇），字公休，山西夏縣（今屬山西）人。司馬光之子。《宋史》卷三三六有傳，稱其「幼端謹，不妄言笑，事父母至孝。敏學過人，博通羣書，以明經上第」，「爲人廉潔，口不言財」。任公子：古代寓言中的善釣者。《莊子・外物》：「任公子爲大鉤巨緇，五十犗以爲餌，蹲乎會稽，投竿東海，旦旦而釣，期年不得魚。已而大魚食之，牽巨鉤，錎没而下，鶩揚而奮鬐，白波若山，海水震盪，聲侔鬼神，憚赫千里。任公子得若魚，離而臘之，自制河以東，蒼梧已北，莫不厭若魚者。」後多喻指超然世外、志於大成的高士。唐陸龜蒙《奉和襲美二遊詩·任詩》：「揭來任公子，擺落名利役。」

〔八〕「安能」句：是說怎麼能上傳先人遺業德澤而下育後代子孫呢？

〔九〕齊人：喻指無恥乞求富貴之人。典出《孟子·離婁下》：「齊人有一妻一妾而處室者，其良人出，則必饜酒肉而後反。其妻問所與飲食者，則盡富貴也。……蚤起，施從良人之所之，遍國中無與立談者。卒之東郭墦間，之祭者乞其餘，不足，又顧而之他。此其爲饜足之道也。其妻歸……與其妾訕其良人，而相泣於中庭。而良人未之知也，施施從外來，驕其妻妾。」

【解析】

新安洪伯周是位高士，自號愛谿，伯虎遂撰此文以贈之。文分三層，第一層從開頭至「必無有也」，解釋「愛」與貧賤富貴的一般關係。第二層從「新安洪君伯周」至「而丐余記之」，簡介洪伯周高行及撰文原委。第三層從「余謂文士之處世」到最後，申論關於「愛」的「洪君之計」。全文佈局嚴整，語句邏輯演繹性强。

王氏澤富祠堂記

徽歙多世家〔一〕，澤富之王景旻氏，是其一也。先自唐秘閣校正諱希羽者〔二〕，自宣徙徽〔三〕，生廷祚。廷祚生明，在宋建隆初〔四〕，仕至廣州太守。四世孫奉宗，考槃丘園〔五〕，遁跡不見，而族益著大，乃景旻之始也。王氏既稱故家〔六〕，其支庶子姓，蕃衍豐殖，蓋有自然而然者。景旻思所以合聚而束之以禮，乃爲屋若干楹〔七〕，于所居村野之中，以秘閣爲不遷之祖，廣州與奉宗配焉。迨及後世既祧之主〔八〕，皆合居于中。膢臘歲時〔九〕，率宗族子姓以奉薦享〔一〇〕。所爲就緒，而景旻不禄。其子友格，暨叔父景蘧，繼志述事，舉族内之賢能者凡六人曰某，宣叶乃力，于是祠事大備。祭則有田，收其入以爲俎醢酒醴之用〔一一〕。職事有人，以司衣服籩豆尊彝之器〔一二〕。歲祭則宗長咸在，拜獻有常，餕燕有寢〔一三〕，序列有位，穆然先王之遺風。由是王氏之子弟，彬彬禮文〔一四〕，皆景旻之遺力也。《禮》云：「五經之内，惟祭爲大，所以合同姓，序尊卑，辨賢不肖也。」蓋别子小宗，雖自得爲不遷之主，而其子孫猶助祭于大宗之廟，則同姓合矣。昭與昭齒，穆與穆齒，伯氏叔氏，上下列位，而尊卑序矣。賢者冕而盡事〔一五〕，不肖者弁而盡力①〔一六〕，賢不肖辨矣。此先王之遺制，而景旻首舉行之，又可謂知所務矣。王氏後世之子孫，苟知所務，不替斯舉，使世德族系，百萬斯年，與此祠俱隆，豈不得爲徽歙之偉觀也哉？弘治乙丑〔一七〕，余行旅過徽，友格以幣交，故爲記其事云。

【校　記】

①「弁而盡力」，何本作「并而盡力」。

【題　解】

據文末所云，此文爲伯虎受友人之托，作於弘治十八年（一五〇五）。王氏：指王景旻。生平事蹟不詳。澤富：祠堂名。

【箋　注】

〔一〕徽歙：州、府名。歙州於隋開皇九年（五八九）置，治所在萬安（今屬安徽休寧），後移至歙縣（今屬安徽）。宋宣和三年（一一二一）改名徽州。明改爲府。

〔二〕秘閣：歷代王宮收藏珍貴圖書處。自漢至唐，由秘書監執管。《晋書·李充傳》：「於時典籍混亂，充删除煩重，以類相從，分作四部，甚有條貫，秘閣以爲永制。」

〔三〕宣：指宣州。隋開皇九年（五八九）改南豫州置，治所在宣城（今屬安徽）。

〔四〕建隆：宋太祖年號（九六〇—九六三）。

〔五〕考槃：《詩·衛風》篇名。《詩序》謂此詩係刺衛莊公「不能繼先公之業，使賢者退而窮處」，《詩集傳》則説是讚美「賢者隱處澗谷之間」。據後文，當指後者。

〔六〕故家：謂世家大族。亦泛指世宦之家。《孟子·公孫丑上》：「紂之去武丁，未久也，其故家遺俗，流風善政，猶有存者。」

〔七〕楹：房屋計算單位。一列爲一楹。《宋史·五行志》：「靜海縣大風雨，毁官私廬舍二千七百六十三楹。」

〔八〕既祧之主：謂遷入祖廟的先人。祧，祖廟，祠堂。《儀禮·聘禮》：「不腆先君之祧，既拚以俟矣。」《春秋左傳·襄公九年》：「以金石之樂節之，以先君之祧處之。」杜預注：「諸侯以始祖之廟爲祧。」

〔九〕膢臘：古代兩種祭名。其祭多在歲終，故常並稱。《韓非子·五蠹》：「夫山居而谷汲者，膢臘而相遺以水。」漢桓寬《鹽鐵論·散不足》：「古者庶人糲食藜藿，非鄉飲酒，膢臘祭祀，無酒肉。」膢（lǘ，又讀 lóu、liú），古代楚俗以二月祭飲食。見《説文·肉部》。臘，陰曆十二月祭名，始於周代。《春秋左傳·僖公五年》：「虞不臘矣。在此行也，晋不更舉矣。」後因稱陰曆十二月爲「臘月」。

〔一〇〕薦享：薦饗，祭獻。

〔一一〕俎醢（zǔ hǎi）酒腥之用：泛指祭祀所需祭品資費。醢，用魚、肉製成的醬。《舊唐書·職官志三》：「河渠令掌供川澤魚醢之事。祭祀則供魚醢。」

〔一二〕籩豆：籩和豆，均爲古代禮器，供祭祀和宴會之用。竹製爲籩，盛果脯等；木製或銅製、陶製爲豆，盛齏醬等。《論語·泰伯》：「籩豆之事，則有司存。」尊彝：尊和彝，均爲古代酒器，泛指祭祀的禮器。《周禮·春官宗伯·司尊彝》：「司尊彝掌六尊六彝之位。」《宋史·職官志》：「凡祭祀，共五齊、三酒、牲牢、鬱鬯及尊彝、籩豆、簠簋、鼎俎、鉶登之實。」

〔一三〕餕：食之餘。《禮記·曲禮上》：「餕餘不祭。」孔穎達疏：「正義曰：餕者，食餘之名。祭，謂祭先也。」又謂吃盡所餘食物。《禮記·内則》：「既食恒餕。」燕：通「宴」，宴飲。《詩·小雅·鹿鳴》：

「我有旨酒，嘉賓式燕以敖。」寢：宗廟後殿藏先人衣冠處。唐杜佑《通典》卷四十七《吉禮六》：（天子宗廟）「園中各有寢、便殿。」

〔一四〕彬彬：文質兼備貌。

〔一五〕冕：帽子。大夫以上行朝儀、祭禮時所戴的禮帽。一説前後有旒，一説只前有旒。漢許慎《説文解字・冃部》：「冕，大夫以上冠也。」《釋名・釋首飾》：「祭服曰冕。冕，猶俛也。俛，平直貌也，亦言文也。玄上纁下，前後垂珠，有文飾也。」

〔一六〕弁：古代貴族的一種帽子。有皮弁、爵弁。《釋名・釋首飾》：「弁，如兩手相合抃時也。以爵韋爲之謂之爵弁，以鹿皮爲之謂之皮弁。」《禮記・雜記上》：「大夫冕而祭於公，弁而祭於己；士弁而祭於公，冠而祭於己。」

〔一七〕弘治乙丑：弘治十八年（一五〇五）。

【解析】

此文是伯虎經過安徽時，王友格「以幣交」，亦即給出潤筆而寫成之記文。雖然是應酬文字，但叙述王氏世系十分清楚，結論是「世德族系，百萬斯年，與此祠俱隆」，是此類文章的正格寫法。

竹齋記

草木花果之以人爲喻者甚多，若松稱大夫〔一〕，桂子稱仙友，牡丹稱王，海棠稱爲神仙，蘭草稱虞美人①，龍眼稱爲荔枝之奴，惟竹稱君子〔二〕。世之王公大人，朋友異人，神仙僕隸，其篤厚淳愨者固多〔三〕，至若暴戾殘慝〔四〕詭怪顓蒙者〔五〕，中亦不少。若一律而求爲君子所歸，豈可得也。然而上自王公，下逮僕隸，其中人品，千態萬狀。其見君子，則必敬必信，以其篤厚淳愨而不暴戾殘慝詭怪顓蒙我也。雖軋以王公大人之勢，要以朋友之信義，眩之以神仙之奇瑰詭怪，粉白黛黑，親之以異人之姿，執之以僕隸之勞，皆不可得敬之信之如君子者，則人何患而不爲君子？豈若花果草木之生質，有一定之限而不可變者，人固不若是也。歙之吴君明道〔六〕，字存功，别號竹齋，君子人也。丐余記齋。余謂存功其知以篤厚淳愨自處，而遠去夫暴戾殘慝詭怪顓蒙者歟？何不以松桂花草顏其齋，而特以竹？將見人之敬信，自王公大人以及乎僕隸無有間然者。吾嘗聞野人之説曰：「門内有君子，門外有君子。」至存功與竹，迭爲賓主，皆號君子。門内門外之辨，隨時而定，此非所能知②，若其自信以從君子之所歸，則斷然矣。余故爲之記。

【校　記】

①「蘭草」，何本作「草」。　②「此非所能知」，何本作「此非吾所能知」。

【題　解】

這篇題室之文應友人吴明道所求而作，人品、竹節合而爲一，自然巧妙。竹齋：吴明道之齋名，亦其別號。

【箋注】

〔一〕松稱大夫：典出《史記·秦始皇本紀》：「二十八年，始皇……乃遂上泰山，立石，封，祠祀。下，風雨暴至，休於樹下，因封其樹爲五大夫。」

〔二〕竹稱君子：南朝宋劉義慶《世説新語·任誕》：「王子猷嘗暫寄人空宅住，便令種竹。或問：『暫住何煩爾？』王嘯咏良久，直指竹曰：『何可一日無此君？』」

〔三〕淳愨（què）：敦厚誠實。愨，恭謹，誠篤。《漢書·刑法志》：「朕聞之，法正則民愨，罪當則民從。」顏師古注：「愨，謹也。」

〔四〕殘慝（tè）：殘暴凶惡。慝，邪惡。《尚書·畢命》：「旌別淑慝，表厥宅里。」

〔五〕顓（zhuān）蒙：愚昧，蒙昧。《漢書·揚雄傳下》：「天降生民，倥侗顓蒙，恣於情性，聰明不開，訓諸理。」顏師古注引鄭氏曰：「童蒙無所知也。」

〔六〕歙：縣名（今屬安徽）。

【解析】

此文運用了類比和對比的手法。首先將真君子的「篤厚淳愨」與其他人的「暴戾殘慝、詭怪顓蒙」作對比，凸顯君子之風概。接著將吴明道處世之態度與竹相類比，並引「野人之説」作結。至此，人竹合一，妥帖自然。行文褒揚而不見諂媚，筆力老辣，進退有度。

�隱記

筠之爲物也，其圓應規，其直應矩①〔一〕，虚中足以容，貞外足以守，故稱爲材。舍筠而他求，取以爲材者，則未能備衆異之若是也。豈惟筠哉？夫人亦然。故君子之以材稱者亦備焉。一規一矩，悉應法度，由中達外，無不當理，是特筠之性特異于人耶？蓋天之生材，不備衆美則不能爲世用，則必異之厚之，出于等倫〔二〕。故筠之生，森然而直其外，蓋自規也，毅然而圓其中，蓋自虚也。爲君子者，取法乎此，則上可以事君，内可以事親，律己以貞，應物以虚〔三〕，無所施而不可矣。秦君仁之，有材之君子也，和以處衆，敬以方外〔四〕，言貌動止，一由規矩。所居之齋，植筠爲障〔五〕，朝退晏清，必與相對，故以筠隱爲稱，俾余記之。竊謂筠與秦君，皆天挺之美材也，道義相同②，契好自合，法其美以爲己之美，遠取諸物而近取諸身③。故秦君事今睿主，靖恭乃職，晨夕不怠，沾沾休光〔六〕，隆重深益，是蓋得筠之爲助不少，抑亦秦君之善于取法也。故爲記之。

【校　記】

①「其直應矩」，何本作「其道應矩」。　②「道義」，何本作「道誼」。　③何本「諸身」下有「之人」二字。

【題　解】

這篇題室之文爲秦仁之的「筠隱齋」而作，以竹喻人，褒揚友人善取法于竹。筠：竹之別稱。唐唐彥謙《菊》：「近取松筠爲伴侣，遠將桃李作參商。」宋葛立方《滿庭芳·和催梅》：「結歲寒三友，久遲筠松。」

【箋　注】

〔一〕矩：古代畫方形的工具，即今曲尺。

〔二〕等倫：同輩，同類。《舊唐書·哀帝本紀》：「皆道著匡扶，功宣寰宇，其於崇寵，迥異等倫。」唐杜甫《別蔡十四著作》：「安知蔡夫子，高義邁等倫。」

〔三〕應物：謂待人接物。《晋書·王濛傳》：「虚己應物，恕而後行，莫不敬愛焉。」《宋史·陳居仁傳》：「居仁風度凝遠，處己應物，壹以誠信。」

〔四〕方外：謂爲使身外事物合乎規範。

〔五〕陴（pí）：城上矮牆。

〔六〕休光：喻美德或勳業。《漢書·匡衡傳》：「願陛下留神動静之節，使羣下得望盛德休光，以立基楨，天下幸甚！」顏師古曰：「休，美也。」唐楊炯《奉和上元酺宴應詔》：「祖宗玄澤遠，文武休光盛。」

【解　析】

友人秦仁之以「筠隱齋」名其室，請伯虎寫了這篇文章。此文開頭九句提出竹子「其圓應規」、「其直應矩」。之間一大部分寫人也應該有規有矩。最後八句歸結到秦仁之的美好品質，並揣想「是蓋得筠之爲助不少，抑亦秦君之善於取法也」，以結全文。

菊隱記

君子之處世，不顯則隱，隱顯則異①，而其存心濟物〔一〕，則未有不同者。苟無濟物之心，而泛然于雜處隱顯之間，其不足爲世之輕重也必然矣。君子處世而不足爲世之輕重，是與草木等耳。草木有可以濟物者，世猶見重，稱爲君子。而無濟物之心，則又草木之不若也。爲君子者，何忍自處于不若草木之地哉？吾於此，重爲君子之羞。草木與人，相去萬萬，而又不若之，則雖顯者，亦不足貴，況隱于山林丘壑之中者耶？吾友朱君大涇，世精瘍醫〔二〕，存心濟物，而自號曰菊隱。菊之爲物，草木中最微者，隱又君子没世無稱之名。朱君君子也，存心濟物，其功甚大，其名甚著，固非所謂泛然雜處于隱顯之中者，而乃以草木之微，與君子没世無稱之名以自名，其心何耶？蓋菊乃壽人之草②，南陽甘谷之事驗之矣〔三〕，其生必于荒岑郊野之中，惟隱者得與之近，顯貴者或時月一見之而已矣。而醫亦壽人之道，必資草木以行其術，然非高蹈之士〔四〕，不能精而明之也，是朱君因菊以隱者。若稱曰：「吾因菊而顯。」又曰：「吾足以顯夫菊，適以爲菊之累，又何隱顯之可較云？」余又竊自謂曰：「朱君于余，友也。君隱于菊，而余也隱于酒。對菊命酒，世必有知陶淵明、劉伯倫者矣〔五〕。」因繪爲圖，而並記之。

袁宏道評：趣甚。

【校　記】

①「則異」，何本作「雖異」。　②何本「壽人之草」下有一「也」字。

【題　解】

本文爲繪圖而作，論述君子之隱顯，折射伯虎堅持存心濟物的人生觀。

【箋　注】

〔一〕濟物：謂治國安民。《晉書·嵇康傳》：「子文無欲卿相，而三爲令尹，是乃君子思濟物之意也。」

〔二〕瘍（yáng）醫：周代醫官名。亦爲古代醫學分科之一。《周禮·天官冢宰·瘍醫》：「瘍醫掌腫瘍、潰瘍、金瘍、折瘍之祝藥，劀殺之齊。」後世指外科醫生。

〔三〕「蓋菊」二句：典出晉葛洪《抱朴子·内篇·仙藥》：「南陽酈縣山中有甘谷水，谷水所以甘者，谷上左右皆生甘菊，菊花墮其中，歷世彌久，故水味爲變。其臨此谷中居民，皆不穿井，悉食甘谷水，食者無不老壽，高者百四五十歲，下者不失八九十，無夭年人，得此菊力也。」又漢應劭《風俗通義·佚文》：「南陽酈縣有甘谷，谷中水甘美，云其山上大有菊華，水從山上流下，得其滋液，谷中三十餘家，不復穿井，仰飲此水，上壽者百二三十，中者百餘歲，七八十者，名之爲夭，菊華輕身益氣，令人堅强故也。」

〔四〕高蹈：指隱居。《陳書·高祖本紀》：「若使時無聖哲，世靡艱難，猶當高蹈於滄州，自求於泰伯者矣。」

〔五〕陶淵明：東晋隱逸詩人。性愛菊，詩中咏菊處甚多。參見本書卷三《題菊花三首》（佳色含霜向日開）注〔一〕。劉伯倫：即劉伶（二二一？—三〇〇），字伯倫，沛國（治今安徽宿縣）人。西晋文學家，「竹林七賢」之一。曾爲建威參軍，强調無爲而治，以無能遭晋武帝罷免。嗜酒，嘗作《酒德頌》，蔑視封建禮法，宣揚老莊思想和縱酒放蕩生活。

【解　析】

此文率性而爲，如行雲流水。首先提出何爲君子，所謂君子應心懷天下，有濟物之心，否則草木不如。接著引出朱大涇，以「菊隱」自號，能治病救人，是以知真君子人格之高潔不俗。最後説明撰文原委。文章引經據典，却又語言淺近，縱橫捭闔，游刃有餘。

守質記①

天賦于吾躬者曰「質」〔一〕，質有清濁高下，萬萬不同，此蓋人之禀受之異〔二〕。而天之賦之者，固不以彼此而爲之清濁高下也。聖人者出，博之約之，必使全其天之所賦而後已。天之所賦者何？陰陽五行〔三〕。人之所稟者何？男女五常〔四〕。天賦于上，而人稟于下。陰陽或差忒〔五〕，五行或偏頗。男女之分形，五常或輕重。是以萬萬不同之分焉。中有全其天之賦者，又萬萬不同之一二爾。以萬萬不同之中，幸有一二全其天賦之質者，放于利欲，肆于舛異者〔六〕，又萬萬不一二。全其天賦，不爲衆物所誘奪，確乎其不可拔，堅乎其不可亂，整不可紊，守夫天之所賦而不失，又再萬萬之中不一二者。金允文名炳。與余交者二十有餘年，其質直，其爲人也，人之貌而天之質，不亂于物誘，不惑于聲淫，五常之間，不虧賦稟。故人以「守質」稱之。余謂人難乎質也，質難乎全也，守也。允文居二三難之間，而爲再萬萬人之所稱，不易易矣。乃詳記之。

【校　記】

① 何刻本此篇文字有異，兹另録於後。

【題　解】

這篇雜文論守質之不易，贊其友金炳守質之難得。質：品質，本質。《禮記·樂記》：「中正無邪，禮之質也。」

【箋　注】

〔一〕躬：身體，自身。

〔二〕稟受：承受。指受於自然的體性或氣質。《北齊書·酷吏傳》序：「夫人之性靈，稟受或異，剛柔區別，緩急相形，未有深察是非，莫不肆其情欲。」

〔三〕五行：指金、木、水、火、土五種物質。

〔四〕五常：指儒家所宣揚的仁、義、禮、智、信。《漢書·禮樂志》：「自京師有誖逆不順之子孫，至於陷大辟受刑戮者不絶，繇不習五常之道也。」顔師古注：「五常，仁、義、禮、智、信，人性所常有之也。」

〔五〕差忒：差錯。唐白居易《偶然二首》之一：「人事多端何足怪，天文至信猶差忒。」

〔六〕舛異：差錯違異。

【解析】

此文分兩部分。第一部分從開頭到「又再萬萬之中不一二者」，叙述儒家的守質理論及守質之難。第二部分交代撰文原委，褒揚金炳之難得。

天賦于吾躬者曰「質」，質有清濁高下，萬萬不同之質。不亂于物誘，不惑于聲淫，五常之間，不虧賦稟，故人以「守質」稱之。余謂人難乎質也，質難乎全也、守也。允文居一二三難之間，而爲再萬萬人之所者，又萬萬不同之一二爾。以萬萬不同之中，幸有一二全其天賦之質者。放于利欲，肆于舛異者，又萬萬不一二。全其天賦，不爲衆物所誘奪，確乎其不可拔，堅乎其不可亂，整不可紊，守夫天之所賦而不失，又再萬萬之中不一二者。金允文名炳，與余交者二十有餘年。其質直，其爲人也，人之貌而天，此蓋人之禀受之異；而天之賦之者，固不以彼此而爲之淸濁高下也。聖人者出，博之約之，必使全其天之所賦而後已。天之所賦者何？陰陽五行。人之所禀者何？男女五常。天賦于上，而人禀于下。陰陽或差忒，五行或偏頗；男女之分形，五常或重輕；是以萬萬不同者之分焉，中有全其天之賦稱爾易易矣，迺詳記之。

唐伯虎詩文全集　卷六

碑銘

齊雲巖紫霄宫元帝碑銘

乾坤定位〔一〕，二儀開五劫之端〔二〕；人鬼分形，五嶽鎮九州之地〔三〕。東溟銀榜，標題長子之宫〔四〕；西海玉門，實聚百神之野。皆所以節宣寒暑，鼓舞陰陽，萬物賴之以生成，四民順之而動止，兵戈藉之而底息，穀粟因之而豐登。玄天元聖玉虚師相仁威上帝蕩魔天尊者〔五〕，顓帝之神〔六〕，水德繼王。在先天則正位乾符〔七〕，御北斗則斟酌元氣。職領紫微之右垣〔八〕，則並天乙太乙之座〔九〕；宿列虚星之分野，則總司命司禄之權〔一〇〕。劫當開泰之中〔一一〕，天啓聖靈之孕。幽明協相，上下同流。凝二五之精以有生〔一二〕，建三一之道以度世〔一三〕。誕聖王宫，出胎母脅〔一四〕。寶光所照，三辰爲之失色〔一五〕；天靈護持，六種爲之震動〔一六〕。洎乎髫年，辭親就道。東遊震土，元君指迷。受錫劍于天帝，悟磨杵于神姥〔一七〕。折梅枝而寄榔，升霄峰以圓功。虎將護壇，神龍捧足①。于是扣金扉而遐升〔一八〕，當玉階而稽首〔一九〕。受命上清〔二〇〕，敷惠下土〔二一〕。分判人鬼，資大禹鑄鼎之功〔二二〕；馘除妖魔，繼黄帝鳴鼓之戰②。較蹟天曹〔二三〕，復居坎位〔二四〕。展旗捧劍，乾樞開黑帝之宫〔二五〕；玄龜赤蛇，坤軸闢玄都之府〔二六〕。歷朝顯應，有感必通。恭惟我太祖高皇帝〔二七〕，德符天地，功配唐虞③。偃武修文，而萬國咸寧；燔柴瘞玉〔二八〕，而百神歆享。歷數在躬〔二九〕，卜宅中夏〔三〇〕。誕及太宗皇帝，纘承祖考〔三一〕，欽若昊天，實藉神威，以翼聖躬〔三二〕。爰有冥力④，以靖多難。風行電掃，而天日開明；虎嘯龍吟，而江山變色。蓋精靈通乎造化⑤，誠慶達乎神祇也〔三三〕。是以敕命重臣建宫福地，丁夫百萬，星霜再周。金碧極輝煌之盛，香火盡嚴奉之誠。蓋所以答神貺，宅威靈，今之泰岳中和山是也。是以民莫不敬且信，有感必通。離宫别館，遍於天下。名山大川，尤多顯靈。蓋神藉山川之靈氣，乃可以應億兆之祈求。故其居處無常，周遊非止⑥。若夫互人之國〔三四〕，上下于天；女媧之墓〔三五〕，浮沉于水。神化者不可以理測其端，妙應者不可以言達其旨。是以齊雲巖紫霄崖有玄帝之行宫焉，其創始落成，别有記序。養素道人汪太元以僕業工呫嗶〔三六〕，托戴生昭來乞叙文。竊以爲殷薦望秩〔三七〕，帝王所以奉天地山川；瀹祀蒸嘗〔三八〕，億庶所以報祖宗神鬼。奠安宗社，底宅家邦，厥旨微矣。矧夫元天元聖〔三九〕，作鎮北極，應化本朝，統五帝之尊，履九宫之始。除邪鎮惡，降福禳災〔四〇〕，爰建行宫，允安兆姓也〔四一〕。僕雖蟲末學〔四二〕，難盡揄揚；草芥微材，豈能著述？涓埃無益于山海〔四三〕，螢爝奚補于日月〔四四〕。吮毫增悚，撫案知慚。薰沐以撰斯文，稽首繫之以頌。頌曰：玄天元聖，神威上帝。作鎮北極，斟酌元氣。五雷都司，九天奕使〔四五〕。七曜旋時〔四六〕，五福治世〔四七〕。平安水土，調攝神靈。展旗捧劍，掣電揮霆。虚皇敕命〔四八〕，至德實凝。敷惠下土，兆宅上清〔四九〕。赤蛇玄龜，將列水火。福善禍淫，月右日左。先天治乾，面明向午。安定山海，亘及今古。恭惟我朝，太祖太宗。唯神輔弼，國祚無窮。名山大川，爰建靈宫⑦。金銀照耀，珠碧輝崇。再拜稽首，小子作頌〔五〇〕。上述威靈，下贊神用。磨礱磉礎〔五一〕，刊鐫麟鳳。百萬斯年，於昭示衆。

【校　記】

①「神龍」，何本作「龍神」。　②「鳴鼓」，何本作「鳴角」。　③何本此句下有「用夏變夷，易亂以治」八字。　④「爰有」，何本作「爰由」。　⑤「造化」，何本作「變化」。　⑥「非止」，何本作「靡止」。　⑦「靈宫」，何本作「琳宫」。

【題　解】

齊雲巖：位於休寧（今屬安徽）西北的齊雲山間，三面皆絶壁，地勢險峻，需憑梯而上。巖頂廣四十畝，有石室，爲學道者所居。正德三年（一五〇八），伯虎曾登遊此地，因道人汪太乙嘗從他學詩，應汪之請，伯虎寫下這篇碑銘。又弘治十五年（一五〇二），作《齊雲巖縱目》詩（見本書卷二）。紫霄宫：當位於齊雲山之紫霄崖。今崖下有玉虚宮，宮左現存本文石刻。元帝：即玄帝，亦即玄天上帝，道教神系中赫赫有名的天界尊神。玄帝擁有諸多名號，明代《萬曆續道藏》中記載有「玄天上帝百字聖號」，是道教諸神中最長的名號。

【箋注】

〔一〕乾坤：《周易》中的兩個卦名，指陰陽兩種對立勢力。陽爲乾，乾之象爲天，乾之作用在使萬物發生。《易·乾》：「《彖》曰：『大哉乾元！萬物資始，乃統天。』」陰爲坤，坤之象爲地。乾坤代表天地，坤之作用在使萬物生長。《易·坤》：「《彖》曰：『至哉坤元！萬物資生，乃順承天。』」引申爲天地、日月、男女、父母、世界等的代稱。

〔二〕二儀：指天地。《晉書·成公綏傳》：「何陰陽之難測，偉二儀之奓（奢）闊！」三國魏曹植《惟漢行》：「太極定二儀，清濁始以形。」五劫：道教術語。指宇宙萬物生成演化的五個階段的劫號名，分别是始劫龍漢、成劫赤明、住劫上皇和開皇，壞劫延康。宋張君房《雲笈七籤》卷三《道教本始部·靈寶略紀》：「具更五劫，天地乃開。」

〔三〕五嶽：即東嶽泰山、西嶽華山、南嶽衡山、北嶽恒山和中嶽嵩山。唐李夐《恒嶽晨望有懷》：「二儀均四序，五嶽分九州。」

〔四〕「東溟」二句：漢東方朔《神異經·中荒經》：「東方有宮，青石爲牆，高三仞，左右闕高百尺。畫以五色，門有銀榜，以青石碧鏤，題曰：天地長男之宮。」銀榜，銀製匾額，宮殿、廟宇門端所懸，或富貴人家懸掛，標示家族地位。

〔五〕玄天元聖玉虛師相仁威上帝蕩魔天尊者：玄帝的尊號。

〔六〕顓(zhuān)帝：指顓頊。上古帝王，黄帝之孫，昌意之子。年十歲佐少昊，二十歲即帝位。初國於高陽(今屬河北)，因號高陽氏。後都於帝丘(今河南濮陽東南)，在位七十八年。

〔七〕乾符：帝王受命于天的符瑞。《後漢書·班彪傳》：「於是聖皇乃握乾符，闡坤珍，披皇圖，稽帝文……」李賢注：「乾符、坤珍謂天地符瑞也。皇圖、帝文謂圖緯之文也。」

〔八〕紫微垣：按《丹元子步天歌》，爲三垣之中垣。亦名紫宫垣、紫微宫等。位於北斗東北，有十五星，東西列，以北極爲中樞，成屏藩之狀。相傳爲天帝居住的地方，因此預測帝王家事則觀察此天區。

〔九〕天乙：星官名。亦稱天一。屬紫薇垣。漢甘德、石申《星經》：「天一星在紫微宫門外右星南。」太乙：星官名。亦稱太一。屬紫薇垣。

〔一〇〕「宿列」二句：語出《新法曆書·虛宿星表》：「虛宿，司命司禄。」虛星，即虛宿，星官名。二十八宿之一，玄武七宿之第四宿。

〔一一〕開泰：亨通。《晋書·庾亮傳》：「大事既平，天下開泰，衍得反正，社稷乂安，宗廟有奉，豈非舅二三方伯忘身陳力之勳邪！」

〔一二〕二五：指陰陽與五行。宋周敦頤《太極圖説》：「五行，一陰陽也；陰陽，一太極也；太極，本無極也。五行之生也，各一其性。……無極之真，二五之精，妙合而凝。」曹端述解：「二，陰陽也。五，五行也。」

〔一三〕三一：道家語。指由精、神、氣三者混合而成的虚無之道。宋張君房《雲笈七籤》卷十《三洞老君太上虚無自然本起經》：「夫道爲三一者，謂虚無空。空者，白也，白包無。無者，黄也，黄包赤，赤爲虚。」

〔一四〕「誕聖」二句：傳説佛祖釋迦牟尼從其母摩耶右脅出生，見《阿含經》。此指玄帝誕生。

〔一五〕三辰：指日、月、星。《春秋左傳・桓公二年》：「三辰旂旗，昭其明也。」杜預注：「三辰，日、月、星也。畫於旂旗，象天之明。」

〔一六〕六種：玄帝的護法從神六丁六甲，亦爲能行風雨、制鬼神的真武部將。

〔一七〕「悟磨杵」句：可參明陳仁錫《潛確類書》卷六十：「李白少讀書，未成，棄去。道逢老媪磨杵，白問其故，曰：『欲作針。』白感其言，遂卒業。」諺語有「若要功夫深，鐵杵磨成針」，勉勵人刻苦用功，以求有所成就。

〔一八〕金扉：喻華貴門户。唐李白《咏鄰女東窗海石榴》：「無由共攀折，引領望金扉。」

〔一九〕稽首：古時一種跪拜禮，叩頭到地。爲九拜中最恭敬者。《周禮・春官宗伯・大祝》：「辨九拜，一曰稽首，二曰頓首，三曰空首。」賈公彦疏：「一曰稽首，其稽，稽留之字。頭至地多時，則爲稽首也。此三者（指稽首、頓首、空首）正拜也。稽首，拜中最重，臣拜君之拜。」

〔二〇〕上清：道家所謂人天之外的三清境之一。三境爲玉清、太清、上清，亦稱三天。宋張君房《雲笈七籤》卷三《道教本始部・道教三洞宗元》：「其三清境者，玉清、上清、太清是也。亦名三天。」此借指上天。

〔二一〕下土：天下，大地。

〔二二〕鑄鼎：稱頌君王功德。

〔二三〕天曹：道家所稱天上官署。亦指天宫。《南齊書·顧歡傳》：「今道家稱長生不死，名補天曹，大乖老、莊立言本理。」

〔二四〕坎位：指北方。道家謂玄帝是北方最高之神祇。

〔二五〕乾樞：猶乾軸，指天。見本書卷三《題自畫高祖斬蛇卷》注〔一〕。黑帝：古代神話中的五天帝之一。古指北方之神。《漢書·郊祀志下》：「謹案《周官》『兆五帝於四郊』，山川各因其方，今五帝兆居在雍五畤，不合於古。」顔師古曰：「五帝於四郊，謂青帝於東郊，赤帝及黄帝於南郊，白帝於西郊，黑帝於北郊也。各因其方，謂順其所在也。」

〔二六〕坤軸：指地軸。晋張華《博物志》卷一《地》：「地下有四柱，四柱廣十萬里。地有三千六百軸，犬牙相舉。」唐司空圖《詩品二十四則·流動》：「荒荒坤軸，悠悠天樞。」玄都：神仙所居之地。晋葛洪《枕中書》：「玄都玉京七寶山，周迴九萬里，在大羅天之上，城上七寶宫，宫内七寶臺，有上中下三宫……盤古真人、原始天尊、太元聖母所治。」

〔二七〕太祖：始祖。後世多稱開國之王。高皇帝：謚號。此指朱元璋。

〔二八〕燔（fán）柴：古代一種祭祀儀式。將玉帛、犧牲同置於積柴之上，焚之以祭天。《爾雅·釋天》：「祭天曰燔柴，祭地曰瘞薶，祭山曰庪縣，祭川曰浮沈。」邢昺疏：「祭天之禮，積柴以實牲體、玉帛而燔之，使煙氣之臭上達於天，因名祭天曰燔柴也。」瘞（yì）玉：埋玉。南朝齊謝朓《禋雅》：「坎牲瘞玉，酬德報功。」

〔二九〕歷數：指帝王繼承的次第。《論語・堯曰》：「堯曰：『咨！爾舜，天之歷數在爾躬，允執其中，四海困窮，天禄永終。』」朱熹注：「歷數，帝王相繼之次第，猶歲時節氣之先後也。」

〔三〇〕卜宅：用占卜方式決定住所或墓地。唐杜甫《秋野五首》之一：「繫舟蠻井絡，卜宅楚村墟。」

〔三一〕纘（zuǎn）：繼續，繼承。

〔三二〕聖躬：指皇帝。《後漢書・班彪傳》：「俯仰乎乾坤，參象乎聖躬。」李賢注：「聖躬謂天子也。」

〔三三〕神祇（qí）：天神與地神。亦指地神，或爲衆靈之通稱。此指玄帝系統諸神。

〔三四〕互人：人面魚身之人。《山海經・大荒西經》：「有互人之國。炎帝之孫名曰靈恝，靈恝生互人，是能上下於天。」郭璞云：「人面魚身。」袁珂案：「經文互人之國，王念孫校改互作氐，是也。」又《海内南經》：「氐人國在建木西，其爲人人面而魚身，無足。」郝懿行云：「互人國即《海内南經》氐人國，氐、互二字，蓋以形近而譌，以俗氐正作互字也。」

〔三五〕女媧：上古之女神。伏羲氏之妹。唐司馬貞《補史記・三皇本紀》：「女媧氏，亦風姓，蛇身人首，有神聖之德。代宓犧立，號曰女希氏。無革造，惟作笙簧，故《易》不載。不承五運。一曰，女媧亦木德王。蓋宓犧之後，已經數世。金木輪環，周而復始。特舉女媧，以其功高而充三皇，故頻木王也。當其末年也，諸侯有共工氏。任智刑，以强霸而不王。以水乘木，乃與祝融戰，不勝而怒。乃頭觸不周山，崩，天柱折，地維缺。女媧乃鍊五色石以補天，斷鼇足以立四極，聚蘆灰以止滔水，以濟冀州。於是，地平天成，不改舊物。」

〔三六〕呫（chè）嗶：猶占畢。泛稱誦讀。

〔三七〕望秩：謂按等級望祭山川。《漢書・郊祀志上》：「望秩於山川，遍於羣神。」顔師古注：「望，謂在遠者望而祭之。秩，次也。」

〔三八〕蒸嘗：指秋、冬二祭。冬祭曰蒸，秋祭曰嘗。亦泛指祭祀。《後漢書・馮衍傳》：「每念祖考，著盛德於前，垂鴻烈於後，遭時之禍，墳墓蕪穢，春秋蒸嘗，昭穆無列。」

〔三九〕矧（shěn）：况且，何况。元天：山名。南朝顔延之《車駕幸京口侍遊蒜山作》：「元天高北列，日觀臨東溟。」李善注引司馬彪曰：「元天，山名也。」元聖：大聖。《尚書・湯誥》：「請罪有夏，聿求元聖。」

〔四〇〕禳災：祭禱消災。

〔四一〕兆姓：同「兆民」。衆民。

〔四二〕雕蟲末學：猶「雕蟲末技」「雕蟲小技」「雕蟲小事」等，喻微末的技能。多指刻意雕琢辭章的技能。《舊唐書・元稹傳》：「嘗以爲雕蟲小事，不足以自明。」蟲，指蟲書。

〔四三〕涓埃：細流與輕塵。喻微末。

〔四四〕螢爝：螢火與燭光，謂微弱的光。常用爲能力薄弱的謙詞。《舊唐書・侯君集傳》：「臣今所以陳聞，非敢私君集等，庶以螢爝末光，增暉日月。」

〔四五〕九天：九重天，即天空最高處。《太上説玄天大聖真武本傳神咒妙經》説玄帝居於九霄。戰國屈原《九歌·少司命》：「孔蓋兮翠旌，登九天兮撫彗星。」

〔四六〕七曜：日、月和水、火、木、金、土五星。又指北斗七星。晉范寧《穀梁傳》序：「陰陽爲之愆度，七曜爲之盈縮。」

〔四七〕五福：《尚書·洪範》：「五福，一曰壽，二曰富，三曰康寧，四曰攸好德，五曰考終命。」唐劉禹錫《傷韋賓客》：「五福唯無富，一生誰得如。」

〔四八〕虚皇：道教神名。唐李咸用《吴處士寄香兼勸入道》：「謝寄精專一捻香，勸予朝禮仕虚皇。」

〔四九〕兆宅：指經卜筮選定的墓地。

〔五〇〕小子：舊時子弟晚輩對父兄尊長的自稱謙詞。

〔五一〕磨礱（lóng）：琢磨。《漢書·枚乘傳》：「磨礱底厲，不見其損，有時而盡。」顔師古注：「礱亦磨也。」磉（sǎng）礎：均指柱下石。《廣韻》：「磉，柱下石。」又：「礎，柱下石也。」

【解　析】

這是一篇道教碑銘。全文敷衍道藏，引用儒典，對仗精工，而行文流暢，表現了伯虎腹笥之富，祝允明在其墓誌銘中所説伯虎的學問「旁及風烏壬遁太乙，出入天人之間」，殆非虚語。

劉秀才墓誌

蛟龍得雲雨而能澤萬匯者，時也；君子終困窮而能守一身者，道也。語云①：「咏珪璋以比德〔一〕，指松柏而論材。」吾嘗聞斯語矣，代豈無是人哉②？君諱嘉③，字協中，陶唐氏之後也〔二〕。居乎三代，因時易姓，故有御龍、豕韋、唐杜之號〔三〕。其後定公夏、獻公藝，父子爲周卿士，食采於劉〔四〕，遂稱氏焉。漢室之興，封侯王者十有二人，皆同姓也。他劉以大儒名世，辯說著稱者，又莫殫記。暨乎晋隋，螽斯蕃蟄蟄之孫〔五〕，瓜瓞衍綿綿之蔓〔六〕，氏族之盛，莫與並焉④。宋德不競，天下草昧〔七〕，家室播越〔八〕，譜牒淪没〔九〕。君是爲蘇州人。大父敬〔一〇〕，封承德郎，褒碩德也。厥考昌〔一一〕，受大中大夫廣東參政，崇明賢也。君誕育洛陽〔一二〕，幼習庭教〔一三〕，大哀夙構，幾覆厥生，一舉明經〔一四〕，來遊泮水〔一五〕，畢藝時文〔一六〕，懷心史學。加以情尚風流，性不忤物，荀君之座，三日猶香〔一七〕；何郎之姿，一拭生白〔一八〕。學無不達，猶好老莊。是以寵辱不驚〔一九〕，伏息爲樂⑤〔二〇〕。少年以范丞相成大墓近先塋〔二一〕，常遭發毀，作文弔之，摇筆立成，詞不加竄，雖老成宿德〔二二〕，莫不推其博雅。習爲歌詩，初擬元白〔二三〕，未尚齊梁〔二四〕，短章一出，時輩競傳，至不能爲隱匿。病極勞瘁，而筆札不去，是其勤也；家無厚儲，而重恤交遊，是其義也。順以格親，孝之理也；和以處内，術之知也。方將集百朋之譽，乃遽得二豎之疴〔二五〕。正謂玉匣難全，琉璃易脆。列歲二十有四，以弘治四年某月日卒於臯橋故居〔二六〕。没身之日，識與不識，莫不躑躅揮涕。某年月日，葬仰天山之麓，不忘本也。子名稚孫，繈褓衰絰〔二七〕，育於令人顧氏〔二八〕。鄙人總角相知〔二九〕，童年托愛。方始有恙，鄙人以密友入問湯藥，執手相見，潸然泣下！及乎易簀〔三〇〕，鄙人以君命出卜詞，雖不治，尚號召鄙人者再焉。若有見囑，未及而没，善言不聞，此生長恨。是知義則朋友，情猶骨肉。泰山其頹〔三一〕，空歌伐木之詩〔三二〕；昊天不弔〔三三〕，竟負彈冠之約〔三四〕。其所著詩文二卷，蓋亦纂集其昔時之酬答，或傳録其壁間之題咏也⑥。錯玉成器，擲金有聲，歲月悠遠，散亡是懼。敢用鐫石名山，散帙所識，庶永其傳焉。嗚呼！大化有期〔三五〕，固識蜉蝣之不永〔三六〕；修程頓局〔三七〕，豈亡狐狸之傷類。奉譔高躅〔三八〕，式慰幽懷！其銘曰：「華屋失歡笑，青原起悲嘆。靈風吹寶幡，金碗照塵幔。傷春臺之改色〔三九〕，悲夜宫之未旦〔四〇〕。列高誼以豐石，期歷劫以燦爛。」

袁宏道評：文近俳，絶無秦漢氣息。

【校　記】

①「語云」，何本作「語夫」。②「無是人」，何本作「亡是人」。③「君諱嘉」，何本作「君諱嘉絹」。④「莫與並焉」，何本作「莫與京焉」。⑤「伏息」，何本作「伏思」。⑥「題咏」，何本作「咏題」。

【題　解】

此文於弘治四年（一四九一）爲總角知友劉嘉而作。劉秀才（一四六八—一四九一）：上古本年譜作嘉絹，楊靜庵《唐寅年譜》作嘉德，而伯虎墓誌文作嘉。字協中，吴縣（今江蘇蘇州）人。好古文辭，善書法。嘗因范成大墓遭毀而著《弔范墓文》，爲吴中後起之秀。年長伯虎兩歲，卒時年僅二十四歲。歿後沈周賦詩追悼，楊循吉、伯虎爲撰墓誌，文徵明、祝允明亦有追念之作。伯虎還爲其編印詩文集二卷，今失傳。

【箋　注】

〔一〕珪璋：用於朝聘、祭祀的玉製禮器。喻高尚品德或傑出人才。語出《禮記·聘義》：「圭璋特達，德也。」唐儲光羲《敬酬陳掾親家翁秋夜有贈》：「特達踰珪璋，節操方松筠。」

〔二〕陶唐氏：即帝堯。

〔三〕御龍：複姓。《春秋左傳·昭公二十九年》：「有陶唐氏既衰，其後有劉累，學擾龍於豢龍氏，以事孔甲，能飲食之。夏后嘉之，賜氏曰御龍。以更豕韋之後。」豕韋：古國名，在今河南滑縣東南。彭姓。後爲商湯滅。一作「韋」。唐杜：古國名。《漢書·高帝紀下》：「在商爲豕韋氏，在周爲唐杜氏。」顏師古注：「豕韋，國名，在東郡白馬縣東南。」「唐、杜，二國名也。殷末豕韋徙國於唐，周成王滅唐，遷之於杜，爲杜伯。杜伯之子隰叔奔晋。士會即隰叔之玄孫也。唐，太原晋陽縣也。杜，京兆杜縣也。」

〔四〕劉：古邑名，在今河南偃師西南。春秋初屬鄭國，公元前七一二年爲周平王所取。至周匡王封其少子於此，是爲劉康公，傳至貞定王時絶。一作「留」。

〔五〕螽(zhōng)斯：昆蟲名。即蚱蜢。又《詩·周南·螽斯》：「螽斯羽，詵詵兮，宜爾子孫，振振兮。」序云：「螽斯，后妃子孫衆多也，言若螽斯不妬忌，則子孫衆多也。」後用爲多子的典故。唐李羣玉《哭小女癡兒》：「條蔓縱横輸葛藟，子孫蕃育羨螽斯。」蕃：繁殖，增長。蟄(zhé)蟄：會集貌，衆多貌。《詩·周南·螽斯》：「螽斯羽，揖揖兮，宜爾子孫，蟄蟄兮。」毛傳：「蟄蟄，和集也。」唐李賀《感諷五首》之五：「侵衣野竹香，蟄蟄垂葉厚。」

〔六〕瓜瓞(dié)：《詩·大雅·緜》：「緜緜瓜瓞，民之初生，自土沮漆。」朱熹集傳：「大曰瓜，小曰瓞。瓜之近本初生者常小，其蔓不絶，至末而後大也。……首章言瓜之先小後大，以比周人始生於漆沮之上，而古公之時……其國甚小，至文王而後大也。」後喻子孫昌盛。《魏書·禮志》：「綿綿瓜瓞，時惟多祐。」

〔七〕草昧：蒙昧，原始未開化的混沌狀態。見本卷《許旌陽鐵柱記》注〔九〕。此指動亂不安，秩序未定。

〔八〕播越：流亡，流離失所。《春秋左傳·昭公二十六年》：「兹不穀震盪播越，竄在荆蠻。」三國魏曹操《薤露》：「播越西遷移，號泣而且行。」

〔九〕譜牒：古代記述氏族世系的書籍。《史記・太史公自序》：「維三代尚矣，年紀不可考，蓋取之譜牒舊聞，本於茲。」

〔一〇〕大父：祖父，外祖父。《漢書・張良傳》：「大父開地，相韓昭侯、宣惠王、襄哀王。」顏師古注引應劭曰：「大父，祖父。」

〔一一〕考：稱已辭世之父。

〔一二〕誕育：出生。《三國志・魏書・武帝紀》：「乃誘天衷，誕育丞相，保乂我皇家，弘濟於艱難，朕實賴之。」

〔一三〕庭教：猶「庭訓」，指父親的教誨。典出《論語・季氏》：「陳亢問於伯魚曰：『子亦有異聞乎？』對曰：『未也。嘗獨立，鯉趨而過庭。曰：學詩乎？對曰：未也。不學詩，無以言。鯉退而學詩。他日，又獨立，鯉趨而過庭。曰：學禮乎？對曰：未也。不學禮，無以立。鯉退而學禮。聞斯二者。』陳亢退而喜曰：『問一得三，聞詩，聞禮，又聞君子之遠其子也。』」

〔一四〕舉明經：謂參加明經科考及第。明經，古代科舉制度中科目之一。與進士科並列，主要考試經義。清代用作貢生之稱。

〔一五〕來遊泮水：指進入官府學校學習。周代諸侯的學校前有半圓形水池，名泮水，學校即稱泮宮。《詩・魯頌・泮水》：「思樂泮水，薄采其芹。」序云：「《泮水》，頌僖公能脩泮宮也。」後代延其形制。明清州、縣考試新進生員須入學宮拜謁孔子，因稱入學爲入泮、遊泮。

〔一六〕時文：時下流行之文體。舊時對科舉考試所採用文體的通稱。此指八股文。宋蘇洵《與孫叔靜》：「必欲求所未至，如《中正論》引舜爲證，此是時文之病。」

〔一七〕「荀君」二句：唐歐陽詢《藝文類聚・服飾部下・香爐》：「《襄陽記》曰：『……荀令君至人家，坐處三日香。』」按，荀令君指東漢荀彧，字文若，一字令君。爲侍中，守尚書令，故稱。傳説其人曾得異香，用以熏衣，香氣三日不散。後借此典喻高士或大臣的風采氣度。唐上官儀《和太尉戲贈高陽公》：「天津一別九秋長，豈若隨聞三日香。」

〔一八〕「何郎」二句：南朝宋劉義慶《世説新語・容止》：「何平叔美姿儀，面至白。魏明帝疑其傅粉。正夏月，與熱湯餅。既啖，大汗出，以朱衣自拭，色轉皎然。」按，何平叔指何晏，字平叔，三國時魏國人。後借此典稱年輕俊美的男子。唐許渾《夏日戲題郭別駕東堂》：「猶恐何郎熱，冰生白玉盤。」此稱賞劉嘉儀容之美。

〔一九〕寵辱不驚：受寵或受辱皆無動於衷。謂已置得失於度外。語本《老子》十三章：「得之若驚，失之若驚，是謂寵辱若驚。」《新唐書・盧承慶傳》：「初，承慶典選，校百官考，有坐漕舟溺者，承慶以『失所載，考中下』。以示其人，無愠也。更曰『非力所及，考中中』。亦不喜。承慶嘉之曰：『寵辱不驚，考中上。』其能著人善類此。」

〔二〇〕伏息：隱匿形跡。《樂府詩集・郊廟歌辭・漢郊祀歌・西顥》：「姦僞不萌，妖孽伏息，隅辟越遠，四貉咸服。」此指隱居。

〔二一〕范丞相成大：范成大（一一二六—一一九三），字致能，號石湖居士，吴郡（治今江蘇蘇州）人。南宋名臣，官至參知政事。

〔二二〕宿德：年老有德之士。

〔二三〕元白：指唐代詩人元稹和白居易。《舊唐書·元稹傳》：「稹聰警絶人，年少有才名，與太原白居易友善。工爲詩，善狀咏風態物色。當時言詩者稱元、白焉。」

〔二四〕齊梁：指南朝齊、梁時代出現的一種詩風。内容多吟咏風月，題材狹窄。形式多講求音律對偶，綺麗浮艷。世稱齊梁體。唐杜甫《戲爲六絶句》之五：「竊攀屈宋宜方駕，恐與齊梁作後塵。」

〔二五〕二豎之疴：指病魔。語出《春秋左傳·成公十年》：「公疾病，求醫於秦。秦伯使醫緩爲之。未至，公夢疾爲二豎子，曰：『彼，良醫也，懼傷我，焉逃之？』其一曰：『居肓之上，膏之下，若我何？』」

〔二六〕弘治四年：公元一四九一年。皋橋：橋名。在江蘇吴縣閶門内。《郡國志》：「通門内有皋橋，漢議郎皋伯通居此，橋以得名。」唐劉禹錫《泰娘歌》：「泰娘家本閶門西，門前緑水環金堤。有時妝成好天氣，走上皋橋折花戲。」

〔二七〕衰絰（cuī dié）：指喪服。古人喪服胸前當心處綴有長六寸、廣四寸的麻布，名衰，因名此衣爲衰。圍在頭上的散麻繩爲首絰，纏在腰間的散麻繩爲腰絰。衰、絰是喪服的主要部分，故以此爲稱。《禮記·表記》：「是故君子衰絰則有哀色。」《吕氏春秋·貴當》：「衰絰陳而民知喪，竽瑟陳而民知樂。」

〔二八〕令人：宋代命婦的封號。宋制，内命婦有奉恩令人等封號，爲正六品。外命婦之號有九等，令人居五等。此爲對劉嘉夫人的尊稱。

〔二九〕總角：指童年時代。《詩·齊風·甫田》：「婉兮孌兮，總角丱兮。」孔穎達疏：「總，聚其髮以爲兩角。」古時兒童束髮爲兩結，向上分開，狀如羊角，故稱。唐李商隱《安平公詩》：「丈人博陵王名家，憐我總角稱才華。」

〔三〇〕易簀：指人病重將死。語出《禮記·檀弓上》：「曾子寢疾，病。樂正子春坐於牀下，曾元、曾申坐於足，童子隅坐而執燭。童子曰：『華而睆，大夫之簀與？』……曾子曰：『然，斯季孫之賜也，我未之能易也。元，起易簀。』」古禮，大夫可用簀（席子），曾子未爲大夫，故臨終前要曾元爲之更换。唐李商隱《哭遂州蕭侍郎二十四韻》：「遺音和蜀魄，易簀對巴猿。」

〔三一〕泰山其頽：喻衆所仰望的人去世。多用於悼詞。語出《禮記·檀弓上》：「孔子蚤作，負手曳杖，消摇於門，歌曰：『泰山其頽乎？梁木其壞乎？哲人其萎乎？』既歌而入，當户而坐。……蓋寢疾七日而没。」

〔三二〕「空歌」句：是説再也找不到像劉嘉這樣的摯友了。《伐木》，《詩·小雅》篇名，爲貴族宴請故友的樂歌。詩曰：「伐木丁丁，鳥鳴嚶嚶。……嚶其鳴矣，求其友聲。相彼鳥矣，猶求友聲。矧伊人矣，不求友生。」序云：「《伐木》，燕朋友故舊也。」後用以表達朋友間的深厚情誼。三國魏曹植《求通親親表》：「遠慕《鹿鳴》君臣之宴，中咏《棠棣》匪他之誡，下思《伐木》友生之義，終懷《蓼莪》罔極之哀。」

〔三三〕昊天不弔：謂蒼天不憐憫保佑。《詩・小雅・節南山》：「不弔昊天，不宜空我師。」後因用爲哀悼死者之辭。晋潘岳《楊荆州誄》：「昊天不弔，景命其卒。嗚呼哀哉！」

〔三四〕彈冠之約：喻指引薦朋友入仕。典出《漢書・王吉傳》：「吉與貢禹爲友，世稱『王陽在位，貢公彈冠』，言其取舍同也。」顔師古注：「彈冠者，且入仕也。」

〔三五〕大化：指人生的變化。亦爲生命的代稱。《列子・天瑞》：「人自生至終，大化有四：嬰孩也，少壯也，老耄也，死亡也。」

〔三六〕蜉蝣：蟲名。其生命期極短。《詩・曹風・蜉蝣》：「蜉蝣之羽，衣裳楚楚。」毛傳：「蜉蝣，渠略也，朝生夕死。」

〔三七〕修程頓局：指生命短促。

〔三八〕高躅：高尚的行跡。唐于頔《和丘員外題湛長史舊居》：「昔賢枕高躅，今彦仰知止。」此指一生履歷。

〔三九〕春臺：春日登眺覽勝處。又代指禮部。

〔四〇〕夜宫：猶夜室，指墓穴。

【解　析】

前面九句，引出珪璋論人之説。第二段從「君諱嘉」至「育於令人顧氏」，寫劉嘉之學行及家庭情況。第三段從「鄙人總角相知」至最後，追憶與劉嘉的交誼及悼亡。此文樸實無華，情深意摯，是一篇典範的墓誌文。

徐廷瑞妻吴孺人墓誌銘

孺人姓吴氏，諱素寧，蘇之長洲人，大父某，母王氏。生正統甲子二月二日〔一〕，年十七，歸徐廷瑞〔二〕。正德戊寅十月初九日卒〔三〕，得年七十，以卒之年十二月八日，葬武丘鄉。子雯，娶何氏。女三，長適葉瑋〔四〕，次適寅，次適張銘。孺人性好紡績，自廟見而抵於垂老①〔五〕，幾六十年，自旦至暮，未嘗一日不在筐篚之側〔六〕，雖祁寒盛暑不廢也。性稟節儉，虀鹽之外〔七〕，不求兼味〔八〕。又不好佛事②，自信以爲修短有算，禍福有數，天道不可邀冀得也。故梵咒之音，未嘗出口。寅爲女婿三十年，内言不聞，非儀兩絶〔九〕，親所豫見，故爲銘其墓之户。銘曰：「孺人之德兮紡績自躬，没齒不怠兮繭絲實工〔一〇〕。啓予全歸兮在此曲室之中，福利後昆兮萬世無窮！」

【校　記】

①「垂老」，何本作「□疾」。　②「又不好」，何本作「及不好」。

【題　解】

此文作於正德十三年（一五一八）。徐廷瑞：伯虎的岳丈。其次女爲伯虎髮妻。孺人：宋代用爲通直郎以上官員之母或妻的封號，明清則爲七品官母或妻的封號。舊時也通用爲婦人的尊稱。《禮記·曲禮下》：「天子之妃曰后，諸侯曰夫人，大夫曰孺人，士曰婦人，庶人曰妻。」《明史·職官志》：「外命婦之號九。」張廷玉注：「公曰某國夫人。侯曰某侯夫人。伯曰某伯夫人。一品曰夫人，後稱一品夫人。二品曰夫人。三品曰淑人。四品曰恭人。五品曰宜人。六品曰安人。七品曰孺人。」

【箋　注】

〔一〕正統甲子：明英宗正統九年（一四四四）。

〔二〕歸：舊時謂女子出嫁。《詩·召南·江有汜》：「江有汜，之子歸，不我以。」鄭玄箋：「婦人謂嫁曰歸。」

〔三〕正德戊寅：明武宗正德十三年（一五一八）。

〔四〕適：舊指女子出嫁。《儀禮·喪服》：「子嫁反在父之室。」鄭玄注：「凡女行於大夫以上曰嫁，行於士庶人曰適人。」

〔五〕廟見：古代婚禮。新婦入夫家，次日天明拜見姑舅（公婆）。若姑舅（公婆）已逝，則於三月後至宗廟以禮見之。此指結婚。

〔六〕筐篚：盛物的竹器。方曰筐，圓曰篚。此借指盛紗的器皿。

〔七〕虀（jī）鹽：醃菜和鹽。借指素食。喻飲食菲薄，生活清苦。語出唐韓愈《送窮文》：「太學四年，朝虀暮鹽。」

〔八〕兼味：兩種以上的菜肴。《後漢書·孝安帝紀》：「遭永初之際，人離荒厄，朝廷躬自菲薄，去絶奢飾，食不兼味，衣無二彩。」

〔九〕非儀：指婦女的是與非、善與惡。語本《詩·小雅·斯干》：「無非無儀，唯酒食是議，無父母詒罹。」鄭玄箋：「儀，善也。婦人無所專於家事，有非，非婦人也；有善，亦非婦人也。」

〔一〇〕没齒：終身，一輩子。

【解　析】

此爲伯虎四十九歲時，爲岳母吴氏所作墓誌銘。吴氏是伯虎原配徐夫人之母。徐氏約歿於伯虎二十五歲時，伯虎曾作《傷内》詩悼之。從此文得知，徐夫人歿後二十餘年，伯虎尚與妻家往來不絶，故文中他自稱「寅爲女婿三十年」。於此，足見他不是那種寡情薄意之人。

唐長民壙志

長民，余弟申之子也，母姚氏。余宗不繁，自曾大父迄先府君〔一〕，無有支庶，余又不育。暨有此子也，兄弟駢肩倚之〔二〕。年十二，穎慧而淳篤，在父母側，未嘗仰視跛步。讀書夜必逾甲乙〔三〕，其興亦未嘗至漏盡也〔四〕。有問必詣余，是外更無他適。余每心計曰：「唐氏累世植德，耳目可指摘而言者五代矣。閭門巷塗，稱爲善士，無有間言〔五〕。天必祐之，振起其宗。」及余領解都下〔六〕，頃以口過廢擯，而猶冀有此子也。今不幸以死，又將何所賴也？豈余凶窮惡極，敗壞世德，而天將翦其宗耶？而余束髮行義〔七〕，壺漿豆羹，兄弟歡怡，口無莠言〔八〕，行不詭隨〔九〕，仰見白日，下見先人，無忝于衷〔一〇〕，昊天不聰，喪吾猶子①〔一一〕，誠爲善之無徵矣。於乎冤哉②！嗚呼痛哉！卜以卒之年正德戊辰九月丙午〔一二〕，去死之日凡三月，葬城西五里晉昌舊阡殤之穴。陵谷遷移〔一三〕，志銘壙首，吮筆命詞，涕之無從！銘曰：「昊天不聰，翦我唐宗，冤哉死也斯童！兄弟二人將何從？維命之窮。」

【校　記】

①「喪吾猶子」，何本作「喪我猶子」。　②「於乎冤哉」，何本作「於戲冤哉」。

【題　解】

此文作於正德三年（一五〇八）。該年六月，唐長民病逝。長民：即唐長民。伯虎弟唐申之子，因伯虎無子，過繼給伯虎。壙（kuàng）：墓穴，墳墓。《列子·天瑞》：「望其壙，睪如也，宰如也，墳如也，鬲如也，則知所息矣。」

【箋　注】

〔一〕曾大父：即曾祖父。

〔二〕駢肩倚之：謂共同倚靠他。駢肩，猶並肩，共同。

〔三〕甲乙：指初更、二更。古以漏刻計時，一夜分爲五刻，每刻爲一更，分别稱初更、二更、三更、四更、五更，亦稱甲夜、乙夜、丙夜、丁夜、戊夜。

〔四〕興：起。漏盡：指夜盡天明。唐白居易《潯陽歲晚寄元八郎中庾三十二員外》：「漏盡雞人報，朝迴幼女迎。」漏，即滴漏，古代滴水計時的儀器。

〔五〕間言：非議，異議。《舊唐書·高駢傳》：「相公勳業高矣，妖賊未殄，朝廷已有間言。」

〔六〕領解：指取得鄉試第一名。

〔七〕束髮：古代男子成童時束髮爲髻，因以爲成童的代稱。見本卷《答文徵明書》注〔一八〕。

〔八〕莠（yǒu）言：壞話。《詩·小雅·正月》：「好言自口，莠言自口。」毛傳：「莠，醜也。」孔穎達疏：「醜惡之言。」

〔九〕詭隨：譎詐善變。

〔一〇〕無忝於衷：謂無愧於心。

〔一一〕猶子：謂如同兒子。亦指姪子。《論語·先進》：「回也視予猶父也，予不得視猶子也。」

〔一二〕正德戊辰：明武宗正德三年（一五〇八）。

〔一三〕陵谷遷移：喻世事或自然界巨變。《詩·小雅·十月之交》：「高岸爲谷，深谷爲陵。」毛傳：「言易位也。」鄭玄箋：「易位者，君子居下，小人處上之謂也。」

【解　析】

此文分兩部分。第一部分從開頭至「嗚呼痛哉」，概述唐長民生平及自己的喪子之痛。第二部分是其餘之文，叙述卜葬過程及銘文。伯虎無後，過繼的長民他以親子視之，罹災禍時「猶冀有此子也」。因此長民之殁，他是非常痛心的。這種錐心之痛也就真切地反映在這篇短短的壙志中。

劉太僕墓誌銘

公諱某，字某，河南光州人也。其先姬姓〔一〕，唐帝之後〔二〕。夏有劉累〔三〕，氏族權焉。公誕育名門，寶鍾秀質，温恭明允，高朗有融，君子豈弟〔四〕，華朴彬彬。少聞詩禮之訓，長弘洙泗之學〔五〕，以鄉薦釋褐太平別駕〔六〕，遭父憂去職〔七〕。面墨未濯，重罹大恤，哀哀勞瘁，鹽酪無嗞。煢煢痻瘵〔八〕，草木重襲①。兆宅既卜〔九〕，塋陵是廬。爰樹松楸②〔一〇〕，皆所躬服。是以陶墓翔異常之鳥，孔林茂不名之木〔一一〕。誠孝所感，貞祥萃焉。詔旌公門，以表孝異。服闋入爲太僕寺丞〔一二〕，美風大振，嘉德旁行，進階奉政大夫〔一三〕。輿言畢頌〔一四〕，僉望咸歸〔一五〕，作善無徵，哲人其萎〔一六〕！卒葬土橋溝之先塋，禮也。闕嗣六人③，或敷仁東土〔一七〕，或司憲西臺〔一八〕。次亦冠服巍峨，場屋騰進〔一九〕。莫不湑湑杜葉〔二〇〕，敷周道之清陰〔二一〕。韡韡棠花，曜虞廷之彩色也。共恥瓶罄〔二二〕，咸感川流。仰止高山〔二三〕，戀餘光之渺渺；俾裁樂石〔二四〕，表潛德之元元〔二五〕。銘曰：「峨峨劉公，於昭令德，博文約禮，孝思維則。風猷高遠，儀範莊翼，遊藝故園，觀光上國。明珠無類，爲世所珍。良材不器〔二六〕，用之於民。日居月諸〔二七〕，風行政成。昊天不弔〔二八〕，橫罹大迍〔二九〕。孝矣我公，飲糜服土。欒欒棘人〔三〇〕，哀哀嚴父。負愧芳林，引息中野。嘉木是茂，異禽來下。天子有詔，式旌公閭〔三一〕。入班朝列〔三二〕，其德勿渝。謔兮不虐〔三三〕，蹌兮巧趨〔三四〕。大化奄忽〔三五〕，投軌泉途〔三六〕。蕭蕭白楊，戚戚蒿里，萱葉朝摧，悲風夜起。吁嗟我公！傷如何矣？德音無窮，永瞻桑梓。」

【校記】

①「草木」，何本作「草土」。 ②「爰樹松楸」，何本作「爰封爰樹」。 ③「闕嗣」，何本作「厥嗣」。

【題解】

太僕：官職名。春秋時始置。秦漢沿置，爲九卿之一，掌皇帝的輿馬和馬政。北齊始稱太僕寺卿，歷代沿襲不改。此文之劉太僕，待考。

【箋注】

〔一〕姬姓：黃帝、后稷之姓。傳説黃帝居姬水，因以爲姓。周人以后稷（黃帝之後）爲祖，亦姓姬。

〔二〕唐帝：陶唐氏，即帝堯。傳説中父系氏族社會後期部落聯盟領袖，史稱唐堯。

〔三〕劉累：帝堯之後裔。《新唐書·宰相世系表》：「舜封堯子丹朱爲唐侯，至夏時，丹朱裔孫劉累遷於魯縣，累孫猶守故地，至商，更號豕韋氏，周復改爲唐公。」又：「帝堯陶唐氏子孫生子有文在手曰『劉累』，因以爲名。能擾龍，事夏爲御龍氏，在商爲豕韋氏，在周封爲杜伯，亦稱唐杜氏。」

〔四〕豈弟（kǎi tì）：同「愷悌」。和易近人。《詩·小雅·蓼蕭》：「既見君子，孔燕豈弟。」又《青蠅》：「豈弟君子，無信讒言。」

〔五〕洙泗之學：指儒家學説。洙泗，即洙、泗二水。古時二水自今山東泗水縣北合流西下，至魯國首都曲阜北，又分爲二水，洙水在北，泗水在南。洙、泗之間，即孔子聚徒講學之所。後因以「洙泗」代稱魯國文化和孔子的教澤。《晋書·戴若思傳》：「昔仲尼列國之大夫耳，興禮修學於洙泗之間，四方髦俊斐然向風，身達者七十餘人。」

〔六〕鄉薦：唐制，由州縣地方官推舉赴京師應禮部試，稱「鄉薦」。唐顧雲《上池州衛郎中啓》：「伏念自隨鄉薦，便託門牆。」釋褐：謂脱去平民服裝，换上官服。科舉時代以此稱新進士及第授官。漢揚雄《解嘲》：「夫上世之士，或解縛而相，或釋褐而傅。」太平：府名。明置，故治在今安徽當塗縣。别駕：官名。漢置别駕從事史，爲刺史的佐吏，刺史巡視轄境時，别駕乘驛車隨行，故名。唐改爲長史，中期以後長史、别駕並置。宋於諸州置通判，近似别駕之職，後世因沿稱通判爲别駕。

〔七〕父憂：父喪的婉辭。

〔八〕煢（qióng）煢：孤獨無依貌。晋李密《陳情表》：「煢煢孑立，形影相弔。」寤寐：猶言日夜。語出

《詩·周南·關雎》:「窈窕淑女,寤寐求之。」毛傳:「寤,覺;寐,寢也。」

〔九〕「兆宅」句:是説用占卜方式選定了有吉兆的住所。兆宅,指經卜筮選定的墓地。見本卷《齊雲巖紫霄宫元帝碑銘》注〔四九〕。

〔一〇〕松楸:松樹和楸樹。多植於墓上。《舊唐書·趙隱傳》:「隱以父罹非禍,泣守松楸十餘年,杜門讀書,不應辟命。」

〔一一〕「孔林」句:孔林爲孔子墓地,廣十餘里,在今山東曲阜北。冢塋中植樹百餘種,相傳爲孔子弟子各自從其鄉携樹來植,故皆異種,孔林因此而得名。《史記·孔子世家》:「孔子葬魯城北泗上,弟子皆服三年。」《皇覽》曰:「孔子冢去城一里。冢塋百畝,冢南北廣十步,東西十三步,高一丈二尺。……冢塋中樹以百數,皆異種,魯人世世無能名其樹者。民傳言『孔子弟子異國人,各持其方樹來種之』。其樹柞、枌、雒離、女貞、五味、毚檀之樹。孔子塋中不生荆棘及刺人草。」

〔一二〕服闋:謂守喪期滿除服。宋蘇洵《上歐陽内翰第四書》:「今歲之秋,軾、轍已服闋,亦不可不與之俱東。」闋,終了。

〔一三〕奉政大夫:官名。金始置,爲文職六品封階,元升爲正五品。明正五品初授奉議大夫,升授奉政大夫。

〔一四〕輿言:猶輿論,衆人的議論。《北史·張普惠傳》:「一曰聽輿言,察怨訟,先皇舊事有不便於政者,請悉追改。」

〔一五〕僉望：衆望。僉，衆人，大家。

〔一六〕哲人其萎：稱賢者病逝。常用作慰唁之詞。語出《禮記·檀弓上》：「孔子蚤作。負手曳杖。消揺於門。歌曰：『泰山其頽乎？梁木其壞乎？哲人其萎乎？』既歌而入。當户而坐。子貢……趨而入。夫子曰：『賜！爾來何遲也？夏后氏殯於東階之上，則猶在阼也；殷人殯於兩楹之間，則與賓主夾之也；周人殯於西階之上，則猶賓之也。而丘也，殷人也。予疇昔之夜，夢坐奠於兩楹之間。夫明王不興，而天下其孰能宗予？予殆將死也。』蓋寢疾七日而没。」

〔一七〕東土：指中國本土。

〔一八〕西臺：官署名。唐長安、宋洛陽之御史臺。明黄道周《節寰袁公傳》：「袁公可立字禮卿，以英年成進士，理蘇郡報最，召入西臺，抗疏歸。」

〔一九〕場屋：士子參加科舉考試的地方。

〔二〇〕湑（xǔ）湑杜葉：語出《詩·唐風·杕杜》：「有杕之杜，其葉湑湑。」湑湑，茂密繁盛貌。

〔二一〕周道：大路。《詩·小雅·四牡》：「四牡騑騑，周道倭遲。」

〔二二〕共恥瓶罄：喻指因未能盡職而心懷内疚。語出《詩·小雅·蓼莪》：「瓶之罄矣，維罍之恥。」朱熹集傳：「言瓶資於罍而罍資瓶，猶父母與子相依爲命也，故瓶罄矣，乃罍之恥。」

〔二三〕仰止高山：猶高山仰止，謂崇敬仰慕。語出《詩·小雅·車舝》：「高山仰止，景行行止。」《隋書·高祖紀下》：「有功之臣，降情文藝，家門子姪，各守一經，令海内翕然，高山仰止。」

〔二四〕樂石：原指可製樂器的石料，後泛指碑刻。《山海經·西山經》：「小華之山……其陰多磬石。」郭璞云：「可以爲樂石。」戰國李斯《鄒嶧山刻石》：「羣臣誦略，刻此樂石，以著經紀。」章樵注：「石之精堅，堪爲樂器者，如泗濱浮磬之類。」因此文以石鐫刻，故泛指碑刻。

〔二五〕潛德：謂不爲人知的美德。《樂府詩集·郊廟歌辭·北齊享廟樂辭·始基樂恢祚舞》：「兆靈有業，潛德無聲。」宋歐陽脩《六一詩話》：「當時山林田畝潛德隱行君子不聞於世者，多矣。」元元：庶民，衆民。《史記·孝文本紀》司馬貞索隱：「按姚察云：『古者謂人云善人也。因善爲元，故云黎元。其言「元元」者，非一人也。』」

〔二六〕器：器重。《三國志·蜀書·諸葛亮傳》：「徐庶見先主，先主器之。」

〔二七〕日居月諸：謂時光流逝。語出《詩·邶風·柏舟》：「日居月諸，胡迭而微。」漢蔡琰《胡笳十八拍·第十一拍》：「日居月諸兮在戎壘，胡人寵我兮有二子。」

〔二八〕昊天不弔：謂蒼天不憐憫保佑。語出《詩·小雅·節南山》：「不弔昊天，不宜空我師。」朱熹集傳：「弔，愍。」後多用爲哀悼死者之辭。晋潘岳《楊荆州誄》：「昊天不弔，景命其卒。」

〔二九〕大迍：（zhūn）：大禍，大難。

〔三〇〕欒欒棘人：形容孝子的哀痛。語出《詩·檜風·素冠》：「棘人欒欒兮。」棘人，鄭玄箋：「急於哀戚之人。」欒欒，瘠貌。後人居父喪時自稱「棘人」。

〔三一〕式閭：俯身按著車軾表示敬意。語出《尚書·武成》：「釋箕子囚，封比干墓，式商容閭。」孔傳：

「式者，車上之橫木，男子立乘，有所敬則俯而憑式。」商容，殷代賢人。後用「式閭」作敬賢之詞。

〔三二〕班朝：謂整肅朝位。語出《禮記·曲禮上》：「班朝治軍，莅官行法，非禮威嚴不行。」孔穎達疏：「班，次也；朝，朝廷也。」

〔三三〕謔兮不虐：謂開玩笑而不捉弄、傷害人。

〔三四〕蹌兮巧趨：喻行步快慢有節奏。語出《詩·齊風·猗嗟》：「巧趨蹌兮。」毛傳：「蹌，巧趨貌。」孔穎達疏：「禮有徐趨疾趨，爲之有巧有拙，故美其巧趨蹌兮。」

〔三五〕大化：指人生的變化。亦爲生命的代稱。見本卷《劉秀才墓誌》注〔三五〕。奄忽：指死亡。三國魏曹植《王仲宣誄》：「如何奄忽，棄我夙零！」

〔三六〕泉途：泉下，地下。指陰間。南朝宋謝莊《宋孝武宣貴妃誄》：「皇帝痛掖殿之既閴，悼泉途之已宮。」

【解析】

伯虎堪稱墓誌高手，此文簡短而章法井然。前半部分從開頭至「表潛德之元元」，概述墓主生平功業及德行，駢儷典雅，用事貼切。後半是銘文，有一唱三嘆之致。

吴東妻周令人墓誌銘

令人諱某，字某，蘇州雙鳳人也〔一〕，本乎公族〔二〕，稱爲周氏。舍勤於趙，門推諤諤〔三〕；

昌忠於漢，廷對期期〔四〕。盛德之後，必有淑人；積慶之餘，式生良媛。令人蕙質外朗〔五〕，不待學于師氏；蘭情内映，自能合于女史〔六〕。顰笑亦式，纖穠合度〔七〕。戴嬀淑慎〔八〕，日思古人；鍾姬明敏，皆稱士女。及乎旭日始旦，三星在天〔九〕，乃嬪于昆山吴氏焉。夫子宜之，有琴瑟之和〔一〇〕；舅姑稱之〔一一〕，盡桑梓之敬〔一二〕。豈惟工深絲素，藝殫紝組；且以禮備蘋蘩，宜其家室矣〔一三〕。年二十有二，以弘治七年四月十七日寢疾而卒〔一四〕，凡歸吴氏十有九旬。粤二十八日壬寅葬于興賢里，附先冢也。夫彩雲易散，玉簪中折。灰酒不靈〔一五〕，唯覩障中之匣；雨鈴興感，但留巾上之香。嗚呼！天眷有德，柔者必壽；顧兹懿行，不到遐齡〔一六〕，何哉？得非天爽其信，神食真言歟？段婦高標〔一七〕，餘熾獨傷其年少；劉妻有德〔一八〕，彦升乃述以貞銘。其銘曰：「周本姬姓〔一九〕，吴乃子國，崇其婚媾，耦望齊德。坤詞著功，周詩咏色，既且伯姊，尤飾言容。人稱郝法，尼談謝風，才溢殊瑶，操均寒松。天道無知，碩人斯喪〔二〇〕，晋使遠集，秦醫徒望。香斷銀爐，塵流華帳，賓寮憶慘①，山川增愴。里殞淑德，夫失良相，百歲之後，魂其同葬。」

【校記】

①「憶慘」，何本作「倍慘」。

【題　解】

此文作於弘治七年（一四九四）。吳東：字宣之，昆山（今屬江蘇）人，文徵明妻兄。生平事蹟不詳。周令人：吳東之妻。令人，宋代命婦的封號。此爲對吳東妻周氏的尊稱。參見本卷《劉秀才墓誌》注〔二八〕。

【箋　注】

〔一〕雙鳳：今蘇州雙鳳鎮。位於太倉市西。

〔二〕公族：諸侯的同族。《詩·周南·麟之趾》：「麟之角，振振公族。」毛傳：「公族，公同祖也。」

〔三〕諤諤：直言爭辯貌。《楚辭·惜誓》：「或推迻而苟容兮，或直言之諤諤。」《史記·商君傳》：「千人之諾諾，不如一士之諤諤。武王諤諤以昌，殷紂墨墨以亡。」

〔四〕期期：口吃不能言貌。《史記·張丞相傳》：「周昌廷爭之强，上問其説，昌爲人吃，又盛怒，曰：『臣口不能言，然臣期期知其不可。陛下雖欲廢太子，臣期期不奉詔。』」張守節正義：「昌以口吃，每語故重言期期也。」

〔五〕蕙質：喻美質。南朝梁江淹《雜體詩三十首·潘黄門岳述哀》：「明月入綺窗，仿佛想蕙質。」

〔六〕女史：古代女官名。以知書婦女充任，佐内宰掌管有關王后禮儀的典籍。亦用作對知識婦女的尊稱。

〔七〕纖穠合度：形容肥瘦適中，恰到好處。典出三國魏曹植《洛神賦》：「迫而察之，灼若芙蕖出淥波。穠纖得衷，修短合度。」常用以讚美女子。

〔八〕戴嬀(guī):戰國時期衛莊公之妾。

〔九〕三星在天:喻男女婚期。典出《詩·唐風·綢繆》:「綢繆束薪,三星在天。今夕何夕,見此良人。」毛傳:「三星,參也。在天,謂始見東方也。男女待禮而成,若薪芻待人事而後束也。三星在天,可以嫁娶矣。」

〔一〇〕琴瑟之和:喻夫妻和美。宋李昉等《太平廣記》卷三百八十八《悟前生二·劉立》:「其妻楊氏,忽一日泣謂立曰:『我以弱質,託附君子,深蒙愛重。將謂琴瑟之和,終以偕老。』」

〔一一〕舅姑:公婆。

〔一二〕桑梓:代指故鄉。

〔一三〕宜其家室:喻家庭和順,夫婦和睦。語出《詩·周南·桃夭》:「之子于歸,宜其室家。」朱熹集傳:「宜者,和順之意。室,謂夫婦所居;家,謂一門之内。」

〔一四〕弘治七年:公元一四九四年。

〔一五〕灰酒:酒之一種。宋陸游《老學庵筆記》卷五:「唐人喜赤酒、甜酒、灰酒,皆不可解。李長吉云:『琉璃鍾,琥珀濃,小槽酒滴真珠紅。』白樂天云:『荔枝新熟雞冠色,燒酒初開琥珀香。』杜子美云:『不放香醪如蜜甜。』陸魯望云:『酒滴灰香似去年。』」此當指用於治病之酒。

〔一六〕遐齡:高齡。用作老年人高壽的敬語。唐趙蕃《老人星》:「既能符聖祚,從此表遐齡。」

〔一七〕段婦:後燕成武帝慕容垂妻,字元妃。《晉書·慕容垂妻段氏傳》:「垂立其子寶爲太子也,元妃謂垂曰：『太子姿質雍容，柔而不斷，承平則爲仁明之主，處難則非濟世之雄，陛下托之以大業，妾未見克昌之美。遼西、高陽二王，陛下兒之賢者，宜擇一以樹之。趙王麟奸詐負氣，常有輕太子之心，陛下一旦不諱，必有難作。此陛下之家事，宜深圖之。』垂不納。寶及麟聞之，深以爲恨。……垂死，寶嗣僞位，遣麟逼元妃曰：『后常謂主上不能嗣守大統，今竟何如？宜早自裁，以全段氏。』元妃怒曰：『汝兄弟尚逼殺母，安能保守社稷！吾豈惜死，念國滅不久耳。』遂自殺。……其後麟果作亂，寶亦被殺，德後僭稱尊號，終如元妃之言。」

〔一八〕「劉妻」二句：南朝梁任昉，字彦升，有《劉先生夫人墓誌》，見《文選》第五十九卷。

〔一九〕姬姓：黄帝、后稷之姓。

〔二〇〕碩人：賢德之人的美稱。語出《詩・衛風・考槃》：「考槃在澗，碩人之寬。」又《邶風・簡兮》：「碩人俣俣，公庭萬舞。」毛傳：「碩人，大德也。」

【解析】

從墓誌文中可知，吴東妻嫁後僅百有九十日而卒，時年二十二歲，這是很可悲的。因吴東係好友文徵明之妻兄，伯虎故因請而作是文。文章與上文《劉太僕墓誌銘》同一寫法。前半部分概述生平，後半部分銘文抒感。伯虎亦應對這一體裁駕輕就熟，得心應手了。

徐君墓誌銘

夫積德垂裕之謂仁〔一〕，全歸保終之謂智〔二〕，繼志述事之謂孝，放情任好之謂達。

四者，吾於徐君見之。君諱某，字某，山西永年人也。烈祖思賢，祖仲良，父友諒，皆純德内華，高風外朗，徜徉泌水，寤寐丘園〔三〕。河嶽分靈，神祇效止①〔四〕。篤生君子，爲鄉具瞻〔五〕。岐嶷天成〔六〕，謙沖氣受。悦詩敦禮，綜典博文。率履不違〔七〕，一諾靡宿。早有無恃之戚，公靡恤爲哀，無歸是悼。且太夫人高年在堂，君猶觀文周序〔八〕，習禮魯宫〔九〕。感棘心之詩〔一〇〕，傷愛日之諺〔一一〕，遂捐業歸養〔一二〕。傳曰：「孝在養親。」君以之哉。孔懷二三〔一三〕，怡怡就慈。偕稱周士，承承循義。並美殷仁②〔一四〕，稟命不融。成化七年七月二十七日遇疾而卒〔一五〕，得年七十有六。娶白氏，再娶程氏。子三人，鳳毛分丹穴之秀〔一六〕，麟角遺甫草之祥〔一七〕。縣特裘羔，各行其志。以爲懿德亡述，鐘鼎奚銘？用是展豐詞於玄室〔一八〕，昭懿行于來世。詞曰：「光光徐君，惟德之府，周旋中規，折亦含矩〔一九〕。康莊整駕，孔筵布武，夙蹈閔凶〔二〇〕，其泣汍汍〔二一〕。芹宫棄勤〔二二〕，萱庭奉歡〔二三〕，兄弟好合，聯周並旋。天何傷哉③？不假其息。華堂徹樂，泉臺起宅④〔二四〕，雲翣升車⑤〔二五〕，青松改色。垂裕後昆⑥，刻銘茲石。永永不刊，照于千億。」

【校記】

① 「效止」，何本作「效祉」。② 「並美」，何本作「並矣」。③ 「天何傷哉」，何本作「天乎傷哉」。④ 「起宅」，何本作「啓宅」。⑤ 「雲翣升車」，何本作「雲霎升車」。⑥ 「垂裕後昆」，何本作「哀孺后

昆」。

【題　解】

此文作於弘治七年（一四九四）。徐君：永年（今屬河北）人。生平事蹟不詳。

【箋　注】

〔一〕垂裕：謂爲後人留福。語出《尚書・仲虺之誥》：「王懋昭大德，建中于民，以義制事，以禮制心，垂裕後昆。」毛傳：「垂優足之道示後世。」

〔二〕全歸：謂保身而得善名以終。典出《禮記・祭義》：「父母全而生之，子全而歸之，可謂孝矣。不虧其體，不辱其身，可謂全矣。」

〔三〕「徜徉」二句：言徐君幾代人固守家園，安貧樂道。泌水，水名，在今河南西南部，唐河上游的别稱。《詩・陳風・衡門》：「泌之洋洋，可以樂飢。」丘園，家園。

〔四〕神祇：天神與地神。

〔五〕具瞻：爲衆人所瞻仰。語出《詩・小雅・節南山》：「赫赫師尹，民具爾瞻。」毛傳：「具，俱；瞻，視。」

〔六〕岐嶷：形容幼年聰穎。語出《詩・大雅・生民》：「誕實匍匐，克岐克嶷。」毛傳：「岐，知意也；嶷，識也。」

〔七〕率履：指遵循教令，躬行禮法。語出《詩・商頌・長發》：「率履不越，遂視既發。」孔穎達疏：「使其民循禮不得踰越。」

〔八〕周序：指官府興辦的學校。南朝劉孝綽《謝爲東宮奉經啓》：「業光夏校，德茂周序，諸侯宋魯，於焉觀則，參陪盛禮，莫匪國華。」

〔九〕魯宫：原指周室的宗廟。此處應代指儒家教育。

〔一〇〕棘心之詩：指《詩·邶風·凱風》。此詩抒寫兒子反躬自責其不能奉母之意。詩云：「凱風自南，吹彼棘心。棘心夭夭，母氏劬勞。凱風自南，吹彼棘薪。母氏聖善，我無令人。爰有寒泉，在浚之下。有子七人，母氏勞苦。睍睆黄鳥，載好其音。有子七人，莫慰母心。」

〔一一〕愛日之諺：指珍惜時日、孝敬父母。漢揚雄《法言·孝至》：「事父母自知不足者，其舜乎？不可得而久者，事親之謂也。孝子愛日。」後指兒子供養父母的時日。《論語·里仁》：「父母之年，不可不知也。一則以喜，一則以懼。」朱熹注：「常知父母之年，則既喜其壽，又懼其衰，而於愛日之誠，自有不能已者。」

〔一二〕捐業：放棄學業。

〔一三〕孔懷：指兄弟。語出《詩·小雅·常棣》：「死喪之威，兄弟孔懷。」鄭玄箋：「死喪可畏怖之事，維兄弟之親，甚相思念。」

〔一四〕殷仁：指殷末箕子、微子、比干三賢人。《論語·微子》：「微子去之，箕子爲之奴，比干諫而死。孔子曰：『殷有三仁焉。』」

〔一五〕成化七年：公元一四七一年。

〔一六〕鳳毛：喻才情傑出的弟子。《南史·謝超宗傳》載，謝靈運子鳳，有子超宗，「好學有文辭，盛得名譽。選補新安王子鸞國常侍。王母殷淑儀卒，超宗作誄奏之，帝大嗟賞，謂謝莊曰：『超宗殊有鳳毛，靈運復出。』」唐杜甫《奉和賈至舍人早朝大明宮》：「欲知世掌絲綸美，池上於今有鳳毛。」丹穴：鳳凰的代稱。《山海經·南山經》：「丹穴之山……有鳥焉，其狀如雞，五采而文，名曰鳳皇，首文曰德，翼文曰義，背文曰禮，膺文曰仁，腹文曰信。」唐韓愈《岐山下二首》之一：「丹穴五色羽，其名爲鳳凰。」

〔一七〕麟角：喻稀罕而可貴的人才。晉葛洪《抱朴子·内篇·極言》：「若夫睹財色而心不戰，聞俗言而志不沮者，萬夫之中，有一人爲多矣。故爲者如牛毛，獲者如麟角也。」甫草：甫田之草。《詩·小雅·車攻》：「東有甫草，駕言行狩。」毛傳：「甫，大也。」

〔一八〕玄室：墓室。

〔一九〕「周旋」二句：是説徐君與人交際，禮節合乎標準。周旋，指賓主進退揖讓之禮。《春秋左傳·昭公二十五年》：「子大叔見趙簡子，簡子問揖讓、周旋之禮焉。」引申爲應接、交際。中（zhòng）規、含矩，符合準則、規矩。

〔二〇〕閔凶：憂患與凶禍。常指親人亡故等。晉李密《陳情表》：「臣以險釁，夙遭閔凶，生孩六月，慈父見背，行年四歲，舅奪母志。」

〔二二〕汍(wán)汍：猶「汍瀾」，流淚貌。唐韓愈《永貞行》：「元臣故老不敢語，晝卧涕泣何汍瀾。」

〔二三〕芹宫棄勳：謂放棄學業。芹宫，學宫、學校的代稱。語出《詩·魯頌·泮水》：「思樂泮水，薄采其芹。」

〔二三〕萱庭：北堂。宋陳克《南歌子》：（勝日萱庭小）「勝日萱庭小，西風橘柚長。」

〔二四〕泉臺：泉下、泉壤。唐戴叔倫《哭朱放》：「人世空傳名耿耿，泉臺杳隔路茫茫。」

〔二五〕翣(shà)：古代棺之羽飾。其形如扇，置於棺之兩旁。《禮記·檀弓上》：「飾棺：牆置翣設披，周也。」唐杜牧《哭韓綽》：「平明送葬上都門，紼翣交横逐去魂。」

【解　析】

徐君是位淡泊名利、篤重親孝的君子，歿後二十餘年，再「展豐詞於玄室」，伯虎當是應其子之請。因此，本文除叙述徐君之德行外，還讚美其「鳳毛」「麟角」。這也是本文異於其他墓誌文的一個特點。

許天錫妻高氏墓誌銘

令人諱貞，字閏德，吴縣鳳凰鄉人。其先出自姜姓〔一〕，鄭有渠彌，齊有無平①，枝布葉分，實始宗祧〔二〕。令人早值家艱，遄車就聘，温淑閒静，與性俱成。歷堂仰侍，由房下撫，恭舒並得，非儀靡聞。及乎傍接妯娌〔三〕，既云覽妻〔四〕，外應賓客，亦稱顗母〔五〕。年菲德永，命也傷哉！春秋二十九而卒，弘治八年歲在乙卯八月而葬〔六〕。悲夫！柳轜當途，鴛鴦惜在梁之翼；文旆載道，蟠龍失隱鏡之姿。居懷宛轉，孤女叫號；弔客紛紜〔七〕，童僕嘘嗟。于是述德作銘，表于玄廬〔八〕。銘曰：「睦睦令人，受質自天。壺内不驚〔九〕，室外何專？壽不因德，福不偏賢。芝玉焚摧，傷復何言！引紼同嗟〔一〇〕，生順死全。昭垂令名，億萬斯年。」

【校　記】

①「齊有無平」，何本作「齊有黔婁」。

【題　解】

此文作於弘治八年（一四九五）。許天錫（？—一五五八）：字啓衷，號洞江，閩縣（今福建鼓山鎮）人。弘治六年（一四九三年）進士及第，歷任吏部給事中、工部左給事中、都給事中等職。

【箋　注】

〔一〕姜姓：源出神農氏。生於姜水，因以水命姓。《史記·五帝本紀》：「軒轅之時，神農氏世衰，諸侯相侵伐，暴虐百姓，而神農氏弗能征。」張守節正義：「《帝王世紀》云：『神農氏，姜姓也。母曰任姒，有蟜氏女，登爲少典妃。遊華陽，有神龍首，感生炎帝。人身牛首，長於姜水。有聖德，以火德王，故號炎帝。初都陳，又徙魯。又曰魁隗氏，又曰連山氏，又曰列山氏。』」裔孫姜子牙，周初封於齊。戰國中期爲田氏所滅，子孫或以國名爲齊氏，或以姓名爲姜氏。

〔二〕宗祧：猶宗廟。後亦用爲世系之意。宗，祖廟。祧，遠祖之廟。

〔三〕妯娌：兄弟之妻的合稱。

〔四〕覽妻：當指晉王祥弟王覽之妻。《晉書·王祥傳》：「覽字玄通。母朱，遇祥無道。覽年數歲，見祥被楚撻，輒涕泣抱持。至於成童，每諫其母，其母少止凶虐。朱屢以非理使祥，覽輒與祥俱。又虐使祥妻，覽妻亦趨而共之。」

〔五〕顗母：當指宋蔡興宗之姐。《宋書·蔡廓傳》：「興宗……妻劉氏早卒，一女甚幼，外甥袁顗始生彖而妻劉氏亦亡。興宗姊，即顗母也，一孫一姪，躬自撫養，年齒相比，欲爲婚姻，每見興宗，輒言此意。」

〔六〕弘治八年：公元一四九五年。

〔七〕弔客：弔喪者。唐錢起《故相國苗公挽歌》：「悽愴平津閣，秋風弔客過。」

〔八〕玄廬：墓的别名。晉陸機《挽歌》：「重阜何崔嵬，玄廬竄其間。」

〔九〕壼內：宮中的道路。《詩·大雅·既醉》：「其類維何？室家之壼。」朱熹集傳：「壼，宮中之巷也。」又指婦女所居内室。宋舒之翰《舒府君墓誌銘》：「克以婦順助壼內，先其夫百日而卒。」宋楊萬里《通議大夫謝公神道碑》：「娶胡氏，封淑人。柔恭勤敏，壼内之事不以毫髮煩公。」

〔一〇〕紼：指下葬時引柩入穴的繩索。亦作「綍」。《禮記·曲禮上》：「適墓不登壟，助葬必執紼。」

【解　析】

文章甚短，引經據典，叙述令人賢德。此類文章，當是伯虎爲潤筆而爲，他在詩中宣稱「四海資生筆一枝」，即此之謂也。

墓碣

沈隱君墓碣

惟隱君諱誠，字希明，姑蘇長洲人也。體履柔嘉〔一〕，天性狷潔〔二〕。聰明哲知，慈良温舒。學貫列經，博綜羣言。草木昆蟲，太極天文〔三〕，殫究畢該，罔有遺捐。修身以道，修道以仁，一芥之微〔四〕，不與不取。郡辟賢良〔五〕，色斯而作，上不責援，下不號助。故香草能揚芬于尺澤〔六〕，葛藟甘委榮于中田也〔七〕。乃修困亨之道〔八〕，操獨行之志。茂嘉貞之節，達圖數之變。懿德無涯，淵仁靡極。年七十，寢疾不禄〔九〕，弘治六年五月乙卯卒〔一〇〕。前期浹月，悉燬所著書牘。啓予之夕〔一一〕，怡然無詞，斜幅斂形，酌糜實口。所謂放光彩以自沉，樂天命而無疑者已。友生門徒，哀德不耀，悼道無聞。以爲没身不稱〔一二〕，聖哲之恥。厚德流光，古昔同云。所以召公没而周鼎成〔一三〕，季子葬而孔碑卓〔一四〕。考行定名，謚曰「靜通」。乃與援翰述蹤〔一五〕，傷蠖屈于幽壤①〔一六〕；作銘慰往，刊鴻伐于元珪〔一七〕。其詞曰：「於穆隱君，昭慈德芳。繼聖作哲，休有烈光〔一八〕。狷潔自矢②，蹈義履仁。州司貢登，移孝就忠。車未竟途，翻然改翔。乃執其雌，皛白允方。泌水洋洋，驩愉不忘。耽經咀義，衎衎誾誾〔一九〕。童冠六五，區别以分。而珪而璋，視頓亦揚。皇矣上帝，賦職不平。大命傾摧，神遷魄藏。念彼恭人，中心永傷。立言紀行，先民所臧。刊勒嘉石，貽于無疆。永矢勿虧，支百蕃昌。」

【校　記】

①「幽壤」，何本作「玄壤」。　②「自矢」，何本作「自天」。

【題　解】

此文作於弘治六年（一四九三）。沈隱君：名誠，字希明，長洲（今江蘇蘇州）人。未入黌舍，以授徒爲生。

【箋　注】

〔一〕體履：秉性和行爲。《後漢書·李固傳》：「明將軍體履忠孝，憂存社稷，而頻年之間，國祚三絶。」柔嘉：柔和美善。《國語·鄭語》：「祝融亦能昭顯天地之光明，以生柔嘉材者也，其後八姓於周未有侯伯。」韋昭注：「柔，潤也。嘉，善也。」

〔二〕狷潔：猶狷介。潔身自好，不同流合污。《新唐書·常衮傳》：「性狷潔，不妄交游。」

〔三〕太極：天地始形之時。《易・繫辭上》：「是故易有太極，是生兩儀。」

〔四〕一芥：指輕微的東西。漢劉安《淮南子・説山訓》：「君子之於善也，猶采薪者見一芥掇之，見青葱則拔之。」

〔五〕辟：徵召。

〔六〕尺澤：小池。戰國宋玉《對楚王問》：「夫尺澤之鯢，豈能與之量江海之大哉！」李善注：「尺澤，言小也。」唐元稹《諭寶二首》之二：「虬蟠尺澤内，魚貫蛙同穴。」

〔七〕葛藟：葛和藟。皆蔓生植物。《詩・王風・葛藟》：「緜緜葛藟，在河之滸。」

〔八〕困亨：謂極困窘而轉通達。

〔九〕不禄：死的諱稱。《禮記・曲禮下》：「天子死曰『崩』，諸侯曰『薨』，大夫曰『卒』，士曰『不禄』，庶人曰『死』。」孔穎達疏：「士曰『不禄』者，士禄以代耕，而今遂死，是不終其禄。」

〔一〇〕弘治六年：公元一四九三年。

〔一一〕啓予：指善終。典出《論語・泰伯》：「曾子有疾，召門弟子曰：『啓予足！啓予手！』」邢昺疏：「啓，開也。曾子以爲受身體於父母，不敢毁傷，故有疾恐死，召其門弟子使開衾而視之，以明無毁傷也。」又作「啓手」「啓足」「啓手足」等。《晉書・王祥傳》：「吾年八十有五，啓手何恨。」《隋書・李穆傳》：「吾荷國恩，年宦已極，啓足歸泉，無所復恨。」

〔一二〕没(mò)身：指死後。《漢書・翟方進傳》：「此國家大憂，大臣所宜没身而争也。」顔師古曰：「没，盡也。」没，通「殁」，死亡。

〔一三〕召(shào)公：周代燕國始祖。一作邵公，召康公。姓姬，名奭。曾佐武王滅商，成王時與周公旦分治陝。因采邑在召(今陝西岐山西南)，故稱召公或召伯。周鼎：借指國家政權。典出《春秋左傳·宣公三年》：「楚子伐陸渾之戎，遂至於雒，觀兵於周疆。定王使王孫滿勞楚子。楚子問鼎之大小、輕重焉。對曰：『在德不在鼎。……德之休明，雖小，重也。其奸回昏亂，雖大，輕也。』」

〔一四〕季子：當指春秋時吴國季札。爲吴王壽夢幼子。不受君位，封於延陵(今江蘇常州)，故稱延陵季子，省稱「季子」。歷聘各國，忠實守信，受人稱頌。《史記·吴太伯世家》：「季札之初使，北過徐君。徐君好季札劍，口弗敢言。季札心知之，爲使上國，未獻。還至徐，徐君已死，於是乃解其寶劍，繫之徐君冢樹而去。從者曰：『徐君已死，尚誰予乎？』季子曰：『不然。始吾心已許之，豈以死倍吾心哉！』」

〔一五〕援翰：猶執筆，操筆。

〔一六〕蠖(huò)屈：「蠖屈求伸」的略語。謂尺蠖之所以屈曲身體，是爲向前伸展。喻人先屈後伸。典出《易·繫辭下》：「尺蠖之屈，以求信(伸)也。」唐白居易《哭劉敦質》：「龍亢彼無悔，蠖屈此不伸。」蠖，尺蠖，尺蠖蛾的幼蟲。蟲體細長，行動時伸縮前行，休息時可直如枝狀。

〔一七〕鴻伐：大功。《晉書·張載傳》：「蓋聞聖人不卷道而背時，智士不遺身而匿跡，生必耀華名於玉牒，没則勒鴻伐於金册。」元珪：即玄圭。一種黑色玉器，上尖下方，古代用以賞賜建立特殊功績之人。《尚書・禹貢》：「禹錫玄圭。告厥成功。」孔傳：「玄，天色，禹功盡加於四海，故堯賜玄圭以彰顯之，言天功成。」

〔一八〕烈光：光盛，光耀。《詩・周頌・載見》：「鞗革有鶬，休有烈光。」《宋書・樂志二》：「繼緒不忘，休有烈光。」

〔一九〕衎（kàn）衎誾誾：和顏悦色，暢所欲言。《後漢書・袁安傳》：「蓋事以議從，策由衆定，誾誾衎衎，得禮之容，寢嘿抑心，更非朝廷之福。」李賢注：「誾誾，忠正貌。衎衎，和樂貌。」

【解　析】

此文襲用了伯虎寫墓誌的慣用手法，前半部分概寫生平，後半部分銘文抒哀。在前半部分，伯虎描寫了一個特立獨行的真正的隱士，甚至向世人展示了一個細節，在沈隱君辭世之前，「悉毀所著書牘。啓予之夕，怡然無詞」。無疑，這樣的人物是讓讀者動容的。

墓表

吴君德潤夫婦墓表

吴君德潤卒，柱國太原公誌其墓曰〔一〕：「余門弟子也，實才且賢。」大司寇彭城公曰〔二〕：「德潤余筆硯友也。」爲文其碣〔三〕。其子東又丏摭二公之詞以表之。按德潤諱裕，大父有成，父孟恭，母施氏，俱高蹈自晦〔四〕。生君，髫齡夙成〔五〕，九歲補府學弟子，文名籍甚〔六〕，有司以高選。七舉入場屋不得第。馳騖塵埃中者，幾五十年。昏燈曉硯，不勝疲勞。以廩食積年資貢成均①，計偕得官，年將不可待矣。於是謁歸故鄉。家素號饒資，門楲臨通渠，具區臨其前〔七〕，姑蘇諸山映帶之，君爲樓其間，扁曰：「海天」。煙林雪浪，日接几席。又三十年以卒②。配金氏，弋陽縣諭式周之妹〔八〕，有賢德行，以君胤嗣未繁〔九〕，爲納側室陳氏，以恩禮接遇之，有姜嬀之風焉〔一〇〕。君與孺人生卒皆同年，自景泰壬申抵正德丙子〔一一〕，得年六十有五。東娶俞氏，例授醫學正科〔一二〕，未即真。孫三，娶某。君少力學，英邁出一時，坎壈至衰老〔一三〕，不遇知賞，囂然拂衣〔一四〕，將放歌山水間，以適其性爲養高。與鐘鳴漏盡〔一五〕，不知休息者異矣。且其溫恭靖嘉，居鄉閭以樸素廉介稱，而遇宗黨中類周瞻不遺〔一六〕。出處不苟且，與時存没，不違其常。古君子之人也，是爲表之。

袁宏道評：古拙似班。

【校　記】

①「成均」，何本作「成場」。　②「三十年」，何本作「二十年」。

【題解】

此文作於正德十一年（一五一六）。吴裕（一四五二—一五一六）：字德潤，當與伯虎一樣，師於王鏊。與其妻金氏生卒同年。

【箋注】

〔一〕柱國太原公：當指王鏊。伯虎曾師從於王，撰有《壽王少傅》詩、《柱國少傅守溪先生七十壽序》文（見《唐伯虎詩文全集補遺》）。王鏊生平事蹟參見本書卷四《憶秦娥·王守溪壽詞》題解。柱國，官名。位極尊寵，後代以爲勳官。唐宋制，上柱國視正二品，柱國視從正二品。明上柱國改稱左右柱國。清廢。

〔二〕大司寇彭城公：其人不詳。大司寇，官名。西周始置，春秋、戰國時沿用。掌管行獄、糾察等事。《周禮·秋官司寇·大司寇》：「大司寇之職，掌建邦之三典，以佐王刑邦國，詰四方。」南方楚陳等國稱司寇爲司敗。後世以大司寇爲刑部尚書的别稱，侍郎則稱少司寇。

〔三〕碣：巖石。此指碑刻一類。

〔四〕高蹈自晦：是説才能特出而自我掩藏。高蹈，突出，崛起。唐韓愈《薦士》：「國朝盛文章，子昂始高蹈。」自晦，自隱其才，不使聲名彰著。

〔五〕髫（tiáo）齔：指童年。《舊唐書·魏玄同傳》：「今貴戚子弟，例早求官，髫齔之年，已腰銀艾，或童丱之歲，已襲朱紫。」髫，古時小孩下垂的頭髮。

〔六〕籍甚：盛大，多盛。唐韋應物《送陸侍御還越》：「英聲頗籍甚，交辟乃時珍。」

〔七〕具區：古湖澤名，即今太湖。一名震澤。《後漢書·郡國志》：「震澤在西，後名具區澤。」李賢注：「《爾雅》十藪，吴越之間有具區。郭璞曰縣南太湖也。」

〔八〕弋陽縣：今屬江西。諭式周：生平事蹟不詳。

〔九〕胤嗣：後嗣。《後漢書·應奉傳》：「漢立飛燕，成帝胤嗣泯絶。」

〔一〇〕姜嬀（guī）：當指周宣王妻姜后。漢劉向《列女傳·周宣姜后》：「周宣姜后者，齊侯之女也。賢而有德，事非禮不言，行非禮不動。……頌曰：嘉兹姜后，厥德孔賢，由禮動作，匡配周宣，引過推讓，宣王悟焉，夙夜崇道，爲中興君。」

〔一一〕景泰壬申：公元一四五二年。正德丙子：公元一五一六年。

〔一二〕醫學正科：《明史·職官志》：「醫學。府，正科一人。州，典科一人。縣，訓科一人。洪武十七年置，設官不給禄。」

〔一三〕坎壈（lǎn）：困頓，不得志。亦作「坎廩」。唐杜甫《丹青引贈曹將軍霸》：「但看古來盛名下，終日坎壈纏其身。」

〔一四〕嚻然：閒暇貌。

〔一五〕漏盡：指夜盡天明。漏，即滴漏，古代滴水計時的儀器。

〔一六〕周贍：周濟，接濟。

【解析】

此文寫吴德潤夫婦墓表，又以吴德潤爲主。開頭幾句引太原公、彭城公之言，將吴高置位置。中間部分寫吴德潤之學行，又寫題樓匾之細節以表其趣味之高潔。從「配金氏」以下夫婦合寫，簡要得體。因此袁宏道評曰：「古拙似班。」

祭文

祭妹文

嗚呼！生死人之常理，必非有賴而能免者。唯黄耇令終〔一〕，則亦歸責于天，而不爲之寃隱。然疾痛之心，久亦爲之漸釋也。吾生無他伯叔，惟一妹一弟。先君醜寅之昏〔二〕，且弟尤稚，以妹幼慧而溺焉。迨于移牀〔三〕，懷爲不置，此寅没齒之疚也〔四〕！爾來多故，營喪辦棺，備歷艱難，扶携窘厄。既而戎疾稍舒〔五〕，遂歸所天〔六〕。未幾而内艱作〔七〕，弔赴繼來，無所歸咎。吾于其死，少且不俶〔八〕，支臂之痛〔九〕，何時釋也？今秋爾家襲作著軀〔一〇〕，以有此兆宅〔一一〕。來朝駕車，幽明殊途，永爲隔絶。有是庶物〔一二〕，用爲祖餞〔一三〕，爾其有靈，必歆吾物〔一四〕，而悲吾詞也。於乎尚饗〔一五〕！

【題　解】

此文作於弘治七年（一四九四）。伯虎於此年相繼失去父親、母親、妻子和妹妹。

【箋　注】

〔一〕黃耉（gǒu）令終：謂長壽者得到善終。黃耉，高壽之人。《詩·小雅·南山有臺》：「樂只君子，遐不黃耉。」朱熹集傳：「黃，老人髮復黃也；耉，老人面凍梨色，如浮垢也。」《儀禮·士冠禮》：「黃耉無疆，受天之慶。」令終，善終。

〔二〕先君：自稱死去的父親。醜寅之昏：謂厭惡我的昏愚。醜，以……爲醜。

〔三〕移牀：古時老人病危，從寢室移至廳側臨時搭置的牀上，男左女右，稱移牀。《史記·龜策列傳》：「南方老人用龜支牀足，行二十餘歲，老人死，移牀，龜尚生不死。」此指老父死亡。

〔四〕没齒：終身，一輩子。

〔五〕戎疾稍舒：謂大病稍愈。戎疾，大難。《詩·大雅·思齊》：「肆戎疾不殄，烈假不遐。」朱熹集傳：「戎，大也；疾，猶難也。」此指大病。

〔六〕遂歸所天：是説就將你嫁出去。所天，舊稱所依靠之人。《後漢書·梁統傳》：「妾得蘇息，拭目更視，乃敢昧死自陳所天。」李賢注：「臣以君爲天，故云『所天』。」《明史·列女傳·胡氏傳》：「婦不幸失所天，無子，將從死者地下，不得復事舅姑，幸强飯自愛。」此指丈夫。

〔七〕内艱：指母喪。

〔八〕少且不俶（chù）：是説年紀輕又遇不善之夫。俶，善，美好。

〔九〕支臂之痛：是説失去手足（兄弟姐妹）的痛苦。支，支解。

〔一〇〕蓍（shī）龜：用於占卜的蓍草和龜甲。謂卜筮。《易·繫辭上》：「探賾索隱，鈎深致遠，以定天下之吉凶，成天下之亹亹者，莫大乎蓍龜。」

〔一一〕兆宅：指經卜筮選定的墓地。

〔一二〕庶物：衆物。此指各種祭品。

〔一三〕祖餞：設宴餞别出行之人。晉潘尼《獻長安君安仁》：「親戚鱗集，祖餞盈塗。」唐孫逖《送趙都護赴安西》：「百壺開祖餞，駟牡戒戎裝。」祖，指古人出行時祭路神。此指出殯前夕設奠以告亡靈，猶「祖奠」。

〔一四〕歆（xīn）：饗。指祭祀時神靈嗅享供物氣味。

〔一五〕尚饗：謂希望死者來享用祭品。後世祭文多以此作結語。亦作「尚享」。宋蘇洵《祭任氏姊文》：「鬼神有知，尚克來鑒。尚饗。」

【解　析】

弘治七年，伯虎相繼失去親人，萬分悲痛。此文直攄胸臆，叙述親人的去世，重點又歸結到對妹妹的痛悼，字字句句飽含血淚，情真意切，真摯感人。

招辭

招辭

帝命十巫操不死之藥，以禦屍氣〔一〕，上下于天，以招遊魂〔二〕。有鰥在野〔三〕，魂往不返，乃作歌以招之。

其辭曰：

魂憧憧兮往來〔四〕，叶湖之浦兮江之湄。草緑兮鳥啼，叶王孫兮哀悲〔五〕。桂子開兮白露團〔六〕，小山嶺兮泉水寒。魂何之兮江之干，木摇落兮風聲酸。坎坎兮伐檀〔七〕，蹲蹲兮舞盤〔八〕。脯乾兮酒旨〔九〕，賓既具兮樂序。女奴紛進兮童隸沓語，夜淹淹兮香炬。懸都梁兮焚白芷，魂來歆兮勿他處。東鉅人兮西共工〔一〇〕，北相柳兮南燭融〔一一〕。惟魂之肝是啖兮餔魂之胸，魂往將不爾利兮百妖是逢。白豹嗥兮黄猿嘶，從雙鳥兮駕文貍。瀟之湘兮江之渚〔一二〕，采白蘋兮樂容與〔一三〕。木上繒兮燈下鼓，魂來樂兮吾與汝。風雨兮雞鳴，露華兮月明。緑草兮白蘋，日落兮潮平。惟魂是樂兮是榮。辭曰①：「多樂無悲，魂亟歸且。外有諸妖，魂亟避且。四方上下，不可居且。樽酒二簋，來歆饗且。」右挽長洲沈廛。

【校　記】

①「辭曰」，何本作「亂曰」。

【題　解】

此文爲追悼沈廛而作。沈廛：長洲（今江蘇蘇州）人。生平事蹟不詳。

【箋　注】

〔一〕「帝命」二句：《山海經·大荒西經》：「有靈山，巫咸、巫即、巫朌、巫彭、巫姑、巫真、巫禮、巫抵、巫謝、巫羅十巫，從此升降，百藥爰在。」又《海内西經》：「開明東有巫彭、巫抵、巫陽、巫履、巫凡、巫相，夾窫窳之尸，皆操不死之藥以距之。」郭璞云：「皆神醫也。」又云：「爲距却死氣，求更生。」

〔二〕招遊魂：古喪禮，謂人始死時升屋招回其遊蕩在外的靈魂。遊魂，飄蕩無定的鬼魂。唐李白《贈宣城趙太守悦》：「伊昔簪白筆，幽都逐遊魂。」

〔三〕鰥：無妻之人，喪偶的老人。《尚書·堯典》：「有鰥在下，曰虞舜。」《孟子·梁惠王下》：「老而無妻曰鰥，老而無夫曰寡，老而無子曰獨，幼而無父曰孤。」

〔四〕憧（chōng）憧：往來不定貌。《晋書·武悼楊皇后傳》：「夜耿耿而不寐兮，魂憧憧而至曙。」

〔五〕「草緑」二句：謂望遠思人。參見本卷《黄鶯兒·前腔》（羅袖怯春寒）注〔三〕。王孫，貴族子弟的通稱。

〔六〕白露團：白色露水結成團狀。隋薛道衡《出塞》：「高秋白露團，上將出長安。」

〔七〕「坎坎」句：語出《詩·魏風·伐檀》：「坎坎伐檀兮，寘之河之干兮。」《詩序》云：「《伐檀》，刺貪也。在位貪鄙，無功而受禄，君子不得進仕爾。」後用爲貪鄙者尸位素餐而賢者不得仕進之典。

〔八〕「蹲蹲」句：語出《詩·小雅·伐木》：「坎坎鼓我，蹲蹲舞我。」蹲蹲，舞貌。漢傅毅《舞賦》序：「是以《樂》記干戚之容，《雅》美蹲蹲之舞，《禮》設三爵之制，《頌》有醉歸之歌。」舞盤，古代一種舞蹈。因舞時用盤，故名。《舊唐書·音樂志二》：「漢有《盤舞》，今隸散樂部中。」

〔九〕酒旨：謂酒甘美。《宋史·樂志》：「牲肥酒旨，薦此芬芳。」《元史·禮樂志》：「酒旨且多，盛德宜配。」

〔一〇〕鉅人：猶「鉅子」，大家，大人物。宋李昉等《太平廣記》卷四百九十一《雜傳記八·楊娼傳》：「王公鉅人享客，競邀致席上，雖不飲者，必爲之引滿盡歡。」共工：古代神話中的天神。漢劉安《淮南子·墬形訓》：「共工，景風之所生也。」高誘注：「共工，天神也，人面蛇身，離爲景風。」又《天文訓》：「昔者共工與顓頊爭爲帝，怒而觸不周之山，天柱折，地維絶。」

〔一一〕相柳：古代神話中的凶神，共工之臣。《山海經·海外北經》：「共工之臣曰相柳氏，九首，以食於九山。相柳之所抵，厥爲澤谿。禹殺相柳，其血腥，不可以樹五穀種。……相柳者，九首人面，蛇身而青。不敢北射，畏共工之臺。」又《大荒北經》：「共工之臣名曰相繇，九首蛇身，自環，食於九土。」郭璞云：「相柳也，語聲轉耳。」燭融：當指祝融，帝嚳時的火官，後人尊爲火神。《國語·鄭語》：「夫黎爲高辛氏火正，以淳燿敦大，天明地德，光照四海，故命之曰『祝融』，其功大矣。」韋昭注：「高辛，帝嚳。黎，顓頊之後也。」《史記·楚世家》：「重黎爲帝嚳高辛居火正，甚有功，能光融天下，帝嚳命曰祝融。」

〔二〕瀟、湘：二水名。

〔三〕「采白蘋」句：用戰國屈原《九歌·湘君》「采芳洲兮杜若，將以遺兮下女。時不可兮再得，聊逍遥兮容與」句意。白蘋，水草名，俗稱田字草。見本書卷三《題周東村畫》注〔三〕。容與，閒散自得貌。

【解析】

據唐刻本，此文爲追悼沈塵而作。寫法上有意模仿楚辭《招魂》筆法，鋪叙上下四方皆有兇險，召喚魂兮歸來。不過，伯虎雖然在馭事用典上仿照《招魂》，語言却大大清簡，且去除了佶聱的語詞。

疏文

治平禪寺化造竹亭疏

竊聞調御丈夫〔一〕，身無利而不現；歲寒君子〔二〕，心體寂而長虚。孰云草木之無知？皆是神龍之擁護①。兹者，治平禪寺搆基南渡，勝概東吴〔三〕，聖凡同所皈依〔四〕，湖上鍾其秀麗。莊嚴佛土，孰云寸草不生？回向塵勞〔五〕，便是六根清淨〔六〕。是以秀巖和尚擊節而悟空〔七〕，清平禪師指竿而説法。意欲前輩僉發中情，謀建竹亭，翼輔蘭若〔八〕。清波池水，足咏檀欒〔九〕；土地伽藍〔一〇〕，冥空鑒證。撰茲尺牘〔一一〕，用告大方〔一二〕。開三徑以招賢〔一三〕，看筍根之稚子〔一四〕；種十個以醫俗，延林下之清風。幸舍餘資，共成勝事。謹疏。

【校記】

①「神龍」，何本作「龍神」。

【題解】

治平禪寺：疑今江蘇蘇州之治平寺。位於上方山東麓，東臨石湖。舊名楞伽寺，南北朝梁天監二年（五〇三）僧法鏡建。宋治平元年（一〇六四）改今名。

【箋注】

〔一〕調御丈夫：佛十號之一。佛能教化引導一切可度者，故稱。《佛藏經》卷下：「有佛出世，號曰普守如來應供正遍知明行足善逝世間解無上士調御丈夫天人師佛世尊。」

〔二〕歲寒君子：指松、竹、梅。松、竹經冬不凋，梅耐寒開花，喻在逆境艱難中能保持節操之人。亦作「歲寒三友」。

〔三〕勝概：勝景，美景。唐陸龜蒙《奉和襲美二遊詩・任詩》：「吴之辟疆園，在昔勝概敵。」東吴：指蘇州一帶。

〔四〕皈依：佛教名詞。一作「歸依」。信佛者的入教儀式。因對佛、法、僧三寶表示歸順依附，又稱「三皈依」。唐李頎《宿瑩公禪房聞梵》：「始覺浮生無住著，頓令心地欲皈依。」

〔五〕塵勞：佛家語。煩惱之異名。世俗貪嗔等煩惱，坌穢真性，勞亂身心，謂爲塵勞。《維摩義記》卷第三：「煩惱坌汙，名之爲塵。有能勞亂，説以爲勞。」《楞伽阿跋多羅寶經·一切佛語心品》：「而陰界入垢衣所纏，貪欲恚癡不實妄想塵勞所汙。」

〔六〕六根清淨：佛家語。佛經以修行佛法之人達到眼、耳、舌、鼻、身、意六根於色、聲、香、味、觸、法六境不染著時，名「六根清淨」。《圓覺經·普眼菩薩》：「心清淨故，見塵清淨。見清淨故，眼根清淨。根清淨故，眼識清淨。識清淨故，聞塵清淨。聞清淨故，耳根清淨。根清淨故，耳識清淨。識清淨故，覺塵清淨。如是乃至鼻、舌、身、意，亦復如是。」《悲華經·大施品》：「而於其中常得六根清淨，即於生時得無漏喜受於快樂，自然成就一切善根。」

〔七〕擊節：點拍。形容對他人詩文或藝術等的讚賞。見本書卷五《與文徵明書》注〔五八〕。悟空：悟解虚無之道理。唐沈佺期《驩州南亭夜望》：「忽覺猶言是，沉思始悟空。」

〔八〕蘭若（rě）：阿蘭若的略語，指佛教寺院。唐李端《題覺公新蘭若》：「頭白禪師何處還，獨開蘭若樹林間。」

〔九〕檀欒：美好貌。形容竹。南朝齊陸厥《京兆歌》：「兔園夾池水，修竹復檀欒。」

〔一〇〕伽(qié)藍：佛教寺院的通稱。《陳書·江總傳》：「此伽藍者，余六世祖宋尚書右僕射州陵侯元嘉二十四年之所構也。」

〔一一〕尺牘：書信的通稱。《漢書·陳遵傳》：「性善書，與人尺牘，主皆藏去以爲榮。」

〔一二〕用：以。大方：即大方之家。指見識廣博、深明大道之人。典出《莊子·秋水》：秋水漲時，涇流之大，兩岸間不辨牛馬，河伯欣然自喜，以天下之美盡在己處。乃順流東行，至北海，却見汪洋一片，漫無邊際。於是河伯大驚，望著北海向海神若感嘆道：「野語有之曰：『聞道百，以爲莫己若』者，我之謂也。且夫我嘗聞少仲尼之聞，而輕伯夷之義者，始吾弗信。今我睹子之難窮也，吾非至於子之門，則殆矣，吾長見笑於大方之家。」

〔一三〕三徑：指隱居者的家園。典出南朝宋謝靈運《田南樹園激流植援》：「唯開蔣生徑，永懷求羊蹤。」李善注引《三輔決録》曰：「蔣詡，字元卿，隱於杜陵。舍中三徑，惟羊仲、求仲從之遊。二仲皆挫廉逃名。」按漢哀帝時，蔣詡爲兖州刺史，廉直有聲。王莽攝政，蔣詡稱病免官，隱居鄉里，舍前竹下辟三徑，唯與隱士羊仲、求仲來往。晉陶潛《歸去來兮辭》：「三徑就荒，松菊猶存。」

〔一四〕「看筍根」句：化用唐杜甫《絶句漫興九首》之七「筍根稚子無人見，沙上鳧雛傍母眠」句意。

【解　析】

此文是伯虎幫助治平禪寺爲造竹亭募捐所作疏文。道理、緣起、倡議俱叙述明白，佛典亦連續運用，而這一切都用清麗的駢文表達，可知伯虎對內典的熟悉及駕馭語言之能力。

姑蘇寒山寺化鐘疏

木鐸徇於道路〔一〕，周官所以警其頑愚〔二〕；銅鐘司其晨昏〔三〕，釋氏所以覺夫靈性〔四〕。解魔王之戰鬥，上振天宫；緩衆生之悲酸，下聞地獄。所以提婆尊者〔五〕，現神通而外道無言〔六〕；本寂禪師〔七〕，悟真筌而古德讚頌〔八〕。實名法器，厥號大音〔九〕。本寺額號寒山〔一〇〕，建始□□。殿宇麤備，銅鐘未成。月落烏啼，負張繼楓橋之句〔一一〕；雷霆鼓擊，愧李白化城之銘〔一二〕。今將鼓洪爐以液精金〔一三〕，範土泥而鑄大樂〔一四〕。舉兹盛事，用叩高賢；增壯山門①，惟祈樂施。啓千門之曉，潛蟄皆興〔一五〕；夙萬户之昏〔一六〕，魚龍盡息。莊嚴佛土，利益人天〔一七〕，慧日增明〔一八〕，福田不薄〔一九〕。以兹疏告，仰冀垂明。偈曰〔二〇〕：「姑蘇城外古禪房，擬鑄銅鐘告四方。試看脱胎成器後，一聲敲下滿天霜。」

【校　記】

①「增壯山門」，何本作「增北山門」。

【題　解】

此文當是伯虎應寒山寺所請而作。寒山寺：在今江蘇蘇州楓橋鎮。始建於南朝梁天監年間。化鐘疏：募求鑄鐘經費的文告。

【箋　注】

〔一〕木鐸：銅質而以木爲舌的大鈴。古代宣佈教令時警示衆人所用。見《上吳天官書》注〔三〕。徇：巡行宣示。

〔二〕「周官」句：是説周官用木鐸來警示那些愚頑之人。

〔三〕司：掌管，主持。

〔四〕「釋氏」句：是説佛教用銅鐘來啓發人的聰明才智。釋氏，釋迦牟尼的簡稱。亦泛指佛教。《南齊書·顧歡傳》：「孔、老治世爲本，釋氏出世爲宗。」

〔五〕提婆尊者：意譯聖天。古印度佛教哲學家，約生活於三世紀間。佛教稱其爲提婆菩薩，世稱迦那提婆。生於南印度婆羅門家庭，一説爲獅子國（今斯里蘭卡）人。爲中觀派創始人龍樹菩薩的弟子，以智辯著稱，後被外道所殺。尊者，對和尚的敬稱。

〔六〕外道：佛教稱其他宗教或思想。

〔七〕本寂禪師（八四〇—九〇一）：又稱躭章，俗姓黄，莆田（今屬福建）人。唐代僧人，出家於福州靈石。後住撫州曹山（今屬江西），嗣法洞宗，慕曹溪六祖，乃名其山爲曹，世以曹山稱之。爲佛教曹洞宗創始人之一。禪師，對僧侶的尊稱。

〔八〕真筌：即真詮，猶真諦、真義。此指對佛教經義的正確解釋。唐劉禹錫《酬樂天醉後狂吟十韻》：「詩家登逸品，釋氏悟真筌。」法器：指僧道舉行宗教儀式時所用的鐘、鼓、鐃、鈸、引磬、木魚等器物。此指銅鐘。

〔九〕大音：指銅鐘。

〔一〇〕額：門額，牌匾。

〔一一〕「月落」二句：唐張繼《楓橋夜泊》：「月落烏啼霜滿天，江楓漁火對愁眠。姑蘇城外寒山寺，夜半鐘聲到客船。」

〔一二〕「雷霆」二句：唐李白《化城寺大鐘銘》：「雄雄鴻鐘砰隱天，雷鼓霆擊警大千。」

〔一三〕鼓洪爐以液精金：是説燒大火爐熔銅金爲液水。精金，精煉的金屬。南朝宋劉義慶《世説新語・文學》：「精金百煉，在割能斷。」

〔一四〕「範土泥」句：是説用泥土製作鑄鐘的陶範。大樂，即太樂，古代掌管音樂的官員。此指銅鐘。

〔一五〕潛蟄：潛伏。晋湛方生《風賦》：「啓惨冬之潛蟄，達青春之勾萌。」此指潛藏、蟄伏的生物。

〔一六〕夙：肅，戒。《詩・大雅・生民》：「履帝武敏歆，攸介攸止，載震載夙。」毛傳：「夙之言肅。」

〔一七〕人天：人與天。《魏書・釋老志》：「人天道殊，卑高定分。」

〔一八〕慧日：佛教語，指佛的智慧。佛的智慧無所不照，故比之於日。《佛説無量壽經》卷下：「慧日照世間，消除生死雲。」

〔一九〕福田：佛教語。佛家謂積善行可得福報，猶如播種田地，有秋收之利。《舊唐書・劉瞻傳》：「陛下信崇釋典，留意生天，大要不過喜捨慈悲，方便布施，不生惡念，所謂福田。」

〔二〇〕偈（jì）：佛經中的唱詞。

【解　析】

伯虎此疏寫得文采斐然，將寒山寺鐘聲與李白、張繼的韻事聯繫起來，希望大家能解囊施助這「莊嚴佛土」，莫使風流絕響。文末還作了四句偈語，末句化唐詩而無形，佛家妙語，氣勢闊大。

啓

送廖通府帳詞啓　代

竊以星分牛斗〔一〕，姑蘇彈壓江東〔二〕；職列賓僚〔三〕，糧餉總司判左。委付爲朝廷之重寄，疆域實天地之奥區〔四〕。妙選賢才，方爲注授〔五〕。蓋出祖宗之成憲〔六〕，俾求民物之乂安〔七〕。恭惟汝南廖大人先生〔八〕，世德之英華，名門之領袖。白雲注集①，元豐推正字之博文；世綵名堂，紹聖仰中丞之盛事。鳳毛異彩〔九〕，麟趾多仁〔一〇〕。發跡賢科〔一一〕，啓萬里青雲之路〔一二〕；超登仕版，開一方赤子之天〔一三〕。學則爲四庫之宗師〔一四〕，政則爲多方之矜式〔一五〕。冰清蘗苦〔一六〕，律身之道有常；鏡定衡平〔一七〕，宰物之權無爽。

歲輸三百萬，事集而民力不勞；考最第一人〔一八〕，銓擬而衆心皆服〔一九〕。三年報政，將獻績于虞廷〔二〇〕；千里戒裝〔二一〕，聽歌駒于祖道〔二二〕。某忝同僚寀，猥攝篆于應宿之司〔二三〕；久浹音輝，感贈言于各天之別。偕謀同事，共舉離樽。咏秋水之芙蓉〔二四〕，輒成短調；攀闐門之楊柳〔二五〕，佇看高遷。朝陽而鳳皇鳴〔二六〕，應召公之雅什〔二七〕；海運而鵾鵬徙，符莊子之真經〔二八〕。詞曰：「蓮花幕府滯仙才，梓葉秋風謁帝臺。七縣蒼生攀四馬，一輪明月上三臺〔二九〕。　雞唱發，別尊開。佳名先自動春雷。調和鼎鼐梅鹽味〔三〇〕，專待蒼龍大手來〔三一〕。」右調《鷓鴣天》。

【校記】

①「注集」，何本作「駐集」。

【題解】

廖通府：汝南（今屬河南）人。生平事蹟不詳。帳詞：即幛詞。題寫或縫綴在整幅綢布上的字詞，作爲慶弔之禮。此指寫在賀幛上的頌詞。

【箋注】

〔一〕牛斗：指牛宿和斗宿二星。宋秦觀《望海潮》（星分牛斗）：「星分牛斗，疆連淮海，揚州萬井提封。」

〔二〕彈壓：制服，鎮壓。漢劉安《淮南子・本經訓》：「牢籠天地，彈壓山川。」江東：隋唐時稱今安徽蕪湖以下長江下游南岸地區爲江東。

〔三〕賓僚：猶幕僚。唐白居易《戲和微之答竇七行軍之作》：「旌鉞從櫜鞬，賓僚禮數全。」

〔四〕奥區：腹地，深處。《後漢書・班彪傳》：「防禦之阻，則天下之奥區焉。」李賢注：「奥，深也。言秦地險固，爲天下深奥之區域。」

〔五〕注授：指職官銓選時的登記、授受。《宋史・職官志》：「紹熙元年，詔不曾銓試人不許注授司法。」

〔六〕成憲：指原有的法律、規章。《尚書・説命下》：「監于先王成憲，其永無愆。」

〔七〕乂安：太平無事。漢班固《公孫弘傳贊》：「是時漢興六十餘載，海内乂安，府庫充實，而四夷未賓，制度多闕。」

〔八〕汝南：郡名。漢高帝四年（前二〇三）置，治所在上蔡（今河南上蔡西南）。後治所屢遷。隋開皇初廢，大業及唐天寶、至德時分别改蔡州、豫州爲汝南郡。

〔九〕鳳毛：喻才情傑出的弟子。

〔一〇〕麟趾：喻子孫賢仁、昌盛。語出《詩・周南・麟之趾》：「麟之趾，振振公子。」鄭玄箋：「喻今公子亦信厚，與禮相應，有似於麟。」晋傅咸《贈何劭王濟》：「豈不企高蹤？麟趾邈難追。」

〔一一〕發跡：謂立功揚名。唐權德輿《奉酬從兄南仲見示十九韻》：「聖朝闢四門，發跡貴名公。」

〔一二〕青雲之路：喻高位或謀求高位的途徑。典出《史記・范睢傳》，見本書卷五《送文温州》注〔一九〕。

唐邵謁《下第有感》：「我行三十載，青雲路未達。」

〔一三〕赤子：指庶民，百姓。

〔一四〕四庫：經、史、子、集四部的代稱。見本書卷四《秦樓月・謝醫》注〔一〕。宗師：受人尊崇、奉爲師表之人。唐皎然《烏程李明府水堂同盧使君幼平送裴上人遊五臺》：「有此宗師在，應知我法存。」此指文壇領袖。

〔一五〕矜式：敬重，取法。《孟子・公孫丑下》：「王謂時子曰：『我欲中國而授孟子室，養弟子以萬鍾，使諸大夫國人，皆有所矜式，子盍爲我言之？』」趙岐注：「矜，敬也。式，法也。」《宋史・程頤傳》：「望擢以不次，使士類有所矜式。」

〔一六〕蘖：樹木的嫩芽、新芽。

〔一七〕衡：秤桿，秤。爽：失，差。《詩・衛風・氓》：「女也不爽，士貳其行。」

〔一八〕考最：政績考列上等。《舊唐書・職官志二》：「凡承旨撰集文章，校理經籍，月終則進課於内，歲終則考最於外。」按古代考核政績軍功，上等曰「最」，下等曰「殿」。明丘濬《大學衍義補・正百官・嚴考課之法》：「唐考功之法，……自近侍至於鎮防，有二十七最。一最四善，爲上上；一最三善，爲上中；一最二善，爲上下。」

〔一九〕銓擬：謂選拔人才並擬定官職。《新唐書・戴叔倫傳》：「天下州縣有上、中、下、緊、望、雄、輔者，有司銓擬，皆便所私，此非爲官擇人、爲人求治之術。」

〔二〇〕虞廷：虞舜的朝廷。虞舜爲古代聖主，故以此代稱聖朝。宋蘇軾《送家安國教授歸成都》：「嗚呼應嶰律，飛舞集虞廷。」

〔二一〕戒裝：備裝。南朝宋顔延之《爲皇太子侍宴餞衡陽南平二王應詔詩》：「亦既戒裝，皇心載遠。」

〔二二〕祖道：古代爲出行者祭祀路神，並設宴送行。《漢書·劉屈氂傳》：「其明年，貳師將軍李廣利將兵出擊匈奴，丞相爲祖道，送至渭橋，與廣利辭決。」顔師古注：「祖道，送行之祭，因設宴飲焉。」

〔二三〕攝篆：代理官職，掌其印信。應宿：分部門。《舊唐書·職官志》：「凡天下之府，五百九十有四，有上中下，並載於諸衛之職。凡應宿衛官，各從番第。」

〔二四〕芙蓉：荷花。

〔二五〕閶門：蘇州六大城門之一，乃蘇州古城之西門。

〔二六〕「朝陽」句：喻賢才逢時而起。典出《詩·大雅·卷阿》，參見本書卷三《貧士吟十首》（貧士庾無陳蔡糧）注〔二〕。

〔二七〕「應召公」句：據《史記·燕召公世家》《詩·召南·甘棠》，西周初，召公治陝之西，巡行鄉邑，曾在棠樹下處理政務。召公卒後，人民懷念他，作《甘棠》詩頌其功德。參見本書卷三《贈人遊宦二首》（功名何必苦追疑）注〔一〕。

〔二八〕「海運」二句：喻才智高遠之人奮發有爲，建功立業。典出《莊子·逍遥遊》：「北冥有魚，其名爲鯤。鯤之大，不知其幾千里也。化而爲鳥，其名爲鵬。鵬之背，不知其幾千里也。怒而飛，其翼若垂天之雲。是鳥也，海運則將徙於南冥。南冥者，天池也。……諧之言曰：鵬之徙於南冥也，水擊三千里。摶扶摇而上者九萬里。去以六月息者也。……有鳥焉，其名爲鵬，背若太山，翼若垂天之雲，摶扶摇羊角而上者九萬里，絶雲氣，負青天，然後圖南，且適南冥也。」

〔二九〕三臺：漢代對尚書、御史、謁者的總稱。喻指三公之位、宰輔大臣。《晋書·天文志上》：「在人曰三公，在天曰三台。」《後漢書·袁紹傳》：「放志專行，威劫省禁，卑侮王僚，敗法亂紀，坐召三臺，專制朝政。」

〔三〇〕「調和」句：稱頌宰相，喻國之棟梁。典出《書·説命下》。

〔三一〕大手：指朝廷詔令文書等重要文章，亦稱於文辭有大成就之人。典出《晋書·王導傳》：「珣夢人以大筆如椽與之，既覺，語人云：『此當有大手筆事。』俄而帝崩，哀册謚議，皆珣所草。」唐僧鸞《贈李粲秀才》：「颯風驅雷暫不停，始向場中稱大手。」

【解　析】

此文是伯虎代某人送廖通府的帳詞，送、受雙方情况都不清楚，大概在江東某衙做過同僚。就文字而言，駢儷精嚴，表現出伯虎良好的文字功底。

論

蓮花似六郎論①

嘗論史②，唐武氏幸張昌宗〔一〕，或譽之曰：「六郎面似蓮花。」内史楊再思曰〔二〕：「不然，乃蓮花似六郎耳。」嗚呼！蓮花之與六郎，似耶不似耶？縱令似之，武氏可得而幸耶？縱令幸之，再思可得而諛耶？以人臣侍女主，黷也〔三〕，昌宗之罪也；以女主寵人臣，淫也，武氏之罪也；以朝紳諛嬖幸③〔四〕，諂也，再思之罪也。古之后妃，吾聞有葛覃之儉矣〔五〕，有樛木之仁矣〔六〕，有桃夭之化矣〔七〕，未聞有美男子侍椒房也〔八〕。漢呂氏始寵辟陽侯〔九〕，其後趙飛燕多通侍郎宮奴〔一〇〕，沿及魏晋，而淫風日以昌矣，然未有如武氏之甚也。自白馬寺主而下〔一一〕，其爲武氏之所幸者，非一人矣，然未有如昌宗之甚也。彼其手握王爵，口含天憲〔一二〕，吹之則春葩頓萎，噓之則冬葉旋榮，以故憸夫小人〔一三〕，爭爲諂媚。后嘗衣以羽衣，吹以玉笙，騎以木鶴，號曰「王子晋」〔一四〕，則人皆子晋之矣。俄而稱子晋爲六郎，則人皆六郎之矣。俄而諛六郎爲蓮花，則人皆蓮花之矣。然未有如再思之甚也，故獨曰「蓮花似六郎」，夫蓮之脱青泥標緑水，可謂亭亭物外矣〔一五〕，豈六郎之淫穢可比耶？彼似之者，取其色耳。若曰：「蓮之紅艷，后可玩之而忘憂矣；蓮之清芳，后可挹之而蠲忿矣〔一六〕；蓮之綽約，后可與之而合歡矣〔一七〕。金莖之露，可共吸焉；玉樹之花，可共歌焉；薔薇之水，可共浴焉。上林春暖〔一八〕，蓮未開也，對若人而蓮已開，可以醒海棠之睡矣〔一九〕；太液秋殘〔二〇〕，蓮已謝也，對若人而蓮未謝，可以增夜合之香矣〔二一〕。一切奉宸遊〔二二〕，娱聖意，非蓮花其誰與歸？」此其尊之寵之之意極矣，而再思猶謂不然。將以蓮出乎青泥，垢也。若六郎似有仙種④，不啻天上之碧桃乎？蓮依乎緑水，卑也。若六郎自有仙根，不啻日邊之紅杏乎〔二三〕？蓮有時而零落，非久也。若六郎顔色常鮮，不啻月中之丹桂乎〔二四〕？以蓮之近似者，人猶寶焉，惜焉，壅焉，植焉，而况真六郎乎？是故芙蓉之帳，僅足留六郎之寢；菡萏之杯〔二五〕，僅足邀六郎之歡。步步生蓮，僅足隨六郎之武〔二六〕。柳眉淺黛，藉六郎以描之；蕙帶同心，偕六郎以結之。鏡吐菱花〔二七〕，想六郎而延佇；户標竹葉，望六郎而徘徊。此再思之意也。不惟是也，藝蓮者護其風霜〔二八〕，防其雨露，剪其荆棘，培其本枝。今六郎恩幸無比，而羣臣若元忠者，非其荆棘乎，則竄之；如易之者，非其枝葉乎，則寵之。賜以翠裘，恐露隕而蓮房冷也；傅以朱粉，恐霜落而蓮衣褪也，此再思之意也。不惟是也，枝有連理〔二九〕，花有並頭〔三〇〕。以六郎之美，蓮且不及，宜后之纏綿固結而不可解矣。是故九月梨花，后以爲瑞也。再思則以九月之梨，不若六郎之蓮。百花連夜發，莫待曉風吹，后以爲樂也。再思則以百花之奇，不若一蓮之艷。不信比來常下淚，開箱驗取石榴裙〔三一〕，后以爲悲也。再思則以蓮花常在伴，而石榴可無淚。極而言之，桃李子之丕基可奪也〔三二〕，六郎之恩寵，必不可一日而奪。黄臺瓜之天性可傷也〔三三〕，六郎之情好，必不可一言而傷。使后與昌宗，如蔦蘿相附〔三四〕，如葭莩相倚〔三五〕，如藕與絲之不斷，夫然後愜再思之意乎？甚矣其諂也！嗟乎！「伊其相謔，贈之以芍藥〔三六〕。」刺士女之淫奔也；「期我乎桑中，要我乎上宫〔三七〕。」刺公族之淫奔也；「牆有茨，不可掃也。中冓之言，不可道也〔三八〕。」刺國母之淫奔也。况武氏以天下之母，下寵昌宗，汙穢淫媟，無復人禮，此尤詩人所痛心，志士所扼腕也。是故對御而褫之〔三九〕，有如植桃李之懷英矣；置獄而訊之，有如賦梅花之廣平矣；始許而終拒之，有如蓬生麻中之張説矣〔四〇〕。此皆所謂正人如松柏也。若再思者，所謂小人如藤蘿也。己面似高麗，則高麗之；人面似蓮花，則蓮花之。不知五王之兵一入，二豎之首隨懸〔四一〕。一時凶黨，如敗荷殘芰，零落無餘。而池沼中之蓮花自若也，尚安得六郎之面，與之相映而紅哉？嗟乎！福生有基，禍生有階。唐之先高祖私其君之妃，太宗嬖其弟之婦，高宗納其父之妾，閨門無禮，内外化之，是故人臣亦得以烝母后〔四二〕。而當時諂諛之子如再思者，若以爲禮，固宜也。一傳而韋氏，三思其蓮花矣〔四三〕；再傳而楊氏，禄山其蓮花矣〔四四〕。蓬萊別殿，化爲麀聚之場〔四五〕；花蕚深宮，竟作鶉奔之所〔四六〕。而題詩紅葉者，且以爲美談矣〔四七〕。此皆創業垂統之所致也〔四八〕，於武氏何尤？於昌宗何尤？於再思何尤？

袁宏道評：可恨是多用草木字眼，可喜是斷唐事有識。

【校記】

①何本題作「遵化似六郎」。②「嘗論史」，何本作「嘗讀史」。③何本此句無「諛」字。④「似有仙種」，何本作「自有仙種」。

【題解】

這是一篇歷史論文，或者説是理事雜文。蓮花似六郎：武則天時期内史楊再思的諂媚之言。六郎：指張昌宗（?—七〇五），定州義豐（今河北安國）人。行六，美姿容。神功元年（六九七），以太平公主薦，與其兄易之入侍宫中，爲武則天男寵，呼爲六郎、五郎。累官至春官侍郎，封鄴國公。與兄專權亂政，中宗復位時被殺。

【箋注】

〔一〕武氏：即武則天（六二四—七〇五）。名曌，并州文水（今山西文水東）人。唐高宗后，武周皇帝（六九〇—七〇五在位）。十四歲被唐太宗選入宫爲才人，太宗死後爲尼。高宗時被召爲昭儀，永徽六年（六五五）立爲皇后，逐漸把持朝政，與高宗並稱「二聖」。後相繼廢中宗、睿宗，自稱聖神皇帝，改國號爲周，史稱武周。幸：寵倖。

〔二〕楊再思（？—七〇九）：鄭州原武（今河南原陽西南）人。武則天時爲宰相，佞而多智，諂事張昌宗兄弟，無所作爲，却官運亨通。

〔三〕黷（dú）：污濁。

〔四〕朝紳諛嬖幸：指楊再思阿諛張昌宗事。朝紳，朝廷大臣。此指宰相楊再思。嬖幸，被寵倖之人。此指張昌宗。

〔五〕葛覃之儉：《葛覃》爲《詩·周南》篇名，寫女子德行躬儉。《毛詩序》：「《葛覃》，后妃之本也。后妃在父母家，則志在於女功之事，躬儉節用，服澣濯之衣，尊敬師傅，則可以歸安父母，化天下以婦道也。」

〔六〕樛（jiū）木之仁：《樛木》爲《詩·周南》篇名，寫女子的仁德。《毛詩序》：「《樛木》，后妃逮下也。言能逮下而無嫉妬之心焉。」詩云：「南有樛木，葛藟纍之。樂只君子，福履綏之。」

〔七〕桃夭之化：《桃夭》爲《詩·周南》篇名，稱頌男女婚嫁之禮。《毛詩序》：「《桃夭》，后妃之所致也。不妬忌，則男女以正，婚姻以時，國無鰥民也。」詩云：「桃之夭夭，灼灼其華。之子于歸，宜其室家。」

〔八〕椒房：后妃所居宫室，亦借指后妃。《漢書·車千秋傳》：「曩者，江充先治甘泉宫人，轉至未央椒房。」顔師古注：「椒房，殿名，皇后所居也。以椒和泥塗壁，取其温而芳也。」

〔九〕「漢吕氏」句：指漢代吕后寵倖辟陽侯審食其。吕氏，漢高祖劉邦之妻吕雉。辟陽侯，指審食其（？—

前一七七），沛縣（今屬江蘇）人，與劉邦同鄉。初任吕后舍人，善於逢迎，漸得寵倖。高祖稱帝，封爲辟陽侯。吕后執政，官至左丞相。

〔一〇〕趙飛燕（？—前一）：漢成帝皇后。善歌舞，以體輕，故稱「飛燕」。原爲陽阿公主家歌舞伎，成帝時入宫爲婕妤，後立爲皇后。

〔一一〕白馬寺主：指薛懷義（六六二—六九四），原名馮小寶，鄠縣（今陝西户縣）人。千金公主薦爲武則天男寵，曾説服武則天修復白馬寺。《舊唐書·外戚傳》：「薛懷義者，京兆鄠縣人，本姓馮，名小寶。以鬻臺貨爲業，偉形神，有膂力，爲市於洛陽，得幸於千金公主侍兒。公主知之，入宫言曰：『小寶有非常材用，可以近侍。』因得召見，恩遇日深。則天欲隱其迹，便於出入禁中，乃度爲僧。……垂拱初，説則天於故洛陽城西修故白馬寺，懷義自護作，寺成，自爲寺主。」

〔一二〕口含天憲：謂言出即爲國家法令。《後漢書·宦者傳》序：「手握王爵，口含天憲。非復掖廷永巷之職，閨牖房闥之任也。」天憲，指朝廷法令。

〔一三〕憸（xiān）夫：指邪佞之人。宋無名氏《六州歌頭·壽徐樞密》：「天上麒麟挺，徐卿子，坐肅憸夫。」

〔一四〕「后嘗」四句：用周靈王之子王子晋事。漢劉向《列仙傳·王子喬》：「王子喬者，周靈王太子晋也。好吹笙，作鳳凰鳴。遊伊洛間，道士浮丘公接上嵩高山。三十餘年後，求之於山上，見桓良曰：『告我家：七月七日待我於緱氏山巔。』至時，果乘鶴駐山頭，望之不可到。舉手謝時人，數日而去。」王子晋，即王子喬。借指仙人。

〔一五〕亭亭物外：謂亭亭獨立，超然物外。亭亭，高聳貌。南朝齊孔稚圭《北山移文》：「若其亭亭物表，皎皎霞外，芥千金而不眄，屣萬乘其如脱。」

〔一六〕蠲（juān）：同「捐」，去除，免除。

〔一七〕合歡：歡聚，聯歡。亦以成雙成對喻男女歡好。

〔一八〕上林：即上林苑，古宫苑名。秦始皇三十五年（前二一二）建於咸陽朝宫，阿房宫即其前殿。漢初荒廢，漢武帝增廣之，苑内放養禽獸，供皇帝射獵，並建離宫、觀、館數十處，漢司馬相如《上林賦》極言其侈。故址在今陝西西安西及周至、户縣境内。

〔一九〕海棠之睡：形容美人醉睡風韻。典出《太真外傳》：「上皇登沉香亭，詔太真妃子。妃子時卯醉未醒，命力士從侍兒扶掖而至。妃子醉顔殘妝，鬢亂釵横，不能再拜。上笑曰：『豈是妃子醉，直海棠睡未足耳。』」宋辛棄疾《祝英臺近》（緑楊堤）：「百舌聲中，唤起海棠睡。」

〔二〇〕太液：即太液池，池名。漢、唐、元、明、清皆有。漢太液池亦稱蓬萊池，元封元年（前一一〇）開鑿於長安建章宫北（今陝西西安西北），周回十頃，水源引自城北渭水。池中築漸臺，高二十餘丈。起蓬萊，方丈，瀛洲，壺梁，象海中神仙、龜、魚之屬。

〔二一〕夜合：花名。合歡的别稱，又名「合昏」。唐竇叔向《夏夜宿表兄話舊》：「夜合花開香滿庭，夜深微雨醉初醒。」

〔二二〕宸遊：帝王之巡遊。唐宋之問《奉和春初幸太平公主南莊應制》：「青門路接鳳凰臺，素滻宸遊龍騎來。」

〔二三〕不啻：無異於，如同。天上之碧桃、日邊之紅杏：宋李昉等《太平廣記》卷一百九十九《文章·高蟾》：「唐高蟾詩思雖清，務爲奇險，意疎理寡，實風雅之罪人。薛能謂人曰：『儻見此公，欲贈其掌。』然而落第詩曰：『天上碧桃和露種，日邊紅杏倚雲栽。芙蓉生在秋江上，不向東風怨未開。』蓋守寒素之分，無躁競之心，公卿間許之。」

〔二四〕月中之丹桂：唐徐堅《初學記》卷一《天部》「桂月」引晉虞喜《安天論》：「俗傳月中仙人、桂樹，今視其初生，見仙人之足漸已成形，桂樹後生。」唐段成式《酉陽雜俎·天咫》：「舊言月中有桂，有蟾蜍，故異書言月桂高五百丈，下有一人常斫之，樹創隨合。人姓吴名剛，西河人，學仙有過，謫令伐樹。」

〔二五〕菡萏（hàn dàn）：荷花的別稱。

〔二六〕「步步」二句：用南朝齊蕭寶卷與寵妃潘玉兒事。《南史·齊廢帝東昏侯本紀》：「鑿金爲蓮華以帖地，令潘妃行其上，曰：『此步步生蓮華也。』」後人以「步步生蓮」美稱女子嬌美的走姿，此藉以諷刺「六郎」張昌宗。武，步武，足跡。

〔二七〕菱花：指鏡子。

〔二八〕藝：種植。

〔二九〕枝有連理：喻恩愛夫妻。典出晉干寶《搜神記》卷十一：「宋康王舍人韓憑，娶妻何氏，美，康王奪之。憑怨，王囚之，論爲城旦。妻密遺憑書，……俄而憑乃自殺。其妻乃陰腐其衣，王與之登臺，妻遂自投臺，左右攬之，衣不中手而死。遺書於帶曰：『王利其生，妾利其死，願以屍骨賜憑合葬。』王怒，弗聽，使里人埋之，冢相望也。……宿昔之間，便有大梓木生於二冢之端，旬日而大盈抱，屈體相就，根交於下，枝錯於上。又有鴛鴦，雌雄各一，恒棲樹上，晨夕不去，交頸悲鳴，音聲感人。宋人哀之，遂號其木曰『相思樹』。『相思』之名，起於此也。南人謂此禽即韓憑夫婦之精魂。」

〔三〇〕花有並頭：喻夫妻親密和諧。

〔三一〕「不信」二句：出自唐武則天《如意娘》。詩云：「看朱成碧思紛紛，顦顇支離爲憶君。不信比來長下淚，開箱驗取石榴裙。」

〔三二〕「桃李子」句：是説李氏的天下可以奪取。桃李子，諧音「逃李子」，即逃亡的李氏子弟。丕基，巨大的基業。北齊《文德樂宣政舞》：「聖武丕基，睿文顯統。」

〔三三〕「黄臺瓜」句：是説皇族兄弟的親情可以傷害。《舊唐書·承天皇帝倓傳》：「天后所生四子……長曰孝敬皇帝，爲太子監國，而仁明孝悌。天后方圖臨朝，乃鴆殺孝敬，立雍王賢爲太子。賢每日懷憂惕，知必不保全，與二弟同侍於父母之側，無由敢言。乃作《黄臺瓜辭》，令樂工歌之，冀天后聞之省悟，即生哀愍。辭云：『種瓜黄臺下，瓜熟子離離。一摘使瓜好，再摘令瓜稀，三摘猶尚可，四摘抱蔓歸。』而太子賢終爲天后所逐，死於黔中。」黄臺瓜，即黄臺，丘名。《穆天子傳》卷五：「丙辰，天子南遊於黄臺之丘。」此喻皇族兄弟。

〔三四〕蔦蘿：蔦和女蘿，兩種寄生植物。喻與别人的親戚關係，有依附、自謙意。《詩・小雅・頍弁》：「蔦與女蘿，施于松柏。」

〔三五〕葭莩：蘆葦稈内的薄膜。喻疏遠的親戚，亦代稱親戚。《漢書・王莽傳上》：「自諸侯王已下至於吏民，咸知臣莽上與陛下有葭莩之故。」顔師古注：「葭，蘆也。莩者，其筩裏白皮也。言其輕薄而附著也，故以爲喻。」

〔三六〕「伊其」二句：《詩・鄭風・溱洧》之成句。此詩寫男女結伴遊春，贈芍藥以通情愫。《毛詩序》：「《溱洧》，刺亂也。兵革不息，男女相棄，淫風大行，莫之能救焉。」

〔三七〕「期我」二句：《詩・鄘風・桑中》之成句。此詩寫男女幽會。《毛詩序》：「《桑中》，刺奔也。衛之公室淫亂，男女相奔，至于世族在位，相竊妻妾，期於幽遠，政散民流而不可止。」

〔三八〕「牆有茨」四句：《詩・鄘風・牆有茨》之成句。此詩寫衛宣公夫人宣姜與公子頑私通。《毛詩序》：「《牆有茨》，衛人刺其上也。公子頑通乎君母，國人疾之，而不可道也。」中冓（gòu），中門以内。指内室，寢宫。《漢書・梁孝王劉武傳》：「帝王之意，不窺人閨門之私，聽聞中冓之言。」顔師古注引應劭曰：「中冓，材構在堂之中也。」又注：「冓謂舍之交積材木也。應説近之。」

〔三九〕褫（chǐ）：剥去衣服。引申爲剥除，剥奪。

〔四〇〕蓬生麻中：喻環境對人的影響。典出《荀子・勸學》：「蓬生麻中，不扶自直，白沙在涅，與之俱黑。」

〔四一〕「不知」二句：用張柬之、崔玄瑋、敬暉、桓彦范、袁恕己誅殺張氏兄弟，重立中宗爲帝，以功皆封郡王事。《舊唐書·中宗本紀》：「神龍元年正月，鳳閣侍郎張柬之、鸞臺侍郎崔玄暐、左羽林將軍敬暉、右羽林將軍桓彦范、司刑少卿袁恕己等定策率羽林兵誅易之、昌宗，迎皇太子監國，總司庶政。」二豎，指張易之、張昌宗兄弟。豎，豎子，猶「小子」，卑賤的稱謂。

〔四二〕烝：指與母輩通姦淫亂。《春秋左傳·桓公十六年》：「初，衛宣公烝於夷姜。」按夷姜，宣公庶母。宋李昉等《太平廣記》卷一百七十一《精察一·王璥》：「弟行詮，前妻子忠，烝其後母，遂私將潛藏。」

〔四三〕韋氏：即韋皇后（？—七〇七），京兆萬年（今陝西西安）人，唐中宗第二任皇后。中宗復位後，勾結武三思專權亂政。毒死中宗，立温王李重茂爲帝，臨朝稱制。後爲李隆基所誅，被追貶爲庶人。三思：即武三思（？—七〇七），并州文水（今屬山西）人。武則天姪。則天臨朝後，任夏官尚書、春官尚書等職，封梁王。中宗復位後，進開府儀同三司，與韋后私通，干黷時政。後爲節湣太子所誅。

〔四四〕楊氏：即楊玉環（七一九—七五六），號太真，蒲州永樂（今山西永濟）人。美姿容，善歌舞。初爲玄宗子壽王瑁妃，後入宫得玄宗寵愛，天寶四年（七四五）封爲貴妃。傳與安禄山有私情。安史之亂後隨玄宗逃往蜀中，被賜死。禄山：即安禄山（七〇三—七五七），本姓康，名軋犖山，營州柳城（今遼寧朝陽南）胡人。懂九番語言，驍勇善戰。設法獲唐玄宗、楊貴妃信任，兼任平盧、范陽、河東三節度使。天寶十四年（七五五）起兵叛亂，次年稱帝，國號燕。後爲其子所誅。

〔四五〕麀（yōu）聚：喻父子共妻，有如禽獸。後指亂倫行爲。亦作「聚麀」。典出《禮記·曲禮上》：「夫唯禽獸無禮，故父子聚麀。」鄭玄注：「聚，猶共也。鹿牝曰麀。」禽獸不知人倫，故有父子共牝之事。《舊唐書·李密傳》：「禽獸之行，在於聚麀，人倫之體，别於内外。」

〔四六〕鶉（chún）奔：《詩·鄘風·鶉之奔奔》篇名的略稱。此詩寫衛宣公夫人宣姜與衛公子頑私通淫亂。《毛詩序》：「《鶉之奔奔》，刺衛宣姜也。衛人以爲宣姜鶉鵲之不若也。」後用此喻私奔。

〔四七〕「而題詩」二句：用盧渥、韓姓宫女紅葉題詩、終成眷屬事。見本書卷三《黄鶯兒·咏美人浴》注〔五〕。

〔四八〕垂統：帝王將基業傳給後代。《樂府詩集·燕射歌辭·晋四廂樂歌·食舉樂東西廂歌·赫矣》：「創業垂統，兆我晋國。」

【解析】

此文論點鮮明，論據賅實，推繹嚴密。開頭提出内史楊再思的觀點，對立樹敵，使後面的行文有的放矢。論述過程中先鋪陳武后對張昌宗的寵愛程度，及張昌宗因寵得勢，見出宫廷生活之荒淫無度。接著引述前代詩歌，充分説明宫廷淫亂歷來如此，非武則天一朝而已。至此，本文觀點自然得出：一切荒淫之源並非某幾個人，而是「創業垂統之所致」。這就駁中有立，顯出作者見地之高。

表

擬瑞雪降羣臣賀表

伏以瑞發六花〔一〕，式覩化工之妙〔二〕；祥徵三白〔三〕，允昭聖德之符。冰鏡飛璚，璇空墜玉；萬井之豐穰已卜〔四〕，九重之泰祉方來〔五〕。恭惟皇帝陛下，道合混元〔六〕，心涵太素〔七〕。宰陰陽之橐籥〔八〕，握造化之樞機〔九〕。祈穀祈年，精意久通於碧落〔一〇〕；宜禾宜黍，先徵遂兆於玄冥〔一一〕。萬里璚瑶，凍起玉樓之粟；一天星斗，光生銀海之花。上下同雲，山川一色。從風翔舞，旋驚臘月梨花；隨霰飛揚，忽訝陽春柳絮。回青山而改白，妝金屋以成銀〔一二〕。璚宇珠宫，恍惚神仙之宅；銀屏玉案，似非人世之居。見狡兔之潛蹤，想遺蝗之入地。聞雁聲于遠道，印鶴趾于空庭。瑶草琪花，一望樓臺澄澈；竹籬茅舍，千家山郭精神。濕飄僧舍之茶煙，密滅高樓之酒力。月明海嶠〔一三〕，騷人回剡曲之舟；雲闇山谿，豪客覓灞橋之句〔一四〕。忽訝光明于一夜，兆開饒洽于三農〔一五〕。花萼樓頭〔一六〕，月色溶溶並潔；芙蓉掌上，露華湛湛俱零〔一七〕。信大道之感通，乃靈庥之協應也。臣等窮檐寒士，深谷鄙儒〔一八〕。令名久謝於袁安〔一九〕，芳躅敢齊乎東郭〔二〇〕。坐煨榾柮〔二一〕，看玉宇之長輝；臥擁梨雲〔二二〕，慶瑶天之不夜。收歸詩草〔二三〕，掃入茶爐。白戰騷壇〔二四〕，莫效惠連之賦〔二五〕；清遊勝地，難賡黄鶴之章①〔二六〕。伏願學懋光明，道臻潔白。訪韓王之大計〔二七〕，登程氏之真儒〔二八〕。止輦受言，馬跡絶藍關之道〔二九〕；閉關謝虜，羊羶無紫窖之幽。庶玉燭長熙，九野樂春臺壽域〔三〇〕；而瑶華永燦〔三一〕，萬方安桂海冰天〔三二〕。

【校記】

①「黄鶴之章」，何本作「苟鶴之章」。

【題解】

此文大概是伯虎學習駢文時的練筆之作。賀表：臣子於國家重大慶典時，向朝廷或皇帝頌賀所用的文體，多爲駢文。始見於六朝，唐宋後沿用。

【箋注】

〔一〕六花：雪花之異名。雪花結晶六瓣，故名。唐賈島《寄令狐綯相公》：「自著衣偏暖，誰憂雪六花。」

〔二〕化工：天工，自然造化、萬物生長之功能。語出漢賈誼《鵩鳥賦》：「天地爲爐兮，造化爲工。」唐劉威《題許子正處士新池》：「坐愛風塵日已西，功成得與化工齊。」

〔三〕三白：指三度下雪。《全唐詩》卷八八〇《占年》：「要見麥，見三白。正月三白，田公笑赫赫。」宋蘇軾《次韻王覲正言喜雪》：「行當見三白，拜舞讙萬歲。」

〔四〕萬井：指千家萬户。井，古制八家爲井。唐韓翃《送客之江寧》：「千閭萬井無多事，闢户開門向山翠。」豐穰：豐滿成熟。宋曾鞏《送程公辟使江西》：「袴襦優足遍里巷，禾黍豐穰罄郊野。」卜：占卜。古人用火灼龜甲，以爲觀其裂紋可推測行事吉凶。後亦指用其他方法預測吉凶。《春秋左傳·桓公十一年》：「卜以決疑，不疑，何卜？」宋蘇軾《罷徐州往南京馬上走筆寄子由五首》之四：「歸耕何時決，田舍我已卜。」

〔五〕九重：指帝王或朝廷。唐路貫《和元常侍除浙東留題》：「謝安致理逾三載，黄霸清聲徹九重。」

〔六〕混元：天地初開辟之時。《後漢書·班彪傳》：「外運混元，内浸豪芒。」李賢注：「混元，天地之總名也。」

〔七〕太素：古謂形成天地的素質。語出《列子·天瑞》：「太素者，質之始也。」《白虎通·天地》：「始起先有太初，後有太始，形兆既成，名曰太素。」

〔八〕橐籥(yuè)：古代冶煉時用以鼓風的器具，類似後世的風箱。《老子》五章：「天地之間，其猶橐籥乎？虚而不屈，動而愈出。」喻指生發、化育。

〔九〕樞機：喻事物運動的關鍵。《易·繫辭上》：「言行，君子之樞機。」《國語·周語下》：「夫耳目，心之樞機也，故必聽和而視正。」

〔一〇〕碧落：道家所謂東方第一天，有碧霞，遍滿，故稱。見《度人經》。泛指天空。唐白居易《長恨歌》：「上窮碧落下黄泉，兩處茫茫皆不見。」

〔一一〕玄冥：古謂水神或雨神。《春秋左傳·昭公二十九年》：「故有五行之官，是謂五官，實列受氏姓，封爲上公，祀爲貴神。……水正曰玄冥。」

〔一二〕金屋：《太平御覽》卷八十八《皇王部十三·孝武皇帝》引《漢武故事》：「若得阿嬌作婦，當作金屋貯之。」此指華麗的宫室。

〔一三〕海嶠（qiáo）：近海多山之地。唐孟浩然《歸至郢中》：「遠遊經海嶠，返棹歸山阿。」嶠，尖而高的山。

〔一四〕灞橋：橋名，在陝西西安東。古人多在此送别，因常用爲傷離恨别的典實。參見本書卷四《步步嬌·冬景》之《皂羅袍》注〔四〕。

〔一五〕三農：春耕、夏耘、秋收三個農時。《國語·周語上》：「三時務農而一時講武，故征則有威，守則有財。」韋昭注：「三時，春、夏、秋。一時，冬也。」《晉書·石季龍載記上》：「自古聖王之營建宫室，未始不於三農之隙，所以不奪農時也。」

〔一六〕花蕚樓：唐長安皇家建築花蕚相輝樓之簡稱。始建於開元八年（七二〇），位於興慶宫西南隅，毁於後唐戰火。《舊唐書·讓皇帝憲傳》：「玄宗於興慶宫西南置樓，西面題曰花蕚相輝之樓，南面題曰勤政務本之樓。玄宗時登樓，聞諸王音樂之聲，咸召登樓同榻宴謔，或便幸其第，賜金分帛，厚其歡賞。」元駱天驤《類編長安志》卷三引《天寶遺事》：「寧王憲、申王撝、岐王範、薛王業邸第相連環於興慶側，明皇因題『花蕚相輝』之名，取詩人『棠棣』之義。帝時登樓，聞諸王音樂，咸召升樓，設五花帳，同榻飲宴。」

〔一七〕湛湛：露重貌。

〔一八〕鄙儒：拘泥固執、不明事理的儒生。《漢書・叔孫通傳》：「若真鄙儒，不知時變。」顔師古注：「鄙，言不通。」此爲自謙之辭。

〔一九〕袁安（？—九二）：字邵公，汝南汝陽（今河南商水西南）人。東漢大臣。明帝時，任楚郡太守、河南尹，以嚴明著稱，名重朝廷。後歷任太僕、司空、司徒。和帝時，不避權貴，屢次彈劾竇憲兄弟專權。其子孫世代任朝廷重臣，「汝南袁氏」成爲東漢有名的世家大族。

〔二〇〕芳躅：指前賢的遺跡。唐皎然《哭吴縣房聳明府》：「芳躅將遺愛，可爲終古傳。」東郭：似指東郭牙，春秋時齊國諫臣，不求富貴，敢於冒死進諫。《吕氏春秋・勿躬》載，管仲向齊桓公舉薦東郭牙時説：「蚤入晏出，犯君顔色，進諫必忠，不辟死亡，不重貴富，臣不若東郭牙，請置以爲大諫臣。」

〔二一〕榾柮：木塊。

〔二二〕梨雲：謂夢中恍惚見到如雲似雪的繽紛梨花。亦喻指夢境。典出宋張邦基《墨莊漫録》卷六引唐王建《夢看梨花雲歌》：「薄薄落落霧不分，夢中唤作梨花雲。瑶池水光蓬萊雪，青葉白花相次發。……落英散粉飄滿空，梨花顔色同不同。眼穿臂短取不得，取得亦如從夢中。無人爲我解此夢，梨花一曲心珍重。」宋王沂孫《聲聲慢・催雪》：「怕寒繡幃慵起，夢梨雲、説與春知。」

〔二三〕詩草：詩稿，詩集。唐皮日休《奉和魯望新夏東郊閒泛》：「碧莎裳下携詩草，黄篾樓中掛酒篘。」

〔二四〕白戰：不用兵器，徒手作戰。喻指作「禁體詩」時禁用某些較常用的字。較著者如宋歐陽脩爲潁州太守，曾與客會飲，作咏雪詩，禁用玉、月、梨、梅、練、絮、白、舞、鶴、鵝、銀諸字。後蘇軾繼作太守，也邀客作咏雪的「禁體詩」。宋蘇軾《聚星堂雪》詩叙云：「元祐六年十一月一日，禱雨張龍公，得小雪，與客會飲聚星堂。忽憶歐陽文忠作守時，雪中約客賦詩，禁體物語，於艱難中特出奇麗，爾來四十餘年莫有繼者。僕以老門生繼公後，雖不足追配先生，而賓客之美殆不減當時，公之二子又適在郡，故輒舉前令，各賦一篇。」詩末有「當時號令君聽取，白戰不許持寸鐵」記其事。騷壇：詩壇，文壇。

〔二五〕惠連之賦：指謝惠連所作抒情小賦《雪賦》。從醞釀降雪寫到雪霽天晴，展現了素雅而奇麗的景致。惠連，即謝惠連（三九七—四三三），陳郡陽夏（今河南太康）人。南朝宋文學家。幼能文，深得謝靈運賞識。因居父喪期間作詩贈人，爲時論所非，不得仕進。

〔二六〕黄鶴之章：指唐崔顥所作《黄鶴樓》詩。寫在黄鶴樓上遠眺所見美景，抒發弔古懷鄉之情，爲歷代推崇的佳作。傳説李白登黄鶴樓，有人請題詩。他説：「眼前有景道不得，崔顥題詩在上頭。」（見明楊慎《升庵詩話・搥碎黄鶴樓》）

〔二七〕「訪韓王」句：指漢高祖擊敗韓王信與匈奴聯軍，後漢高祖遭遇「白登之圍」，時天大雪。事見《史記・高祖本紀》。韓王，韓王信，西漢初年諸侯王。此典袁宏道斥爲「牽强」。

〔二八〕「登程氏」句：用宋楊時造訪大儒程頤「程門立雪」典。按《宋史・楊時傳》：「至是，又見程頤於洛，時蓋年四十矣。一日見頤，頤偶瞑坐，時與游酢侍立不去，頤既覺，則門外雪深一尺矣。」程氏，即程頤（一○三三—一一○七）。字伯淳，著有《易傳》《顏子所好何學論》等，洛陽（今屬河南）人。北宋哲學家、教育家。

〔二九〕藍關：即藍田關。

〔三○〕壽域：指人人得盡天年的境界。喻太平盛世。典出《漢書·王吉傳》：「臣願陛下……述舊禮，明王制，驅一世之民濟之仁壽之域。」顏師古注：「以仁撫下，則羣生安逸而壽考。」唐杜甫《上韋左相二十韻》：「八荒開壽域，一氣轉洪鈞。」亦指生前預造的墓穴。

〔三一〕瑶華：潔白如玉的花。喻指潔白之物。《楚辭·九歌·大司命》：「折疏麻兮瑶華，將以遺兮離居。」洪興祖補注：「瑶華，麻花也，其色白，故比於瑶。」唐陸龜蒙《和襲美褚家林亭》：「一陣西風起浪花，繞欄杆下散瑶華。」

〔三二〕桂海：指南方邊遠之地。南朝梁江淹《雜體詩三十首·袁太尉淑從駕》：「文軫薄桂海，聲教燭冰天。」李善注：「南海有桂，故云桂海。」冰天：指極北苦寒之地，或極高甚寒之處。《文選》卷第三十一南朝梁江淹《雜體詩三十首·袁太尉淑從駕》：「文軫薄桂海，聲教燭冰天。」李善注：「《淮南子》曰：『八紘，北方曰積冰。』高誘曰：『北方寒冰所積，因以爲名積冰也。』」

【解　析】

此文擬賀表，亦一命題駢文而已。作者堆砌一些歷史或詩文的典故，敷衍駢儷而成文，不僅没有自己的思想，脈絡亦錯亂，袁宏道嘲爲「牽强」，應爲的論。

贊

達摩贊〔一〕

這個和尚，唤做達摩①，一語説不來②，九年面壁坐。人道是觀世音化身〔二〕，我道它無事討事做。

【校記】

①「唤做」，何本作「叫做」。　②「一語説不來」，何本作「一語不投機」。

【題解】

以戲謔口吻禮贊達摩佛祖。

【箋注】

〔一〕達摩：中國佛教禪宗始祖菩提達摩之簡稱，意譯爲「覺法」。亦稱「達磨」。相傳爲南天竺人。南朝宋末航海到廣州，又往北魏洛陽，後住嵩山少林寺，傳説在此打坐九年。後遇慧可（四八七—五九三），授以《楞伽經》四卷，禪宗得以流傳。宋蘇軾《書馨公詩後》：「皆云似達摩，隻履還西竺。」

〔二〕觀世音：佛教大乘菩薩之一。因唐人避「世」字諱，略稱「觀音」。玄奘譯《心經》時，改譯「觀自在」。佛經説此菩薩廣化衆生，示現種種形象，名爲「普門示現」。《法華經・普門品》説有三十三身，《楞嚴經》説有三十二應（即應化身），一般塑像、圖像多爲女身。通常與大勢至同爲阿彌陀佛左右脅侍，合稱「西方三聖」。

又贊

兩隻凸眼，一臉落腮〔一〕，有些認得，想不起來。噫！是踏蘆江上客〔二〕，一花五葉至今開〔三〕。

【題解】

亦以戲謔口吻禮贊達摩佛祖。

【箋注】

〔一〕落腮：指絡腮鬍子。元無名氏《白兔記》第四齣〔前腔〕（〔花滚〕）：「馬鳴王麤眉毛，大眼睛，落腮鬍，有些不歡喜。」

〔二〕踏蘆江上客：指達摩。《堅瓠廣集・離地草》引唐馮贄《記事珠》：「兔牀國有離地草，人以藉足，不步而行。達磨見梁武（帝），去來自由，以有此草也。其葉如蘆，故傳踏蘆渡江。」此用其事。

〔三〕一花五葉：佛教傳入中國後，禪宗以達摩爲祖，稱「一花」。後佛教禪宗發展演變爲潙仰、臨濟、曹洞、法眼、雲門五個流派，或禪宗自達摩禪師後經慧可、僧璨、道信、弘忍、惠能五人發揚光大，稱「五葉」。《壇經·付囑品第十》：「吾本來兹土，傳法救迷情；一華開五葉，結果自然成。」宋黄庭堅《漁家傲》（萬水千山來此土）：「面壁九年看二祖，一花五葉親分付。」

鍾馗贊

烈士骨，不可屈。烈士精，久乃靈。瞋爾目，階可觸。正爾心，邪可擒。欽爾風，望爾容。魑魅魍魎咸潛踪〔一〕，千秋之下真英雄。

【題解】

鍾馗：傳説中驅邪捉妖之神。最早記載其人的是《全唐詩》所收張説《謝賜鍾馗及曆日表》，感謝御賜鍾馗畫像事。宋沈括《夢溪筆談·補筆談·補第二十六卷一件》載：吴道子所畫鍾馗像上有唐人題記，謂明皇病時，夢見一大鬼捉一小鬼，「刳其目，然後擘而啖之。上問大者曰：『爾何人也？』奏云：『臣鍾馗氏，即武舉不捷之士也。誓與陛下除天下之妖孽。』」明皇夢醒後，病若頓瘳，而體益壯。乃詔畫工吴道子，依夢畫成鍾馗圖像。

【箋注】

〔一〕魑魅魍魎（chī mèi wǎng liǎng）：古代傳説中害人精怪的統稱。喻指形形色色的壞人。唐杜甫《荊南兵馬使太常卿趙公大食刀歌》：「魑魅魍魎徒爲耳，妖腰亂領敢欣喜。」魑魅：古代傳説山澤裏的鬼怪。

【解　析】

在對鍾馗不屈不撓地擒凶拿惡的禮贊中，流露出伯虎對豪傑的傾慕以及任俠的個性。

贊林酒仙書聖僧詩後

不癡不顛，是佛是仙，開眼狂走，合眼吃酒。北斗須彌〔一〕，著緊嬰兒〔二〕，日午夜半，打乖老漢〔三〕。

【題　解】

林酒仙：當指宋初長洲（今江蘇蘇州）東禪寺僧遇賢（九二二—一〇〇九）。俗姓林，長洲人，性嗜酒，時人因有此稱。亦喜賦詩，詩風自然明快。此詩當是針對林所作「書聖僧詩後」而發的贊語。

【箋　注】

〔一〕北斗須彌：指天上仙境。北斗，星名。有七顆星，以其在北天聚成斗形，故名。道家書亦名「天罡」。七星之名爲天樞、天璇、天璣、天權、玉衡、開陽和摇光。一至四爲斗魁，又名璇璣；五至七爲斗柄（亦作斗杓），又名玉衡。唐杜甫《夜歸》：「傍見北斗向江低，仰看明星當空大。」須彌，山名，佛經四大洲之中心。亦作「修迷樓」「蘇迷盧」，又譯爲「妙高山」。佛經説南贍部洲等四大洲之中心，有須彌山，處大海之中，上高三百三十六萬里，頂上爲帝釋天（即忉利天）所居，半腹爲四天王所居。唐貫休《壽春節進大蜀皇帝五首》之一：「今日降神天上會，願將天福比須彌。」

〔二〕著緊嬰兒：重要的無極。著緊，緊要，重要。嬰兒，《老子》二十八章：「常德不離，復歸於嬰兒。」「常道不忒，復歸於無極。」「常德乃足，復歸於樸。」可知嬰兒是指無極、樸。此指修道的原始狀態。

〔三〕打乖老漢：指林酒仙。打乖，謂機變。宋司馬光《酬邵堯夫見示安樂窩中打乖吟》：「料非空處打乖客，乃是清朝避世人。」

【解析】

林酒仙身處佛門而嗜詩酒，當然是個「另類」。伯虎對其却青眼獨賞，全詩僅用幾個對偶句排比，就使林酒仙形神畢肖。

釋迦如來贊

西方有大聖人，不言而自信，不治而不亂。巍巍乎獨出三界之外〔一〕，名之爲佛。

【題解】

釋迦如來：即釋迦牟尼。佛教始祖，亦云「釋迦文」。釋迦，種族名，能仁之意。牟尼，寂默之意。周昭王二十六年誕生於中印度迦毗羅衛城（今屬尼泊爾），名悉達多，父爲迦毗羅衛城主淨飯王，母摩耶夫人。誕生後七日，母去世，賴姨母波闍波提撫養成人。十九歲納拘利城主善覺王之女爲妃。二十九歲時，偶乘車出遊，見衰病者及死者，深悟世間之無常，遂決意出家。經六年苦行，在佛陀伽耶菩提樹下「成道」，悟得世間無常和緣起諸理。於是周遊四方，化導羣類，凡四十餘載，信衆尊爲佛陀。八十歲時，在拘尸那城跋提河邊娑羅雙樹下圓寂。

【箋注】

〔一〕三界：佛教語，指欲界、色界、無色界。見本書卷四《對玉環帶清江引・嘆世詞四首》（春去春來）注〔三〕。

友人贊

大耋之年〔一〕，大隱之侶，雞豚膢臘〔二〕，裘葛寒暑。詩書雍雍〔三〕，子孫楚楚〔四〕，與彼同歸，吾其與女〔五〕。

【題解】

此作讚嘆友人遠離塵囂、以詩書爲伴的愜意生活。友人具體所指不可考。

【箋注】

〔一〕大耋（dié）之年：指七八十歲的年紀。《詩・秦風・車鄰》：「逝者其耋。」毛傳：「耋，老也。八十曰耋。」《春秋左傳・僖公九年》：「以伯舅耋老，加勞賜一級，無下拜。」杜預注：「七十曰耋。級，等也。」

〔二〕膢臘：古代兩種祭名。

〔三〕雍雍：和諧、和洽貌。《樂府詩集・郊廟歌辭・唐享懿德太子廟樂章・迎俎酌獻》：「雍雍盛典，肅肅靈祠。」唐李紓《唐德明興聖廟樂章・德明酌獻》：「清廟奕奕，和樂雍雍。」

〔四〕楚楚：形容傑出、出衆。宋陳著《念奴嬌・壽姚橘州》：「楚楚孫枝，温温婿玉，簾幕歡聲拍。」

〔五〕女：同汝。你。

【解　析】

前六句寫友人那種詩書偕隱、子孫和順的狀況，末兩句寄慨，與范仲淹《岳陽樓記》之「微斯人，吾誰與歸」同一機杼。

伯虎自贊

我問你是誰？你原來是我。我本不認你，你却要認我。噫！我少不得你，你却少得我。
你我百年後，有你没了我。

【解　析】

將自身分化出被肉體生命所限而終將殞滅的「我」，以及依託精神而無限存在的「你」，在有趣的假設中深刻思考人生，極富哲理。

第十二尊半渡波山那迦犀那尊者贊

□□□大坐斜身，兩手相隨，偏欹如排山之勢〔一〕，左右同戒。月含霜〔二〕，性海空，七聖貲財施不窮〔三〕，海爲醉酪地爲金。

【題解】

此詩應爲伯虎爲佛畫所作的題記。那伽犀那：羅漢名，釋迦牟尼佛的弟子之一。唐玄奘譯《大阿羅漢難提密多羅所説法住記》中有十六羅漢，他們不入涅槃，永住世間護持正法，受世人供養而爲衆生作福田。那伽犀那爲第十二尊羅漢，與自眷屬一千二百阿羅漢多分住於半度波山。

【箋注】

〔一〕偏欹：偏斜，傾斜。排山之勢：形容力量强、聲勢大。語出《資治通鑑·齊紀·高宗明皇帝中》：「昔世祖以回山倒海之威，步騎數十萬，南臨瓜步，諸郡盡降。」唐温庭筠《題李衛公詩二首》之二：「勢欲凌雲威觸天，權傾諸夏力排山。」

〔二〕月含霜：形容明月白亮如霜。南朝梁沈約《登臺望秋月》：「臨玉墀之皎皎，含霜靄之濛濛。」

〔三〕七聖：佛家以「聖」指稱正智修行之人。其聖者分爲隨信行、隨法行、信解、見至、身證、慧解脱、俱解脱等七種。《俱舍論·分别賢聖品》：「學無學位有七聖者，一切聖者，皆此中攝，一隨信行，二隨法行，三信解，四見至，五身證，六慧解脱，七俱解脱。」唐張九齡《奉和聖製早登太行山率爾言志》：「陪遊七聖列，望幸百神迎。」

聯句

戊寅八月十四夜夢草制其中一聯云

天開泰運〔一〕，咸集璚管之文章〔二〕；民復古風，大振金陵之王氣〔三〕。

【題解】

此聯作於明武宗正德十三年（一五一八）。楊静庵《唐寅年譜》：「明代科舉最重，文人不能以科名貢舉顯揚一世者，無不爲終身之恨。子畏非超人，自難例外，科場被黜，名高爲累，以致一生尶尬。致力書畫，豈其初衷？故《彙集》存戊寅八月十四夜夢草制其中一聯云：『天開泰運，成集璚管之文章；民復古風，大振金陵之王氣。』夢中猶有館閣之思。」「咸」誤用爲「成」。

【箋注】

〔一〕泰運：祥泰之氣運。唐劉得仁《哭翰林丁侍郎》：「即期扶泰運，豈料哭賢人。」

〔二〕璚管之文章：形容華美的文章。璚管，猶璚琯。玉作之管。元劉因《記夢》：「金母臨行有奇贈，玉簫璚管聲清佳。」

〔三〕金陵之王氣：指天子所在地的祥瑞之氣。典出《三國志·吴書·張紘傳》：「紘建計宜出都秣陵，權從之。」裴松之注引《江表傳》：「紘謂權曰：『秣陵，楚武王所置，名爲金陵。地勢岡阜連石頭，訪問故老，云昔秦始皇東巡會稽經此縣，望氣者云，金陵地形有王者都邑之氣，故掘斷連岡，改名秣陵。今處所具存，地有其氣，天之所命，宜爲都邑。』權善其議，未能從也。後劉備之東，宿於秣陵，周觀地形，亦勸權都之。權曰：『智者意同。』遂都焉。」唐崔塗《東晋》：「秦國金陵王氣全，一龍正道始東遷。」金陵，今江蘇南京，自三國吴迄東晋、宋、齊、梁、陳等六朝皆建都於此。參見本書卷四《榴花泣·情柬青樓》注〔二〕。

題畫竹三聯

寒雨落空翠〔一〕，涼蟾疏影青〔二〕。

【題解】

這三副題畫聯或以竹爲襯托，摹寫畫面景物；或直接落筆於竹，點染新竹抽發嫩芽。

【箋注】

〔一〕空翠：指蔚藍的天空。

〔二〕涼蟾：指秋月。唐李商隱《燕臺四首·右夏》：「月浪衡天天宇濕，涼蟾落盡疏星入。」蟾，月亮的代稱。見本書卷四《香遍滿·秋思》之《生薑芽》注〔一〕。

新梢只帶粉，繁影脆抽心〔一〕。

【箋　注】

〔一〕抽心：指植物發芽。唐白居易《昆明春（思王澤之廣被也）》：「洲香杜若抽心短，沙暖鴛鴦鋪翅眠。」

新秋影窗明月落，高人欹枕宿酲醒〔一〕。

【箋　注】

〔一〕宿酲（chéng）：酒醉後經夜未醒。唐張賁《和皮陸酒病偶作》：「白編椰席鏤冰明，應助楊青解宿酲。」酲，酒醉未醒。南朝宋劉義慶《世説新語·任誕》：「天生劉伶，以酒爲名，一飲一斛，五斗解酲。」

題周東村畫

愛聽流泉沁詩骨〔一〕，步臨幽境解塵襟〔二〕。

【題解】

周東村：即周臣。伯虎曾從其學畫。

【箋注】

〔一〕詩骨：謂詩之風骨。唐孟郊《戲贈無本》：「詩骨聳東野，詩濤湧退之。」

〔二〕塵襟：塵俗的襟懷。唐黄滔《寄友人山居》：「茫茫名利内，何以拂塵襟。」

唐伯虎詩文全集　卷七

志傳

唐寅，字伯虎，一字子畏。性穎利，與里狂生張靈縱酒，不事諸生業。祝允明規之，乃閉户浹歲，舉弘治十一年鄉試第一。座主梁儲奇其文，還朝示學士程敏政，敏政亦奇之。未幾，敏政總裁會試，江陰富人徐經賄其家僮得試題。事露，言者劾敏政，語連寅，下詔獄。謫爲吏。寅耻不就，歸家益放浪。寧王宸濠厚幣聘之，寅察其有異志，佯狂使酒，露其醜穢。宸濠不能堪，放還。築室桃花塢，與客日般飲其中。年五十四而卒。寅詩文初尚才情，晚年頹然自放，謂後人知我不在此。論者傷之。

《明史》

唐寅，字伯虎，一字子畏，吴縣人。童髫入學，才氣奔放，與所善張靈縱酒放懷。諸生或笑之，慨然曰：「閉户經年，取解首如反掌耳。」弘治戊午，舉鄉試第一，主考洗馬梁儲還朝，携其文示詹事程敏政，相與嘆賞，遂招寅往還門下。儲奉使，寅乞敏政文以餞。己未會試，敏政爲考官，同舍生徐經以幣交敏政家人，爲給事華昶所參。詞連寅，俱下獄，掠問無狀，竟坐乞文事，論發浙藩爲吏。不就，放浪遠遊祝融、匡廬、天台、武夷，觀海于東南，浮洞庭、彭蠡。歸，築室桃花塢，與客般飲其中。嘗緣故去其妻。自傷放廢，無所建立，嚮諸梧枝旅霜，苟延何爲！復感激曰：「丈夫雖不成名，要當慷慨，何乃效楚囚！」因圖其石曰「江南第一風流才子」。作《悵悵詩》，讀者悲之。寧庶人慕其名，厚幣聘往，寅一見知其有異志，佯狂以歸。少嘗乞夢九鯉，仙贈墨一擔，自是才思日進。其學務窮研造化，尋究律曆，求揚馬元虛、邵氏音聲之理而贊訂之，旁及風烏壬遁太乙，出入天人之間。其于應世詩文，不甚措意，謂後世知我不在是。奇氣時發，或寄于畫，下筆輒追唐宋名匠。厭苦徵求，亦不盡其所至。晚乃皈心佛乘，自號六如。年五十四卒。張靈字夢晋，家貧嗜酒，亡所得。寅嘗晨詣之，卧未起，呼之。靈作色曰：「乃公正酣，遽醒之，若豈能醉我者？」寅與游虎丘，見數賈飲于可中亭，且賦詩。靈更衣爲丐者，賈與之食，靈且噉且談，詞辨雲湧，賈始駭。令賡詩，揮毫不已，凡百絶。抵舟，易維蘿陰下，賈使人跡之，不得，以爲神仙。賈去，復上亭，朱衣金目，作天魔舞，形狀殊絶。靈亦能畫人物，間作山水，嶄然絶塵，惟掩其醉得之，莫可購取。

尤侗《明史擬稿》

唐寅，字伯虎，一字子畏，吴縣人。性穎利，與里狂生張靈縱酒，不事諸生業。祝允明規之，乃閉户浹歲，舉弘治十一年鄉試第一。座主梁儲奇其文，還朝示學士程敏政，敏政亦奇之。未幾，敏政總裁會試，江陰富人徐經賄其家僮，得試題。事露，寅友人都穆構其事，言者劾敏政，語連寅，下詔獄，謫爲吏。寅恥不就，歸家益放浪。後緣小故去其妻。家無擔石，客座常滿。自署其章曰「江南第一風流才子」。寧王宸濠厚幣聘之，寅察其有異志，佯狂使酒，露其醜穢。宸濠不能堪，放還。築室桃花塢，與客日般飲其中，年五十四而卒。寅詩文初尚才情，晚年頹然自放，謂後人知我不在此。論者傷之。穆字元敬，吴縣人，弘治十二年進士，官至太僕少卿。里人娶婦，夜雨滅燭，遍乞火不得，或言南濠都少卿家有讀書燈，往叩果然，其老而好學如此。以陷寅爲世所薄云。

王鴻緒《明史稿》

唐寅，字子畏，吴縣人。中弘治戊午鄉試第一，坐同舍舉子事，發爲吏，不就。築圃桃花塢，游息其中。其學務研窮造化，尋究律曆，旁及風烏壬遁太乙，出入天人之間。其于應世詩文，不甚措意，曰：「後世知我不在此。」奇趣時發，或寄于畫，下筆直追唐宋名匠。雖遭放廢，坐客常滿。文章風采，照耀江表。寧藩以厚幣聘，甫至即佯狂以歸。同邑張靈，字夢晋，

善圖畫，文思便敏，佻達自恣。祝允明愛其才，令受業門下，與寅交最善。《江南通志》

唐寅，字伯虎，一字子畏。性穎利，與里狂生張靈縱酒，不事諸生業。祝允明規之，乃閉户浹歲，舉弘治十一年鄉試第一。座主梁儲奇其文，還朝示學士程敏政，敏政亦奇之。未幾，敏政總裁會試，江陰富人徐經賄其家僮，得試題。事露，言者劾敏政，語連寅，下詔獄，謫爲吏。寅恥不就，益放浪形跡，遠遊祝融、匡廬、天台、武夷，觀海東南，浮洞庭、彭蠡。歸，益窮研造化，尋究律曆，求揚馬元虚、邵氏音聲之理而贊訂之，旁及風烏壬遁太乙，出入天人間。寧王宸濠慕其名，厚幣聘之。寅察其有異志，佯狂使酒，露其醜穢。宸濠不能堪，放歸。其于應世詩文，不甚措意，謂後世知我不在是。奇趣時發，或寄于畫，下筆輒追唐宋名匠，亦不盡其所至。晚乃皈心佛乘，自號六如。築室桃花塢，與客日般飲其中。年五十四而卒。《蘇州府志》

唐解元寅宅在桃花塢，今尚存六如古閣。又有桃花庵，今爲準提庵。《蘇州府志》

解元唐寅墓在横塘王家村，墓至今尚存。本朝康熙中，閶門内居民于寅讀書之準提庵西，掘得一碑，大書「唐解元墓」，蘇守胡纘宗書也。時商丘宋犖撫吴，亟臨祭之，爲構「才子亭」于其旁，宗伯韓菼記以詩。然唐墓實在横塘，當時未詳考爾。明末井研雷起劍重修唐解元墓，其記略云：「崇禎甲申暮春既望，余與徐元歎、葉羽遐、毛子晋、馬人伯、孫月在、釋石林放舟于吴門之横塘，羽遐指野水叢薄間曰：『是爲唐伯虎先生墓。童烏之嗣既乏，若敖之鬼已餒矣。今其墓牛羊是踐，是可悲！』余遂與諸友人披棘拜之。訪于田夫之鄰者，問其遺族，云：『族並乏，止有城内桃花塢一老嫗，尚是伯虎姪孫婦之孀者。』余與友人淒然嘆曰：『是朋友之罪也。千載下讀伯虎之文者皆其友，何必時與並乎？理厥封樹，構數楹而祠之，是在吾儕今日耳。』子晋欣然任之，同儕各賦詩以紀。閲兩月而祠成，更勒石以遺千古之有心者。」

《蘇州府志》

唐寅，字伯虎，一字子畏。性絶穎，數歲能文，然不屑事場屋。其父廣德，致舉業師教之。父歿終制，已籍名府學。弘治戊午，試應天第一。傍郡有富子，亦舉于鄉，慕寅，載與俱北。既入試，二場後，有仇富子者，抨于朝，言與主司有私，並連寅。詔亟捕富子與寅付獄，逮主司出，同訊于廷。富子既承，寅不復辨，同被黜。放浪形跡，翩翩遠遊。益肆力于學，窮研造化元蘊象數，尋究律曆，求揚馬元虚、邵氏音聲之理，旁及風烏（五）〔壬〕遁太乙。其于詩歌文字，不甚措意。或寄趣于畫，下筆輒追唐宋名匠。晚皈心佛乘，號六如。治圃桃花塢，年五十四卒。

《吴縣志》

墓誌銘

子畏死，余爲歌詩，往哭之慟。將葬，其弟子重請爲銘，子畏余肺腑友，微子重且銘之。子畏性極穎利，度越于士，世所謂穎者。數歲能爲科舉文字。童髫中科第，一日四海驚稱之。子畏不然，幼讀書，不識門外街陌，其中屹屹有一日千里氣。不或友一人，余訪之再，亦不答。一旦以二章投余，乘時之志錚然。余亦報以詩，勸其少加宏舒。言萬物轉高轉細，未聞華峰可建都聚，惟天極峻且無外，故爲萬物宗。子畏始肯可，久乃大契，然一意望古豪傑，殊不屑事場屋。其父廣德，賈業而士行，將用子畏起家，致舉業師教子畏，子畏不得違父旨。廣德嘗語人：「此兒必成名，殆難成家乎？」父殁，子畏猶落落。一日，余謂曰：「子欲成先志，當且事時業。若必從己願，便可褫襴襆，燒科策。今徒藉名泮廬，目不接其册子，則取舍奈何？」子畏曰：「諾。明年當大比，吾試捐一年力爲之。若弗售，一擲之耳。」即墐户絶交往，亦不覓時輩講習，取前所治《毛氏詩》與所謂「四書」者，繙討擬議，祗求合時義。戊午試應天府，録爲第一人。己未往會試，時旁郡有富子，亦已舉于鄉，師慕子畏，載與俱北。既入試，二場後，有仇富子者，抨于朝，言與主司有私，並連子畏。詔馳勑禮闈，令此主司不得閲卷，亟捕富子及子畏付獄。詔逮主司出，同訊于廷。富子既承，子畏不復辨，與同罰。黜掾于浙藩，歸而不往。或勸少貶，異時亦不失一命。子畏大笑，竟不行。放浪形跡，翩翩遠遊，扁舟獨邁祝融、匡廬、天台、武夷，觀海于東南，浮洞庭、彭蠡。暫歸，將復踏四方，得疾，久少瘉，稍治舊緒。其學務窮研造化元蘊象數，尋究律曆，求揚馬元虚、邵氏音聲之理而贊訂之。旁及風烏（五）〔壬〕遁太乙，出入天人之間，將爲一家學，未及成章而殁。其于應世文字詩歌，不甚措意，謂後世知不在是，見我一斑已矣。奇趣時發，或寄于畫，下筆輒追唐宋名匠。既復爲人請乞，煩雜不休，遂亦不及精諦。且已四方慕之，無貴賤富貧，日請門徵索文辭詩畫。子畏隨應之，而不必盡所至。大率興寄遐邈，不以一時毁譽重輕爲趨舍。子畏臨事果決，多全大節，即少不合，不問，故知者誠愛寶之若異玉珍貝。王文恪公最慎予可，知之最深重。不知者亦莫不歆其才望，而媢嫉者先後有之。子畏糞土財貨，或飲其惠，諱且矯，樂其菑，更下之石，亦其得禍之由也。桂伐漆割，害雋戕特，塵土物態，亦何傷于子畏？余傷子畏不以是，氣化英靈，大略數百歲一發鍾于人，子畏得之，一旦已矣，此其痛宜如何置？有過人之傑，人不歆而更毀；有高世之才，世不用而更擯。此其冤宜如何已？子畏爲文，或麗或澹，或精或汎，無常態，不肯爲鍛煉功。奇思常多，而不盡用。其詩初喜穠麗，既又放白氏，務達情性，而語終璀璨，佳者多與古合。嘗乞夢仙遊九鯉神，夢惠之墨一擔，蓋終以文業傳焉。唐氏世吴人，居吴趨里。子畏母丘氏，以成化六年二月初四日生子畏，歲舍庚寅，名之曰寅，初字伯虎，更子畏。卒嘉靖癸未十二月二日，得年五十四。配徐，繼沈，生一女，許王氏國士履吉之子。墓在横塘王家村。子畏罹禍後，歸，好佛氏，自號六如，取四句偈旨。治圃舍北桃花塢，日般飲其中，客來便共飲，去不問，醉便頹寢。子重名申，亦佳士，稱難弟兄也。銘曰：「穆天門兮夕開，紛吾乘兮歸來。睇桃夭兮故土，回風衝兮蘭玉摧。不兜率兮猶徘徊，星辰下上兮雲雨生。椅桐輪囷兮稼無滯穟，孔翠錯璨兮金芝葳蕤。碧丹淵涵兮人間望思。」

前應天府通判友生長洲祝允明撰，同邑王寵書

唐寅，字伯虎，雅資疏朗，任逸不羈。喜翫古書，多所博通，不爲章句，屬文務精思。氣最峭厲，嘗負淩軼之志，庶幾賢豪之蹤。俯仰顧盼，莫能觸懷。家貲微羨，而饜習優汰，

不能自裁。日以單瘠，踽然處困。銜杯對友，引鏡自窺，輒悲以華盛時榮名不立，俟河之清，人壽幾何？恐世卒莫知，没齒無聞，悵然有抑鬱之心，乃作《昭恤賦》以自見。又嘗自論曰：「嗟乎唐生！何志之肆而材之縮耶？若使剖質相明，亦足以彰偉觀，流薄曜也。」素伉於意氣，怪世交鄙甚，要盟同比，死生相護，毋遺舊恩，故長者多介其誼概云。系曰：「有鳥驕斯，高飛提提，飲擇清流，棲羞卑枝。俶蕩激揚，操比俠士，超騰踔詭，又類君子。長鳴遠慕，顧命儔侶。猥叙苦辛，仍要素辭。與子同心，願各不移。恒共努力，比翼天衢。風雨淩敝，永勿散飛。天地閉合，乃絶相知。」

見徐禎卿《新倩籍》

唐寅，字伯虎，一字子畏，吴縣吴趨里人。有俊才，博習多識。善屬文，駢儷尤絶，歌詩婉麗，學劉禹錫。爲人放浪不羈，志甚奇，沾沾自喜。衡山文林自太僕出知温州，意殊不得，寅作書勸之，文甚奇偉。林出其書，示刺史新蔡曹鳳，鳳奇之曰：「此龍門燃尾之魚，不久將化去。」寅從御史考下第，鳳立薦之，得隸名，末幾，果中式第一。先是洗馬梁儲校寅卷，嘆曰：「士固有若是奇者耶？解元在是矣。」儲事畢歸，嘗從程詹事敏政飲，敏政方奉詔典會試，儲執卮請曰：「僕在南都，得可與來者，唐寅爲最。且其人高才，此不足以畢其長，惟君卿奬異之。」敏政曰：「吾固聞之，寅江南奇士也。」儲更詣請寅三事，曰：「必得其文觀。」儲令寅具草上，三事皆敏捷。會儲奉使南行，寅感激，持帛一端，詣敏政乞文餞。後被逮，竟因此論之。寅罷歸，朝臣多嘆惜者。歸無幾，緣故去其妻。寅初爲諸生，嘗作《倀倀詩》，其詞曰：「倀倀莫憐少時年，百丈游絲易惹牽。何歲逢春不惆悵，何處逢情不可憐。杜曲梨花杯上雪，灞陵芳草夢中煙。前程兩袖黄金淚，公案三生白骨禪。老後思量應不悔，衲衣持鉢院門前。」允與其事合，蓋詩讖也。後作多怨音，其自咏曰：「擁鼻行吟水上樓，不堪重數少年游。四更中酒半床病，三月傷春滿鏡愁。白面書生期馬革，黄金説客剩貂裘。近來檢校行藏處，飛葉僧家細雨舟。」每謂所親曰：「枯木朽株，樹功名于時者，遭也。吾不能自持，使所建立，置之可憐。是無枯朽之遭，而傳世之休烏有矣。譬諸梧枝旅霜，苟延奚爲？」後復感激曰：「大丈夫雖不成名，要當慷慨，何乃效楚囚？」因圖其石曰：「江南第一風流才子。」論曰：「伯虎以不能謹行，終身歷落。欲施于世者，可以觀矣。其所逮事不可知，就其家論之不裕。縱使果然，世之爲市科目者多，而彼獨白著，豈非命歟？且如伯虎之才，授之厎石何愧？惟其不克令終，豪士亦解骨也。」

見閻秀卿《吴郡二科志》

唐六如先生寅，字子畏，一字伯虎，吴縣之吴趨里人。以諸生舉鄉試第一。當赴會試，而有所同載者以賄主司得題事株累，罷爲吏，謝勿就。先生才高，少嗜聲色，既坐廢，見以爲不復收，益放浪名教外。嘗一赴寧王宸濠聘，度有反形，乃陽爲清狂不慧以免。卒年五十四。先生之始爲詩，奇麗自喜，晚節稍放，格諧俚俗，冀托於風人之旨，其合者猶能令人解頤。畫品高甚，在五代、北宋間。今像頗質而野，顧猶襲太學衣裾若重戴者，可悲也。贊曰：「奪汝薦，畀以掾。汝何恧？慚面靦。樸其外，文其中。咄惜哉，以樂窮。以窮工，藝乃終。」

見《弇州山人續稿》

解元唐君子畏，吴縣人。幼小聰明絶殊，凡作選詩，肖古人之風雅，然性則曠遠不羈。補府學生。與張夢晋爲友，赤立泮池中，以手激水相鬭，謂之水戰，不可以蘇狂趙邪比也。後玉峰翁中殿元，立竿有旂帶飄飄之影，往來于君屋角，短檠光照。君遂攬衣，通宵劬書，不判年學成，至弘治戊午鄉試首薦。會試遇江陰富人徐姓者，有賣題之毁，君與徐則舊交也。徐以三四書題，丐君代作，而君不知其文衡，泄之。被給事中華昶因劾程篁墩先生。

事連逮下獄，落其桂籍。然篁墩道學之士，決無以私滅公之弊，而家人之竊窺以售得其金，未可保也。後歸林下，每見重于人。且善畫，逼宋人筆勢，可當石田一面。每陪邑令宴叙，則朗誦長歌以諷之云：「朝裏有官做不了，世上有錢要不了。」其貪黷者内赧焉。

見黄魯曾《吴中故寔記》

唐寅，字子畏，一字伯虎，蘇州人。舉應天鄉試第一，坐事廢。坦夷疏曠，冥契禪理。弱居庠序，漫負狂名。著《廣志賦》，暨《連珠》數十首，跌宕融暢，傾動羣類。青溪倪公見之，亟稱才子。以故翰苑先輩，爭相引援。驕妒互會，竟媒禍胎。棄落之餘，益任放誕。邪思過念，絶而不萌。托興歌謡，殉情體物，務諧里耳，罔避俳文。雖作者不尚其辭，君子可以觀其度矣。今司馬袁袠所刻，僅僅數篇，則其絶詣也。贊曰：「嗟嗟伯虎，孰廣爾志？登臺則流，牖下斯滯。生滅既一，寵辱奚驚。上善若水，是生令名。」

見顧璘《國寶新編》

唐伯虎詩文全集補遺

詩

壽王少傅

舒卷絲綸奉禁闈〔一〕，夢思桑梓賦遄歸〔二〕。古聞南極稱天老〔三〕，今見東方有衮衣〔四〕。蓮社酒杯陶靖節〔五〕，獺囊詩句謝玄暉〔六〕。無疆獻上諸生祝〔七〕，萬丈岡陵不算巍。

【題　解】

此詩作於明武宗正德十四年（一五一九），時值王鏊七十歲壽辰。楊靜庵《唐寅年譜》：「《全集》補遺有柱國少傅守溪先生七十壽序，録其首末二段：『柱國少傅太原郡公壽七十誕辰，寅備門下諸生之列，敢獻頌祝。……寅承訓誨，亦能以言行自福其身者，故繪長松泉石圖，復倖太倉張雪槎補公小像於中，以代稱祝，兼陳公福祉備有之故。』」詩中以陶淵明、謝朓比王鏊，並表達祝福之意。王少傅：即王鏊。伯虎曾師從於他。見本書卷四《憶秦娥・王守溪壽詞》題解。

【箋　注】

〔一〕絲綸：皇帝的詔書。典出《禮記・緇衣》：「子曰：『王言如絲，其出如綸。王言如綸，其出如紵。』」鄭玄注：「言言出彌大也。」孔穎達疏：「『王言如綸，其出如綍』者，亦言漸大，出如綍也。綍，又大於綸。」按綍，同「紼」，大繩索。唐耿湋《送歸中丞使新羅》：「六君成典册，萬里奉絲綸。」禁闈：指宫内或朝廷。

〔二〕遄歸：謂速歸。

〔三〕南極：即南極星，亦稱「南極老人」。傳説此星出現，預示國運或人壽久長。多用作祝壽之辭。典出《史記·天官書》：「狼比地有大星，曰南極老人。老人見，治安；不見，兵起。常以秋分時候之於南郊。」唐杜甫《寄韓諫議》：「周南留滯古所惜，南極老人應壽昌。」

〔四〕衮衣：古代帝王及上公所穿繪有蜷龍之衣，借指三公。後多用爲咏宰相之典。《詩·豳風·九罭》：「我覯之子，衮衣繡裳。」毛傳：「衮衣，卷龍也。」陸德明釋文：「天子畫升龍於衣上，公但畫降龍。」借指帝王或上公。南朝梁沈約《梁三朝雅樂歌·俊雅》：「衮衣前邁，列辟雲從。」《明史》載王鏊「正德元年四月起左侍郎」，後因劉瑾横行辭官。此藉以頌美。

〔五〕陶靖節：即陶淵明。私謚「靖節」，世稱「陶靖節」或「靖節先生」。參見本書卷三《題菊花三首》（佳色含霜向日開）注〔一〕。

〔六〕謝玄暉：即謝朓（四六四—四九九）。字玄暉，陳郡陽夏（今河南太康）人，出身謝氏望族，與謝靈運同族，二人合稱「大小謝」。南朝齊山水詩人。明帝時官至尚書吏部郎。齊東昏侯永元元年被人誣陷，下獄至死。曾任宣城太守，故又稱「謝宣城」。今存詩二百餘首，詩風清新流麗。曾與沈約等共創「永明體」，詩句平仄協調，對偶工整，開唐代律絶之先河。

〔七〕無疆：無限，没有窮盡。《詩·豳風·七月》：「萬壽無疆。」唐張説《舞馬詞六首》之三：「屈膝銜杯赴節，傾心獻壽無疆。」

【解　析】

這是一首應酬之作。首聯點出背景，王鏊是天子近臣，因與權貴不合而賦歸。頷聯承前，進一步點出「南極稱天老」，切合壽詩題旨。頸聯寫王鏊的文采風流。尾聯歸結到祝壽。

金閶送别王尚寶

愛我惟君衆所知，君今去我我誰依？閶門十里官楊柳〔一〕，誰把枝柯比淚垂？

【題　解】

金閶：舊蘇州的别稱。因城西閶門外舊有金閶亭而得名。南朝宋劉義慶《世説新語·任誕》：「張季鷹本不相識，先在金閶亭，聞絃甚清，下船就賀，因共語。」王尚寶：此人尚不可考。從詩中可見兩人相交，情誼深厚。伯虎集中收有王鼎《福濟觀别唐子畏口占一絶》一首，王鼎或即王尚寶。存疑待考。

【箋　注】

〔一〕閶門：蘇州六大城門之一，乃蘇州古城之西門。見本書卷二《閶門即事》題解。

【解　析】

前兩句寫知己之感。第三句一轉寫柳，因折柳乃古人送别之應景。第四句寫惜别。

投契於君二十年〔一〕，尋常花月酒杯前。酒杯今日將君别，花爲誰開月自圓？

【箋　注】

〔一〕投契：謂情意相合。晉郗超《答傅郎詩》：「投契凱入，揮刃擢新。」

【解　析】

首句寫交誼之歷久。第二句點出「花月酒杯」，這也是朋友的日常交遊内容。三、四句雙承，第三句承酒杯，第四句承花月。

茂苑　一作「桃花塢祓禊」與前刻稍異

茂苑芳菲集麗人〔一〕，牙盤餖飣簇厨珍〔二〕。轢絃護索仙音合〔三〕，收手摇頭酒令新。白日不消雙鬢雪〔四〕，黄金難鑄鏡中身。逢時遇景須歡笑，是笑從來勝似顰。

【題　解】

茂苑：江蘇舊長洲縣（今江蘇蘇州）的别稱。因唐置縣時取長洲苑爲名。又因晉左思《吴都賦》有「佩長洲之茂苑」句而有此別稱。唐張籍《寄蘇州白二十二使君》：「閶門柳色煙中遠，茂苑鶯聲雨後新。」可知歷來是歌舞冶遊勝地。玩其語意，應作於其別業築成之後。

【箋　注】

〔一〕麗人：指美貌女子。見本書卷三《玉芝爲王麗人作》題解。

〔二〕「牙盤」句：是説月牙形的盤子上堆疊著各種應時的美味食物。飣餖（dìng dòu），食品堆疊貌。亦作「餖飣」。唐韓愈《南山詩》：「或如臨食案，肴核紛飣餖。」

〔三〕轢（lì）絃：唐宋時大曲名。宋朱弁《曲洧舊聞》卷五：「予嘗聞琵琶中作《轢絃》《薄媚》者，乃云是玉宸宮調也。」

〔四〕雙鬢雪：謂兩鬢白髮。唐朱慶餘《宿山居》：「堪驚雙鬢雪，不待歲寒催。」

【解　析】

此詩主旨，應爲桃花塢祓禊紀遊。首聯標明此次祓禊的兩大特點，一是麗人，二是酒食。頷聯承此兩點而分寫。後四句轉爲傷時，是人生感慨語。

風雨浹旬厨煙不繼滌硯吮筆蕭條若僧因題絶句八首奉寄孫思和①

十朝風雨苦昏迷〔一〕，八口妻孥並告饑〔二〕。信是老天真戲我〔三〕，無人來買扇頭詩〔四〕。

【校記】

① 這組詩前五首見於何本《外編》，「風雨浹旬」作「陰雨浹旬」。后三首見於何本《外編續刻》，「風雨浹旬」作「風雨淹旬」；「滌硯吮筆」作「滌研吮毫」；「因題絶句」作「因成絶句」；「奉寄孫思和」作「聊自遣興」。

【題解】

這組詩作於明武宗正德十三年（一五一八），是爲孫思和所畫《丹陽景圖》的題詩。楊靜庵《唐寅年譜》載：伯虎該年「嘗爲孫思和繪丹陽圖景」，「見汪珂玉《珊瑚網》：……正德戊寅，四月中旬，吴郡唐寅作於七峰精舍。」詩歌表現了伯虎晚年窮困潦倒，以至常常飲食無以爲繼的生活情狀，其中不乏自嘲、自諷之語。浹（jiā）旬：一旬，十天。孫思和：即孫育（？—一五二九）。字思和，號七峰，丹陽人。《丹陽縣誌》卷二十《文苑》：「（孫育）由文生貢太學，遊王守溪、楊石淙、靳介庵之門。皆愛其才，以賈洛陽稱之。」隱居不仕。工詩文，善度曲，名聞海内。與伯虎關係密切。

【箋注】

〔一〕「十朝」句：是説連續十天的風雨苦得人昏昏沉沉。十朝，十日。宋陳亮《三部樂·七月廿六日壽王道甫》：「十朝半月，爭看搏空霜鶻。」

〔二〕妻孥（nú），妻子與兒女。唐杜甫《羌村》之一：「妻孥怪我在，驚定還拭淚。」

〔三〕信：的確。

〔四〕扇頭詩：泛指扇面上的詩、書、畫。

書畫詩文總不工，偶然生計寓其中〔一〕。肯嫌斗粟囊錢少，也濟先生一日窮。

【箋　注】

〔一〕「偶然」句：是説有時候謀生之計就寄託在賣書畫詩文中。

抱膝騰騰一卷書，衣無重褚食無魚〔一〕。旁人笑我謀生拙〔二〕，拙在謀生樂有餘。

【箋　注】

〔一〕重褚(chóng zhǔ)：指厚綿衣。食無魚：謂不受重視或待客不豐、生活貧困。《戰國策·齊策四》載，齊人馮諼寄食孟嘗君門下，不受重視。「居有頃，倚柱彈其劍，歌曰：『長鋏歸來乎！食無魚。』……居有頃，復彈其鋏，歌曰：『長鋏歸來乎！出無車。』……後有頃，復彈其劍鋏，歌曰：『長鋏歸來乎！無以爲家。』……孟嘗君使人給其食用，無使乏。」於是馮諼竭力爲孟嘗君謀劃，營就三窟。唐羊士諤《郡中即事三首》之一：「城下秋江寒見底，賓筵莫訝食無魚。」此指生活困窘。

〔二〕謀生拙：謂不善謀生。

白板長扉紅槿籬①〔一〕，比鄰鵝鴨對妻兒〔二〕。天然興趣難摹寫，三日無煙不覺饑〔三〕。

【校　記】

①「長扉」，何本作「門扉」。

【箋注】

〔一〕紅槿籬：指用開紅花的木槿做成的籬笆。

〔二〕比鄰：近鄰。唐王勃《送杜少府之任蜀州》：「海内存知己，天涯若比鄰。」

〔三〕無煙：指没有炊煙。唐李涉《濉陽行》：「此地新經殺戮來，墟落無煙空碎瓦。」

領解皇都第一名〔一〕，猖披歸卧舊茅衡〔二〕。立錐莫笑無餘地〔三〕，萬里江山筆下生。①

【校記】

① 何本注云：「張青父鈔本節録五首，其三首已見前。」

【箋注】

〔一〕「領解」句：是説在南京鄉試中獲第一名。領解，指取得鄉試第一名。參見本書卷二《領解後謝主司》題解。皇都，即京都。此指南京。

〔二〕猖披：衣不結帶，散亂不整。喻治國無方，肆意妄爲。戰國楚屈原《離騷》：「何桀紂之猖披兮，夫唯捷徑以窘步。」王逸注：「猖披，衣不帶之貌，以喻狂亂。」茅衡：指簡陋的住地。亦借指隱者居所。語出《詩·陳風·衡門》：「衡門之下，可以棲遲。」宋歐陽脩《和聖俞聚蚊》：「富貴非苟得，抱節居茅衡。」

〔三〕「立錐」句：是説不要嘲笑我窮困得無處安身。立錐，形容地方極小。《漢書·食貨志上》：「富者田連阡陌，貧者亡立錐之地。」唐白居易《卜居》：「且求容立錐頭地，免似漂流木偶人。」

青衫白髮老癡頑〔一〕，筆硯生涯苦食艱〔二〕。湖上水田人不要，誰來買我畫中山？

【箋　注】

〔一〕老癡頑：愚蠢、遲鈍的老頭。多用作自嘲、自謙之詞。典出《新五代史・雜傳・馮道傳》：「契丹滅晉，道又事契丹，朝耶律德光於京師。……問曰：『何以來朝。』對曰：『無城無兵，安敢不來。』德光誚之曰：『爾是何等老子？』對曰：『無才無德癡頑老子。』德光喜，以道爲太傅。」亦作「癡頑老」「癡頑老子」。宋陳著《江城子・中秋早雨晚晴》：「老癡頑。見多番。杯酒相延，今夕不應慳。」

〔二〕「筆硯」句：是説靠出賣書畫作品謀生的艱難。筆硯生涯，指靠出賣詩文、書畫度日。苦食艱，苦於謀食之艱難。

荒村風雨雜鳴雞〔一〕，燎釜朝厨愧老妻〔二〕。謀寫一枝新竹賣，市中筍價賤如泥〔三〕。

【箋　注】

〔一〕風雨雜鳴雞：形容天亮時的情景。語出《詩・鄭風・風雨》：「風雨淒淒，雞鳴喈喈。」鳴雞，謂雄雞啼鳴，天將破曉。

〔二〕「燎釜」句：是説因爲家無積粟存肴，愧對燒鍋做早飯的妻子。燎釜，燒。朝，（做）早飯。

〔三〕筍：指畫中「新竹」。

儒生作計太癡呆〔一〕，業在毛錐與硯臺〔二〕。問字昔人皆載酒〔三〕，寫詩亦望買魚來。

【箋注】

〔一〕作計：謀劃，考慮。古樂府《焦仲卿妻》：「舉言謂阿妹：『作計何不量。』」此指謀劃生計。

〔二〕毛錐：指毛筆。宋蔣捷《賀新郎·兵後寓吴》：「醉探枵囊毛錐在，問鄰翁、要寫牛經否。」

〔三〕「問字」句：謂勤奮好學，虚心求教。典出《漢書·揚雄傳下》：「雄……家素貧，耆酒，人希至其門。時有好事者載酒肴從遊學，而鉅鹿侯芭常從雄居，受其《太玄》《法言》焉。」又：「劉棻嘗從雄學作奇字，雄不知情。」本爲二事，後人合爲一典。宋黄庭堅《謝送碾壑源揀芽》：「已戒應門老馬走，客來問字莫載酒。」

【解析】

這組小詩以寫實爲主，寫風雨，寫饑寒，寫爲謀生作畫，寫賣畫之尷尬，再現了伯虎晚年的艱難生計。全組詩的情調都十分低沉和淒涼，真實地表現了伯虎的心境。

嚴子陵釣磯

漢皇故人釣魚磯，魚磯自昔世寰非。青松滿山響樵斧，白舸落日曬客衣。眠牛立馬誰家牧，鸂鶒鸕鷀無數飛。嗟余漂泊隨饘粥，渺渺江湖何所歸？

【題　解】

按此詩見於卷二，此處重收。

自題畫扇

席帽短緣裙〔一〕，衩襪寬拴帶。古檜拉鳴颸，空江響鶩漠〔二〕。

【題　解】

這是一首題畫詩。

【箋　注】

〔一〕席帽：古帽名。五代馬縞《中華古今注·席帽》：「本古之圍帽也，男女通服之。以韋之四周，垂絲綱之，施以朱翠。丈夫去飾……藤席爲之，骨鞔以繒，乃名席帽。」唐寒山《詩三百三首》之二：「誰知席帽下，元是昔愁人。」

〔二〕拉鳴颬：語意殊不可解，疑字句有誤。《玉篇》：「颬颺，吹貌。」渨：《集韻》：「水波也。」

自題畫寒蟬

高冠轉羽糞中蟲〔一〕，六月乘炎嘒露風〔二〕。一夜寒回千木落，噤聲寂寂抱殘叢〔三〕。

【題解】

此詩爲所畫寒蟬圖而題，嘲諷趨炎附勢的得志小人。寒蟬：寒天之蟬。蟬至寒天而不鳴，喻不敢説話。《後漢書·黨錮傳·杜密傳》：「劉勝位爲大夫，見禮上賓，而知善不薦，聞惡無言，隱情惜己，自同寒蟬，此罪人也。」李賢注：「寒蟬謂寂默也。《楚詞》曰：『悲哉秋之爲氣也，蟬寂漠而無聲。』」「噤若寒蟬」本此。

【箋注】

〔一〕轉羽：羽化。指蟬本居高處，而繁殖幼蟲則居土中。糞中蟲：指蟬。蟬之幼蟲居土中，故云。糞，此指糞土。

〔二〕「六月」句：寒蟬夏日趁炎熱鳴叫於風露中。嘒（huì），象聲詞，蟬鳴聲。《詩·小雅·小弁》：「菀彼柳斯，鳴蜩嘒嘒。」唐張祜《秋霽》：「何妨一蟬嘒，自抱木蘭叢。」

〔三〕噤聲：閉口不出聲。宋陳德武《清平樂·詠蟬》：「薄暮背將斜月，噤聲飛上高枝。」

【解　析】

咏寒蟬之詩詞最著名者數唐李商隱《蟬》，借咏蟬以喻自身的高潔。伯虎此詩承義山餘緒，而重點寫「噤聲」，末兩句彈性極大，精警有力。

招仙曲　二首

鬱金步摇銀約指〔一〕，明月垂璫交龍綺〔二〕。秋河拂樹蒹葭霜〔三〕，那能夜夜掩空牀？

【題　解】

這兩首詩所描寫的孤獨女子與暮秋景色隱約透露出詩人鬱鬱不得志的心境。

【箋　注】

〔一〕鬱金：以金爲飾。唐韓偓《五更》：「往年曾約鬱金牀，半夜潛身入洞房。」鬱，文飾明盛貌。步摇：古代女子髮飾。取其行步則摇動，故名。《釋名·釋首飾》：「步摇，上有垂珠，步則摇動也。」晋傅玄《艷歌行有女篇》：「頭安金步摇，耳繫明月璫。」約指：戒指。三國魏繁欽《定情詩》：「何以致慇懃，約指一雙銀。」

〔二〕明月垂璫：指明月璫，漢魏時女子的一種耳飾。古樂府《焦仲卿妻》「腰若流紈素，耳著明月璫。」交龍：二龍相交之形。《周禮·春官宗伯·司常》：「日月爲常，交龍爲旂。」

〔三〕蒹葭：蘆葦。《詩·秦風·蒹葭》：「蒹葭蒼蒼，白露爲霜。」唐薛濤《送友人》：「水國蒹葭夜有霜，月寒山色共蒼蒼。」

【解　析】

前兩句極寫富貴，反襯末句「掩空牀」。

煙中滉滉暮江摇〔一〕，月底纖纖露水飄。今夕何夕良宴會？此地何地承芳珮〔二〕？

【箋　注】

〔一〕滉滉：浮動貌。

〔二〕承芳珮：用鄭交甫在漢皋臺偶遇麗人，二神女解珮相贈事。見漢劉向《列仙傳·江妃二女》。

【解　析】

此詩寫美人而不作正面描寫。前兩句渲染如煙如露，只可意會。後兩句用漢皋贈珮事，只是輕輕點出「承芳珮」，而美人却已呼之欲出了。

文

柱國少傅守溪先生七十壽序

柱國少傅太原郡公壽七十誕辰，寅備門下諸生之列〔一〕，敢獻祝頌。以爲能福天下之人者，其享福也，必踰諸天下之人。福不可虛享也，沖漠無朕之間〔二〕，有執契者司焉，大小厚薄，各以類應。掩襲而享之〔三〕，必被乘除〔四〕，使得此者必失彼。若今掘户席簷之人，發一善言，行一善行，則足以福其身而已，身之外無有也。至一鄉一郡者亦然，發一善言，行一善行，而一鄉一郡蒙其福。至若以福福天下之人者，非宰相不能〔五〕。發一善言，行一善行，朝出乎廟廊之上，夕布於宇宙之内。在人則貴賤賢愚，迨乎蠻貊〔六〕；在物則翾飛喙息〔七〕，草夭木喬；在地則日月霜露之所熯澤，山川海嶽之所流峙，無不蒙其福者。與其福一身者，固不可並言；而與福一鄉一郡者，階陛亦懸絶矣。公以英敏特達之資，天人深邃之學，爲世宗儒，領解南都〔八〕，會天下試，而登元殿策仍及第〔九〕，入玉堂幾五十年〔一〇〕，遂踐揆端〔一一〕，未嘗一日奔趨下僚；自幼至老，未嘗一日有失適。今上登極，尤見寵錫〔一二〕，子孫滿前，皆列近要。芝蘭玉樹，照映閥閲〔一三〕，蟒衣玉帶〔一四〕，朝廷矜式〔一五〕。祁寒盛暑，手不釋卷，天下服其勤；貴璫用事，計陷宰相，公力拒之，天下尚其義。遂引疾以歸，天下推其勇〔一六〕。歸卧包山之麓〔一七〕，太湖之上，耳目所接者，松風雪浪，於世事無一預也，天下稱其高。凡是數者，皆天下之人所不可得，或有其一，猶自以爲踰於天下，况備有之哉？蓋公平日以言行之善，處宰相之位，施諸普天之下，蒙其福者，自人及物，不可計算。故其享福也，備有衆美，而踰諸人耳。寅承訓誨〔一八〕，亦能以言行自福其身者，故繪長松泉石圖，復俾太倉張雪槎補公小像於中〔一九〕，以代稱祝，兼陳公福祉備有之故。公之令器中書舍人國子上舍〔二〇〕，命書其詳，不揆淺鄙，遂爲序之。

【題解】

此文寫於正德十四年（一五一九）。該年王鏊七十歲，正致仕家居。伯虎另有《壽王少傅》詩祝壽。柱國：官名。參見《吴君德潤夫婦墓表》題解。少傅：官名。三孤之一。《書·周官》：「少師、少傅、少保，曰三孤，貳公弘化，寅亮天地，弼予一人。」《蔡傳》：「孤，特也。三少雖三公之貳，而非其屬官，故曰孤。」守溪：即王鏊。見本書卷四《憶秦娥·王守溪壽詞》題解。

【箋注】

〔一〕「寅備」句：伯虎曾師從於王鏊，故云。

〔二〕沖漠無朕：謂空寂無形。《宋史·陳淳傳》：「自其沖漠無朕，而天地萬物皆由是出，及天地萬物既由是出，又復沖漠無朕，此渾淪無極之妙用也。」

〔三〕掩襲：乘敵不意而襲擊之。三國魏陳琳《爲袁紹檄豫州》：「操因其未破，陰交書命，外助王師，内相掩襲，故引兵造河，方舟北濟。」

〔四〕乘除：喻人或事物的消長盛衰。唐韓愈《三星行》：「名聲相乘除，得少失有餘。」

〔五〕宰相：輔助帝王、總攬政務之人。歷代所用官名與職權大小各不同。明初廢丞相，内閣大學士爲事實上的宰相。

〔六〕蠻貊：南夷之蠻、東夷之貊。《論語·衛靈公》：「言忠信，行篤敬，雖蠻貊之邦行矣。」朱熹注：「蠻，南蠻。貊，北狄。」

〔七〕翾飛：飛翔。語出《楚辭·九歌·東君》：「翾飛兮翠曾，展詩兮會舞。」王逸注：「曾，舉也。言巫舞工巧，身體翾然若飛，似翠鳥之舉也。」南唐徐鉉《奉和宫傅相公懷舊見寄四十韻》：「翾飛附驥方經遠，巨楫垂風遂濟川。」喙息：動物用口呼吸。《史記·匈奴列傳》：「元元萬民，下及魚鱉，上及飛鳥，跂行喙息蠕動之類，莫不就安利而辟危殆。」司馬貞索隱：「言蟲豸之類，或企踵而行，或以喙而息，皆得其安也。」

〔八〕領解：指取得鄉試第一名。

〔九〕「會天下試」二句：指王鏊於成化十一年（一四七五）登進士第，授翰林編修。

〔一〇〕玉堂：漢宫殿名。玉堂殿爲招待學士之所，後因用以代稱翰林院。《史記·孝武本紀》：「於是作建章宫……其南有玉堂。」司馬貞索隱引《漢武故事》：「玉堂其與未央前殿等，去地十二丈。」此指朝廷。

〔一一〕揆端：揣度事物端倪。漢王充《論衡·實知》：「凡聖人見禍福也，亦揆端推類，原始見終。從閭巷論朝堂，由昭昭察冥冥。」

〔一二〕寵錫：皇帝恩賜。

〔一三〕閥閱：指功績和經歷。《晉書·張載傳》：「今士循常習故，規行矩步，積階級，累閥閱，碌碌然以取世資。」

〔一四〕蟒衣：古代官服。衣上繡蟒，故云。元無名氏《金水橋陳琳抱妝盒》楔子：「謝聖恩可憐，賜一套蟒衣海馬，繫一條玉帶紋犀，戴一頂金絲織成帽子。」

〔一五〕矜式：敬重，取法。

〔一六〕「貴璫」六句：王鏊在任時曾盡力保護被劉瑾迫害之人，屢次力諫劉瑾勿專擅朝政、魚肉百姓，終因無法挽救時局而辭官歸鄉，贏得世人敬重。貴璫，指親近用事的太監。宋周密《武林舊事·元夕》：「西湖諸寺，惟三竺張燈最盛，往往有宮禁所賜、貴璫所遺者，都人好奇，亦往觀焉。」此指劉瑾（一四五一——一五一〇）。劉瑾本姓談，興平（今屬陝西）人。六歲時被太監劉順收養，後入宮做太監，改姓劉。得明武宗寵愛，官拜司禮監掌印太監，作威作福，爲「八虎」之首。

〔一七〕包山：山名。亦作「苞山」，一名「夫椒山」。在江蘇吴縣西南太湖中，即所謂洞庭西山。唐武元衡《送陸書還吴》：「君住包山下，何年入帝鄉。」

〔一八〕訓誨：教導。《舊唐書·王友貞傳》：「友貞素好學，讀《九經》皆百遍，訓誨子弟，如嚴君焉。」伯虎曾師從王鏊，故云。

〔一九〕太倉：州名。明置，清因之。屬江蘇省，轄鎮洋、崇明、嘉定、寶山四縣。張雪槎：太倉人。餘不詳。

〔二〇〕令器：猶言美材。《晋書·庾峻傳》：「君二父孩抱經亂，獨至今日，尊伯爲當世令器，君兄弟復俊茂，此尊祖積德之所由也。」中書舍人：官名。先秦始置舍人，爲國君、太子親近屬官。魏晋時於中書省内置中書通事舍人，掌傳宣詔命。晋及南朝沿置，至梁，除通事二字，稱中書舍人，任起草詔令之職，參與機密，權力日重。明内閣中的中書科亦設中書舍人，爲從七品，其職僅爲繕寫文書，非前代可比。國子上舍：指國子監監生。上舍，宋制，太學分外舍、内舍和上舍，學生在一定年限和條件下可依次而升。《宋史·職官志五》：「凡諸生之隸於太學者，分三舍。始入學，驗所隸州公據，以試補中者充外舍。……季終考於學諭，次學録，次學正，次博士，然後考於長貳。歲終校定，具注於籍以俟覆試，視其校定之數，參驗而序進之。……凡内舍行藝與所試之等俱優者，爲上舍上等，取旨命官。」明清因用爲監生之别稱。

【解析】

這是一篇祝壽文，爲應酬之作。因爲王鏊爲宦清正，因受權臣排擠致仕而風聲卓著，兼之於伯虎又有私誼，所以這篇文章寫得既典雅，又聲情摇曳。尤其中間部分，排列「天下服其勤」、「天下尚其義」、「天下推其勇」、「天下稱其高」，極寫出壽者勳績，又表達了祝者的情感。

附録

唐伯虎年表

明成化六年庚寅（一四七〇）　一歲。

二月初四日生。唐寅，字伯虎，又字子畏，後號六如，別字桃花庵主、魯國唐生、逃禪仙吏，江南第一風流才子等。世居蘇州閶門吴趨里，父廣德，業商，因此小康。母丘氏。

李原領導荆襄流民起義。沈周四十四歲。吴寬三十六歲。文林二十六歲。王鏊二十一歲。都穆十二歲。祝允明十一歲。

成化七年辛卯（一四七一）　二歲。

荆襄流民起義被鎮壓。

成化八年壬辰（一四七二）　三歲。

王守仁生。文林舉進士，授永嘉知縣。

成化九年癸巳（一四七三）　四歲。

江陰徐經生。

成化十年甲午（一四七四）　五歲。

王鏊鄉試第一。

成化十一年乙未（一四七五）　六歲。

王鏊會試第一，廷試第三，授編修。

成化十二年丙申（一四七六）　七歲。

弟申出生，申字子重。

流民復屯聚荆襄山區。

成化十三年丁酉（一四七七）　八歲。

置西廠，以太監汪直提督之。

成化十四年戊戌（一四七八）　九歲。

從師習舉業。

成化十五年己亥（一四七九）　十歲。

徐禎卿生。文林以丁憂返吴。

成化十六年庚子（一四八〇）　十一歲。

成化十七年辛丑（一四八一）　十二歲。

成化十八年壬寅（一四八二）　十三歲。

閉户讀書，不交一友。後與祝允明訂交。罷西廠。

成化十九年癸卯（一四八三）　十四歲。

在里讀書，稍稍交友。

成化二十年甲辰（一四八四）　十五歲。

獲交文徵明，並常陪其父文林游宴。楊循吉舉進士，授禮部主事。

成化二十一年乙巳（一四八五）　十六歲。

爲府學生員，與張靈交友。

成化二十二年丙午（一四八六）　十七歲。

成化二十三年丁未（一四八七）　十八歲。

曾題洞庭東山王鏊《壑舟園圖》。憲宗卒，皇太子朱祐樘繼位，是爲孝宗。

孝宗弘治元年戊申（一四八八）　十九歲。

與徐廷瑞之次女完婚。

弘治二年己酉（一四八九）　二十歲。

文徵明返吴，入長洲縣學爲生員。

弘治三年庚戌（一四九〇）　二十一歲。

讀書作畫，有《對竹圖》。

文徵明省父去滁州。

弘治四年辛亥（一四九一）　二十二歲。

撰《劉秀才墓誌》。寄文徵明詩。

秋，文徵明自滁州返里。

弘治五年壬子（一四九二）　二十三歲。

祝允明中舉。文徵明舉於鄉。

弘治六年癸丑（一四九三）　二十四歲。

撰《沈隱君墓碣文》。妹出嫁。

弘治七年甲寅（一四九四）　二十五歲。

父廣德殁，妹、母、妻亦相繼而逝。撰《吴東妻周令人墓誌銘》。

王寵生。都穆在無錫華昶家教讀。

弘治八年乙卯（一四九五）　二十六歲。

有《許天錫妻高氏墓誌銘》《白髮》詩，作《桂香亭圖》。

蒙古入據河套。

弘治九年丙辰（一四九六）　二十七歲。

撰《中州覽勝序》。不事舉業，祝允明勸之。

弘治十年丁巳（一四九七）　二十八歲。

因好古文辭，科考幾下第，經蘇州知府曹鳳立薦，得隸名末。

祝允明授廣東興寧知縣，華察（鴻山）生。

弘治十一年戊午（一四九八）　二十九歲。

鄉試中第一名解元。撰《送文温州序》《金粉福地賦》《領解後謝主司詩》。座主梁儲奇之。

文林赴温州任。

弘治十二年己未（一四九九）　三十歲。

與江陰徐經入京會試，因科場舞弊案被累下獄。

文林卒于温州任所。

弘治十三年庚申（一五〇〇）　三十一歲。

出獄後被發往浙江爲吏，不往。因故休去繼室。致文徵明書。

弘治十四年辛酉（一五〇一）　三十二歲。

遠遊閩浙贛湘等省。在九鯉祈夢，夢仙人授墨。

徐禎卿鄉舉中式。

弘治十五年壬戌（一五〇二）　三十三歲。

倦遊歸里，得疾，愈後整理舊籍。

袁袠生。文徵明有月夜懷念詩。

弘治十六年癸亥（一五〇三）　三十四歲。

與弟子重異炊分食，文徵明規勸之。

弘治十七年甲子（一五〇四）　三十五歲。

鬻文賣畫，飲酒狎妓，以度歲月。

沈周作落花詩十首。

弘治十八年乙丑（一五〇五）　三十六歲。

築桃花庵别業。題沈周《匡山新齋圖》。續娶沈氏。游齊雲山。

徐禎卿中進士。

武宗正德元年丙寅（一五〇六）　三十七歲。

爲侍郎王鏊繪《出山圖卷》。

孝宗卒，太子朱厚照繼位，爲武宗。

正德二年丁卯（一五〇七）　三十八歲。

桃花庵别業及夢墨亭竣工。

太監劉瑾入掌司禮監，專權亂政，復置西廠。徐經卒。

正德三年戊辰（一五〇八）　三十九歲。

六月，侄長民殤。作《唐長民壙志》。

正德四年己巳（一五〇九）　四十歲。

作《四十自壽詩》。

兩廣、江西、湖廣、陝西、四川等地爆發農民起義。

正德五年庚午（一五一〇）　四十一歲。

爲王獻臣作《西疇圖》。

明宗室安化王朱寘鐇反，被平定。劉瑾被誅。

正德六年辛未（一五一一）　四十二歲。

是年左右生一女，後許王寵子王國士爲妻。

楊虎、劉六、劉七領導河北農民起義。十一月，楊虎戰死。徐禎卿病死。

正德七年壬申（一五一二）　四十三歲。

繪《墨牡丹圖》。餞日本彦一郎歸國。

劉六、劉七相繼戰死，起義失敗。

正德八年癸酉（一五一三）　四十四歲。

作《又與徵仲書》，繪《倦繡圖》。

正德九年甲戌（一五一四）　四十五歲。

曾應寧王宸濠之聘到南昌。撰《許旌陽鐵柱記》《荷蓮橋記》。

葡萄牙商船首次來中國售商品。文徵明拒寧王聘。

正德十年乙亥（一五一五）　四十六歲。

繪《梅枝圖》。在寧王府佯狂，獲歸。

正德十一年丙子（一五一六）　四十七歲。

作《長洲高明府過訪詩》《送徐朝諮歸金華序》《吴德潤夫婦墓表》。

葡萄牙遣使來華。李經任吴縣知縣。

正德十二年丁丑（一五一七）　四十八歲。

十一月望日曾夜宿廣福寺，有詩。

武宗出巡至宣府、大同，親督軍擊蒙古小王子。

正德十三年戊寅（一五一八）　四十九歲。

有《夜夢草並記夢詩》，作《吴孺人墓銘》。

葡萄牙以國王名義遣使來華，要求通商。九月，葡艦隊侵佔屯門島。

正德十四年己卯（一五一九）　五十歲。

有《五十言懷詩》《王鏊七十壽序》。

明宗室寧王朱宸濠反。副都御史王守仁擒朱宸濠。

正德十五年庚辰（一五二〇）　五十一歲。

作《落花圖咏》。弟子重生子兆民。

正德十六年辛巳（一五二一）　五十二歲。

繪《松濤雲影圖》。八月，在文徵明家作《瀟湘八景》册。

武宗卒，無嗣，興獻王朱厚熜入繼帝位，爲世宗。武宗佞臣江彬、錢寧伏誅。

世宗嘉靖元年壬午（一五二二）　五十三歲。

有《元旦》詩。子重生子阜民。

明軍將葡萄牙殖民者驅逐出屯門島。

嘉靖二年癸未（一五二三）　五十四歲。

有《自書詩翰册》。十二月二日病歿。葬蘇州横塘王家村。時侄兆民三歲，子重命祧伯父伯虎。以後兆民生昌祚，昌祚生應祥，應祥生宜瑞，宜瑞生允錫、充欽、允銓，允錫生道濟，早卒。餘無可考。

參考書目

《六如居士全集》，唐仲冕編，清光緒乙酉鎮江文成堂校刊
《唐伯虎先生集二卷》，明萬曆壬辰何大成刻本，收入《續修四庫全書》第一三三四册，上海古籍出版社二〇〇二年版
《唐伯虎詩文全集》，陳書良編，華藝出版社一九九五年版
《唐寅集》，周道振、張月尊輯校，上海古籍出版社二〇一三年版
《唐伯虎詩文書畫全集》，陳伉、曹惠民編注，中國言實出版社二〇〇五年版
《中國名畫家全集·唐寅》，陳傳席、談晟廣編，河北教育出版社二〇〇四年版
《明四家繪畫藝術》，張書衍、傅新陽編，遠方出版社二〇〇六年版
《唐伯虎文集》，劉洪仁選注，四川美術出版社二〇〇五年版
《唐伯虎》，魏華編著，山西教育出版社二〇〇六年版
《唐伯虎三種》，許旭堯選注，浙江古籍出版社一九八七年版
《唐寅年譜》，楊靜庵編，商務印書館一九四七年版
《明史》，張廷玉等撰，中華書局一九九一年版